환경위기와 문학

문학과환경 학술총서
❶

환경위기와 문학

문학과환경 학술총서편집위원 엮음
| 신두호·김원중·우찬제·임도한·정연정·최동오 |

Environmental Crisis & Literature

學古房

발간사

'문학과환경학회 학술총서 제1권'을 펴내며

2000년도부터 문학과환경이란 주제에 관심을 갖고 있던 몇몇 학자들이 한국영어영문학회 학술대회에서 '문학과환경' 분과를 구성하여 발표를 시작하였습니다. 이후 수차례의 독회모임을 통한 학문적 교감과 연구 성과로서 2001년도에 '문학과환경학회'가 공식적으로 출범하였습니다. 학회 출범을 계기로 다양한 문학 전공자와 예술가, 자연과학자, 시민운동가 등이 학회에 참여하여 힘을 모으고 있습니다. 학회출범 이듬해에 학문적 열정을 보다 널리 나누고자 공식저널인 『문학과환경』학회지를 발간하였습니다. 지금 생각하면 다소 무모한 시도였지만, 열정과 사명의식으로 어려운 과정을 넘기며 KCI등재지로서 현재에 이르고 있습니다. 문학과환경학회 출범과 『문학과환경』 발간 이후 10여 년이 흐른 2011년도에 그간의 성과를 정리하고 새로운 도약을 위한 학회 차원의 총서 간행을 기획하였습니다. 그에 따라 2012년도 학회 학술대회에서는 학술총서 편집을 위한 기획논문 발표를 진행하였습니다. 하지만 여러 사정으로 학술총서 발간 진행에 어려움을 겪었고, 편집위원도 바뀌면서 애초의 출간 일정을 훨씬 넘긴 이 시점에 이르렀습니다. 늦었지만 지금이라도 우리 학회 최초의 학술총서가 결과물로 나오게 되어 송구스러운 마음과 더불어 기쁘기 그지없습니다.

우리는 이 책을 통해 지난 십 수년에 걸친 문학과환경학회의 학문적 논의를 정리하고자 했습니다. 2002년도부터 발간된『문학과환경』에는 그간 국문학과 외국문학은 물론,

문학 이외의 분야에서도 다양한 주제를 다양한 관점에서
논의한 글들이 실렸습니다. 학회차원에서 특별 주제와 담
론을 학술대회에서 기획하고 발표자들이 발표문을 정리하
여 논문으로 싣기도 하였지만, 기본적으로 각 호마다 특별
주제를 정해서 논문을 싣기보다는 기고자들에게 각자 나
름의 주제선정과 접근방식을 맡긴 결과입니다. 이러한 개
별적인 다양한 목소리를 다소 어지럽게 흩어진 채로 방치
하기 보다는 학문분야와 장르, 주제, 소재, 접근방식 등을
기본 얼개로 삼아 분류하고 나누어서 문학과환경 담론의
뼈대를 세우는 것이 필요했습니다.

우리는 이 책을 통해 문학과환경학회가 앞으로 새롭게
전개해야할 연구방향과 담론을 모색하고자 했습니다. 새로
운 도약은 자성에서 출발합니다. 지금까지의 성과를 정리
하여 의미를 부여하면서 동시에 그동안 습성화되고 안주해
왔던 관점은 무엇인지, 편협했던 시각은 무엇인지, 누락되
거나 고의적으로 회피해온 주제는 무엇인지 파악하고자 했
습니다. 나라마다 문화사회적으로 고유한 특성과 사정이
있기 마련이지만, 미국에서 문학과 환경 담론을 지속적으
로 다양한 방향으로 활발하게 진화시키고 논의를 주도해가
고 있기 때문에 미국의 문학과환경 담론에서 우리가 참고하
고 활용할 점은 없는지 우선적으로 살펴봐야 합니다. 나아
가, 미국이나 동아시아 문학과환경 담론에 우리가 소개하
고 기여할 방향 역시 적극적으로 모색해야 할 것입니다.

우리는 이 책을 통해 문학과환경학회 차원의 연구성과를
정리하고 미래담론을 모색하는 것을 넘어 독자와의 학문적
소통을 중요한 목적으로 삼고자 했습니다. 학문분야와 장
르, 주제, 소재, 접근방법 등에 의한 분류와 정리, 그리고

각 단원에 관한 개관은 일반 비평적 독자들과 신진학자들에게 문학과환경에 관한 담론과 수록된 논문을 보다 쉽게 접근하도록 해 줄 것입니다. 특히, 문학과환경에 학문적 관심을 갖고 있는 혹은 미래의 잠재적인 신진학자들의 경우 이 책을 통해 문학과환경 주제에 대한 기존의 연구 성과 정보를 쉽게 얻을 수 있으며, 문학과환경 담론의 과거와 현재, 미래를 조망하는데 도움이 될 것입니다.

이 학술총서의 내용은 이와 같은 지금까지의 연구 성과의 정리와 자성적 성찰을 기반으로 한 미래의 연구방향 모색, 비평적 독자와 신진학자의 학문적 관심 도모라는 의도에 맞춰 구성되었습니다.

학술총서가 만들어지기까지 많은 분들의 노력과 도움이 있었습니다. 연구와 교육으로 바쁘신 가운데서도 여전한 애정과 관심으로 총서론과 단원관을 써주신 신문수 교수님, 이남호 교수님, 이승원 교수님, 강용기 교수님, 윤창식 교수님과 강규한 교수님께 먼저 감사를 드립니다. 『문학과환경』 학회지에 수록되었던 옥고를 이번 총서에 재차 수록할 수 있도록 해주신 필자들께도 감사드립니다. 더불어, 총서발간을 위해 기획논문을 준비해 주신 필자 선생님들께도 감사를 드립니다. 마지막으로 본 총서의 출판을 기꺼이 맡아주시고 좋은 책이 나오도록 세심한 관심을 기울여주신 학고방 관계자 여러분들의 헌신에도 감사를 드립니다.

2015년 5월
문학과환경 학술총서 편집위원
신두호, 김원중, 우찬제, 임도한, 정연정, 최동오 일동

목차

서
론

환경위기의 심화, 문학의 책무

● 신문수 (서울대학교)

　근래에 부쩍 잦아진 기상 이변, 생물다양성의 급속한 감소, 가속되는 숲의 황폐화, 지구촌 곳곳에서 광범위하게 진행되는 사막화, 시도 때도 없는 황사 현상 등은 뭇 생명의 보금자리인 지구가 이미 복원력을 상실한 지경에 이른 것이 아닌지 우려를 자아내면서 우리가 처한 환경 문제의 심각성을 절감케 한다. 사태를 더욱 암울하게 만드는 것은 지구촌 전체가 벼랑 끝에 내 몰린 상황임에도 불구하고 이를 그다지 절박하게 여기지 않는 세태이다. 환경 문제가 중요한 사회적 의제라는 것을 부정하지 않으면서도 대다수의 사람들에게 그것은 생존이 직결된 '나'의 문제로 다가오지 않는 실정이다. 지구생태계의 피폐가 인류 전체의 존망이 걸린 중차대한 국면에 돌입하고 있다는 경고가 도처에서 들려오고 있음에도 불구하고 사람들이 그것을 강 건너 불구경하는 것처럼 대하는 것을 어떻게 보아야 할 것인가? 물론 반복되는 일상과 답습해온 사회 체제의 관성적 타성이 우리를 눈멀게 하고 찾아온 각성을 무디게 할 수 있다. 또한 환경 문제의 특수성, 곧 그것을 야기하는 요인이 단순하지 않고 복잡한 점, 지역적이면서 종종 국제적 양상으로 표출되는 점, 단선적 논리나 기계적 인과성을 비껴서는 의외성과 불확실성을 띠기 일쑤라는 점도 한 몫하고 있다는 것을 부정할 수 없다. 그러나 보다 궁극적으로 근대 산업시대 이후 사람들의 의식을 사로잡아 온 기술만능주의와 진보의 신화에 매몰되어 있는 마음의 습속 탓이 아닌가 한다.

일반대중은 물론 환경위기의 구체적 실상을 인지하고 있는 전문가들조차도 상당수가 과학기술의 발달을 통해 환경문제는 결국 해결될 것이라는 믿음을 떨치지 못하고 있다. 기술진보에 대한 이런 맹신과 그것을 추동하고 있는 개발 이데올로기에 대한 집착이 사태의 근원을 도외시하고 지엽말단적인 미봉책에 안주하는 원인의 저변을 이루고 있는 것이다. 경제 발전과 기술진보에 대한 환상은 환경 악화가 날로 심화되는 상황에서도 극단적인 경우 환경문제는 존재하지 않는다는 주장으로 이어지기까지 한다. 얼마 전에 『회의적 환경론자』(The Skeptical Environmentalist: Measuring the Real State of the World, 1998)라는 책을 출판하여 논전을 불러일으킨 뵈른 롬보그(Bjørn Lomborg)의 경우가 좋은 사례이다. 덴마크출신으로 한때 그린피스 운동에도 참여한 적이 있는 롬보그는 이 책에서 환경위기나 환경 재앙은 확실한 증거 없이 환경운동가들에 의해 과장된 것이거나 심지어 날조된 것이라고 주장한다. 그는 첫째, 대부분의 환경론자나 환경운동단체들이 지구 환경의 악화를 당연시하여 늘 최악의 상황을 상정하는 종말론적 사고에 젖어 있고, 둘째, 일부 환경운동가들은 환경 분야의 연구와 환경 개선에 보다 많은 투자를 유도하기 위하여 상황을 실제보다 더 나쁜 것처럼 의도적으로 과장해왔으며, 셋째, 부정적인 면만을 부각시키는 언론 매체의 센세이셔널리즘적 보도 경향이 이를 조장하고 있다고 주장한다. 요컨대, 지구 환경 위기는 환경운동 집단의 정치적·경제적 이해와 언론 매체가 합작하여 만들어낸 "신화"라는 것이다. 이런 주장이 전혀 근거가 없는 것은 아니다. 그러나 현상을 보는 시각의 문제점에 대한 비판이 현상의 심각성을 호도하는 빌미가 되어서는 안 될 것이다.

경제적 풍요와 기술공학의 혁신에 대한 맹신은 몰가치적 과학 기술의 위험성은 물론 그것을 바탕으로 운용되는 사회체제의 불안정성을 간과하고 있다. 독일의 사회학자 울리히 벡(Urlich Beck)이 지적하는 대로 서구 근대 사회를 견인해온 기술공학은 오늘날 고도로 발달한 나머지 의도하지 않은 부작용에 직면할 수 있을 뿐만 아니라 스스로를 제어하고 관리할 수 있는 복잡하고 전문적인 시스템에 문제가 생길 경우 속수무책의 위험을 초래할 수 있다. 재화의 끊임없는 확대 생산이 사회적 풍요가 아니라 오히려 사회적 재앙을 초래할 가능성이 높은 이런 고도 기술 중심 사회를 벡은 '위험사회'(risk sociey)라고 지칭한다. 연전에 뉴올리언즈를 침수시킨 태풍 카트리나 사태나 최근 일본 후쿠시마의 원전 사고는 위험 사회의 문제를 적나라하게 드러내주고 있다. 고도 기술사회를 위험사회로 빠뜨릴 수 있는 위해는 사회 체제를 추동해온 동력 그 자체의 부산물이라는 점과 영향이 미치는 범위가 국지적이거나 계층적이라기보다는 전지구적이고 범사회적이라는 특징을 지닌다 (울리히 벡 48-50).

경제지상주의와 기술만능주의에 내포된 이런 문제점은 차치하고 오늘의 현실에서 경제발전과 기술의 발달에 의존해온 사회가 인간다움의 견지에서 과연 발전된 사회인지 먼저 물을 필요가 있다. 자본과 효율성의 논리 앞에 인간은 생산을 위한 도구적 존재로 전락하여 심성은 황폐화되고, 부를 쟁취하기 위한 무한 경쟁 속에서 배려와 인정을 우선시했던 인간관계가 파괴되고, 협력과 공생공락의 정신을 바탕으로 한 전통적인 기층문화가 와해되어 버린 것이 오늘의 현실이다. 경제 발전을 으뜸가는 사회적 목표로 삼아온 결과 물질적으로는 다소 풍족해졌을지 모르나 정신적으로는 황폐하기 이를 데 없는 이런 정황 앞에서 경제 개발에 온 사회가 매달리는 것이 무슨 의미를 갖는지 회의하지 않을 수 없다.

2007년에 발표된 '기후변화에 관한 정부간 협의체'(IPCC; Intergovern-mental Panel on Climate Change)가 채택한 4차보고서는 지구 온난화가 부인할 수 없는 추세이고 그것이 인간문명에 야기된 것임을 분명히 하고 있다. 통계에 의하면 1880년 이래 지구 연평균 기온이 가장 높았던 10번의 해가 모두 1998년 이후에 집중되어 있고, 21세기로 들어선 지난 10년 동안 500명 이상의 사망자 또는 5억 달러 이상의 재산 피해가 발생한 기상 이변의 발생 건수가 1980년대에 비하여 2배 수준으로 증가했다. 한국의 경우도 예외가 아니다. 통계 작성이 시작된 1916년 이래 이상 기후로 인한 연간 재산 피해액이 가장 컸던 열 번 중 여섯 번이 2001년 이후에 몰려 있다(박환 일 1-4). 이런 통계 수치는 기상 이변과 지구 온난화의 밀접한 상관성을 말해준다. 그것을 자연적 과정의 일환으로 보아야 한다는 과학계 일각의 주장도 이제 더 이상 설 땅을 잃고 말았다. 다시 강조하거니와 기후변화에 관한 정부간 협의체의 4차 보고서의 채택은 기상이변으로 표상되는 심각한 환경 위기가 자연을 지속적으로 피폐시키고 화석 연료를 과다하게 사용해온 오늘의 소비 자본주의 문명에 의해 야기된 것이라는 점을 전 세계가 자인했 다는 것을 뜻한다. 2005년 발효된 도쿄의정서에 따라 전 세계가 지구 온난화 를 가속화시키는 이산화탄소 배출을 자율적으로 규제하고 그 감축을 위한 실천적 프로그램을 마련함으로써 '탈탄소사회'(postcarbon society)로 이행 하기 위한 노력을 경주하고 있는 것도 이런 인식의 소산일 것이다.

　지구공동체의 일원으로서 우리는 이제 자연 파괴를 완화시킬 수 있는 생활방식을 모색하고 거기에 합당한 사회 체제의 구축을 절실한 과제로 떠안 고 있다. 예컨대 화석 연료에 의존하는 삶의 방식에 대한 전면적 검토, 이산 화탄소의 배출을 조장하는 육류 소비의 절감, 이산화탄소를 흡수할 수 있는 숲의 조성, 인구의 감축 등이 그 과제를 이행하고자 하는 노력에 포함될 수 있을 것이다. 이러한 노력이 성과를 거두기 위해서는 자연과 인간의 관계 에 대한 보다 근원적인 반성과 그에 입각한 새로운 사회적 규범의 확립이 요구된다. 일찍이 앨도 레오폴드(Aldo Leopold)는 동식물뿐만 아니라 공기, 물, 토양을 포함한 물리적 환경도 생명공동체에 포함시키고, 인간을 이 생명공동체의 지배자가 아니라 평범한 시민의 일원으로 인식하는 '대지윤리' (land ethic)을 주창한 바 있는데(Leopold 204), 우원한 듯 보이는 이 같은 윤리적 태도의 내면화야말로 문제 해결을 위한 밑바탕이자 확실한 첫 걸음으로서 긴요한 것이다. 환경문제를 야기하는 물리적 변인만을 고려하는 실용주의적 태도만으로는 문제 해결에 이를 수 없다는 것이 지금까지의 역사적 경험으로 자명해졌기 때문이다. 날로 악화되어가는 환경 문제에 대한 문학적 조망이 다시금 절실해지는 것은 바로 이 때문이다.

환경에 대한 인간의 의식과 행동 변화는 환경에 대한 심층적 이해는 물론 그것에 대한 주체적 관심과 자율적 참여 그리고 개인적 처지 등 여러 가지 복합적인 변인에 의해 일어난다. 이 과정에서 무엇보다 중요한 것은 자연환경의 섬세한 관찰과 깊은 이해, 그것에 입각한 자연과의 교감 혹은 감정이입을 통한 물아동근(物我同根) 의식의 내면화이다. 이처럼 정서적 체험을 통해 형성된 자연에 대한 강렬한 애착심이 없이는 진정한 의미의 행동변화를 기대할 수 없는 것이고, 설사 그런 변화가 일어난다 하더라도 그것은 지속적이지 못하고 일시적인 것에 그칠 공산이 크다. 바로 이점이 문학이 환경 의식의 고취에 개입할 수 있는 근거인 것이다. 문학 작품을 읽으면서 독자는 작품 내용을 자신의 이야기로 재서술하여 생생하고 구체적인 삶의 경험으로 추체험할 수 있는 기회를 갖는다. 다시 말해 문학적 경험은 서술과 재서술의 반복 과정을 거치면서 독자의 의식 속에서 일종의 고유한 경험으로 변모한다. 그러니 만큼 그것은 독자의 심층 내면을 자극하여 깊고 지속적인 의식의 변화를 수반할 수 있는 것이다.

문학을 통한 생태의식의 함양을 목적으로 하는 문학생태학이 태동하게 된 데에는 문학 특유의 정서적 공감 기능을 통해 생태학의 지향하는 바를 가장 효과적으로 달성할 수 있다는 이 같은 인식이 자리하고 있다. 다시 말해 문학생태학은 환경 문제의 심각성을 내면화하고 이를 통해 그 개선을 위한 실천적 행동을 효과적으로 이끌어낼 수 있다는 믿음의 소산이다. 보다 구체적으로 문학생태학은 문학 작품을 통하여 생명의 귀중함을 일깨우고, 자연에 대한 공경심을 불러일으키며, 이를 바탕으로 인간과 자연의 관계에 대한 새로운 성찰을 자극하고자 한다. 문학생태학은 생태적 문해력(ecological literacy)의 향상뿐만 아니라 더 나아가서 문학을 보는 우리의 관행—예컨대, 자연을 문학적 배경으로만 보아 온 것도 그런 관행의 하나이다—을 되돌아볼 것을 촉구한다. 심각한 환경 문제의 해결에 문학의 동참 필요성에 대한 공감과 더불어 우리의 삶과 문학에 대한 근본적 반성을 촉구하고 있기 때문에 문학생태학은 그 역사가 일천함에도 불구하고 큰 반향을 불러일으키며 관심과 주목의 대상이 되어 왔다.

문학생태학의 필요성에 대한 절실한 공감 속에서 지난 2001년 가을, 한국문학과환경학회는 창립되었다. 금년으로 창립 14주년을 맞는 한국문학과환경학회에는 국문학 전공자는 물론 외국문학 전공자들이 참여하여 문학을 통한 생명과 자연의 소중함을 일깨우는 노력을 해오고 있다. 학회의 회원 수도 꾸준히 증가하고 있고 매년 두 번씩 봄가을에 정기적인 학술 발표회를 열어 연구 성과를 함께 공유하고 토론하는 기회를 가져왔다. 뿐만 아니라 일본, 중국, 대만의 문학과환경학회와 더불어 생태문학 연구의 국제적 공조와 협력 증진을 위해 동아시아 네트워크 결성을 위한 노력을 기울이기도 했다. 연구 역량을 결집시키고 생태문학 담론의 창출에는 큰 역할을 해온 학회지,『문학과환경』도 매년 2회씩 꾸준히 발행되고 있다. 그 동안『문학과환경』에는 작가론, 작품론, 이론적 성찰을 심층적으로 다룬 논문을 비롯하여 번역, 서평, 인터뷰, 탐방 및 참관기 등, 다양한 글들이 게재되어 학술활동의 외연 확장에 기여해왔다.

그러나 이러한 양적 팽창과 지속적인 학술 활동에도 불구하고 생태문학

연구가 학계에 의미 있는 담론으로 자리 잡고 있는지는 의문이다. 국내의 문학 관련 학과에 생태문학 관련 강좌가 개설된 경우도 손가락으로 꼽을 정도에 그치고 있다. 필자가 보기에는 문학생태학에 대한 초창기의 관심은 시간이 흐르면서 고양되고 확산되었다기보다는 오히려 퇴조하는 분위기이다. 환경위기가 날로 심화되고 그런 만큼 그것의 극복을 위한 노력과 적극적인 대처가 더욱 절실해지고 있으나 우리 문학계는 초창기의 정서적 관심 이상을 넘어서고 있지 못한 실정이다. 김남석은 2005년도 『문학과환경』 4호에 실린 글에서 1990년대에 생태 담론이 우리 문학계에 유행처럼 번지다가 사라진 뒤 끝을 응시하면서 "그린 러쉬(green rush) 끝난 다음," "껍데기는 가고 남을 것만 남아"서 보다 본격적으로 생태시학의 미래를 모색할 필요를 역설한 바 있다(김남석 161-64). 자연을 예찬하고 인간과 자연의 조화로운 관계를 모색하는 문학작품에 대한 주제적 관심을 넘어서서 그것을 어떻게 담론화하고 또한 교육현장에서 어떻게 적용해야 할 것인지에 대한 체계적 탐구가 요청되고 있으나 우리 문학계는 연구방법론의 모색이나 내실 있는 교과과정 그리고 효율적인 교수방법론의 정립과 같은 구체적 각론을 모색하는 단계로 나아가고 있지 못하다는 느낌이다. 이런 답보 상태는 환경적 이슈가 지속적으로 고창되다보니 위기와 더불어 사는데 익숙해진 탓으로 돌릴 수도 있고 기술개량주의를 바탕으로 한 지속가능한 발전에 집착하는 사회적 분위기가 은연중에 작용한 것이라고 말할 수도 있을 것이다. 그러나 외적 요인을 탓하기 전에 시선을 내부로 돌려 우리 학계의 학문적 태도와 제도적인 문제점 및 연구 관행을 되짚어 볼 필요가 있다.

무엇보다 아쉬운 것은 생태문학의 독자적인 연구방법론의 정립이다. 그 근본이 학제적이기 때문에 생태문학 연구는 이론적으로나 방법론적으로 절충적일 수밖에 없다. 그러나 담론의 질서가 절충적이라고 하는 것과 종잡을 수 없다는 것은 다르다. 학제적인 담론 공간이라도 생산적이고 효율적인 대화를 위해서는 학술 용어나 학문적 범주에 대한 일정한 합의와 나름의 독자적인 방법론이 요구된다. 그러나 생태문학 연구는 동서를 막론하고 확산된 관심과 기대에 합당한 방법론을 정립했다고 볼 수 없다. 서로 다른 학문 분야 '사이'에 생태문학의 무대를 설정해 놓았지만 그것을 운영하는 규칙과 기술은 아직 제대로 갖추지 못한 상태인 것이다. 어쩌면 게임 규칙의 미비가 우리의 학제적 대화를 어렵게 만드는 요인인지도 모른다. 바로 그렇기 때문에 우리는 생태문학 연구의 방법론을 정립하고 우리의 현실에 알맞은 대화의 기법을 모색하는 노력을 게을리 해서는 안 된다.

생태비평의 이론적 무장의 필요성을 강조하는데 앞장서 온 에스톡(Simon C. Estok)은 근래에 생태비평이 초창기의 이념적 투철성을 상실하고 표류하는 경향이라는 진단을 내리고 독자적인 방법론과 합당한 이론을 정립하지 못하고 게다가 실천적 요구의 기대에도 부응하지 못하고 있는 데서 그 원인을 찾고 있다(Estok 206). 생태비평이 고유한 이론 창출을 못한 것은 이론 경도로 인한 실천적 에너지의 소진을 염려한 측면도 물론 있다. 주지하듯 생태비평은 학문적으로는 포스트모더니즘과 후기구조주의 이론이 텍스트성에 안주하여 현실을 도외시하는 것을 비판하면서 그 입지를 다져왔다. 언어의 감옥과 이론의 질곡에서 벗어나 현실로 나아가야 된다는 명제를 그 방향타로 내세우다보니 생태비평은 학제적 포괄성을 통어하는 독자적 이론 정립이 요구되는데도 불구하고 그런 노력에 소극적이었다고 볼 수 있다. 에스톡은 그 딜레마를 이렇게 요약하고 있다.

> 우리는 이론은 실천과 양립될 수 없고, 이론은 공공 정책의 변화를 이끌어 낼 수 없으며, 이론은 '현실 세계'에 도움이 되지 못한다는 미망에 사로잡힌 채 작업을 해왔다. (Estok 206)

그러나 이론적 지평의 부재 속에서는 올바른 실천을 기대할 수 없다.

무엇보다 복잡다단하고 급격히 변화하는 삶의 환경을 심충적으로 파악하기 위해서도 이론의 심화가 필요하다. 예컨대 산정에 세워진 풍력 발전기의 날개에 새가 상해를 입는다는 주장 앞에서 자연을 상찬하며 근원적 생명의 세계로 돌아가자고 연도만 해서는 아무런 해결책도 찾을 수 없는 것이다. "산에 / 산에 피는 꽃은 / 저만치 혼자서 피어 있네"라는 「산유화」의 구절에서 "우주적 연민"을 읽어 내는 것도 생태비평의 몫이고 풍력 발전의 '자연'과 새의 상해를 염려하는 '자연'을 구별하고 통합하는 이론적 성찰 또한 생태비평이 해야 할 일이다. 오페만(Serpil Oppermann)이 주문하는 대로 이제 생태비평은 이론의 공포에서 벗어나 담론의 세계와 물리적 현실을 거시적 시각에서 아우르는 이론적 심화의 길로 나가는 데 주저해서는 안 된다 (Oppermann 769).

이론의 심화는 생태문학 연구가 주제 비평의 차원을 넘어서야 한다는 당위적 요구와 무관하지 않다. 생태비평가들은 초창기에는 생태의식이 뚜렷이 드러난 작품들을 선별하여 인간과 자연의 바람직한 관계를 설명하고자 했다. 그리하여 자연기, 전원시, 워즈워스류의 낭만적 자연시 등이 전범적 장르로 부상하며 생태비평의 집중적인 조명을 받았다. 여기에서 환경은 곧 자연을 의미하고 자연은 오염된 문명 세계와 단절된 유기체로 간주되었다. 그러나 환경문제가 사회운동과 결부되면서 생태비평은 이런 단계를 지나서 로렌스 뷰얼(Lawrence Buell)이 말하는 '제2의 물결'을 타며 새로운 패러다임을 모색하게 된다. 이제 자연은 사회와 단절된 야생지라기보다는 문명과 늘 뒤섞여 온 삶의 환경으로 이해되고 그와 동시에 비평적 관심도 자연문학을 넘어서 오염된 삶의 환경을 배경으로 하는 갈색 문학으로 확산되고 여기에서 한 걸음 더 나가 환경과 무관한 듯 보이는 작품들에서도 생태적 의미를 찾아내는 노력을 기울이는 단계에 이르게 된다(Buell 17-23). 이런 추이 속에서 생태비평은 주제적 관심으로서가 아니라 생태적 독해를 중시하는 방법의 학으로서 거듭 날 필요성에 직면하게 되었다.

생태비평의 이런 변모는 생태문학의 호소력 문제와도 직결되어 있다. 가령 자연을 생명의 요람으로 찬양하고 그 본원적 터전의 훼손을 우려하며 그것의 원상회복을 역설하는 메시지를 주제로 삼는 명시적인 자연문학에 빈번하게 노출되면서 독자들의 정서적 공감도 초창기와 달리 무뎌질 수밖에 없기 때문이다. 일례로 김형영의 근작 시집 『나무 안에서』(2009)의 표제시를 보자.

산에 오르다
오르다 숨이 차거든
나무에 기대어 쉬었다 가자.
하늘에 매단 구름
바람 불어 흔들리거든
나무에 안겨 쉬었다 가자.

벚나무를 안으면
마음속은 어느새 벚꽃동산,
참나무를 안으면
몸속엔 주렁주렁 도토리가 열리고,
소나무를 안으면
관솔들이 우우우 일어나
제 몸 태워 캄캄한 길 밝히니

정녕 나무는 내가 안은 게 아니라
나무가 나를 제 몸같이 안아주나니,
산에 오르다 숨이 차거든
나무에 기대어
나무와 함께

나무 안에서
나무와 하나 되어 쉬었다 가자.

— 「나무 안에서」 전문

　산에 오르는 도중에 나무를 안아보면서 문득 느낀 물아여일의 감흥이
평이하면서도 절제된 언어로 형상화된 작품이다. 더욱이 첫째 연에서 객체적
대상이었던 나무가 셋째 연에 이르러 인간을 포용하는 주체적 존재로 변신하
는 역동적 과정을 거치며 자연과의 합일이 이루어진다는 점에서 이 시가
전하는 생태적 메시지는 복합적이고 그 만큼 시적 성공을 거둔 작품이라고
말할 수 있다. 그러나 단순함이 단조로움으로 떨어지지 않는 이런 시적 성취
에도 불구하고 생태주의적 강령에 친숙해진 오늘날 주제 의식이 선명한 이런
부류의 시가 얼마나 호소력을 발휘할 수 있을 지는 의문이다.
　미국의 생태비평가 모턴(Timothy Morton)은 생태문학이 자연을 물신화
하는 경향을 가부장제 사회가 여성을 천사와 같은 존재로 신비화한 "가학적
찬양"에 견준 바 있는데 이제 이런 지적을 지나치다고 말할 수만은 없게
되었다(Morton 5). 2007년도 학회지에 실린 「생태 시학의 형상과 논리」에서
유성호 또한 "'생태' 자체가 물신화되고 '무공해 식품' 같은 자본주의의 수사
적 첨병 노릇을 할 개연성"을 경계한 바 있다(유성호 115). 환경 문제를
사회적 타자의 시각에서 다루는 환경정의운동이 확산되면서 실제로 생태문
학의 스펙트럼은 훨씬 넓어지고 다양해졌다. 생태 시학이 하나의 주류 미학
으로 자리 잡아 가고 있는 우리 시단에서도 자연 예찬을 넘어서서 환경
파괴를 민중적 시각에서 다루는 시들을 포함하여 오늘의 생태 위기를 다양한
시선으로 조명하고 대안을 모색하는 시들이 발표되고 있다. 생태문학 연구는
이런 다양한 관심사를 고취하면서도 이를 통합된 담론의 장으로 수렴함과
동시에 이를 다른 분과 학문 분야와의 학제적 대화의 성과와 접목시키는

이론적 작업에 박차를 가해야 한다.

생태문학이 '인간이 중심에 서는 환경'(human-in-environment)이 아니라 유기체들 간의 본질적 관계성에 입각한 '관계적 총체적 장의 이미지'(the relational, total-field image)를 강조하는 생태학의 근본 입장을 공유한다고 할 때, 그것은 문학의 영역을 넘어서서 생물학, 박물학, 기후학, 지리, 역사, 문화론을 비롯한 제반 학문 영역이 교차하는 새로운 지식의 장을 열어야 한다. 삶의 참모습이 인간과 자연을 포함한 삼라만상의 상호연관성 속에 있다면, 그 삶에 대한 깊은 이해와 참다운 앎 또한 전문적·분화적이 아니라 종합적·유기적 시각을 통해서나 얻어질 수 있는 것이기 때문이다. 삶의 구체적 전체상을 다루는 문학 작품은 비록 자연에 관한 관심이 명시적으로 나타나 있지 않더라도 이런 관계적 삶의 양상이 내포되어 있기 때문에 이른 바 통섭적 접근이 용이하다고 할 수 있다. 그러나 우리 문학계는 생태문학이 지향하는 근본정신을 교과과정으로 제도화하고 있지 못할 뿐만 아니라 환경 문제에 대한 학제적 접근에서도 당위적인 주장 이상의 진척을 보지 못하고 있는 실정이다. 학문 간의 통섭의 필요성이 고창되고 있으나 학문 사이에 닫혀 있는 벽은 여전히 강고하기만 하다.

소통과 접촉, 연계(connection)와 망(web)이 생태적 삶을 향한 도정의 키워드임에도 불구하고 이와 같은 소통 부재는 우리 학회의 활동상에서도 그대로 감지된다. 학회지에 게재된 대부분의 논문이 국문학과 영문학 분야에 치우쳐 있다. 동양의 자연친화적 예지가 생태적 삶의 길을 계도하는 영감의 원천으로 서구에서 새삼 주목되어 왔던 사정을 상기한다면 중문학이나 일문학 연구자의 참여가 응당 기대됨에도 불구하고 전무한 실정이다. 오늘의 환경 문제는 전 지구적이지만 그것을 보는 시각과 반응은 지역에 따라 서로 다를 수밖에 없다. 이런 점에서 외국문학을 읽으면서 그것을 우리의 현실과 대비시키는(혹은 그 반대로 한국문학을 외국문학의 사정과 견주는) 비교문학적 시각은 생태문학 연구에서 소중하다고 하겠는데 이런 노력이 미흡하기 짝이 없어 아쉬울 따름이다.

문학을 제외한 다른 인문학과의 학제적 연계도 미미하기는 마찬가지이다. 국내에 환경윤리, 환경철학, 환경교육 분야의 연구가 상당히 활발하고 학회도 결성되어 있어서 환경을 공약수로 하는 상호 학문적 교류가 의미 있는 성과를 거둘 수 있을 것으로 기대되나 학회 차원에서 이런 노력이 미미한 실정이다. 환경에 대한 관심을 공유하는 인접 인문학 분야와의 대화는 물론 다른 여타 인문학과의 교류를 위한 노력을 배가해야 한다.

문학전공학과 내부에 생태문학에 대한 관심을 제도화하는 노력도 절실히 요청된다. 필자가 확인한 바에 의하면 전국 대학의 국문학 및 영문학 관련 학과 중 학부과정에서 생태/환경 문학을 명시하고 있는 교과목을 개설하고 있는 곳은 극소수에 불과한 실정이다. 문학 및 문학연구의 녹색화를 부르짖은 지 10여년의 세월이 흘렀고, 그 사이 우리의 주변 환경은 더욱 악화되고 있는 실정이지만 생태적 문해력의 함양에 중추적인 역할을 담당해야 할 문학 관련 학과에서 그것을 교과과정으로 흡수하고 제도화하는 노력은 이처럼 미흡하기 짝이 없는 실정이다. 미국 생태비평의 정립 초기인 1990년, 미국의 비평가 글렌 러브(Glen A. Love)는 "문학의 가장 중요한 기능은 인간의 관심을 위협받고 있는 자연계의 장소로 돌리는 데 전력을 기울이는 데 있다"고 쓴 적이 있다(Love 237). 삶의 환경이 더욱 피폐해진 오늘날 몰각된 장소의식의 회복과 생태계의 보존에 문학이 전력투구를 해야 한다는 글렌의 촉구는 더 절실하게 들린다. 그러나 우리의 경우 생태문학과 생태문학 연구는 대부분의 연구자들에게 여전히 본업이 아닌 여기로, 시간 여유가 생겨야 돌아보는 부수적 관심사의 일환으로 여겨지고 있다고 해도 지나치지 않다.

생태문학은 학생들의 생태적 감수성의 제고에도 관심을 기울여야 한다. 자연 생명체에 대한 깊은 이해 없이 그것을 보살피고 배려하길 기대할 수 없기 때문이다. 지구촌 전역에서 전방위적으로 벌어지고 있는 자연 훼손을 막아내기 위한 노력의 첫걸음은 자연을 섬세하고 관찰하고 그것을 읽어내는 생태문해력(ecological literacy)의 배양이라고 말할 수 있다. 이런 능력이 갖춰질 때 비로소 환경에 아랑곳하지 않는 경제지상주의는 물론 문제의 근원을 도외시하고 지엽말단적인 변인에만 매달리는 실용적 기술개량주의에 맞서서 자연 보존의 긴요함을 당당히 주장할 수 있을 것이다. 생태문해력은 동식물의 생태에 대한 심층적 이해는 물론 개별 생명체의 상호 연관성, 더 나아가 사람과 사회 그리고 생태계가 어떻게 서로 연관되는지 또 세계가 물리적 체계로서 어떻게 운용되는지의 이해도 포함된다. 그러나 생태적 문해력은 추상적 지식이 아니라 공감적 이해, 사실의 확인이 아니라 심미적 성찰을 지향한다. 요컨대 김종철의 지적처럼, "'환경에 대한 지식'을 습득시키는 것보다 우선해서 '환경적 감수성'을 심어주어야 한다. 아무리 환경적 지식이 많아도 자연의 아름다움에 빠져보지 못하는 사람은 환경적 존재"라고 말하기 어렵기 때문이다"(김종철 337). 그리하여 자연 존재와 그 질서에 대한 이해, 생명체에 대한 외경심과 보살핌, 그리고 구체적 실천은 생태적 문해력의 근본을 이룬다.

생태문학과 그 연구는 결국 각자의 생태적 감수성을 더 높이려는 노력으로 귀일된다고 말할 수 있다. 여기에서 대자연을 직접 접하고 자연과 인간의 연관성을 실제로 경험해보는 것이 무엇보다 중요하게 다가온다. 데이비드 오는 오늘날 생태적 문해력의 습득이 어려운 것은 자연에 관한 책이 없어서가 아니라 자연을 직접적으로 체험할 기회가 거의 없기 때문이라고 말한다(Orr 89). 오의 지적은 자연과 철저하게 단절된 우리의 교육 현장을 새삼 돌아보게 만든다. 이런 점에서 생태문학을 읽고 가르치는 노력에 현장학습이나 야외답사를 포함시키는 것은 긴요한 일이다. 생태교육의 많은 사례 연구 보고가 야외 학습이 단순한 강의 프로그램보다 의식과 태도의 전환이 일어나는데 훨씬 효과적이라는 결과를 내놓고 있는데 유의해야 한다. 뿐만 아니라 우리 각자의 연구 활동에서도 이 점에 대한 고려가 뒤따라야 한다. 우리의 연구와 교육이 결국 생태적 감수성의 심화를 지향하는 것이라면 사물에 대한 실감은 언어적 관심 못지않게 중시되어야 한다. 사물과 언어의 간극에 누구보다도 예민했던 소로우도 『월든』에서 어떤 학자를 방문하는 대신 인근의 나무를 찾아보기로 했다는 말을 남긴 바 있다.

지난 10년을 돌아보면 우리 학회의 대화는 주로 강의실에서 이루어졌다. 이제 정초를 다진 만큼 한국문학과환경학회는 앞으로는 자연과의 직접적인 만남의 기회를 확대하고 그것을 보다 체계적인 환경교육 프로그램으로 발전시키는 노력을 기울일 필요가 있다. 생태문학 학술모임에 나온 한 참석자가 창문도 없는 세미나실의 형광등 불빛 아래 환기장치의 진동음이 끊임없이 들려오는 가운데 나누고 있는 대화를 숲 속으로 끌고 간다면 다르게 들리지 않을까 자문하는 것을 읽은 적이 있다. 그 참석자의 반성 속에는 자연은 문화적 구성물일 뿐인가 아니면 엄연한 현실적 실체로서 우리 삶의 중요한 요소인가라는 해묵은 논쟁도 숲 속에서라면 쉽사리 해소되었을 것이라는 내용도 포함되어 있다(Cronon 447-48). 자연 답사는 또한 실천적 환경운동과 연계를 맺는 길이기도 하다. 강의실과 연구실을 벗어나서 환경 문제의 현장으로 뛰어들어 시민 여론을 선도하고 환경 정책의 수립에도 목소리를 낼 수 있는 실천적 기획 프로그램의 마련도 학회의 미래상에서 빼 놓을 수 없는 일이다. 이런 모든 일의 기획과 실천과정에서 다시금 다짐해야 할 것은 교육과 연구 활동을 통한 우리의 작은 노력이 지구를 살리는 데 소중한 밑거름이 될 수 있다는 확신과 책임의식이다. 우리의 뜻과 행동이 강의실을 통해서 또는 활자를 통해서 수면의 파문처럼 멀리 퍼져나가서 보다 큰 실천의 외침으로 결집될 것이라는 희망의 끈을 놓지 않을 때 파국으로 치닫는 이 암울한 현실에서 미래를 위해 전심으로 헌신할 수 있기 때문이다.

1부

생태문학론

1

한국의 생태문학론

『문학과환경』 10년, 한국생태주의문학 연구의 성과와 과제

● 손민달 (조선대학교)

1. 서론

2011년 3월 11일 일본에서 발생한 이른바 '후쿠시마 원전사고'는 인간이 인공적으로 만들어낸 자연 대체물이 파괴되었을 때 어떤 문제가 발생할 수 있는지를 극명하게 보여주는 사례다. 사고가 발생한지 1년이 넘은 현재까지도 사고지점 반경 20Km 안으로는 접근하는 것조차 불가능하다. 일본은 국제원자력사고등급(INES) 중 최고 위험단계인 레벨 7로 위험단계를 발표했다. 이것은 1986년 발생한 소련 체르노빌 원전사고와 동일한 등급이다. 사고의 피해가 얼마나 막대한지는 현재까지도 오염과 피해가 진행되고 있어서 예측하기조차 힘든 상황이다.

문제는 이러한 환경재앙에 직면한 각 나라들의 태도에 있다. 특히 한국은 세계적으로 핵 발전 시설을 감축하겠다는 의지를 보여주고 있는 이때에 오히려 핵에너지 기술 보유국으로서 그것을 십분 활용하여 경제적 이익을 얻겠다는 발상을 하고 있다. 명백한 환경재앙을 목도하고 있으면서도 근본적인 해결 방안을 찾기보다 오히려 욕망 충족을 위한 새로운 방편으로 이용하려는 태도는 인간의 무지함과 오만함을 적나라하게 보여주는 예가 아닐 수 없다.

이러한 2012년의 현실에 문학과환경학회에서 한국 생태주의 문학 이론을 점검하는 것은 시기가 늦은 감이 없지 않다. 1990년대 이후 활발히 담론화되었던 생태주의 문학은 2000년대 중반을 넘어서면서 그 영향력을 다한 듯 보인다. 심지어 본 연구자가 2008년 「한국 생태주의 문학 담론 연구」라는 학위논문을 제출했을 때 어떤 선배는 "아직도 생태주의 연구하는 사람이 있었네"라는 말을 했다. 무엇보다 개인의 사적 영역으로 문학의 담론이 파편화되어 가고 있는 현실 상황에서 전 인류의 문제를 제기하고 있는 생태주의[1]는 시대를 거스르는 것처럼[2] 보인다.

다만 생태주의 문학 이론이 적어도 한국 사회에서, 한국 문학 현장에서 얼마나 적절하게 대응했고 어떤 가치를 창출했으며 문학의 미학적 가능성을 어떻게 열어주었는지를 발견하는 것은 쉽지 않다는 점에서 미완의 담론임에는 틀림없다. 한때의 유행적 담론 수준에 머물러 버렸다는 혐의와 너무 광범위한 이론적 보편성 때문에 무엇이 생태주의 문학인지 구별하는 것조차 어렵게 되어버린 작금의 상황을 도외시할 수 없는 것은 미완의 담론 자체의 문제라기보다는 모순된 현실과 문학과의 상관성을 포기할 수 없기 때문이다.

2002년부터 시작하여 2011년까지 16호를 발간하며 한국 생태주의 문학 연구의 중심에 서 있는 『문학과환경』은 10년이라는 시간 동안 생태주의 문학의 다양한 변주와 심도 있는 이론으로 생태주의 문학의 변화를 추동해 왔다. 무엇보다 전 인류의 생존의 위기 속에 문학적 대응과 문학적 가치를

---

1) 본 논문에서 '생태주의'라는 용어를 사용하는 것은 생태문제를 다룬 문학이 현실의 변화를 추동해야 한다는 측면에서 유의미한 용어이기 때문이다.
2) 이승하(2007.12)는 생태시에 대한 평단의 논의가 중단된 원인을 시인들의 관심사의 이동, 거대담론이라는 점, 현실사회에 별다른 영향을 주지 못했다는 점, 문학정신이나 문학적 조류로 자리 잡지 못했다는 점 등으로 요약했다.

새롭게 발견하고 확립하려는 의지가 긴 시간 유지되었다는 것만으로도 충분한 의미가 있다.

『문학과환경』 발간 10년을 기념하면서 한국 생태주의 문학 이론을 정리하고자 기획한 이 논문은 『문학과환경』에서 보여준 다양한 연구 성과를 분류하고 그 안에 나타난 문제점과 의미를 발견하고자 한다.3) 아쉬운 점은 한국의 생태주의 문학 이론을 점검해야하는 이 지면에 부응하려면 새로운 생태주의 문학 이론의 방향을 제시하고 인간의 생태적 감수성을 함양하기 위한 새로운 방법을 가시화해야하겠지만 필자의 능력 부족으로 그 부분까지 나가지 못했다는 점이다. 이것은 현재 생태주의 문학 이론의 가장 주요한 문제를 그대로 노출한 것이기도 하다. 한국 생태주의 문학 이론이 『문학과환경』에 어떻게 전개되어왔고 그것이 가진 의미는 무엇이며 문제점은 무엇인지를 밝혀냄으로써 한국 생태주의 문학 이론의 가능성을 함께 모색해 본다는 데에 의미를 부여해 본다.

2. 『문학과환경』에 나타난 생태주의 문학 이론의 양상

1990년대 이후 활발히 개진된 생태주의 문학 이론은 생태주의 문학을 다른 문학과 어떻게 구분할 것인가의 문제와 내부적으로 어떤 방향성을 가지고 이론을 확립해 가야하는가를 중심으로 나타났다. 다른 문학과의 차별성을 핵심으로 둘 경우 생태주의 문학의 정의와 하위 문학의 세분화, 서구 생태주

---

3) 신문수(2011.12)는 '문학과환경학회' 10년의 성과와 지향점을 다각적으로 분석하면서 생태문학 전반을 거시적으로 포괄하는 이론적 시도나 비평적 관행 자체를 문제삼는 메타비평적 노력이 필요하다고 했다.

의 담론의 수용이 주요했다. 생태주의 문학의 지향점과 관련하여서는 한국 문학의 패러다임 속에서 생태주의 문학이 여타 문학 이론과 어떤 연관성을 가지고 있는지를 고찰하면서 생태철학의 도움을 받아 문학을 해석하고 생태 윤리를 최종적인 목표로 상정했다.

이와 같은 양상은 한편으로는 생태주의 문학의 정체성을 확립하려는 의도를 가지고 있고 한편으로 생태주의 문학의 방향을 설정해 준다는 측면에서 효과적이다. 그러나 방법적 측면에서 서구 생태담론의 수용과 동양사상과 자생적 철학사상을 그대로 문학 이론으로 적용하고자 하는 의도가 강하게 표출되면서 스스로의 한계를 드러냈다. 생태주의 문학 이론의 핵심이라 할 수 있는 언어를 매개로 한 미학적 가치에 대한 변별점을 명확히 하지 못하게 됨으로써 철학을 구현하는 하나의 도구로서 생태주의가 기능하고 있다는 혐의에서 자유롭지 못하게 되었다. 물론 문학이 철학적 지향의 도구가 되는 것 자체가 문제되지는 않는다. 다만 문학적 특성을 고려하지 않은 상황에서 그저 모든 문학이 '생태주의적'이라는 지점까지 나갔을 때 초기에 심혈을 기울여 의미를 규정했던 생태주의 문학의 정의를 벗어나 정체성 혼란의 상황에 처하게 되었다는 것이 문제다.

하나의 문학 이론이 문학적 가치를 인정받기 위해서는 그만이 가지고 있는 독창적 미학을 창조할 수 있어야 한다. 단순히 전통적 자연과 별반 다르지 않는 '자연'에 온갖 의미를 부여하고 이에 대한 찬탄과 경외의 포즈를 미사여구를 동원해 포장하는 것으로 생태주의의 미학적 발견에 응답했다고 할 수 없는 것은 당연하다.

본 연구의 대상이 된 논문은 생태주의 문학 이론을 본격적으로 다룬 논문이 아니라[4] 주로 논문의 서론 부분에서 방법적 준거로 활용되거나 논지를

---

4)『문학과환경』에 게재된 논문 중 한국 생태주의 문학 이론을 비교적 상세하게

강화하고자 하는 의도에서 동원되는 정도에 머물러 있기 때문에『문학과환경』에 게재된 한국 문학 전반의 논문을 대상으로 할 수밖에 없었다. 따라서 이 논문은 시와 소설로 구분된 다른 기획 논문의 내용과 중복될 수 있음을 밝혀둔다. 이 논문의 주 대상이 된 논문은『문학과환경』에 게재된 논문 63편으로 그 간략한 내용은 뒷부분에 〈표〉로 정리하였다. 생태주의 문학 이론은 2002년『문학과환경』발간 이전부터5) 다양한 이론이 혼재된 상태로 방법적 변용을 이루었다. 따라서 지금부터 정리하게 될 이론은 시간적 순서에 의한 것이 아니라 문학 연구의 방법으로서 문학을 해석하고 의미 규정하는 과정에 가장 많이 요구되었던 생태주의 이론의 중요도에 따라서 정리했다.6) 이유는 생태주의 문학 이론이 연구자들의 의식에 어떻게 자리 잡고 있는지를 파악할 수 있는 가장 효과적인 방법이기 때문이다.

2-1. 인간과 자연의 관계성

생태주의 문학 이론으로 가장 많은 관심과 이론적 변용을 보여준 주제는 '인간과 자연의 관계'에 관한 사항이다. 서구에서 환경오염 문제가 부상하기 시작한 것은 1960년대부터다. 특히 독일의 경우 2차 대전의 복구를 위해 빠른 산업화와 공업화를 요구했고 이로 인해 '죽음의 라인강'과 '황폐해진 슈바르츠발트'를 경험하면서 생태학적 관심은 빠르게 번져갔다. 20세기의

다룬 것은 정정호(2002), 임도한(2003), 김남석(2005.12), 유성호(2009.6), 신문수(2011.12) 등이 있다.

5) 한국에서 생태주의 문학은 1990년『외국문학』25호에 실린 이동승의「독일의 생태시 - 그것의 이해를 위한 서론」이 나오면서 문단에 본격적으로 소개되었다.

6) 시간순서에 의한 생태주의 문학 이론의 정리는 임도한(1999), 장정렬(1999), 신덕룡(2002), 김용민(2003), 김욱동(2003), 문순홍(2006), 김남석(2005.12), 손민달(2008) 등을 참고할 수 있다.

산업화와 공업화는 인간이 자연에 대해 계급적 위계질서를 강제하면서 성립되었음을 발견하게 된다. 데카르트와 칸트를 위시한 인간 이성에 대한 무한한 믿음과 계몽주의의 확산, 과학의 발전과 자본주의의 성장이 순차적으로 나타나면서 인간의 자연에 대한 지배는 당연하고도 무자비한 방법으로 자행되었다.

전통적 사회에서 인간의 자연에 대한 태도는 대등하거나 오히려 역전적(逆轉的) 관계에 있었다. 인간의 자연과학이 발전하기 이전의 역사에서 인간은 자연의 힘 앞에 맞설 수 없었다. 물활론적 세계에서 자연은 인간의 모든 행동과 마음을 관장하는 신의 영역에 있었다. 이후 자연은 인간을 위해 무한히 희생하면서도 인간의 욕심이 비대해질 때 무참히 인간을 짓밟을 수 있는 힘을 가지고 있는 존재였다. 인간 역시 그러한 자연의 힘에 저항하기도 했지만 공생하는 방법을 체화하고 실천하고 있었다. 그러나 이성 중심의 과학적 계몽 시대를 지나면서 인간은 자연을 개발해서 이용해야할 도구 이상으로 간주하지 않았다. 지금의 생태파괴의 원인이 여기에 있다고 심층생태주의자들은 주장한다.

심층생태주의는 안 네스(Arne Naess)의 저작을 통해 세상에 알려졌다. 심층생태주의의 가장 핵심이 되는 사상은 인간과 자연의 평등성, 인간의 유기체적 인식에 있다. 생태주의 문학을 구상함에 있어서 그 이론적 정체성을 드러낼 수 있는 방법으로 인간과 자연의 관계를 전통적 사유 체계로 회귀하는 것으로 상정한 것은 바로 이러한 체제의 공통점 때문이었다.

『문학과환경』에 게재된 다수의 논문도 생태주의 문학의 핵심인 인간과 자연의 관계성을 중심으로 다양한 변주를 보여주었다. 창간호에서 정정호(2002)와 구수경(2002)은 인간중심주의에 대한 비판을 통해 인간과 자연의 조화를 주장하는 이론적 준거를 보여준다. 물활론적 세계관과 샤머니즘의 세계관에서는 발생하지 않던 생태파괴의 문제가 20세기 이후 신의 영역을 침범한 인간이 자연과의 관계를 상하관계로 인식하면서 인간 생존 자체를 위협받는 상황에 이르게 되었다. 이것은 이남호(1998)의 '녹색'의 개념에 구체적으로 드러나 있다. 그는 자연과 인간이 하나이며 자연의 고유한 가치와 숨은 질서를 존중하는 마음이 문학하는 마음의 바탕이 되기 때문에 문학은 본질적으로 '녹색'이라고 했다. 인간과 자연의 관계성을 중요하게 거론한 논자로 이숭원(2007.12), 정형근(2009.6), 이민호(2009.6), 최도식(2009.12), 이광호(2011.12) 이승준(2003) 등이 있다.

문흥술(2007.6)은 인간과 자연의 평등성을 주장하는 이론적 근거를 제공하는 생태주의 문학 이론은 자연과의 합일을 통한 원시생명의 세계에 대한 지향으로 발전하기도 한다고 보았다. 여기서 원시 자연으로의 회귀는 단순히 자연에 대한 경사가 아니라 인간에 의해 훼손되기 전의 완전한 상태의 자연으로의 회귀를 뜻한다. 즉 인간의 자연에 대한 경외가 온전히 보존된 상태로의 복원을 꿈꾼다.

인간과 자연의 관계성을 생태주의 문학의 중심으로 보게 될 때 발생하는 문제점을 살펴보면 다음과 같다. 먼저 인간과 자연의 관계성 회복을 가장 중요하게 주장하면서도 그것을 위해 어떻게 해야 한다는 것인지에 대해서는 함구하고 있다. 생태주의가 자연에 대한 타자화를 인간에 대한 타자화로 전향시키는 데에 동의한다 하더라도 결국 인간에 의해 발생한 생태파괴 현상을 자연에 대한 태도의 변화만으로 가능하다는 것인지 의문이 든다.[7] 사회생태주의가 비판하는 것처럼 인간에 대한 혐오를 통해 인간의 변화가 가능한 것인지에 대한 의문과 이 부분은 상통한다. 생태주의가 인간과 사회에 대한 가치의 변화를 동반해야한다는 당위성 위에 존재한다면 그 방법적 문제를

---

7) 이와 관련하여 변지연(2006 : 445)은 전체로서의 자연을 알 수 없다면 근대 과학의 오만함을 버리고 '알 수 없'과 '할 수 없'는 부분으로 자연에 대해 겸허한 자세를 견지할 것을 주장했다.

상정하지 않는 것은 직무유기가 아닐 수 없다.

다음으로 전통적인 자연친화적 사고를 보인 문학 작품에 대한 평가는 어떻게 해야 하는가의 문제다. 생태주의의 기원이 생태파괴와 탈근대화에 있다면 그것을 경험하지 않은 근대 이전의 문학에 대한 평가를 어떻게 바라보아야 하는가에 대해서는 충돌이 발생한다. 대체로 최근의 동향은 박희병의 『한국의 생태사상』(돌베개, 1999)과 김욱동의 『한국의 녹색문화』(문예출판사, 2000) 이후 근대초기 문학작품8)까지, 최영호(2005)와 김혜진(2007.6) 등은 고전문학에까지 생태주의는 영역을 확대하고 있는 실정이지만 그러한 작업을 과연 어떻게 평가하는 것이 옳은가에 대한 합의는 별반 이루어지지 않은 것이 사실이다. 우리가 말하는 '자연'의 개념을 어떻게 잡을 것인가9) 하는 문제와도 무관하지 않은 이 질문은 아직도 생태주의 문학의 정체성을 강조하는 쪽에서는 비판적이다.

오늘날 생태파괴의 원인 중 하나는 인간중심주의를 기본으로 한 인간과 자연의 관계에 균열이 생김으로써 초래된 것임은 자명하다. 생태주의 문학이 다른 문학과 이질성을 강조할 때 가장 먼저 발견되는 이론적 준거는 자연에 대한 인간의 인식에 있다. 그러나 문학의 본질이 자연에 대한 마음이라는 이남호(1998)의 지적대로 모든 문학의 보편적 특성이 될 여지 또한 있기 때문에 이를 특별히 강조하는 것은 생태주의 문학의 정체성을 잃어버리게 될 가능성 또한 농후하다. 이는 심층생태주의자들이 주장하는 만물 평등에 대해 인간의 역할을 강조하면서 등장한 사회생태주의가 종교적 직관과 영성을 강조한 신비주의라고 비판하는 것과 같은 시각에서 문제적이다.

----

8) 『문학과환경』에 실린 논문에 대상이 된 작가는 김소월, 한용운, 서정주, 이효석, 박영희, 김동리 등이 있다.

9) 이와 관련하여 변지연(2006)은 고전과 현대, 서양과 동양의 문학이 가지는 차별성과 유사성을 명확히 하는 것을 하나의 방법으로 제시했다.

2-2. 공동체와 계층의 문제

인간과 자연의 동등함을 강조할 때 발생하는 물음 중에 하나는 과연 인간의 변화를 어떻게 무엇을 통해서 가능하게 할 것인가 하는 점이다. 인간의 유기체적 인식을 지나치게 강조하면 생태파괴의 원인을 밝힐 수는 있을지 몰라도 결과에 대한 대책을 세우기는 어렵다. 머레이 북친(Murray Bookchin)은 이와 같은 문제의 촉발이 인간에 대한 인간의 지배에 기인한 계급적 관계에 있음을 발견하고 이를 타파할 때 인간의 자연의 지배를 차단할 수 있다고 보았다. 이른바 '사회생태주의'라는 이 담론은 생태주의 문학 이론으로서도 중요한 위치를 점하고 있다.

오늘날 자본주의가 발달한 대부분의 나라에서 발생한 빈부의 차이는 계층 간의 갈등을 유발하고 있으며 '세계화'와 '인류'라는 용어로 그 의미는 은폐되고 있다고 채대일(2008.6)은 지적한다. 인간에 의한 인간의 지배는 물질화된 현대에서 정치권력과 경제력을 기반으로 한 기득권과 거기에 편입하지 못한 세력들 간의 충돌 양상을 보인다.[10] 이와 같은 계층·계급적 불평등은 자연에 대한 인간의 지배를 가능케하고 이를 묵인하게 하며 기득권 안으로 편입되기를 바라는 다수의 하위계층을 통해 상명하복의 구조를 끊임없이 확대재생산 한다. 이것이 자본주의를 견인하는 요체가 된다는 측면에서 이 이념은 무정부주의와 상통한다. 유성호(2009.6)는 생태담론의 문제점을 지적하면서 계급 혹은 계층적 불평등에 대한 심층적 고찰이 결여되었다는 점과 인간에 대한 철저한 불신과 혐오가 있다는 점에 주목했다.

북친의 사회생태주의는 자유를 위해 사회·정치적 노력이 필요함을 역설했다. 이를 위해 제시된 생활양식은 평등하고 자유로운 의사결정이 가능한

----

10) 이와 관련하여 박상익(2010.6)은 박영한의 소설 속에 도시 속에서 피폐한 삶을 살아가는 '슬럼'에 주목했다.

소규모 공동체이다. 생태주의 문학 이론으로서 인간에 의한 인간의 지배에 대항하는 구체적인 행동 양식으로는 '생태 공동체' 운동을 통한 평등한 관계 형성에 주목했다. 이는 심층생태주의가 현실적으로 가능한 테제가 되지 못한다는 측면을 과감히 수용하고 이에 대항하는 논리로 현실적이다. 남송우(2004)는 생태파괴의 극복을 위해서 소규모의 분권적, 자치적, 자급자족적 근검·절약하는 생태 공동체가 대안사회로 제시되고 있음을 말하면서 '생명지역'에 대해 구상한다. 우찬제(2009.6)는 오지에 새로운 '타자공동체'를 제안한다. 이후 김한성(2010.12), 김영주(2011.6), 윤창식(2011.12) 등에 의해 문학이론으로서 생태 공동체에 대한 구상이 상정된다.

사회생태주의에 기반을 둔 이와 같은 생태 공동체 구상은 생태주의가 이론적 가치만이 아니라 실천적 가치를 담보해야 한다는 점에서 의미가 크다. 그러나 문학 이론으로서 생태 공동체는 그러한 인간의 계급·계층적 문제보다는 자연 속에 함께 살아가는 소박한 의미에 머물러 있어서 한계가 있다. 생태 공동체는 오히려 인간과 인간의 관계가 가장 계층화된 도시에서 발생하는 것이 더 타당하다. 더군다나 문학 이론으로서 공동체의 구상을 도출해 내는 것은 주안점이 인간의 계층적 분화를 없애는 것으로 가야하는데 구호 중심의 문학, 선동 중심의 문학에서 미학적 가치를 얻기가 쉽지 않은 문제 또한 노출하고 있다. 이것은 생태주의 문학 이론으로서 생태 공동체가 어떤 필요에 의해 만들어져야 하는지에 대한 충분한 고민을 담지하고 있지 않기 때문으로 풀이된다. 또한 이들의 주장대로 인간의 계층적 상하관계를 타파하고자 하지만 이를 위한 기본적 태도가 생태주의의 근간인 이분법적 사고에 바탕하고 있다는 문제점 또한 발견된다.

생태여성주의는 남성중심적 가부장제에 기인한 남성과 여성의 지배구조에 주목하고 이것이 인간과 자연의 지배구조의 원인임을 주장한다. 흔히 '에코페미니즘(Ecofeminism)'으로 표기되는 생태여성주의의 이론적 준거는

피지배계층으로서 여성과 자연을 동일시한다는 점에서 사회생태주의와 상
통한다. 물론 생태여성주의는 남성과 여성, 인간과 자연뿐만 아니라 모든
형태의 지배·억압·착취의 구조를 부정한다. 한국에서 문학 이론으로서
생태여성주의는 주로 여성 작가의 작품 분석에 치중되어 있다. 신수정
(2010.12)은 남성으로 대표되는 육식문화의 질서를 거부하고 영적 생명에
가까운 여성적 이미지를 부각한다는 점을 들어 한강 소설을 해석한다. 유성
호(2009.6)는 천양희와 나희덕의 시를 여성적 시선의 생명감각으로 분석했
다. 이와 변별되는 분석 태도를 보인 것은 김한성의 논문(2010.12)이다. 그는
여성과 자연이 수동적인 타자의 위치에 있음을 깨닫고 저항한다고 보았다.

생태여성주의는 문학 작품을 분석하는 주요한 틀이 된다는 점에서 유효하
나 인간과 자연의 관계와 남성과 여성의 관계가 정치하게 지배·피지배의
관계로 설정될 수 있는 것인지에 대한 근본적인 물음이 요구된다. 인간이라
는 상위 개념을 남성만으로 한정하는 것부터가 완전한 개념 규정을 어렵게
만든다. 또한 생태파괴가 여성만의 문제가 아니라는 점에서도 반론을 감당하
기 어려워 보인다. 앞서 제기한 바와 같이 이러한 이분법적 구도를 상정하는
것 또한 생태주의에서 가장 배격해야할 요소라는 점에서 문제적이다.

2-3. 노장사상과 불교, 자생적 생태사상

서구에서 먼저 발생한 생태파괴 문제에 대한 대안을 찾으면서 자연스럽게
도출된 것이 동양사상에 기반을 둔 철학·사상적 대응이었다. 이것은 관계
성을 중시하는 동양의 사상적 특성을 고려하면 당연한 명제가 된다. 특히
자연의 섭리와 만물에 도가 존재하고 있음을 강조한 노장사상은 일찍이 생태
주의 문학 이론으로서 의미를 부여[11]받았다. 송희복(2007.12)은 불교의 화
엄사상에 대해 설명하면서 우주 만물이 서로 의존적으로 살아가야 한다는

측면에서 생태적 의미를 담고 있고 법과 연기의 개념 역시 인간과 자연의 상호의존적 관계와 인과론적 환경윤리는 제공한다는 점에서 의미가 크다고 주장한다. 김희진(2006.12)은 중용의 '천명지위생' 즉 천지만물이 하늘로부터 본성을 부여 받았다는 명제는 생태주의의 기본적 철학을 반영하고 있다고 했다. 김영주(2011.6)는 동양사상에 기댄 생태담론의 문제점을 제시하고서 '공공재'라는 개념을 도입한 노장사상에 주목하여야 한다고 주장했다.

동양사상과 연관성을 가지면서 한국적 특수성을 지닌 생태주의 이론으로서 장회익의 '온생명'과 김지하의 '생명사상', 동학사상 속에 배태된 생태주의적 가치를 발견하는 경우도 있다. 김희진(2006.12)은 장회익의 '온생명'이 개별적 생명체를 구분하지 않고 그 자체를 하나의 전일적 실제로 인정하여 모든 생명이 영성을 지닌 우주적 존재라고 했다. 이소연(2008.12)은 이러한 온생명의 시각에서 생태문학을 조명했다. 홍용희(2007.12)는 김지하의 보편적인 우주적 삶의 주제로서의 영성과 개체 생명의 고유한 독자성을 동시에 주장하여 생명가치를 높였다고 보았다. 강용기(2003)는 김지하와 게리스나이더의 토착문화에 주목하여 친생태적 가치를 발견했다. 그는 여기에서 "구체적인 실천적인 대안문화의 창조를 향한 작품쓰기에는 아직 인색"하다고 하면서 김지하야말로 "녹색문화의 초석이 될 사상적 대안 찾기의 외로운 투쟁"을 한다고 성찬한다. 정연정(2011.6)은 학제적 접근을 강조하면서 김지하의 상호존중과 실천윤리로서의 '모심'을 생태적 지향점으로 해석했다.

동양사상이나 자생적 생태사상에 기원한 생태주의 문학 이론은 서구에서 촉발된 문제적 현상을 동양적·자생적 철학·사상[12]을 통해 해결하고자 한다는 측면에서 가치 있는 논리가 된다. 다만 이러한 사상들이 동양 사상의

---

11) 이혜원(2002)은 이와 관련하여 최승호의 시가 욕망과 제도의 문제, 자연의 본성에 대한 성찰 등에서 노장철학적 특성을 지니고 있음을 고찰했다.
12) 이와 관련하여 이정배(2011)와 김치완(2011)의 최근 논문을 참고할 수 있다.

일반 특징에서 발견되는 문제점과 동일하게 신비주의적으로 나타거나 실천적 대안으로 발전하기에는 한계가 있다는 점에서 역시 분별이 요구된다. 심층생태주의가 주장하는 바처럼 인간과 자연의 관계성에 비추어 인간보다 자연의 가치를 우월하게 상정할 때 문학적 표현의 한계가 발생할 수 있다. 또한 현실 제도권 안에서 어떠한 구체적 대안이 제시될 수 있을지에 대한 관심이 요구된다.

2-4. 욕망과 생태윤리의 문제

생태파괴의 현실을 어떻게 극복할 수 있을까? 이에 대한 해답은 자본주의의 원동력이 되는 물신화를 어떻게 막을 수 있을까에 대한 답과 동일하다. 지금의 생산력만으로도 지구인 모두가 인간다운 삶을 영위할 수 있다는 측면에서 물신화는 결국 인간의 행복의 패러다임을 바꾸어 놓지 않으면 안 된다는 결론에 도달한다. 그 과정에서 인간의 '욕망'은 해결해야 할 가장 중요한 심리적 기제가 된다. 지금처럼 타인과의 경쟁과 그 속에서의 승리, 이를 통한 더 많은 재화의 축적이 행복이 되는 상황은 영원히 지속될 수 없다. 그것은 지구가 줄 수 있는 자원이 한정되어 있고 지구 외에 인간이 생존할 수 있는 환경이 존재하지 않는다는 것을 인정한다면 어쩔 수 없는 선택이다. 이런 측면에서 생태주의는 탈근대적 속성을 내포하고 있다.

욕망의 문제는 "차면 넘치는 만물의 이치처럼 욕망이 과하면 반드시 파멸에 이른다"는 노장철학의 통찰을 보여준 이혜원(2002)에 의해 『문학과환경』에서 시작되었다. 욕망을 문제 삼는 임도한(2003)은 욕망의 과잉을 방지하기 위해 극심한 기아체험을 통한 종말적 상황의 경험을 제시한다. 그는 한스 요나스(Hans jonas)의 '공포의 윤리학'을 접목하여 묵시록적 생태시가 그렸던 종말적 상황을 제시함으로써 한정된 자원의 고갈 뒤에 올 자연의 인간에 대한 욕망에 대한 경고를 보여준다. 또한 과거 자연에 가졌던 '물활론적 경외심'의 재현을 기대한다. 그는 이를 위해 다른 존재를 섭취해야만 살아가는 존재인 인간이 다른 생명체를 존중하는 마음을 가져야한다는 '섭식'의 관계성에 주목한다. 그의 논리는 욕망의 과잉을 해결하기 위해서 극단적인 체험이 유효하다는 지점까지 나아간 것이다.

생태주의는 단순히 이론적 준거를 마련하고 이를 문학의 담론으로 수용하는 것으로 끝나서는 안 된다. 왜냐하면 생태주의가 문제적 현실을 극복하기 위한 대안적 담론으로 발생한 것이기 때문에 부단히 현실적 실천의 영역까지 고려하지 않으면 안 된다는 태생적 문제를 가지고 있기 때문이다. 이런 측면에서 생태윤리로의 접근은 당연하고 구체적 실천의 영역을 담보한 문학 이론으로서의 지위도 굳건히 해야 한다.

이를 위해서 제시되는 방법으로 생태주의 교육에 대한 관심도 주요하다. 정정호(2002)는 현재의 교육목표와 제도에 대한 근본적인 변혁이 요구된다고 하면서 '이상적인 탈근대적 신인간'의 양육을 주장한다. 정형근(2009.6)은 지표 - 기호, 도상 - 기호, 상징 - 기호 등의 자연관을 상정하고 자연과 인간의 행복한 공존을 위한 생태시 교육의 방법을 제안한다. 김옥성·김진희(2011.12)는 신현득의 동시를 통해 상호의존성과 호혜성, 윤회론적 상상력, 물활론적 공동체 등과 같은 가치를 발견하고 생태학적 세계관의 내면화가 생태교육으로서 중요하다고 보았다.

'욕망'의 문제를 다룬 생태주의 문학 이론은 문제적 현실의 핵심을 적시했다는 측면에서 긍정적으로 평가된다. 무한히 확대 재생산되는 욕망을 기반으로 자본주의의 모순은 상존하고 있다. 생태파괴 역시 모든 인류가 할리우드 영화의 주인공처럼 살아가기를 바라는 인간상을 버리지 않는 한 근본적 변화를 기대하기 어렵다. 그러나 그러한 욕망을 어떻게 변화시킬 수 있는지에 대한 대안을 제시하지는 못하고 있다. 그야말로 '경제인(homo economics)'

이 '생태인(homo ecologicus)'으로 바뀌어야 함에도 불구하고 한국적 현실 정치는 '경제'를 벗어나자는 논리를 펴는 것 자체가 금기시되어가고 있는 것은 아닌지 의구심마저 든다. 생태윤리의 강조는 교육적 효과를 기대하는 방향으로 가는 것이 가장 효과적임에 틀림없다. 그러나 단순히 문학 안에서 생태주의적 가치를 발견하고 이를 생태교육에 적용하면 된다는 안일한 판단 은 금물이다. 어쩌면 생태주의적 가치를 보다 정교화 하는 것이 단순히 생태 윤리로 가자는 구호로서의 문학이론보다 더 '생태주의적'일 것이기 때문이다.

3. 『문학과환경』에 나타난 생태주의 문학 이론의 의미와 과제

1990년대 한국 문학의 지형도는 1970년대에서 1980년대로 이어지는 리 얼리즘의 위력이 쇠약해지는 시점이었다. 현실 사회정치가 민주화의 바람을 타고 일정부분 변화했고 기존의 민중·민주 세력이 약화되거나 민주주의의 미시적 접근을 요구하는 때가 되었다. 그즈음 직접적인 환경오염 피해사례가 발생하고 문학 전반은 기민하게 그러한 현실의 문제를 담론화 했다. 생태주 의 문학의 개념과 범주, 구조화에 대한 접근을 보다 폭넓게 진행하면서 이때 의 생태론자들은 문학 생산을 자극했다.

그러나 2000년대 중반 이후 새로운 생태주의 담론이 수혈되지 않으면서 생태주의 문학 이론은 갈증을 느끼며 침잠해가고 있다. 심층생태주의, 사회 생태주의, 생태여성주의 등의 생태주의 이론과 동양적·자생적 생태주의 사상의 유입이 완료되자 이를 통해 변증법적으로 새롭게 생산되어야 문학 이론으로서 생태주의는 쇠퇴하게 된다. 현실의 문제를 견인해야 한다는 생태 주의의 근본적 속성에서 비춰 볼 때 완고한 현실을 끌고 가기에 역부족인 듯이 보이는 것도 사실이다. 그것은 과연 무엇 때문인가?

3-1. 생태주의 문학 이론의 의미와 한계

한국에서 생태주의 문학 이론은 서구의 생태주의 이론의 도입과 동양적 생태주의 사상, 자생적 생태주의 사상이 혼재된 상태로 나타났다. 그것은 1970년대부터 공업화와 산업화, 도시화를 중심으로 한 성장 위주의 경제 체제 속에서 생태파괴는 시작되고 있었으나 민주화가 어느 정도 성취된 1990년대에 와서야 문제적 현실이 수면 위로 나타났기 때문이다.13) 현실의 문제를 해결하기 위해 1990년대 이전에 가장 핵심이 되었던 리얼리즘의 쇠퇴와 함께 시작된 생태주의 이론은 초기 용어의 정립, 생태주의 문학의 개념, 범주화14) 등에 주목했다. 이후 다양한 변주를 통해 활발히 개진되면 생태주의 담론은 생태윤리의 강조 이후 별다른 지향점을 찾지 못하고 있는 실정이다.

생태주의 문학 이론을 추동했던 『문학과환경』은 이와 같은 생태주의 이론의 수용과 변용과 쇠퇴라는 유기체적 질서를 그대로 따르고 있다. 『문학과환경』을 중심으로 한국의 생태주의 문학 이론의 의미를 살펴보면 다음과 같다.

첫째, 생태파괴의 근본적 원인을 명확히 하고 이에 대한 대책을 강구하려 노력했다. 생태주의 문학 이론의 핵심은 인간과 자연의 관계성에 있다. 현재 생태파괴의 원인을 인간중심주의에 기초한 계몽적 합리주의에 두고 인간과 자연의 동등한 지위를 주장했다. 이것이 심층생태주의 이론의 도입에 힘입은 바 크다고 하더라도 문학의 역할과 문학적 대응전략을 효과적으로 적시했다는 측면에서 의미가 있다. '환경'과 '생태'의 개념을 명확히 하면서 본격적으로

---

13) 한국의 생태주의 문학 이론의 수용과 관련하여 초기 리얼리즘과의 접합에 관해서는 손민달(2008)의 논문을 참고할 수 있다.

14) 최근 생태주의 문학을 범주화한 이도흠(2010.12)은 '환경문학', '생명문학', '생태론적 문학'으로 구분 지었다. 이는 '환경', '생명', '생태'라는 용어의 정의에 기대고 있어서 유효하나 '생명'과 '생태'의 범주 규명이 명확하지 않다는 측면에서 혼란이 올 수 있다.

이론화를 시작한 것도 생태파괴의 원인을 명확히 인지하고 있었기 때문이다.

둘째, 생태주의 문학 작품에 대해 생태주의에서 파생된 다양한 이론들로 해석할 수 있게 됨으로써 생태주의의 외연을 확장하는 데 기여했다. 환경오염의 고발과 실상을 표현하는 문학에서 나아가 유기체 범주에서 인간도 벗어날 수 없다는 측면까지 외연을 확대함으로써 생태주의 문학의 범주를 넓혔다. 특히 동양사상과 자생적 생태사상을 문학 해석의 방법적 근거로 이용하여 넓은 의미의 생태주의를 확립하는 데 기여했다. 모순된 현실을 극복하려는 생태주의 이론의 기본 태도는 다양한 철학·사상·심리적 기제를 활용하여 폭넓은 문학 연구 방법을 제공했다.

셋째, 개인의 문제로 침잠되어 가는 문학적 현실에서 전 지구적인 범위에서 함께 성찰해야할 과제가 됨으로써 협소한 이론의 틀에 갇히기보다 현실과 문학의 관계를 진지하게 고민하게 만드는 역할을 했다. 리얼리즘의 쇠퇴와 함께 촉발된 생태주의 문학 이론은 계급투쟁이나 민민운동처럼 활성화되지 못했지만 문학이 현실의 모순을 어떤 방법으로 변화시키는 데 유효한 점이 있다는 점을 확인하게 되었다. 이는 근대에 대한 반성으로서 탈근대적 성격을 띠고 있는 생태주의의 이론과 상통한다.

넷째, 생태주의 문학 이론이 자신의 영역을 확장하면서 만나게 되는 다양한 담론들을 보다 심도 있는 논리로 만드는 데 기여했다. 앞서 제기한 리얼리즘과 포스트모더니즘, 동양의 철학과 자생적 철학이 생태주의 문학 이론을 만남으로써 보다 정교화 되고 현실화 되었다. 문학 이론이 현실의 문제에 적극적으로 개입할 것을 요구하고 구체적인 변화를 추구하고 있는 것은 생태주의 외에 흔하지 않다.

다섯째, 동양사상을 위시한 자생적 사상이 문학 이론으로서 좋은 방법적 기준이 될 수 있다는 점을 확인하는 계기가 되었다. 서구의 문제적 현실에서 촉발된 생태주의가 우리의 정신적 자산을 적용함으로써 보완될 수 있다는 것은 자긍심을 갖도록 한다. 이는 한국의 전통 사상이 오늘의 현실에 다양하게 접목될 수 있다는 것을 보여주는 좋은 예가 된다. 특히 한국 현대문학 이론이 미국과 영국 등에서 수입한 이론에 경도된 측면이 있음을 감안하면 전통에 대한 새로운 해석은 단순히 과거의 사상이 아님을 확인하는 결과를 낳았다.

여섯째, 생태주의 문학 이론은 타자에 대한 관심을 증폭시키고자 했다는 측면에서 의미가 있다. 인간에 대한 자연, 남성에 대한 여성, 도시에 대해 농촌, 상위 계층에 대해 하위 계층 등 관계성을 중시한 생태주의 문학 이론[15]의 관심은 타자에 있었다. 앞서 제시한 바와 같이 탈근대적 성격을 띠고 있는 생태주의가 가진 본질적 성향이 바로 타자에 대해 새로운 의미를 부여하는 것이다. 이를 통해 생태주의는 문학의 본질과도 상통했다.

이상에서 살펴본 바와 같이 생태주의 문학 이론은 문학과 문학을 낳은 현실 모두에 긍정적인 영향을 끼쳤음을 알 수 있다. 그러나 생태주의 문학 이론이 가지는 문제와 한계점도 있다.

첫째, 생태주의 문학 이론은 문학 생산에 기여하기보다는 비평적 틀로 기능한 측면이 강하다. 생태주의 문학 이론이 서구의 생태주의 이론을 수용하여 발전했기 때문에 자체적인 이론 정립에 시간이 많이 소모되었고 그것은 결국 문학 생산을 추수하는 결과에 치중하게 되었다. 하나의 담론이 보다 정교화 되면 이를 통한 문학 생산에도 기여하는 것이 타당할 것이다. 그러나 현실적으로 생태비평의 확립에 치중한 측면이 강하게 나타났다. 생태주의는 단순히 새로운 연구 방법으로서 기능할 것이 아니라 현실의 실천적 대안까지 나아가지 않으면 안 된다.

---

15) 김유중(2004)은 이와 관련하여 모든 생명체는 필연의 관계망으로 형성되어 있어서 생태원리인 관계에 대한 사유와 형상이 들어 있어야 엄밀한 의미에서 생태시라고 주장했다.

둘째, 1990년대 이후 생태주의에 대한 관심이 급격하게 확산되었지만 결국 빠르게 쇠퇴하는 결과를 낳았다. 현재 진행형인 생태주의를 쇠퇴로 재단하기에는 이른 감이 없지 않지만 충분히 시간을 두고 각각의 문제점과 지향점을 발견하지 못하고 다분히 인기에 영합한 측면이 있었다. 생태주의 이론은 무대에 오른 광대와 같이 빠른 속도로 자신의 모든 것을 보여주고 무대 뒤로 곧장 숨어 들어가 버린 형상이 되었다. 이는 빠르게 변하는 문학적 지형도에서 보면 일면 당연한 문제가 될 수 있지만 일찍 쇠퇴하면서 충분한 성과를 낳지 못하게 되었다. 너도나도 새로운 이론으로서 생태주의를 한 번 씩 거론하지만 정작 끊임없이 동어반복하고 있다는 혐의를 지울 수 없다.

셋째, 문학적 주류로 발전하지 못하여 실제 생활인의 변화를 추동하기에는 역부족이었다. 생태주의 문학이 구호나 선전의 나열이 아님을 초기에 인지했지만 인간의 감성을 자극하고 행동의 변화로까지 이어질 수 있는 문학적 이론으로 정교화하지 못한 부분이 있다. 무엇보다 현실의 변화에 어떻게 생태주의 문학 이론이 응전할 것인지에 대한 이론적 준거를 확실히 세우는 노력이 선행되어야 했다. 생태주의 이론은 변화된 현실에 적절히 대응하지 못한 것이다. 한국적 특수성과 세계적 보편성을 가늠하면서 사회·정치적 환경과 역동적으로 움직이지 못한 것이다.

넷째, 무엇보다 생명사상 이후에 체계적인 논리를 앞세운 새로운 생태 패러다임이 제시되지 못했다. 현실에 생산된 생태주의 문학을 정리하고 난 후 문학 창작의 준거를 세울 수 있도록 생태주의 이론을 정교화 했어야 한다. 그러나 개인 속으로 침잠하는 문학적 지형도에 적극적으로 대처하지 못했다. 오히려 자신의 영역을 확장하는데 치중하여 정체성을 모호하게 만들었다. 인간의 심성의 변화를 추동할 수 있는 쉬운 방법으로 강한 종교적 색채를 띠거나 영적 영역으로 쇠퇴하는 문제까지 발생한 것은 스스로를 가해하는 행위다.

생태주의 문학 이론은 무엇보다 현실의 변화를 위한 테제가 명확하게 규정되어야 한다. 이를 위해서는 현실을 정확히 직시하고 이에 대응하는 근본적인 방법으로서 이론을 새롭게 다듬는 노력이 필요하다. 그러나 한국의 생태주의 이론은 2000년대 중반 이후 그동안의 성과를 동어 반복하거나 덧칠하는 방법으로 수사적 기법으로 기능하고 있어서 새로운 방향 마련이 시급하다.

3-2. 생태주의 문학 이론의 과제

하나의 문학 이론이 그 역할을 다했을 때는 문학 창작을 통해 사회 전반의 변화가 어느 정도 성취되었을 때라 할 수 있다. 지금까지 한국에서 주류가 되었던 문학 이론은 신생 성장 쇠퇴 소멸이라는 유기체적 특성을 보여 왔다. 그렇다면 생태주의 문학 이론은 그러한 유기체적 변화를 정상적으로 겪어왔는가? 또한 이제는 소멸한 이론이 되었는가?

2000년대 중반을 넘어가면서 생태주의 문학 이론은 뚜렷한 성과를 보여주지 못하고 있다고 할 수 있다. 왜냐하면 새로운 문학 창작에 견인차 역할을 담당하고 있는 것도 아니고 창작되고 있는 문학 작품에 대해 새로운 이론적 접근을 통해 문학의 가치를 발견하는 것에도 주목받을 만큼 성과가 없기 때문이다. 그렇다면 이러한 상황에 생태주의 문학 이론은 이제 어떤 방향에서 미래를 모색해야 할 것인가?

첫째, 기존의 문학 이론에 대한 객관적인 성과 지표를 만들고 성취점과 문제점을 발견하는 비판적인 메타비평적 노력이 필요하다. 문학 작품 속에 드러난 생태주의적 속성을 밝혀내는 작업도 중요하지만 기존의 담론들이 가지고 있는 문제점이 무엇이고 어디에 쇠퇴의 원인이 있는지 분명히 할 필요가 제기된다. 명확한 자기진단과 평가가 있을 때 새로운 방향도 제시될 수 있다. 지금까지 『문학과환경』은 대체로 작품론 위주의 연구 성과를 보여주었다. 물론 작품론을 통한 생태주의 문학의 가치를 발견하는 것도 의미 있는 작업이지만 이론적 정치함이 우선시 되지 않으면 자칫 소재주의로 전락할 가능성도 농후하다.

둘째, 생태주의 문학 이론이 가지고 있는 지구적 담론에 좀더 관심을 기울여야 한다. 특히 독일에서 생태주의 문학 이론이 어떻게 진행되고 어떤 과정을 겪어 현재에 이르고 있는지 그 가치와 의미를 면밀히 고찰할 필요가 있다. 그것은 단순히 앞서 발전한 이론을 추수하겠다는 것이 아니라 같은 조건을 어떤 방식으로 해결해 왔는지에 대한 태도를 본받자는 것이다. 전혀 다른 사회·경제·문화적 조건 하에서 그들의 돌파구를 그대로 답습할 필요는 없다. 그렇지만 현실 정치 안에서 전반적인 변화를 체험하고 있는 그들의 발전된 이론을 연구할 가치는 충분히 있다. 왜냐하면 생태파괴 자체가 전지구적 문제이고 그 해결방법 역시 전지구적일 수밖에 없기 때문이다.

셋째, 동양사상이나 자생적 생태사상에 뿌리를 둔 생태주의 이론의 실천적 노력이 필요하다. 이 이론들은 다소 신비주의적 발상이라는 점과 실천적 대안을 어떻게 구상할 것인가에 대한 노력이 미진했던 것이 사실이다. 그것은 문학 연구에 그러한 사상들을 접목하는 것에 치중한 연구자들의 무관심이라기보다는 그러한 사상이 가지고 있는 자체적 문제이기도 하다. 따라서 문학 이론으로서 철학적 이념적 논쟁을 계속해 나가면서 그것이 가진 실천적이고 구체적인 문학적 정체성을 명확히 구분하고 이점을 발전시켜 나가야 한다. 고도의 정신 유산을 현실의 문제 해결을 위해 새롭게 적용하고 변모시키는 과정이야말로 전통의 올바른 변용이 아닐 수 없다.

넷째, 생태주의 문학의 외연을 확장하면서 최근 문학 작품에 대한 생태주의적 비평에도 실천적 노력이 필요하다. 2000년대 후반 근대 문학에 대한 생태주의적 발상을 확인하는 작업을 통해 생태주의 문학의 외연은 상당히 확장된 것이 사실이다. 더군다나 근대적 생태파괴를 경험하지 않은 고전문학

에까지 생태주의 이론을 적용하는 시점에서 이제는 보편적 개념으로서 생태
주의 문학 이론을 확정하는 연구도 필요하다. 다만 현재 창작되고 있는 문학
에 대한 생태비평적 관점의 연구가 많지 않다는 점이 문제다. 생태주의는
현실의 문제에 의해 발생했고 발전한 담론이다. 이것이 지금의 문학에 관심
을 주지 않는다면 생태주의의 문학적 가치를 발견하고 이를 구체화하려는
실천적 변화는 더욱 요원하게 될 것이다.

　다섯째, 생태윤리를 생태주의 문학 이론으로 흡수하는 과정이 보다 정교
화 되어야 한다. 실천적 대안으로 제시된 생태주의가 생태윤리로 귀결되는
것은 당연하고 긍정적인 변화다. 그러나 단순히 몇 가지 구호를 통해 인간의
도덕적 심성이 변하지 않듯이 문학 연구에 있어서 생태윤리가 직접적으로
발현된 작품을 예리한 각도로 구별해내고 그것이 어떤 유효한 지점이 발견되
는지 구체화 할 필요성이 제기된다. 단순히 실천적 노력이 보인다는 것으로
생태윤리로 귀결시켜서는 안 된다. 또한 생태교육적 차원에서 생태주의 문학
연구의 방법론도 구체화 되어야 한다. 단순히 생태주의적 가치를 발견하고
이를 교육에 적용해야 한다는 당위적 결과로 끝나서도 안 된다.

4. 결론

　『문학과환경』이 10주년을 맞아 생태주의 전반에 대한 성찰과 방향을 제시
하기 위한 자리에서 이 논문은 지금까지 어떤 생태주의 문학 이론들이 나타
났고 그것이 가진 의미와 한계점을 찾아 앞으로의 과제를 제안하고자 했다.

　인간과 자연의 본질적 관계를 회복하고자 기획된 생태주의 문학은 기존의
가치와 생활에 대한 근본적이고 총체적인 반성을 요구한다. 생태주의 문학
이론은 관계성에 대한 관심에서 촉발되었지만 인간 자체에 대한 이해와 인간

의 미래에 대한 방향을 설정해야 하는 인문학적 역할론에 충실하고자 했다. 그러나 생태주의적 발상을 사회·정치적 실천 영역으로 확대해야 한다는 책임 앞에 생태주의 이론은 스스로의 정체성마저 혼란한 지점에 와 있다.

이제 생태주의 문학 이론은 여러 가지 악조건 하에서 잘 버텨온 문학 이론으로서 자리를 굳건히 할 필요성이 제기된다. 1990년대와 2000년대 문학 이론으로서 자리를 지키고 있음에 안주할 것이 아니라 현실 문제에 보다 기민하게 대응하는 이론적 책략을 강구하면서 실천적 대안은 무엇인지 근본부터 다시 헤아리려는 노력이 요구된다. 보편성과 특수성의 딜레마를 극복하고 새로운 이론 정립을 통해 작품 생산과 현실 변화에 기여할 수 있도록 해야 한다.

2012년 4월 총선에서 새롭게 창당한 '녹색당'은 전체 유권자의 0.5%의 지지를 얻었다. 녹색당은 생명의 가치, 탈핵, 농업의 부흥 등에 주력하려는 정치적 노력의 산물이었지만 결과적으로 국회의원 배출에 실패했다.[16] 다만 10만 명이 넘는 유권자가 미래를 위한 당으로 녹색당을 선택했다는 것은 이제 생태주의가 한국적 정치 지형도에 변화를 줄 수 있는 씨앗이 될 수 있다는 긍정적 결과도 얻었다. 생태주의 문학 이론 역시 이러한 변화에 기민하게 대응할 수 있도록 정교화하고 심화된 논리로 발전시켜야할 시점에 와 있다.

---

16) 당원 7천명과 녹색당을 선택한 103,811명의 유권자들이 있지만 녹색당은 전체 득표율 2%에 못 미쳐서 정당등록이 취소되었다. http://kgreens.org

[표 1] 『문학과환경』에 실린 논문의 한국 생태주의 문학 이론

권 호	번호	제 목	저자	지 면	이 론
2002년 1권	1	문학교육의 녹화사업모색	정정호	28~45	동·서양 자연관 비교/생태교육
	2	개인의 언어와 공동체의 언어-서정주「질마재 신화」론	하재연	60~79	공동체의 언어
	3	최승호 시의 노장적 사유와 생태학적 의미	이혜원	80~104	노장철학
	4	낙원회복을 위한 인류학적 탐색-김영래의『숲의 왕』론	구수경	105~125	심층생태학/인간과 자연의 관계
2003년 2권	5	심미적 이성, 공감적 감성, 생태학적 상상력-김우창의 환경생태론에 관한 시론	정정호	6~23	반근대와 심층생태학
	6	'공포의 윤리학과'과 '섭식의 관계'	임도한	24~43	물활론적 경외심
	7	김동인 소설에 나타나는 도시와 자연의 이분법적 구도에 대한 연구	홍기정	44~64	도시와 자연의 이분
	8	황순원 소설의 생태학적 의미	이승준	65~85	자연과 문명의 대립
	9	김지하와 게리 스나이더의 토착문화 그리고 자연	강용기	86~102	한국의 전통사상과 자연
2004년 3권	10	문학 속에 나타난 생명지역주의의 한 모습	남송우	6~22	생태공동체
	11	관계의 시학-하종오 론	김유중	115~132	모든 생명의 필연적 관계성
	12	황순원 소설의 생태학적 의미 2	이승준	133~154	생명의 소중함
2005년 4권	13	생명의 관점에서『심청전』의 '바다' 다시 읽기	최영호	36~51	새로운 생명의식
	14	한국 현대소설에 나타나는 '나무' 연구-황순원, 이청준, 이문구, 이윤기의 소설을 중심으로	이승준	92~113	자연에 대한 사고의 전환
	15	이효석 소설에 나타난 자연적 삶의 현실적 의미-「산」과「들」을 중심으로	홍기정	133~147	현실 비판과 자연
	16	기린 러쉬(green rush)가 끝난 다음	김남석	148~166	생태소설 연구의 변모
2006년 5권1호	17	문인수 시에 나타난 생태론적 관심의 제 유형	김유중	7~34	자연과 문화에 대한 생태론
	18	홍신선의 시에 나타난 생태주의적 인식 연구	허혜정	35~58	전통의 자연과 현대문명의 자연
	19	1970년대 농촌 환경의 문제-이문구 소설을 중심으로	우정권	59~74	자연과 인간의 조화/농촌공동체
	20	환경시와 새로운 가치관의 추구	문흥술	75~88	인간 이성중심주의 비판

권호	번호	제목	저자	지면	이론
2006년 5권 2호	21	'인간의 원형'으로서의 동물 – H.헤세와 정호승의 경우	윤창식	89~113	잃어버린 인간 원형의 복원
	22	틈의 시학과 생명적 상상력 – 김기택의 시세계를 중심으로	김희진	51~68	동·서양의 생명 비교/자생적 생태사상
	23	한국 현대 생태시와 '물' 이미지	임도한	81~97	70년대 이후 생태시의 변모
	24	한승원의 중편소설 『폐촌』과 정신분석학적 생태비평	정연희	99~116	환경파괴에 대한 심리학적 접근
2007년 6권 1호	25	향가를 통해 본 신라인의 자연인식	김혜진	7~30	자연과 인간
	26	모순된 현실 비판과 원시적 생명의 추구 – 조태일론	문흥술	31~55	자연과의 합일 통한 원시적 생명세계 지향
	27	생태 시학의 형상과 논리	유성호	101~117	모든 생명체의 수평적 관계
2007년 6권 2호	28	불교적 생태 감성과 에코카르마의 시학	송희복	7~30	불교사상, 장회익의 온생명
	29	한국 현대시의 현주소 – 시인 최종진론	이승하	31~54	생태주의가 관심에서 멀어진 이유, 자연의 치유
	30	박재삼 시의 자연과 생의 예지	이숭원	55~76	자연과 인간의 상호연기적 세계관
	31	김지하의 시세계와 생태적 상상력	홍용희	77~90	인간중심주의 비판과 생명적 세계관
	32	최승호의 '고비(Gobi)'를 통해 본 자연의 고비	윤창식	91~114	인간의 욕망 문제
	33	박영희의 초기시에 나타난 여성유령의 의미	허혜정	115~138	반 근대성
2008년 7권 1호	34	한승원 소설에 나타난 물길의 상상력과 윤리학	채대일	43~62	사회생태주의, 계층 간의 갈등
	35	종교적 상상력의 승화	유성호	147~167	원초적 통일성 회복
	36	나르시스적 사랑에 의한 비극적 현실의 정화 – 손소희론	문흥술	169~182	인물 간의 관계 맺음
2008년 7권 2호	37	공생의 법, 사랑의 생태학 – 조세희의 『잔장이가 쏘아올린 작은 공』 연구	이소연	53~80	베이트슨(마음), 북친(사회생태학), 장회익(온생명)
	38	도시생태의 시적 수용과 전망 – 이하석, 최승호, 이문재 시를 중심으로	이혜원	115~137	인간중심주의와 욕망, 자연
	39	생태동시의 의의와 가능성 – 김명수, 이병용의 동시를 중심으로	임도한	141~160	동심을 통한 생태의식 자각
2009년 8권 1호	40	'총알'과 '머루'의 상호텍스트성 – 오영수 소설에 나타난 '전쟁과 평화'	우찬제	77~95	생명 공동체
	41	생태적 사유와 서정시의 지향	유성호	121~140	생태담론의 문제점, 근원생명, 여성, 문명 비판

권 호	번호	제 목	저자	지 면	이 론
2009년 8권 2호	42	한국 현대시에 나타난 서학적 자연관-윤동주와 김종삼의 시를 중심으로	이민호	141~156	전통적 자연과 서학의 자연
	43	생태시 교육에 관한 몇 가지 단상-중학교 학생들의 반응을 중심으로	정형근	159~181	인간과 자연의 관계
	44	김수영 시의 생태학적 상상력-'온몸'의 카오스모스 시학을 중심으로	노지영	141~170	근대 과학문명 비판
	45	오규원 시에 나타난 도시 공간의 이미지	이광호	171~194	도시적 모더니티의 비판적 탐구
	46	구상 시의 자연관에 나타난 생태인식 연구	최도식	195~220	인간과 자연, 물질문명비판, 상호 의존성 강화
	47	극심한 기아 체험과 욕망 억제의 가능성-탈북 시인 장진성의 『내 딸을 백 원에 팝니다』를 중심으로	임도한	221~238	요나스의 '공포의 윤리학', 욕망 억제
2010년 9권 1호	48	녹색 성장 시대, 새로운 글쓰기-최성각의 생태문학을 중심으로	김윤선	91~115	인간과 자연의 만남과 교감
	49	김수영 시에 나타난 자연인식과 미학적 변주	최호영	143~165	자본주의와 자연
	50	한용운 시에 나타난 카오스모스의 생태시학	김효은	167~185	데카르트적 세계관 비판과 유기체론
	51	동인지 『자유시』에 나타난 자연의 의미 연구	전소영	187~218	자연의 의미
	52	80년대 소설에 나타난 슬럼의 생태학-『왕릉일가』 연작을 중심으로	박상익	219~237	도시적 사람과 농촌적 삶의 조우
2010년 9권 2호	53	섭생의 정치경제와 생태윤리	우찬제	53~72	섭생, 심층생태학과 생태윤리
	54	「무녀도」 읽기-환경 비평의 시각에서	김한성	173~192	생태여성주의, 인간과 자연, 공동체
	55	한강 소설에 나타나는 '채식'의 의미-『채식주의자』를 중심으로	신수정	193~211	생태여성주의와 생태윤리
2011년 10권 1호	56	생태담론에서 노장사상에 대한 새로운 접근	김영주	7~37	노장사상과 공공재
	57	김소월 시의 샤머니즘 생태학적 상상력	김옥성	39~58	심층생태학/샤머니즘/영적세계관
	58	김지하의 '애인'과 '모심'의 시학-불교생태론적 관점을 중심으로	정연정	145~171	자생적 생태사상과 불교사상
2011년 10권 2호	59	21세기 저탄소사회에서의 문학의 책무-한국문학과환경학회 창립 10주년에 부쳐	신문수	7~29	『문학과환경』 전반적 검토
	60	신현득 동시의 생태학적 상상력과 그 교육적 함의	김옥성 김진희	31~51	상호의존성과 물활론적 공동체

권 호	번호	제 목	저자	지 면	이 론
	61	류외향의 '들판'과 '바람'의 생태시 문학적 함의	윤창식	53~76	사회생태학적 관점
	62	서정주 시에 나타난 자연에 대한 시선의 문제	이광호	77~98	자연과 반근대

생
태
문
보 편 학
이 성 론
론 과 의
정 동
립 아 동
가 시 아
능 아 시
성 적
● 우찬제 (서강대학교)

1. 한국생태문학 이론분야 단원개관

어느 분야나 이론 담론을 새롭게 열어 나가는 일은 녹록치 않다. 생태비평 분야 역시 그러하다. 생태학 담론 자체가 종합적인 성격이 매우 강하거니와 문학 연구와 관련지을 때 그 복합성은 더욱 증폭되기 때문이다. 그 동안 심층 생태학, 사회 생태학, 정치 생태학, 생태 발전론, 생물 지역론, 생태 여성론, 생명론과 생태학, 녹색 사상과 사회주의의 접합 등 여러 맥락에서 다채롭게 생태학 담론이 전개되어 왔음을 우리는 잘 알고 있다. 또 그런 생태학 담론들을 참조하면서 다양하게 생태문학에 대한 비평과 연구가 이루 어져 왔다. 한국에서의 생태 문학 연구는 대개 생태학 담론들과 관련하여 텍스트의 생태 미학적 특성을 해명하는 쪽으로 많이 이루어졌다. 그러다보니 한국의 현실적 생태 환경과 전통적 지혜를 잇고, 지구촌 환경과 세계의 생태 담론들을 가로지르며, 생태문학 이론을 메타비평의 방식으로 전개한 논의는 그리 많지 않은 편이다. 우선 한국 생태문학의 심미적 특성을 해명하는 작업 을 우선했기 때문이다. 그럼에도 한국문학의 구체적 실상에 바탕을 두고 생태문학 이론적 논의의 새로운 가능성을 보인 논문들은 적지 않다. 또 이론적 성찰의 노력도 전개되었다. 지난 10년 간 『문학과환경』에 수록된 논문들 중에서는 「공포의 윤리학'과 '섭식의 관계'」(임도한), 「문학 속에 나타난 생명지역주의의 한 모습」(남송우), 「생태시학의 형상과 논리」(유성호), 「불교적 생태 감성과 에코카르마의 시학」(송희복), 「섭생의 정치 경제와 생태윤리」(우찬제) 등이 텍스트 분석을 통한 생태문학 이론 정립의 새로운 가능성을 모색한 논문들이고, 「심미적 이성, 공감적 감성, 생태학적 상상력: 김우창의 환경 생태론에 관한 시론」(정정호), 「생태담론에서 노장사상에 대한 새로운 접근」(김영주) 등이 메타비평 내지 이론적 성찰을 위한 공들인 사례들이다. 이 중 한국문학의 구체적 실상에 바탕을 두고 새롭게 이론 정립의 가능성을 모색하려 한 「문학 속에 나타난 생명지역주의의 한 모습」(남송우), 「불교적 생태 감성과 에코카르마의 시학」(송희복) 등 2편을 중심으로 논의해 보기로 한다.

'생물 지역' 개념은 1974년 캐나다의 생물지리학자이자 시인인 알렌 반 뉴키르그(Allen Van Newkirk)가 "지역에 대한 문화적인 연구와 생명적인 연구를 결합시키는 작업"이라고 처음으로 정의한 이후 '하나의 관점'이 되었던 것이다. 널리 알려진 것처럼, 세일(Kirkpatrick Sale)은 현실적·문화적 맥락에서 생물지역주의를 이렇게 정의한 바 있다: "토지의 거주자가 되기 위하여, 가이아의 법칙을 다시 배우기 위하여, 지구를 완전하고 정직하게 알기 위하여, 가장 중요하고 모든 것을 다시 포괄하는 작업은 장소, 즉 우리들이 살고 있는 독특한 장소를 이해하는 것이다. 우리 발밑에 있는 땅과 바위의 종류, 우리들이 마시는 물은 어디에서 오는지, 바람이 얼마나 다양하며 이 다양함의 의미는 무엇인지, 곤충, 새, 작은 풀들, 동식물, 나무들, 계절의 독특한 순환, 심어야 할 때어 수확철 등을 알아야만 한다. 자원의 한계, 토양과 물의 수용력, 스트레스가 부과되어서는 안 되는 장소들 또한 이해되어야만 하는 것들이다. 그리고 사람들의 문화, 땅 그리고 그 땅에서 자란

사람들의 고유한 문화, 지형적인 것들에 의해 형성되고 채택된 인간들의
사회 · 경제적인 질서, 조직, 이 모든 것들은 그 진가가 다시 평가되어야만
한다."(Kirkpatrick Sale, Dwellers in the Land: The Bioregional Vision,
San Francisci: Sierra ClubBooks, 1985, p. 42. 여기서는 문순홍, 『생태학의
담론』, 아르케, 2006, 348~349쪽에서 재인용함.)

　이런 생물지역주의를 남송우는 한국적 맥락에서 생명지역주의(biore-
gionalism)으로 수용하여 새롭게 논의한다. 부산 경남 지역을 중심으로 지역
문화 생태 운동을 활발하게 펼친 그는 「문학 속에 나타난 생명지역주의의
한 모습」에서 "생명지역주의에서 말하는 생명지역은 인간과 모든 동식물들
의 삶의 단위 터전이란 점에서, 현재의 생태 위기를 극복할 수 있는 최선의
대안"으로 논의되고 있음을 주목하면서, "생명지역주의는 생태문학이 나아
가야 할 중요한 방향의 하나"(남송우)가 될 수 있다고 주장한다. "역사적으로
인간의 경험은 인간 공동체와 그것을 품고 있는 자연간의 관계 속에서 이루
어져 왔으며, 생명지역주의는 이런 관계를 재발견하고 복원하여 인간 사회와
자연을 재결합하기 위한 노력"이었다는 기존 논자들의 견해를 받아들이면서
"생명지역주의는 지리학을 매개로 하여 생태학과 인류학을 결합하려는" "인
간생태학"적 시도이기에 "생태계와 지역과 인간의 문화를 하나의 고리고
묶는 것"이라고 정리한다. 생물/생명지역주의의 몇 가지 전략적 개념, 그러
니까 다시 봄(reenvisioning), 다시 삶(reinhabitation), 다시 있게 함(res-
toration) 등을 재정착과 지역 자연 체계의 복원이라는 두 측면으로 통합하여
논의한다. 그가 분석한 한국의 텍스트는 우포늪을 배경으로 한 배한봉의
시집 『우포늪 왁새』와 강인수의 소설 「맹물 선생」이다. 우포늪에 살면서
그곳의 생태의식을 형상화한 배한봉의 시를 통해 남송우는 생명공동체를
이루어 가기 위한 "생태중심주의의 시선"과 지향의지 및 생태중심주의적
세계관을 읽어낸다. 배한봉의 시편들에 형상화된 "부드러운 힘"은 "늪 뻘밭

이 지닌 생명의 생성력으로, 땅의 에너지가 솟아나는 샘과 같은 양상"이다. "늪은 물과 함께 생명을 형성한다는 점에서, 땅보다는 그 생성력이 훨씬 다양"하므로 "우포늪 공간은 생명지역으로서 그 의미가 깊다"고 논의한다. 「맹물 선생」을 통해서 남송우는 "공동체주의와 분권화의 강조는 여러 차이에도 불구하고, 심층 생태학과 사회 생태학이 서로 공통적으로 만나는 지점"이며 이 지점은 "생명지역주의가 추구하는 방향"과 일맥상통한다고 지적한다. 그러면서 "심층 생태학적인 사유의 실천과 사회 생태학적인 사유의 실천이 함께 이루어질 때, 우포늪의 생태계는 원형을 제대로 유지해 갈 수 있을 뿐만 아니라, 생명지역주의의 구체적 실현장이 될 수 있으리라"고 언급한다. 결론적으로 그는 우포늪의 "회복을 위해서는 우포늪과 사람과의 관계가 일방적이기보다는 생태학적 공동체를 이루어야 하며, 상호공존의 윤리가 형성되어야 함을 우포늪 문학들이 제시"하고 있으며, "생명지역주의에서 중요한 토대가 되는 땅에 대한 생태학적 인식을 철저히 하고 있다는 점에서, 우포늪이란 특정한 공간이 지닌 생명지역적 성격을 읽어낼 수 있다"고 정리한다. 논제가 「문학 속에 나타난 생명지역주의의 한 모습」이었기에 주로 시와 소설에 형상화된 생명지역주의 양상에 대해 논의한 글이지만, 그 과정에서 보인 생물/생명지역주의 관련 실천 전략이나 정서, 윤리, 세계관 등은 이 분야의 새로운 이론적 성찰로 진전될 수 있는 좋은 보고(寶庫)가 된다고 할 수 있겠다. 특히 생명지역주의를 통해 심층 생태학과 사회 생태학의 종합 가능성을 실천적으로 시도할 수 있다는 방향을 보인 것은 이 논문의 공적이다. 더 많은 지역의 경우와 상상력을 통합한다면 이 분야에서 의미 있는 이론적 성찰을 펼칠 수 있을 것으로 기대한다.

송희복의 「불교적 생태 감성과 에코카르마의 시학」은 21세기 새로운 인간상으로 '호모 심비우스(Homo Symbious)'가 강조되는 점을 주목하면서, 서구의 생태주의 이론이 동양사상을 참조하면서 불교의 덕목 특히 화엄사상을 논거로 끌어들이려는 경향이 있는데 "시 논의에 있어서도 화엄의 전일성(全一性), 상호의존성은 각별히 서정시의 장르적 성격과도 잘 부합"한다고 가정한다. 이를 해명하기 위해 그는 불교적 환경 윤리 내지 환경 인과론의 맥락에서 '에코카르마(eco-karma)'를 핵심어로 논의한다. 그에 따르면 "시와 불교와 생태주의를 개념적으로 한꺼번에 엮을 수가 있는 낱말이 있다면" 바로 "화엄(華嚴)"이다. "꽃의 아름다운 꾸밈, 세상을 온갖 꽃으로 장엄하게 한다는 것. 꽃의 장엄한 세상으로 비유되는 화엄, 그 이름 자체가 이처럼 시적인 발상"에 의한 것이라고 보는 그는, 정현종의 시편들에서 "생명과 조화의 완결성을 지향하는 우주론적 교감의 끝"에 놓인 "생명 만다라"를 읽어내고, "화엄경적 생명 원리를 집약한" "한 꽃송이"의 상징성을 독해한다. 또 "화엄은 시학을 새로운 지평으로 이끌고 간다. 시학이 새롭게 안내되는 곳은 생태계의 지평이다. 오늘날 생태학에 의해 밝혀지고 있는 생태계의 모습은 그야말로 화엄의 세계이다. 모은 것이 이어지고 상호 작용하는 중중무진(重重無盡) 무량연의 세계가 바로 생태계이다."(이성희, 「은유와 화엄」, 『현대시학』, 2003년 11월호, 176쪽) 라고 했던 이성희의 논변을 인용하면서 시에 들어 있는 "우주의 소리" "우주의 리듬"에 착목한다. 그러면서 "생태 감성의 복원은 시가 지닌 우주 리듬의 회복과 등가의 개념"이라고 주장한다. 또 불교와 우주적 상상력을 결합한 생명을 노래한 미국 생태 시인 게리 스나이더(Gary Snyder)를 통해 "자성(自性)이 무성(無性)이다"는 관념과 더불어 "분별하지 않는 무(無)의 힘을 노래한 불교시"의 이론적 맥락을 검토한다. "마음 자체의 본성 역시 존재하지 않는다. 영원한 것은 이 세상에 없다. 어디에도 '나'라는 존재(성) 역시 없다. 내가 없기 때문에 너도 있을 리가 없다. 이 내남 없는 경지야말로 그윽하고도 아득한 무성(無性)의 세계"일 것으로 본다. 서로에게 기대어 존재하는 생태계의 '생명의 그물'은 불교의 법계(法界)의 맥락에서라면 '인드라의 망(網)'이다. 이와 같은 생태계의 성격을 깊이 받아들이고, 나를 지우는 무아행을 실천하고 높은 수준의 에코카르마를 구현할 때 생명도 시도 그 제 의미의 지평을 알게 된다. "하나의 목숨 탄생을 위해 모든 우주적 질서가 존재한다는 불교 연기론의 상호장엄(相互莊嚴)을 이해하지 않고서는 그 작품의 진가를 파악할 수도 느낄 수도 없다."고 송희복은 강조하는데, 이는 시 이해뿐만 아니라 삶 이해에도 함께 적용될 수 있는 생태적 덕목이 될 수 있다. 아직 잘 빚어진 불교 생태학의 논리 체계로까지 온전하게 나아가진 않았지만, 한국시를 포함한 세계 현대시의 생태학적 상상력과 정서 및 이념을 통해 불교 생태학의 중심이 될 수 있는 화엄의 미학과 윤리를 가늠할 수 있는 주요한 핵심어와 그 맥락들을 제공했다는 점에서 이 논문의 의의를 찾을 수 있겠다.

함께 수록하지는 못했지만 김영주의 「생태담론에서 노자사상에 대한 새로운 접근」도 주목에 값하는 논문이다. 그는 동양사상에 기댄 서구의 생태 담론의 문제점을 진지하게 비판하면서 "노장사상의 현실정치론의 측면을 드러내 보여주어야 머레이 북친이 비판하는 노장사상에 기댄 생태담론의 잘못된 점을 극복하고 그 새로운 비전을 제시할 수 있다"고 주장하면서, 이를 위해 노자사상에서 천지지도, 성인지도, 치세지도의 개념을 면밀히 검토하고 생태학적 담론에 필요한 논거들을 제공한다.

그 밖의 다른 논의들에서도 새로운 생태문학 담론을 열어 나갈 수 있는 가능성 있는 핵심어들이 많이 제출된 것이 사실이다. 다만 아직은 산발적인 경우들이 많아서, 그것들을 재성찰하고, 재분석하고, 재종합하여 의미 있는 생태 문학 비평 담론의 지평으로 나아갈 수 있으면 좋겠다. 다시 보고, 다시 살게 하고, 다시 있게 하는 생태 담론이 뜻 있는 연구자들에 의해 심화 확대되기를 소망한다. 생태학 연구에 큰 족적을 남기고 먼저 떠나신 문순홍 선생의 말씀을 사족처럼 덧붙인다. "너희가 내 삶의 의미이듯 나의 작업들이 너희 학문적 노정에서 작은 디딤돌이길…… 사랑한다!" 그 동안 『문학과환경』

을 통해 이루어졌던 많은 생태문학 논문 또한 이후의 생태문학 연구자들에게 "작은 디딤돌"이 될 수 있을 것으로 기대한다. 한국에서의 생태문학 연구는 지금까지 이룬 것보다 앞으로 이룰 것이 훨씬 더 많다. 현실적으로도 그렇고 학문적으로도 그러하다. 그렇다는 것은 현실적으로는 불편한 일이 되겠지만, 적어도 학문적으로는 매우 희망적이라고 말해도 좋을 것이다.

문학 속에 나타난 생명지역주의의 한 모습

● 남송우 (부경대학교)

1. 머리말

인류문명이 발전의 속도를 더해감에 따라 자연환경의 훼손 속도도 가속화되어 왔다. 이러한 결과 1970년대 이후 인류는 환경에 대한 인식을 새롭게 할 수밖에 없었고, 이로 인해 환경운동이 활발해졌다. 환경운동은 일반 대중들에게 생태의식을 확산시켜 왔으며, 이와 함께 생태문학 논의도 함께 이루어질 수밖에 없었다. 한국문학에서 소위 생태문학 논의는 1990년대 이후 구체화되기 시작했다. 1990년대 이후 단편적인 논의들이 다양하게 이루어졌으며, 1990년대 후반부터는 단행본과 학위논문들이 다수 발표되기 시작했다.

그 동안 발표된 한국 생태문학 논의의 주요논저는 신덕룡의『초록 생명의 길』(시와 사람사, 1997), 김욱동의『문학생태학을 위하여』(민음사, 1998), 이남호의『녹색을 위한 문학』(민음사, 1998), 송희복의『생명문학과 존재의 심연』(좋은 날, 1990), 신덕룡의『환경위기와 생태학적 상상력』(실천문학사, 1999), 임도한의『한국현대 생태시 연구』(고려대학교 대학원 박사학위 논문, 1999), 장정렬의『생태주의 시학』(한국문화사, 2000), 신덕룡의『생명시학의 전제』(소명출판사, 2002), 김욱동의『생태학적 상상력』(나무심는 사람, 2003), 김용민의『생태문학』(책세상, 2003) 등이다.

그런데 이 논저들의 전반적인 내용은 생태문학의 연원, 생태문학에 대한 정의나 개념, 외국의 생태문학의 소개, 한국문학에서의 생태문학의 현황 등을 소개하는 내용이 주를 이루고 있다. 이러한 논의들은 한국생태문학의 발전을 위해서는 반드시 거쳐가야 할 과정들이다. 그러나 생태문학이 생태주의적 삶에 좀더 가까이 다가서기 위해서는 지역적인 공간을 다루는 문학으로 나아가야 한다. 이는 생태파괴는 전지구적인 현실이지만, 이 현실을 극복하기 위한 실천은 지역적으로 이루어져야 한다는 명제와 맥을 같이 한다. 생태계파괴를 극복하기 위해서는 소규모의 분권적, 자치적, 자급자족적, 근검·절약하는 생태공동체가 대안사회로 제시되고 있기 때문이다.

이러한 지역적 실천의 하나로 근래에 생태공동체의 삶을 실천하는 모임들이 많아지고 있으며, 그러한 삶의 근거로서 생명지역주의(bioregionalism)를 내세우고 있다. 생명지역주의에서 말하는 생명지역은 인간과 모든 동식물들의 삶의 단위 터전이란 점에서, 현재의 생태위기를 극복할 수 있는 최선의 대안으로 논의되고 있다. 그러므로 생명지역주의는 생태문학이 나아가야 할 중요한 방향의 하나가 될 수 있다. 그래서 생태공동체의 삶을 다루고 있는 것은 아니지만, 생태보호지역으로 지정되어 있는 우포늪 공간을 다루고 있는 시와 소설을 통해 생명지역주의의 모습을 살펴보고자 한다. 그 대상 작품은 시에서는 배한봉 시인의 『우포늪 왁새』를, 소설에서는 우포늪의 삶을 다룬 강인수의 제5작품집 『맹물선생』에 실린 중편 「맹물선생」을 논의 대상으로 삼고자 한다. 이 두 작품에서 우포늪 공간이 지닌 생태적 특성과 훼손된 생태계를 어떻게 회복해야 할 것인가에 대한 시인과 작가의 의지와 방향성을 어느 정도 확인할 수 있기 때문이다.

2. 생명지역주의의 특성

생명지역주의라는 용어를 처음 쓴 사람은 캐나다인 앨런 반 뉴커크(Allen Van Newkirk)로 알려져 있는데, 그는 1974년 「생명지역주의 :인류문화의 생명지역적 전략을 향하여」라는 글을 〈국제자연 및 천연자원 보존 연맹〉의 기관지 Environmental Conservation에 발표했다. 이후 1975년부터는 생명지역주의와 관련된 이념들이 다양한 영역에서 나타나기 시작했다. 그 대표적인 것 중의 하나가 1975년에 출간된 어니스트 캘런바크(Ernest Callenbach)의 생명지역주의 소설 『에코토피아』(Ecotopia)이다. 이 소설은 미국연방에서 탈퇴하여 북캘리포니아, 오리건, 워싱턴 일대에 자리잡은 어떤 가상적인 생태 국가를 그리고 있다. 일년 뒤인 1976년에는 생명지역주의 작가이자 운동가로 활약중인 데이비드 핸케(David Haenke)가 최초의 실제적인 생명지역주의자들의 모임인 〈오자크 공동체협의〉의 구성계획을 수립하기 시작했다.

그러나 생명지역주의가 본격적으로 생태사상계에 널리 알려지게 된 계기는 1985년에 발간된 세일(Sale)의 『땅의 거주자들』(Dwellers in the land : The Bioregional Vision)이라는 책이다. 이 책은 그 후 10여년 동안 생명지역주의에 관한 거의 유일한 책으로 읽혔다.

세일에 따르면, 생명지역이란 인간에 의해 임의로 선이 그어진 것이 아니라, 식물상, 동물상, 수계(水系), 기후와 토양, 지형같은 자연조건 그리고 이런 조건에 따라 자연발생적으로 형성된 사람들의 정착촌과 문화에 의해 구분되는 공간을 의미한다. 인위가 배제된, 그곳의 생활양식과 풍토와 생물상으로 정의되는 지역이며, 법률이 아니라, 자연에 의해 통치되는 지역을 일컫는다.

한편 버그(Peter Berg)와 대즈맨(Raymond Dasmann)에 의하면, 생명지역은 토양, 하천유역, 기후, 토종 동식물 등에서 공통적인 특징을 지닌 지리적 영역이다. 그리고 생명지역은 지리적 영역이기도 하지만, 의식의 영역이기도 하다고 밝힌다. 즉 생명지역은 장소이기도 하지만, 그곳에서 어떻게 살아야 할 것인가 하는 이념이기도 하다는 말이다. 그래서 하나의 생명지역은 처음에는 기후학, 자연지리학, 동식물지리학, 자연사 및 여타 기술적 자연과학을 활용하여 경계를 정할 수 있으나, 최후의, 최고의 경계는 그 속에서 사는 사람들을 기준으로 정해진다. 여기서 그 속에 사는 사람들이란 그곳의 원주민뿐만 아니라, 그들의 전통과 문화, 삶의 방식, 정착촌 등을 아울러 말하는데, 그것들은 그 생명지역의 생태적, 자연지리적 요소의 산물이므로 결국 생명지역이란 인간과 모든 동식물들의 삶의 단위 터전이라고 정의할 수 있다.

　세일의 영향을 받은 대부분의 생명지역주의 운동가들은 생명지역이 인위적인 경계가 아닌, 정착촌들과 생태계의 자연적 경계로 구획되는 지역이라는 것을 강조한다. 또한 생명지역은 그곳의 생명공동체와 생태계의 통합성을 유지할 수 있고, 동물이동, 하천흐름, 영양분 및 폐기물 순환 같은 중요한 생태적 과정이 지탱될 수 있으며, 그곳 특산종의 충분한 서식지가 될 수 있고, 그곳 생물자원을 이해하고 관리하고 이용하는 인간의 공동체가 포함될 수 있도록 충분히 넓어야 하며, 반대로 주민들이 그곳을 고향으로 인식할 수 있을 정도로 충분히 작아야 한다고 말한다. 이 주장 속에는 생명공동체, 생태계의 통합성, 자연의 순환 등이 강조되고 있는데, 이것은 레오폴드의 토지윤리가 생명지역주의의 발전에 미친 영향 때문으로 본다.

　생명지역의 구체적인 경계나 규모는 일률적으로 말 할 수 없지만, 어떤 강이나 큰 하천의 수계 전체를 하나의 생명지역으로 간주하는 것이 보통이다. 물을 생명의 근원으로 보기 때문이다. 그래서 생명지역주의자들은 수원과 수질에 대해 각별한 관심을 갖는다.

　생명지역주의자들은 역사적으로 인간의 경험은 인간공동체와 그것을 품고 있는 자연간의 관계 속에서 이루어져 왔으며, 생명지역주의는 이런 관계를 재발견하고 복원하여 인간사회와 자연을 재결합하기 위한 노력이라고 말한다. 이런 의미에서 생명지역주의는 지리학을 매개로 하여 생태학과 인류학을 결합하려는 시도라고 할 수 있으며, 달리 말하면, 인간생태학을 추구한다고도 할 수 있다. 그래서 생명지역주의는 생태계와 지역과 인간의 문화를 하나의 고리로 묶는 것이다.

그런데 이러한 생명지역주의적 삶을 위해서는 두 가지를 실천해야 하는 것으로 본다. 하나는 재정착(reinhabitation)이며, 다른 하나는 지역 자연체계의 복원이다. 재정착이란 땅을 삶의 터전으로 다시 보는 것이다. 즉 지금까지 남용으로 손상되고 파괴되어온 땅을 삶의 터전으로 재인식하고 '그곳에서 살아가는'(living - in - place) 법을 배우는 과정으로 정의한다. 재정착은 그 땅 위 혹은 주변에서 일어나는 고유한 생태현상들을 깊이 인식함으로써 그곳의 원주민이 되는 것이다. 그곳에서 일어나는 일들을 이해하고 그곳의 생명을 더욱 풍성하게 할 뿐만 아니라, 그곳의 생명부양체계를 복원하며 그 속에서 생태적으로 또한 사회적으로 지탱 가능한 삶의 양식을 실천하는 것이다. 달리 말하면, 어떤 장소에서 그 장소와 더불어 사는 법을 배우는 것이다.

그리고 자연체계의 복원이란 생명지역 단위에서 자연생태계의 활성을 유지하고 그곳의 경제와 사회가 지탱 가능하도록 하는 것이다. 생명지역의 경제는 환경을 착취하거나 개조하기보다는 마땅히 거기에 적응하려 노력하며, 자원뿐만 아니라, 자연 전체의 보존을 추구한다. 경제의 목표는 성장이 아닌 지탱 가능성이다. 또한 분산과 자립을 추구한다. 생명지역주의는 생명지역 주민들의 필요를 자조적으로 해결하고자 하며, 그렇게 함으로써 세계 자본주의와의 지나친 연계로 인한 경제적 불안정과 의존성을 벗어나려 한다. 그렇다고 해서 경제적 고립이나 교역의 완전한 중단을 지향하는 것은 아니다. 오히려 지역내부의 경제적 네트워크를 활성화하고 강화하여 보다 튼튼한 바탕에서 다른 생명지역과 교역을 추구한다.

생명지역의 정치 역시 자연의 가르침을 따르는데, 거대화, 집중화, 계층화, 획일화가 아니라, 소형화, 분권화, 다양화를 지향한다. 그리고 민주, 자유, 평등, 정의 등의 보편적 가치의 획일적 적용이 아니라, 자연의 법칙과 그 지역의 자연 특성에 부응하면서 다양한 형태로 각기 나름대로의 사회질서와 가치체계를 발전시키게 된다.

이렇게 생명지역주의는 생태학의 관점에서 그들의 전통과 지혜와 지식을 현대에 되살리고 또한 현대적 지식과 기술을 활용하여 생명지역의 자연과 생태계와 문화를 복구하고 보존하려는 삶의 실천이다.

3. 우포늪 생태공간의 생명지역주의 양상

1) 시에 나타난 우포늪의 생명공간 의식

우포늪은 이미 생태보전지역으로 설정됨으로써, 한국에서는 몇 안 되는 생태공간이 되었다. 그래서 이 지역에 대한 생물학적, 환경학적, 생태학적 접근은 이미 상당하게 이루어져 있다. 그러나 문학적 접근은 상대적으로 미미한 편이다. 그런데 배한봉 시인이 우포늪만을 대상으로 한 시편들을 모아『우포늪 왁새』(시와 시학사, 2002)를 펴냄으로써, 시를 통해, 우포늪을 중심한 생명공동체 의식을 논할 수 있는 여지를 만들어 주었다. 이 시집을 중심으로 생명지역주의의 한 양상을 살펴본다.

생명지역주의적 입장에서 중요한 것은, 다양한 생명들이 서로 관계를 형성해, 생명을 유지하고 있는 지역공간에 대한 생태의식이다. 그 생태의식은 먼저 우포늪에서는 우포늪과 우포에 사는 사람과의 관계성에서 확인된다.

우포 사람들은
늪과 함께 하루를 연다
물안개 자욱한 새벽
쪽배를 타고
마름과 생이가래, 개구리밥이 만든 초록의 비단 위를
미끄러지듯 나아가 고기를 잡고
늪 바닥이나 수초 줄기에 붙은 고둥을 건져 올린다
그들에게 늪은
모든 것을 내주고
그들의 모든 것을 받아들인다
아침이 오고, 사방 곳곳
타악 탁, 탁 습지식물들의 씨방 터지는 소리
장대로 배를 밀며 귀가하는
등 뒤, 은전처럼 빛나는 햇살더미가
삶의 무게 터트려 주는 것인가
기우뚱, 한쪽으로 기운
낡은 쪽배의
저 중심
늪은, 우포 사람들의 일생을 안다

「우포 사람들」

이 시는 우포에 사는 사람들과 우포늪은 뗄 수 없는 관계 속에 놓여 있음을 분명히 보여준다. 늪과 사람의 관계가 분리되어 있는 것이 아니라, 함께 얽혀 있음을 말한다. 우포늪의 일정한 지리적 공간 속에 인간과 우포를 중심한 생태공간이 공존하고 있음을 말한다. 〈늪과 함께 하루를 연다〉는 언표는 이러한 우포 사람들의 삶의 상황을 함축하고 있다. 우포늪에서 고기를 잡고, 고둥을 건져올리며, 삶을 이어가고 있는 우포 사람들에게 우포늪은 단순한 생활터전을 넘어서 있다. 인간과 늪의 관계가 일방적이지 않고, 상호부조의 관계가 형성되어 있기 때문이다. 〈그들에게 늪은/모든 것을 내주고/그들의 모든 것을 받아들〉이는 상호공존과 나눔의 관계가 형성되어 있다. 그래서 우포 사람들이 늪을 아는 것처럼, 늪도 〈우포사람들의 일생을 안다〉고 노래한다.

이렇게 인간과 우포늪이 생명공동체를 이루어 가기 위해서는 철저히 생태중심주의의 시선을 견지해야 한다. 생명지역주의의 바탕은 생태중심주의에 기초해 있기 때문이다. 시인의 시편 곳곳에서 이러한 생태중심주의의 지향의지를 읽어낼 수 있다.

> 아직도 갈대숲은 겨울 풍경 그대로다
> 마른 줄기가 뼈처럼 서 있고
> 땅바닥에는 썩지 않은 잎들이 엉켜 있다
> 그 잎 뒷면에는 지난 가을에 슬어 놓은 곤충 알이
> 따뜻하게 붙어 있다
> 세상에서 가장 낮은 알들의 둥근 집
> 이것이 잎이 썩지 않고 말라 있었던 이유라니
> 부화를 꿈꾸는 곤충 알의 숨소리가 들리는 것 같다
> 봄 가고 우기 오면
> 이 집들로 인해 갈대숲은 더 푸르러지겠지
> 내 마음에도 어떤 작은 영혼이 알을 슬어 놓았을까
> 나도 조그맣고 둥근 집 한 채 되고 싶어
> 가만가만 마음을 들여다보는 이른 봄날
>
> 「둥근 집과 만나다」

시인의 시선은 우선 겨울 우포늪에 서 있는 말라버린 갈대에 다가서 있다. 시인이 관심하는 것은 갈대 자체가 아니라, 땅바닥에 썩지 않고 엉켜있는 잎 뒷면에 붙어 있는 곤충 알이다. 세상에서 가장 낮은 알들로 만들어진 둥근 집에 시인의 시선이 머물고 있다. 이는 생명의 집이며, 생명 자체이다.

이 생명에 관심하는 것은 봄이 가고 우기 오면, 이 집들로 인해 갈대숲은 더 푸른 모습으로 변할 것이라는 확신이 있기 때문이다. 이는 우포늪 생태계에 내재해 있는 생명의 고리를 확인하고 있음이다. 곤충 알과 썩지 않는 갈대 잎 그리고 푸르러지는 갈대숲 사이에는 서로 기대어 있는 생명의 고리가 형성되어 있음을 시인은 보고 있다.

그런데 시인의 시선은 자연 생태계에 고정되어 있지 않고, 화자의 마음으로 되돌려지고 있다. 화자도 곤충의 알이 이룬 둥근 집처럼 되고 싶어 한다. 자연생태계가 보여주는 생명의식에 충일하고픈 심정을 드러내고 있다. 이러한 화자의 생명의식에의 충일이 우포늪이 간직하고 있는 생태계의 생명의식에 의해 촉발되고 있다는 점에서, 인간중심주의적 세계관에서 벗어나 생태중심주의적 세계관에 기초해 있음을 본다.

생명지역주의의 토대를 이루는 것 중의 하나가 땅에 대한 관념이다. 땅이 사람살이의 토대를 이루는 힘이 된다는 땅과 사람에 대한 관계의 인식이다.

> 훈기 솟는 땅심이 칠십 평생을
> 이곳에 붙잡아 두었을 거다
> 피골 상접한 한 시대를
> 견디는 힘도 이런 땅심일 거다
> 탈도 많고 덮을 것도 많은 세상살이
> 시절시절 몸살 한 번 앓지 않고
> 어찌 알찬 열매 맺으랴
> 고갯마루 솔은 더 푸르고
> 뭉텅뭉텅 두엄 쏟아 붓는 영감님
> 이마 땀방울 사뭇 싱그러운 것도
> 첫 봄비 머금은
> 흙냄새 때문일 거다

「땅심」중에서

칠십 평생을 우포늪 공간에서 떠나지 않고, 살 수 있었던 것은 땅심이었다고 노래한다. 세상을 살아온 힘도 땅심이었을 것이라고 노래함으로써 땅과 사람과의 관계가 뗄 수 없는 상황 속에 놓여 있음을 감지하게 한다. 이는 땅과 사람은 분리된 존재가 아니라, 하나로 융합된 상태임을 말한다. 이는 칠레의 민중 시인인 파블로 네루다의 시구를 연상시킨다 〈내 생명은 흙/흙이 우리의 핏줄 속에서 자랄 때/우리는 자라고/흙이 우리의 핏줄 속에서 죽으면/우리도 죽는다〉. 이러한 땅과 사람사이의 융합 상태는 사람과 땅이 바로 직접 결합되어 있기보다는 생명피라미드에 의해 이루어진다. 땅이 그 피라미드의 바닥이다. 땅 위에는 식물층이, 식물 위에는 곤충층이, 곤충 위에는 조류와 설치류층이... 이렇게 여러 동물군을 거쳐 대형 육식동물로 이루어진 꼭대기층에 이른다. 이 피라미드는 너무나 복잡해서 마치 무질서한 것처럼 보이는 사슬들의 뒤엉킴이지만, 그 체계가 안정되어 있다는 것은 그것이 매우 잘 짜여진 구조라는 것을 입증한다. 이의 작동은 다양한 구성요소들의 협동과 경쟁에 의존한다. 그래서 하나의 생명 피라미드를 형성한다. 이러한 상태의 실현은 땅이 단순한 흙이 아니라, 땅은 토양, 식물 및 동물이라는 회로를 통해 흐르는 에너지가 솟아나는 샘이라는 것을 보여준다. 생명지역주의가 땅의 윤리에 기초하고 있는 이유가 여기에 있다. 그런데 문제는 인간의 생명과도 직결되어 있는 땅의 에너지를 너무 많이 착취하거나, 급격하게 지표식물을 자생종에서 재배종으로 대체함으로써 에너지 흐름 경로를 교란시키거나 비축 에너지를 고갈시킨다는 점이다. 그래서 토지의 회복을 중요하게 생각한다. 교란상태나 고갈상태가 심한 경우는 회복되더라도 땅이 동식물이나 인간을 부양하는 능력은 줄어든다. 생명지역주의자들이 땅심의 회복을 위해 유기농법을 제안하는 이유가 여기에 있다. 우포늪은 아직 그러한 땅의 힘을 보여주고 있다는 점에 시인은 관심한다.

겨울 정오, 혼자 늪 기슭에 섰더니
물 속에서 아기 옹알이가 들렸다
벌레 울음 같기도 한 기묘한 음정이 자꾸만
내 귀를 당겼다, 살얼음을
담요처럼 덮은 물면에 떠다니는
소목마을 부근의 햇빛이 내 발목을 끌고
첨벙첨벙 그 소리의 근원을 찾아가는 것이었다
늪은 광활하고 수심은 무릎쯤,
습지식물 뿌리들의 젖은 잠이 밟혀왔다
그 때
내 발바닥을 밀고 올라오는 부드러운 힘!
누군가 물 속에서 숨을 내쉴 때
올라오는 기포 같은 소리가 들렸다
이곳에서 물의 신이 살고 있다는 말인가
물은 사금파리 같은 냉기를 내 뼈 속까지 박아
넣었다, 온몸에 닿는 그 냉기의 알갱이들!
눈부셨다
원시와 현재가, 늪의 바닥과 물 위 대기가
한 몸 이뤄 가쁜 숨 내뿜을 때
그걸 아무도 눈치채지 못하도록
시린 맑음으로 차양치는 단호함이여!
그때서야 나는 늪 뻘바닥의 숨소리에
뭇 생명의 탄생 비밀이 있다는 것을 알았다

아, 엄동설한에만 생생히 피는
소리의 꽃!

「소리의 꽃」

늪의 식물들이 생기를 다한 듯한 겨울, 시적화자는 습지 식물들의 뿌리와
늪 뻘바닥의 숨소리를 통해 뭇 생명의 탄생비밀을 알아차리고 있다. 늪의

수면은 살얼음으로 덮여있어, 생명의 약동과는 거리가 있지만, 물밑 늪바닥에서 화자는 발바닥을 밀고 올라오는 부드러운 힘을 감지하고 있다. 이 힘은 늪 뻘밭이 지닌 생명의 생성력으로, 땅의 에너지가 솟아나는 샘과 같은 양상이다. 그러나 늪은 물과 함께 생명을 생성한다는 점에서, 땅보다는 그 생성력이 훨씬 다양하고 근원적이라고 할 수 있다. 물은 생명생성의 원천일 뿐만 아니라, 생명을 유지시켜나가는 근원적 요소라는 점에서, 우포늪이 지닌 공간적 특성이 있다. 그러므로 우포늪 공간은 생명지역주의 담론을 생성할 수 있는 최적지 중의 하나라는 점에서, 그 의미가 깊다.

2) 소설에 나타난 우포늪에 대한 생태의식

우포늪을 소설 공간으로 삼고 있는 소설은 그 동안 씌어지지 않았다. 그런데 강인수 작가가 소설집 『맹물선생』에서, 우포늪 공간의 삶을 다루고 있는 「맹물선생」을 선보이고 있다.

「맹물선생」에서 볼 수 있는 생태의식은 장소유, 안일구, 강노인, 최노인, 맹물선생의 별칭이 붙은 환경운동가 정맹석, 환경감시원 박우근 등이 펼치는 삶 속에 내재해 있다. 우포늪에 생활근거지를 둔 이들이 보여주는 삶의 모습은 다양하지만, 생태적 삶의 논의에서 우선적으로 내세울 수 있는 인물은 장소유이다. 장소유는 그의 할아버지가 지어준 이름처럼 느긋하게 자연과 더불어 살아가는 삶을 실천하는 인물이다. 그가 자연과 더불어 삶을 살 수밖에 없는 이유는 그의 일상이 우포늪을 떠나서는 이루어질 수 없기 때문이다. 장소유는 농사를 지을 수 있는 논밭을 소유하고 있지만, 우포늪에 쳐둔 스무 개의 뜬망(그물)이 그의 생계를 주로 받쳐주고 있다. 생계를 이어가기 위한 일상의 일은 사람의 삶을 가능하게 하는 근본적인 토대라는 점에서, 장소유에게 있어, 우포늪은 그 무엇과도 바꿀 수 없는 삶의 터이다.

그가 우포늪에 집착하는 것은 현실적으로 우선은 고기잡이를 통해 생활을 이어갈 수 있다는 경제적 이유도 있지만, 자연 속에서 자연과 더불어 살아가는 자의 삶의 태도가 체질화되어 있기 때문이다. 이러한 자연에 대한 장소유의 인식은 그의 생활터전인 우포늪에 쳐둔 뜬망(그물)의 이름에서 우선 쉽게 감지된다.

> 장소유는 모두 여덟 곳에 스무 개의 뜬망을 쳐 두었다. 둑안의 버들뜬망, 줄풀뜬망, 둑밖의 자라풀 뜬망, 창포뜬망, 뜸부기 뜬망, 그리고 소벌의 한가운데 쳐 둔 개구리밥뜬망, 연꽃뜬망, 머저구뜬망.. 장소유는 물풀의 이름을 따서 창포가 많은 곳엔 창포뜬망이라 불렀고 머저구(가시연꽃)가 많은 곳엔 머저구뜬망이라 불렀다.

자신의 생활터전인 어장의 명칭을 우포늪에서 자라는 수초의 이름을 따라 정한 것은 일차적으로 장소유의 자연에 대한 인식의 한 태도를 보여준다. 자연과 인간의 동일화 상태의 지향이다. 수초의 존재성을 이름으로 인정함으로써 인간과 동일선상에 놓이는 생명성을 의식하고 있다. 이러한 자연에 대한 의식은 단순히 자연을 떠나서는 살 수 없다는 차원을 넘어 자연과 더불어 사는 삶이 체질화 되어 있는 양상을 보여주는 것이다. 장소유가 〈젊은 시절 군에 갔을 땐 부모님 생각도 생각이지만 약간은 퀴퀴하고 매캐하면서도 상긋하고 싱싱한 우포늪의 물냄새가 그리워 때로 잠을 설칠 지경이었다〉는 것은 이러한 자연과의 관계를 잘 반증해 주는 부분이다. 그래서 우포늪을 중심한 자연환경과 장소유 사이에는 거리가 느껴지지 않는다. 자연과 인간이 격이 없이 서로 소통할 수 있는 관계성이 형성되어 있기 때문이다. 주차장 문제 때문에 안일구와 다투는 장면에서도 장소유의 이러한 자연관은 그대로 나타난다.

"그래 나는 밭이라고는 그거 세 마지기뿐인데 그걸 주차장으로 내 놓으라
말이가? 우리 마을에 논농사 밭농사에 어업까지 하는 집은 형님댁뿐 아닌가
요? 밭 그거야 보상받아 다른 밭 사면 될긴데 뭐 그리 어렵게 생각해요"
"이 양반아, 사람이고 땅이고 짐승이고 하잘데 없는 나무 한 개 풀 한
포기에도 다 정이라는 거이 있는 법인데, 무신 그런 소릴하는고? 그 밭은
우리 조상 대대로 붙여온 것인데..."

장소유가 가진 밭이 우포늪을 찾아오는 관광객들을 위한 주차장으로 바뀔
수도 있다는 소리를 듣고, 안일구와 다투는 장면에서 장소유의 자연(땅)에
대한 관념을 읽어낼 수 있다. 장소유의 발언 속에는, 자신의 밭에 대한 개인
적인 소유의식의 발현이 분명히 잠재되어 있는 것은 사실이지만, 존재하는
자연 속의 모든 것들이 정으로 연결되어 있다는 것을 강조함으로써 땅과
인간 사이의 끈끈한 관계를 확인할 수 있다. 이는 자연과 인간이 다르지
않다는 동일성의 원리가 작용하고 있는 것이다.
그러나 안일구의 땅에 대한, 자연에 대한 생각은 이와는 다르다. 사람을
상대로 장사를 하며 생을 이어가는 안일구의 삶의 방식과 자연으로부터 생활
을 보장받고 있는 장소유가 서로 의견을 달리 할 수밖에 없는 것은 빤한
이치다. 장소유는 철저한 자연주의자라면, 안일구는 현실주의자의 면모를
보이고 있기 때문이다. 장소유는 우포늪을 이대로 가만 놔 두는 것이 제일
좋다고 생각하는 자연주의자이다. 그러나 안일구의 입장에서는 어느 정도의
환경개량을 통해 많은 사람들이 이곳을 방문해 주기를 바라고 있다. 이러한
안일구의 생각은 환경운동가인 정맹석과의 대화에서 그대로 드러난다.

"그래서 몇 해 후에는 우포늪 주변의 농토를 몇 마지기라도 구입해서 유기
농업을 해 보려고요," 안일구가 놀라 물었다. "유기농업! 이 사람아, 그러면
비료나 농약을 전혀 안 쓴다는 말인데, 그래서 어떻게 수지를 맞출려고 그래?"

"그냥 밥먹고 건강하게 살면 되는 거지. 전 부자가 부럽지 않아요."

안일구가 농업생산에 있어, 수지개념을 확실히 따지고 있는 것은 그의 의식이 자본주의 정신에 철저히 길들여져 있기 때문이다. 즉 땅의 기능을 상품생산으로 여기고 있다. 대량생산을 통해 많은 이익을 남겨야 하는 자본주의 생산방식에 의하면, 유기농법은 그렇게 권장할만한 생산방식은 아니다. 안일구의 생각이 이렇게 수지에 집착해 있다는 것은 그의 삶이 자연생태적 삶과는 거리가 있음을 보여준다. 자연과 더불어 살아가는 생태적 삶보다는 자연을 이용해 어떻게 생산을 많이 할 수 있을 것인가에 관심하고 있다. 자연을 오직 대량생산의 도구로만 생각함으로써 생태계는 계속 파괴되어져 갈 수밖에 없다. 경쟁과 지배의 논리를 정당화하고, 부추기는 자본주의 사회구조 자체가 바로 생태적 삶을 파괴하는 환경위기의 근본원인이 되기 때문이다.

그러므로 안일구의 의식은 정맹석과는 다른 면모를 보인다. 정맹석은 자본주의의 궁극적 목적인 부의 축적에는 관심이 없다. 건강하게 사는 것이 그에게는 중요한 목표가 되어 있다. 생태적 삶을 희구하고 있기 때문이다. 그런데 이러한 생태적 삶의 실천은 당장의 물질적 이익과 배치되는 길일 수 있다는 점에서, 기존의 물질주의적 가치관을 극복해야 하는 어려움이 있다. 경제성장 위주의 자본주의 체제에 익숙해진 가치관에 의하면, 개인적인 실천은 그렇게 쉽지 않다. 그러나 생태적 삶을 실천해보려는 정맹석을 통해 작가는 생태적 삶의 지향의지를 내보이고 있는 것이다. 그런데 작가는 정맹석에만 주목하는 것이 아니라, 안일구에도 주목함으로써 자본주의 체제 속에 살고 있는 많은 사람들이 자연에 대해 어떠한 의식을 보이고 있는지를 드러내고 있다고 본다. 대부분의 사람들은 아직까지 정맹석이 지향하는 생태적 삶보다는 안일구의 현실주의자의 삶에 기울어져 있다는 것이다.

그러므로 궁극적으로 우포늪에, 옛날에 깃들던 황새를 다시 불러들이고자 하는 정맹석과 장소유 영감의 꿈을 실현시키기 위해서는 안일구와 같은 현실주의자들을 어떻게 생태론자로 전환시킬 것인가가 하나의 과제가 된다. 우포 늪에 황새를 불러들이기 위해서는 현재 계속 파괴되어가는 늪을 옛날의 상태로 복원해야 하기 때문이다. 이러한 소망은 단순한 환경보존의 차원이 아니라, 원상의 회복이란 점에서 근원적인 생태학적 사유가 실천되어야 한다. 그 생태학적 실천은 어떠한 방향으로 추구되어야 하는가?

일반적으로 이러한 생태학적 사유의 방향은 현재 다양하게 논의가 되고 있지만, 그 근원의 지류는 크게 두 갈래로 전개되어 오고 있다. 그 하나는 심층생태학적 사유이며, 또 다른 하나는 사회생태학이다. 심층생태학은 인간과 자연을 분리해서 생각하는 이분법적 사고가 바로 자연을 인간의 욕구 충족의 수단과 대상으로 전락시켜 오늘날의 생태계 파괴를 가져왔다고 보고, 이러한 인간 중심적 사고방식을 버리고, 모든 생태계를 이루는 온 생명체를 동일한 가치로 볼 것을 주장한다. 생태중심주의라 할 수 있는 이러한 시각은 인간이 만물의 영장임을 포기해야 한다는 입장을 지닌다. 즉 인간은 생태계의 많은 구성원 가운데 독특하고 중요한 가치를 지닌 존재가 아니고, 단지 생태계라는 그물망을 이루는 하나의 고리일 뿐이므로, 다른 생명체와 동등한 가치를 지닌다고 본다.

이것은 지구상의 모든 생물체는 서로 긴밀히 연계되어 있다는 인식과 생태계의 다양한 존재들이 각자의 내재적 가치를 지니고 있음을 인정하는 생태중심주의를 말한다. 그러므로 이러한 삶의 태도는 인간을 나무, 식물, 그리고 전체 생태공동체와 동일시한다. 그래야만이 생태계 위기를 극복할 수 있다고 생각하기 때문이다. 이러한 심층생태학은 생태적으로 지속 가능한 사회를 새롭게 만들기 위해서는 우리가 왜 경제 성장과 높은 수준의 소비가 필요하며, 중요한 지에 대한 근본적인 질문을 통해 우리 사회의 진보, 성장 등의 자본주의적 사회 발전 가치이념에 대해 문제를 삼는다. 그리고는 생태적으로 지속 가능한 사회를 이루기 위해서는 우리가 지금까지 지녀온 세계관을 바꿔야 한다고 생각한다. 새로운 세계관 즉 생태중심주의적 세계관을 통해 기존의 윤리나 도덕관을 근본적으로 바꾸어야 우리의 자연관, 생활관, 사회구조가 바뀔 수 있다고 보기 때문이다. 그래서 심층생태학은 인간의 근본적인 의식변화와 이의 실천적 삶을 무엇보다 강조하고 있는 것이다.

심층생태학이 이렇게 자연에 대한 인간의 태도와 개인의 의식 개혁을 문제 삼는다면, 사회생태학은 생태계의 위기원인을 주로 사회구조와 제도에서 찾는다. 사회생태학은 현대사회의 문제, 즉 위계적이고 가부장적이며 권위주의적인 불평등한 사회구조의 문제가 생태계 위기와 어떻게 관련이 있는지를 분석한다. 그 분석 중에서 가장 핵심적인 사항은 인간에 대한 인간의 지배가 먼저 시작되었고, 그것이 자연에 대한 지배를 낳았다고 본다. 경제적 계급이 형성되기 훨씬 이전에 생겨난 남성에 의한 여성의 지배가 남성에 대한 남성의 지배로 이어졌고, 나아가 이러한 인간에 대한 인간의 지배가 인간과 자연의 관계에까지 전이되어 자연을 지배와 예속의 관계로 설정함으로써 오늘날의 생태계 문제를 야기했다는 것이다.

이 때문에 사회생태학은 모든 종류의 지배문화, 즉 계급적 성격이나 경제적 동기를 지닌 지배문화뿐 아니라, 개인적인 강제, 명령, 제도화된 복종시스템 등과 같이 가족 속에, 세대와 성별 사이에, 민족과 집단 사이에, 정치·경제·사회적인 관리제도 속에 뿌리를 내리고 있는 여러 형태의 지배문화에 비판을 가한다. 그래서 자연의 착취와 파괴가 바로 권위주의적이고 위계질서적인 사회구조의 필연적 반영이므로 이들 사회구조를 변혁시키는 것이 바로 생태계 문제를 해결하는 근원적 길임을 주장한다. 이러한 인식을 바탕으로 사회생태학은 모든 지배와 권위적 관계를 타파한 생태공동체를 대안으로 내세운다. 모든 억압과 지배의 근원인 사회 계급을 타파하고, 분권화된 지역공동체를 건설하고, 태양에너지와 유기농법 같은 생태학적 기술을 개발해

위계적인 시장경제체제를 지양한 도덕경제를 실현하고자 한다. 이러한 공동체주의와 분권화의 강조는 여러 차이에도 불구하고, 심층생태학과 사회생태학이 서로 공통적으로 만나는 지점이다. 이 지점은 바로 생명지역주의가 추구하는 방향과도 맞물려 있다.

이러한 두 생태학적 흐름으로 본다면, 칼로 자르듯 분명한 것은 아니지만, 『맹물선생』에서의 장소유는 자연을 그대로 놔두어야 한다고 생각하며 자연과의 근원적인 동일성을 강조하고 있다는 점에서 심층생태론자의 측면에서 논의할 거리를 제시하고 있다고 본다. 장소유의 삶의 방식에 있어서도 완벽한 생태중심주의에 의한 삶의 실천이 드러나는 것은 아니지만, 어느 정도 그러한 모습을 읽어낼 수 있다는 것이다. 또한 환경운동가 정맹석은 유기농업을 통한 생태공동체를 지향하고 있다는 측면에서, 사회생태론자들의 논의에 값하는 방향성을 지니고 있다고 본다. 그가 사회제도적 측면에서의 문제를 생태파괴 위기의 원인으로 문제를 제기하거나, 그러한 제도를 타파하려는 몸짓을 구체적으로 보여주고 있는 것은 아니지만, 유기농업을 통한 생태공동체의 실현이라는 것이 그러한 의식의 토대 없이는 불가능하다는 점에서 그러한 의지를 읽어낼 수 있다.

그러나 우포늪이란 현실적 공간이 온전한 생태계로 보존되기 위해서는 개발과 보존이라는 두 극단을 어떻게 조화시켜 갈 것인가 하는 숙제는 여전히 안고 있는 셈이다. 이러한 문제를 인물들의 삶의 태도를 통해 확인할 수 있다는 점에서, 이 작품이 지니는 의미가 있다고 본다. 즉 심층생태학적인 사유의 실천과 사회생태학적 사유의 실천이 함께 이루어질 때, 우포늪의 생태계는 원형을 제대로 유지해 갈 수 있을 뿐만 아니라, 생명지역주의의 구체적 실현장이 될 수 있으리라 본다.

3. 맺는말

지금까지 생명지역주의란 입장에서, 우포늪 생태공간을 작품대상으로 삼고 있는 시와 소설 한 편씩을 통해 생명공간으로서의 우포늪과 생태학적 삶의 터전으로서의 우포늪을 살펴보았다. 산업화로 인해 현실적인 우포늪이 그 본래의 모습을 점차 잃어가고 있다는 점에서, 시인이나 소설가의 시선은 다 같이 우포늪의 회복에 초점이 맞추어져 있다. 그 회복을 위해서는 우포늪과 사람과의 관계가 일방적이기보다는 생태학적 공동체를 이루어야 하며, 상호공존의 윤리가 형성되어야 함을 제시하고 있다. 또한 생명지역주의에서 중요한 토대가 되는 땅에 대한 생태학적 인식을 철저히 하고 있다는 점에서, 우포늪이란 특정한 공간이 지닌 생명지역적 성격을 읽어낼 수 있다.

그러나 생명지역주의 운동이 사실은 생태마을이라든지 생태공동체를 현실적으로 지향하고 있는데, 우포늪을 다루고 있는 두 작품에서는 이러한 모습을 온전히 읽어내기는 힘들다. 이는 우포늪이 위치한 지리적 위치와 우포늪의 현실적인 상황에서 빚어지는 결과로 보인다. 이는 그만큼 우포늪이 생명지역주의를 실현해 가는 공간이 되기 위해서는 현실적으로 풀어가야 할 생태학적 과제가 많다는 것을 보여주고 있다. 이는 달리 말하면, 우포늪을 다루고 있는 두 작품이 이상적인 생명지역의 공간으로서 우포늪을 그리고 있기보다는 우포늪의 현재적 모습을 바탕으로 우포늪을 형상화 하고 있다는 것이다.

불
교
적
생
태
감
성
과

에
코
카
르
마
의
시
학

● 송희복 (진주교육대학교)

아름다움에 눈을 뜨게 하는 것

　서정주의 「국화 옆에서」가 친일 작품이라고 알고 있는 학생들이 적지 않은 듯하여, 나는 내심 놀라워한 적이 있었다. 그 근거도 아연 실색케 한다. 국화가 일본 천황가(天皇家)를 상징하는 꽃이기 때문이라고 한다. 이러한 내용을 제기한 사람이 아직 지식이나 경험이 성숙하지 않은 학생들이라기보다 이들을 오도하고 있는 일부의 교사들이라는 심증이 없지 않다면, 아름다움을 아름답게 보게 하고, 아름다움에 편견 없이 눈을 뜨게 하는 것이 교육자로서 교육의 본분을 다하는 것이 아닐까 하는 생각에 미치지 않을 수 없게 된다.

　이러한 문제점은 초·중등학교에서의 환경교육과도 알게 모르게 관련되어 있다고 여겨진다. 지금까지의 환경교육이 일선 학교에서 환경에 대한 지식의 습득이나 덕성 교육의 차원에서 이루어져 왔음을 부인할 수 없다. 환경교육의 목적은 환경적으로 각성된 존재를 육성하는 데 있지 않을까? 아무리 환경에 대한 지식이 많아도 자연의 아름다움에 빠져보지 못한 사람이 환경적 존재라고 말할 수 없는 것은 두말할 나위조차 없으리라고 본다. 환경 교육에 문학이나 예술이 연계되는 일이 그다지, 아니 별로 없다는 것이 오늘날 환경 교육의 현주소를 극명하게 보여주고 있는 것은 아닐까?

환경적으로 각성된 존재를 키운다는 사실은 다름 아니라 생태적인 것이 아름다운 것이다, 라는 환경적 심미안을 갖게 한다는 것이다. 환경적 심미안 은 자연의 실경이나 예술의 형태를 통해 얻어질 수 있다. 물론 시가 지닌 환경친화의 교육적인 측면도 결코 간과될 수 없는 것으로 여겨진다. 시 중에 서도 환경문제에 한껏 다가선 하위 범주가 있는데, 이를 두고 흔히 '생태시'라 고 말해지고 있다. 이른바 생태시는 사람살이의 아늑한 터전으로서의 상태 환경의 보존을 하나의 문제의식으로 삼고 있는 시를 뜻한다. 그런데 생태시 로 분류되는 전혀 다른 성격의 시가 있을 수 있다. 하나는 독자로 하여금 경악하게 하고 다른 하나는 경건하게 한다는 점에서, 다음 두 편의 시는 사뭇 이질적이다. 앞엣것과 뒤엣것을 잘 대조해 가면서 읽어주길 바란다.

> 피와 물 속에서 태어나
> 대도시의 숲 속에서
> 교육되어
> 칼로 분단된 채
> 정글과 잇닿은
> 다른 정글
> 빛의 산림과 함께 날고
> 독약 물결 속에서 헤엄친다.
> 마지막 어머니
> 공기여
> 우리는 공기를 살해한다.
>
> ―로제 아우스랜더의 「마지막 어머니」 전문

생각해 보라
이 세상에 나무처럼 아름다운 시가 어디 있으랴
단물 흐르는 대지의 젖가슴에
마른 입술을 대고 서 있는 나무
온종일 신(神)을 우러러보며
잎이 무성한 팔을 들어 기도하는 나무
가슴에 눈이 쌓이는 나무
비와 더불어 다정하게 살아가는 나무…
나 같은 바보도 시는 쓰지만
신 아니면 나무는 만들지 못한다.

—조이스 킬머의 「나무들」 전문

　전자는 공해나 오염된 환경을 소재로 절망과 비관의 세계(관)를 보고하는 형식의 시이다. 이것은 기형적인 문명 시대에 살아가고 있는 인간들에게 무엔가 경고를 보낸다든가 경각심을 환기시키려는 시이다. 이는 대체로 보아서 유럽 쪽 생태시의 한 전형을 보여주는 것이다. 이런 유의 시는 한편 묵시록적인 종말관을 사상적 배경으로 삼은 것이 아닌가 한다. 이에 비해 후자는 희망과 노래하는 성질의 시이다. 환경 오손에 대한 공포감을 자아내기보다는 자연의 조음적인 교감에 대한 경건한 외경심을 불러일으키는 작품이다. 나는 이렇게 상이한 성격의 상태시를 두고 오래전에 생태학적 문명비판시와 생태학적 서정시로 분류하여 논의한 바 있었다.[1]

　내 생각으로는, 시가 환경교육으로 활용, 재활용될 수 있다면 후자와 같은 유의 시가 유용성을 지는 것이 아닌가 한다. 앞서 말했듯이, 생태적 심미안을 갖게 하는 데 '해선 안 된다' 식의 경고나 각성보다는 '해야 한다' 식의 적극적이고 자발적인 유대의식이 더 필요하기 때문이다. 「나무들」과 같은 시는

---

1) 송희복, 『생명문학과 존재의 심연』(좋은날, 1998), pp. 75~83, 참고.

생태시라는 목적성을 소거해버린다면 서정시의 장르적 성격과 온전히 부합한다. 어쨌든, 나무를 생각하면 떠오르는 구절이 있다. 석가는 보리수 아래에서 도를 깨친 후, 푸른 생명의 위대함을 찬미했다, "나무는 경이로운 생명이다. 자신을 베려고 도끼를 휘두르는 이에게도 그늘을 드리워준다."라고……. 스웨덴 여성인 헤레나 노르베리 - 호지로 이름되는 세계적인 생태운동가가 있다. 그녀의 저서 『오래된 미래』는 47개 언어로 번역되었다. 우리나라에서도 30만부 이상 판매되었다는 책이다. 이 책에 이런 말이 있다.

> 나무는 독립적인 존재를 가지고 있지 않습니다. 관계의 그물 속으로 녹아들어가 버립니다. 잎사귀에 떨어지는 비와 나무를 흔드는 바람과 그것을 받쳐주는 땅이 모두 나무의 한 부분을 이룹니다. 생각 을 해보면, 궁극적으로는 우주 속의 모든 것이 나무를 나무로 만들도록 돕고 있습니다.[2]

말할 것도 없이 이 글은 불교적인 생태 감성에 의거한 것이다. 사람도 사람살이를 함께하며 또 자연과 더불어 공생한다. 이 같은 평범한 이치를 자각하면서 환경 윤리를 책임 있게 실천하는 사람이야말로 21세기형 새로운 인간상으로서의 '호모 심비우스(Homo symbious)' 즉 공생인(共生人)이 아닐까 한다. 요즈음 생태주의의 이론적 근거를 동양사상에서 찾는 경향이 현저한다. 동양사상 중에서도 불교, 이 중에서도 화엄 사상을 서구 생태학의 한계를 보완하는 대안으로 삼기도 한다. 시 논의에 있어서도 화엄의 전일성(全一性), 상호의존성은 각별히도 서정시의 장르적 성격과도 잘 부합되고 있다.

불교적인 입장에서 환경 문제를 논할 때 '에코카르마(eco-karma)'라는

---

2) 김종철 · 김태언 옮김, 헬레나 노르베리 - 호지, 『오래된 미래』(녹색평론사), p. 79.

용어에 주의를 섬세하게 기울일 필요가 있다. 불교적인 의미의 환경 윤리랄까, 아니면 불교적인 관점에서 본 환경 인과론(因果論)이라고 할까? 어쨌든 이 용어는 환경에 영향을 끼치는 행위를 윤리적으로 설명하기 위해 제안된 것. 환경에 관한한 원인과 결과는 늘 상응하게 마련이다.

> 내 마음이 오염되면
> 뭇 중생이 오염되고
> 내 마음이 청정하면
> 뭇 중생이 청정하다.

> 心雜染故
> 有情雜染
> 心淸淨故
> 有情淸淨

이 경구는 한 불경에서 따온 것이거니와, 환경의 인과론을 이보다 더 긴요하게 축약한 경우는 없을 듯하다. 환경의 오손이 당대의 과보로 끝나지 않고, 그 악영향은 후세에까지 미친다. 생태 환경을 위한 시를 논의할 때 함께 염두에 두어야 할 개념 중의 하나가 바로 에코카르마가 아닐까.

뭇생명의 어울림 : 한 꽃송이에서 꽃 한송이로

시와 불교와 생태주의를 개념적으로 한꺼번에 엮을 수가 있는 낱말이 있다면, 다름 아니라 '화엄(華嚴)'이 바로 그것일 터이다. 이것을 화엄경이라고 하는 불경의 이름으로 인해 일반 대중에게도 비교적 알려져 있지만 매우 함축적이고 심오한 뜻을 지니고 있다고 하겠다.

꽃의 아름다운 꾸밈, 세상을 온갖 꽃으로 장엄하게 한다는 것. 꽃의 장엄한 세상으로 비유되는 화엄, 그 이름 자체가 이처럼 시적인 발상에 의한 것이다. 꽃이 아름답거나 향기로우면 세상이 청정하다. 우주 만물은 서로 기대어 있고, 기댐의 균형이 깨어지면 세상도 분열되기 시작한다. 화엄은 그래서 해탈의 인과(因果)로 설명되기도 한다.

화엄을 시의 비평적 개념틀로 수용한 사례가 이미 있었다. 화엄의 원리에 바탕을 둔 생태주의 감수성과 관련해 시와 불교의 접점을 논의한 사례가 있었던[3] 것은, 먼저 화엄을 시적인 소재주의로 이용한 시인들이 적지 않았다는 사실에 근거한다. 그 대표적인 시인의 한 사람으로 정현종을 떠올리지 않을 수 없다.

> 두루 그립다고
> 너는 말했다.
> 그러자 너는
> 꽃이 되었다.
>
> 그립다는 말
> 세상을 떠돌아
> 나도 같이 떠돌아
> 가는 데마다
> 꽃이 피었다.
> 닿는 것마다
> 꽃이 되었다.
> 그리운 마음

---

3) 송희복의 「서정시의 화엄경적 생명원리」(1995), 이상숙의 「한국의 생태시와 불교적 세계관—화엄 사상과의 연관성을 중심으로」(2001), 이성희의 「은유와 화엄(華嚴)」(2003) 등이 구체적인 사례이다.

허공과 같으니
그 기운 막막히 퍼져
퍼지고 퍼져
마음도 허공도
한 꽃송이!

두루 그립다고
너는 말했다.

—정현종의 「그립다고 말했다」전문

정현종의 화엄은 비처럼 '한 꽃송이'로 표현되고 있다. 인용시 「그립다고
말했다」는 그의 시집 『세상의 나무들』(1995)에 실려 있다. 하지만 그 표현은
생동하는 생물의 자연스런 아름다움에 대해 섬세한 생명 감각과 우주적 상상
력으로 광채 나는 상태를 노래했다고 하는 시집 『한 꽃송이』(1992)의 표제시
와 제목이 같다. 이것은 또는 그에게 '생명 만다라'로 언급되는 것이기도
한다.[4] 짧고 짧은 순간으로 피고 짐을 되풀이하는 영원한 우주 생명의 리듬
과 같은 하나의 꽃송이를 통해, 시인은 '생명 만다라'의 웅숭깊은 이치를
발견하고 있다. 같은 이름의 제목으로 된 시를 보자.

어릴 때 참 많이도 본
나팔꽃
아침을 열고
이슬을 낳은 꽃
아침하늘의 메아리

....

4) 정현종 시 도처에 우주 진리의 상징물로서의 꽃이 생명의 궁극, 인간 세계의 조
   화, 혹은 만다라로 그려지고 있다. (장경렬, 『생태주의 시학』, 한국문화사, 2000,
   pp. 214~5, 참고.)

> 이슬 맺힌 꽃
> (……)
> 메아리 속에 생명 만다라
> 눈동자
> 에 맺히는 이슬
>
> —정현종의 「생명 만다라」 부분

만다라는 꽃에 관한 상징과 마법의 그림이다. 본디 티벳인들에 의해 자연의 형벌로부터 벗어나기 위해 그들은 추상의 아름다움, 영성(靈性)의 경건한 도안을 만들었다. 꽃을 최고의 상징으로 보아 왔던 불교에서는 완벽한 합일을 상징하는 원형(圓形)의 불멸성을 창조했던 것이다. 생명과 조화의 완결성을 지향하는 우주론적 교감의 끝에 정현종의 '생명 만다라'가 놓인다. 나팔꽃, 이슬, 메아리, 눈동자 등 모두가 크고 작은 원형으로 장엄하게 꾸며지고 있다. 칼 융의 정신분석학에서 운위되는 소위 '자기원형상(self-archetype)'과도 상관이 있는 듯하거니와, 내가 아는 수준에서 볼 때, 그 모든 것은 서로 기대면서 존재하고 있다. 모든 것이 생명의 질서를 유지하는 소우주라는 점에서, 대우주에 존재하고 있는 각각의 모든 것은 '생명의 황금 고리'로 엮어져 있다.

> 나 바람 나
> 길떠나
> 바람이요 나뭇잎이요 일렁이는 것을
> 가네, 설렁설렁
> 설렁설렁.
>
> —정현종의 「설렁설렁」부분

정현종이 꿈을 꾸는 삶의 가치가 잘 나타나 있는 시다. 시의 내용대로라면 시의 화자는 무애자재로 만행하는 객승과 같다고나 할까? 인용시는 시인의 정신적인 자유의 경지를 잘 드러내고 있다고나 할까? 한 비평가는 그를 두고 선적(禪的) 지향성을 착목함으로써 선승의 문학 태도를 모범적으로 보여준 시인이라고 높이 평가한 바 있다.[5]

정현종의 '한 꽃송이'가 서정시의 화엄경적 생명 원리를 집약한 것으로 보아도 될 것이다. 그것이 시의 주제어로 지면에 등장한 직후 몇몇 시인들도 엇비슷한 표현을 쓴 바 있다. '꽃 한송이'가 바로 그것이다. '한 꽃송이'와 '꽃 한송이'는 사뭇 유사한 표현이거니와, 다만 차이가 있다면 전자가 '꽃송이'라고 말해지고 있다는 점에서 우주의 상징성을, 후자는 '한송이'을 가리키는 바 우주의 전일성(全一性)을 다소 강조하고 있다고 하겠다. 존재와 우주의 본원적인 실상을 '꽃 한송이'로 표현한 시 몇몇을 살펴보자.

    꽃잎 속에 감싸인 황금벌레가
    몸 오그리고 예쁘게
    잠들 듯이

    동짓날 서산 위에
    삐죽삐죽 솟은 설악산 위에

---

5) "오늘의 우리 문학이 겪고 있는 이까짓 외로움쯤 타지 않아도 좋겠고, 또 그렇게도 구차한 밥 걱정일랑, 의복 걱정일랑, 생활 걱정 같은 것도 저만큼 던져 버리고 어디쯤에서 홀홀히 정말 자유의 존재가 되어 이 세상 물처럼 바람처럼 휘돌다 또한 문득 황홀한 문학의 세계를 연출할 수 있게끔 되지 않을까도 싶다. 이 자리에서 정현종 시인의 시간 문득 우리 안전을 사로잡고 나서게 되는 이유도 말하자면 정현종 시가 본래 지닌 선(禪)적 지향성 같은 데 착목한 연유라고 할 수 있거니와, 그래도 우리 시단에서 가장 연류 있게 향기 놓은 선승의 문학 태도 같은 것을 시범해 보인 사람이 정현종 시인이 아닐까 싶다." (한기, 「선(禪), 문학, 그리고 정현종의 시」, 동서문학, 2004, 봄, p. 245.)

초승달

산이 한 송이 꽃이구나

지금 세상 전체가
아름다운 순간을 받드는
화엄의 손이구나

―이성선의 「꽃 한 송이」 전문

자연의 아름다움을 노래한 시가 예로부터 지금껏 무수히 많았지만, 이 시는 음풍영월적인 시풍과 근본적으로 다르다. 그도 그럴 것이, 이 시를 포함한 시집 『산시』가, 시인이 자기만족적인 영탄에 빠져들지 아니하고 독자로 하여금 끊임없이 환경적으로 각성된 존재임을 스스로 일깨우게 하기 때문이다. 시집 『산시』에는 단순한 아름다움의 극치를 보여주고 있는 그림이 시와 함께 놓여 있다. 현대판 문인화의 이상을 지향한다고나 할까? 인용시는 한마디로 말해 '꽃다운 산'을 노래한 것이다. 이는 다름 아니라 '꽃다운 얼굴'이다. 꽃다운 얼굴이 상투화되어 식상한 비유라면, 꽃다운 산은 비유의 새로운 지평을 연 참신한 표현이다. 잘은 알 수 없으나, 시인은 꽃다운 설악산을 미인의 얼굴로 빗댄 것 같다. 물론 그렇다면 여기에서 초승달은 미인의 눈썹이 될 것 같다.

환경적으로 각성된 존재란 생태적인 것이 아름다운 것이라는 환경적 심미안을 가지는 것이며, 이것이 바로 시와 예술로 통해 드러나게 되는 것이라면, 시와 예술이 갖는 환경친화적인 교육의 측면은 매우 긴요하다고 생각된다. 산자수명한 낙토에 대한 그리움이 반영된 산수화, 자연 속에 시가 조화롭게 놓여 있는 문인화, 문명적으로 오염되지 않는 옛날 미인의 아름다운 자색(姿色)을 묘사한 미인도 등의 그림이 서정시와 함께 아름다운 자연환경, 순수무구한 상태 감성에 대한 자발적인 느낌을 갖게 하기에 더 없이 좋으리라.

간절하면

가 닿으리

너는

그 끝에 눈이 부시게 서 있으니

열렬한 것들은

다

꽃이 되리

꽃과 사랑을 기다리는

길고 지루한 날들

네가 내려준

은빛 사다리를 타고 올라가

너의 향기로운 환한 집에 내가 아무도 몰래 숨었으니

네 손에 쥐어진 꽃을 던지고

아, 열렬하게 돌아서서 너는 내게 안기었네

이 세상을 다 삼키고

이 세상

끝에

새로 핀

꽃

한송이

—김용택의 「꽃 한송이」 전문

　우주에는 낱낱의 생명이 수많이 존재하고 있다. 이것은 환경과 서로 의존하고 지탱하면서 전체의 관계 맥락을 형성하는데 불교에서는 이를 '인드라망'으로 비유하고 있다. 각각의 그물코마다 보석이 달려 있는 제석천궁의 무한대 그물. 각각의 보석은 서로의 빛을 받아 서로 비춘다. 빛과 생명을 주는 구조 속에서의 공존의 상징이 이 시에서는 '꽃 한송이'로 언표된다. 개체 생명이 환경 속에서 형성된 미분화의 전체상을 과학자 장회익은 이른바 온생명(global-life)이라고 말한 바 있었다.

너는 내게 안기었네!

존재하는 모든 '나'의 생명을 포함하는 온생명에는 무수한 일부분의 '보(補)생명'이 공존한다. 그러면 '나'의 보생명에는 '너가' 포함되고 '너'의 보생명에는 '나'가 포함된다.[6] 서로 의존하면서 연관성을 맺어가는 사람마다 표현을 달리하거니와, 이를테면 '생명의 그물'(F. 카프라), '생명의 황금고리'(정현종), '생명의 거미줄'(이혜원) 등으로 표현되는바, 김용택의 시편 「꽃 한송이」에 의거하면 '은빛 사다리의 환한 집'이 될 것이다. 내가 소우주라면 집은 대우주이다. 내가 너와 함께 보생명과 온생명의 관계를 맺을 때, 이 시의 내용처럼 동체적(同體的)인 생명 질서의 화엄 원리는 광휘롭게 구현되어진다.

앞서 인용한 김용택의 시 「꽃 한송이」는 『녹색평론』지 1999년 9-10월호에 발표되었는데, 이는 「해사한 얼굴」과 함께 발표되었다. 개망초꽃을 글감으로 삼은 이 시는 지면을 아끼기 위해 더 이상 언급하지 않겠지만 운문과 산문의 적절한 어울림 속에서 독특한 언술을 구사한 생태시의 수작으로 평가됨직하다. 이로부터 4년 뒤 김용택은 「개망초 꽃을 보며」라는 제목의 산문을 발표한다. 이 산문은 시편 「해사한 얼굴」의 시작 노트 격에 해당하는 것으로, 불교적인 관점이 약간 개입되어 있음[7]을 주목할 때, 이른바 개망초꽃 한송이 역시 불교적인 친연성을 지닌 것이라고 하겠다.

---

6) 양형진, 「인드라망─더불어 사는 존재」(중앙일보, 2002. 5. 20), 참고.
7) "지난 봄 전 지구, 전 인류를 향해 3보 1배를 통해 생명의 존엄함을 강변했던 분들의 싸움이 그러했다. 인간이 존재하는, 존재해야 하는 이유와 인류 양심을 향한 그 분들의 절과 침묵은 작고 하찮고 힘없는 생명도 나와 같이 똑 같은 생명을 갖고 있다는 것을 전 세계에 깨우쳐 주었으며, 지금도 지구 곳곳에서 들리는 생명의 신음소리를 향한 인간의 참회였다."(불교신문, 2003. 7. 4)

마당을 쓸었습니다
지구 한 모퉁이가 깨끗해졌습니다

꽃 한 송이 피었습니다
지구 한 모퉁이가 아름다워졌습니다

　　　　　　　　　　　　　　　　　　　—나태주의 「시」 부분

시인 나태주는 시 쓰는 행위를 마당 쓰는 행위로 비유했다. 시는 마당에
핀 '꽃 한송이'이다. 이때 꽃은 지선지미의 가치를 표상한 것. 사람이 사는
삶의 터전을 청정하게 하는 것. 시 쓰는 일이야말로 이기적인 말의 폭력과
인터넷에 무분별하게 범람하는 통신언어으로 인한 언어 환경의 오염에 맞서
는 일일 터이다. 마당을 쓰는 행위는 아름다운 세상을 만들기 위한, 꽃 한
송이를 피우기 위한 업인(業因)의 행위이다.

작은 꽃 속에
큰 하늘이 피어 있어
법(法)이라 한다
네 작은 담론 안에
우주가 요동하는 것
사랑이다

깊은
죽음

　　　　　　　　　　　　　　　　　　　—김지하의 「화엄」 전문

김지하는 주지하듯이 시와 사상의 문제를 동시에 놓고 볼 때 결코 논외의
대산이 될 수 없는 시인이다. 함석헌이 사상가로서의 시인이라고 한다면,
그는 시인으로서의 사상가라고 말할 수 있을 것이다. 언젠가 그가 화엄의

시각에서 민중과 생명의 실상을 파악하는 것이 매우 중요하다고 밝힌 바[8] 있었거니와, 그에게 있어서의 화엄은 그의 생명 사상, 평화의 이념과 통한다. 인용시를 보자면, 작은 꽃 속의 큰 하늘은 결국 깊은 죽음으로 귀결한다. 이 죽음을 불교적인 표현으로 적멸(寂滅)이라고 한다. 이때 죽음이란, 온전한 소멸이라기보다 생과 멸의 경계가 사라져 번뇌를 벗어나는 것을 말한다. 꽃 하나가 우주 속에서 뭇 생명의 어울림으로 존재하고, 또한 꽃이 지면 죽음으로부터 목숨을 이어 또 다른 뭇 생명을 이룩해 간다. 따라서 이 죽음은 주체의 소멸인 무아(無我)의 경지를 가리킨다.

「화엄」이 2003년에 발표될 당시에 함께 발표된 시가 「혼례(婚禮)」인데, 여기에 "문득 홀로 피어 눈에 시린 / 아우라여, / 흰 한매(寒梅) / 한 송이"라는 표현에서 보듯이, 그것은 「화엄」보다 한결 구체성을 얻어내고 있다. 한매 한 송이, 즉 꽃 한송이는 평소 시인의 화두인 '흰 그늘로써 삶과 세계의 양면성 또는 모순성을 하나로 꿰뚫어 내고 있는 것[9]'으로 너끈히 파악된다. 시인이 한매 한 송이를 '혼례'로 본 것은 탄트리즘에서 남녀의 성적 결합을 가리키거나, 양극의 합일성을 뜻하는 생명 연속성의 원리를 뜻하는지도 모른다. 주지하듯이, 김지하는 국토 분단과 현대사의 질곡을 몸으로 경험한 시인이었다. 꽃이 지는 원형의 순일성(純一性)은 그의 평화 이념을 지향하고 있다는 점에서, 그의 생명 사상에 일종의 만다라 개념으로 부조된 것이라고 할 수 있겠다. 김지하의 한매가 세계의 분열성을 극복할 수 있는 상징의 꽃이라면, 이 역시 화엄의 꽃, 화엄 사상의 정화가 된다. 오늘날 화엄의 시학이 지향하는 것은 생태 복원의 감수성과 관련을 맺는 것은 필지의 사실이다. 「은유와 화엄(華嚴)」이라는 제목의 글을 쓴 이성희의 주장은 지극히

---

8) 김지하, 『생명』(솔, 1992), p. 102, 참고.
9) 김재홍, 「새로운 정진과 개성의 다양성」(문학수첩, 2003, 가을호), p. 431.

상식적이면서도 늘 새롭게 경각심을 불러일으킨다.

> 화엄은 시학을 새로운 지평으로 이끌고 간다. 시학이 새롭게 안내되는
> 곳은 생태계의 지평이다. 오늘날 생태학에 의해 밝혀지고 있는 생태계의
> 모습은 그야말로 화엄의 세계이다. 모든 것이 이어지 고 상호 작용하는 중중
> 무진(重重無盡) 무량연의 세계가 바로 생태계이다.[10]

김지하의 시는 오늘날의 시가 과연 쓸모가 있는가, 하는 물음으로부터 시작한다. 버려진 시가 다시 써먹을 수 있는가? 있다면 시의 소리일 것이다. 시의 소리는 우주의 소리요, 우주 생명의 리듬이다. 옥타비오 파스의 말처럼 밀물과 썰물, 부름과 응답 등과 같은 리듬인 것이다. 이 리듬에 귀를 기울이게 하는 것이야말로 오늘날의 서정시이다. 김지하가 제안한 또 하나의 사상적 키 워드인 '율려'도 기실 우주의 한 리듬으로서의 마음속에 내재한 파동인 것. 리듬의 파괴란, 다름 아니라 생태의 파괴, 율려의 파괴, 생태학적 살판의 파괴인 것이다. 따라서 생태 감성의 복원은 시가 지닌 우주 리듬의 회복과 등가의 개념이 된다.

게리 스나이더, 그 현존하는 상징

이미 오래 전부터 명상·불교·환경윤리 등과 관련한 문제의식을 시와 접맥한 사람의 이름이 전해지고 있었다. 1930년에 미국의 샌프란시스코에서 태어나 지금도 시인으로서, 명상가로서, 환경운동가로서 폭넓게 활동하고 있는 게리 스나이더(Gary Snyder)가 바로 그 이름이다. 생태시인의 선두

---

10) 이성희, 「은유와 화엄」(현대시학, 2003, 11), p. 176.

주자이며 또 대표성을 띤 상징 기호이기도 한 그는 젊은 시절에 일본의 선불교를 수행했던 이채로운 경력을 갖고 있기도 하다. 그를 소개한 국내 자료가 적지 않다. 일간지에 발표된 글의 일부를 보자. 문학성의 취향이 엿보이는 대중적인 소개의 글이다.

> 스나이더의 우주와 지구에 대한 경이로운 사유는 아주 미세하게 아름다운 것들, 아주 연약한 존재들, 덧없고 흔적도 없이 사라지는 모든 생명에 대한 지독한 연민을 그 근원으로 한다. 그의 시와 산문의 중심에는 우주와 그 안의 한 곳인 지구, 그 지구에 깃들여 사는 모든 생명에 대한 특별한 명상이 있다. (……) 불교와 우주적 상상력을 결합하여 모든 생명을 노래한 스나이더 의 문학은 혼의 미학을 이룬다.[11]

스나이더의 명상과 시가 지닌 뜻의 요체는 덧없이 소멸되는 생명에 대한 한없는 사랑의 마음에 있다고나 할 수 있을까. 그야말로 온 누리에 존재하는 것들이 서로 얽혀 있고 이 얽힘의 관계 속에서 상생의 질서와 공존의 이치를 깨달은 시인이 아닐까. 그에게 있어서 상생과 공존은 인간과 인간의 관계에 만 한정되지 않는다. 이것은 인간과 자연으로 외연하고, 또한 자연과 자연으 로까지 확장한다. 이때 자연은 유정물 뿐만 아니라 무정물에도 해당한다. 궁극적으로 땅에게는 땅의 역할을 돌려주어야 하고, 물에게는 물의 역할을 돌려주어야 한다. 땅과 물이라는 무정물에게도 공존의 당위성이 놓여 있다.

하물며 유정물인 미물에게서랴. 미물에게도 공동체 삶의 질서와 조화가 있고 공존의 지혜가 있는 법이다. 예를 들자면, 개미의 세상에는 하나의 약속이 있다. 절대로 진딧물을 먹지 않는다는 것. 개미들의 식단에는 진딧물 의 배설물에 들어 있는 당분이 무려 85%나 차지하고 있다고 한다. 만약에

---

11) 이상화, 「자연에 살며 자연을 노래하는 자연인」(동아일보, 2005. 4.25).

개미들이 고단백의 진딧물을 먹어 해치운다면 소탐대실의 어리석음을 범하는 것과 같다. 진딧물을 건드리지 않는다는 것은 장구한 세월에 걸쳐 유전적으로 계승되어온 개미들의 약속인 것이다.

다큐멘터리 영화 「마이크로코스모스」를 보면 자연과 자연의 공생공존의 법칙을 고감도 기술의 카메라에 담았다. 이 영화는 불교와 전혀 관련이 없는 내용의 영화이지만, 여기저기에 이른바 불성관(佛性觀)이 깃들어져 있다. 게리 스나이더의 시에는 한술 더 뜬다. 자연 속에서 먹고 먹히는 관계 역시 공존의 지혜임을 드러낸다.

> 우주에서 / 뽑아내어 포도에 숨겨져 있는 / 살아있는 빛의 송이의 씨 안에서 / 생명을 끌어낸다. // 서로 서로의 씨를 먹고 / 아, 서로를 / 먹는다. // 연인인 빵의 입에 입 맞춘다. 입술에서 입술로.
>
> —게리 스나이더의 「미각의 노래」 부분

이 시의 내용을 산문적으로 해설하면 이러하다. "빵과 포도주가 살과 피가 되어 우리의 영원한 생명의 불꽃을 살려낸다. 우리의 양식이 곧 우리의 애인이라는 주장이 기막힌 진리인 것은 양식이 곧 생명의 원천이기 때문이다."[12] 생태계의 먹이사슬마저 거대한 생명의 원리 속에 놓여 있는 것이라면, 암사마귀가 교미를 끝낸 후에 숫사마귀를 잡아먹는 사례도 자연의 기막힌 진리일 터이다. 프랑스에 가서 도리어 동양의 역(易)과 유식철학에 빠져 돌아온 바 있었던 시인 이성복의 시 「봄밤」에, 먹고 먹힘의 숙명 앞에 죽음의 결별을 앞두고 암사마귀와 숫사마귀가 짝짓기 사랑의 행위에 몰두하고 있는 내용의 시가 있다.

---

12) 김영무, 「생태학적 감수성의 시인 - 게리 스나이더」, (강옥구 옮김, 게리 스나이더) 『무성(無性)』(한민사, 1999), p.252.

바깥의 밤은 하염없는 등불 하나
애인으로 삼아서
우리는 밤 깊어가도록 사랑한다
우리 몸속에 하염없는 등불 하나씩 빛나서
무르팍으로 기어 거기 가기 위해
무르팍 사이로 너는 온 힘을 모은다
등불을 떠받치는 무쇠 지주에 차가운 이슬이
맺힐 때 나는 너의 머리를 쓰다듬어
저승으로 넘겨준다 이제 안심하고 꺼지거라
천도 복숭아 같은 밤의 등불이여

—이성복의 「봄밤」 전문

　불교에서 말하는 삶과 죽음은 별개의 것이 아니다. 돌고 돌아서 하나의 원형 모습을 이루어간다. 삶과 죽음의 경계는 무한으로 확대된다. 끝내 이것은 무한으로 해체된다. 삶이 무한이 되고 죽음도 무한이 되며, 결국에는 삶과 죽음의 구분이 사라져가면서 일체가 하나의 무한이 이룩하게 되는 것이다. 숫사마귀의 삶은 암사마귀에 의한 죽음에 의해 완성되면서 새로운 삶의 차원으로 넘겨진다. 사생(死生)의 관념마저 서로 의존하게 되는 것이다. 상호연결성(interconnectedness)의 시학이라고 해도 좋을 것이다.

　게리 스나이더는 구미에서의 불교 생태시의 가능성을 처음으로 보여준 시인이라는 데 대체로 이견이 있을 수 없다. 하지만 그보다 토마스 하디(1840~1928)라고 보는 관점도 있다. 2006년 동서비교문학회 추계학술대회에서 토마스 하디의 시가 화엄 불교의 상생관과 불교 생태학의 시학에 기반하고 있다는 주장이 제기된 바 있었다. 영문학자 백원기 교수가 이를 제기했다. 만약 그의 주장대로 토마스 하디의 시세계가 세계일화(世界一花)로 언표되는 불교 사상에 귀결한다고 한다면, 게리 스나이더가 태어나기 직전인 토마스 하디의 시대에까지 서양에 있어서의 불교 생태시의 원천이 거슬러 올라간다고도 볼 수 있겠다. 물론 어느 정도 직접적이냐가 문제이겠지만 말이다. 이에 관한 논의는 앞으로 더 폭넓게 있을 것으로 기대된다. 어쨌든 게리 스나이더의 시정신을 가장 집약적으로 제시하고 있는 시편에 해당하는 「없음(without)」을 보자.

　　　안에 있는
　　　본성의
　　　침묵.

　　　안에 있는 힘.
　　　없음의

　　　힘.

　　　길은 어디로든 통하네,
　　　그 자체로 한없이.

　　　　　　　　　　　　　- 게리 스나이더의 「없음」부분

　　the silence
　　of nature
　　within.

　　the power within.
　　the power

　　without.

　　the path is whatever passes—no
　　end in itself.

　　　　　　　　　　　　　- Gary snyder 「without」

이 시를 두고 게리 스나이더 자신도 '분별하지 않는 무(無)의 힘을 노래한 불교시'[13]라고 규정한 바 있었다. 이 시는 시에 대한 게리 스나이더의 견해 가운데 가장 높은 위치에 놓여 있는 것이기도 하다. 즉 그것은 '자성(自性)이 무성(無性)이다'라는 관념적인 토픽에서 비롯된 것. 그러나 그는 시와 명상을 결코 일체화시키지 않는다.

그에겐 시는 시고, 명상은 명상이다. 시 그 자체가 선을 수행하는 방편이 되어선 안된다는 것이다. 따라서 그는 선승들의 선시에 대해 경의를 표하지만 시를 쓴다는 것이 탈속의 행위가 아니라 세속의 행위임을 강조한다. 명상이 일종의 내적인 성찰이라면, 시는 속에 감추어진 생각들을 바깥으로 드러내는 것. 시를 쓴다는 것은 세상을 위한 것이다. 시는 인간을 위하여 그 순간을 인간과 함께 나누는 행위일 따름이다. 그의 시는 습(習)이나 착(着)을 멀찍이 벗어난 눈부신 명상의 선시가 아니라 세속적인 언어로 이루어진 범부의 시임을 지향하고 있다. 그의 시는 선적(禪的) 고요의 세계와 같이 특별하고도 비범함 정신 훈련의 소산이 아니다. 평범한 인간들의 몫일 뿐이다. 그의 시가 일상의 습이나 착이 여전히 묻어나 있는 그대로, 불교적인 감수성을 바탕으로 한 생태시가 되는 까닭이 여기에 있는 것이다.

자성이 부성이란 도저한 관념의 세계!

이 토픽에 의하면 마음 자체의 본성 역시 존재하지 않는다. 영원한 것은 이 세상에 없다. 어디에도 '나'라는 존재(성) 역시 없다. 내가 없기 때문에 너도 있을 리가 없다. 이 내남 없는 경지야말로 그윽하고도 아득한 무성(無性)의 세계이리라.

모든 존재는 서로서로 연결되어 있다. 서로는 서로에게 기대어 존재한다. 생태계는 '생명의 그물'로 짜여져 있고, 불교에서 말하는 법계(法界)는 이른바 '인드라의 망(網)'에 의해 장식되어 있다. 게리 스나이더에게 있어서의

---

13) 게리 스나이더, 같은 책, p.183.

법계는 생태계로 돌려지고 있고, 그의 선적인 언어의 불가해성은 시적 언어의 미묘한 깊이로 변용되고 극화되어 있다.

에코카르마와 무아행

생태학적 윤리 및 책임의 문제에도 높낮이가 있을지도 모른다. 자기중심의 환경 윤리에서 우주 중심의 환경 윤리에 이르기까지 말이다. 환경 윤리로서의 불교 사상, 즉 모두에 얘기한 바 있었던 '에코카르마'는 불살생계(不殺生戒)의 생명 존중관, 욕망을 적게 하고 만족함을 아는 무소유의 삶의식, 화엄경의 만물 평등사상 등과 관련되어 있다. 특히 화엄 사상이 모든 존재, 모든 개체가 세계와의 조화를 통해 하나의 완성체가 되어간다는 관점에서 새로운 환경 윤리로 각광을 받고 있으며, 존재하는 모든 만물의 본질적 가치를 인정해 주고 있다는 점에서도 새로운 환경 윤리로서 매우 중요한 사상적 근거를 제공해 주고 있다.[14] 존재하는 모든 것은 서로서로 의존하는 관계를 맺는다. 소위 인드라의 망으로 비유되는 법계연기(法界緣起)의 세계에는 상호의존의 유기적인 관계와 인과론적인 환경 윤리가 전제되어 있다. 다음에 인용한 시는 이러한 사실을 잘 보여주고 있다.

생명은 그래요
어디 기대지 않으면 살아갈 수 있나요?
공기에 기대고 서 있는 나무들 좀 보세요.

---

14) 이병인, 「21세기의 불교와 환경 문제」, 한국교수불자 연합회 편저, 『21세기 한국불교 과제와 전망』(불교춘추사, 2000), pp. 249~54, 참고.

우리는 기대는 데가 많은데
기대는 게 맑기도 하고 흐리기도 하니
우리 또한 맑기도 흐리기도 하지요.

비스듬히 다른 비스듬히를 받치고 있는 이여.

—정현종의 「비스듬히」 전문

　모든 만물은 공존한다. 공기와 나무들마저 상의상존(相依相存)의 관계를 맺는다. 기대는 것이 맑으면 인간 역시 맑고, 기대는 것이 흐리면 세상 또한 흐리다. 청정과 오탁은 업인(業因)에 의해 만들어진다. 연기, 혹은 인드라망의 세계관은, 관용의 사상, 상호존중의 원리인 불교의 무아행(無我行)과 밀접한 관련을 맺는다. 나를 지운다는 것은 자연에 몰입되어 몰아경에 빠진다는 것. 이때 나는 나무가 되고 숲이 되고 산이 된다. 오늘날 세계의 분열상을 극복할 수 있는 데는 무아(無我)로 일컬어지는 생명력의 근원, 존재의 본원적인 실상으로 돌아갈 때만 가능할 수 있다.

산에서
산과 더불어 산다는 것은
산이 된다는 것이다.
나무가 나무를 지우면
숲이 되고,
숲이 숲을 지우면
산이 되고,
산에서
산과 벗하며 산다는 것은
나를 지우는 일이다.
나를 지운다는 것은 곧
너를 지운다는 것,

밤새
그리움을 살라 먹고 피는
초롱꽃처럼
이슬이 이슬을 지우면
안개가 되고,
안개가 안개를 지우면
푸른 하늘이 되듯
산에서
산과 더불어 산다는 것은
나를 지우는 일이다.

—오세영의 「나를 지우고」 전문

　우주적 교감의 친화력과 무한 상상력을 보여주고 있는 시다. 작자는 선미
적(禪味的)인 삶의 풍모를 느끼게 하는 세간의 서정시인 오세영이다. 그는
시인이면서 시 연구자이기도 하다. 그가 출세간의 서정시인 한용운의 시에
관해 언급한 바 있었는데, 「님의 침묵」에서 '님'을 '무아'로 보면서, "무아는
황홀한 경지를 뜻하는 것도, 무상의 경지에 드는 것도, 나를 없애는 것도
아니 참다운 자아, 즉 자기의 확립을 의미한다."[15] 라고 밝힌 바 있다. 요컨
대, 나를 지운다는 것은 무아행의 실천이자 높은 수준의 에코카르마를 의미
한다. 참다운 자아 정립이야말로 분열된 세계의 위기를 극복하는 단초가
되기 때문이다.
　얘기를 처음으로 돌아가 보자.
　아름다운 것을 아름답게 보는 심미안이야말로 환경오염으로 훼손된 세상
을 치유할 수 있다. 아름다운 것도 왜곡된 시각으로 오손시키면 자아의 과잉
현상이 일어나게 마련이다. 서정주의 「국화 옆에서」에서의 국화가 일본 천

15) 오세영, 『현대시와 불교』(살림, 2006), p. 68.

황가를 상징하는 꽃이라고 우리는 청소년·대학생이 적지 않다는 문학교육의 현실을 감안할 때, 한 시인의 전력에 대해 문학 외적으로 과잉된 자의식은 자제되어야 한다. 하나의 목숨 탄생을 위해 모든 우주적 질서가 존재한다는 불교 연기론의 상호장엄(相互莊嚴)을 이해하지 않고서는 그 작품의 진가를 파악할 수도 느낄 수도 없다. 생태학적 심미안을 오히려 억압하는 문학교육이 엄존하고 있다면, 누가 그 책임을 져야 할 것인가?

2

세계의 생태문학론

『문학과환경』10년,

세계 생태문학 이론

성찰 및 연구방향 제이안론

● 신두호 (강원대학교)

I. 기존 연구 현황

1. 연구대상(범위)

본 연구는 문학과환경학회 학회지인 『문학과환경』에 실린 외국문학 분야의 문학생태학 및 환경관련 이론을 다룬 논문을 대상으로 삼는다. 시기로는 2002년 창간호부터 2011년 하반기 출간된 10권 2호까지 통권 17호 전체를 포함했다. 본 연구에서 다루는 문학과환경의 이론 논문을 세분하자면 생태문학과 생태비평 담론의 이론적 논의가 주를 이루며 이외에도 환경관련 일반 이슈와 인문학 일반이 있다. 이론적 논의는 다시 이론중심 담론과 작가·작품 연구와의 연계 담론으로 세분되지만 후자의 경우 단순 작품분석 위주의 논문은 배제했다.

모두에 본 연구대상과 관련한 용어 정리가 필요하다. 문학과환경에 대한 이론적인 접근은 흔히 "생태비평"(ecocriticism)이란 용어로 통합되어 사용되고 있다. 이 용어가 문학과환경 담론의 초기 경향인 생태중심적 관점만을 드러내는 이미지를 강하게 담고 있어서 로렌스 뷰얼(Lawrence Buell)을 비롯한 일부 학자들은 인간의 환경과 실질적인 환경문제를 다루는 변화된 현실을 반영하지 못하기 때문에 보다 포괄적인 용어로 대체되어야 한다고 주장하기도 했다. 하지만 이 용어가 초기부터 지속적으로 사용되어왔고, 인문사회학 분야에서도 'eco'라는 용어가 자연과학으로서의 생태학만이 아닌 인문사회적 의미를 담아내는 방식으로 사용됨으로써, 문학과환경에서 이 용어는 확장된 다양한 관점을 담아내는 것으로 점차 인식되어 현재는 문학과환경의 이론담론을 규정하는 통일된 용어로 통용되고 있다. 본 연구에서는 생태비평이란 용어에서 "생태" 때문이 아니라 "비평"이란 용어 때문에 생태비평이란 용어를 피하고자 한다. 흔히 문학연구에서 비평하면 작품과는 관련 없이 보편적인 원칙이나 이론을 토대로 담론을 전개시키는 이론비평내지는 실질적인 사회문제와는 상관없이 작품의 의미와 구조 및 가치, 작가의 세계관에만 집착하는 문학비평을 의미한다. 하지만 문학과환경에서의 이론이나 비평은 "문학과 실제자연과의 관계에 대한 연구"(xviii)라는 셰릴 글롯펠티(Cheryll Glotfelty)의 정의대로 두 세계의 관계성이 중심이 된다. 『문학과환경』지에 실린 논문 중 많은 수가 작가·작품론과 이론비평이란 두 영역의 교집합에 속해 있다. 즉, 이론을 논하면서 작품을 예로 들어 설명하거나 작품을 설명하면서 이론을 끌어들이고 있는 것이다. 따라서 본 연구에서 다루는 이론 범주는 "문학생태학"(literary ecology)에 가깝다. 이 용어를 처음 사용한 조셉 미커(Joseph Meeker)는 생태비평이란 용어가 통용되기 훨씬 이전에 문학생태학을 "문학작품에 나타난 생물학적인 주제와 관계에 대한 연구"로서 "문학이 인간종의 생태학에 어떤 역할을 담당해왔는지를 밝히는 시도"(9)로 정의한다. 즉, 문학생태학이란 용어는 생태비평이란 용어가 갖는 협의의 함의와는 달리 생태학적인 원리와 관점 그리고 환경론이 문학연구에 어떻게 차용되고 문학작품 분석에 어떻게 적용되는지 살펴보는 이론과 문학(작품)연구가 밀접하게 연계된 방법론을 포괄적으로 의미한다.

2. 양적 재고

『문학과환경』에 실린 외국문학분야의 이론장르 논문은 양적으로는 작가론 및 작품론과 유사한 수준으로 비교적 활발하게 논의되어왔다. 논문 총편수(번역논문 포함) 154편중에서 외국문학 및 인문학 분야 총 편수는 74편, 이 중 외국문학 분야 문학생태학 논문은 49편이다. 49편 중 환경관련 일반이슈를 다룬 3편과 인문학 일반을 다룬 2편을 제외하고 나머지 44편에서 이론이 중심을 이루는 논문은 23편, 작가 · 작품이 중심을 이루고 이론이 부가적으로 제시되는 논문은 21편이다(부록 [표 1] 참조). 논문 수에서 볼 때 2002년 창간호부터 2005년 4권까지는 한해에 한권의 논문집만 발행했지만, 2006년 5권부터는 상 · 하반기로 나누어 2권씩이 출간됨으로써 논문의 수도 늘어나게 되었다. 하지만 논의내용과 주제 면에서 연도에 따른 의미 있는 담론의 발전 혹은 심화는 크게 드러나지 않는다.

3. 문학생태학의 주제와 내용에 의한 구분

문학생태학 담론은 다음과 같이 주제와 내용에서 다양하게 논의 되어왔다(부록[표]2 참조). 첫째, 자연관과 문학적 수용이다. 해당 논문에서는 다시 다양한 세부적인 주제들이 다루어졌다. 낭만주의 자연관과 심층생태론적 관점은 지속적으로 등장하지만 동시에 해체주의나 '제2의 자연'의 관점에서 이러한 전통적 친자연주의 관점이 가져오는 문제점 역시 지적해내면서 극복의 필요성을 역설하기도 한다. 이와 더불어 문학생태학 방법론으로 비평독자의 자연체험이 필요하다는 점과 자연관찰에 자연과학적 태도가 필요하다는 점이 지적되고 있고, 문학생태학 문학비평 주제로는 작품의 언어와 의인화, 독자의 역할 등이 논의 되고 있다.

둘째, 철학 · 사상적 배경이다. 적지 않은 수의 논문이 문학생태학, 보다

넓게는 생태인문학의 이론적 근거로서의 동서양의 철학, 사상, 종교 요소를 끌어 들이고 있다. 동양전통에서는 불교사상이, 서양전통에서는 루소의 자연종교, 데리다의 해체주의, 하이데거의 장소개념, (후기)구조주의 언어철학의 상대성 개념, 리비스(F. R. Leavis)의 근대성 대항개념으로서의 유기적 언어재구성, 프랑스 철학자 들뢰즈(Deleuze) - 가타리(Guattari)의 생태학적 사유로서의 탈영토화와 동물 되기 등이 논의되고 있다.

셋째, 장르이론·텍스트비평이다. 장르이론으로는 미국 생태문학연구에서 가장 핵심을 차지하는 자연문학(nature writing) 장르에 국한되었으나, 이 장르에 대한 특징과 계보를 상세히 다룸으로써 자연문학 연구의 토대로서 유용한 정보를 제공해주는 글이 눈에 띄며, 다른 논문에서는 자연문학의 특징이 생태계 이론인 에지효과의 관점에서 논의되기도 한다. 텍스트론으로는 지금까지의 전통적인 문학 장르로 간주되어온 범주 밖의 텍스트에서 생태담론을 끌어들이는 노력을 보였다. 예를 들어, 현대 포크송이나 애니메이션에서 친생태적 사고나 지혜를 찾는다든지, 문학 장르의 하위개념으로 취급받아왔던 미래소설이나 아동청소년 문학작품에서 문학생태학을 논한다. 또한 마이클 폴란(Michael Pollan)과 같이 엄밀하게 문학 작가가 아니면서 대중에게 개량주의 환경론이나 생태학관련 저서를 통해 많은 반향을 불러일으킨 작품에 대한 논의도 보인다.

넷째, 환경교육과 아동·청소년 문학에 대한 관심이다. 이 주제와 분야는 사실 문학생태학 학자들이 대부분 교육에 종사하기 때문에 많은 관심을 가져야함에도 실상은 생태담론에서 크게 주목하지 않고 있다. 『문학과환경』에서도 단지 3편의 논문만이 각각 아동문학 읽기를 통한 어린이들에 대한 환경교육의 필요성, 문학교육에 의한 대학교육에서의 녹화사업모색, 청소년 교육에서의 자연체험의 중요성이란 주제로 환경교육의 당위성을 주창하고 있다.

다섯째, 문학생태학 경향 성찰 및 메타비평이다. 한국에서는 문학과환경

연구가 상대적으로 일천하여 지금까지 앞만 보고 달려왔지 옆과 뒤를 돌아볼 여유가 없었던 이유로 문학생태학연구에 대한 성찰이 부족하다. 다만, 문학과환경학회 창립과 미국자연문학의 대표작가인 소로우에 대한 관심증가와의 함수 관계 연구가 눈에 띄며, 특히 한국에서의 문학생태학 연구경향에 대한 종합적인 성찰의 글이 2011년 문학과환경학회 창립10주년에 맞춰 발표됨으로써 새로운 연구방향 모색을 위한 청신호가 되었다. 메타비평으로는 생태비평의 실천을 담보하지 못하는 태도가 지속적으로 지적되고 있다.

여섯째, 문학생태학의 작가·작품을 다루는 태도이다. 이 연구에서 두드러지게 드러나는 태도는 문학생태학 담론이나 환경주제가 현대적 의미의 환경담론이나 생태비평 차원의 논의로 심도 있게 발전되지 못하고 대개 개별 작가나 작품분석을 위한 주제접근 차원에서 다뤄진다. 예를 들어, 19세기 런던의 도시화로 인한 환경문제는 찰스 디킨즈(Charles Dickens) 작품의 한 주제로서만 다뤄지고 있으며, 생태여성주의 관점은 기존의 관점을 그대로 수용하여 문학작품을 해석해내는 틀로 사용되고 있고, 자원으로서의 물 이용 문제는 사막건조지대 자연작가 작품의 주제에서만 논의되고 있다.

일곱째, 문학생태학의 중심담론 영역이다. 문학생태학 담론에 대한 논의는 생태여성주의, 세계화 - 지역화, 탈식민주의 3분야에서 이루어졌다. 생태여성주의는 초기의 미국 문학생태학에서 심층생태론적 관점과 더불어 가장 두드러지게 논의되었던 주제로, 『문학과환경』에서도 그동안 6편의 논문이 이 주제를 다루고 있다. 다만, 논의가 생태여성주의 담론 자체에 대한 성찰보다는 기존의 대표적인 생태여성주의 논리를 소개하고 이 논리에 근거하여 문학작품을 분석하는데 치중된다. 분석대상이 되는 작품은 청교도 사회의 숲과 여성관계를 다룬 호손(Nathaniel Hawthorne)의 『주홍글자』(*The Scarlet Letter*)와 같은 정전소설, 냉전체제에서의 여성과 평화 관점에서 분석한 독일 작가 크리스타 볼프(Christa Wolf)의 『카산드라』(*Kassandra*), 생태

여성주의 글쓰기와 몸의 언어 및 여성영성 주제를 분석한 인디언 계열 작가
인 실코(Leslie Marmon Silko)의 『의식』(The Ceremony), 아일랜드의 자연
환경과 여성관계를 다룬 아일랜드 극작가 마리나 카(Marina Carr)의 희곡
등이 있다. 세계화 - 지역화 주제는 보다 최근의 문학생태학 담론으로 이에
해당하는 논문에서는 모든 것이 동질화·균질화 되어가는 세계화의 조류에
서 특이하게 나타난 장소에 대한 집착경향 분석과, 세계화의 조류에서 식습
관의 변화에 대한 고찰을 인도, 아프리카, 영국의 일부 지역에서 현장답사를
통해 다루고 있다. 탈식민주의 담론 역시 등장한다. 남아공 작가인 존 쿳시(J.
M. Coetzee)의 작품에 대한 탈영토화 및 탈식민주의 관점에서의 분석과
캐리비언 출신 자마이카 킨케이드(Jamaica Kincaid)의 소설에 대한 탈식민
주의적 관점에서의 여성과 자연의 관계 등이다.

　여덟째, 일반 환경관련 이슈이다. 작금의 다양한 방면의 환경문제들이
더욱 악화되는 현실 속에서 『문학과환경』은 이러한 문제에 관심을 갖는다.
섭생주제에서 육식문제, 음식독성, 세계화에 의한 지역의 식습관 변화가 다
루어 졌고, 이외에 멸종위기종의 문제, 바다환경오염과 고래포획의 문제가
논의되었다.

　아홉째, 자연·환경 소재이다. 다양한 소재 중 동물, 물, 나무, 고래와
같은 일부분만이 다루어지고 있으며 대부분 그 자체로 생태학적 내지는 환경
적인 주제가 아닌 작품의 소재로서 문학생태학적 논의로 발전시킨다. 예를
들어, 로렌스와 이효석의 작품을 비교분석하는 논문에서 두 작가가 토끼와
말을 소재로 다루는 방식에서 문학생태학의 주제인 무생물에의 감정이입
('pathetic fallacy')을 논한다. 허먼 멜빌(Herman Melvill)의 『모비딕』
(Moby Dick)을 다룬 논문은 작품의 소재로서 고래를 논하지만 현재적 관점
에서 바다환경과 고래보호라는 환경문제로 논의를 발전시킨다. 다만, 여우
와 늑대를 멸종위기종 주제로 다룬 논문은 예외적으로 작품보다는 동물의

생태계 이슈를 집중적으로 다룬다.

열째, 비교(문)학적 관점이다. 이 연구는 특정 주제나 관점에서 한국(동양)과 서양을 비교하며 두 가지 방향으로 시도되었다. 하나는 한국 - 외국 작가·작품 비교이고, 다른 하나는 동서양의 사상비교이다. 전자의 예로는 로렌스(D. H. Lawrence)와 이효석의 동물 관점 비교, 독일시인 헤르만 헤세와 정호승에 대한 인간의 '원형(原型)'으로서의 동물관 비교, 헤세와 안도현의 나무관 비교 등이 있다. 후자의 예로는 동서양의 종차별주의에 대한 인식과 육식문화에 대한 인식차이, 데리다(Jacques Derrida)의 해체주의 개념의 관계성과 불교사상의 관계성 비교 등이다.

열한 번째, 인문학 일반이다. 드물지만 환경문제를 다루는 인문학의 당위성과 접근태도에 대한 논의도 이루어졌다. 창간호에서는 취지에 맞게 환경이 왜 인문학의 주제가 되어야 하는지 그리고 물리적 자연 자체보다는 '자연과 인간' 주제가 왜 인문학적 주제에 적합한지에 대한 논의가 나왔으며, 2000년대 중반 이후 학계에 본격적으로 제기된 학제적 접근 혹은 통섭이란 주제에 입각하여 (인)문학 - 자연과학의 학제적 주제와 방법론이 어떻게 문학생태학에서 적용될 수 있는지를 다루는 논문도 있다.

II. 진단 및 평가

그동안 『문학과환경』지에 실린 논문에서 다룬 외국문학 분야의 문학생태학에 대한 진단과 평가는 다양한 측면에서 내려질 수 있다. 우선 긍정적인 면을 보자면, 첫째, 어느 담론이든 먼저 양적 확대가 일정부분 선행된 뒤 질적 재고가 따른 다는 점을 고려할 때, 『문학과환경』에서의 외국문학분야의 문학생태학의 담론은 양적인 면에서는 적지 않은 축적을 보여준다. 그동안 논문에서 다뤄진 문학생태학은 주제 분야와 관점, 방법론 및 논의된 작가·작품에서 적지 않은 스펙트럼을 보여준다. 일반적인 환경담론 및 이슈 그리고 문학생태학의 철학·사상적 배경에 대한 논의 역시도 적지 않게 제시되었다. 둘째, 문학생태학의 작가와 작품을 다루는데서 자연문학이나 시에 비해 미국의 생태비평이 소홀했던 정전소설에 대한 분석이 상대적으로 활발했다. 다뤄진 영미정전소설 작가만 보더라도 호손, 멜빌, 로렌스, 포크너, 쿠퍼, 디킨즈 등 중요한 작가들이 다뤄졌다. 물론 이들 정전소설 작가들이 미국생태비평에서 보다 자주 다뤄지는 1970년대 이후의 인디언계열이나 생태여성주의, 캐리비언계 작가들보다 훨씬 익숙하기 때문이기도 하겠지만, 이들 정전작가들을 위한 문학생태학적 논의는 특히 한국의 대학 및 대학원생들에 대한 문학생태학적 강좌에 효과적이다. 학생들의 경우 정전작가들이 더욱 익숙하기 때문에 전혀 낯선 작가 및 작품에서 문학생태학적 주제를 논하는 것보다 쉽게 접근할 수 있다. 셋째, 문학생태학과 환경담론에서 앞으로 다뤄야 할 분야와 주제가 심층논의로 발전하지는 않았지만 적어도 다양하게 소개되고 제시되었다. 예를 들어, 도시환경 및 제2자연, 지구화/지역화, 탈식민주의, 동서비교담론, 문학생태학 텍스트 재고, 실질환경문제, 환경교육, 학제적 접근 등 앞으로 한국에서의 문학생태학이 보다 관심을 가지고 논의를 심화시켜야 할 분야와 주제가 제시되어 있다.

하지만 "양적 팽창과 지속적인 학술활동에도 불구하고 생태문학 연구가 학계에 의미 있는 담론으로 자리 잡고 있는지는 의문"(15)이라는 신문수(10.2)의 지적은 귀담아 들을 필요가 있다. 『문학과환경』에 실린 외국문학 분야 문학생태학 논문을 자세히 살펴보면 그의 지적이 사실로 드러난다. 신문수는 문학생태학을 대학 및 대학원의 교과과정으로 흡수하는 제도화의 미비점과 더불어 연구관행의 문제로 학제적 접근의 미비점을 들고 있다. 이 문제에 대해 신문수는 문학의 타인문학 분야 내지는 인문학의 타학문과의 통섭의 부재 및 외국문학에서의 영미문학에 대한 치중을 지적한다. 사실 문학을 제외한 타인문학 분야의 환경 · 생태 주제에 대한 이해와 접근은 인접 학문으로서 문학생태학이 가장 쉽게 접근할 수 있으며 또한 문학생태학적 주제 확대와 심화를 위해서 필요함에도 불구하고 생태철학의 연역과 활동을 소개한 글을 제외하고는 전무하다. 이는 인접학문과의 소통에 대해서조차 학회차원의 노력이 미진했던 점과 닿아있다는 점에서 시사적이다. 신문수의 지적처럼, 그동안 『문학과환경』에 실린 논문을 살펴보면 외국문학 분야에서 사상적 배경이나 작가 · 작품이 지나치게 영미권에 집중되어있다. 비영미권 사상 및 작가 · 작품을 다룬 논문으로는 독일 3편, 프랑스 1편, 일본 1편, 남아공 2편, 캐리비언 1편, 아일랜드 1편이 전부이다. 한국의 자연관과 가장 관계있는 중국의 자연관을 연구하는 학자에 의한 논의는 전혀 소개되어 있지 않다. 학제적 접근의 보다 적극적인 형태인 비교(문)학적 연구 역시도 미약하다. 앞에서 언급한 바대로 영국작가 - 한국작가 비교연구 1편, 독일작가 - 한국작가 비교연구 2편, 데리다의 해체주의와 불교사상 비교 1편을 제외하면 비교(문)학적 연구는 전무하다. 동아시아에서 문학생태학 학자들 간 '동아시아 생태비평' 모색을 위한 고민과 노력이 지난 몇 년간 진행되어 오고 있지만, 미국식 생태비평과 차별화 될 수 있는 한국적 혹은 동아시아적 생태비평에 대한 고민이 거의 없다는 점이 『문학과환경』 논문 진단을 통해 드러난다.

이밖에도 외국문학 분야 문학생태학 논문에서 두드러지게 드러난 특징은 이론이나 관점에 대한 심층적 논의보다는 문학작품에 대한 분석에 집중 되었다는 점이다. 문학생태학 및 환경담론에서 작품분석을 제외하면 생태비평적 논의의 전재와 발전, 심화는 주목할 만하게 이루어지지 않았다. 예를 들어, 심층생태주의와 낭만주의 관점에 의한 작품분석이 학회지 초기부터 최근에 이르기 까지 시도되었지만, 이 두 관점 자체에 대한 이의제기나 기존의 논쟁은 거의 다루어지지 않았다. 또한 생태여성주의 관점에 의한 작품분석이 창간호부터 10.2(2011년)호를 포함하여 5편의 논문에서 이루어진 것으로 볼 때 문학생태학의 중요한 담론으로 인식하고는 있으나, 생태여성주의 관점은 자체적으로 많은 논란과 쟁점을 내재하고 있음에도 위 5편의 논문에서는 논란과 쟁점을 논의에서 배제하고 기존의 논지를 그대로 수용하면서 작품해석을 위한 틀로만 삼고 있다.

III. 미래연구방향

한국에서의 문학생태학의 연구 경향에 노정된 위와 같은 문제점은 역사가 일천한 때문이기도 하지만 무엇보다도 그동안 한국에서의 문학생태학 연구에 대한 자아성찰의 기회가 학술대회나 학회지를 통해 거의 마련되지 못한데 기인한다. 이런 점에서 신문수(10.2)의 글은 문학과환경학회 및 학회지의 앞으로의 나아갈 방향을 재고하는데 중요한 방향타가 된다. 신문수는 한국의 문학생태학이 나아갈 방향으로 현대적 의미의 생태학이 종합적 학문이라는 점을 고려하여 학제적 접근의 필요성을 강조한다. 그의 문학생태학에서의 학제적 접근은 문학이외의 다양한 분야의 접근에 대한 이해, 타문화권과의 비교문학적 시각, 그리고 문학의 인접학문인 타인문학 및 멀리는 자연과학 등과 같은 학문과의 학제적 연계를 포함한다. 이와 더불어 신문수는 생태비평이 주제적 관심으로서가 아닌 "생태적 독해를 중시하는 방법의 學"(21)으로서 거듭 날 필요성을 주장한다. 이를 위한 실천으로는 "생태맹"을 극복하고 생태적 문해력 배양이 필요하며, 생태적 문해력 배양은 자연에 대한 직접 경험과 탐사를 통해 이루어지며 이를 위한 문학의 환경교육이 교육현장에서 이루어져야 함을 피력한다.

신문수의 지적과 더불어 미국의 문학과환경학회와 같이 문학생태학 연구
와 담론전개가 우리 보다 먼저 시작 되었으며 훨씬 활발한 외국의 사례
역시 한국의 문학생태학이 참고할 만하다. 미국생태비평 발전과 전개에서
드러난 소위 '3단계 물결'이 참고가 될 만하다. 로렌스 뷰얼은 생태비평이
문학비평방법으로 본격적으로 등장하기 시작한 1990년대 초반부터 생태비
평이 문학비평의 주류를 차지하게 되는 2000년대 초반까지의 경향을 두
물결로 규정한다. 『생태비평의 미래: 환경위기와 문학상상력』(*The Future
of Environmental Criticism: Environmental Crisis and Literary Imagi-
nation*, 2005)에서 뷰얼은 환경운동이 영문학 분야를 갑작스럽게 점령한
것을 생태비평의 제1물결로 규정하고 이 물결의 특징으로는 자연문학, 생태
중심 텍스트, 자연사에 대한 초점을 둔 연구경향을 든다. 생태비평의 특징은
"생태중심적 관점"으로 규정했던 셰릴 글롯펠티의 『생태비평독본』(*The
Ecocritical Reader*, 1996)과 더불어 생태비평 제1물결을 가장 잘 드러내는
자신의 저서 『생태학적 상상력』(*The Environmental Imagination*, 1996)에
서 뷰얼은 문학생태학 텍스트 준거로 다음 4가지 요소를 든다. 첫째, 비인간
자연이 단순한 문학적 장치만이 아닌 그 자체로 작품에서 중요한 역할을
한다. 둘째, 인간의 관심과 이익만이 유일한 합법적인 것이 아니라 자연의
관심과 이익 역시 동등하게 중요하다. 셋째, 자연에 대한 인간의 책임은
텍스트의 윤리적 특징으로 제시되어야 한다. 넷째, 자연은 정체되고 수동의
대상이 아닌 진행형의 과정으로 이해되어야 한다. 뷰얼(2005)은 이와 같은
생태비평 제1물결이 점차 자연환경만을 다루던 경향에서 인간환경을 다루
는, 야생자연을 중심주제로 다루던 경향에서 도시환경을 다루는, 즉, '녹색자
연'에서 '갈색자연'을 다루는 경향으로 이동해왔다면서 이러한 새로운 경향을
생태비평의 제2물결이라 규정한다. 뷰얼 자신의 생태비평 두 번째 저서인
『위기에 처한 세상을 위한 문학』(*Writing for an Endangered World*, 2000)

은 바로 이러한 제2물결을 대표적으로 보여주는 저서로서 이 책에서 그는 도시환경, 해상공유지 파괴, 동물권, 독성담론과 같은 실질적인 환경위기의 문제를 생태비평적 논의의 중심에 놓는다. 이러한 논의를 위해 그는 자연과 인간을 이분법적 시각으로 보는 것이 아니라 상호중첩 되고 연결된 대상으로 본다. 다루는 작가들 역시 미국자연작가를 넘어서 영미 정전작가 및 제3세계의 작가를 포함하는 넓은 시야를 보여준다.

뷰얼이 규정한 생태비평 제2물결 이후의 "제3물결"에 대한 논의는 조니 아담슨(Joni Adamson)과 스콧 슬로빅(Scott Slovic)에 의해 이루어졌다. MELUS지의 2009 여름 특별호 서문에서 이들은 "지구행성에 대한 인간의 관계를 이해하는데 보탬이 되는 다양한 목소리"가 갑자기 등장하기 시작했다고 강조한다. 뷰얼의 두 물결 경향과 미래의 생태비평 연구에서 다인종적 접근에 대한 글롯펠티의 예견에 대해 숙고하면서 아담슨과 슬로빅은, "생태비평의 제3물결로 간주될 새로운 경향은… 민족적이고 국가적인 특징을 인지하면서도 민족적이고 국가적인 경계를 뛰어넘는다. 이 제3물결은 환경론적 관점에서 인간경험의 모든 국면을 탐색 한다"(6-7)고 이 새로운 경향을 규정한다. 슬로빅은 2010년 네바다주립대학의 문학과환경포럼에서 생태비평 제3물결 경향을 보다 구체적으로 규정하면서 주된 관점으로 민족성, 지구화, 탈식민주의, 탈생태지역주의, 초지역성(translocality), 물성 생태여성주의(material ecofeminism), 포스트모더니즘 등을 들고 있다.

지금까지 논의된 한국에서의 문학과환경 담론에 대한 진단을 통해 한국에서의 생태문학 연구에 대한 신문수의 성찰과 세 물결로 규정되는 미국생태비평의 진보를 방향타로 삼아 앞으로 한국에서의 문학과환경의 이론 담론이 지향해야 할 점을 제시해보고자 한다. 학회지에 실린 대다수 논문이 제1물결의 관점을 반영하고 있고 문학작품에 대한 순진한 주제적 관심을 넘어서지 못하고 있는 것이 사실이지만, 일부 논문은 제2, 제3물결의 관점을 제한적이

나마 담아내고 있으며 앞으로 한국의 문학과환경 담론이 지향해야할 방향을
일부나마 선견적으로 다루고 있어서 이들 논문을 예로 들기로 한다.

첫째, 생태담론에 대한 논의 심화가 필요하다. 신문수는 한국문학생태학
은 "자연을 예찬하고 인간과 자연의 조화로운 관계를 모색하는 문학작품에
대한 주제적 관심을 넘어서서 그것을 어떻게 담론화" 할 것인지에 대한 체계
적인 탐구가 요청된다(16)고 지적한다. 문학생태학 담론에 대한 체계적인
탐구 및 심화는 기존 논의에 대한 3가지 유형의 건설적 비판을 통해 수행될
수 있다. 우선, 기존 비평적 경향에 대한 종합적 성찰이다. 신문수처럼 한국
에서의 전반적인 문학생태학 연구관행에 대한 비판적 성찰을 통한 끊임없는
미래 담론에 대한 모색이다. 이러한 메타비평적 태도는 사이몬 에스톡
(Simon Estok)의 논문에서 잘 드러난다. 그는 여러 차례에 걸친 논문(9.1,
8.2, 7.1, 6.1)을 통해 미국과 한국 생태비평의 환경문제에 대한 구체적인
관심과 실천이 결여된 상아탑 비평행위를 비판하고 실천적 생태비평(activist
ecocriticism)을 주창한다. 한국에서의 문학과환경 담론이 실질적인 환경문
제에 대해 크게 관심을 두지 않았다는 점과 문학생태학을 연구하는 학자들이
문학생태학적 윤리와 태도를 얼마만큼 자신의 삶속에 실천하고 있는지 성찰
할 필요가 있다는 점에서 에스톡의 주장은 경청할 필요가 있다. 다음으로는,
기존의 특정 생태학적 관점이나 비평적 관점에 대한 재고이다. 지금까지
한국에서의 문학생태학적 담론은 자연의 소중함과 아름다움, 탈인간중심적
관점에서 자연과 인간의 친화적 관계에 대한 주제적 관심이 주류를 이루었기
때문에 관점의 다양화를 이루지 못하고 피상적인 자연관에 머문 느낌이다.
강용기(10.1)는 이와 같은 자연관의 토양을 제공한 심층생태론적 관점을
수용하는 대신 이 관점의 가장 큰 특징인 전체론적 사고의 문제점을 지적한
다. 즉, 심층생태론은 전체론에 갇혀 개체들 사이의 차이를 무시하거나 보지
못하게 되고 따라서 사회문화적 관점에서 볼 때 주변화된 목소리에 관심을

기울이지 못한다고 해체주의 이론을 끌어들여 지적한다. 강용기는 더 이상 논의를 발전시키지는 않지만 이러한 논의는 생태비평 제3물결인 탈식민주의 담론이나 지구화/지역화 논의로 더욱 전개시킬 수 있다. 윤창식(9.2) 역시 인간에 의해 조성되고 변형된 제2자연, 혹은 사회적 자연을 문학생태학의 중심주제로 다룬다는 점에서 제1물결에서 벗어난 담론을 전개한다. 제2물결의 핵심 주제가 야생자연이 아닌 인간의 삶과 연계된 사회적 자연인 점에서 윤창식의 담론 주제는 미래지향적이며 동시에 그가 사회적 자연의 중요성을 가장 잘 다루는 대표적인 작가로 분석하는 마이클 폴란(Michael Pollan)의 『제2자연』(*The Second Nature*)이나 『욕망의 식물학』(*The Botany of Desire*)은 문학생태학의 텍스트의 범위를 기존의 규범적인 문학작품에서 생태학과 환경을 다루는 대중을 위한 대중과학서적 혹은 대중 환경 서적으로 확대시킨다는 점에서 주목할 만하다. 제2자연 혹은 사회적 자연의 가장 보편적인 형태는 도시환경으로 뷰얼의 제2물결 역시 도시환경을 염두에 둔 것이다. 김택중(10.1)은 현대생태비평의 도시화 담론에 연결시키지 않고 있지만 찰스 디킨즈의 작품에서 도시화와 도시환경 문제를 살펴봄으로써 문학생태학의 '갈색풍경'에 대한 가능성을 보여준다. 마지막으로는, 기존 특정 논문에 대한 비판이다. 한국학계의 일반적인 풍토로 비약시키는 것은 문제가 있지만 한국문학과환경학회의 토론 및 논문에서 냉정한 비판을 찾아보기 힘든 것이 사실이다. 특히 환경과 생태계를 이해하고 바라보는 시선은 학문분야, 문화, 개인에 따라 다양하고 특히 자연에 대한 윤리적인 문제에 대해서는 견해를 달리한다는 점을 고려할 때 문학생태학 담론은 다양한 시각과 견해가 교차하는 지점에 위치한다고 볼 수 있으며 당연히 다양한 관점에서의 논쟁과 토의가 수반되기 마련이다. 에스톡(10.2)의 신두호(10.1)의 논지에 대한 비판은 이점에서 좋은 예시이다. 신두호는 피터싱어를 포함한 일부 서양학자들이 현대 동양의 육식문화를 서양적 논리와 관점에서 비판하면서 불교사상을 끌어들이는 것에 대해 이들의 불교사상에 대한 종(무)차별주의와 채식문화 대한 단순화의 오류를 지적하면서 불교에서의 다양한 종(무)차별주의와 육식에 대한 태도 및 관행을 서양의 관점과 비교하여 분석한다. 이에 대해 에스톡은 신두호의 동서양 이분법적 분류를 비판하고 싱어의 육식문화에 대한 근본적인 태도를 직시하지 못했으며 마이클 폴란과 같은 학자들의 태도와 마찬가지로 육식의 환경문제에 대한 심각성을 지적하고 용기 있게 실천에 옮기기 보다는 육식문화에 면죄부를 주는 근거를 제시해준다고 비판한다. 육식문화의 환경 폐해 관점에 대해서는 대부분 동의하는 내용이지만 이에 대한 해결책은 개인마다 그리고 특히 문화마다 다를 수 있기 때문에 이러한 논쟁은 상호비판을 통해 지속적으로 전개 · 발전시킬 수 있다. 이와 같은 건설적인 상호 논쟁과 비판은 문학생태학 담론을 확대시키고 깊이를 더해줄 수 있다. 둘째, 생태 · 환경에 대한 보다 다양한 사상적, 문화적, 사회적, 문학적 관점이 필요하다. 왜냐하면 각 문화권마다 자연관이나 관심 환경이슈가 다르며 같은 환경이슈라 해도 각 문화권이나 각국이 처한 상황이 다르기 때문이다. 외국문학 분야에서 가깝게는 동아시아를 비롯하여 비영미권 및 제3세계의 문화와 사상, 작가 · 작품을 다룰 필요가 있다. 동아시아의 문학과 환경학회와 학자들이 지난 몇 년 동안 동아시아 생태비평을 모색하기 위해 지속적으로 노력해오고 있다. 동양과 서양의 비견도 중요하지만, 기본적인 문화와 생각을 공유해온 동아시아 각국의 자연 및 환경에 대한 공통점과 더불어 구별되는 특징과 현대사회적인 구조에서의 환경문제와 인식, 작품에 대한 상호이해 역시 중요하다. 김용민(8.1)은 일본의 미야자키 하야오의 애니메이션 분석을 통해 인간 - 자연 공존의 문제를 다루면서 미야자키 하야오의 영화가 일본사회에 환경오염에 대한 경종을 울렸던 1950년대 미나마타 수은중독 사건을 배경으로 하고 있다는 점을 소개하고 있다. 이와 같은 일본 작품에 대한 소개와 분석은 유사한 경험을 치룬 우리나라의 환경문제와 이를 다룬 작품과 연계하여 사회문화 및 문학적으로 비교 연구를 위한 토대를 마련해 준다. 이러한 이해를 기반으로 동아시아간 비교연구가 이루어지고 더 나아가 서양과의 비교연구로 확대되면서 동아시아 생태비평의 실체를 만들어 낼 수 있게 된다. 동양을 넘어서는 다양한 관점에 대한 인식 및 이해는 환경문제와 관련하여 우리사회 및 학계에 거대담론을 형성해온 세계화 문제에 대한 탈서구적 인식을 위해서도 필요하다. 우리사회에서는 특히 문화적 그리고 경제적 차원에서 세계화란 기재가 크게 작동하고 있으며 이에 대한 반작용으로 지역화 인식이 동시에 진행되고 있다는 점에서 제3세계의 탈식민주의 관점에도 주목할 필요가 있다. 미국생태비평의 제3물결이 세계화/지역화에 근거한 탈식민주의 입장에서 환경을 들여다보는 대표적인 곳이 캐리비언 문학이다. 캐리비언 국가들은 과거에는 정치적 식민주의를 겪었지만 지금은 선진국의 거대자본에 의해 자국의 풍부한 자연자원이 식민지화되고 황폐화되고 있기 때문이다. 차희정(7.2)은 캐리비언 출신 미국이민작가인 자마이카 킨케이드의 작품을 통해 캐리비언 제도에 대한 폭력의 식민역사를 다루면서 식민시대의 가부장제적, 자본주의적, 인종차별적 정책이 어떤 방식으로 여성들에게 공동체에 대한 의무와 책임으로 전가되었는지 그리고 이러한 식민주의 기재가 탈식민 시대에도 유색인종여성과 자연에 대한 인식에 어떻게 작동하고 있는지 보여준다. 이와 더불어 이 논문에서 뉴욕 중산층 여성의 등장인물을 통해 상징되는 소위 인도주의적 환경주의 운동과 정신은 타국의 (식민)역사, 문화, 사회적 특수성에 대한 이해나 고려 없이 이미 경제적인 부를 축적한 선진국의 기준에서 마련된 자연관과 환경의식을 드러내고 타인 그리고 국제환경협약에서처럼 모든 나라에 강요한다는 점에서 우리나라 문화와 환경문제에 어떻게 적용될 수 있는지 따져보는 것이 필요하다.

셋째, 문학생태학 텍스트에 대한 독해방법의 심화이다. 신문수(10.2)의 지난 10년 동안의 『문학과환경』게재 글 현황 표는 그동안 일반적 성찰 · 이론 논문이 작가론과 작품론과 더불어 가장 빈번하게 게재되었음을 보여준다. 하지만 일반적 성찰·이론 논문 대다수는 특정 이슈나 특정 생태비평적 관점 자체를 심도 있게 분석하고 비판하면서 담론을 발전시키기 보다는 작품의 주제 중 하나 혹은 작품 분석의 방편으로 삼음으로써 피상적인 논의에 그치고 있다. 문학생태학은 다양한 방법론이 존재하지만 기본적으로 문학작품을 매개로 하기 때문에 작품에 대한 분석은 중요하다. 하지만, 작품을 다루는 접근법에서 자연의 소중함과 인간 - 자연의 조화로운 관계를 작품분석의 주제로 삼는 도식적인 태도를 벗어나 다양한 그리고 심도 있는 환경주제를 포함시킬 필요가 있다. 즉, 작품분석과 환경담론 논의가 균형 있게 제시될 필요가 있다. 텍스트의 심화된 독해는 두 가지 방향을 상정해 볼 수 있다. 첫째는 정전작품에서 현대의 환경문제와 이슈를 찾아내 작품분석과 병행하여 환경 담론을 전개한다. 신문수(7.2)는 허만 멜빌의『모비딕』을 다루면서 이 작품에서 바다생태계 오염과 고래보호와 같은 현대적인 환경주제를 이끌어내어 이 주제를 심도 있게 논의한다. 외국문학정전작품은 대학과 대학원 과정에서 가장 빈번하게 다뤄지지만 대개가 환경문제가 사회적인 이슈로 등장하기 이전에 쓰인 것들로 엄밀한 의미에서 문학생태학적 담론을 구현시키는데 무리가 있을 수 있다. 하지만 적지 않은 정전작품에서 생태학적인식과 특정 환경이슈가 중요한 주제로 다뤄지고 있기 때문에 이러한 주제를 현대적 관점에서 논하는 것은 의미 있다. 둘째는 이론이나 환경주제를 먼저 심도 있게 논의하고 그 논의의 보조적인 예시로써 작품을 살피는 것이다. 이 경향도 위의 정전작품 - 환경담론 균형을 갖춘 논의만큼이나『문학과환경』게재 글에서 드물다. 다만, 안건훈(8.1)은 여우와 늑대를 주제로 이들의 종류, 특징, 분포상황을 포함한 생태학적 특성을 논하고 희귀성 멸종위기 동물 복원의 필요성과 그 대책을 중점적으로 논하기 위해 한국과 외국의 이야기와 문학작품에 묘사된 여우와 늑대의 특징을 살핀 후, 이러한 묘사가 얼마나 인간중심적이고 생태학적으로 왜곡되었는지 지적한다. "생태비평은 주제적 관심으로서가 아니라 생태적 독해를 중시하는 방법의 학으로 거듭날 필요성에 직면하게 되었다"(21)는 신문수(10.2)의 지적처럼 안건훈 논문은 문학생태학이 지향해야할 문학작품에 대한 생태적 독해의 한 예를 보여준다.

넷째, 문학생태학은 실질적인 환경문제에 대해 보다 적극적 관심을 갖고 구체적인 커리큘럼 개발을 통해 환경교육에 도움이 되어야 한다. 환경문제 및 그 해결책은 다양한 측면을 갖고 있으며 그 본질에 접근하기 위해서는 자연과학으로서의 생태학적 지식이 요구되기도 한다. 문학전공자에게 분명 쉬운 일은 아니지만 문학생태학이 순진한 감상적인 자연관을 벗고 타학문분야의 관점에 대한 열린 마음과 배움, 수용의 자세를 가질 필요가 있다. 보다 적극적으로는 타학문분야의 지식을 문학생태학 연구에 접목시키는 학제적 접근도 요구된다. 미국대학에 비해 우리나라 대학에서의 문학생태학 강좌 개설은 아주 미비한 것으로 신문수(10.2)의 조사에서 잘 드러나 있다. 지나치게 단순화된 문학생태학은 학문연구주제로서 매력을 상실했으며 따라서 매력 있는 연구주제로 재인식되고 학생들로 부터도 관심을 유발하기 위해서는 문학생태학 커리큘럼에 학제적 접근을 적극 반영하고 학생들이 관심을 가지는 대중예술을 포함한 문화생태학 텍스트를 도입할 필요가 있다. 이를 위해서는 문학과환경은 타학문분야의 글을 적극적으로 게재할 필요가 있다.

마지막으로, 이와 같은 미래담론을 위해서는 학회의 역할이 중요하다. 주지하다시피 『문학과환경』은 2010에 등재지가 되었다. 이때까지 『문학과환경』은 게재 글에 대해 질적인 재고를 할 여유가 없었다. 이런 어려운 여건에서도 회원들의 적극적인 참여정신으로 등재지로 등급 되었으니 이제는 학회차원에서 기획학술발표회 등을 통해 보다 적극적으로 담론을 개발하고 주도해나갈 필요가 있으며, 이를 통해 『문학과환경』이 한국에서의 문학과환경 연구를 실질적으로 이끌고 질적으로 높이는 장으로 거듭나야 한다. 덧붙어 2014년 말에 학술지에 대한 현재의 한국연구재단(과거 학진)등급제도는 종료되고 학계자율평가체제로 전환되며 학계자율평가가 착근될 수 있도록 한국연구재단에서는 이행 기간 동안 심사를 강화할 계획이라는 점을 고려할 때『문학과환경』의 질적인 재고는 현실적인 차원에서도 더욱 시급하다.

[표 1]『문학과환경』(2002~2011년) 게재 논문 현황

논문내용구분		총편수	
전체논문		154	
외국문학분야 문학생태학	이론중심담론	23	
	작가·작품연계 이론담론	21	47
	일반 환경이슈	3	
인문학 일반		2	

[표 2]『문학과환경』(2002~2011년) 게재된 외국문학론분야 문학생태학 논문 분류

주제·내용 분류	세부분류	논문
자연관점과 문학적 수용	자연관	미국적자연관(임우진4); 심층생태주의 비판(강용기10.1); 제2자연(윤창식9.2);
	방법론	자연체험(신문수8.2; Caplan8.1); 자연과학적(신두호10.1)
	문학기법	독자비평(강용기9.2); 의인화(전세재7.2); 언어(신두호5.2; 김태철5.1)
철학·사상적배경	동양	불교(강용기5.2)
	서양	루소(송태현10.2); 해체주의(강용기10.1, 5.2); 하이데거(신문수6.1); (후기)구조주의언어철학(신두호5.2); Leavis(김태철5.1); 들뢰즈·가타리(전세재7.2; 장시기1)
장르이론·텍스트비평	장르	자연기(신문수4)
	텍스트론	포크송(양승갑10.2); M. Pollan류(윤창식9.2); 에니메이션(김용민8.1); 미래소설(김연만2); 아동·청소년문학(이동환10.1)
환경교육 및 아동문학	환경교육	자연체험과 청소년교육(신문수8.2); 문학역할(정정호1)
	아동문학	아동문학과 환경교육(이동환10.1)
문학생태학 성찰	전반적경향	한국에서의 문학생태학연구경향 성찰(신문수10.2)

주제·내용 분류	세부분류	논문
작가·작품론	특정작가	한국문학과 환경학회 창립과 소로우연구(강규한4)
	메타비평	activist ecocriticism(Estok 9.1, 8.2, 7.1, 6.1);
	작품분석중심	디킨즈소설과 도시환경(김택중10.1); 메리오스틴과 수자원활용(이동환9.1); 자마이카문학과 생태여성주의(차희정7.2)
	작품/담론균형	바다환경론과 고래보호 & 『모비딕』(신문수7.2)
	담론중심	멸종위기동물복원(안건훈8.1)
중심담론영역	생태여성주의	마리나 카 희곡(윤여복10.2); 캐리비언문학(차희정7.2); 레슬리 마몬 실코(이승례·최동오7.1); 『주홍글자』(김정애·민경택); 본 폴프(사지원1)
	세계화/지역화	아프리카, 인도, 영국 사례(Caplan8.1); 세계화와 장소개념(신문수6.1)
	탈식민주의	존 쿳시의 남아공(강용기9.2; 장시기3); 캐리비언문학(차희정7.2)
일반환경관련 이슈	섭생	육식(Estok10.2); 섭생(장정민·김원중6.2); 음식독성(웨스 베리2)
	멸종위기종	안건훈8.1
	세계화/지역	Caplan8.1
	바다환경	신문수7.2
자연·환경 소재	작품소재	동물(김한성10.2; 전세재7.2; 윤창식5.1); 물(이동환9.1); 나무(윤창식4); 고래(신문수7.2)
	환경이슈소재	여우·늑대(안건훈8.1)
비교(문)학적 관점	작품비교	로렌스vs이효석(김한성10.2); 헤세vs정호승(윤창식5.1); 헤세vs.안도현(윤창식3)
	사상비교	해체주의와 불교사상(강용기5.2)
*인문학 일반		환경과 인문과학(김명복1); 인문학–자연과학 학제적 접근(신두호8.1)

세계생태문학론에
나타난 생태적 평등

● 강용기 (전남대학교)

　환경문학이론이나 생태비평론은 생태철학이나 환경윤리의 문학적 차용이라고 할 수 있을 것이다. 물론 보다 넓은 의미로 환경문학이론의 개념과 범주를 규정한다면, 그것은 다양한 자연관의 문학적 수용이라고도 할 수 있겠다. 자연관은 철학을 넘어 종교와 문화의 범주까지 관여하기 때문이다. 그러나 이 장의 서론에서는 그처럼 포괄적인 범주의 환경문학론을 다루기보다는 주로 환경문학이론의 철학적, 윤리적 측면에만 초점을 맞추어 기술하고자 한다. 범주를 더욱 좁히자면, 환경윤리는 철학적 사유를 바탕으로 생성되는 실천적 의지의 표명이니 환경문학이론은 결국 생태철학의 문학적 변용이라고 하겠다.

　주지하다시피, 서구에서 생태철학에 대한 관심은 아르네 내스(Arne Naess)가 인류의 역사를 지배해 온 인간중심주의적 자연관을 정면으로 부정하면서 이른바 심층 생태학(Deep Ecology)을 태동시킨 1970년대 초반부터 급속도로 활기를 띠기 시작하였다. '통각'(Self-realization)과 '생태적 평등'(biospherical egalitarianism)의 개념은 내스가 제안한 생태중심주의적 철학(Ecosophy-T)의 두 축이다. 통각은 인간본위의 소자아(self)가 주변의

식물과 동물은 물론 강과 산과 바다 등, 생태계 구성원들의 정체성을 모두 아우르는 개념으로 확장되고 마침내 우주적 존재와도 하나가 되는 대자아 (Self)의 성취를 의미한다. 생태적 평등은 통각이 성취되면 잇따르는 당연한 귀결이다.

내스의 심층 생태학적 자연관은 21세기의 벽두를 훌쩍 넘긴 오늘에도 생태철학의 맹주로 군림하고 있다. 그러나 심층 생태학이 안고 있는 태생적 강압성과 관념성을 추적하여 비판하는 목소리 역시 만만하지 않다. 비판의 화살은 사회 생태학, 생태여성주의, (탈)근대 자연관, 불교 생태학, 실용주의 환경론 등, 다양한 방향에서 날아온다. 사회 생태학과 생태여성주의의 비판은 방점의 차이는 있으나 심층 생태학적 자연관은 자연관의 형성에 영향을 미칠 수밖에 없는 역사적, 사회문화적 맥락을 간과하고 있음을 공통적으로 지적하고 있다. 사회 생태론자들의 시각에서 보면, 통각은 자본주의와 제국주의의 입지를 정당화하는 논리로 이용되어 온 자유주의적 관념론으로 환원함으로써 궁극적으로 노동 계층과 저개발 국가의 수탈은 물론 자연의 파괴를 효율적으로 저지하지 못하는 심각한 한계를 드러낸다. 이들에게 내스의 통각은 허황한 관념에 불과하다. 심층 생태학의 이른바 '8대 강령'에서 보듯이, 사실 심층 생태학에서도 사회적, 제도적 변화를 주문하고 있다. 그러나 사회 생태론자들은 심층 생태학이 제안하는 자연의 '내재적 가치'나 내스의 '통각'은 특권화된 강자의 입지를 영속화하는 본질주의와 괘를 같이 하는 자기모순에 빠진다고 주장하며, 관념을 떠나 사회구조적 역학 관계의 시정을 통하여 환경문제에 대처하기를 역설한다. 생태여성주의에서는 다양한 층위의 사회적 불평등을 해소하려는 노력이 관념적인 자연관의 형성에 선행되어야 한다고 외치면서 특히 지구촌 인구의 절반을 차지하고 있는 여성의 지위 향상이 보다 시급하다고 주장한다. 인간 사이의 불평등 문제를 해결하지 않고는 인간과 자연 사이의 평등을 제고하려는 노력은 정치적으로 비효율적일 수밖에 없다는 현실론이기도 하다. 나아가 생태여성론은, 사회 생태론자자들이 비판하듯이, 심층 생태론이 지향하는 본질주의는 그들의 의도와는 달리 오히려 인간과 백인남성의 특권을 영속화하고 자연과 여성을 억압하는 논리를 강화할 수 있다고 우려한다.

사회 생태학과 생태여성주의가 사회적, 역사적 맥락에서 심층 생태학을 비판한다면, 이른바 (탈)근대 자연관, 불교 생태학 혹은 실용주의 환경론 등은 심층 생태학류의 근본주의 자연관이 안고 있는 담론 자체의 취약성을 파고든다. 예의 비본질주의적 담론들에서는 공통적으로 자연의 내재적 가치나 의미의 존재를 해체하려든다. 이들은 적어도 인간은 자연의 보편적 가치를 포착할 수 있는 능력을 지니지 못한다고 주장한다. 그것은 무엇보다도 언어의 의미와 인간 주체의 불안정성 때문이다. 인간이 자연을 재현하려는 시도는 어느 경우에도 인간화의 함정을 피할 수 없다는 해체적 논리가 이들의 입장을 대변한다. 즉, 심층 생태학은 자연의 가치를 평가하는 평가자의 상황성을 고려하지 않는다는 것이다. 자연의 가치는 가치 평가자의 욕구, 문화, 교육 등, 역사적, 상황적 산물이지 가치 평가자로부터 분립적으로 존재할 수 없다는 주장이다. 그들의 비본질주의적 자연관의 시각으로 보면, 심층 생태학의 자연관은 궁극적으로 특정한 집단의 이해관계와 기득권에 봉사하기 때문에 오히려 심층 생태론자들이 천명하는 이른바 '유기적 전체성'(organic wholeness)의 성취라는 어젠다를 져버리는 아이러니를 노정한다는 것이다.

한편, (탈)근대 자연관과 불교 생태학 그리고 실용주의 환경론이 담론의 강압성에 저항하려는 의도에서는 공통점을 보이지만 전체주의적 논리를 회피하면서 동시에 친생태적 담론을 제시함에 있어서는 상당한 온도 차이를 보이고 있다. 데리다류의 해체사상에 입각한 (탈)근대 자연관 자체는 대안담론을 제시할 수 없다. 새로운 대안을 제안하는 순간 강압적 담론으로 환원하는 자기모순에 빠지기 때문이다. 불교 생태학은 자아와 자연의 본질을 포착할 수 없는 언어의 무기력성을 지적하는 한편, 부처의 침묵의 언어에 기대어 자연의 본질을 파악할 수 있는 가능성을 암시한다. 그러나 부처의 언어는 철학의 범주를 벗어나는 초월적, 종교적 영역이니, 불교 생태학은 신비주의에 빠진다는 비판을 감당해야 한다. (탈)근대 자연관과 불교 생태학이 그 자체로서 대안담론을 제시하지 못한다는 비판에서 자유롭지 못하다고 한다면, 실용주의 환경론은 나름대로 일정한 방향을 제시할 수 있다. 사실 실용주의 철학은 철학의 폐기라고 할 수 있다. 실용주의는 서구의 형이상학이 상정하고 있는 관념적 가치의 허구성을 전복하는 한편, 개인적, 집단적 경험에 착근한 상대주의적 가치 추구를 지향하기 때문이다. 상대주의적 가치나 진리들은 상호 상충대립하기 마련이다. 따라서 실용주의 철학은 자칫 회의주의를 자초할 수 있다는 우려가 있다. 그러나 실용주의는 가치 상대주의라는 교착상태에서 빠져나올 수 있는 나름의 출구를 마련하고 있다. 그것은 무엇보다도 과학적 탐구와 민주적 의사결정에 대한 깊은 신뢰라고 하겠다. '보편화의 가능성'(universalizability)을 향한 인문학적, 자연과학적 탐구 그리고 탐구 내용의 확산과 민주적 소통을 바탕으로 한 공통체의 합의는 실용주의 철학 일반뿐만 아니라 바로 실용주의 환경론이 추구하는 (탈)철학의 방식이다. 환언하면, 실용주의 환경론은 형이상학적 축소주의에 저항하는 유기체적, 통합적 담론이다.

국내의 환경문학과 생태비평학계에서 환경문학이론에 관한 연구는 의외로 일천하다. 필자의 연구를 포함하여 관련 연구의 대부분이 선정한 문학텍스트에 드러난 자연관과 특정한 이론 사이의 정합성을 점검하는 단계에 머무르고 있다. 한국문학비평의 경우에는 자연친화적 서사를 탐색하는 과정에서 종종 한국의 전통사상이나 동양사상을 소개하기도 하지만 작품분석이 의지하고 있는 패러다임 자체의 문제점이나 한계성을 분석한 경우는 매우 드물다. 작품분석이 흔히 자연과 문명의 이분법적 구도로만 이루어지는 경향이 있기 때문에 그 결론은 대부분 자연으로의 귀환이다. 외국문학비평도 예외가 아니다. 아직도 국내의 비평계는 텍스트로부터 심층 생태학적 자연관이나 생태여성주의의 흔적을 발견하는 작업에 치중하고 있는 실정이다. 이렇다보니 생태비평이론 자체의 비판은 차치하고 그 진화 과정을 소개하거나 분석하는 작업에도 인색하다. 한국의 환경문학이론 분야는 관련 연구자들의 관심을 열망하고 있다.

환경문학텍스트의 진화 과정을 탐구하다 보면 환경문학이론이 진화한 흔적을 찾을 수도 있을 것이다. 본 장의 첫 번째 논문으로 선정한 신문수의 「미국의 자연기: 장르의 위상・특징・계보」는 그러한 기대의 반영이다. 미국 자연기문학의 진화과정을 종합적으로 탐구한 이 글은 비록 생태비평이론에 대한 소개나 비판을 연구 범주에서 제외하고 있지만 문학이론의 진화가 문학텍스트의 변화와 유기적인 관련을 맺고 있다는 관점에서 보면 비평이론 연구의 기초를 제공하는 것이다. 특히 딜라드(Annie Dillard)와 애비(Edward Ebbey)의 서사를 예로 들어 자연을 인간의 언어로 재현하는 문제를 다루고 있는 부분은 생태비평이론의 핵심에 다름 아니다.

두 번째 글, 안건훈의 「회귀성 멸종위기동물 복원의 필요성과 그 대책(1)」은 문학이론과는 너무 거리가 먼, 엉뚱한 선정으로 보일 수도 있겠다. 그러나 환경문학이론은 어쩌면 형이상학적 논쟁에 매몰되어 환경보호라는 실천윤리를 오히려 약화시키는 결과를 초래한다는 비판의 목소리도 높다. 이제 생태비평은 관념적 논쟁을 접고 환경윤리의 실천을 보다 효율적으로 거양하는 길을 모색해야 할 때라고 조심스럽게 진단해본다. 그 길로 안내하는 중요한 통로 중 하나는 과학적 경험과 날선 감성을 양 축으로 하는 환경보호의식의 형성이다. 안건훈의 글처럼 생태학적 지식과 지혜를 전달하는 연구에 보다 많은 관심을 기울여야 하는 이유는 결국 환경문학이론이 특정한 형이상학이 제시하는 특정한 자연관만을 옹호하는 식의 축소주의를 경계해야 하기 때문이다.

마지막으로 신두호의 글, 「외국문학분야 문학과 환경 이론 성찰 및 연구방향 제안」은 모처럼 환경문학이론에 대한 연구의 심화를 주문하는 내용이다. 신두호는 한국의 생태비평학계가 이제는 근본주의적 자연관과 일정한 거리 두기를 하면서 '사상적, 문화적, 사회적, 문학적 관점'들을 유기적으로 아우르는 노력이 필요함을 역설한다. 그 과정에서 필연적으로 발생하는 논쟁과 토론을 기꺼이 수용함으로써 환경문학이론을 둘러싼 역동적인 연구를 기대하는 것이다. 신두호의 연구가 그 범위를 외국문학에 한정하고 있지만 한국문학도 타산지석으로 삼아 마땅한 글이다.

● 신문수 (서울대학교)

바야흐로 미국 자연기(nature writing)의 전성시대이다. 소로우(Henry David Thoreau)의 『월든』(*Walden*), 존 뮤어(John Muir)의 『시에라 산맥에서의 첫여름』(*My First Summer in the Sierra*), 애니 딜라드(Annie Dillard)의 『팅커 크리크의 순례자』(*Pilgrim at Tinker Creek*) 등과 같은 이 분야의 고전들이 새롭게 조명되고 있을 뿐만 아니라, 수잔 쿠퍼(Susan Fenimore Cooper), 실리아 쎅스터(Celia Laighton Thaxter), 메리 오스틴(Mary Austin)처럼 잊혀졌던 작가의 발굴도 활발하다. 대학교재 전문 출판사인 노턴 사에서 『자연기 선집』(*The Norton Book of Nature Writing*)을 출판한 1990년을 전후하여 비슷한 부류의 자연기 선집들이 계속 출시되고 있고,1) 서점에서는 아예 '자연'이라는 코너를 설치하여 쏟아져 나오는 이 분야

---

1) 그 밖에 중요한 자연기 선집으로 다음을 들 수 있다. Thomas J. Lyon ed., *This Incomperable Lande* (Boston: Houghton Mifflin, 1989); Robert M. Torrence, ed. *Encompassing Nature: A Sourcebook* (Washington, D. C.: Counterpoint, 1998); John Elder, ed. *American Nature Writers*, 2 vols. (New York:

의 책들을 진열하고 있다. 자연기의 이러한 발흥은 순문학의 퇴조와 대비되어 더욱 돋보인다. 이제 자연기를 차라리 '문학'이라 부르고 날로 쇠퇴해가는 순문학 장르의 작품에 예컨대 도시문학(urban writing)과 같은 별도의 명칭을 붙이자는 한 연구자의 말을 단순한 농으로만 돌릴 수 없는 상황이다 (Elder xvii).

자연기 문학의 이러한 창달은 무엇보다 환경문제가 날로 심각해지면서 자연 환경의 중요성에 대한 인식이 제고되고 이와 더불어 문제 해결을 위해서는 인간과 자연의 관계를 새롭게 정립해야 한다는 요구가 확산된 결과라 할 수 있다. 이런 시대적 요구가 자연기 개화의 원경을 이루고 있다면, 주변화 되어온 사회적 타자들의 문학을 복권시킨 정전 개편 운동 그리고 환경 위기의 타개를 위한 인간 의식의 전환에 문학이 앞장서야 한다는 필요성과 함께 여성·하층민·소수 인종 집단만이 아니라 자연도 억압적인 근대 체제의 희생자라는 인식으로 더욱 탄력을 받으며 태동한 문학생태학의 급부상은 보다 직접적인 동인이라 할 수 있다.

자연기 문학의 발흥에는 이런 시대적 요인 못지않게 미국의 역사적·문화적 특수성이 또한 작용하고 있음도 주목할 필요가 있다. 자연은 역사적으로 미국 국민문화 형성에 각별한 의미소였다. 등지고 온 유럽 문명과 대척적으로 그려진 청교도들의 "사악하고 황량한 황야"이든 19세기 중엽 낭만주의적 숭고 미학을 자극한 장엄한 산천 풍경이든 자연은 미국인의 자아의식과 문화적 정체성을 구성하는 중요 요소였다. 모든 것이 불안정했던 건국 초기에 제퍼슨을 비롯한 정치 지도자들이 민주주의 정치 체제를 확고히 하고 공화주

Charles Scribner's Sons, 1996); Lorraine Anderson, Scott Slovic, and John P. O'Grady, ed. *Literature and the Environment: A Reader on Nature and Culture*(New York:Longman, 1999); Lorraine Anderson, ed. *Sisters of the Earth: Women's Prose and Poetry about Nature* (New York: Vintage, 1991).

의 정치 이념을 기반으로 한 국민주의 정신을 숙성시킬 수 있었던 것도
미국이 유럽에서는 찾아볼 수 없는 전인미답의 광활한 땅, 그 "야성적이고
압도적이면서 또한 마음을 가라앉히고 즐거움을 선사하는" 장엄한 대자연의
나라라는 자부심이었다.[2] 청교주의 이론가 밀러(Perry Miller)는 이런 시각
에서 「자연과 국민적 자아」("Nature and the National Ego")라는 글에서
미국 정신의 추동력은 성경 못지않게 자연에서 길어 나온 것임을 강조한
바 있다(209).

   미국사회에서 자연은 이처럼 국민적 정체성의 근간이요 공동체 귀속감의
뿌리로 작용해왔기에 자연기에 대한 미국인들의 관심은 남다른 것이었다.
자연에 관한 에머슨의 에세이나 소로우의 『월든』이 순문학의 범주에 들지
않으면서도 미국문학 전통의 중심에서 벗어난 적이 없었던 것도 이 때문인
것이다. 다시 말해 미국의 자연기는 다른 나라의 경우처럼 문학사의 여백을
채우는 변두리 장르에 불과한 것이 아니었다. 그것은 대중성과 문학사적
관심을 함께 누린 중요한 문학적 자산이었다. 이런 관점에서 프리첼(Peter
A. Fritzel)은 『자연기와 미국』(Nature Writing and America)이라는 책에서
소로우에 의해 전범화된 자연기는 근본적으로 미국적 현상이라고 선언한다
(3). 바꿔 말해 미국의 자연기는 포로수기나 노예체험기와 마찬가지로 미국
의 독특한 사회문화적 체험을 기반으로 하는 지극히 미국적 장르인 것이다.
따라서 오늘날 목도하는 자연기의 개화는 돌발적인 것이 아니라 자연에 대한

----

2) 인용은 제퍼슨의 『버지니아 주에 관한 비망록』, 21; 제퍼슨의 정치적 이념과 숭고
   미학의 연관성을 주목한 바 있는 Frankel은 이렇게 주장한다: "Ultimately I hope
   to demonstrate how the constitutive stages and environmental sources of
   the sublime experience provided Jefferson with an available cognitive
   template capable of allaying, if not resolving, anxieties about emergent
   nationalism, the new contractual citizenship, and the unfloding crisis in
   political representation" (697).

미국문화의 면면한 관심, 그 잠재적 에너지의 분출이라고 말하는 것이 온당하다.

1. 자연기의 정의·형식·특징

자연기는 문자 그대로 자연을 관찰하고 탐구한 기록이다. 그러나 자연에 관한 인간의 관심과 탐구는 인류의 기원과 함께 시작된 것이기도 하다. 따라서 자연을 관찰하고 사색한 기록이라고 해서 모두 무조건 자연기라고 말할 수는 없다. 미국의 자연기를 하나의 문학 장르로서 정립하는데 선구적 역할을 한 크러치(Joseph Wood Krutch)는 자연에 대한 인간의 태도를 중시하여, "인간과 자연의 일체감(oneness with nature)"을 전제로 한 자연의 관찰기일 때 비로소 자연기의 범주에 들 수 있다고 주장한 바 있다(6). 다시 말해 인간을 자연 위에 군림하는 특별한 존재가 아니라 다른 생명체와 마찬가지로 자연의 일부를 이루고 있다는 인식이 투철해지면서 자연기 문학은 싹틀 수 있었다. 크러치에 따르면 자연에 대한 이러한 태도는 서구의 경우 자연을 새롭게 보기 시작한 르네상스기에 태동하여 자연과학이 발달하기 시작한 17세기말을 고비로 점차 확산되고 계몽주의와 낭만주의를 거치면서 하나의 이념적 태도로 구체화되었다. 미국 자연기 전통을 확립한 소로우의 『월든』이 자연을 정신의 발현으로 보는 인간중심적 사고에서 자연을 인간을 포함한 모든 생명체의 유기적 전체로 보는 생태중심적 사유로 변모되는 힘든 궤적의 기록이라는 것은 이런 점에서 의미심장하다.

요컨대 자연기는 인간이 자연의 일부라는 각성 속에서 태동하여 인간을 만유의 지배자로 보는 완고한 사고방식을 깨뜨리면서 그런 자각을 사회적으로 확산시키는 촉매 역할을 해왔다. 인간이 유기적 전체를 이루고 있는 자연의 일부라는 생각은 이처럼 자연기를 규정짓는 중요한 이념적 전제이다. 자연을 아무리 깊이 응시하고 섬세하게 관찰하더라도 거기에 자연에 대한 공경심이 배어 있지 않다면 그것은 자연기의 범주에 속한다고 볼 수 없다. 아리스토텔레스와 플리니의 박물지를 포함한 수많은 박물학적 관찰기, 원시적 자연 풍경에 대한 찬탄을 포함하고 있는 여행기, 자연 속에 파묻힌 삶에 대해 쓴 전원기나 종교적 자서전 류의 글들이 자연기와 구별되는 것도 바로 이 점이다. 이런 글들에서는 자연의 아름다움과 신비에 대한 경이감은 엿볼 수 있어도 생명의 안식처로서 자연에 대한 외경감은 찾기 힘들다.

　자연기는 산문 에세이 형식이 주종을 이룬다. 그것은 수사적 호소력이 큰 문학적 에세이일수도 있고 사실에 보다 충실한 설명적 기술일 수도 있다. 아무튼 개방적인 에세이의 형식을 취하고 있다는 점이 자연의 가장 두드러진 형식적 특징이다.3) 『미국의 자연 작가』(*American Nature Writers*)를

....

3) 따라서 이 글은 자연기는 인간과 자연이 하나라는 주제적 관심을 공유하면서 그것을 제도화된 순문학 장르, 곧 시, 소설, 드라마의 양식으로 표현하는 순수한 자연문학(nature literature)과 구별된다는 전제에서 씌어진 것이다. 그러나 나는 이미 다른 계제에서 밝혔지만 이 구별을 반드시 필요한 것으로 생각하지는 않는다(신문수 46). 다만 장르적 분류가 배타적 규범성이 아니라 작품 이해를 증진시키는 실용적 편의성에 입각한다는 현대적 장르 개념을 좇아 미국문학에서 하나의 장르로 설정되어온 자연기의 전반에 대한 개괄적 이해가 그렇게 분류되어온 작품들의 이해의 심화에 일조하리라는 기대에서 그 구별을 잠정적으로 받아들일 따름이다. 문학생태학 혹은 생태문학의 등장은 기실 장르의 재편을 불가피한 것으로 만들고 있다. 머피는 이런 문제의식에서 인간과 자연의 만남과 교감, 생태 의식의 고양과 각성 등 주로 정신적이고 철학적인 성찰에 초점을 맞춘 작품들은 표현 양식에 상관없이 모두 '자연문학'이라고 칭하고, 전자의 관심을 공유하면서도 환경 위기의 실상을 과학적으로 규명하고 이를 경고하는 고발 문학적 성격이 짙은 작품들은 '환경문학'(environmental literatrue)으로 부르는 한편, 이런 구분의 유용성을 살리면서도 양자를 통합적으로 총칭하여 '자연지향적 문학'(nature-oriented literature)이라는 용어를 쓰자고 제안한다(Murphy 1-11).

편집한 엘더(John Elder) 또한 그 서문에서 미국의 자연기는 소로우의 작품이 전범화하는 특정한 산문 형식의 글을 가리킨다고 전제하고, 그것을 "자연 세계에 대한 관심과 과학에 대한 이해를 바탕으로 생명체의 영적 의미와 내재적 가치를 받아들이는 개인적이고 사색적인 에세이"라고 정의한다(xiii). 글쓰기 양태보다는 허구/ 비허구를 그 범주화의 기준으로 삼는 경우도 있다. 소로우의 『월든』과 그것을 수범으로 삼고 있는 존 뮤어의 『시에라 산맥에서의 첫 여름』, 메리 오스틴의 『비가 내리지 않는 땅』(*The Land of Little Rain*), 앨도 리오폴드(Aldo Leopold)의 『샌드 카운티의 연감』(*A Sand County Almanac*), 에드워드 애비(Edward Abbey)의 『사막의 은자』(*Desert Solitaire*), 애니 딜라드의 『팅커 크리크의 순례자』를 분석하여 자연기 장르의 특징과 계보를 밝히고자 하는 돈 쉬즈(Don Scheese)가 그런 경우이다. 쉬즈에 따르면, "자연기의 전형은 자연 환경의 물리적(외적) 및 정신적(내적) 탐사를 일인칭의 관점에서 비허구적으로 기록한 형식에서 찾을 수 있다. 이 때 주인공은 통상 문명 세계에서 자연으로라는 전원주의의 특징적인 공간 이동을 따른다"(6) 그러나 비허구성을 자연기의 형식적 기준으로 삼는 것은 다소 나이브한 것처럼 보인다. 우리의 현실이 이미 언제나 모종의 구성적 현실일진대, 허구와 비허구의 경계 자체가 불분명하기 때문이다. 가령 쉬즈가 자연기의 전형으로 삼고 있는 『월든』을, 자연 관찰이 주 내용을 이루는 후반부에 한정하더라도, 그것을 비허구적 기록이라고 간단히 단정할 수는 없다. 우선 『월든』이 소로우가 월든 호숫가에서 보낸 2년 2개월간의 체험을

나는 이 용어들의 문제점에 대한 신두호의 지적에 동의하면서(신두호 576, n 4), '자연지향적 문학'이라는 머피의 용어를 '생태문학'이라고 부르고, 이 범주 아래, 자연기, 자연문학, 환경기, 환경문학 모두를 포괄시키는 것이 더 적절하다고 생각한다. 이 글에서 '자연기'와 '자연기 문학'이라는 용어를 혼용해서 쓴 것도 이런 연유에서이다.

1년으로 압축하여 재구성한 창조적 글쓰기의 소산이란 점에서 그렇고, 소로우 자신 관찰한 사실을 늘 보다 큰 전망 속에서 되새겨보고 있기 때문에도 그렇다.

이들의 정의가 공히 지적하고 있듯이, 미국 자연기는 흔히 자연에 대한 외적 관찰과 그로부터 자극된 내적 성찰이 교차하는 구조를 보인다. 프리첼은 자연기의 양식을 아리스토텔레스의 『동물기』와 아우구스티누스의 『고백록』이 결합된 글쓰기로 특징짓는다(3). 미국의 자연기가 자연에 대한 과학적 관찰과 내면 성찰이라는 두 가지 궤적을 보인다고 할 때, 이는 역사적 경험을 반영한 것이기도 하다. 신대륙에 건너온 초창기의 청교도들은 낯선 환경에 적응하고 자신들의 신앙을 재확인하기 위해서 자연을 주시하지 않으면 안 되었다. 자연은 생존의 조건이면서 동시에 신의 메시지가 전달되는 '성스러운 책(The Holy Book of Nature)'이였다. 그들은 낯선 풍광을 과학적으로 탐구하면서 삶의 안정을 도모하고 새로운 삶의 공간에 뿌리내린 스스로를 돌아봄으로써 자신의 정체성을 정립하고자 하였다. 자연과의 이런 양면적 관계는 청교도들에게만 국한된 것은 아니었다. 변방의 탐험가, 답사자, 서부로 달려간 개척민들에게도 자연은 탐구욕을 자극하는 지리적 환경이면서 동시에 자아를 시험하는 심리적 공간이었다. 다시 프리첼의 주장을 빌면, 미국의 자연기는 장소와 의식이 서로를 자극하면서 독특한 긴장 관계를 이루었던 역사적 경험의 유산이다.

　　무엇보다도 스스로의 삶과 그들을 둘러싼 물리적 환경을 다스리고자 했던 초창기 미국인들의 시도로부터, 자신들을 안정시키고 그들이 정주한 장소의 표층적 현상을 질서화하고자 한 노력으로부터, 오늘날 우리가 자연기라고 부르는 장르의 미국적 양식은 태동하였다. 가장 특징적인 미국적 자연기는 미국의 역사와 문화 속에 스며있는 자아와 생태계, 정신과 생명체 간의 깊고 내밀하면서도 종종 불편함을 표출하는 특이한 관계 양상을 포착·반영하고

있다. 대단히 개성적인 서사와 대단히 비개성적인, 곧 "과학적인," 기술 혹은
설명이 특징적으로 결합되어 있는 미국의 자연기는 개인적인 체험을 설명하
고 동시에 그들을 둘러싼 환경의 특징을 몰개성적으로 설명할 두 가지 필요성
이 절실했던 초창기 이주민들의 경험에서 곧바로 유래한 것이다. (Fritzel
153)

이런 점에서 미국의 자연기는 농경주의적 전원주의 전통에 뿌리박은 영국
의 자연기와 구별된다. 영국의 자연기 속의 자연은 길들여진 자연, 전원
풍경으로서의 자연, 역사의 그림자와 사회문화적 정서가 어른거리는 자연이
다. 번잡한 문명 세계로부터 자연으로의 회귀 욕망을 드러내면서도 영국의
자연기는 여전히 도시와 시골의 대비, 향촌의 역사와 관습, 전원적 삶의
풍치 등을 중요한 주제로 삼는다. 이에 반해 미국의 자연기는 인간과 자연의
본원적 관계, 무인간적 자연 세계와 '나'의 대면이 초점을 이룬다. 따라서
그 자연 응시는 유럽의 전원문학 전통에서는 찾아볼 수 없는 관찰 주체의
강렬한 정서적 반응을 수반한다. 아합과 모비딕의 관계, 닉 아담스와 송어의
관계, 혹은 아이크 멕카슬린과 곰의 관계처럼 자연은 공포와 경외의 대상으
로서 의식 주체를 온통 사로잡는 것이다(Fritzel 159). 쉬즈가 앞서의 정의에
서 자연기가 근본적으로 일인칭의 관점에서 쓰여진 것이라는 점을 특별히
강조한 까닭도 여기에 있다.

미국문학사에서 미국의 자연기가 별 이의 없이 중요한 문학적 자산으로
간주되어온 것도 자연에 대한 이 같은 강렬한 개인적 체험 그리고 그런
정서를 표현하는 수사적 고려가 두드러지기 때문일 것이다. 다시 말해 자연
에 관한 관찰과 사색은 필경 우리가 자연을 어떻게 보는가, 더 나아가 의식
주체가 스스로를 어떻게 인식하는가의 문제이다. 예컨대 딜라드는 소로우를
인용하여 자신의 자연기는 결국 버지니아의 팅커 크리크라는 작은 계곡이
그녀의 의식에 어떤 영향을 끼쳤는가를 탐구하는 "정신의 기상 일지(me-

teorological journal of the mind)"라고 말한다(11). 그렇기 때문에 자연기에서 "그들은 무엇인가?" 라는 질문은 "우리는 어디에 있는가?", "왜 우리는 여기에 있는 것인가?", 그리고 필경은 "우리는 누구인가?"라는 질문으로 종종 이어진다(Fritzel 231). 슬라빅(Scott Slovic)은 이런 뜻에서 자연의 이해는 결국 심리적 "인지"(awareness)의 문제임을 강조하기도 한다(Slovic 1992, 3).

미국의 자연기는 이처럼 자연의 순례기이면서 동시에 자아의 노래이다. 그러나 자연기가 자연을 통한 자기 성찰이라고 해서 전적으로 내향적인 것만은 아니다. 자연기는 그에 못지않게 독자지향적이기도 하다. 이런 양면성 때문에 자연기 화자는 일반 에세이의 화자와 다르다. 자연기 화자는 자신의 비전, 베일이 벗겨지고 드러난 자연의 신비, 그 현현과 계시의 체험을 찬탄하고 그것의 영속성과 보편성을 당연시한다. 그와 동시에 그는 자신의 개안적 체험과 감동이 독자들에게 '감염'되기를 기대한다. 그는 자신의 비전을 길잡이로 하여 독자들이 자연과 인간의 관계에 대한 통념에서 벗어나 자연을 새롭게 보기를 원한다. 이 간구는 자연과 교섭할 것을 독자에게 직접 촉구하는 것일 수도 있지만, 독자의 의식 속에 잠재해 있는 자연에 대한 근원적인 향수를 자극하는 우회적인 것일 수도 있다. 뷰얼이 지적하고 있듯이 자연기는 자연에 관한 사실적 정보와 지식의 제공을 통한 직접적 계몽보다는 독자를 자극하여 그 스스로 자연을 찾아 나서도록 계도하는 데서 그 효용성이 극대화된다. 왜냐하면 자연은 그 품 안으로 귀향하길 갈구하는 자발적인 의식에게만 그 풍요하고 복잡한 전체상을 드러내기 때문이다(Buell 91-103).

미국 자연기의 수사적 전략을 검토한 바 있는 슬라빅은 그것을 찬양과 설득의 수사가 교차하는 것으로 특징짓는다. 자연기는 독자의 태도 변화를 지향한다는 점에서 근본적으로 정치적이다. 그러나 자연기가 이 목적을 달성하기 위해서 의도하는 바, 정치적 메시지를 곧바로 전면에 내세우는 경우는

흔하지 않다. 가령 리오폴드의 『샌드 카운티의 연감』은 땅을 경제적 가치로
만 평가하여 남용하는 세태를 질타하고 삶의 터전으로서의 대지를 "애정과
존경과 찬탄의"(223) 눈으로 볼 것을 역설하는 '대지 윤리'의 중요성을 설파
한 책이다. 그러나 리오폴드는 이런 세태 비판에 앞서서 독자에게 서정적인
문체로 계절마다 달라지는 자연의 다채로운 아름다움을 보여준다. 글의 전반
을 장식하고 있는 이 찬양의 수사로 인해 후반부의 예레미아적 탄식은 그
생경함이 완화되면서 보다 큰 설득력을 발휘한다(Slovic 1996, 99-100). 무
분별한 살충제의 남용이 가져온 폐해를 고발한 레이첼 카슨(Rachel Carson)
의 『침묵의 봄』(*Silent Spring*)은 비판과 경고의 수사가 지배적인 경우이다.
그러나 카슨도 환경 위기에 대한 대중의 둔감성을 경고한 『침묵의 봄』에
앞서서 바다 생태계의 신비와 연약함을 전하는 서정적 산문을 썼다. 『샌드
카운티의 연감』이나 『침묵의 봄』은 환경 위기의 심각성을 일깨우는 예레미
아적 설유의 수사가 전면에 노정된 극단적인 경우이다. 슬라빅이 이들과
더불어 검토한 헨리 베스턴(Henry Beston)의 『변방의 집』(*The Outermost
House*, 1928)이나 로렌 아이슬리(Loren Eiseley)의 『보이지 않는 피라미드』
(*The Invisible Pyramid*, 1970)을 포함한 대다수의 자연기에서 설득의 수사
는 대체로 자연의 신비와 아름다움을 찬탄하는 수사와 교차하거나 그 속에
"파묻혀"(embedded) 있다. 슬라빅은 찬양과 설득, 랩소디와 예레미아적 한
탄이 결합된 자연기의 이 같은 특징적 수사 전략은 청교도 시대의 카튼
매더(Cotton Mather)나 조나단 에드워즈(Jonathan Edwards)의 설교의 수
사법과 유사함을 밝히고 있다. 이는 자연기가 미국의 토착적인 문화 전통에
뿌리박고 있음을 다시금 말해주는 증거이다.

  '문명으로부터 자연으로'—오늘날 자주 고창되는 이 구호는 자연기의 특징
을 한 마디로 요약해주는 말이기도 하다. 자연기는 실로 전원주의 전통에서
오랫동안 선양해온 이 모티프 위에 구축되어 있는 장르이다. 그것은 자연기

의 소재와 주제를 암시할 뿐만 아니라 자연기의 특징적인 서사 구조를 환기시킨다. 자연기는 문명의 삶으로부터 자연 세계로 떠나 그 미지의 곳을 돌아보면서 보고 느낀 것을 기록한 일종의 답사기이다. 그것은 떠남―답사―귀환의 플롯을 축으로 전개되는 드라마이다. 길이 열리며 소설이 시작되듯이 자연기 또한 떠남의 서사로 시작된다. 소설 주인공들의 여정이 욕망과 돈으로 소용돌이치는 근대 부르주아 사회의 중심부를 향해 있다면, 자연기 화자의 목적지는 그런 부르주아 사회의 지속적인 팽창의 희생물로서 멀리 변방으로 쫓겨난 자연 세계이다. 그러기에 자연기 화자의 여정은 잃어버린 본향으로의 귀환을 뜻하면서도 경우에 따라서는 사회적 현실로부터의 퇴영적 도피로도 비칠 수 있다.

　자연기 화자의 목적지가 문명과 대비되는 자연 세계라고 해서 그것이 그야말로 전인미답의 궁벽진 야생지인 것만은 아니다. 그 곳은 메리 오스틴의 모하비 사막, 배리 로페즈의 북극 해안, 에드워드 애비의 황량한 아치스 국립공원일 수 있지만, 또한 소로우의 월든 호숫가나 딜라드의 팅커 크리크처럼 문명과 지척간인 이른바 '중간 풍경'의 공간이기도 하다. 오늘날의 생태문학 이론가들은 한 걸음 더 나아가 우리 삶의 기억이 서려 있는 소중한 장소인데도 불구하고 간과되고 훼손되어 온 도시의 '갈색풍경'(brown landscape) 또한 생태학적 사색의 대상에 포함되어야 한다고 주장하고 있다(신두호 578-79). 기실 현재와 같은 삶의 양태에서 문자 그대로 인간의 손길이 닿지 않은 야생지는 찾기 힘들다고 해야 할 것이다. 1964년에 제정된 미국의 「야생지법」(The Wilderness Act)은 야생지를 "인간에 의해 땅과 생물 공동체가 포획되어 있지 않은 지역"(an area where the earth and its community of life are untrammeled by man)이라고 규정하고 있다(Section 2[c]). 그러나 포획은 그만두고 스쳐지나가는 인간의 발길일지라도 그로부터 영향 받지 않을 자연이 어디에 있겠는가. 메리 오스틴은 『비가 내리지 않는 땅』에서 사막이 생명체가 없는 곳이라는 통념의 안이함을 폭로하면서 다양한 생태계의 모습을 보여줄 뿐만 아니라 그 야생의 자연 역시 인간의 영향에서 벗어나 있지 못함을 말하고 있다. 미국 사회에서 야생지는 이미 청교도 시대부터 문화적 함의가 짙게 배인 용어이다. 훼손의 손길이 미치지 않는 곳이 거의 없는 오늘의 상황에서 야생지는 이제 다른 시각에서 그 상징성이 강조될 필요가 있다. 애드워드 애비의 말을 들어보자.

> 야생지. 그 말 자체가 음악이다. … 야생지라는 말은 향수를 불러일으킨다. 그 향수는 이제 상실한 우리 조상들의 아메리카에 대한 감상이 배어 있기에 정당화될 터이지만, 그러나 그것만은 아니다. 야생지라는 말은 과거는 물론 미지의 것, 우리 모두의 본향인 대지의 자궁을 암시한다. 그것은 잃어버렸으면서 아직 있는 어떤 것, 우원한 것이면서도 동시에 아주 친근한 어떤 것, 우리 피와 신경 속에 배어 있으면서도 우리를 초월한 무한한 어떤 것을 뜻한다. (Abbey 189-190)

소로우의 성찰 역시 계시적이다. 1858년 11월 어느날 소로우는 월든 호수를 찾아 보트를 띄웠다. 호수의 가장자리는 얼핏 내린 흰 눈으로 띠를 두르고 있었다. 그는 봄에 보아두었던 호수 속의 메기 둥지가 호수 물이 빠진 탓으로 밖으로 노출되어 있는 것을 보았다. 그는 그 안을 들여다보다가 우연히 근처에서 이제까지 보지 못했던 줄무늬 잉어를 발견하였다. 소로우는 몇 마리를 샘플로 채취하여 보스턴박물학협회로 가져가서 그것이 이제까지 알려지지 않았던 신종 잉어라는 것을 확인하였다. 월든 호수에서 새로운 생물 종을 발견한 것에 고양되었으면서도 소로우는 마음을 가라앉히고 이 발견의 참다운 의미를 이렇게 쓰고 있다: "이 발견이 나에게 어떤 의미를 갖는 것인가? 그것은 병 안에 새로운 잉어 한 마리를 잡았다는 것, 그것을 생물학 책에 이름을 올렸다는 것만이 아니다. …새로운 물고기가 발견되었으니 호수와 마을을 얼마나 야생적인 곳으로 만드는가?"[4] 야생지는 이처럼 전인미답의 변방에만 있는 것은 아니다. 자연을 새롭게 바라보는 사람에게는 어디나 야생지일 수 있다.

소로우는 자연을 찾아나서는 자신의 여정을 '걷기'라고 표현한 바 있다. 그는 거의 매일 마을을 떠나 산과 들을 걸었다. 소로우에게 걷기는 일차적으로 자연을 이해하고 그 신비를 탐문하는 여로로서의 의미가 있다. 그가 걷기를 "성전(crusade)" 혹은 "나날의 모험(the adventure of the day)"이라고 표현한데서 암시되듯이 그것은 또한 하나의 의식이기도 하다(662). 그것은 자아를 세속적인 욕망의 족쇄로부터 해방시키고 짓눌려 있던 내면의 야생성을 회복하는 과정이다. 그는 콩코드의 들과 숲을 걸으면서 원시 상태에 있는 자연이 아직 남아 있음을 발견하고 그와 동시에 자신의 내면에서 그런 야생의 자연에 대한 친화감과 동경심을 확인한다. 자연으로 떠나는 여정은 궁극적으로 이처럼 우리 삶의 근원에 깃들여 있는 야생성을 회복시키고자 하는 일종의 통과의례다. 다시 말해 문명 세계에서 자연으로의 물리적 움직임 그 자체가 중요한 것이 아니다. 그 여정은 자연에 관한 우리 의식과 태도의 변화와 그 과정 자체를 일컫는 메타퍼일 수 있기 때문이다.

자연과의 참된 만남은 우리의 고정 관념, 굳어진 인식틀을 깨뜨린다. 오스틴의 모하비 사막 대면은 그녀에게 정원/사막이라는 이분법이 얼마나 허구적 관념인가를 일깨웠다. 그녀의 자연기는 아무리 공기가 메마르고 대지가 척박하더라도 사막은 죽음의 땅이 아니라 생명의 안식처라는 사실을 발견하게 된 경이를 기록하고 있다. "계절의 한계에 즐겁게 적응하며 생명의 꽃을 피우는 사막의 식물군은 우리를 부끄럽게 한다"(2). 허드슨(W. H. Hudson)은 잊혀진 자연의 멜로디를 들을 수 있는 감미로운 순간을 파타고니아의

---

4) 1858년 11월 30일 자 일기. 이에 대해 Stewart 34-36 참조.

사막 지대에서 맛볼 수 있었다고 말한다.[5] 자연과의 대면을 통해 이처럼 인간중심주의에 갇혀 있는 우리 인식의 경계가 허물어지고 삶의 지평은 확장된다. 우리의 존재는 기실 우리가 보는 것의 총화이다. 소로우는 이제까지 보지 못했던 야생의 핑크빛 진달래를 이웃의 제보로 발견하고서 "실재의 경계는 얇고 흔들거리는 휘장"처럼 결코 고정된 것이 아니라고 쓰고 있다(1853년 5월 31일자 일기). 뿐만 아니라 자연의 응시는 일상성의 베일에 가려진 삶의 경이로 우리를 인도한다. 다시 말해 그것은 생명의 신비와 생물 세계의 타자성을 새삼 일깨움으로써 인간 스스로를 돌아보게 만든다. 자연기의 궁극적 호소력도 이에서 비롯된다. 고정관념의 터널을 벗어나서 자연과 인간 자신에 대해 새롭게 눈뜨는 환희를 추체험할 수 있다는 데 자연기를 읽는 즐거움이 있다.

자연기의 또 다른 중요한 관심사는 자연 인식과 표현의 한계 문제이다. 가령 딜라드는 어느 여름날 사향쥐를 40분 동안이나 가까이서 관찰할 수 있는 드문 기회를 가졌지만, 그녀가 과연 그 사향쥐를 의식 주관의 굴절 없이 있는 그대로 보았는지 의심한다. 그녀는 그 순간 자아를 완전히 버리고 "사진판"(201)이 되어 사향쥐의 모습을 보았다고 자부하지만, 그 자기 망각은 찰나적인 순간에 불과하고, 게다가 그 순간적 일체감의 언어화는 그 때 느꼈던 충일감과는 완전히 거리가 먼 작업일 뿐이다. 그녀는 자연과 일체가 되는 황홀경을 맛보더라도 한편으로는 그 비전이 눈앞에서 우연히 반복적으

---

5) 『파타고니아에서의 한가했던 나날들』(*Idle Days in Patagonia*)의 다음 구절 참조: "If there be such a thing as historical memory in us, it is not strange that the sweetest moment in any life, pleasant or dreary, should be when Nature draws near to it, and, taking up her neglected instrument, plays a fragment of some ancient melody, long unheard on the earth"(*Norton Book of Nature Writing*, 306).

로 펼쳐지는 "무수한 우연사 가운데 하나"(201)일지 모른다는 회의에 빠지고, 다른 한편으로는 그것을 전달하는 언어의 대상으로부터의 근본적 소외를 상기한다. 소로우 역시 자연의 실체에 도달할 수 없다는 인식론적 회의와 자연의 역동성을 비껴서는 언어의 근본적 한계를 자주 토로한다. 그는 『월든』의 결론에서 언어가 진실을 제대로 표현하기 위해서는 일상적인 한계를 벗어나 "터무니없을 정도로 멀리까지 나가야 하는"(*extra-vagant*)데, 그러지 못함을 걱정하고, 인간의 언어란 결국 "휘발성의 진실"이 잔재로 남아있는 화석화된 "기념비"에 불과함을 탄식한다(325).

애비는 보다 근본적으로 자연 대상에 이름붙이는 행위의 폭력성에 주의를 기울인다. 유타 주 남쪽 사막 지대의 엘라터리트 메사를 답사하면서 애비는 장엄한 바위 봉우리의 형상을 잘 묘사해 줄 적절한 명칭을 찾다가 한편으로는 사물에 이름을 붙이고자 하는 욕망은 사물을 소유하려고 안달하는 것처럼 해악스러운 짓이라는 것을 새삼 상기하면서도, 다른 한편으로는 "사물은 시인이 그들에게 이름을 붙여줄 때까지는 진실로 존재하지 않는다"는 릴케의 말을 상기하며 명명의 불가피성을 생각한다.

> 지식은 명명을 통해서 생긴다. 우리는 사물에 이름을 부여함으로써 그것을 정신의 차원에서 파악한다. 이처럼 언어를 통해서, 저 밖의 세계에 상응하는, 아니 상응한다고 우리 스스로 믿는, 또 다른 세계가 창조된다. 하지만 우리는 독일의 시인처럼 사물 자체보다 이름붙이기에 더 관심을 갖게 되어 사물에 대한 생각을 그만두었는지도 모른다. 이름이 사물 자체보다 현실적인 것이 되어 종국에 우리는 세계를 상실하게 된다. 그러나 이름에 상관없이 세계는—저 유일무이하고, 특별하고, 부인할 수 없이 개별적인 노간주나무나 거대한 바위산은—여전히 존재한다. 잃어지는 것은 우리이다.
>
> (Abbey 288-289)

언어와 사물의 근본적 괴리는 인간과 자연의 일체감을 갈구하는 자연기 작가에게는 특하나 고통스러운 자기 성찰을 강요한다. 애비의 지적처럼 자연은 분명 언어의 세계 밖에 현실로 존재한다. 그러나 언어의 매개 없이는 자연을 관찰하고 이해하는 것은 불가능하다. 이 딜레마는 인간이 자아를 떨쳐버리고 과연 자연과 하나가 될 수 있는 것인가라는 근본 문제와 연관되어 있기 때문에 자연기에서 되풀이되어 제기되는 중요한 주제이다.

우리는 여기서 과학적 기술과 시적 성찰이 결합되어 있는 자연기 형식의 내재적 이원성을 새삼 다시 생각해 보게 된다. 자연에 관한 과학적 묘사는 흔히 가감 없는 사실인 것으로 간주된다. 그러나 이는 환상일 뿐이다. 철학자 화이트헤드(Alfred North Whitehead)는 『과학과 현대사회』(Science and the Modern World)에서 우리가 태양과 대기와 지구의 공전에 관한 과학적 사실을 모두 알고 있다 하더라도 일몰 현상의 전체상을 파악하고 있는 것은 아니라는 점을 환기시킨 바 있다. 과학의 언어는 일몰의 광휘와 그것이 자아내는 미묘한 느낌을 제대로 전달하지 못하기 때문이다(Finch and Elder 25, 재인용). 과학적 묘사의 이런 한계 때문에 시적 언어의 개입이 필요한 것이다. 사실은 상상력의 매개로 오히려 그 사실성이 강화된다. 한없이 풍요하고 복잡한 생태 현실, 그 총체상에 가능한 한 가까이 다가가기 위해 그것을 상상적으로 재현할 필요가 있는 것이다. 다시 말해 비유적 언어와 선택적 서술은 자연의 실재성을 훼손하는 것이 아니라 오히려 고양시킨다. 자연기가 이원적 형식을 갖게 된 것은 이처럼 자연의 총체적 진실에 이르고자 하는 근본적 요구의 발로이기도 한 것이다.

자연기 형식의 이러한 내적 필연성은 자연기를 언어 구조물이 아니라 사실로 보려는 끈질긴 태도가 왜 문제적인지를 드러낸다. 자연기 독자들은 흔히 자연기 속의 자연 탐구와 관찰을 객관적 사실, 곧 자연 그 자체로 간주한다. 그러나 앞서 든 자연기 작가들의 언어에 대한 자의식이 시사하듯이 자연의 지각, 그 개별적이고 독특하고 구체적인 감각 현상을 완벽하게 대신할 수 있는 언어나 인식틀은 존재하지 않는다. 따라서 자연기의 사실은 사실적 효과가 극대화된 사실일 뿐이다. 그것은 불가피하게 부분적이고 주관적이며 따라서 가치평가가 이미 언제나 내재된 사실이다.[6] 그럼에도 불구하고 이런 점이 쉽사리 망각되는 것은 현실을 마땅히 그래야 할 당위로 치환하고자 하는 강렬한 욕망 때문이다. 자연기 속의 자연과 인간의 관계가 어떻게 설정되어 있든 그것 또한 그것을 산출한 사회의 역사적, 문화적, 혹은 생물학적 조건에 구속되어 있다. 미국의 자연기는 이 같은 당위와 존재의 혼동에 대해 각별한 관심을 표명해 왔다. 자연과 인간의 바람직한 관계에 대한 깊은 성찰과 더불어 그 성찰의 복잡성과 거기에 내재하는 자기모순에 대해서도 예리한 자의식을 보인다는 점에서 미국 자연기 문학의 독특함이 있다.

2. 기원과 계보

에세이 형식을 특징짓는 개방성과 실험성은 또한 자연기 장르의 중요한 특징을 이룬다. 자연기 장르의 역동성은 정형화된 형식을 거부하고 그 가두리를 넘어서서 여러 장르를 넘나드는 가변성에 있다. 기실 자연기가 에세이 형식을 취하고 있는 데는 발생론적 필연성이 있다. 역사적으로 에세이 장르는 근대의 자연과학의 태동과 함께 문학적 형식으로 자리 잡았다. 몽테뉴가 그의 산문을 『에세』(*Essai*, 1580-88) 라고 불렀을 때, 그는 실험 혹은 시도라

---

6) 같은 맥락에서 머피의 다음과 같은 말도 유념할 필요가 있다: "Nature is also a story in the sense of an unfolding series of events with various forms of causality and coincidence, and far too many people either don't know or don't want to admit that we are in that story"(Murphy 13).

는 의미와 더불어 그것의 라틴어 어원(*exagium*)에 내포된 '측정하다' 혹은 '검증하다'라는 자연과학적 울림을 염두에 두었었다. 다시 말해 근대적 양식으로서 에세이는 원래 삶을 여러모로 관찰하고 그렇게 얻어진 사실에 대한 성찰을 담는 형식이었다. 그렇기 때문에 그것은 철학적으로 "미완성"을 지향하고, 통일된 주제나 완결된 구성에 대한 무관심을 특색으로 한다(Bensmaïia, 95-100). 막스 벤세(Max Bense)를 인용하여 아도르노(Theodor W. Adorno)는 에세이스트를 이렇게 정의한다: "에세이스트는 실험하며 글을 쓰는 사람, 대상을 여기저기 돌려보고, 물어 보고, 느끼고, 철저하게 되돌려 반성해보고, 다각도에서 그것을 검토해보는 사람, 자기가 본 것을 마음의 눈에 집중시키는 사람, 글쓰기 과정이 배태하는 여러 조건하에서 드러나는 새로운 내용을 그때그때 음미하고 표현하는 사람이다."(Adorno 104-105). 자연기 작가는 바로 이런 의미에서 가장 전형적인 에세이스트이다. 자연기가 어느 작품을 막론하고 여러 가지 서로 다른 양식의 글쓰기가 혼재하는 것이 오히려 상례적인 것도 이 때문이다. 가령 자연기의 전범이라 할 수 있는 소로우의 『월든』은 박물지, 삶의 지침서, 자서전, 풍자, 설교, 답사기 등으로 읽혀져 왔다. 자연기는 이처럼 소설 못지않은 잡식성의 장르이다. 자연기 장르의 이런 역동적 다원성을 전제하고 소로우에 의해 전범화된 미국 자연기 양식의 발생론적 계보를 간단히 살펴보기로 하자.

자주 지적되어 온대로 미국 자연기는 산업혁명이 야기한 사회적 변화, 보다 구체적으로, 도시화와 자연의 황폐화에 대한 문화적 대응의 일환으로 태동했다(Scheese 6). 산업혁명에 대한 문화적 반응으로서 가장 중요한 것은 낭만주의 문학 운동이었다. 낭만주의 문학을 통해 인간의 시선은 비로소 자연 환경 쪽으로 돌려지고 이와 함께 환경 의식이 본격적으로 함양되기 시작했다. 자닉(Del Ivan Janik)은 이 무렵의 자연에 대한 관심 양상을 세 가지로 요약하고 있다. 첫째, 산업혁명이 야기한 황폐화된 산업 사회에 대한 피난처로서 자연의 선양. 둘째, 계몽주의 이후 지나친 이성주의에 대한 해독제로서 원시적 삶에 대한 동경 혹은 산업화된 도시의 삶에 대한 대안으로서 농경적 삶에 대한 선호. 셋째, 유태 - 기독교 전통에 도전한 18세기 자연철학에 대한 관심(104-112). 이와 같은 여러 통로를 거치며 생기된 자연에 대한 관심과 기대는 '문명으로부터 자연으로'라는 전원주의적 삶의 방식에 새로운 활력을 불어 넣었고, 자연기는 이런 활력 속에서 개화된 것이다.

　이런 사회문화적 맥락을 염두에 두면서 쉬즈는 시각을 문화적 담론의 장으로 좁혀, 자연기의 태동에 직접적으로 공헌한 세 가지로 박물지(natural history), 정신적 자서전(spiritual autobiography), 여행기(travel writing) 장르를 꼽고 있다. 보다 구체적으로 자연기의 과학적 탐구 경향은 박물지의 전통으로부터, 자연과의 교감 속에서 이루어지는 자아 성찰적 요소는 자서전 양식으로부터, 답사 보고적 요소는 여행기의 전통으로부터 각각 물려받은 것이라 할 수 있다(Scheese 6). 자연기는 물론 이 세 가지 양식이외에 여러 가지 서로 다른 문화적 관심과 지적 전통으로부터도 자양을 공급받았다. 다시 『월든』을 참조항으로 삼는다면, 거기에는 적어도 일곱 가지 지적 흐름이 관류하고 있다. 문명화 이전의 순박한 삶의 회복을 회구하는 전원문학의 전통, 자연과 정신세계의 상응을 주장하는 에머슨적 초월주의, 질박한 농경적 삶에 대한 동경, 자연 생태계에 대한 관심, 자연 풍경에 대한 미학적 흥미, 미세 생태계에 대한 치밀한 관찰, 물질주의와 과소비에 젖은 삶으로부터 탈피를 촉구하는 사회개혁의 열망이 그것이다(Buell 115-39).

　자연기의 생성 원천으로서 쉬즈가 위에서 언급한 세 가지 양식은 오랜 역사적 전통을 지닌 것이다. 가령 자연현상의 과학적 관찰과 이를 체계화하고자 하는 관심의 소산인 박물지는 아리스토텔레스의 『동물기』와 플리니(Pliny the Elder)의 『박물지』를 필두로 하여 중세와 르네상스기의 수많은 동물기와 본초기를 포괄하면서 18세기 린네(Carl von Linné)의 『자연의 체계』(1735)와 19세기 다윈(Charles Darwin)의 『종의 기원』(1859)에 이르는 장구한 것이다. 박물지는 또한 테오크리투스와 베르길리우스를 중심으로 한 목가시 전통과 근대 이후의 전원문학·농경문학 전통에 적지 않은 영향을 끼쳤다. 박물지에서 파생된 이런 장르들 또한 자연기 전통의 일부로 수용되었다. 마찬가지로 오랜 전통을 지닌 자서전과 여행기도 그것들에서 파생된 여러 하위 장르와 함께 자연기 전통을 풍부하게 만드는 데 기여하였다. 예컨대 자서전과 밀접하게 연관된 종교적 고백록, 파스칼 류의 명상록, 전기문학 등은 자연기의 내면 성찰을 한층 다채롭게 만드는데 기여하였다. 탐험기, 각종 모험담, 선교보고서 등을 포함하는 여행기 전통 역시 자연기 장르에서 빼놓을 수 없는 요소인 장소 의식, 지역 생태환경에 대한 흥미와 답사, 생명 지역주의적 관심을 자극하는 중요한 역할을 해왔다. 지금까지 소로우의 『월든』을 수범으로 하는 미국 자연기 양식의 태동에 공헌한 여러 가지 문화 전통과 지적 관심을 살펴보았는데, 그것을 도표로 정리하면 다음과 같다.

여기에서 다시 한 번 확인되는 것은 자연기는 실로 온갖 문화적 전통이 교차하는 열린 양식이라는 점이다. 이 개방성이야말로 자연기를 중요한 문학적 자산으로 지속시킨 원동력이자 최근의 개화를 일구어낸 내적 에너지라고 할 것이다.

장르의 중요한 특징인 개방성과 잡종성으로 인해 미국 자연기 문학은 대단히 다채로운 모습을 보여왔다. 소로우가 『월든』을 출판한 1854년 이후 지금까지 한 세기 반 동안 수많은 작품이 출판되었고, 그 가운데에는 『침묵의 봄』처럼 미국인의 삶의 방식을 크게 바꾸는 계기가 된 책도 더러 있다. 그럼에도 불구하고 라이언(Thomas Lyon)의 주장처럼 자연기 문학은 그 방법과 지향에서는 크게 달라지지 않은 모습이다("The Continuities of Nature Writing," Phillips 232 재인용). 자연기 전통이 보이는 이 같은 연속성은 자연기 문학을 유형화해보고자 하는 시도를 자극한다. 유형화는 늘 단순화의 위험이 따르지만, 그럼에도 불구하고 그것은 그 전체상을 일목요연하게 파악하고 미래를 전망하기 위해 필요한 일이다. 라이언은 이런 전제 하에 자연기의 분류를 시도한다.

[표 1] 자연기 장르의 계보(Peter A. Fritzel, 『자연기와 미국』, 80)

300 B.C.	1300	1600	1700	1800	1900
				린네류의 분류 식물학	
	박물지				
동물기					
본초기					
		여행기			
				여행수기 · 유람기	
		탐험문학			
					자연기
	농경시		농촌 · 전원 문학		
			자연시		
	목가주의 문학				
	명상 · 사색 문학				
	자서전 · 사색록 · 영적 자서전				

라이언은 우선 분류의 기준을 자연기의 내적 형식에서 찾는다. 그가 주목한 것은 자연기를 구성하는 세 가지 중요 요소이다. 곧 자연에 관한 박물학적 정보, 자연에 대한 개인적 반응, 자연에 대한 철학적 해석이 그것이다. 그는 이 세 가지 요소의 주도적 비중에 따라 자연기의 하위 장르를 설정하고 이에 입각하여 분류를 시도하고 있다. 우선 자연에 관한 박물학적 정보가 큰 비중을 차지하는 것을 (1) 전문적 논문(Professional Papers), 답사가이드 (Field Guides) 혹은 핸드북(Handbooks), (2) 박물지(Natural History Essays), (3) 자연 산책(Rambles)이라는 범주로 나눈다. 둘째, 자연에 관한 개인적 체험을 앞세우는 것은 (1) 은둔 혹은 한적한 시골의 삶(Solitude and Back-Country Living), (2) 여행과 모험(Travel and Adventure), (3) 농장의 삶(Farm Life)으로 각각 분류한다. 마지막으로 자연에 대한 철학적

해석은 자연 속의 인간의 역할에 관한 성찰에 초점을 맞춘 것을 포괄한다. 자연기의 세 가지 주요 관심사에 각각 속하는 하위 범주들 또한 그 관심사의 경중에 따라 분류된 것이다. 가령 자연에 관한 사실·정보의 전달을 주로

[표 2] 자연기의 분류 (Thomas J. Lyon, 22)

범주		소 장르	특 징	주요 작품
자연기	사실·정보	전문적 논문 답사가이드 핸드북	• 자연에 대한 사실과 정보 전달	Clarence King,, *Systematic Geology*(1878) Olaus Murie, *A Field Guide to Animal Tracts* (1954) Roger Tory Patterson, *A Field Guide to Western Birds*(1961)
		박 물 지	• 자연에 대한 탐구적 기술과 약간의 주관적 해석 • 형식의 통일성	John Muir, *Studies in the Sierra*(1874-75) Rachel Carson, *The Sea Around Us*(1950) Ann Zwinger and Beatrice Willard, *The Land Above the Trees*(1972) John Hay, *Spirit of Survival*(1974)
		자연 산책	• 고전적 미국 자연기 양식 • 자연에 관한 사실 묘사와 주관적 체험·인상·감흥이 교차 • 산책지는 먼 야생지라기보다는 근교의 자연	John D. Godman, *Rambles of a Naturalist*(1828) John Burroughs, *Wake-Robin*(1871) John K. Terres, *From Laurel Hill to Siler's Bog*(1969) Annie Dillard, *Pilgrim at Tinker Creek*(1974)
	개인적 체험	은둔 시골의 삶	• 대표적인 미국 자연기양식 • 인습적 삶의 자연 속의 깨어있는 삶의 대비 • 자연 산책 장르보다 삶에 대한 개혁 의지 강렬	Henry David Thoreau, *Walden*(1854) Henry Beston, *The Outermost House*(1928) Sigurd F. Olson, *Listening Point*(1958) Edward Abbey *Desert* (1968)
		여행 모험	• 떠남-개안-귀환의 신화 형식 • 문명세계로부터 벗어나 고독한 여행 • 새로운 발견에의 희열	William Bartram, *Travels*(1791) Henry David Thoreau, *The Maine Woods*(1865) Charle Seldon, *The Wilderness of the Upper Yukon*(1911) Edward Hogland, *Notes from the Century Before*(1969) Barry Lopez, *Arctic Dreams*(1986)
		농장 생활	• 농사일과 관리 • 새로운 삶의 방식의 발견보다는 자연의 질서에 순응 • 농장 주변의 야생의 삶에 대한 심미적 탐구	Hector St. John Crèvecoeur, *Letters from an American Farmer*(1782) Liberty Hyde Bailey, *The Hrvest of the Year to the Tiller of the Soul*(1927) Wendell Berry, *A Continuous Harmony*(1972)
	철학적 해석	자연 속의 인간 역할	• 인간과 자연에 관한 철학적 성찰 • 포괄적이고 추상적인 분석	John Burroughs, *Accepting the Universe*(1920) Joseph Wood Krutch, *The Great Chain of Life* (1956) John Hay, *In Defense of Nature*(1969)

하는 자연기 범주에서도 답사 가이드에서 박물지를 거쳐 '자연 산책' 장르에
이를수록 개인적 체험의 비중이 커진다. 표 2는 각 소 장르의 특징에 관한
라이언의 설명을 첨가하여 이를 도표화한 것이다.

3. 자연기의 역사적 추이

(1) 초창기에서 19세기 말까지

주지하듯 미국 자연기는 소로우의『월든』에 의해 그 전통이 확립되었다.
그렇다고 소로우 이전에 자연기 작가가 없었던 것은 아니다. 뷰얼이 상세하
게 규명하고 있듯이 그 이전에 이미 윌리엄 바트람(Willaim Bartram), 알렉
산더 윌슨(Alexander Wilson), 존 오더번(John J. Audubon) 등과 같은
선구적 자연기 작가들이 존재했다(397-423). 이들과 더불어 린네의 식물학
과 화이트(Gilbert White)의『셀본의 박물지』(The Natural History and
Antiquities of Selboune, 1788)또한 미국 자연기 문학 태동에 큰 영향을
끼쳤다. 특히 화이트의『셀본의 박물지』는 전원의 조화로운 자연의 모습을
보여줌으로써 산업 혁명과 정치적 혁명의 소용돌이에 시달리고 있던 당시
사람들에게 큰 위안을 주었고, 바로 이런 점이 소로우를 비롯한 19세기 미국
자연기 작가들에게 영감원으로 작용하였다. 영국 전원문학 전통의 영향 속에
서 태동하였으면서도 미국의 자연기는 초창기부터 미국적인 특징을 드러냈
는데, 가령 바트람의 경우 자연에 대한 개인적 인상과 내면적 사색을 여행기
속에 끌어들였고, 윌슨과 오더번의 경우 자연 관찰의 엄밀한 객관성을 추구
하면서도 영국의 화이트와 달리 1인칭의 목소리로 말하는 데 주저하지 않았다.
이 시기를 대표하는 자연기 작가로는 미국 자연기 문학 전통의 수립자인

소로우와 함께 조지 마쉬(George Perkins Marsh), 수잔 쿠퍼(Susan Feni-more Cooper)를 꼽을 수 있다. 콩코드의 월든 호수가의 오두막에서 2년여 지낸 체험을 뛰어난 산문으로 형상화한 소로우의 『월든』은 당대에 만연된 상업주의를 질타하고 그로 인한 자연 훼손을 경고하였다. 인간과 자연의 일체감을 역설하면서도 『월든』은 작가의 개인주의적 성향으로 특히 자연을 통한 자아 성찰과 자기 갱신을 중시하는 자연기의 모델 역할을 하였다. 사후에 출판된 『메인 숲』(*The Maine Woods*, 1864)은 인간을 압도하는 야생적 자연의 장엄함에 대한 찬탄과 외경감을 보여준다. 학자, 변호사, 외교관이면서 동시에 변방의 개척자였던 마쉬 또한 주저인 『인간과 자연』(*Man and Nature*, 1864)을 통해 산업주의의 충격과 폐해에 대한 심각한 우려를 표명하였다. 미국 사회에 생태 문제를 처음으로 본격적으로 공론화시켰다고 할 수 있는 마쉬는 그러나 소로우와 달리 생태계의 보존과 효율적인 관리에 더 초점을 맞춤으로써 미국 환경기 분야의 선구자가 되었다. 최근에 여성생태주의의 선구자로서 주목을 받고 있는 쿠퍼는 소설가 페니모어 쿠퍼의 딸이다. 그녀의 고향 옷세고 호수 근처의 사계의 변화를 묘사한 『전원의 시간들』(*Rural Hours*, 1887)에서 쿠퍼는 자연에 밀착된 시골의 일상적 삶을 그리면서 또한 주변 식물상에 대한 애정 어린 시선을 보여준다.

1859년에 발표된 다윈의 『종의 기원』은 19세기 후반 자연기 문학사에 가장 큰 영향을 끼친 저서일 것이다. 다윈의 적자생존론이나 생물종의 진화이론은 자연을 보는 관점에 커다란 변화를 불러왔는데, 1866년 생태학이라는 용어를 처음 만든 독일의 헥켈(Ernst Haeckel) 또한 생물종 상호간의 유기적 관계를 주목하게 된 데 다윈의 영향이 컸음을 언급하고 있다. 19세기 후반 미국 박물지가 아마추어 자연애호가들로부터 생물학·지질학 등 전문 과학 분야에서 훈련받은 전문가들로 대체되게 된 것 또한 다윈의 영향이라 할 수 있다. 이 가운데 식물학 분야의 아사 그레이(Asa Grey), 『체계적

지질학』(*Systematic Geology*, 1878)을 쓴 클러렌스 킹(Clarence King)은 가장 주목되는 인물들이다.

(2) 19세기 말에서 1945년대까지

소로우와 마쉬는 자연은 소진되지 않는다는 오랜 통념이 잘못된 것임을 지적하면서 일찍부터 자연 보존 필요성을 역설하였는데, 19세기 말에 이르러 이들의 주장은 많은 동조자들을 얻어 사회적으로 확산되고 제도화된 조직을 통해 그 실천이 모색되었다. 1872년에 옐로스토운이, 1891년에는 요세미티가 국립공원으로 각각 지정되었고, 1892년에는 존 뮤어의 주도하에 시에라 클럽이 창설되었고, 뒤이은 1901년에는 오드번 협회가 전국적인 연결망을 갖는 조직으로 확대되었다. 씨오도어 루스벨트 대통령의 후원 하에 핀쇼 (Gifford Pinchot)가 주도한 국립공원 지정을 둘러싼 논쟁에서 알 수 있듯이 이 무렵 자연환경 문제는 곧잘 정치적 이슈로 비화되었고, 이런 공론화는 자연 혹은 자연 풍경에 대한 새로운 사회적 관심을 촉발시켰다. 자연기가 대중 잡지에 자주 실리고, '자연 작가(nature writer)'라는 용어가 등장하고, '자연으로 돌아가기(back to nature)' 열풍이 불고, 대중의 관심을 끌기 위하여 자연 관찰을 조작한 사건으로 야기된 '자연 날조(nature fake)' 논쟁이 일어난 것도 그 여파일 것이다(Scheese 138).

이 시기의 가장 주목되는 자연기 작가는 시에라 클럽의 창설자인 존 뮤어이다. 그는 시에라 네바다 산맥의 장엄한 연봉을 등정한 체험을 담은 수많은 산행기를 발표하였는데, 그 중에서 특히 『캘리포니아의 산들』(*The Mountains of California*, 1894), 『시에라 산맥에서의 첫 여름』(1911)이 주목되고, 인디애너에서 플로리다까지 도보여행 체험을 소재로 한 『천 마일 도보 여행』 (*A Thousand Mile Walk to the Gulf*, 1913)도 산에 대한 그의 열정이

드러나 있는 작품이다. 에머슨과 소로우를 존경한 뮤어는 산간의 자연경관과 생태를 세밀히 관찰하면서도 그에 대해 사색하고 내밀한 교감을 나누는 것을 잊지 않음으로써 소로우적인 자연기 전통을 계승하고 있다. 여성으로 드물게 사막을 소재로 한 자연기『비가 내리지 않는 땅』(1903)을 남긴 오스틴 역시 근래에 주목받게 된 작가이다. 사막은 불모의 땅이 아니라 그 나름의 독특한 생태계를 이루고 있는 '정원'(desert garden) 임을 보여주고자 했던 그녀는 '경성 목가주의(hard pastoral)'의 독특한 양식을 선보이면서 뒷날의 에드워드 애비를 예감케 한다. 오스틴은 당시 큰 호응을 얻었던 인디언문화 보호 운동에도 앞장섰다. 뉴욕 주 캣스킬산에 은거하여 많은 자연기를 쓴 버로우즈(John Burroughs) 또한 중요한 작가이다. 도시화와 급속한 산업화 그리고 이민의 급증으로 점점 힘겨워진 도시의 삶을 사는 사람들에게 자연과 밀착된 삶을 다룬 그의 서정적인 자연기는 많은 인기를 끌었다. 이 밖에도 뉴잉글랜드 케이프 콧의 생활을 묘사한 헨리 베스턴의『변방의 집』(1928)도 비슷한 성향의 주목되는 작품이다. 이런 작품들이 주목을 받은 데서 알 수 있듯이, 1920년대 이후 사회 변혁의 소용돌이가 몰아친 1960대까지 미국의 자연기는 대체로 사회의식을 고취시키는 논쟁적인 작품보다는 자연과의 교감과 내적 성찰에 치중한 작품들이 주류를 이루었다.

(3) 1945년대 이후

2차 세계 대전 이후의 자연기 문학은 이전에 비해 훨씬 다채로운 모습을 보인다. 장르의 다변화는 적용하기 어려울 정도의 급격한 사회적 변화와 지속적인 노력과 운동에도 불구하고 날로 악화되어가는 환경 문제에 대한 대응의 결과일 것이다. 1920년대 이후 생태 환경을 종합적으로 연구하는 생태학이 중요한 학문 분야로 자리 잡고, 이에 따라 초원과 숲과 늪지대에 대한 야외 답사가 상례화되고, 그 여파의 하나로 환경단체들이 많이 조직되었다. 이런 변화상은 자연기 문학을 생태 환경을 보다 체계적으로 관찰하면서 환경 위기에 대해서도 보다 적극적으로 대응하는 방향으로 선회시켰다. 자연기 장르의 이 같은 변모를 뚜렷하게 보여준 것이 리오폴드의 『샌드 카운티의 연감』(1949)이다. 임학을 공부했던 리오폴드는 중부 대초원 지역의 생태환경에 관심을 기울이면서 자연 훼손과 토지의 남용 사례를 자주 목격하였다. 그는 동식물뿐만 아니라 땅에 대해서도 인간은 책임의식을 지녀야 함을 역설한 "대지 윤리"를 주장했다. 그가 말하는 대지 윤리는 인간이 대지의 정복자가 아니라 대지의 평범한 구성원이라는 것을 자각하고 이를 생활 속에서 실천하고자 노력하는 자세를 일컫는다. 1950년대 이후 자연보존 운동가들의 필독서로 간주되어 온 『샌드 카운티의 연감』은 이런 강렬한 메시지를 담고 있으면서도 달에 따라 변화하는 초원 생태계의 모습을 서정적으로 묘사한 대목도 포함되어 있다. 이 책의 가장 유명한 에세이 「산처럼 생각하기」는 섬세한 자연 관찰을 통해 사회적 메시지를 작은 목소리로 그러나 설득력 있게 전하는 리오폴드 에세이의 전형을 보여준다.

1960년대에 들어서면서 자연기 문학은 더욱 거센 변모의 압력을 받는데, 지구 전체를 파멸시킬 수 있는 핵무기의 확산과 아폴로 우주선의 달 착륙은 그것을 재촉한 가장 중요한 사건으로 꼽을 수 있다. 핵무기의 격렬한 핵실험 반대 운동을 일으켰을 뿐만 아니라 생태계 전체를 위협하는 환경 재앙과 각종 유해 물질의 위험성에 대한 사회적 자각을 고취하였다. 환경종말론적 자연기 문학의 등장은 바로 이러한 공포감의 확산으로 말미암은 것이다. 1980년대에 들어서면서 중요한 장르로 자리잡은 환경종말론적 문학의 효시는 1962년에 출판된 레이첼 카슨의 『침묵의 봄』이다(Scheese 32). 무분별한 살충제와 제초제의 사용에 대해 경고하고 화학제조업계의 무책임함을 고발하여 커다란 파문을 일으켰던 『침묵의 봄』은 1971년 마침내 DDT 사용을 금지하는 성과를 얻어냈다. 유타 주 아치스 국립공원 내의 도로 포장에 항의했던 체험을 담고 있는 에드워드 애비의 『사막의 은자』(1968), 소설 장르이긴 하지만 급진적인 환경 단체인 'Earth First!'의 결성의 초석이 된 같은 작가의 『멍키 렌치 갱』(The Monkey Wrench Gang, 1975), 핵실험의 폐해를 고발한 테리 윌리엄즈(Terry Tempest Williams)의 『피난』(Refuge, 1992)은 모두 카슨이 열어 놓은 길을 따라간 것이다.

전략무기 개발과 밀접한 연관이 있는 우주 개척은 환경운동의 시각에서는 비판의 대상이 될 수 있지만, 다른 한편으로 지구가 하나의 공동체임을 환기시킨 공이 있다. 이런 관점에서 생태학자 복친(Daniel Boktin)은 아폴로 우주선이 우주 공간에서 찍어 보낸 지구 사진이 환경 운동에 중대한 전환점을 제공했다고 평가한다: "이 사진들은 그 어떤 이미지, 그 어떤 사건보다도 생명체의 성격, 생명체를 유지시키는 요소, 생물계에서 인간의 역할, 생명체에 대한 인간의 힘에 관한 우리의 의식을 크게 바꿔 놓았다"(Scheese 32, 재인용). 쉬즈는 1970년의 '지구의 날' 제정을 이런 의식 전환이 거둔 결실의 하나라고 생각한다(32). 아무튼 지구의 날 제정으로 환경 문제는 전 지구적 문제라는 것을 확인하고 환경 위기의 극복을 위해서는 지구 공동체 전체의 합치된 노력이 필요하다는 인식이 확산되게 되었다. 1990년대에 도시와 인근 교외의 갈색 환경 속에서 야생지를 찾아내고자 하는 도시 자연기가 등장하는데, 이 역시 환경문제는 도시나 농촌에 상관없이 공동체 전체의 문제라는 의식이 반영된 것이라고 볼 수 있다. 코넷티컷 주 교외의 작은 빈터를 생태 야생지로 만들려고 시도한 자신의 체험담을 담은 폴란(Michael Pollan)의 『두 번째 자연』(Second Nature, 1991)은 도시 자연기의 새로운 가능성을 보여준 역작이다.

1980년대에 전개된 다문화주의 운동도 자연기 장르를 다변화시키는 중요한 계기가 되었다. 그동안 백인주류 문화에서 소외되어 왔던 인종적 타자의 문화 전통에 대한 정당한 평가 요구와 함께 특히 아메리카 인디언 토착 문화에 대한 관심이 제고되었는데, 장소를 성스러운 삶의 터전으로 보고, 자연과 인간이 하나라고 생각하는 그들의 고유한 삶의 전통은 대안적 삶의 가능성으로 특별히 주목되었다. 레슬리 마몬 실코(Leslie Marmon Silko), 스캇 모마데이(N. Scott Momaday)와 같은 아메리카 인디언 계열 작가들의 소설과 에세이들이 주목되고, 이와 더불어 자연에 밀착된 인디언의 삶의 방식을 탐구한 자연기가 등장하였다. 배리 로페즈(Barry Lopez)의 『북극의 꿈』(*Arctic Dream*, 1986), 리차드 넬슨(Richard Nelson)의 『내부의 섬』 (*The Island Within*, 1989)은 그 중 가장 주목되는 것들이다.

물론 이런 변화의 물결과 상관없이 전통적인 형식을 고수하면서 자연기의 새로운 경지를 보여 준 뛰어난 작가들도 있다. 단일 상품 작물을 재배하는 기업형 농업의 반생태성을 고발한 『아메리카의 동요』(*The Unsettling of America*, 1977)를 쓴 농부 시인 웬델 베리(Wendell Berry)나 『팅커 크리크 의 순례자』로 1974년 퓰리처 상을 수상한 딜라드가 바로 그런 경우이다. 버지니아 주의 한 평범한 시골 마을 주변의 생태 환경을 자세히 관찰하면서 자연의 불가사의와 생명의 신비스러움에 접하고 그런 만남을 통하여 삶에 대한 깊은 성찰을 보여주는 딜라드의 자연기는 소로우가 전범을 보여준 미국 적 자연기 양식이 큰 변화 없이 오늘날까지 면면히 이어져 내려오고 있음을 다시금 확인시켜 준다.

자연기는 인간과 자연의 관계를 증언하면서 동시에 그것의 마땅한 양태로 의 회귀를 꿈꾸는 자리에서 피어났다. 오늘날 목도하는 자연기의 다채로운 개화는 그 회귀가 더 이상 미룰 수 없는 화급한 것임을 말하고 있다. 그것은 또한 자연을 오로지 언어의 배경으로만 보아온 문학적 관행에 대한 반성을 촉구하고 있다. 언어의 감옥에 갇혀버린 지 오래인 순문학의 자폐성에 대한 염증이 자연기를 찾게 만든 요인의 하나이기 때문이다. 자연기 문학은 인간

과 동식물 그리고 그 모두의 삶의 터전인 대지와의 바람직한 관계에서 피어
날 새로운 문학을 선도하고 있다.[7] 그 자신 뛰어난 자연기 작가인 배리
로페즈는 언젠가 장차 자연기 장르가 미국문학을 이끌어갈 "중요하고 오래까
지 살아남는 작품들"을 내놓을 것이라는 예언을 한 바 있다(297). 20세기
후반의 자연기 문학의 다채로운 개화는 로페즈의 말이 현실화될 것이라는
강한 예감을 갖게 한다.

---

7) 생태지역 환경을 주제로 한 자연문학 전문 출판사인 Milkweed Editions는 2001
년 9월 "The World as Home" 이란 자체 인터넷 홍보 사이트를 통해 독자들이
가장 좋아하는 자연기가 무엇인지 설문조사를 한 바 있다. 그 결과 선정된 10위
까지의 자연기는 다음과 같다. 독자들이 선호하고 있는 이들 자연기의 면면은
향후 자연기 문학, 더 나아가 일반 문학이 나아갈 방향을 암시한다. 1. *Desert
Solitaire*(Edward Abbey, 1968); 2. *Walden*(Henry David Thoreau, 1854); 3.
A Sand Count Almanac(Aldo Leopold, 1949); 4. *Pilgrim at Tinker Creek*
(Annie Dillard, 1974); 5. *Silent Spiring*(Rachel Carson, 1962); 6. *Refuge*
(Terry Tempest Williams, 1992); 7. *New and Selected Poems*(Mary Oliver,
1992); 8. *Arctic Dreams*(Barry Lopez, 1986); 9. *The Solace of Open Spaces*
(Gretel Ehrlich, 1985); 10. *The Outermost House*(Henry Beston, 1928).

멸종위기동물 복원의 필요성과 그 대책(I)

— 여우나 늑대를 소재로 한 작품이나 이야기를 위해서 —

● 안건훈 (강원대학교)

1. 문제제기

　지구상의 생물종은 적게는 5백만, 많게는 3천만 종에 이를 것으로 추정된다. 지금까지 알려진 것은 1백70만종 정도다. 그러나 생태계의 파괴와 오염으로 해마다 수만 종이 사라지고 있다. 특히 현대에 와서는 대량 멸종사태에 접어들어 이런 속도라면 머지않아 전체의 25%가 멸종할 것으로 어떤 과학자들은 전망하기도 한다. 이런 추세에서 현재 한국에서, '국내 멸종위기의 야생 동식물로 지정된 것[1]'은 포유류의 경우 늑대, 여우, 붉은 박쥐, 표범, 호랑이,

----

1) 국내 멸종위기의 야생 동식물(동아일보 2002년 9월 17일자)

구분	대상종
포유류(10종)	붉은 박쥐, 늑대, 여우, 표범, 호랑이, 수달, 바다사자, 반달가슴곰, 사향노루, 산양
조류(13종)	노랑부리백로, 황새, 노랑부리저어새, 저어새, 흑고니, 흰꼬리수리, 참수리, 검독수리, 매, 두루미, 넓적부리도요, 청다리도요사촌, 크낙새
양서·파충류(1종)	구렁이
어류(5종)	감돌고기, 흰수마자, 미호종개, 꼬치동자개, 퉁사리
곤충류(5종)	장수하늘소, 두점박이사슴벌레, 수염풍뎅이, 상제나비, 산굴뚝나비
무척추동물(3종)	나팔고둥, 귀이빨대칭이, 두드럭조개
식물(6종)	한란, 나도풍란, 광릉요강꽃, 매화마름, 섬개야광나무, 돌매화나무

수달, 바다사자, 반달가슴곰, 사향노루, 산양 이렇게 10종류다.

야생동물과 관련된 이야기나 작품들 가운데 여우나 늑대의 역할처럼 많이 대두되는 것도 드물다. 대개는 부정적인 측면에서 다루어지기도 하나 그렇지 않은 경우도 있다. 애석하게도 우리나라의 경우는 여우나 늑대가 더 이상 발견되지 않고 있다. 이는 생태민주주의를 위해서도, 풍부한 이야기나 작품의 소재를 위해서도 아쉬운 일이다. 국내 멸종위기의 야생동물들 가운데 이런 늑대와 여우가 포함되어 있음은 다음과 같은 몇 가지 이유로 인해 필자의 마음을 씁쓸하게 한다. 우선, 6·25전쟁 전후까지만 해도 마을 이곳저곳에 나타나던 여우나 늑대가 그렇게 갑작스럽게 사라져 버렸다는 사실이다. 다음은 여우나 늑대는 다른 짐승들에 비해 인류와 밀접한 관계를 유지하여 왔다는 사실이다. 어떻게 보면 그들은 사람들과는 좋든 싫든 이웃처럼 지내 왔다. 비록 그들은 야생의 상태이긴 하지만 말이다.

물론, 인간을 만물의 영장으로 간주하는 그런 인간중심의 문화에서 여우나 늑대는 많이 언급되기는 하지만 그 이미지는 부정적으로 묘사되곤 했다. 그러나 이것은 인간이 그들에게 일방적으로 가한 부적절한 처사이다. 여우나 늑대는 갯과 동물이다. 개는 여러 짐승들 가운데 가축화된 그러면서도 인간의 의중을 가장 잘 헤아리면서 생활하여 온 동물이다. 이런 개의 조상이 다름 아닌 야생 늑대이다. 비록 여우의 경우는 가축화되지 못했지만 늑대이야기가 등장하는 곳에 여우이야기도 동행하는 경우가 많은 것처럼, 두 짐승은 밀접한 관계를 유지하면서 인간의 이야기나 작품 속에 등장해 왔다.

생태민주의(eco-democracy)라는 측면에서 보면 여우나 늑대는 비교적 오랫동안 인간과 여러 가지 면에서 관계를 유지해 왔다. 야생의 상태에서도 말이다. 물론, 늑대 가운데 일부는 개로 진화하여 우리와 더불어 살아 왔다.

그렇다면 이런 여우나 늑대의 종류, 특징 및 분포상황은 어떤가? 우리 인간의 이야기나 작품 속에서 여우나 늑대의 역할은 어떠했는가? 여우나 늑대를 복원할 수 있는 방법들로는 어떤 것들이 있을까? 아울러 그들을 대할 우리 인간의 자세는 어떠해야 하는가?

2. 여우와 늑대의 종류, 특징 및 분포상황

1) 여우의 종류, 특징 및 분포상황

여우(fox)는 포유류 식육목 개과에 속한다. 여우는 개와 비슷한 체형을 한 작은 동물로 9종류가 있다. 여우는 Vulpes속(屬)에 속하는데, 여우 가운데 붉은 여우라는 종류(red fox; common fox/V. vulpes)가 가장 그 분포가 넓어, 아시아로부터 유럽·북아프리카·북아메리카에까지 서식한다(동아출판사 백과전서부, 1988, 〈20〉: 549).

붉은 여우는 다리가 가늘고 짧으며, 입의 끝은 가늘고 뾰족하다. 몸에 비해 꼬리는 비교적 길고, 길쭉한 2등변 삼각형 모양의 큰 귀를 지니고 있다. 이빨의 수는 개와 같으며, 송곳니는 가늘고 길어서 입을 다물어도 아래턱 밑까지 닿는다. 몸길이 60~90cm, 꼬리길이 34~60cm, 몸길이 6~10kg으로, 몸집이 비교적 작은 편이다. 북방계는 남방계보다 몸집이 크다. 털의 빛깔은 적갈색이며 입의 둘레는 희고 귀의 뒤쪽은 검다. 다리는 몸보다 검은 빛을 띠고, 특히 앞면이 검다. 이런 붉은 여우이외에도 검은 여우, 검은 바탕에 은백색의 긴 털이 희끗희끗한 모양을 한 은여우가 있다

여우는 평지로부터 1,800m정도까지의 낮은 산에서 단독생활을 하며, 주로 밤에 활동을 하면서 들쥐, 토끼, 꿩, 오리, 개구리, 곤충, 과실 등을 먹는다.

여우는 대체로 산림지대에 사는 경우가 많지만 사람들이 사는 마을에서 가까운 숲이나 초원에 사는 경우도 있다. 어떤 외국의 경우는 학교 교정에서나 동네 한적한 쓰레기장 주변에서도 종종 목격되기도 한다. 분포지역이 넓어, 추운 북극에서는 곰이 있는 근처에 여우가 있을 정도로 곰이 먹다 남은 먹이를 청소하는 역할도 하면서 공생관계를 유지하기도 하고, 더운 사막에서는 쥐나 곤충 등 비교적 작은 사막의 동물들을 잡아먹으면서 주어진 여러 가지 환경에 적응하며 살아가고 있다.

여우들은 주로 야생의 상태로 살고 있으나 먹이를 쉽게 구할 수 있는 곳에서는 사람의 주거지역에서 벗어나지 않으려는 경우도 있다. 예컨대, 캘리포니아주 베이커스필드(Bakersfield)시에 사는 400여 마리의 키티(kitty)여우[2]처럼 인간이 버린 쓰레기 더미를 뒤지거나 인간이 조성한 골프장, 잔디 야구장 등 잔디에 사는 것에 익숙해져 있는 여우도 있다. 키티 여우들은 그런 잔디에 많이 사는 다람쥐나 캥거루 쥐들을 잡아먹는다. 어린 새끼시절에는 저녁 전등불빛에 날아드는 나방들을 잡아먹으면서 단백질을 섭취하기도 한다.

우리나라 여우(V. v. peculiosa)는 붉은 여우에 속하는 것으로 몸길이

---

2) 키티여우는 현재 전세계적으로 7천여 마리 정도 살고 있는데, 매우 영리한 동물로 알려져 있다. 다람쥐나 오소리가 버리고 간 굴을 사용하여 거처한다. 천적은 코요테(coyote: 북미 서부 대초원의 이리)이며, 경우에 따라서는 방울뱀이나 검은 독거미에 의해 희생되기도 한다. 베이커스필드시의 경우 교통사고로 치어죽는 경우가 많아, 평균수명은 3~4년에 불과하다. 미국에서는 현재 보호동물로 지정되어 있으며, 키티여우를 임의로 죽일 경우, 1년형 이내의 징역이나 10만 달러이내의 벌금을 물게 되어있다. 키티여우의 천적인 코요테는 늑대가 없는 곳에서는 먹이사슬의 최상부를 형성한다. 코요테는 사냥가능동물로 지정되어 현재 년 간 약40만 마리 정도가 사냥꾼들에 의해 희생되고 있다(National Geographic Channel 2007년 4월 20일자 6시 방영 프로그램). 동물에 대한 인간의 잔학상을 보여주는 한 예라 하겠다.

65cm, 꼬리길이 40cm로서 일본여우보다 다소 작다. 3~5월에 한배에 2~9마리, 평균 5마리의 새끼를 낳는다. 터널은 자기가 파지 않고 너구리의 터널을 약탈하여 사용한다(549-550).

여우는 1950년대만 하더라도 우리나라 이곳저곳 산촌에서 눈에 띄던 야생동물이었다.[3] 그러나 여우의 먹이사슬인 들쥐들이 쥐약투약으로 인해 죽어가고, 그런 쥐들을 먹은 여우들도 죽어감에 따라 지금은 거의 자취를 감추게 되었다. 여우의 주거환경과 관련을 맺고 있는 너구리의 개체수가 줄어들게 된 것도 여우가 감소된 원인 가운데 하나라 여겨진다. 2004년에는 오랜만에 여우가 그 모습을 다시 드러내 반가웠으나, 죽은 모습으로 발견되어 가슴이 아픈 적이 있었다. 강원도 양구군 동면에서 독극물을 먹고 죽은 수컷여우가 바로 그 경우이다. 동네인근 야산에서 발견되었는데 그런 상태로 발견되었다. 현재 남한의 경우는 100여 마리 정도의 여우가 살고 있는 것으로 추산하는 사람도 있지만[4]실상은 그렇지 못하다. 살아 있는 여우의 모습은 아직 발견되지 않고 있기 때문이다.

2) 늑대의 종류, 특징 및 분포상황

늑대(Asiatic or Chinese wolf/Canis lupus chanco)도 포유류로서 식육모(食肉目) 개과(科)에 속하는 종(種)이다. 늑대는 몸길이 110~120cm, 꼬리

---

3) 예를 들면, 2010년 1월, 춘천시 퇴계동에 사는 민광홍씨의 증언에 의하면, 그는 어린 시절을 일제 강점기 때 홍천읍에서 보냈는데, 하루는 산짐승이 자기 집 뜰 안에 있는 닭장의 닭을 낚아가는 것을 목격했다고 한다. 그는 가족들과 함께 그 모습을 목격했는데, 그의 아버지는 그 짐승이 여우라고 했다. 그 당시는 홍천읍에도 여우가 나타날 정도로 시골에는 여우가 많았다고 한다.
4) 예컨대, 강원도 횡성군 둔내면 갑천면 지역의 경우, 밤에 여우가 우는 경우가 있다 하여 마을 주민에게 녹음을 부탁한 적이 있으나 아직 소식이 없다.

길이 34.5~44cm. 다리는 길고 굵으며, 꼬리를 위쪽으로 구부리지 않고 항상 밑으로 늘어뜨리고 있는 것이 그 특징이다. 꼬리는 긴 털로 덮여 있으며 발뒤꿈치까지 늘어졌고, 코는 넓은 머리에 비하면 길고 뾰족하게 보이며, 이마는 넓고 다소 경사졌다. 눈은 비스듬히 붙어 있고 귀는 항상 빳빳이 일어서 있으며, 밑으로 늘어지지 않는다. 이런 점에서는 세퍼드와 같다. 몸 빛깔은 서식하고 있는 지방의 기후·풍토와 관련되어 있어, 털의 밀도·색채에도 큰 차이가 나타난다(⟨8⟩: 61).

늑대의 식욕은 대단하여 송아지나 염소와 같은 것은 1마리를 단숨에 앉은 자리에서 다 먹을 수 있다. 그리고 5~6일 간 굶어도 살 수는 있지만 물을 먹지 않고는 얼마 살지 못한다. 늑대는 죽은 동물체의 고기도 잘 먹을 뿐더러 나무의 열매도 즐겨 먹으며, 들꿩·멧닭과 같은 야생조류도 잘 잡아먹는다 (61). 늑대는 무리지어 사는 경우가 많으며, 무리를 인도하면서 통제하는 우두머리가 있다. 달밤에 우는 특징도 지니고 있다. 늑대는 시베리아, 사할린, 중국, 인도, 미국, 캐나다, 말레이 제도, 수마트라, 자바 등지에 분포하여 서식한다.

우리나라의 늑대는 만주산(産) 승냥이[5]와 비슷하지만 전체적으로 털의 길이가 짧다. 배 쪽과 옆구리의 털은 더욱 짧고, 목과 몸의 양쪽은 털이 밀생하여 부풀었다. 털 빛깔은 모래색을 포함한 회황색으로부터 희미한 오백색(汚白色)까지 변이가 심하다. 번식기는 1~2월이며 임신기간은 60~62일이고 4~6월에 5~10마리의 새끼를 낳는다. 임신한 늑대는 새끼를 위하여 서식지 부근의 조건과 밀접한 관계를 고려해서 매우 복잡한 여러 가지 모양의 보금자리를 만들게 되는데, 큰 바위와 바위 사이, 절벽의 큰 바위 밑,

---

5) 갯과에 딸린 산짐승으로 몸통길이 1m쯤이고, 몸빛은 빨강색을 띤 누른 갈색이고, 몸이 작고 다리가 짧은데 비해 꼬리가 길며, 육식성 동물이 대체로 그렇듯이 성질이 사납고 초식성 짐승들을 잡아먹는다.

자연의 동굴 같은 곳에 보금자리를 선정하고, 마른 풀, 짐승의 날가죽, 짐승의 털 같은 것을 넣어 둔다(61).

늑대는 1960년대 이전에는 경상북도, 강원도, 충청북도지역에서 종종 발견되곤 했다. 1960년대에는 충청도에서 늑대의 어린 새끼들이 발견되어 동물원에서 사육된 적도 있었다. 그 늑대들이 죽은 이래, 아직까지 야생의 상태에서 늑대들이 발견된 적은 없다. 그 후 한국 늑대는 야생에서 그 흔적이 발견되지 않아, 환경부에서는 1급, 국제기구에서는 2급 멸종위기종으로 지정돼 있다. 시골에 사는 사람들에 의해서나, 약초나 산나물을 채취하는 사람들에 의해 간혹 관찰되는 경우가 있다고는 하나,[6] 그 증거를 객관적으로 제시할 만한 사진이나 흔적들 — 털, 배설물 등 — 은 없는 상태다.

3. 이야기나 작품 속에서 여우나 늑대의 역할

1) 우리나라의 경우

동물과 관련된 노래나 놀이나 이야기는 그 대상이 주로 유아들이나 어린이들이다. 어리면 어릴수록 동물들과 일체감을 느끼는 경우가 더욱 짙기 때문이다. 유아들이나 어린이들은 개미나 귀뚜라미를 보고도 깔깔대며 함께 어울릴 줄 안다. 여우나 늑대와 관련된 노래나 놀이나 이야기의 경우도 그런 경우가 많다. 우리나라의 경우도, 동요로서는 '여우야, 여우야'로 시작되는,

---

6) 예컨대, 2007년 1월 31일, 필자의 초등학교 동창생 모임에서, 필자의 동창생 가운데 한 사람은 전에 몇몇 사람들과 정선에 있는 두위봉에 산나물을 채취하러 갔다가, 산마루 근처에서 풀숲에 웅크리고 있는 누런빛의 늑대를 보았다고 했다. 그녀는 그 당시 너무 무서워 산을 급히 내려 왔다. 그녀가 본 것이 실제로 늑대라면, 1990년대에도 우리나라에는 늑대가 있었다는 것이 된다.

어린이들이라면 누구나 부르는 그런 노래도 있다. 여우와 관련된 놀이로서는 '여우놀이'라는 것이 있는데 그 내용은 아래와 같다.

여우놀이는 유희의 하나로서, 주로 봄·여름·가을에 마당이나 동네의 골목 같은 곳에서 하는 놀이다. 참가하는 아이들의 수는 7~8명이 보통이다. 먼저 가위바위보를 하여 술래를 정하는데, 맨 끝에 진 사람이 술래인 여우가 된다. 나머지 어린이들은 손에 손을 잡고 일정한 선을 그어, 그 선을 출발점으로 하여 2m쯤 떨어진 원안에 있는 여우에게 접근해 가면서 물음과 대답으로 여우놀이를 진행한다. 여우 역할을 하는 어린이와 그 외의 어린이들이 주고받는 말은 리듬과 음조가 있으며, 그 가사는 다음과 같다.

> 여우야, 여우야 뭘하니?
> 잠잔다.
> 잠꾸러기.
> 세수한다.
> 멋쟁이.
> 밥먹는다.
> 무슨 반찬?
> 개구리반찬.
> 죽었니? 살았니?

이때 여우가 '살았다'고 대답하면 어린이들은 여우에게 잡히지 않도록 선 밖으로 도망을 가야 하는데, 여우에게 잡히는 어린이는 여우가 되어 술래가 된다. 반대로 여우가 '죽었다'고 대답하면 움직이지 않고 가만히 제자리에 서 있어야 하며, 움직이는 사람은 여우가 되어 술래가 되는 그런 놀이다 (〈20〉: 550).

2) 외국의 경우

외국의 경우는 우화와 소설을 중심으로 살펴보기로 한다. 우선, 우화로서는 기원전 5세기경부터 이미 널리 알려지기 시작한 『이솝우화』를 들 수 있다. 『이솝우화』는 사람들이 겪는 일상생활에서 접하게 되는 다양하고 미묘한 일들을 동물이나 식물에 비유해서 쓴 이야기책이다. 이 책은 삶의 과정에서 어려움에 처했을 때는 그 해결을 돕는 역할을 톡톡히 해왔다. 이 책에는 여우나 늑대와 관련된 내용들이 많이 등장하는데 예컨대, 「꾀 많은 여우」, 「어린양과 늑대」, 「꼬리 잘린 여우」, 「여우와 고슴도치」, 「피리부는 늑대와 춤추는 어린 양」, 「목걸이를 한 개와 배고픈 늑대」, 「여우와 두루미」, 「배고픈 늑대와 염소」, 「목마른 늑대와 배고픈 고양이」, 「여우와 염소」, 「우물, 여우와 나귀, 그리고 사자」, 「늑대와 어린 양」, 「여우와 어리석은 까마귀」. 「늑대와 두루미」, 「여우와 점잖은 곰」, 「여우와 신포도」, 「독수리와 여우」 등이 각각 단편으로 수록되어 있다.

여우나 늑대와 관련된 소설도 매우 많다. 그런 소설들 가운데, 『여우가 된 부인(Lady into fox)』은 영국의 작가인 E. 가네트(1868~1937)의 소설로 1922년에 발표되었다. 그 내용은 어느 날 부부가 숲속을 산책하고 있을 때, 아내가 갑자기 여우로 변신한다. 집으로 돌아온 후 남편의 지극한 간호를 받지만, 부인은 점점 더 야수적인 성격을 띠게 된다. 그 후 그 아내는 사냥개들에게 쫓기다 드디어 남편의 가슴에 안겨 죽는다는 슬픈 이야기로, 인간애의 불변성을 보여주는 작품이다. 동물을 들어 나타낸 우의적(寓意的)·상징적인 그런 소설이다(〈20〉: 550).

『여우이야기(Roman de Renard)』는 12세기 후반에서 13세기에 걸쳐, 고대 프랑스어로 쓰여진 동물 설화집이다. 동물이 활약하는 모습을 인간의 모습에 빗대어 나타낸, 무훈시(武勳詩)를 모방한 설화시(說話詩)이다. 주된 등장 동물은 여우(Renard), 늑대(Isengrin), 곰(Blanc), 사자(Noble)이며, 그들이 벌이는 모험, 싸움, 소송 따위가 인간 사회 그대로를 묘사하고 있다. 특히 모두를 조롱하고 항상 나쁜 계략을 준비하고 있는 교활하고 유쾌한 주인공 르나르는 그 후 여우의 특성을 나타내는 표현으로 굳어졌다.

『여우이야기』는 「여우의 재판」을 비롯한 27편의 「지편」(枝篇)으로 되어 있으나, 그 가운데 중요한 것은 1175~1205년에 걸쳐 쓰여진 15편의 지편이다. 작품의 대성공으로 말미암아 그 후 여러 형태의 지편과 파생작품이 생겨났다. 아울러 동·식물 등에 뜻을 붙여 풍자하여 나가면서 인간사회를 교화시켜보려는 우의교화(寓意敎化)의 의도가 점차 강하게 나타난다. 각 지편속에는 당시의 정치·종교제도, 봉건사회의 풍속·습관이 예리하게 관찰되어 있을 뿐더러, 능숙한 화술(話術)을 구사하면서 즐겁게 그려져 있다. 특히 「여우의 재판」 대목이 유명한데, 여기서도 여우는 계략을 써서 전비(前非)를 뉘우치는 듯, 그 속죄를 위해 성지순례(聖地巡禮)를 하겠다고 하고는, 감쪽같이 달아나 또 다시 나쁜 짓을 저지른다. 이 「여우의 재판」은 봉건사회에서의 재판을 적나라하게 묘사한 것으로서 유명하다(551).

여우는 연약한 자기 몸을 보살피기 위해 무척 노력하는 동물처럼 묘사되기도 한다. 그런 모습은 인간에게도 교훈적이다. 톰 브라운과 쥬디 브라운(1989)이 펴내고 김병순(2006)이 옮긴 『여우처럼 걸어라』에는 다음과 같은 글이 실려 있다.

> 여우처럼 걷는 법을 배우면 아이들은 주위를 더 잘 둘러볼 수 있게 되어 지각능력이 길러지고, 덜 피곤해지며, 걸음걸이는 조용해지고 물 흐르듯 자연스러워진다. 또한 자연풍경과 자신의 몸에 해를 덜 입히게 되고, 자연스럽고 차분하게 걷게 된다. 여우처럼 걸으면 오늘날의 걸음걸이로 걷는 것보다 근육을 더 많이 쓰게 되어, 아이들의 근육을 더 크고 강하게 만들어 준다. 따라서 아이들은 피로를 덜 느끼면서 더 오랫동안 걸을 수 있게 된다. 흥미롭

게도, 여우걸음은 전 세계의 모든 원시문화에서 발견되고, 사무라이의 무예 자세에서도 볼 수 있으며, 힌두교 한 분파의 명상 동작과도 일치한다. 둘레를 넓게 보면서 동시에 여우걸음을 걸을 때, 눈부신 명상의 세계에 이르게 되는 경우를 볼 수 있다(93).

여우는 다른 짐승들에 비해 몸집도 작고, 특이할 만한 공격적인 신체구조도 지니고 있지 못하다. 그런데 여우는 그런 신체적인 약점을 조심성과 순발력을 통해 극복해 나가고 있다. 그처럼 살아가는 여우의 모습이 경우에 따라서는 인간의 눈에 얄밉게 보였는지도 모른다. 사자가 야생상태인 동물의 왕국에서 용맹을 나타내는 왕이라 한다면 그런 사자에게 까지도 다가서면서 자기의 삶을 보존해 나가려고 애쓰는 것이 여우다. 자기는 집을 지을 수 없어 너구리가 지어놓은 집을 자기 집으로 만들면서 살아가야 하는 처지에 있는 것이 바로 여우다. 그렇게 하기까지는 얼마나 큰 노력이 여우에게 필요하겠는가?

한편, 늑대의 경우는 우두머리를 중심으로 뭉쳐서 사는 특징을 지닌다. 『늑대왕 로보(The King of Currumpaw Lobo)』는 미국의 화가이며 작가인 E. T. 시튼(1898)의 동물기 『내가 알고 있는 야생동물』 가운데 한 편인데, 그 작품은 뉴 맥시코주(州)의 목장에 출몰하는 영리하고 거대한 늑대를 몇 차례의 실패 끝에 잡고 만다는 작가 자신의 체험을 소재로 하여 구성되어 있다. 야생동물의 생태에 관한 흥미 있는 묘사는 물론, 준엄한 자연과 인간에 맞서면서 살아가는 늑대의 용감성은 독자를 감동시킨다. 그래서 동물과 관련된 문학 가운데도 박진감이 넘치는 명작으로 일컬어져 오고 있다(동아출판사 백과전서부, 1988, 〈8〉: 61).

이처럼 여우는 사람에게 교활하게 보이는 반면에, 늑대는 사나운 것으로 보인다. 아울러 여우는 재치 있는 짐승으로, 늑대는 용맹스런 짐승으로 각각 묘사된다. 물론, 여우나 늑대는 그들의 신체구조와 주변 환경에 적응하면서 살아가기 위해 그런 모습과 특성을 형성해 왔을 터이고, 인간은 인간의 기준에 의해 여우나 늑대를 그렇게 바라보면서 묘사하고 있을 뿐이다. 사람들은 여우나 늑대를 부정적인 시각으로 바라보면서도 곳곳에서 이야기 소재로서 끊임없이 담아왔다. 여우나 늑대는 이야기 속에서 주로 악역을 담당했다. 그 결과 우리나라에서 볼 수 있듯이, 그들은 인간들에 의해 무시당하고 생존을 박탈당하게 되는 비운의 주인공들이 되어 오기도 했다. 그러나 인간이 그들에게 그런 모습을 그렇게 투영한 것이지, 그들이 생태계에서도 악역은 아니다. 그들은 생명공동체의 한 구성원으로 생존과 번식을 위해 그들의 역할을 그저 수행해 나가고 있을 뿐이다.

4. 복원방법과 유의할 점

1) 야생상태에서의 복원

이를 복원하기 위해서는 야생생태계에서의 복원과 복제기술에 의한 복원이 있을 수 있다. 전자를 위해서는 야생동물 수렵금지와 같은 철저한 법집행이 요청된다. 멸종위기 종만을 제외한 야생동물수렵은 비현실적인 것으로 멸종위기 종을 결코 보호하지 못한다. 사냥현장에서는 그 대상을 즉각적으로 분별하는 일이 어렵기 때문이다. 올무와 덫 등도 제거되어야 한다. 올무와 덫 등은 야생동물들을 속여서 죽이는 행위이다. 그래서 죽이는 행위뿐만 아니라 속이는 행위도 비난받아 마땅하다.

여우나 늑대를 야생상태에서 복원하기 위해서는 무엇보다도 전국적인 차원에서 사냥금지가 이루어져야 하거나 사냥행위가 대폭 축소되어야 한다. 현재처럼 전국에 걸쳐 순환적으로 사냥이 허용되는 상황에서는 그런 동물들을 복원시키기 힘들다. 사냥이 허용되는 한 수렵현장에서 여우나 고라니를 선별하면서 사냥을 한다는 것은 무리다. 특별한 경우를 제외하고는 사냥을 할 수 없도록 적극적으로 추진해야 한다. 그러기 위해서는 엽총을 아예 없애 버리거나 그 수효를 대폭 줄여야 한다. 야생동물들이 우리들의 생명에 위협이 되지 않는 한, 그들의 생명을 빼앗는 행위는 생명공동체의 일원으로서 떳떳하지 못하다. 더욱이 먹이사슬에서 식량을 해결하기 위한 것도 아닌 스포츠의 일환으로 사냥이 이루어지고 있음은 부끄러운 일이다. 다른 동물들의 생명을 빼앗는 일이 어떻게 정정당당하단 말인가? 심신을 연마하는 운동정신에 어긋나는 행위다. 총에 맞아 죽어 가는 어미 동물의 피눈물과, 그런 모습을 보면서 어쩔 줄 몰라하는 어린 새끼들의 모습을 조금이라도 생각해 본다면, 야생동물들에게 더 이상 총부리를 겨누지는 못할 것이다. 야생동물에게 총부리를 겨누는 그런 마음은 스포츠 정신이 아니다.

전국산하에 널려있는 야생동물들을 포획하기 위한 올무, 덫, 독극물, 구덩이 등 모든 시설물들도 철저히 단속해야 한다. 아울러 그런 시설물들을 발견하면 없애버리거나 신고하는 풍토도 조성해야 한다. 올무나 덫, 독극물, 구덩이 등을 설치하거나 만들어 야생동물들을 포획하는 행위는 그들을 속여서 생명을 빼앗는 다는 점에서 윤리적이지 못하다. 생명을 빼앗는다는 점에서도 그렇고, 속인다는 점에서도 그렇다. 잘못된 보신풍토에 편승하여 야생동물들을 매매하는 행위도 금지시켜야 한다. 인간에게 어떠한 도움도 받지 못한 야생 동물들을 죽여서 그것으로 몸을 보신하는 행위는 아주 이기적인 행위임에 틀림없다. 한쪽에서는 생명이 없어져 가는데, 다른 쪽에서는 생존이 아닌 보신차원에서 즐거워한다면 이는 비윤리적인 행위다. 이런 일들을 방지하기 위해서는 생명경외사상에 근거한 야생동물 보전운동과 더불어 애호운동을 펼칠 필요가 있다. 모든 윤리의 근본은 생명존중사상에서 비롯된다. 생명이 있고 난 뒤에야 생활도 있기 때문이다. 그들도 우리세대에 우리 인간과 더불어 이 나라에서 살 수 있는 권리가 있는 주체임을 우리는 인식해야 한다.

늑대나 여우에 관한 잘못된 편견을 부식시키는 일도 중요하다. 늑대와 여우는 우리의 옛이야기들에서 많이 나오는 짐승들이지만 부정적인 모습으로 그려져 있는 경우들이 많다. 늑대는 포악한 짐승으로 여우는 교활한 짐승으로 각각 묘사되어 있는 경우가 많다. 물론, 늑대는 의리 있고 단결력이 있는 동물로, 여우는 유연하고 재주 있는 동물로 묘사되기도 하지만 말이다. 둘 다 영리한 동물이라는 공통점도 지닌다. '늑대 같이 강인한 놈', '여우같은 여자하고는 살 수 있어도 곰 같은 여자하고는 함께 살지 못한다'는 표현들은 늑대나 여우가 지닌 부정적인 측면과 더불어 긍정적인 여운도 남겨 놓는다. 물론, 개의 경우에서 알 수 있듯이, 다른 짐승들에 비해 인간과 가장 친밀한 관계를 유지하여 오고 있는 것도 이런 갯과에 속하는 동물들이다. 여우의 경우는 사실상 나약하고 작은 동물로 사람들에게는 해를 끼치지 않는다. 그런데도 불구하고 인간들에 의해 부정적으로 묘사되어, 그 피해를 가장 많이 보아온 짐승 가운데 하나라는 비운의 동물이기도 하다. 단지 이야기나 작품 속에서 그 내용을 풍부하게 하기 위해 주로 악역을 담당했을 뿐인데 말이다.

현재 우리나라는 다른 어떤 나라들에게도 뒤지지 않는 산림녹화국으로 알려져 있다. 그러나 산림 속에 살고 있는 동물들의 숫자는 의외로 적은 것으로도 알려져 있다. 이를 위해서는 야생의 상태에서 먹이사슬이 제대로 이루어질 수 있도록 환경을 조성해 줄 필요가 있다. 늑대는 죽은 동물체의 고기도 잘 먹지만 나무의 열매도 즐겨 먹으며, 들꿩이나 멧닭과 같은 야생조류도 잘 잡아먹으므로, 늑대가 좋아하는 열매가 열리는 나무도 심어놓고 야생조류나 짐승도 증식시켜 먹이사슬이 형성될 수 있도록 해야 한다. 다행스럽게도 우리나라의 경우 멧돼지, 고라니의 숫자가 증가하고 있고, 들꿩의 경우는 사람들이 마음만 먹으면 대량 증식시킬 수 있으므로 늑대를 위한 먹이 사슬은 어느 정도 이루어져 가고 있다. 늑대가 무리를 지어 생활하는 것에 비해, 여우는 단독생활을 하며, 밤에 나와서 들쥐, 토끼, 꿩, 오리, 개구리, 곤충, 과실 등을 먹는다. 우리나라가 먹이 사슬이라는 측면에서는 늑대나 여우에게 그렇게 환경이 나쁜 곳은 아니라고 여겨진다.

늑대에 비해 먹이사슬이 비교적 더 잘 형성되어 있는 여우의 경우도 이미 언급했듯이 거의 멸종상태에 있는 것이 우리의 현실이다. 이를 위해서는 우선 여우부터 복원시킬 필요가 있다, 특히 여우의 경우는 늑대처럼 사납지도 않고, 무리를 지어 활동도 하지 않는 연약한 동물이다. 여우를 복원시킨 후에 그 결과나 성과를 보고 늑대도 복원시킬 필요가 있다. 복원시키는 가장 손쉬운 방법은 북한의 도움을 받는 일이다.[7] 북한에는 아직도 남한에서 멸종된 여러 종류의 야생동물들이 살고 있다. 이는 같은 혈통의 늑대나 여우의 종족보존이라는 측면에서도 필요하다. 여우의 경우, 수년 전 강원도 양구군 동면에서의 모습은, 여우들의 서식가능성을 시사하는 흔적이라는 점에서 큰 의의가 있다. 북한과 비교적 가까운 지역이기도 해서 북한의 도움을 받아 들여온 여우들을 우선 이곳부터 풀어놓는 방법도 생각해 볼 수 있다. 자기 스스로 집을 짓지 못하는 여우의 처지를 고려하여, 너구리의 개체 수를 증진시키는 방법과 더불어 고려해 볼만하다.

....

7) 서울동물원은 2006년 북한에서 토종여우 암수 한 쌍을 들여온 것을 시작으로 3년간 복원사업을 펼쳐온 결과 2009년 5월 5일 암컷 3마리를 자연번식시켰다. 1969년 창경원 동물원 시절 태어난 8마리 이후 최초 번식이다. 현재 서울동물원에는 수컷 4마리와 암컷 10마리가 살고 있다. 서울대 수의학과도 수컷 3마리와 암컷 1마리를 보유하고 있다. 2010년 1월 5일, 근친교배를 방지하고 토종혈통을 보존하기 위해, 서울동물원 암컷여우와 서울대 수의대 수컷여우들이 교환됨으로써 서울동물원에는 5쌍, 서울대에는 2쌍의 번식쌍이 생기게 되어 앞으로 식구들이 늘어날 전망이다.(동아일보 2010년 1월 5일자 신문 A12면)

2) 복제기술에 의한 복원

복제기술에 관한 한 우리나라의 경우, 매우 앞선 복제기술을 보유하고 있다. 최선의 것은 야생상태에서의 복원이겠지만, 차선책으로 복제기술에 의한 복원도 요청된다. 현재까지 인간의 복제기술에 의한 여우 복제에 관한 기록은 없지만, 다행스럽게도 늑대복제에 관한 기록은 있다. 그것도 우리나라에서 말이다. 복제기술에 관한 한 우리나라는 세계 여러 나라들에 비해 선진대열에 서 있다. 물론, 2006년에 있었던 것처럼 복제기술의 진실성문제로 한 차례 큰 홍역을 치루기는 했지만, 우리나라가 이 분야에 관한 한 상당한 수준에 이르렀음은 부인하기 힘들다.

서울대 수의대 이병천 교수 팀이 세계 최초로 늑대 2마리를 복제하는데 성공한 것이 그 경우다. 이 교수팀은 2007년 3월 26일 서울대에서 기자회견을 갖고 "멸종위기 동물인 회색늑대 암컷 2마리[8]를 복제하는데 성공했으며, 두 마리 모두 1년 5개월 째 아무 탈 없이 성장하고 있다"고 발표했다. 복제실험은 서울대공원에서 사육 중인 회색늑대의 귀에서 채취한 체세포를 핵이 제거된 일반 개의 난자에 이식한 뒤 수정된 난자를 대리모 역할을 하는 개의 자궁에 착상시키는 방법으로 이뤄졌다. 이 교수는 "멸종위기 동물은 인공수정 등 다른 인위적인 방식으로는 번식이 대단히 어려웠다"면서, "이번에 성공한 체세포 핵이식방법으로 소량의 피부세포로도 개체를 복제해 낼

---

8) 2005년 10월 18일과 26일 각각 출생한 복제 늑대의 이름은 서울대의 영문 약자(SNU)와 늑대를 뜻하는 영어 단어(wolf)를 합쳐 '스눌프'(snuwolf)와 '스눌피'(snuwolffy)라고 붙여졌다. 이 교수 연구팀은 개(스너피, 보나, 피스, 호프)에 이어 늑대복제에도 성공함으로써 희귀성 멸종위기 동물복원의 가능성을 앞당겼다는 평가를 받고 있다. 서울대는 스눌프와 스눌피를 서울대공원 특별전시관으로 옮겨 일반에게 공개하며, 내년 봄쯤 수컷과 교배해 번식능력을 검증할 예정이다(이상 동아일보 2007년 3월 27일자 1면).

수 있는 가능성이 열린 것이다"라고 설명했다. 다음은 같은 날자 동아일보 A3면에 실린 그의 발표내용을 소개하는 기사다.

> 서울대공원에 있는 두 살짜리 회색늑대 '누리'의 귀 안쪽에서 체세포를 채취해 배양했다. 실험용 잡종견 41마리에서 난자를 채취해 핵을 제거했다. 핵이 제거된 난자에 늑대의 체세포를 주입하고, 전기충격을 가해 융합시켜, 체세포 핵이식 복제수정란 251개를 만들었다. 이를 대리모(실험용 잡종견)12 마리에 이식했고, 2005년 10월 18일과 26일에 제왕절개를 통해 각각 체중 430g, 530g인 암컷 늑대 2마리(스널프, 스널피)가 태어났다.
>
> '미토콘드리아 DNA'는 난자를 제공한 개와 복제 늑대가 같았고, 나머지 DNA는 체세포를 제공한 늑대와 복제늑대가 완전히 일치했다. 스널프와 스널 피는 '진짜' 복제늑대가 확실하다는 얘기다. 이병천 교수는 "스너피 때는 123마리의 대리모에서 1마리만 생존해 복제효율이 0.8%로 극히 낮아 '과학 적 사고'가 아니라는 얘기도 있었다"며, "이번 늑대 복제는 12마리 대리모에 서 2마리가 태어나 효율이 16.7%로 크게 향상됐다"고 말했다. 난자 채취방법 과 미세조작기술, 착상기술 등을 독자적인 방법으로 개선했기 때문이다.

늑대와 개 등 갯과 동물을 복제하는 이유는 크게 보면 멸종위기종의 복원 과, 인간질병 연구모델개발을 위해서다. 이 연구팀은 늑대 이외에 백두산호 랑이와 한국산양 등 다른 포유류의 복제에도 관심을 둔다. 이런 포유류는 모두 국내 멸종위기의 야생동물들로 지정된 것들이다. 이병천 교수는 "한국 산양의 복제수정란을 만들어 시험관 안에서 배반포 단계까지 키우는데 성공 했다"고 말했다. 백두산호랑이의 체세포를 돼지나 소의 난자에 넣어 정상적 으로 자라는지도 확인했다고 했다(A3면).

그러나 실험의 결과는 지속적으로 좀 더 지켜봐야 한다. 복제된 것들이 생식능력이 있는지도 지켜봐야 하며, 질병에 관한 저항력도 눈여겨봐야 한 다. 자연번식에 의한 것과 복제에 의해 태어난 늑대들 사이에서 드러나는 유사점과 차이점들을 발견해 내는데 힘써야 한다. 더욱이, 유사점보다는 차이점을 찾아내는데 유념해야 할 필요가 있다. 번식방법의 차이에 따른 출생에서 야기되는 형질의 차이를 면밀히 검토해야 한다. 물론, 최첨단의 기술을 지니고 있다 할지라도, 한 때 우리나라 어떤 연구진에서 발생했던 일련의 매끄럽지 못한 사태들을 생각해서, 창의성과 정확성을 입증하는데 조금도 소홀히 해서는 안 된다.

5. 여우와 늑대가 생태민주주의에 시사하는 점

사람들이 야생토끼나 다람쥐 등을 해치지 않으면 그들도 사람을 피하지 않는다. 늑대나 여우의 경우도 유사하다. 캘리포니아 주에 있는 요세미티 (Yosemite) 국립공원 ― 1870년에 설치된 미국최초의 국립공원 ― 에 가면 늑대들도 사람들을 두려워하지 않는다. 일반사람들이 구별하기 힘들 정도로 개와 유사하게 생겼으며, 사람이 거니는 주변에서 자연스럽게 생활한다. 사람이나 늑대나 모두가 서로 자연스럽다. 필자의 경우는, 2009년 2월에 미주리주 캔사스시티(Kansas City) 도심에 있는 루스파크(Loose Park)에 갔다가, 그곳에서 수백 마리의 야생 기러기(Canada goose) 무리에 둘러싸여 겁이 난 적이 있었다. 피하기는커녕 나를 보고 찾아와서 나의 주변을 맴도는 것이었다. 그곳에서 놀란 것은 나였지 기러기들이 아니었다. 나는 그동안 기러기라는 새는 늦가을 늦은 오후나 밤하늘에 높이 떠서 V자 대형을 지으면서 어디론가 날아가는 그런 철새로서 사람과는 같이 인접해서 살 수 없는 그런 야생조류인줄만 알았는데 이처럼 옆에서 보게 되니 퍽 신기했다. 그곳을 찾는 사람들은 아주 자연스럽게 그런 기러기들과 지내고 있었다. 캐나다 쪽에서 날아온다고 했다. 주변에는 청둥오리와 같은 야생오리들도 있었으나 그들도 사람들을 두려워하지 않았다. 어린이들의 친구가 되어 있었다. 동화나 동요 속의 모습이다.

우리가 동물들에게 해를 끼치지 않으면, 그들도 우리를 피하지 않는다. 우리나라의 경우, 제비들이 옛부터 사람들이 사는 집의 처마 밑에 집을 짓고 사람들과 더불어 자연스럽게 살아왔듯이 말이다. 최근에 와서는 우리나라의 참새들도 사람들을 그리 피하지 않는다. 과거처럼 참새를 보면 돌을 던지거나, 겨울이 되면 잡아서 참새구이를 하지 않으니, 이제는 참새들도 사람들을 믿게 된 것이다. 봄, 여름, 가을, 우리나라 곳곳에서 생활하는 왜가리나, 겨울철에 우리나라에 와서 겨울을 보내는 청둥오리도 이제는 사람을 덜 두려워한다. 사람들로부터 두려움을 느끼지 않고 평화롭게 살고 있는 그들의 모습을 볼 때, 우리에게도 희망이 있음을 알게 된다. 도시에 사는 비둘기들이 더 이상 사람들을 두려워하지 않으면서 생활하듯이 야생동물들과 화해하는 일이 필요하다.

이런 점에서 사람들은 여우나 늑대와도 충분히 공존할 수 있다고 여겨진다. 늑대와 개의 관계를 보면, 약 14,000년 이전에, 개의 조상은 늑대나 말타 견(Maltese dog: Malta섬 원산의 소형 개)의 조상과 갈라섰다. 사람들은 야생 갯과동물들을 길들여 사람들의 가정에서 사람들과 함께 살게 했다. 야생 갯과에 속하는 그런 동물들은 길들일 수 있고, 훈련시킬 수 있고, 변형시킬 수 있는 개로 바뀌어졌다. 이스라엘에서는 인간의 손으로 흔드는 요람(hand cradling)과 더불어 개인지 늑대인지 구별되지 않는 약 12,000년 전의 동물화석이 발견되었다. 그 화석은 개가 길들여지는 모습을 보여주는 첫 번째 화석이다. 이에 근거하여 과학자들은 약 14,000년 전에 그런 과정이 이루어졌다고 보았다. 어떤 과학자들은 사람들이 늑대 새끼들을 데려다가, 그 가운데 보다 덜 공격적이면서 사람들이 주는 음식을 좋아하는 새끼들을 선택하게 되었다고 주장하기도 하고, 또 어떤 과학자들은 개들 스스로가 인간이 버리는 음식쓰레기더미에 적응함에 의해 길들여졌다고 말하기도 한다. 사람들로부터 도망가기를 덜 싫어하면서, 먹을 것을 찾아다니는 갯과 동물들은 이런 버려진 음식 쓰레기더미에 의존하여 살아가게 되고, 새끼들도 낳으면서 그 종족을 이어가면서 점점 길드여 지게 되었다. 생물학자인 커핀저(Raymond Coppinger. 2002)에 의하면, "인간에 의해 선택된 짐승들은 인간에 가까운 식성을 지닌다는 하나의 특징이 있다". 그러나 분자수준에서는 변하지 않았다. 늑대와 개의 DNA구조는 거의 동일하다(Lange, 2002: 4). 늑대가 길들여지기 위해서는 출생 후 2주일 이내가 적합하다고 한다. 그래서 초기에 늑대새끼가 길들여지는 방법으로 경우에 따라서는 여성의 젖을 먹였을 가능성을 말하는 학자들도 있다.

교육학이나 심리학과 관련된 책에서는 학습과 관련된 항목을 다룰 때 그 한 예로서, 늑대어린이 이야기가 나오는 경우가 있다. 1920년 10월에 인도의 어느 늑대 굴에서 자매인 듯한 두 여자 어린이들이 발견되었다. 부모에 의해 숲속에 버려진 듯한 이 어린이들은 늑대 굴에서 늑대의 젖을 먹으면서 늑대새끼들과 더불어 살아 왔다.9) 이 어린이들이 늑대굴에서 사는 동안 어느 늑대도 이 어린이들을 해치지 않았다. 이런 늑대어린이에 관한 이야기 이외에도, 야생동물들과 함께 살다가 구조된 인간의 경우는 다양하고 많다. 그 중에서도 이처럼 늑대와 생활하다가 구조된 경우들이 많다. 그래서 늑대

---

9) 아말라(Amala)와 카말라(Kmala)라는 이 두 어린이는 두 손을 앞다리처럼 사용하면서 사지로 걸었고, 늑대처럼 소리를 지르며 생고기만 입으로 뜯어먹고, 빛을 싫어하면서 어둠을 찾아 다녔다. 유아 시절에 늑대들에 의해 늑대 굴로 옮겨져, 늑대들과 더불어 살아오면서 이런 행동들을 학습한 것이다. 발견된 후 싱이라는 목사부부가 양육했는데 더 나이어린 아말라는 1년도 살지 못했고, 카말라는 구출된 후 9년 동안 살았는데 그 가운데 6년 동안은 늑대 울음소리와 행동을 보였다. 카말라가 사람들처럼 두 다리로 설 수 있게 되기까지는 1년 반이 걸렸고, 9년 동안 배운 언어수준은 5~6세의 어린이 정도였다.

와 인간의 끈끈한 정을 다룬 영화도 있다. 이런 것들을 통해 우리가 알 수 있는 것은, 늑대와 같은 야생동물들도 사람들이 흔히 생각하듯 그렇게 포악하지는 않다는 점이다. 이는 사람들이 여우나 늑대와도 잘 화해하면서 조화를 이루면서 살 수 있음을 보여주는 좋은 증거가 된다. 우리가 그들에게 삶의 권리를 인정하면서 돌보면, 그들도 우리에게 비슷한 모습을 보여준다.

이제까지 필자는 늑대가 어떻게 길들여져 개가 되었으며, 현재에 와서도 야생상태의 늑대가 사람들을 어떻게 대했는지를 늑대어린이 이야기를 통해 살펴보았다. 필자가 보기에는 사람과 야생짐승들과의 관계도 황금률(the golden rule) ─ 우리는 다른 사람들이 우리에게 해주기를 기대하는 것처럼 우리도 다른 사람들에게 그렇게 해줄 의무를 지닌다. ─ 이 적용되어야 한다는 점이다. 다시 말해 "우리는 다른 짐승들이 우리에게 해주기를 기대하는 것처럼 우리도 다른 짐승들에게 그렇게 해줄 의무를 지녀야 한다". 필자는 이런 기본적인 도덕률을 제2의 황금률이라 일컫고 싶다. 멸종위기에 있는 여우나 늑대를 복원시켜, 여우나 늑대에 대한 부정적인 선입견을 버리고, 그들에게 위와 같은 제2의 황금률을 적용시킨다면, 우리와 더불어 생명공동체를 이루면서 살 수 있는 그런 평화로운 생태민주주의가 좀 더 가까워지리라 여겨진다.

생태민주주의에서는 식물이나 동물도 국민이며, 그들도 대표권을 지닌다. 스나이더(Gary Snyder)의 표현에 의하면, "사랑스럽고 존귀한 것은 인간만이 아니라, 순진하고 아름다운 삶을 영위하는 모든 것들이다. 미래의 위대한 공화국은 인간에게만 자선을 베푸는 것으로 한정되지는 않을 것이다"(Nash, 1989: 28). 그에 의하면 위대한 공화국 곧, 생태민주주의는 참된 민주주의의 완성이다. 이런 점에서 본다면 우리나라에서처럼 여우나 늑대가 멸종위기에 처해진 경우는 비난받아 마땅하며, 반성해야 할 일이다. 자연과의 조화나 자연으로부터의 배움을 중요시한다는 우리의 전통사상과도 어긋나는 일이다.

6. 요약 및 결론

지금까지 필자는 여우나 늑대의 종류·특징 및 분포상황에 관해, 이야기나 작품 속에 나타난 여우나 늑대의 역할에 관해, 멸종위기에 처한 여우나 늑대의 복원방법에 관해 서술했다. 남한의 경우, 여우는 거의 멸종직전에 까지 이른 것으로 여겨지고, 늑대의 경우는 1960년대 후반 이후로는 야생상태에서 발견되지 않는 상태다. 여우나 늑대는 세계 이곳저곳에서 이야기나 작품 속에서 많이 등장해 왔다. 특히 어린 시절에는 할머니와 할아버지를 비롯한 어른들로부터 여우나 늑대와 관련된 옛날이야기들을 들으면서 성장해온 경우들이 많다. 여우는 교활한 것으로, 늑대는 포악한 것으로 묘사되곤 하지만, 그들은 우리들의 생활이나 이야기 속에서 이야기를 재미있게 해주면서, 인간의 선행을 유도하기 위한 악역의 역할을 독특히 해왔다. 속된 언어에서 '여우같은 년', '늑대같은 놈'이란 표현도 이와 무관하지 않다.

아쉽게도 이야기나 작품 속에서 묘사되는 교활하거나 포악한 이미지로 인하여, 여우나 늑대는 인간에 의해 부당한 수난을 당하여 오기도 했다. 그러나 그런 수난은 사람들의 편견에 기인한 것이다. 여우는 사람들에게 위협을 줄만한 그런 힘을 지니지 못한 연약한 동물이다. 늑대의 경우도 특별한 경우를 제외하고는 사람들에게 해를 주지 않는다. 오히려 개의 경우에서 알 수 있듯이 사람들과 친해질 수 있는 가능성이 높은 동물이다. 경우에 따라서는 늑대어린이의 경우에서 알 수 있듯이, 사경에 처한 유아들을 데려다가 젖을 먹여 가며 기르는 영리하면서도 정겨운 동물이기도 하다. 여우나 늑대 등 야생동물을 포획하는 것이 무용담처럼 여겨져 왔던 우리나라는, 여우나 늑대에게는 너무나 살벌한 그런 곳이었다. 이제 우리는 그들에게 이 땅에서 우리와 더불어 생태계의 구성원으로서 생존할 수 있는 권리를 인정해야 한다.

이에 필자는 그 복원방법에 관해 야생상태의 경우와, 복제기술에 의한 경우를 들어 각각 살폈다. 야생상태에서의 복원을 위해서는 전국적으로 사냥 금지가 이루어지거나 사냥이 대폭 축소되어야 한다는 것, 전국산하에 설치되어있는 야생동물 포획시설물들을 철거해야 한다는 것, 먹이사슬을 형성하기 위한 노력이 필요하다는 것을 지적했다. 아울러 복원순서는 인간에게 거의 위협이 되지 않으면서도, 먹이사슬도 어느 정도 형성되어 있는 것으로 여겨지는 여우부터 하는 것이 효과적임을 지적했다. 야생상태에서 복원시키는 가장 손쉬운 방법은 북한의 도움을 받는 일이다. 북한에는 아직도 남한에서 멸종된 여러 종류의 야생동물들이 살고 있다. 같은 혈통의 여우나 늑대의 종족보존이라는 측면에서도 이런 일은 필요하다고 여겨진다. 물론, 복제기술을 통한 복원방법도 있으나, 두 방법들 사이에 나타나는 차이점과 문제점을 눈여겨 볼 필요가 있다.

사람들은 갯과 동물인 늑대를 길들여 사람들의 가정에서 함께 살게 되었다. 늑대들은 사람들에 의해 길들일 수 있고, 훈련시킬 수 있고, 변형시킬 수 있는 개로 바뀌어졌다. 인간에 의해 선택된 짐승들은 인간에 가까운 식성을 지닌다는 하나의 특징이 있다. 생태계에서 보면 다른 동물들에 비해 그래도 인간과 가까이 있으면서 인간의 입에 오르내리는 야생동물은 여우와 늑대다. 그들은 식성에 있어서도 우리와 비슷하다. 이런 여러 가지 이유로 그들은 생태계에서는 우리인간의 이웃사촌에 해당된다. 그러나 이런 가까운 이웃이 인간의 일방적인 편견에 의해 멸종상태에 이르게 되었음은 실로 안타까운 일이다. 인간의 편견에 의한 증오의 이웃사촌이 아니라 글자그대로 정다운 이웃사촌이 되어야 한다. 여우나 늑대는 우리에게 이야기 거리, 작품의 중요한 소재거리를 제공해주는 그런 동물들이다. 비록 이야기나 작품에서 악역을 담당했지만 말이다. 실제 생활에서는 우리들에 대해 그렇게 해를 끼치는 동물이 아니다.

우리가 사는 나라는 여우나 늑대의 나라이기도 하다. 이런 점에서 그들과 공존하면서 평화롭게 살아야 한다. 민주주의를 외치는 우리나라에서 그들이 멸종되는 현실을 더 이상 묵과해서는 안 된다. 여우나 늑대가 이 땅에서 다시 살 수 있도록 해야 한다. 민주주의는 생태민주주의로 진화될 때, 윤리는 환경윤리로 진화될 때, 더 고양되고 완성된다. 바람직한 생명윤리나 환경윤리의 정립과 더불어 국민들에게 생태민주주의 사상을 확산시킬 필요가 있다. 그들의 권리가 보장되지 않는 곳에서 인간의 권리가 보장되기를 기대하는 것은 편협된 인간쇼비니즘의 발로에 기인한다. 그들이 없는 나라, 그들이 없는 세계가 과연 아름다운 세계일까? 인간 이외의 다른 생명체의 삶을 부정하거나 업신여기는 그런 풍토 속에서 바람직한 문학이나, 민주주의나 생태민주주의를 기대할 수 있을까?

2부

생태시론

1

한국의 생태시론

『문학과환경』 10년,
한국 생태시 연구의
성과와 과제
─ '우주의 언어' 읽기와 '인간의 언어' 빛기 ─

● 임도한 (공군사관학교)

1. 『문학과환경』 게재 국문학 시론 현황

시인이란 남다른 시선으로써 세상의 진리를 문자로 표현하는 존재이다. 생태시인은 인간과 다른 생명체가 공존하는 것을 지향하며 이러한 길이 진정 옳은 길이며 자연의 섭리에 따르는 것임을 보여주는 존재라 할 수 있다. 시인이 세상에 작용하고 있는 질서와 현상 속에서 생태적으로 의미 있는 메시지를 파악하고 시적 언어로 표현해내는 과정은 곧 '우주의 언어'을 읽고 '인간의 언어'로 빛는 과정이라 할 수 있으며, 시론은 시인이 빛은 언어를 매개로 우주의 메시지를 더듬어 보는 작업이라 할 수 있다.

이 연구는 문학과환경학회 창립 10주년을 기념하여 기획된 것으로서, 학회지인 「문학과환경」에 발표된 논문을 중심으로 국문학 생태시론의 성과와 과제를 진단하고 다음 10년의 바람직한 방향을 모색하는 것을 목적으로 한다. 필자가 10년간의 성과를 정리하기 위해 시론으로서 식별한 연구는 모두 42편으로서 『문학과환경』 창간호(2002년)부터 제10권 제2호(2011년)까지 16권의 논문집 중 통권 제5호(2005년 하반기)를 제외한 15권에 고르게 발표되었다. 문학이론이란 문학작품과 떨어져 설명되는 것이 아니므로 42편

의 논문 중 일부는 이론의 성과를 진단한 다른 기획 논문에서도 다루어질
수 있다.

이 논문 42편의 저자는 모두 28명이며[1] 9명이 복수의 논문을 발표하였고
19명이 1편씩 발표하였다. 이들 연구에서 다루는 시인 중 비교적 비중 있게
다룬 시인의 수를 보면 공교롭게도 연구자의 수와 같이 28명이다. 서정주,
김지하, 최승호가 3번씩, 김수영, 이문재, 이하석이 2번씩 다루어졌고 나머지
22명의 시인이 1번씩 다루어졌다. 대상 작품의 대부분이 한국 현대시이지만
향가를 분석한 것(1편), 탈북 시인의 작품을 다룬 것(1편), 외국시와 비교한
것(3편) 등도 포함되어 있다. 이상의 논문을 발표 순서에 따라 정리하면
다음과 같다.[2]

■ 2002년 통권 1호(창간호)
  ① 하재연, 개인의 언어와 공동체의 언어 - 서정주 「질마재신화」론
    (60-79쪽)
  ② 이혜원, 최승호 시의 노장적 사유와 생태학적 의미(80-104쪽)

■ 2003년 통권 2호
  ③ 임도한, '공포의 윤리학'과 '섭식의 관계'(24-43쪽)
  ④ 강용기, 김지하와 개리 스나이더의 토착문화 그리고 자연(86-102쪽)

....

1) 2인 공동 저자의 논문이 1편 포함되어 있음.
2) 논문 이름 앞의 번호(①~㊷)는 필자가 게제 순서에 따라 붙인 것으로서 본문에
  서 해당 논문을 간단히 표시할 때 각주 대신 사용할 것이며 서지사항은 참고문
  헌란에 밝힘.

■ 2004년 통권 3호

⑤ 남송우, 문학 속에 나타난 생명지역주의의 한 모습(6-22쪽)

⑥ 윤창식, '나무'의 생태시문학적 함의 - 헤르만 헤세와 안도현의 경우(38-65쪽)

⑦ 김유중, 관계의 시학 - 하종오론(115-132쪽)

⑧ 박태일, 생태시의 방법과 미세 상상력(185-191쪽)

■ 2006년 제5권 1호

⑨ 김유중, 문인수 시에 나타난 생태론적 관심의 제 유형(7-34쪽)

⑩ 허혜정, 홍신선 시에 나타난 생태주의적 인식 연구(35-58쪽)

⑪ 문홍술, 환경시와 새로운 가치관의 추구(75-88쪽)

⑫ 윤창식, 인간의 원형으로서의 동물 - 헤르만 헤세와 정호승의 경우(89-113쪽)

■ 2006년 제6호(제5권 2호)

⑬ 김희진, 틈의 시학과 생명적 상상력 - 김기택의 시세계를 중심으로(51-68쪽)

⑭ 임도한, 한국 현대 생태시와 '물' 이미지(81-97쪽)

■ 2007년 제6권 1호

⑮ 김혜진, 향가를 통해 본 신라인의 자연인식(7-30쪽)

⑯ 문홍술, 모순된 현실 비판과 원시적 생명세계의 추구 - 조태일론(31-56쪽)

⑰ 유성호, 생태시학의 형상과 논리(101-117쪽)

■ 2010년 제9권 1호

　　㉝ 최호영, 김수영 시에 나타난 자연인식과 미학적 변주(143-165쪽)

　　㉞ 김효은, 한용운 시에 나타난 카오스모스의 생태시학(167-185쪽)

　　㉟ 전소영, 동인지『자유시』에 나타난 자연의 의미 연구(187-218쪽)

■ 2010년 제9권 2호

　　㊱ 임도한, 섭취생명체에 대한 태도를 통해 본 생태시의 생태윤리적
　　　의의(7-24쪽)

　　㊲ 문태준, 서정주 시의 자연의 재발견과 연생성(25-51쪽)

■ 2011년 제10권 1호

　　㊳ 김옥성, 김소월 시의 샤머니즘 생태학적 상상력(39-58쪽)

　　㊴ 정연정, 김지하의 '애린'과 '모심'의 시학 : 불교생태론적 관점을
　　　중심으로(145-171쪽)

■ 2011년 제10권 2호

　　㊵ 김옥성/김진희, 신현득 동시의 생태학적 상상력과 그 교육적 함의
　　　(31-51쪽)

　　㊶ 윤창식, 류외향의 들판과 바람의 생태시문학적 함의(53-76쪽)

　　㊷ 이광호, 서정주 시에 나타난 자연에 대한 시선의 문제(77-98쪽)

　　이상의 논문들을 필자가 파악한 의의에 따라 정리한다면 네 가지로 나눌
수 있다.[3] 첫째 생태주의의 주요 특징적 가치에 따라 작품의 생태적 의미를

　3) 각 논문의 본질을 충분히 읽어내지 못하는 역량의 한계와 수십 편의 논문을 몇

밝힌 연구들이 있다. 이 연구들은 다시 인간중심주의와 근대성의 폐해를 비판하는 것(⑪,㉔,㊶), 세계를 이루는 존재들의 상호관계성을 강조하는 것(⑦,⑨,⑮,⑯,⑳), 자연이 지닌 생명성을 찬양하는 것(⑬,㉑,㉕,㉗), 불교적 사유의 생태 중심적 의미를 다룬 것(⑩,⑱,㊲,㊴), 노장사상으로 시인의 생태시적 특성을 보완 강조하는 것(②,㉒), 생태 중심적 실천을 위한 생태윤리의 의의를 모색하는 것(③,⑤,㉜,㊱)으로 구분할 수 있다.

둘째, 주요 시인의 작품을 생태 중심적으로 분석함으로써 해당 시인의 생태시인적 의미를 새롭게 주장하는 것으로서 김수영(㉙,㉝), 서정주(①,㊲,㊷), 한용운(㉞), 윤동주와 김종삼(㉘), 구상(㉛), 김소월과 백석(㊳)을 다룬 연구가 있다.

셋째, 생태시 작품과 연구의 현재 수준을 진단하고 바람직한 방향을 주장하는 논문들이 있다.(⑧,⑭,⑰,⑲,㉗)

넷째, 기타 연구로서 동심이 지닌 생태 중심적 모티브에 주목한 동시연구(㉖,㊵), 비교문학적 연구를 통해 생태시의 보편성을 확장한 연구(④,⑥,⑫) 박영희의 초기시에 나타난 '여성유령'의 의미를 다룬 연구(㉓), 동인지『자유시』의 작품에 나타난 자연의 의미를 밝힌 연구(㉟), 오규원의 도시 이미지에 대한 도상학적 분석(㉚) 등이 있다.

이어지는 장에서는 이상 네 가지로 분류한 연구들의 주요 특성과 의미를 정리하도록 하겠다.

가지로 묶기 위한 과도한 일반화 등으로 논문 원저자의 뜻을 오독하였을 수 있으므로 추후 발전적인 논의를 통해 수정사항이 식별되면 적극적으로 보완하도록 하겠음.

2. 생태시론의 전개 양상

가. 생태주의의 주요 특징적 가치에 따라 작품의 생태시적 의미를 고찰한 것

(1) 인간중심주의와 근대성의 폐해에 대한 비판은, 그리 길지 않은 생태시의 역사를 통해 기본적 주제로 자리 잡았다. 생태문학이 처음 전개되면서 우선적으로 강조되는 주제이기도 하고 시인의 개인사적인 측면에서도 생태적 문제를 인식하는 단계에서 우선적으로 다루는 주제이기도 하다. 이러한 주제의 연구는 생태적 문제의식이 어느 정도 상식화된 다음에는 그 참신함이 떨어지는 한계를 지닌다. 이러한 한계를 극복하기 위한 연구자들의 노력이, 기존 시인의 생태시인적 의미를 새롭게 조명하거나 시인별 문법을 발굴하기 위한 시도 등으로 나타났다.

문홍술은(⑪) 이문재와 이하석의 작품에서 인간 중심주의와 생산제일주의에 대한 거부, 자연을 인간과 공존할 대상으로 보는 태도 등을 찾았다. 유성호는(㉔) 기독교 시인으로 알려진 박이도와 최문자의 작품을 대상으로 기독교적 상상력의 두 가지 의미를 강조한다. 하나는 '신성'과 '자유'에 대한 바람의 근원으로 기독교적 상상력이 작용했다는 것으로서 기존의 기독교적 분석 시각과 같은 맥락이며 다른 하나는 기독교적 상상력이 근대주의에 대한 구경적 대안으로서 작용하였다는 점으로서 연구자의 독특한 시각이 반영된 주장이다. 윤창식은(㊶) 류외향 시인이 '들판'을 소재로 한 일련의 작품을 통해 현대문명의 무모함을 비판하고 극복하는 성과를 올렸음을 주장한다.

(2) 세상에 존재하는 것들이 서로 관련되어 있음을 알고 진심으로 인정하는 것은, 인간이 다른 생명을 존중하는 마음에 큰 힘을 실어 준다. 인간이 타 생명에 행한 행위의 결과가 인간 자신에게 돌아올 수 있다는 점에서

타 생명체에 대한 존중이 곧 자신을 위한 길로 이어지기 때문이다. 주요 생태시에서 보이는 이러한 태도는 지금까지 무차별적인 환경파괴의 주원인으로 지목된, '강한 인간중심주의'를 극복하는 논리로 활용된다.

김유중은 하종오론(⑦)에서, 하종오의 최근 작품이 현란한 수사나 자극적 표현, 비유 등이 없으면서도 독자에게 자신과 주변 환경이 이루는 관계의 진정성을 생각하게 하고, 인간이 전체의 조화와 균형 속에 존재해야 한다는 태도를 보여준다고 한다. 이어진 문인수론(⑨)에서는 시인이 자연과의 조화성을 강조하고, 자연 속에 존재하는 인간으로서 본연의 순수함을 모색하는 등 생태론적 관심을 통해 작품세계를 확장함을 지적하고 특히 서구 생태론의 영향 없이 전통적인 사고에 기반하고 있음을 높이 평가한다.

이 외에도 향가에 반영된 당대인의 자연관을 분석한 김혜진의 연구(⑮)와 조태일의 시를 다룬 문홍술의 연구(⑯), 박재삼의 생태시를 평가한 이숭원의 연구(⑳)도 자연과 인간의 상호관련성을 강조하면서 해당 작품의 생태적 의의를 밝히는 성과를 보인다.

(3) 자연의 생명성을 비중 있게 다루는 연구들은, 인간이 생태위기를 극복하기 위해 주목해야 할 가치로서 자연의 생명성을 주목한다. 자연 또는 환경은 한 생명체가 자신의 삶을 이어가는데 필요한 절대적 조건이다. 생명을 보장하는 조건으로서의 자연이라는 점에서 자연이 생명성 자체를 상징할 수 있고 이러한 생명성을 인식하고 존중하는 태도를 생태시에서 찾고 그 의미를 새기는 일은 작품의 생태성을 보장하는 논리로 이어진다.

김희진은(⑬) 김기택의 생태시가 유기체적 세계관을 효과적으로 구현하고 있음을 밝혔고 '틈'이라는 시어가 소통과 순환의 길을 열어주는 의미를 지니고 있음을 분석하였다. 홍용희는(㉑) 김지하의 생명사상에 기반한 생태시 작품들이 근대 기계주의적 패러다임의 한계를 비판하는 대안적 의미가 큼을 강조하였고 유성호는(㉗) 생명이라는 근원적 실재에 대한 시적 형상이

심층 생태주의적 사유의 모형이 됨을 지적하면서 이러한 생명을 진정으로
인식해야 함을 주장한다.

도시는 개발과 성장의 결과로서 인위의 덩어리가 되었다. 도시는 현대의
반생태적 상황을 상징하는 공간으로 볼 수 있다. 이러한 도시 공간에서 자연
의 의미를 새롭게 다지는 것의 의미를 환경 위기의 시대를 극복하는 현대인
의 태도로 발전시킬 수 있을 것이다. 이혜원은(㉕) 이하석, 최승호, 이문재
시인의 도시시를 분석하면서 모더니즘적 경향이나 사회비판적 시선으로 분
석하는 기존의 태도를 지양하고 도시 속에서 자연을 새롭게 보는 특징적
태도를 세밀하게 밝혀냈다. 이하석은 자연과 도시의 공존 가능성을 지향하
고, 최승호는 도시 속 식물이 보이는 강인한 생명력으로부터 무위자연의
도를 떠올렸으며, 이문재는 자유롭게 깨어있는 산책자의 시선을 취함으로써
도시생태의 문제점을 인식할 수 있었다고 설명한다.

(4) 불교적 사유를 통해 생태시의 의미를 고찰한 일련의 연구에서는, 생태
시에서 읽을 수 있는 욕망억제의 힘, 인간을 비롯한 지구상 모든 생명에
대한 존중감, 자연 만물의 상호의존성 인식 등을 해명하는데 유용하게 적용
된다. 불교적 사유는 이러한 생태적 태도의 근거를 설명하는 논리가 되기도
하고, 생태적 태도의 정당성을 강화하기도 한다. 이러한 연구는 결과적으로
주요 생태시인의 생태성을 명확히하면서 불교적 사유의 생태주의적 의의를
강화한다.

허혜정은(⑩), 홍신선의 시에서 자연친화적 태도와 불교적 사유를 확인할
수 있으며 이러한 태도가 역사적 상흔과 현대 문명이 지닌 폭력적 이기성을
치유하는 힘을 발휘할 수 있었다고 분석하였다. 송희복은(⑱), 불교의 '화엄
사상'이 불교와 생태주의를 적절히 매개하는 개념이며, 현대인에게 무소유의
삶과 만물 평등사상을 전파하는데 유용함을 강조한다. 이어서 불교생태주의
가 환경친화적 교육의 측면에서도 남다른 의미를 지닐 수 있다고 주장한다.

문태준은(㊲), 순환성, 상호의존성 등을 특징으로 하는 불교 생태학적 원리를 가지고 서정주시에 나타나는 낙관주의와 통합적 상상력 등을 설명하고, 정연정은(㊴), 80년대 이후 김지하의 시에서 자비심과 모심의 실천윤리까지 구현되고 있음을 불교생태학적 논리로 풀이하였다.

(5) 노장사상으로 생태시의 특성을 풀어 낸 연구에서는 노장사상이 생태 중심적 자각의 진정성을 강조하는 측면에서 유용한 것으로 평가된다. 구체적으로는 노장사상이 생태 중심적 사유의 현대성을 보완하는 논리로 작용한다. 현대 생태시에 구현된 자연관과 옛날부터 이어온 자연친화적 의식을 구별함에 있어서 현대에 대한 진정한 반성과 비판의 유무를 기준으로 한다면 노장사상은 인간이 현대 생태위기 시대를 경험하면서 취하는 생태 중심적 처신과 관련지어 설명하는데 효과적이라는 것이다.

이혜원은(②), 최승호의 작품에 대한 기존의 평가가 불교적 측면에 치우쳤음을 지적하고 최승호의 작품에서 현실에 대한 시적 자아의 치열한 비판의식이 자연에 대한 각성으로 이어지는 측면을 이해하는데 노장적 사유가 훨씬 적합함을 보여주었다.

윤창길은(㉒), 최승호의 시집 『고비』를 분석하면서 시적 자아가, 노장사상을 소리 높여 주장하지는 않고 있으나 대자연의 힘에 온 몸을 맡김으로써 무욕의 정신을 구현한 점을 높이 평가한다. 시인의 음성이 과거 치열한 현실 속에서 외치던 목소리였다면 이 단계의 음성은 한층 정제된 선순환적 언어로 발전하였다는 것이며 이렇게 발전한 원인으로서 노장적 깨달음을 떠올릴 수 있다는 것이다.

(6) 과도한 소비와 무분별한 환경파괴, 강한 인간중심주의 등이 오늘의 환경위기를 낳은 주요원인이라는 점은 오늘날 상식이 되었다. 무엇이 문제인지 파악된 다음 단계의 과제는 식별된 문제를 해결하기 위한 실천에 나서는 것이다. 환경문제 해결의 시급한 과제는 이제 인간이 생태 중심적 행위를

실천하는 것이다. 인간의 행위가 문제의 핵심이 되는 순간 생태윤리가 특별한 의미를 갖는다. 이러한 맥락에서 생태시의 생태윤리적 의미를 찾는 연구들이 있다.

남송우는(⑤) '생명지역주의' 개념을 들어 생태시의 의의를 고찰한다. '생명지역주의'의 핵심은 지역민의 복귀와 자연의 복원인데 '전지구적' 성격을 지진 환경위기를 극복함에 있어서 '생명지역주의'가 실질적이고 구체적인 실천을 기대할 수 있다는 점에서 중요하다는 것이다. 생명지역주의를 확인할 수 있는 작품으로서 배한봉의 시집 『우포늪 왁새』를 선정하여 이들 작품에서 우포늪(자연)의 복원을 실천적으로 지향하는 지역민의 태도를 확인할 수 있음을 보여준다.

임도한은 일련의 작업을 통해(③,㉜,㊱), 생태시에서 인간의 생태적 실천을 이끄는 원동력으로서 공포의 윤리학을 주장한다. 욕망도 인간의 강한 본능 중 하나이므로 이를 억제할 수 있을 정도의 자극은 일상적 수준 이상의 강도를 지닐 필요가 있다. 지구상 생명체의 종말이 주는 공포와 극심한 고통의 체험과 같은 자극은 독자의 생태적 실천을 현실적으로 이끄는데 효과를 거둘 것으로 본다. 아울러 인간이 먹거리로 희생시키는 타 생명체를 대하는 태도 다섯 가지를 생태시에서 찾아 제시하였고 인간이 자신의 생명유지에 필요한 정도 이상의 섭취를 자제할 정도의 깨달음에 도달하는데 좋은 생태시가 계기로서 기여할 수 있음을 주장한다.

(7) 생태주의의 주요 특징적 가치에 따라 작품의 생태시적 의미를 고찰한 연구들은 22편이다. 필자가 이번에 선별한 시론이 42편이니 시론 중에서 제법 활발히 진행된 분야라 하겠다. 이들 연구의 성과를 한마디로 정리하자면 생태시의 외연을 넓힌 것이라 할 수 있다. 각각의 연구를 통해 생태시로 읽을 수 있는 작품의 폭이 넓어지고 생태시인으로 포괄할 수 있는 시인도 늘어나는 성과를 거두었다. 세부적으로는 작품을 생태적으로 읽는 법을 다양

하게 소개하는 성과도 인정할 수 있을 것이다.

이러한 주제의 연구는 문학과환경학회가 출범하기 전부터 생태시론의 주요한 흐름으로 자리하고 있었으며 지금까지도 비교적 활발히 시도되는 연구이지만 주제비평이 지닌 식상함을 현명하게 극복해야 할 과제도 지닌다. 이 장에서 다룬 연구 중 비중이 크지 않은 편에 속하는 비교문학적 연구와 동시연구, 생태윤리 연구는 생태문학의 외연을 전지구적으로 넓히고, 독자의 생태의식을 확장하고, 생태위기 극복을 위한 구체적 실천을 이끌기 위해 꼭 필요한 연구로서 주제비평의 한계를 극복하는데 주요한 역할을 할 수 있을 것으로 기대되므로 더욱 적극적인 관심이 필요하다.

나. 주요 시인의 생태시인적 의의를 새롭게 주장하는 연구

김수영, 서정주, 한용운, 김소월, 구상, 백석 등은 한국현대시사에서 중요한 비중을 지닌 시인들로서 비교적 활발하게 연구된 시인들이지만 최승호, 김지하, 이문재 등 생태시론에서 자주 다루어지는 시인들과 달리 생태주의적 의의가 각 시인의 본령으로 평가받지는 못한 시인들이다.『문학과환경』에 발표된 연구 중 이들 시인을 다룬 연구는 해당 시인의 생태시인적 성격을 규명함으로써 기존의 평가를 더욱 발전적으로 보완하거나 새롭게 생태시인적 의미를 부여하는 성과를 올렸다.

먼저 김수영은 시인의 현대성을 중심으로 활발히 논의되는 편이다. 김수영의 생태 중심적 특성은, 현대성에 대한 시인의 대응 측면을 더욱 상세히 규명하는 방식으로 설명된다. 노지영은(㉙) 김수영이 문명의 극단이라 할 수 있는 전쟁의 상실로부터 복원을 시도하는 양상에 주목한다. 김수영이 보이는 자연 재현 태도와 시적 언어에 대한 형식적 실험이, 훼손된 자연의 회복과 닿아 있다는 측면에서 생태적 의의를 인정할 수 있음을 주장한다.

최호영은(㉝) 김수영의 대표작 「풀」에서 바람에 자신을 내 맡기는 풀의 태도를 '초연한 내맡김'으로 표현하고 이것이 생태위기의 시대에 대한 현실적 대안으로 평가할 수 있다고 한다.

어느 시인보다 연구가 활발히 이루어진 편인 서정주는, 시적 표현과 사상의 깊이 면에서 수많은 연구자의 관심을 이끈 시인이다. 일반적인 전통사상이 생태 중심적 성격을 지니고 있다는 점에서 전통사상과 깊이 관련된 서정주의 작품 또한 생태 중심적 성격을 어느 정도 지닌 것으로 보아도 무리가 없을 것이다. 서정주의 생태시인적 의미를 다룬 연구는, 시인의 작품에서 중요한 비중을 차지하고 있는 불교사상, 샤머니즘 등을 생태주의적 의미로 보완하는 설명하는 경우와 서정주 시의 근대성을 생태주의적 측면으로 보완하는 경우가 있다.

하재연은(①) 『질마재 신화』를 분석하면서 자연의 생산성을 긍정하는 태도가 설화와 전설, 샤머니즘에서 비롯되었음을 밝히고 이러한 태도가 지닌 자연성 또는 생태주의적 성격을 주장한다. 이 연구에서는 미당시의 생태주의적 특징이 기존의 평가에 비해 큰 변별력을 지니지는 못하는 것으로 보인다.

문태준은(㊲) 불교생태학적 측면을 이용하여 서정주의 작품에 나타나는 낙관주의, 자연과, 통합적 상상력 등을 설명하고 한국 현대 생태시의 출발점으로 서정주의 작품이 자리할 수도 있음을 주장한다. 이광호는(㊷) 서정주가 역사와 현실에 대한 대응 방식으로서 자연을 바라보는 시선에 주목한다. 서정주가 자연을 바라보는 시선 자체는 근대적 태도라 하겠으나 실제 서정주가 취한 방식은 반근대적이라 할 수 있는 신화적 표상의 방식이므로 서정주시의 근대성을 '반근대적 방식으로 획득한 근대성'이라는 특징적 모습으로 설명한다.

김수영과 서정주 외에도 한용운, 구상, 김소월, 윤동주와 김종삼의 작품이 지닌 생태주의적 의미를 보완한 연구가 있다. 김효은은(㉞) 한용운의 '님의

'침묵'의 시어가 지닌 역설적 의미를, 혼란과 질서가 동시에 작용하는 상태로서 '카오스모스' 개념을 통해 설명하고, 만해의 시가 한국 생태시의 문을 열었을 수도 있음을 주장한다.

이민호는(㉘) '동학'의 대타적인 개념으로 '서학'이란 개념을 도입하여 윤동주와 김종삼의 작품을 기독교성으로만 읽지 말고 한국의 현실과 역사에 바탕을 둔 유토피아적 욕망의 대상으로서 '자연'을 해석할 것을 주장한다. 최도식은(㉜) 구상의 작품에서 생태주의의 대표적 특성들을 차분히 찾아 밝혔다.[4]

김옥성은(㊳) 샤머니즘에 기반한 생태주의로 김소월의 작품을 분석한다. 김소월과 서정주, 백석의 작품이 지닌 샤머니즘적 특성을 비교하였고, 샤먼적 자아가 영적 우주가 상호 교감하는 것을 인간과 자연의 유대관계를 보여주는 것으로 분석한다. 샤머니즘적 생태학은 과학과 이성에 침윤된 현대인에게 영성을 회복시켜줌으로써 자연을 존중하는 마음을 환기할 수 있음을 기대한다.

이상의 논의에 따르면 한국현대 생태시의 시점이 김소월과 한용운의 시대까지 당겨질 수 있으며 한국문학계의 거목인 주요 시인의 작품세계를 보다 다각도로 평가하였다는 성과를 인정할 수 있다. 한 시인의 생태시인적 의미를 새롭게 규명하는 작업 역시 앞으로 더욱 활발히 추진되어야 할 것이다.

다. 생태문학의 한계를 진단하고 생태시의 방향 제안하는 연구

생태문학의 현황을 진단하는 논문은 5편인데 4명의 연구자들이 현재 생태

---

4) 최도식의 연구는 각주와 참고문헌에 오류가 있으므로 정정할 필요가 있음. 각주 18번의 경우, 출처와 인용 내용이 일치하지 않으며 인용 논문의 저자 이름도 정정이 필요함.

문학이 침체기에 있음을 지적하였다. 이들 지적에 따르면 1990년대 활발히 창작되고 거론되던 생태문학이 2000년대에 들어서면서 특별히 주목할 만한 움직임을 보이지 못한다는 것이다. 공교롭게도 이 침체기가 문학과환경학회 의 역사와 함께한다는 점에서 문제적이다. 1990년대 생태문학의 성과로 문학과환경학회가 창립되기는 했으나 그 활기를 이어서 발전시켜야 하는 책무 를 충분히 이행하지 못하였음을 보여주는 셈이다. 이들 논문의 참고문헌 목록에 그 동안 「문학과환경」에 발표된 연구를 한 편도 찾을 수 없다는 점도 우리 학회 연구자의 분발이 필요함을 알 수 있다.

2004년 박태일은(⑧) 기존의 생태시론이 생태파괴에 대한 구체적인 실천 을 이끌지 못하고 선언적 언명으로 끝날 수 있음을 지적하면서 언어체로서 시의 완성도를 높이는 노력을 당부한다. 이를 위해 제시한 개념이 '미세 상상력'이다. 이 상상력은 생태윤리를 자각하고 학습하는데 세상의 섭리를 집어내는 시인의 미세한 시선이 유용하다는 점을 강조한 것으로서 세상에 기록된 '우주의 언어'를 읽어내는 감각을 강조한 것으로 이해할 수 있다.

2007년 유성호는(⑰) 자연 속에서 생명이 자각과 감각을 이끌어내는 시인 의 안목을 소중히 여기는 관저에서 생태시학의 수준을 진단하였다. 유성호는 생태시학이 자본주의의 폐해를 지적하고 생태위기를 극복하는데 반드시 필 요한 것이지만 '생태' 자체를 물신화하고 수사적 표현에 그치는 시학이 된다 면 생태위기상의 본질을 인식하고 구체적 실천으로 나아가는데 오히려 방해 가 될 수도 있음을 지적한다.

2007년 이승하는(⑲) 21세기에 들어서면서 생태시학에 대한 평단의 논의 가 중단되었고 시인들의 관심도 크지 않다고 진단한다. 생태시학이 태생적으 로 바람직한 사회를 지향하는 성격을 가지고 있으므로 당대 문단의 주된 분위기인 서정주의와 맥이 통하지 않는 것으로 분석한다. 생태시의 이러한 침체성을 강조하면서 최종진 시인의 작품을 분석하였다. 최종진이 그리 알려지지 않은 시인이라는 점과 그의 작품이 2004년 이후 『녹색평론』에 꾸준히 생태시를 발표되고 있다는 점, 자연을 그대로 두어야 한다는 가치관이 구현되었다는 점을 담담히 기술함으로써 문단에서 생태시학이 침체한 면을 고스란히 드러냈다.

2009년 유성호는(㉗) 생태담론의 문제점을 보다 명확히 정리한다. 유성호가 정리한 네 가지 문제점은 첫째 평균적 범속화와 소재주의의 범람, 둘째 안이한 주객합일의 경지를 지속하는 점, 셋째 계급/계층별 불평등에 대한 심층적 고찰 결여, 넷째 인간에 대한 궁극적 부정의 태도이다. 이러한 문제점을 극복하기 위해 생태시의 언어 예술적 성격을 더욱 강화함으로써 인간에 대한 일방적 혐오와 자연신비주의를 벗어날 것을 주장한다.

2006년 임도한은(⑭) 1970년대 산업화의 병폐를 고발하는 작품이 등장하면서 현대 생태시가 본격적으로 시작되었으며 1990년대까지 생태 중심적 문제의식을 확산시키고 여러 시인의 참여를 낳았으나 실질적인 실천을 위한 깨달음을 주는 작품을 기다리는 단계로 2000년대를 진단한다. 2000년대의 상황은 침체기라기보다는 쉽게 나올 수 없으며 꼭 나와야 하는 수준의 생태시를 기다릴 수밖에 없는 필연적 시기로 보아야 한다는 입장이다.

이상의 내용에 따르면, 문학과환경학회의 성과가 생태문학의 활성화로 뚜렷하게 이어지지 못하였으며 2000년대 이후 생태시 창작도 그 이전에 비해 활기를 잃었음을 알 수 있다. 생태시는 주제를 중시하여 문학적 매력을 잃을 수 있으므로, 소재주의와 신비주의적 태도 등을 보이는데 그치지 말고 언어 예술적 성격을 충분히 확보하는 것이 필요하다. 아울러 자연에서 생태 중심적 섭리, 우주의 언어를 읽어내는 시인의 안목과 이를 예술적으로 인간의 언어로 잘 표현하는 언어적 능력 또한 필수적이다.

라. 기타 연구

기타 연구 중에는 먼저 생태동시 연구를 들 수 있다. 동심은 욕망과 현실의 때가 침범하지 못한 순수한 영역이라는 이미지를 지닌다. 동심은 어른들의 오염된 마음을 부끄럽게 보여주는 거울일 수도 있고 생태 중심적 사상을 심어주어야 할 교육 대상이기도 하다. 생태동요를 다룬 논문이 2편뿐이라는 점에서 앞으로 보다 많은 관심이 필요한 분야라 하겠다.

임도한은(㉖) 김명수와 이병용의 동시에서 독자의 생태적 자각을 이끌기 위해 동심이 활용된 측면을 분석하였다. 김명수의 동시는 어린이에 대한 생태의식의 전파에 중점을 둔 작품으로서 문체와 소재 면에서 기존의 일반적인 동시의 형태에서 벗어나지 않는다. 이병용은, 어린이의 정서와 모습을 자연 본연의 상태와 동일시하는 태도를 보인다. 이병용의 동시에 등장하는 어린이의 마음은 '바람직한 생태적 아름다움'의 상징으로 자리한다.

김옥성/김진희는(㊵) 전문 동시 작가인 신현득의 작품에서 상호의존성, 호혜성, 윤회론, 물활론 등과 같은 생태시의 기본적 성격들을 확인하면서 신현득의 생태시인적 의의를 새기고 작품에 담긴 생태적 가치들이 독자인 어린이에 수용되는 과정에서 찾을 수 있는 생태교육적 의미도 높이 평가하였다.

비교문학적 연구를 통해 한국 생태시의 보편성을 확장하는 연구가 3편 있다. 국문학과 외국문학 전공자가 어우러진 문학과환경학회의 특성을 고려할 때 비교문학 연구가 3편 밖에 없다는 점은 다소 의외라 하겠다. 비교문학은 학회 차원에서라도 더욱 발전시켜야 할 분야라 하겠다.

강용기는(④) 김지하와 개리 스나이더의 작품을 비교하면서 두 시인 모두 서구문명관을 비판하면서 각 시인이 해당되는 토착문화와 토착사상으로부터 전일론적 세계관을 찾았다는 공통점이 있음을 밝혔다. 윤창식은(⑥) 안도현과 헤세를 비교하면서 이들의 작품에 '나무'라는 자연의 등가물이 공통적으로 나타난다는 점과 이 소재를 다루는 시의식에서 무욕의 자연순응적 태도가 공통적으로 나타남을 지적한다. 이어서 정호승과 헤세를 비교하는 연구에서는(⑫) 두 시인이 반생태적이며 이기적인 현대성을 극복하기 위해 범신론적 태도를 취했고 의인화된 동물의 목소리를 활용한다는 점을 공통점으로 밝혔다.

허혜정은(㉓) 박영희의 초기시에 나타난 '여성유령'을 분석하면서 '여성유령'이 자연의 신비 드러내는 매개로 작용하였음에 주목하였다. 그러나 생태시적 의미보다는 근대기 한 시인의 정서가 서구의 사조와 전통적 사고가 효과적으로 융합된 양상을 규명한 의미가 더 큰 연구로 보인다.

전소영은(㉟) 동인지 「자유시」의 동인들의 작품에 빈번히 등장한 '자연'의 의미를 살폈다. 이들 작품에서 자연은 회복되어야 할 손상된 모습, 이상적 공동체, 자아 찾기의 대상 등으로 작용함으로써 「자유시」 동인들이 지향하던 '자유'를 매개함을 밝힌 다음 「자유시」 동인들의 이러한 태도가 도시와 현대의 생활에서 생태시학을 발전시키는 한 방법으로서 의미를 가질 수 있었다고 분석한다.

이광호는(㉚) 오규원의 작품에 나타나는 도시 이미지를 도상학적으로 분석하면서, 관념보다 감각의 언어를 통해 현대의 도시성을 구현하고자 한 오규원 시인 특유의 시론을 설명하였다.

3. 생태시론 연구의 성과와 과제

지금까지 『문학과환경』에 발표된 한국 생태시론 연구 42편의 내용을 크게 네 가지로 분류하여 살펴보았다. 이상의 정리 작업을 통해 나타난 성과를 정리하면 다음과 같다.

첫째 생태문학의 대표적인 의식을 작품에서 찾아 읽고 생태문학적 의의를 분명히 하였다는 점으로서 앞서 분류한 연구의 첫째 유형의 연구에서 성과를 확인할 수 있음.

둘째 한국문학사에서 비중이 큰 시인 중 생태문학적 성과를 보인 시인을 찾아서 생태시인으로서의 의미를 더하여 기존의 평가를 발전시켰다는 점으로서 연구의 둘째 유형이 해당함.

셋째 무명의 시인 중 생태시인을 찾아서 문단에 소개했다는 점으로서 첫째 유형으로 분류한 연구 중에서 찾을 수 있다.

넷째 창작의 한계상황을 타개하기 위한 예술적 돌파구를 모색했다는 점으로서 셋째 유형의 연구들에서 기존 수준에 대한 비판과 함께 타개책으로서 시도되었다.

다섯째 생태시로 명확히 보이지 않는 다양한 작품에서도 생태적 의미를 읽어내려는 노력이 이어졌다는 점으로서 거의 모든 연구에서 두루 시도되었다.

이상과 같은 성과에도 불구하고 한계 또한 몇 가지 지적하지 않을 수 없다.

첫째 1990년대 문단의 주류를 이루었던 생태시가 2000년대에 들어서면서 별다른 성과를 보이지 못하고 있으며 학회의 연구가 학계에서 주목할 만한 반향을 일으키지 못했다는 점.

둘째 생태문학 작품이 태생적으로 지니고 있는 사회적·정치적·계몽적 성격 때문에 주제가 식상하다는 미학적 비판에서 자유롭지 못하고 이에 대한 시론적 돌파구를 마련하지 못하고 있다는 점.[5]

----

5) 『서정시학』에서도 2000년대 시의 쟁점을 정리하였는데 『문학과환경』에 발표된 논문과 진단 내용이 유사하다. 고봉준은 상상력의 진부함과 몰감각성 때문에 생태시가 1990년대의 활력을 잃고 2000년대 들어 침체했다고 하고 김문주는 '감정

셋째 '환경위기의 타개'라고 표현할 수 있는 구체적인 성과를 실천적으로 보이는 측면에서 문학적으로는 기여하는 바가 명확하지 않다는 점 그래서 무력감을 떨치기 힘들다는 점.

넷째 생태비평의 기준이 될 비평용어들을 체계적으로 정리하지 못하고 있는 점.

다섯째 학제적 성격이 강한 생태문학을 연구하면서도 실제 학제적 성과가 두드러지지 않았다는 점 등이다.

기존 연구의 성과를 더욱 발전시키고 한계를 극복하기 위해 다음과 같이 과제를 제안하고자 한다. 생태시론 연구 분야와 문학과환경학회 활동 분야를 포괄하는 개념이다.

첫째 다양한 작품을 생태적으로 읽고 그 의의를 새기는 노력을 계속해야 한다. 생태학의 주요 의식이 반복되어 식상함을 준다는 비판이 있지만 이 식상함은 독자의 생태적 교양이 전제된 것이다. 생태비평의 초기에 비해 생태적 교양이 확산된 것은 긍정적 현상이다. 모든 독자가 일정 수준 이상의 교양을 갖춘 것은 아니므로 교양이 필요한 독자에게는 꼭 필요한 교양을 인식시켜 줄 수 있다. 그리고 이러한 작업을 통해 어떤 작품에서 생태적 의미를 읽어내는 능력을 함양할 수 있다.

둘째 생태문학이 지닌 사회적·정치적·계몽적 성격에도 불구하고 생태시의 미학적 수준을 갖추기 위한 시론을 보다 적극적으로 모색해야 한다. 생태시의 미학적 한계를 태생적인 것으로 진단하는 시각이 많으나 문학 작품

과잉의 작위'와 이성적 전언이 지닌 태생적 계몽성과 상투성의 한계를 침체 원인으로 지적한다.

고봉준, '감각의 난장', 『서정시학』(2009, 겨울)

김문주, '거대한 침묵과 불혹의 심미성」, 『서정시학』(2010, 가을)

을 창작할 때 어떤 목적이 없는 경우란 없으며 독자의 감동을 이끌어낼
수 있는 예술성을 갖추려는 노력은 모든 예술가의 숙명이다. 생태시의 미학
적 한계를 극복하려는 미학적 노력은 더 수준 높은 시학을 열 가능성이
있으며 생태문학론이 일반 문학론의 발전에 기여할 수도 있다.

셋째 생태시학과 관련된 비평용어의 개념을 정리하여 보다 체계적인 연구
를 유도할 필요가 있다. 생태문학이 출발부터 학제적 성격을 지니고 있으므
로 각종 용어들이 관련 학문에 대한 연구자의 이해 정도에 따라 선정되는
성향이 짙다. 필자의 경우 박사학위 논문에서 '생태', '생명', '환경', '녹색'
등의 용어 중에서 '생태'라는 용어를 선택하기 위해 용어 정의에 13쪽을
할애한 바 있다.[6] 이 기획 논문에서도 '생태적', '생태 중심적', '생태학적',
'생태문학적' 등의 용어를 해당 문장의 전후 맥락에 따라 혼용하고 있을 정도
이다. 비평용어를 정의하는 작업은 문학과환경학회의 연구 성과가 문학연구
분야에서 보다 정확하게 인정받는데 기여할 것이며 국문학과 외국문학 연구
자가 함께하는 학회의 특성상 강점을 지니고 있는 학제적 연구를 활성화시키
는데도 도움이 될 것이다.

넷째 학제적 연구를 활성화시켜야 한다. 국문학과 외국문학, 한국 연구자
와 외국 연구자, 문학과 인접 학문 사이의 교류와 협력을 통해 단독 연구의
한계를 보완하여야 할 것이다. 학제적 연구가 활성화되면 비평을 위한 비평
으로서 생태문학을 일회성으로 다루는 시도도 감소할 것이며 학회의 위상과
활동성도 높아질 것이다.

다섯째 생태의식의 확장과 연구자의 확대를 위해 생태문학교육과 지도에
힘써야 한다. 이를 위해서는 상대적으로 큰 관심을 끌지 못한 생태 동요에
대한 연구가 더 활발해져야 할 것이며, 대학에 생태문학 관련 교과목을 개설

6) 임도한, '한국현대 생태시 연구', 고려대학교 박사논문, 1999, 45쪽~57쪽. 참조.

하고 대학원생에 대한 지도를 학회 차원으로 확대함으로써 연구의 외연을
확장해야 할 것이다. 아울러 비교문학적 연구와 학제간 연구의 중요한 기반
이 되는 작품 번역과 독회의 활성화, 현장성을 강화한 연구 등도 문학과환경
학회 다음 10년의 과제로서 중요하다.[7]

　필자의 제안이 건설적인 조언을 통해 보완되어, 미약하나마 학회와 회원
의 바람직한 활동에 도움이 되기 바랄 뿐이다.

---

7) 문학과환경학회 10주년을 맞아 학회활동을 총체적으로 진단한 신문수 교수도 학
　제적 연구, 생태적 독해, 생태적 감수성 계발을 위한 노력 등을 제안한 바 있다.
　신문수, '21세기 저탄소사회에서의 문학의 책무', 『문학과환경』 제10권 2호
　(2011. 12)

[표 1] 『문학과환경』에 실린 한국 생태시론

권호	번호	제목	저자	지면
2002년 통권 1호 (창간호)	1	개인의 언어와 공동체의 언어 – 서정주「질마재신화」론	하재연	60–79
	2	최승호 시의 노장적 사유와 생태학적 의미	이혜원	80–104
2003년 통권 2호	3	'공포의 윤리학'과 '섭식의 관계'	임도한	24–43
	4	김지하와 개리 스나이더의 토착문화 그리고 자연	강용기	86–102
2004년 통권 3호	5	문학 속에 나타난 생명지역주의의 한 모습	남송우	6–22
	6	'나무'의 생태시문학적 함의 – 헤르만 헤세와 안도현의 경우	윤창식	38–65
	7	관계의 시학 – 하종오론	김유중	115–132
	8	생태시의 방법과 미세 상상력	박태일	185–191
2006년 제5권 1호	9	문인수 시에 나타난 생태론적 관심의 제 유형	김유중	7–34
	10	홍신선 시에 나타난 생태주의적 인식 연구	허혜정	35–58
	11	환경시와 새로운 가치관의 추구	문흥술	75–88
	12	인간의 원형으로서의 동물 – 헤르만 헤세와 정호승의 경우	윤창식	89–113
2006년 제6호 (제5권 2호)	13	틈의 시학과 생명적 상상력 – 김기택의 시세계를 중심으로	김희진	51–68
	14	한국 현대 생태시와 '물' 이미지	임도한	81–97
2007년 제6권 1호	15	향가를 통해 본 신라인의 자연인식	김혜진	7–30
	16	모순된 현실 비판과 원시적 생명세계의 추구 – 조태일론	문흥술	31–56
	17	생태시학의 형상과 논리	유성호	101–117
2007년 제6권 2호	18	불교적 생태 감성과 에코가르마의 시학	송희복	7–30
	19	한국 생태시의 현주소	이승하	31–54
	20	박재삼 시의 자연과 생의 의지	이숭원	55–76
	21	김지하의 시세계와 생태적 상상력	홍용희	77–90
	22	최승호의 '고비'를 통해 본 자연의 고비	윤창식	91–114
	23	박영희의 초기시에 나타난 여성 유령의 의미	허혜정	115–138
2008년 제7권 1호	24	종교적 상상력의 시적 승화	유성호	147–167
2008년 제7권 2호	25	도시 생태의 시적 수용과 전망	이혜원	115–139
	26	생태동시의 의의와 가능성	임도한	141–161
2009년 제8권 1호	27	생태적 사유와 서정시의 지향	유성호	121–140
	28	한국현대시에 나타난 서학적 자연관	이민호	141–158

권호	번호	제목	저자	지면
2009년 제8권 2호	29	김수영 시의 생태학적 상상력	노지영	141–170
	30	오규원 시에 나타난 도시 공간의 이미지	이광호	171–194
	31	구상 시의 자연관에 나타난 생태인식 연구	최도식	195–220
	32	극심한 기아 체험과 욕망 억제의 가능성	임도한	221–239
2010년 제9권 1호	33	김수영 시에 나타난 자연인식과 미학적 변주	최호영	143–165
	34	한용운 시에 나타난 카오스모스의 생태시학	김효은	167–185
	35	동인지 「자유시」에 나타난 자연의 의미 연구	전소영	187–218
2010년 제9권 2호	36	섭취생명체에 대한 태도를 통해 본 생태시의 생태	임도한	7–24
	37	서정주 시의 자연의 재발견과 연생성	문태준	25–51
2011년 제10권 1호	38	김소월 시의 샤머니즘 생태학적 상상력	김옥성	38–58
	39	김지하의 애린과 모심의 시학	정연정	145–171
2011년 제10권 2호	40	신현득 동시의 생태학적 상상력과 그 교육적 함의	김옥성 김진희	31–51
	41	류외향의 들판과 바람의 생태시문학적 함의	윤창식	53–76
	42	서정주 시에 나타난 자연에 대한 시선의 문제	이광호	77–98

한국생태시론에대한
반성과생태학적
실천의확산

● 이숭원 (서울여자대학교)

1. 생태시 단원개관

한국시를 대상으로 한 전체 42 편의 논문 중 생태 문제를 주제로 한 논문이 28편으로 66.6%에 해당한다. 나머지 논문은 생태 문제와는 직접적인 관련이 없는 연구다. 어느 학회지고 기획 발표 논문이 있고 일반 논문이 있는 것이기 때문에 이러한 현상은 당연한 것이다. 그래도 66.6%라면 이것은 대단한 수치다. 학회가 추구하는 방향에 맞는 논문이 반 이상 발표되었다는 것은 그 학회의 정체성이 연구자들에게 뚜렷이 부각되었다는 사실을 반증한다. 환경이나 생태에 관한 논문이라면 우선적으로 『문학과환경』에 실을 것을 고려하는 의식이 연구자들에게 더욱 확산되고 더욱 공고해 지기를 바란다. 그와 함께 일반적 주제의 논문도 많이 끌어들여 연구의 외연을 넓히는 작업도 병행해야 할 것이다. 학회지의 전문성과 다양성을 함께 살리는 것이 한국에서 학회를 운영하는 유리한 방법이 되기 때문이다.

시에 작용하는 상상력은 생태학적 사유와 밀접하게 연관되어 있다. 서정시는 본질적으로 인간과 자연의 융합을 전제로 하며 그 둘이 분리될 때는 필연적으로 양자의 교섭과 융합을 위해 상상의 기제를 동원하는 본성을 지니고 있다. 동서고금의 서정시의 출발이 그러하고 본질이 그러하다. 서정시는 본질적으로 자연친화적이고 신화적이고 생태학적이다. 여기에 비해 소설은 서사를 기본 축으로 삼기 때문에 관찰과 분석이라는 과학적 방법을 사용한다. 따라서 소설에서는 환경 문제나 생태학적 문제가 배경이나 소재, 관찰과 분석의 대상으로 등장한다. 생태학적 사유가 시에서는 본질이 되고 소설에서는 서사의 재료가 된다. 따라서 시는 어느 시인의 시에서도 생태학적 사유를 도출해 낼 수 있지만 소설은 그렇지 않다. 생태학적 문제의식을 가지고 소설을 쓴 경우에만 그런 시각에서의 분석이 가능하다.

생태시 분야에 가장 많은 논문을 발표한 연구자는 임도한이다. 그는 생태시 연구로 박사학위를 받은 후 이 분야에 관한 집중적인 연구를 하여 이론 수립에 있어서나 실제 적용에 있어서나 일가를 이루었다. 인간이 생명을 유지하는 가장 기본적인 방법이 섭생인데 이것은 인간의 욕망과 밀접한 관련을 이루고 있다. 그러나 생명을 유지하고 식욕을 채우기 위해서는 다른 생명체를 희생시켜야 한다. 그는 이 문제에 착안하여 생태적 실천을 이끄는 원동력으로 '공포의 윤리학'을 주장했고, 욕망을 억제하는 데 생태시가 도움을 줄 수 있음을 제시했다. 이것은 생태학적 사유를 윤리 문제와 연결시킨 새로운 방안이다. 그는 이러한 발상의 연장선상에서 생태 중심의 문제의식을 확산시키고 실천적 각성을 심어주는 작품이 창작되어야 한다는 당위성을 제기했다. 그의 관심은 동시에까지 확대되어 어린이의 마음에 어울리는 '바람직한 생태적 아름다움'의 상징이 동시에 정착되기를 희망하는 창작의 기대감을 제시했다. 그는 분명한 문제의식을 가지고 우리 생태시의 창작 방향을 선도적으로 제시하는 실천적 연구자다.

생태시 논문에서 연구의 주제가 된 시인은 최승호, 김지하, 배한봉, 안도현, 최종진, 문인수, 홍신선, 이문재, 이하석, 류외향, 김기택, 정호승, 구상, 한용운, 서정주, 김소월 등이며, 김명수·이병용·신현득의 동시와 김수영의 작품도 생태학적 상상력으로 분석하는 성과가 나왔다. 앞에서 말했듯 서정시는 대부분 생태학적 상상력에 의한 분석이 가능하기 때문에 어떤 시인이든 생태학적 연구의 대상이 될 수 있다. 그러나 그 시인의 작품에 나타난 생태학적 단면이 그 시인의 본질에 육박하는 특성으로 작용할 때 그 연구는 좋은 성과를 거두게 된다. 따라서 시인의 전체 특성 중 어느 한 단면을 부각시켜 생태학적 시각으로 분석하는 것은 그렇게 바람직한 자세가 아니다. 남들이 시도하지 않았던 분야니까 새로운 접근법으로 분석이 가능하지 않겠느냐고 생각할지 모르지만 남들이 그렇게 접근하지 않았던 이유가 다 있는 것이다. 착상의 패기만으로 자신만의 새로운 분석을 해 보겠다고 접근하는 것은 매우 위험한 태도다.

유성호의 「생태적 사유와 서정시의 지향」은 본론의 전개 내용보다도 서론에서의 문제 제기가 더 활력적이고 의미가 크다. 1990년대 이후 한국에서 폭넓게 전개된 생태 담론은 중요한 문제점을 노출하기 시작했다. 이 논문은 그 문제점을 네 가지로 진단했다. 첫째 그 동안 발표된 생태 시편들이 감각과 인식의 갱신을 도모하지 못하고 단순하게 자연을 완상하거나 반문명의 자세를 반복하는 평범한 시편들이 창작된 것이다. 생태적 소재를 수용했다는 의의만 있을 뿐 시로서의 완성도와 새로움을 보여주지 못한 시편들이 다수 창작되었다. 두 번째는 생태 시편들이 안이한 주객 합일의 주제를 연속적으로 보여주었다는 점이다. 고전시가의 강호가도의 경지와 별로 구분이 안되는 자연 몰입은 삶으로의 회귀 경로를 결여했다는 비판을 받을 만하다. 세 번째는 환경 문제에 대한 계층적 불평등에 대한 고려를 거의 하지 않았다는 점이다. 일부의 계층은 환경 문제에 거의 노출되지 않고 열악한 조건에서 생활하는 사람들이 오염의 폐해를 받을 경우 그 계층적 차이에 대한 고려는 사회경제적 문제와 결부된 것이어서 심각하게 다루어야 할 문제가 된다. 네 번째는 자연과 대비하여 인간을 악의 축처럼 몰아가는 이원적 대립 구조의 문제다. 자연은 절대선이고 자연을 훼손하는 인간은 악하다면 이것은 인간에 대한 근원적 부정으로 귀결될 가능성이 크다. 이렇게 되면 생태 문제를 해결해야 할 주체가 사라지고 논의는 허무주의에 빠지고 만다.

이 논문은 이러한 문제점을 반성하면서 인식의 쇄신과 자연의 근원성에 대한 성찰을 바탕으로 현재의 생태 문제에 대한 메타적 관점에서 생태 담론이 전개되어야 한다는 주장을 펼친다. 그래서 '근원적 실재로서의 생명', '여성적 시선의 생명 감각', '문명 비판과 시원의 상상력'의 세 항목으로 나누어 생태적 사유가 반영된 시적 성취의 예를 분석하고 있다.

우선 생명의 실재를 다룬 시로 김지하의 「중심의 괴로움」을 들었다. 이 시는 중심의 해체와 재구성의 의지를 통해 생명 운동의 속성을 드러내는 시적 긴장을 보여준다. 꽃이 피려하는 그 순간 생명의 움직임은 괴롭고 흔들리고 사방으로 흩어지려 하는 고통의 과정을 겪는다. 그런 고통의 과정을 거쳐야 비로소 한 송이 꽃이 피어나는 것이다. 이러한 과정을 보는 시인 자신도 괴롭고 흔들리고 흩어짐을 체험한다. 그래서 시인은 자신을 비우는 것이 중심을 피어나게 하는 것임을 깨닫는다. 생명의 중심은 늘 괴롭고 자신을 비워야 충만에 이르는 이중적 속성을 지니는 것이다.

생명의 근원적 실재에 대한 시적 형상의 또 하나의 예로 정현종의 「헤게모니」를 들었다. 시인은 우주의 헤게모니를 생명들의 찬란한 덧없음이 잡아야 한다고 이야기한다. 이것을 집필자는 "인간 중심의 세계관에서 생태적 세계관으로의 감각적 전회"를 도모하는 것으로 해석했다. 그러나 헤게모니라는 말의 뜻을 아무리 넓게 해석한다고 해도 이것은 정현종 시인이 잘못 적용한 것이라는 비판을 면할 수 없다. 자연이건 인간이건 그 누구도 헤게모니를 잡아서는 안 되고 자연과 인간의 문제에 관한 한 헤게모니라는 말과 그 개념 자체가 소멸되어야 마땅하다. 자연의 자유로움과 덧없음을 중시하면 그것에 상대되는 개념은 위축될 수밖에 없다. 우리가 바라는 생태 담론은 모든 것의 평등이고 평화다. 헤게모니라는 개념이 아예 나올 수 없는 생명의 평등한 근원을 우리는 염두에 둔다. 그것이 설사 절대적 상상의 소산이라 해도 그러한 상상에서 평등과 평화가 솟아오르기를 우리는 오히려 기대한다.

여성적 시선이 간직한 생명 감각의 예로 천양희의 시와 나희덕의 시를 예로 들었다. 여성과 남성의 상상력을 엄격히 구분할 수는 없는 것이지만 여성이 지닌 자연친화적이고 생명애호적인 시각은 남성이 따를 수 없다. 그것은 남성이 생명을 잉태하지 못하고 생명을 양육하지 못한다는 사실과 관련이 있다. 여성만이 생명을 잉태하고 태중양육하고 출산하고 젖을 먹여 기를 수 있다. 여성 시인의 섬세한 감각은 사람들이 무심히 지나치는 현상에서 생명 현상을 발견하고 탐사하고 용해하는 특징을 보인다. 여성 시인의 섬세한 눈길과 감촉으로 허공과 몸을 섞어 우주적 생명에 동참하는 전일적 체험을 소유한다. 생명이 살아 움직이는 모습에서 모성의 사랑을 본성적으로 용출하는 신비로운 현상이 도출되는 것이다. 진정한 생태시는 여성에게서 가장 자연스럽게 발화될 수 있다. 남성은 머리로 생태를 생각하지만 여성은 몸 전체로 생태적 전체성을 실현하고 있기 때문이다.

근원적인 생명의 터전을 탐구하는 시선은 몸의 발견으로 나타난다. 정진규의 「몸시 14」는 진달래의 알몸이 지닌 생명적 가치를 존재의 열림의 상태로 제시했다. "왈큰왈큰 알몸 열어 보이고 있어"라는 육담적 언어도 전혀 외설스럽지 않고 "누구나 오셔, 아름답게 놀다 가셔"라는 개방의 언어도 고상한 덕담으로 들리는 것은 그 대상이 진달래꽃이기 때문이다. 진달래꽃을 여성의 몸으로 설정하여 존재의 열림을 최대로 고양시켰기 때문이다. 이러한 열림의 존재론은 현대 문명의 폐쇄성과 기호적 고립성을 역으로 비판한다. 현대의 디지털 문명은 모든 것을 익명화하고 닫힘의 은폐성 속에 존재의 비밀을 묻어버리기 때문이다. 고진하의 「꽃뱀 화석」은 '산책'과 '사신'의 언어 유희를 통해 단일한 의미로 화석화된 우리의 사유를 비판한다. 신성함을 잃어버린 우리의 사유 체계는 신화적 상상력에서 이탈하여 즉물적 사유 단계로 퇴화했다. 눈에 보이는 대상을 있는 그대로 복제할 줄밖에 모르는 현대인의 단편성은 생명의 포괄성은 물론 인간의 다면성까지 유린한다. 인간은 사물의 세계에서부터 신의 영역까지 다 상상할 수 있는 무한한 능력을 지닌 존재다. 정진규와 고진하의 시는 이러한 인간의 시원적 속성을 시적 형상을 통해 최대로 실현했다.

유성호의 이 논문은 생태적 사유를 우리 시대의 "최후의 윤리학"으로 설정하고 생태의 심층을 드러내는 뛰어난 시편을 통해 그 가능성을 점검해 본 데 의의가 있다. 이 논문은 인간을 배제한 자연 숭배의 속성도 경계해야 한다는 우리 생태론의 중요한 지점도 지적하고 있다. 자연과 인간의 공생이라는 평범한 사실을 다시 인식하면서 자연의 재발견과 삶으로의 환속의 통로도 함께 모색하는 균형 잡힌 시각을 제시한 점이 무엇보다 깊은 신뢰를 준다.

이혜원의 「도시생태의 시적 수용과 전망」은 이하석, 최승호, 이문재의 시를 대상으로 도시생태에 대한 시적 형상화 양상과 그 의미를 검토한 논문이다. 매우 논리적인 체재를 갖춘 이 논문은 서론에서 우리나라의 도시 비대화 현상을 수치로 제시하여 우리에게 도시 환경이 갖는 생태학적 의미가 얼마나 중요한 문제인가를 설득력 있게 전달한 다음 논문의 목적을 제시했다. 이러한 논의가 갖기 쉬운 인간중심적 관점에 대한 우려를 분명히 표시하면서 도시생태에서 인간과 자연이 관계를 맺는 현실적 양상을 살펴야 한다는 방향성을 분명히 설정했다. 또 이 세 시인이 문명 비판과 생명 옹호의 두 경향을 아우르는 통합적 관점을 보여준다는 점을 제재 선정의 이유로 내세운 점도 이 논문에 대한 깊은 신뢰감을 갖게 한다.

작품에 대한 충실한 분석을 통해 세 시인의 도시생태에 대한 수용 양상의 차이와 의미를 검출한 결과는 결론에 간명하게 정리되어 있다.

이하석은 도시 변두리의 폐기물들을 정말하게 관찰하여 도시생태의 심각한 오염 양상을 비판적으로 드러낸다. 그는 도시생태의 파괴적 국면만이 아니라 오염의 틈을 뚫고 빚어내는 자연의 치유력에도 관심을 갖는다. 이하석의 도시 사물에 대한 구체적인 관심은 인간중심적 사고를 넘어선다는 의미도 갖는다. 그는 도시와 자연의 접점에서 '풀무치의 눈'을 발견함으로써 도시생태를 살릴 수 있는 초록 생명의 길을 찾아낸다.

최승호는 도시 중심의 생태를 날카롭게 관찰하고 비판적으로 통찰하여 인공 도시의 병적인 양상을 드러낸다. 그의 시의 도시는 파멸로 향하고 있으며 그 원인은 인간의 욕망에 있다. 욕망의 무한증대로 증식되어 가는 도시는 여린 생명체에게 가혹한 폭력을 행사한다. 폭력과 파멸의 도시에 시인이 대안으로 제시한 것은 '나무'의 생명성이다. 그러나 아무리 '나무를 위해 나무를 심는' 일을 해도 이 생명의 대응 행위가 도시의 파멸을 막을 수 있을 것 같지는 않다. 그런 의미에서 그의 시는 허무주의와 견인주의의 양쪽을 왕래하는 관념성을 지니고 있다.

이문재는 도시를 바라보고 성찰하는 산책자의 시선을 통해 도시에 대한 다양한 비판적 사유를 펼쳐낸다. 첨단의 도시생활에 대해 거부감을 드러내며 비판적 대안으로 '오래된 미래'를 제시한다. '오래된 미래'의 구체적 실천이 농업이다. 인간과 자연이 조화를 이룬 생산방식인 농업은 퇴화하고 과거의 생명력을 박제화하는 도시생태의 인공성이 증식되는 현상을 시인은 우려와 비판의 눈으로 바라본다. 그러나 그의 산책자적 시선은 병리의 비판에 대해서도 대안의 제시에 대해서도 일정한 거리를 두고 있어서 고민의 자의식은 충분히 이해가 되지만 해결의 전망은 불투명한 상태로 남아 있게 된다.

이혜원의 논문은 매우 정치한 분석과 정갈한 짜임새를 갖추고 있어서 생태시 연구의 전범으로 삼을 만하다. 연구 대상의 선택이라든가 논지 전개 과정이라든가 문장 구성 방식에 이르기까지 하나도 흠잡을 것이 없는 완벽한 논문이다. 도시생태의 시적 수용을 다루다 보니 세 시인의 긍정적 측면만

거론했는데 다음에는 임도한의 논문처럼 시인들이 더 고민하고 힘써 개척해
야 할 부분까지도 함께 언급하면 논문이 지니게 될 생태학적 실천의 가치가
더 뚜렷해질 것이라고 생각한다.

生態的 思惟와
서정시의 지향

● 유성호 (한양대학교)

1. 생태 시편들에 대한 반성

한국 현대시에서의 생태적 사유와 실천은, 핵과 전쟁 혹은 기아 등 우리 시대의 다양한 문제군(群)과 함께 심각하게 다가온 환경 위기의 징후로부터 발원하였다. 그 진단과 처방은 자연의 모든 존재자들이 인간과 함께 평등한 권리와 가치를 지닌다는 인식에 바탕을 두고 있다. 이는 인간이 맺고 있는 모든 관계에 대한 새로운 성찰을 요청하면서, 자연에 대한 상극과 배제보다는 상생과 포용의 세계관을 주문한 바 있다. 따라서 우리는 그동안 일정하게 축적된 학문적 성과를 바탕으로 하여, 우리 사회에 만연한 고도화된 사물화의 형식을 극복하고 자연의 자연스러움을 보존하기 위해서라도, 일정하게 계몽적 기획으로 출발한 생태적 사유와 실천을 더욱 근본적인 '생태적인 것'으로 정향(定向)해야 할 시점에 이르렀다고 말할 수 있다.

원래 '자연'이라는 개념은 정태적이고 자족적인 완결체가 아니라 끊임없이 변화를 겪는 어떤 과정적(過程的) 실체이다. 따라서 '자연'은 근대 과학의 심층에 있는 조건 중 하나일 뿐이고, 그만큼 절대화될 수도 수단화될 수도 없는 속성을 지닌 것이다. 그래서 '자연'은 인간에게는 유일무이한 환경(Umgebung)이 되기도 하지만, 스스로는 생명을 생산, 유지, 소멸해가는 가변적 세계인 것이다.

이때 우리는 인간의 삶과 부단히 매개되고 통합되는 의미의 '자연'을 시적 형상으로 재구성해야 하는 책무를 부여받게 된다. 그 점에서 그동안 이른바 생태적 사유에 바탕을 두면서 씌어진 시편들을 통해 우리는 새로운 시적 형상이 새로운 인식론적 전회를 주도하는 광경을 목도할 수 있었다고 할 수 있다. 하지만 1990년대 이후 폭 넓게 등장한 시편들에서의 생태 담론은, 일정 기간이 지나면서 여러 문제점들을 노출하기 시작하였다.

첫째 그동안 씌어지고 발표된 생태 시편들은 평균적 범속화와 소재주의의 범람이라는 부정적 경향을 노출하였다. 감각과 인식을 갱신하는 새로운 미적 좌표를 그리지 못하고, 단순하게 자연을 완상(玩賞)하거나 반(反)문명의 포즈를 극대화하는 어법이 줄곧 나타나기에 이른 것이다.

둘째 생태 시편들은 안이한 주객 합일의 경지를 지속적으로 보여주었다. 이는 동양 정신과 생태적 지향을 결합시키려는 의욕에서 가장 많이 나타났는데, 주체의 가치 판단이나 삶으로의 피드백 과정이 생략된 채 자연 현상에 절대적으로 몰입하는 주체 소거(消去)의 과정이 역력히 나타난 것이다.

셋째 생태 시편들은 환경 문제 역시 가장 첨예하게 계급 혹은 계층적 불평등이 매개되기 마련인데도 불구하고 이에 대한 심층적 고찰을 결여하였다. 이는 우리 생태 시편들이 보여준 가장 큰 취약점이다. 1980년대에 보편적으로 대두한 계층적 인식이 생태적 사유와 매개되지 못한 단적인 실례들이다.

넷째 생태 시편들이 다분히 보이고 있는 인간에 대한 철저한 불신과 혐오 뒤에 인간에 대한 궁극적 부정이 도사리고 있지 않은가 하는 우려 또한 적지 않다. 자연은 선(善)하고 인간은 악(惡)하다는 자연 절대화의 생태 시편은 그 자체로 반(反)생태적이다. 왜냐하면 결국 역사나 예술 심지어는 자연조차도 인간의 상상적 매개를 통해 '시적인 것'으로 환기되는 것이고, 그것을 제도적·물리적으로 유지하고 보존하는 것 역시 인간적 삶의 가장 중요한 몫이기 때문이다. 그럼에도 불구하고 시에서 인간을 부정적으로 심지어는 적대적으로 그리고 있는 것은, 인간 이성을 통해 역사 진보가 이루어진다는 근대주의의 원리에 대한 반성이라는 명분에도 불구하고 지나친 자연 물신화로 전락하고 마는 것이다.

우리 시대의 생태 시편들은 이러한 점들을 적극 경계하면서 철학적 기반을 넓혀가야 하는 이중의 과제를 안고 있다. 그만큼 시에서의 생태적 사유는 인식론적·방법론적 정치(精緻)함에 대한 요청에 직면한 상태라 할 것이다. 그래서 생태적 사유의 시적 실천에서는 이제 기법의 새로움보다는 인식의 쇄신이 전제되어야 하며, 상상적인 자연 친화보다는 어머니·대지·고향으로서의 자연의 근원성이 더욱 깊이 형상화되어야 한다. 그 점에서 생태 담론들은 한결같이 일정하게 메타적 속성을 띠는 것이다. 이 글은 이러한 점들을 근원에서부터 경계하면서 새로운 생태적 사유의 지경(地境)을 열어놓은 몇몇 가편(佳篇)들을 통해 생태적 사유의 시적 형상이 취해야 할 점들을 시사적으로 생각해보려 한다.

2. 근원적 실재로서의 생명

사실 지난 시대까지만 해도 강의 오염이나 댐 건설 문제가 본격적인 핫이슈가 되지는 않았다. 그러던 것이 최근에 전지구적인 환경 파괴가 전면화되면서 이러한 근대주의적 개발 논리에 대한 여러 가지 사회적 관심이 표출되기에 이르렀다. 자연 파괴나 기후 변화 같은 여러 징후들을 통해 불거진 이러한 반성적 인식은, 일정하게 시민운동의 형식과 결합하면서 근대에 대한 성찰적 지표를 그려가기 시작하였다. 아닌 게 아니라 그동안 뭇 생명의 희생을 대가로 펼쳐진 개발 논리가 우리에게 되돌려준 재앙의 깊이와 넓이는 매우 혹독한 것이었다. 따라서 이제는 자연의 자정력(自淨力)을 회생시키면서 인간과 자연이 호혜적으로 공생해야 한다는 반성과 치유의 자각이 생겨난 것인데, 이처럼 운동론적 관점에서 대두한 환경론적 실천은 이제 생명 운동의 성격을 점진적으로 강화하기에 이른다.

근대의 절정이자 황혼에서 피어난 디지털 문명에 대한 근원적 항체(抗體)로서 자기 존재를 부여받고 있는 생태적 사유는 그 점에서 그동안 인류가 상정해온 온갖 '중심'들에 대한 항체적 속성을 거느린다. 이때 김지하의 시적 실천은 매우 중요한 사례라고 할 수 있는데, 김지하가 노래하는 '중심의 괴로움'은 바로 이 같은 '중심'의 해체 바로 직전의 창조적 긴장을 이름하는 것이다. 그는 중심의 해체와 재구성의 의지를 통해 생명 운동의 속성을 우리 생태 시편에 적극 끌어들인다. 이는 인식론적 전회(轉回)를 촉구하는 계몽적 시각과 스스로의 몸에서 피어나는 절실한 움직임에 대한 진실한 자기 고백이기도 하다. 그 점에서 김지하의 시는, 생태적 사유의 관점에서 볼 때, 서정시의 계몽 기획과 자기 표현의 속성을 아울러 견지한다.

> 봄에
> 가만 보니
> 꽃대가 흔들린다
>
> 흙밑으로부터
> 밀고 올라오던 치열한
> 중심의 힘
>
> 꽃피어
> 퍼지려
> 사방으로 흩어지려
> 괴롭다
> 흔들린다
> 나도 흔들린다

내일
시골 가
가
비우리라 피우리라.

— 김지하 「중심의 괴로움」 전문[1]

김지하가 노래하는 생명의 시학은 단순한 환경론이나 반(反)문명론이 아
니라 '생명'이라는 좀 더 심층적이고 본원적인 것에 대한 간절한 희구와 복원
의지에서 피어난다. 그것은 중심을 벗어나 "사방으로 흩어"짐으로써 가능한
"비(피)우"는 행위인데, 그가 말하는 흔들리는 "중심의 힘"이 바로 그가 꿈꾸
는 대안적 근대의 형상적 상징이 된다. "봄에/가만 보니/꽃대가 흔들"리는
형상은 생명의 움직임에 대한 시인의 미시적 관찰이 결과이지만, "흙밑으로
부터/밀고 올라오던 치열한/중심의 힘"을 발견하는 것은 시인의 생명 사상이
구체적으로 나타난 것이다. "꽃피어/퍼지려/사방으로 흩어지려" 하는 그 찰
나에 시인은 "괴롭다/흔들린다//나도 흔들린다"고 고백한다. 중심이 흔들리
고 나도 흔들리고, 중심이 괴롭고 나도 괴로운 것이다. 이 창조적 고통이야말
로 "비우리라 피우리라"는 이중의 행위 곧 부정과 생성이라는 변증법적 자각
을 가능케 하는 것이다.

이러한 생명 시학의 형상과 논리는, 직선적 진화론에 토대를 둔 채 질주해
온 근대적 발전 논리에 대한 균열 욕망의 반영이요, 그에 대한 반성적 지표를
세우는 일이기도 하다. 그래서 '생명'이라는 근원적 실재에 대한 시적 형상은,
우리 시대의 가장 심층적인 생태적 사유의 모형이 되는 것이다. 이러한 속성
은 정현종의 작품에서도 폭 넓게 간취된다.

---

1) 김지하, 『김지하 시전집』, 실천문학사, 2002.

헤게모니는 꽃이
잡아야 하는 거 아니에요?
헤게모니는 저 바람과 햇빛이
흐르는 물이
잡아야하는 거 아니에요?
(너무 속상해하지 말아요
내가 지금 말하고 있지 않아요?
우리가 저 초라한 헤게모니 병(病)을 얘기할 때
당신이 헤게모니를 잡지, 그러지 않겠어요?
순간 터진 폭소, 나의 폭소 기억하시죠?)
그런데 잡으면 잡하나요?
잡으면 무슨 먹을 알이 있나요?
헤게모니는 무엇보다도
우리들의 편한 숨결이 잡아야 하는 거 아니에요?
무엇보다도 숨을 좀 편히 쉬어야 하는 거 아니에요?
검은 피, 초라한 영혼들이여
무엇보다도 헤게모니는
저 덧없음이 잡아야 되는 것 아니에요?
우리들의 저 찬란한 덧없음이 잡아야 하는 거 아니에요?

— 정현종 「헤게모니」 전문2)

　'헤게모니(hegemony)'란, 본래 한 나라의 지배권을 뜻하는 말이었으나 오늘날에는 일반적으로 한 집단이 다른 집단을 지배하는 것을 뜻한다. 다시 말해서 정치, 문화, 사상 등의 영향력을 이용하여 다른 세력을 길들이는 권력이라 할 수 있다. 그런데 시인은 이 어의(語義)를 시적으로 살려내 우주의 '헤게모니'를 생명들의 "찬란한 덧없음"이 잡아야 한다고 되뇌고 있

2) 정현종, 『정현종 시전집』, 문학과지성사, 1999.

다. 자연스럽게 인간 중심의 세계관에서 생태적 세계관으로의 감각적 전회가 일어난다. 이를테면 '꽃'이나 '바람'이나 '햇빛'이 헤게모니를 쥐지 않으면 안 된다는 것이다. 이 "덧없는" 것들이 헤게모니를 쥐면 우리는 좀 더 땅과 하늘과 물에서 편히 숨 쉬며 살 수 있지 않을까 하는 것이 시인의 전언인 것이다.

이렇게 우리는 정현종이 추구해왔던 생태적 상상력이나 타자의 목소리를 중시하는 시편들이 우리의 감관(感官)을 자극하고 인지적, 정서적 충격과 반응을 주는 것을 더욱 확연하게 경험하게 된다. 온 우주를 끌어다놓아도 풀잎 하나, 미생물 하나를 언어로 설명할 수 없음은 자명하다는 것, 그리고 우주와 같이 숨쉬고 온 우주를 구성하는 구체적 생명들과 함께 길을 열어가는 원초적, 우주적 상상력이 필요하다는 것을 시인은 시종 강조해마지 않는다. 이러한 상상력의 요청에 정현종의 시는 강력한 시사점이 될 것이고, 그것이 그의 시를 이 시점에 읽는 가장 중요한 까닭일 것이다.

최근 '근대'를 둘러싼 비판적 담론들은, 우리 시가 성취한 '근대성(modernity)'의 내적, 외적 형질들을 미학적으로 밝히는 일부터, '근대'가 몰고 온 역기능에 대한 고찰까지 상당한 진폭을 보이며 다채롭게 구성되고 있다. 그 점에서 김지하와 정현종이 보여주는 시적 경향은 우리에게 현실 초월과 탐색이라는 변증법적 요소의 통합이라는 미완의 과제를 남기고 있다. 결국 모든 시는, 탈속적 경향이 강화되었을 때 현실의 복잡다단한 매개고리를 일순간에 지워버리는 관념으로 화하고 말 것이라는 비판에 귀를 기울여야 하기 때문이다. 그럼에도 불구하고 잃어버린 근원에 대한 끝없는 집착과 추구를 가지고 시를 쓰고 있는 김지하와 정현종의 생태적 시편들은, 중요한 현상적 실재를 담으면서도 우리가 근원에서부터 잃어버리고(망각하고) 있는 생명 현상을 들여다보게끔 하는 힘을 지니고 있다 할 것이다.

3. 여성적 시선의 생명 감각

인간 이성의 극점에서 펼쳐진 '근대'의 자기 전개 과정은 '폐허 위의 건설'이라는 생성적 측면과 '삶의 폐허화'라는 파괴적 측면을 그 양면적 속성으로 거느리고 있다. 전자의 '폐허'가 주로 문명의 세례를 받기 이전의 불모성에 한정되는 함의라면, 후자의 '폐허'는 외재적·물리적인 것에 그 성격이 그치지 않는다. 그것은 인간의 내면이나 영혼 혹은 인간 사이에 이루어지는 사회적 소통 체계에 두루 걸쳐 있는 좀 더 근원적인 것이다. 그러나 그 폐허는 역설적이게도, 인간들 스스로 저지른 비이성적 폭력이나 집단적 광기를 통해 발현하며, 그로 인해 발생하는 깊은 상처나 비애 같은 것들은 폐허가 자신의 육체를 드러내는 가장 구체적인 흔적이다. 그 흔적은 '몸'의 기억에 오랜 시간 동안 남아 인간의 삶으로 하여금 비극성 혹은 환멸과 힘겨운 싸움을 치르게 한다.

최근 우리 시대의 서정시는 자신의 고유 임무가, 근대와의 힘겨운 싸움을 감당하는 영혼들의 내적 고투를 기록하는 것임을 굳이 부인하지 않는다. 거기에는 우리 시대의 중심 원리가 인간의 합목적적 이성이나 오래된 관행에 의해 일사불란하게 관철되고 있다는 데 대한 강렬한 부정과 함께, 근대적 이성이 그어놓은 숱한 관념의 표지(標識)들에 대한 해체 및 재구축의 열정이 담겨 있다. 물론 그러한 부정과 해체의 정신은 실험적 전위들이 항용 가질 법한 모험 정신과는 비교적 거리가 먼 것이다. 오히려 그것은 잃어버린 서정시의 위의(威儀)를 세우려는 고전적 열망과 깊이 닿아 있는 어떤 것이다. 그래서 그 안에는 인간들이 인위적으로 정해놓은 경계나 문명의 표지들과 그 경계나 표지를 지웠을 때의 자유로움이 대비적으로 그려진다. 그 자재로움이 바로 우리가 '근대'를 열병처럼 치르는 동안 상실한 생명의 생리이고 속성이자 원리인 것이다. 우리 시대의 서정시는 그러한 생명의 속성과 원리에 대한 신선한 감각, 그리고 그것의 묘사에 매진하고 있다. 물론 이러한 서정시의 방향이 우리가 상실한 거대 서사(grand narrative)의 대안적 지평이 곧바로 되기는 어렵겠지만, 우리 시대의 불모성과 교감 단절 그리고 실용주의적 기율의 범람에 대한 유력한 시적 항체(抗體)는 될 수 있을 것이다.

이처럼 내면과 영혼의 폐허를 넘어서 '생명'의 여러 경지를 여는 시적 상상력은 가장 고전적으로는 생명 현상에 대한 섬세한 감각으로 나타난다. 이는 범인(凡人)들이 일상에 지쳐 무심히 넘어가는 것, 그리고 사물과 사물 사이에 미세하게 펼쳐져 있는 균열이랄까 흔적이랄까 하는 것을 시인들의 감각이 놓치지 않고 언어적으로 탐사해낸 결과이다. 이러한 작업은 여성성의 섬세한 감각을 통해 더욱 가능해지게 되는데, 천양희의 시편들은 우주와 인간의 마음이 교감하면서 이루어지는 그러한 인식 전환을 잘 드러내 보여준다.

> 새들이 또 날아오른다 더 멀리 더 높이
> 날개 몇 장 더 없어 하늘로 간다 구름만큼
> 가벼운 것이 여기 또 있다
> 바람이 먼저 하늘을 스쳐간다
> 하늘이 땅을 한번 내려다본다
> 땅에는 수많은 길들이 있다 땅은
> 같은데 길은 여러 갈래 길을
> 찾지 않고는 어떤 생도 없다
> 길 끝에 산이 있고 산 끝에 하늘이 있다
> 내 눈이 하늘을 올려다본다 저 하늘자리가
> 텅 비었다 하늘이 비었다고 공터일까
> 아니다 허공에는 경계가 없다 날마다
> 경계하며 경계짓는 사람 사람들 사이에
> 경계가 있다 경계 없는 하늘이 나는 좋다
> 허공에 새들을 풀어놓는 하늘 새들이
> 길을 바꾸다 돌아나온다 하늘이 한 울이라는 걸

이제야 알겠다 나는 몇 번 구름을 잡았다
놓는다 가벼운 것들이 나를 깨운다
허공이 몸속에 들어와 앉는다
맘속 경계선이 지워진다

— 천양희 「마음의 경계」 전문3)

하늘을 나는 새를 보고 하늘과 새의 관계를 생각하는 것 자체가 매우
섬세한 시선이 반영된 것이다. 흔히 우리는 '새'와 '하늘'의 관계를 '인간'과
'대지'의 관계로 치환해 사유한다. 당연히 하늘은 새의 광장이고 새는 하늘의
자식이다. 이 작품에서 하늘은 "허공에 새들을 풀어놓는"다. 하늘이 새에게
자유를 주고 길도 내주는 것이다. 그 다음 시인의 눈에 포착되는 것은 허공(하
늘)이 가지는 무애의 흔적이다. 천의무봉(天衣無縫)이라는 말이 있듯이,
하늘에는 이곳과 저곳 혹은 중심과 주변을 나누는 경계가 없다. 이때 '경계야말
로 권력의 실체적 흔적이요 억압의 구상적 은유이기 때문일 것이다.

하늘에서 길이 지워지는 상상적 경험을 치른 시인의 "몸"에 깊이 박혀있는
(관행, 제도, 경험 따위) "맘속 경계선이 지워"지는 것은 그 다음 당연히
따라오는 수순이 된다. "날마다/경계하며 경계짓는 사람 사람들 사이에"는
경계가 엄존하고 있지만, "경계 없는 하늘이 나는 좋다"라는 시인의 탄성은
여전히 우리 몸과 마음 안에 박혀 있는 무거운 실존과 가벼운 존재 사이의
균열과 모순을 통렬하게 지적하고 있다. 이러한 가벼운 깨달음(무거운 실존
적 '기투'가 아니다)을 통해 시인은 자신이 우주적 생명에 동참하고 있는
존재임을, 그리고 허공과 두루 몸을 섞는 한 생명임을 경험하고 깨닫는 것이
다. 그래서 "가벼운 것들이 나를 깨운다/허공이 몸속에 들어와 앉는다"는
고백에 이르는 것이다.

3) 천양희, 『너무 많은 입』, 창비, 2005.

결국 천양희가 노래하는 "마음의 경계"는 우리가 그어놓은 도식들 너머 존재하는 가없는 실재들에 대한 무한 긍정의 성격을 띠면서 생명 현상의 편재성과 그것을 느끼는 여성성의 섬세한 감각을 두루 보여주는 화두인 셈이다. 이러한 여성성의 감각은 나희덕의 경우에 보다 더 본격화된다.

어디서 나왔을까 깊은 산길
갓 태어난 듯한 다람쥐새끼
물끄러미 나를 바라보고 있다
그 맑은 눈빛 앞에서
나는 아무것도 고집할 수가 없다
세상의 모든 어린것들은
내 앞에 눈부신 꼬리를 쳐들고
나를 어미라 부른다
괜히 가슴이 저릿저릿한 게
핑그르르 굳었던 젖이 돈다
젖이 차올라 겨드랑이까지 찡해오면
지금쯤 내 어린것은
얼마나 젖이 그리울까
울면서 젖을 짜버리던 생각이 문득 난다
도망갈 생각조차 하지 않는
난만한 그 눈동자,
너를 떠나서는 아무데도 갈 수 없다고
갈 수도 없다고
나는 오르던 산길을 내려오고 만다
하, 물웅덩이에는 무사한 송사리떼

— 나희덕 「어린것」 전문[4]

4) 나희덕, 『그 말이 잎을 물들였다』, 창작과비평사, 1994.

시인은 "갓 태어난 듯한 다람쥐새끼"를 바라보면서, 그 시선이 궁극적으로 '모성'에서 발원하는 것임을 기록해간다. 다람쥐새끼의 "맑은 눈빛"을 보면서 "아무 것도 고집할 수 없는" 모성은, "앞에 눈부신 꼬리를 쳐들고" 있는 "세상의 모든 어린것들"로부터 가지게 되는 '어미'의 마음이 반영된 것이기도 하다. "괜히 가슴이 저릿저릿한 게/핑그르르 굳었던 젖이" 도는 것도 이러한 모성의 구체적이고 물질적인 반응일 것이다. 이렇게 모든 존재자들을 따뜻하게 감싸안는 마음, 그 존재자들이 "어린것"과 조금도 다를 바 없다는 일체감, 이 모든 것이 시인의 사랑의 시학을 잘 구현해주는 원형질이 되고 있다. "하, 물웅덩이에는 무사한 송사리떼"라는 구절에서 더욱 구체적으로 드러나는 시인의 마음은 이른바 에코페미니즘에 가까운 생각과 방법을 보여준다.[5]

이때 에코 페미니즘은 서구의 사유에서 경시되었던 신체를 지각의 근원으로 중시하는 20세기 철학의 한 경향과도 맞닿아 있으며, 가부장적 남성 문화가 지나치게 이성 중심의 추상적 가치를 절대시하여 구체적 생명력인 여성적 원리와 여성성을 파괴시켰다는 점을 지적한다.[6] 나희덕 시편들은 그러한 경향이 지향하는 것을 모성의 회복과 관철이라는 일관된 기획으로 반영한다. 이는 "먼우물 앞에서도 목마르던 나의 뿌리"[7]가 아름다운 '모성'으로 전이된 경우라 할 것이다.

에코 페미니즘을 포함한 '여성적 글쓰기'는, 사실 여성의 리비도와 접촉하고 있는, 문자 그대로 '여성적 글쓰기'를 뜻한다. 그러나 '여성적 글쓰기'란

5) 심층생태학과 에코페미니즘은 유사하면서도 결정적 심급에서는 차이점을 드러낸다. 심층생태학에서는 생태 위기의 근원을 인간의 보편적 조건에서 찾고 있지만 에코페미니즘에서는 남성 중심의 세계관에서 찾고 있기 때문이다. 이연승, 「에코페미니즘의 관점에서 본 정현종의 시세계」, 『한국언어문화』 38집, 한국언어문화학회, 2009. 4. 304-305면에서 재인용.
6) 위의 글, 307면.
7) 나희덕, 『뿌리에게』, 창작과비평사, 1991.

이론화할 수도 약호의 형태로 한정할 수도 없다는 점에서 규정 불가능한 글쓰기이고, 억압적이고 규정적인 남성 질서에 도전하는 명시적인 글쓰기이 며, 분열되거나 복수화된 주체에 의해 유지되는 글쓰기이다. 모성으로 단순 환원되는 경향이 경계되어야 하는 까닭도 여기에 있다. 하지만 '여성적 글쓰 기'는 현상적으로 존재하는 것이라기보다 하나의 가능성을 담은 과정적 글쓰 기에 가깝다. 그렇기 때문에 역사적 존재로서의 여성의 조건과 여성의 위치 그리고 여성 정체성의 문제 등에 관한 근본적인 성찰을 담고 있어야 할 것이며, 여성만의 특징적인 스타일이나 언어, 어조, 구문, 의미들을 지녀야 할 것이다.[8] 우리는 천양희와 나희덕의 언어에서 이러한 지향들의 실현과 한계를 동시에 발견할 수 있을 것이다.

4. 문명 비판과 시원(始原)의 상상력

생명 현상 혹은 자연과의 소통에 가장 결정적으로 중요한 것은 시적 주체 의 발견의 감각이다. 눈 밝은 시인들은 우리 시대가 아무리 강하고 크고 빠르고 새로운 것만이 살아남는다고 하더라도, 역설적으로 부드럽고 사소하 고 느리고 오래된 것들이 여전히 우리를 '살아가게' 한다는 것을 믿는다. 그들의 눈에 이러한 것들의 가치가 선명하게 포착되는 것 또한 그들의 이러 한 믿음 때문일 것이다. 사실 우리의 혹독한 근대사는 우리로 하여금 몸 안팎의 폐허를 경험케 하였다. 성장 제일주의와 물신 숭배로 대표되는 이 같은 흐름 때문에 우리는 바쁘고 빠르고 새로운 것을 찾아다니면서 정작

---

8) 정끝별, 「여성성의 발견과 '여성적 글쓰기'의 전략」, 『여성문학연구』 5호, 한국 여성문학학회, 2001. 308면.

중요한 우리 몸속의 기억과 흔적을 잃어버렸다. 켜켜이 쌓인 시간의 깊이를 헤아리지 못하고 시간의 속도만을 문제 삼았던 것이다. 이때 잃어버린 가치 가운데 가장 근원적인 실재가 바로 '몸'이라는 상징일 것이다.

> 진달래꽃,
> 진달래꽃,
> 지금 이 땅엔 진달래가 지천이야
> 죽은 이의 무덤가에도 진달래가 지천이야
> 아무런 눈치도 보지 않고
> 왈큰왈큰 알몸 열어 보이고 있어,
> 무덤도 열고 있어
> 때가 되니 그냥 그렇게 하고 있어
> 사람들은 왜 싸워서 자유를 찾나
> 자유를 가로막나
> 이 땅의 진달래꽃은
> 때가 되니 그냥 그렇게 하잖아
> 신명나게 그냥 그렇게 하잖아
> 지금 나 한 사날 잘 열리고 있어
> 누구나 오서, 아름답게 놀다 가서!
>
> — 정진규 「몸詩·14」 중에서9)

정진규는 모든 사물과 하나의 '몸'이 된다는 지속적인 시적 기획을 노래한다. 그는 이러한 기획이 무엇보다 '존재의 열림'으로부터 시작된다고 말한다. 그는 봄날 지천으로 핀 진달래꽃으로부터 "아무런 눈치도 보지 않고/왈큰왈큰 알몸 열어 보이"는 존재의 열림의 상태를 읽어냈고, 결국 자신도 짧은 순간이나마 존재의 열림을 경험했음을 고백한다. 단순한 하나의 이미지가

---

9) 정진규, 『몸詩』, 세계사, 1994.

반복되고 집요하게 착근되어 지속성과 안정성을 얻을 때 그 독특한 의미를 획득한다고 볼 때, 곧 의미 있는 반복을 통해 상당히 지속적이고 안정성 있는 그 고유의 위치를 확보함으로써 이미 '상징'의 영역을 넘나든다고 볼 때[10], '몸'은 정진규 시학에서 이미 중요한 상징이 되고 있다.

여기서 '몸'은 인간을 구성하는 가장 구체적이고 감각적인 물리적 실체이자, 모든 문화가 생성되는 최초의 지점이다. 그러나 그동안 전개된 인류 지성사에서 인간의 '몸'은 '이성(정신)'에 비해 현저하게 그 중요성이 떨어지는 범주로 평가 절하되어왔다. 특히 '몸'은 '미(美)/추(醜)'라는 가치 평가적 개념으로 분기(分岐)되면서부터 부도덕한 욕망의 근원으로 낙인찍히면서 심각한 홀대를 받아왔다. 그러던 것이 1990년대 이후 강력하게 대두된 탈(脫)근대적 기획에 의해, '근대'가 억압해온 가치론적 범주로 인간의 '몸'은 서서히 부활하게 된다. "몸을 통한 세계의 무한한 해석 가능성"(니체)에 입각한 이 같은 패러다임의 전환은 이제 매우 당당하게 자신만의 인식론적 표지(標識)를 그리며 인간의 역사와 담론 안으로 진입해온 것이다. 이러한 담론적 실재로 등장한 '몸'을 정진규는 가장 유려한 시적 형상으로 복원하여 우리 시단에 새로운 상징 체계를 던진다. 그래서 '몸'은 우리 정신의 폐허를 넘어서는 장소가 된 것이다. 이는 그 자체로 문명 비판과 시원(始原)의 상상력이 반영된 것이다.

한 시대의 핵심적 정신을 읽어내고 그것을 선도하는 것이 시인에게 주어진 예언자적 직능이었다면, 지금 우리 시대는 시인의 기능 가운데 현저하게 언어 예술적 장인으로서의 위상과 가치가 강조되는 시대이다. 하지만 모든 사물의 비극적 본질에 참여하면서 인간의 궁극적 관심과 지향을 암시하는

---

10) P. Wheelwright(김태옥 역), 『隱喩와 實在』, 문학과지성사, 1988. 92-98면. 참조.

밝은 눈과 언어가 시인에게 필요한 것은 말할 것도 없다. 여러 사례 가운데서
우리는 고진하 작품에서 그 가능성의 지평을 엿본다.

아침마다 산을 오르내리는 나의
산책은,
산이라는 책을 읽는 일이다.
손과 발과 가슴이 흥건히 땀으로 젖고
높은 머리에 이슬과 안개와 구름의 관(冠)을 쓰는
색다른 독서 경험이다.
그런데, 오늘, 숲으로 막 꺾어들기 직전
구불구불한 길 위에
꽃무늬 살가죽이 툭, 터진
꽃뱀 한 마리 길게 늘어붙어 있다.
(오늘은 꽃뱀부터 읽어야겠군!)
쫙 갈린 등과 꼬리에는
타이어 문양,
불꽃 같은 혓바닥이 쬐끔 밀려나와 있는 머리는
해 뜨는 동쪽을 베고 누워 있다.
뭘 보려는 것일까,
차마 다 감지 못한 까만 실눈을 보여주고 있는
꽃뱀.
온몸을 땅에 찰싹 붙이고
구불텅구불텅 기어다녀
대지의 비밀을
누구보다도 잘 알 거라고 믿어
아프리카 어느 종족은 신(神)으로 숭배했단다.
눈먼
사나운 문명의 바퀴들이 으깨어버린
사신(蛇神),
사신이여,

이제 그대가 갈 곳은
그대의 어미 대지밖에 없겠다.
대지의 속삭임을 미리 엿들어
숲속 어디 은밀한 데 알을 까놓았으면
여한도 없겠다.
돌아오는 길에 보니,
부서진 사체는 화석처럼 굳어지며
풀풀 먼지를 피워올리고 있다.
산책, 오늘 내가 읽은
산이라는 책 한 페이지가 찢어져
소지(燒紙)로 화한 셈이다.
햇살에 인화되어 피어오르는
소지 속으로
뱀눈나비 한 마리 나풀나풀 날아간다.

— 고진하 「꽃뱀 화석」 전문[11]

아침 산책길에서 문득 발견하게 된, 풍화되어가는 뱀의 시신 모티프는
두 가지 점에서 '생명'과 거리가 있다. 하나는 그것이 이미 화석처럼 굳어져
"풀풀 먼지를 피워올리고" 있다는 점 때문이고, 또 하나는 전통적인 기독교적
상상력에서 '뱀'이라는 상징이 악(惡)의 화신으로 각인되어 있기 때문이다.
그러나 시인은 그 같은 두 가지 관행과 편견을 넘어 폐허의 현장에서 우리가
잃어버린 '신성(神聖)'의 흔적을 들추어내는 발견의 감각을 보여준다.
　시인은 자신의 산책길을 "산이라는 책을 읽는 일"이라고 비유하고 있다.
이것은 물론 일종의 언어유희(pun)에서 발상을 빌려온 것이지만, 자연에
미만(彌滿)해 있는 뭇 존재 형식들과 함께 있는 시인 자신을 표현한 것이기

---

11) 고진하, 『얼음수도원』, 민음사, 2001.

도 하다. 이 "색다른 독서 경험"에서 시인은 뱀의 등과 꼬리에 있는 "타이어의 문양"을 보게 되는데, 이때 '문양(紋樣)'이라는 말은 '무늬'의 뜻도 되지만, "산이라는 책"에 담겨 있는 '문양(文樣)'을 함의하기도 한다. 시인은 잔혹하게 밟고 간 타이어 자국을 통해 "산이라는 책"에 담겨 있는 문명의 날카로운 틈입을 바라보고 있는 것이다. 그래서 뱀의 시신은 "눈먼/사나운 문명의 바퀴들이 으깨어버린/사신(蛇神)"으로 시인에게 읽혀지고 각인된다. 여기서 보이는 시인의 시선은 창세기 신화를 떠올리게 하는 성서적 상상력과 뱀을 시원(始原)의 생명의 한 사례로 보는 문명 비판적 시각의 통합성에서 나온다. 문명의 바퀴에 희생당한 뱀의 시신을 두고 그가 "사신이여,/이제 그대가 갈 곳은/그대의 어미 대지밖에 없겠다./대지의 속삭임을 미리 엿들어 /숲속 어디 은밀한 데 알을 까놓았으면/여한도 없겠다."고 노래하는 대목은, "어미 대지"만이 생명과 신성의 원형이 훼손되지 않은 모태('무덤'이기도 하다)이기 때문에 가능한 것이다. 그래서 이제 서서히 화석이 되어가는 뱀의 시신을 두고 시인이 노래하는 것은, 우리가 잃어버리는 것들의 원형(原形)이 된다. 이처럼 "산이라는 책"에서 고진하가 읽어내는 감각과 통찰은 너무도 섬세하여 우리에게 신선한 미적, 반성적 시선을 가져다주고 있다.

고진하 시인은 죽은 생명의 흔적(꽃뱀 화석)을 통해 흩어져 있는 신성을 고루고루 채집하고 묶고 육화시킨다. 시인은 이미 첫 시집에서부터, 폐허가 된 농촌 풍경에서조차 충만한 신성을 노래한 바 있다. 그러한 역설적 투시 (透視)가 가능했던 것은 그가 바로 그 신으로부터 일정한 소명을 부여받은 사제였기 때문이다. 그런데 그는 이러한 소명을 일정한 교의나 의식(儀式)의 테두리 안에서 이루려 하지 않는다. 오히려 그는 주변에서 쉽게 만날 수 있는 신성한 뭇 존재자들로 그 시각과 관심을 점점 확대하려 하고 있고, 그 범주는 이제 모든 피조물에까지 이를 것이다.

5. 윤리학으로서의 생태적 사유와 실천

우리가 살펴보았듯이, 우리 사회에서 최후의 윤리학이자 가장 급진적 (radical) 대안으로 대두한 생태적 사유는 자연(自然)을 '신성한 것'(the sacred)이 깃들인 생명체로 승인하면서, 그것을 인간의 욕망 실현을 위한 '자원(資源)'으로 생각해온 근대 문명의 자기 증식 논리에 대한 반성적 시선을 함유하고 있다. 그만큼 이러한 근본주의적인 생태적 사유와 그 실천은, 치유 불가능의 단계에 빠져버린 생태적 위기와 맞물리면서 그 중요성이 하루가 다르게 커져가고 있다. 그래서 우주와 호흡하면서 자연의 [스스로「自」 그러함「然」]을 되돌려주려는 기획을 통해, 윤리적 차원을 넘어서 일종의 '우주적 연민'(cosmic pity)으로 그 영역을 확대해가야 한다.

또한 우리는 사물의 배후에 있는 본질을 새롭게 읽어내고 표현하는 (재)발견의 감각을 통해 생태 시편이라 명명되어온 서정시의 기율과 감각을 성숙시켜가야 한다. 그래서 자연을 인간을 위한 일종의 환경 차원으로 한정하는 경향도 경계되어야겠지만, 인간을 배제한 자연 숭배의 속성도 경계되어야 한다. 한 술 더 떠 염인증(厭人症)에 가까운 인간 혐오를 보인다든가, 대안 없는 문명 비판을 반복적으로 양산하는 것은 서정시의 실질적 주체인 인간에 대한 심층적 사유를 결(缺)한 것이기 때문에 삼가야 한다. 인간은 자연과 함께 역사와 삶을 꾸려가는 공생적 주체이지 그저 내몰려야 할 대상이거나 수동적인 관찰에 머무는 일종의 관조자가 아니다. 서정시에서 사물에 대한 (재)발견의 시각과 균형 감각이 필요한 것은 바로 이 때문이다. 결국 앞으로 펼쳐질 생태 시편들은 인간에 대한 일방적 혐오와 자연 신비주의를 벗어나 부단히 환속(還俗)의 통로를 열어두면서 그동안 망각되었던 인접 가치들을 활발히 끌어들여야 할 것이다. 그렇게 21세기의 시적 윤리학은 생태적 사유와 실천으로 나타날 것이다.

도시생태의 시적 수용과 전망

이문재 시를 중심으로 / 이하석 최승호
● 이혜원 (고려대학교)

1. 서론

우리나라의 근대화 과정에서 산업화와 도시화의 속도는 세계적으로 주목할 만큼 경이로운 것이었다. 우리나라의 도시인구비가 10%를 넘기 시작한 것은 1940년 이후의 일이며 30%를 넘은 것은 1966년 이후의 일이다. 그리고 1975년에는 전인구의 50%가 도시에 거주하고 있으며 1980년에 이르러 선진국 수준인 60%에 도달하였다. 1990년에는 인구의 85%가 도시에 살고 있다.[1] 이제 도시는 보편적인 삶의 공간으로 부정할 수 없을 만큼 확고하게 자리를 잡고 있다.

좁은 의미의 자연에서 벗어나 인간과 자연 간의 관계 및 자연을 매개로 이루어지는 인간과 인간 간의 관계를 포괄하게 된 생태학의 새로운 경향[2]으

---

1) 최운식, 『미래사회와 환경』(한울아카데미, 1999), 109면.
2) 최병두, 『환경갈등과 불평등』(한울, 1999), 470면.
  그밖에 이 책에서 요약하고 있는 생태학의 새로운 경향은 다음과 같다. 생태학은 단순히 정태적인 것으로 간주되는 자연이 아니라 역동적으로 변화하는 인간사회의 역사성을 고찰할 필요를 갖게 되었고, 자연의 영역 내에 한정된 것으로 인식했던 물질적 흐름을 인간사회로 확대시킬 뿐만 아니라, 인간사회와 자연환

로 볼 때, 도시 환경이 갖는 생태학적 의미는 각별하다. 문학에서는 최근 서서히 도시생태계와 환경에 대한 관심이 고조되고 있다. "현대의 대부분의 사람들이 심각한 환경문제를 안고 있는 도시지역에 거주하고 있으며, 생태비평이 보다 많은 독자에게 환경문제 의식과 자연의 소중함을 일깨우는 생태환경의식을 불어넣어주는 것을 중요한 목적으로 공표하고 있다는 점을 고려할 때, 생태비평의 이러한 도시 환경문제로의 관심이동은 시의적절하고 올바른 방향으로 생각된다."[3]는 의견에 공감하며, 생태문학이 현실적 삶과 호흡하기 위해서는 도시생태에 대한 보다 긴밀한 이해와 적극적 관심이 필요하다고 본다.

　도시생태가 생태문학의 중요과제로 대두하고 있는 것에 비해 아직까지 구체적인 연구 성과는 찾아보기 힘들다. 오랫동안 자연을 탈 인간중심적 관점에서 다루어온 관행이 강하게 작용하는가 하면, 도시 환경에 대한 문제의식을 보이는 경우도 도시의 녹색자연에 대한 사유보다는 독성물질에 의한 환경오염이나 도심빈민지역의 열악한 환경과 같은 '환경정의' 담론이 주를 이루고 있다.[4] 도시생태를 '환경정의'의 측면에서 바라보는 관점은 사회, 정치적 문제의식과 해결의 방안이 될 수 있으나 지극히 인간 중심의 사고여서 자연을 도구화하고 소외시키는 또 다른 문제를 야기할 수 있다. 생태문제에 대한 인간중심적 관점을 비판하는 심층생태학의 기본 입장을 수용하면서도 도시생태에서 인간과 자연이 맺는 관계의 현실적인 양상을 주의 깊게

경 간의 상징적 관계(특히 가치의 문제)에도 관심을 가지게 되었다. 또한 생태학은 당면한 환경위기의 극복과 더불어 새로운 미래 사회 환경을 열어가는 비전을 제시하고 또 이를 실현시키기 위한 실천을 전제로 하고 있다. (위의 책, 471-472면) 이렇게 볼 때 도시 환경의 생태학적 비중은 크게 중대할 것으로 예측된다.
3) 신두호, 「녹색과 갈색의 경계지대 - 미국 도시근교자연문학과 생태비평의 영역 확장」, 『영어영문학』 54권 1호(2008), 32면.
4) 위의 글, 33-34면.

살피는 것이 도시생태에 대한 문학적 접근의 바람직한 방향이 될 수 있을 것이다. 도시 환경의 실상을 파악하고 그것을 극복할 수 있는 가치관이나 전망을 제시하기 위해서는 그동안 누적된 생태학의 성과들을 통합적으로 인식하고 활용할 필요가 있다.

도시생태는 도시 환경 속에서 일어나는 자연과 인간의 상호작용과 관련된다. 도시의 발달은 자연을 변화시켜 새로운 환경을 만들어낸다. 이 과정에서 급격한 자연 파괴가 이루어지며 인공적인 환경이 조성된다. 도시는 인간의 생활환경과 자연의 환경 모두에 결정적으로 작용한다. 생활환경에 있어서는 수자원의 부족과 오염 현상이 생겨나며, 자동차 증가, 녹지 감소, 인공 시설물의 밀집에 의해 대기 오염이 심각해진다. 대도시의 경우, 소음과 진동의 문제가 새로운 환경 문제로 등장하고 있다. 폐기물 처리 공간과 입지 선정을 둘러싸고 도시 간에 심각한 갈등이 일어나며, 과학 기술의 발달과 일회용 식품의 증가로 인한 유해 화학 물질이 시민의 건강을 위협하고 있다. 자연 환경에 있어서는 무분별한 개발로 인해 도시생태계가 파괴되어 가고 있으며, 녹지 공간이 줄어들어 도시민의 휴식처가 사라지고 삶의 질이 저하되는 문제가 발생한다.5) 이러한 도시생태의 특수성으로 인해 생태문학에서도 본래의 자연 환경과 다른 도시의 자연을 관심의 대상으로 확대할 필요성이 대두한다.

본고에서는 한국 현대시에 나타나는 도시생태의 수용양상과 그 의미를 살펴보려고 한다. 도시화가 활발하게 진행된 우리나라에서 도시의 시적 수용은 풍부하게 이루어져 왔고 그에 대한 연구도 상당히 축적되어 있다. '도시시'라는 특수한 장르 개념이 생겨날 정도로 도시는 우리 시의 주요 소재로 자리 잡고 있다. 지금까지 '도시시'에 대한 연구는 대개 모더니즘 시의 양상으로 언급되거나,6) 근대화와 관련된 사회적 문제의식의 차원에서 이루어져

---

5) 이시경, 『도시 환경론』(대영문화사, 2000), 25-27면 참조.

왔다.[7] 기존 연구에서 도시시는 급격한 사회 변화로 인한 인간성의 상실과 소외 등 병리현상의 원천이거나 그것의 개성적 표현으로서의 모더니즘적 경향을 대변하는 것으로 파악되어 왔다. 인간중심적인 관점이 강력하게 작용하며, 비판은 있으나 전망은 부재하는 부정적인 결론을 보여준다. '도시생태'라는 개념으로 도시의 자연 환경과 인간의 상호작용에 주목한다면 일방적인 인간중심적 관점에서 벗어나 도시 속의 자연을 새롭게 바라보고, 도시 문제의 극복과 대안의 방안도 살펴볼 수 있을 것이다. 본고에서 중점적으로 다루는 이하석, 최승호, 이문재 시인은 뚜렷한 생태의식을 지니고 도시문제를 지속적으로 다루어왔기 때문에 도시생태의 수용양상을 살펴려는 본고의 목적에 부합한다. 우리의 생태시는 도시화로 인한 자연 파괴를 비판하는 부류와 본연의 자연에서 생명의 가치를 발견하고 긍정하는 부류로 양분되는 경향이 강한데, 이들은 그 양자를 아우르는 통합적 관점을 보여준다는 점에서 주목된다. 이들의 시에 나타나는 인간의 생활환경과 자연 환경으로서 도시생태의 양상, 그에 대한 시인의 가치관과 전망은 어떻게 드러나는지를 살펴볼 것이다.

---

6) 서준섭, 「모더니즘과 1930년대의 서울」, 『한국학보』 45호(1986)
  이미순, 「80년대 모더니즘 시 연구」, 『우리말글』 26집(2002)
  고봉준, 「1930년대 경성과 이상의 모더니즘」, 『문화과학』 45호(2006.3)
  김동우, 「1930년대 모더니즘과 도시시학」, 『국어국문학』 149호(2008.9) 등의 논문 참조.
7) 이남호, 「도시적 삶의 시적 수용」, 『한심한 영혼아』(민음사, 1986)
  이건청, 「시적 현실로서의 환경오염과 생태파괴」, 『현대시학』(1992.8)
  임도한, 「한국 현대 생태시 연구」(고려대 박사학위 논문, 1999)
  이희중, 「문명과 시의 불화 - 생태시의 현재」, 『오늘의 문예비평』(2000. 여름호) 등의 논문 참조.

2. 도시 변두리의 생태 관찰과 '초록의 길'의 발견 - 이하석

이하석의 시는 도시화가 생태에 끼친 영향의 구체적인 묘사에 있어 독보적이다. 그의 시에는 쇳조각, 유리조각, 비닐, 폐휴지, 깡통 등 각종 쓰레기들이 주인공으로 등장한다. 이들은 도시 생활의 주요 산물이지만 도시의 한복판에서 밀려나 변두리에 버려져 있다. 도시의 악성종양은 그 가장자리에 해당하는 주변지역에서 더 심각하게 드러난다는 사실을 입증하는 듯하다. 이하석은 차가운 현미경의 렌즈를 통하여 로렌츠가 비유적으로 말한 악성 종양의 가장자리를 미세하게 관찰한다.[8]

> 폐차장 뒷길, 석양은 내던져진 유리 조각
> 속에서 부서지고, 풀들은 유리를 통하여 살기를 느낀다.
> 밤이 오고 공기 중에 떠도는 물방울들
> 차가운 쇠 표면에 엉겨 반짝인다,
> 어둠 속으로 투명한 속을 열어 놓으며,
> 일부는 제 무게에 못이겨 흘러내리고
> 흙 속에 스며들어 풀뿌리에 닿는다,
> 붉은 녹과 함께 흥건한 녹물이 되어.
> 일부는 어둠 속으로 증발해 버린다.
> 땅속에 깃든 쇠조각들 풀뿌리의 길을 막고,
> 어느덧 풀 뿌리에 엉켜 혼곤해진다.
> 신문지 위 몇 개의 사건들을 덮는 풀. 쇠의 곁을 돌아서
> 아늑하게, 차차 완강하게 쇠를 잠재우며
> 풀들은 또 다른 이슬의 반짝임 쪽으로 뻗어 나간다.
>
> - 「뒷쪽 풍경 1」 전문

---

8) 이남호, 위의 글, 145면.

'폐차장'은 도시적 삶의 불편한 진실을 함축하고 있는 상징적 공간이다. 화려한 도시의 '뒷쪽' 풍경은 불결하고 추하기 이를 데 없는 것으로 드러난다. 위 시에서 유리조각이나 쇠 같은 인공적 폐기물들은 자연물과 명백하게 대립한다. 풀들은 유리조각들로 생명에 위협을 느끼며 물방울들은 쇠로 인해 녹물이 된다. 심지어는 석양조차 유리조각 속에서 부서진다. 도시의 쓰레기는 자연에 대해 폭력적인 가해자에 가깝다. 쇳조각은 "풀뿌리의 길"을 막고 자연의 생명에 위협이 될 수 있다.

그러나 문제의 근본적인 원인은 쓰레기를 발생시킨 자들에게 있다. 물의 오염과 관련된 시 「깊은 침묵」에서도 "옛 맑은 물은 수문을 빠져나갔고,/수문 녹슬어 닫힌 채 물들 어두운 깊이만으로/썩어간다. 이 도시가 버린 자식들의 얼굴들/한밤 때때로 수면에 떠오르고/고기의 넋은 진흙 속에 처박힌다"고 하여, 폐수나 폐기물을 "도시가 버린 자식들의 얼굴들"로 파악한다. 도시에서 발생한 오염은 결국 자연을 파괴하며 생태계 전반을 교란시킨다. 쇠나 유리조각 같은 인공물들도 인간에 의해 버려졌다는 점에서는 자연과 같은 피해자라 할 수 있다. 이하석의 시에서 각종 폐기물이 절대 악으로 그려지기보다는 묘한 측은지심을 유발하는 것은 그 때문이다. 위의 시에서도 풀뿌리를 위협하던 쇳조각이 "어느덧 풀뿌리에 엉켜 혼곤해진다"는 구절이 나온다. 버려진 쇳조각도, 자연 상태에서 인공의 쇠가 되어 도시의 한복판을 질주하다 고철이 되어 버려지는 고달픈 삶을 지나와, 이제는 마지막 자리에 지쳐 쓰러져 있는 셈이다.

쓰레기들에 치어 연약해보이기만 하던 풀은 오히려 그것들을 덮으며 생명을 이어나간다. 풀은 신문지에 가득한 복잡한 인간사도 넘어서고 쇠도 잠재우며 새로운 생명을 향해 뻗어나간다. 쓰레기까지 감싸 안으며 생명을 지속해가는 자연의 치유력에 대해 시인은 지속적인 신념을 표출한다. "붉은 쇳조각들의 틈을 비집어 넓히며 봄 가을 없이/소인 찍힌 풀들이 돋아난다./빈

하늘에 무슨 씨앗의 연애 편지가 오가는지/쇠가 이룬 산의 망루에 올라가/수염 깎은 감시자가 땅을 샅샅이 살피든 말든/풀들이 바람에 뒤엉킨다."(「폐차장 3」)에서는 자연의 생명력에 대해 더욱 강한 확신을 보여준다.

이하석의 시에서는 도시생태의 파괴적 국면이나 자연의 치유력이 모두 치밀한 관찰에 의해 드러난다. 시선의 중심은 대상에 집중되어 있고 관찰의 주체와는 일정한 거리가 유지된다. "사물의 시인이라고 불리는 프랑스의 어느 시인이 그렇듯이, 산업 사회의 폐기물과 같은 것이건, 아니건 간에, 구체적 사물에 대한 이하석의 관심은 인간 중심적인 우월한 시각의 포기를 뜻하는 것이자 동시에 인간 존재의 의미 혹은 인간과 세계와의 바른 관계를 복원시키고자 하는 데 있다."[9] 시인은 생태계의 훼손을 발생시킨 인간 중심적 관점에서 벗어나 사물의 입장을 관찰함으로써 인간과 자연의 관계를 다른 각도로 인지한다. 인간에 의해 버려진 것들이 도시 주변에서 새로운 생태를 형성하고 있다는 사실을 발견한다. 폐기물과 폐수가 자연의 생명을 위협하는 한편 자연이 본연의 생명력으로 그것들과 더불어 공생하는 장면을 포착한다. 시인은 도시 변두리의 세밀한 관찰을 통해 도시가 발생시키는 오염의 심각성을 포착할 뿐 아니라 자연의 놀라운 치유력을 인지하게 된다.

도시 변두리에 관한 세밀한 시선에 비해 도시의 중심을 향한 시인의 눈길은 지극히 부정적이고 단정적이다. 특히 도시의 빌딩은 매우 위협적인 것으로 그려진다. "갑자기 무너져 그녀를 덮은/건물은 청소되었다/황혼이 저쪽 공원의 나무에 붉은 칠 할 때/누가 도시계획도를 보며/죽음을 생각하지 않는다"(「황혼」)에서처럼 쾌적하고 안전해 보이는 도시계획은 많은 위험을 은폐하고 있는 것으로 드러난다. 쾌속의 발전을 지향하는 도시는 설계상에 잠재

9) 오생근, 「내면성의 시 혹은 삶과 자연」, 『측백나무 울타리』(문학과지성사, 1992), 72면.

한 불안 요인에 의해 발생한 불의의 죽음도 일시에 소거시켜 버리고 안전성에 대해 가장하는 속성이 있다.

매끈한 외양으로 은폐되어 있는 도시의 구조는 실상 위험하기 그지없다. 「유리 속의 폭풍」에서는 도시의 건축물에 잠재되어 있는 위험성에 대한 박진감 있는 묘사가 이루어진다. "나는 기다려야 한다. 푸른 신호등이 켜질 때까지는 어쩔 수 없이/길 건너 온통 거울로 벽을 바른 금융회사 육층 건물의/거울 속에 비쳐 있어야 한다. 폭풍의 구름 아래/솟아오르는 어두운 건물들의 덩어리 아래/너무 어두워 이쪽에선 보이지 않지만/나는 조그만 덩어리로 비쳐 있어야 한다."에서 폭풍 같은 자연재해 앞에 도시의 환경이 얼마나 위험할 수 있는지를 알 수 있다. 도시의 중심은 대개 고도 자본주의의 견인차인 금융회사의 건물이 차지한다. 온통 유리로 장식한 현대적 외관은 세련돼 보이지만 위태롭다. 전신주가 꺾일 정도로 심한 폭풍 속에서 유리로 된 빌딩은 치명적인 무기가 될 수 있다. 그런데 기계적으로 조작되는 도시는 위험에 대한 본능적인 공포조차 통제한다. 쏟아질 듯 위태로운 유리건물 앞에는 신호등까지 놓여 있어 사람들은 꼼짝하지 못한다. 도시의 편리하고 쾌적한 삶을 위한 인공적인 구성물들이 치명적인 위험물이 될 수 있는 것이다.

시인에게 도시 환경은 안정적 거처나 편안한 휴식과는 거리가 먼 것으로 인식된다. 자연 속에서 노동과 휴식이 이루어졌던 전 시대와 달리 현재의 도시 생활은 진정한 휴식처로서의 자연을 일상과 멀어진 것으로 이분화한다. 그래서 도시는 고달픈 생활의 장이고 휴식을 얻기 위해서는 자연을 찾아 떠나야 하는 복잡한 이중고가 생겨난다. "대도시 빌딩에서 내 의식(儀式)은/창을 열고 빌딩 밖으로 얼굴을 한껏 내민 채/구름을 불러 마음이 그 위에 타는 것./갇힌 모래에 이는 바람을 깊이 삼키며/나는 모래에, 상한 구름 기둥을 꽂아둔다./그런 다음 사무실로 돌아와 주말 등산을 신청한다."(「금요일엔 먼데를 본다」)는 상황은 대도시의 직장인들이 공유하는 것이다. 도심

개발은 휴식처로서의 녹지 공간을 축소시켜 삶의 질을 떨어뜨린다. 대도시의 빌딩에서 창을 열고 얼굴만이라도 밖으로 내밀어 호흡하는 광경은 도시 직장인의 답답한 삶을 대변한다. 그들은 막힌 숨통을 뚫기 위해 주말이면 자연을 향해 나간다. 도시에서 자연은 생활공간의 바깥쪽 '먼데' 위치하여 따로 찾아가야할 곳이 된다.

시인은 질식할 듯한 도시의 인공적인 환경에서 놓여나 제대로 숨 쉬며 살 수 있는 길이 자연 속에 있다고 본다. 그의 많은 시들은 도시생태의 부정적인 측면에 대한 비판에만 그치지 않고 자연에서 작은 생명의 기미를 발견한다. 그는 도시와 자연의 접점에서 생명의 길을 찾는다.

> 나의 길은 도시에서 도시로 이어지지만
> 저 새의 길은 숲에서 숲으로 이어진다.
>
> ─「상처 1」 부분

> 희망은 멀리 ─ 저기, 심인광고와
> 구인광고들이 덕지덕지 붙은 푸른 벽을 돌아간
> 길을 지나 ─ 있지 않고
> 바로 여기 ─ 민들레가 먼지를 가르며 돋는
> 구석진 참호 ─ 에 있다
>
> ─「희망」 부분

> 모든 풀벌레들의 울음은 죽었다. 그러나 나는 그것들 하나 하나가 온 길을 비로소 찾아 나설 마음이 인다. 풀무치는 초록의 길을 따라, 산이나 들에서 이 도시의 깊은 곳으로 왔다. 처음엔 들판에서 쉽게 이어진 초록의 길이 도시 변두리의 빈터로 이어졌으리라. 그 다음엔 우리가 모르는 풀에서 풀로 이어진 길이 풀무치를 미세하게 이끌었으리라. 그렇다, 이 도심의 회색 콘크리트의 세계에도 자세히 보면 ─ 풀무치의 눈으로 보면 ─ 들과 산으로 이어진 초록의 길이 있다.
>
> ─「초록의 길」 부분

인간의 길은 계속 도시에서 도시로 이어지고 새의 길은 숲에서 숲에서 이어질 것이다. 문제는 공존의 길이다. 지금까지 그랬던 것처럼 자연을 파괴한다면 인간의 길도 지속되기 어렵다. 시인은 인간들의 생존경쟁으로 들끓는 도시 한복판이 아닌 구석진 빈터에 피어난 작은 풀꽃에서 생명의 지속 가능성에 대한 희망을 발견한다. 인간이 초록 생명의 길에 동참하는 방법은 자연의 작은 생명체들을 돌아보고 연민하는 마음이다. 도시의 좁은 땅을 '참호' 삼아 피어난 풀꽃을 경이로워하고 도심 한복판으로 날아든 새를 염려하는 마음이 자연과 인간의 공존을 가능케 한다. 시인은 초록이 있는 곳이면 어디든 찾아오는 작은 풀벌레나 꽃이나 새가 내놓은 길에서 희망을 찾는다. 이는 자연에 대한 신격화와는 다르다.[10] 그는 작은 생명들에 대한 섬세한 관찰을 통해 생명의 실질적인 현상을 발견한다. '풀무치의 눈'으로 길을 찾는 것이 인간 중심적 발상의 위험성에서 도시생태를 살릴 수 있는 방법임을 제안한다.[11] 자연을 찾아 도시의 '밖'으로 나가는 것뿐 아니라 도시의 한복판으로 자연의 길을 끌어들이는 것은 도시생태의 향방에 시사점이 될 수 있을 것이다.

....

[10] "그에게 있어서 도심 속의 초록은 일정하게 통합의 구실을 해준다. 그런데 그의 시속에 나타난 자연은 너무나 신격화되어 있다. 자연 자체가 통합, 동일화의 근거로 떠오르다 보니 자연이 신격화될 수밖에 없다. 그러나 자연을 신격화하는 것은 도시문제를 해결해 나가는 데 그렇게 바람직하지 못하다. 오늘날 도시문제, 생태환경문제를 초래한 것도 인간이지만, 그것을 주체적으로 해결해야 할 것도 인간의 몫이다."라는 비판이 있다.

최승호, 「도시적 서정시의 맥락과 현재적 가능성」, 『우리말글』 26호(2002), 461면.

[11] 이러한 생각은 도시생태계의 문제를 해결하려는 실질적인 대책과도 상통한다. 도시생태계의 회복을 위해 제시되는, 도시 녹지축의 형성, 도시지역 땅의 회생, 도시생계계의 생물종 다양성 증진 등의 대책은 자연과 인간의 공생을 위한 구체적인 제안이다.

이경재, 「지역 및 도시개발의 문제와 대책 - 도시생태계의 현황과 회복 대책」, 『건축』 37권 2호(1993) 66면 참조.

3. 도심 생태의 비판적 통찰과 무위자연의 대조 - 최승호

이하석의 시에서 도시 변두리의 관찰이 특징적인 것에 비해 최승호의 시에서는 도시 중심의 생태에 대한 관찰과 비판적 통찰이 두드러진다. 특히 도시 특유의 생활환경과 관련된 많은 시들은 도시생태가 근본적으로 병적이고 파괴적이라는 점을 묘파하고 있다.

고층과 지하로 이루어지는 건물 구조는 도시인들의 생활을 근본적으로 바꾸어놓는다. "어두운 지붕들, 고층건물 옥상에서는 간혹 투신자살사건이 일어날 뿐."(「지붕들」)에서는 죽음을 부르는 도시의 고층 구조를 담담한 어조로 거론한다. '간혹'이라는 부사는 고층에서의 투신자살이 계속될 것임을 암시한다. 도시의 고층 구조가 충동적인 죽음을 유발한다면 지하는 서서히 생명을 잠식해간다. "그녀는 지하생활자가 되어간다/지하철을 타고 지하상가의 많은 물건들을/방에다 가득 채우는 그녀의 머리에/끈끈한 음지식물들이 자라는 것을/나는 보고 있다 그녀는/지하생활자가 되어간다"(「썩는 여자」)의 '그녀'는 지하 공간과 밀착되어 있는 도시인의 생활을 대변한다. 지하철과 지하도를 헤매다 밤이면 지하방에서 잠드는 '그녀'는 "조금씩 시체를 닮아"간다. 시인은 지하생활의 부정적인 속성을 섬뜩하게 묘파한다. 도시의 지하 공간이 얼마나 삭막하고 비위생적인지는 「지하주차장」이라는 시에서 잘 그려진다. "콘크리트 기둥들, 천장의 배관, 여기 대도시의 한 냄새가 있다.//먼지와/시멘트가루와/매연이 뒤섞여/콧구멍을 말리는 냄새"로 가득한 지하주차장은 열악한 도시생태를 대표하는 공간이다. 시인은 "만년 뒤에 누가 이곳을 발굴하면 出土品은 아무것도 없을 것이다"고 예상한다. 그의 시에서 도시의 생활환경은 무생명과 인공적인 느낌으로 가득하다.

옛탑 하나 없는 벌판의 신흥도시에서
가건물인 상점들을 본다
거대한 가짜 깡통을 받치고 있는
옥상의 광고탑 기둥들
비디오가게의 근육질 포스터들
비닐은 도처에서 펄럭이고
진짜인지 가짜인지 그 누구보다도
조화옹(造化翁)이 들여다봐야 할 조화(造花)들
생명 없는 나무에
종이꽃이 피고
화분의 흙은 진짜 흙인지
가짜 개미도 한 마리 걸어가는지
가건물이 늘어선 거리에서 욕망은
광고빨이 먹혀든 상품들을 집어삼키고
포장된 선물상자를 뜯어보니
가짜 눈알만 하나 똥그렇게 놀라
가짜인 나를
보고 있다면

- 「생명 없는 나무에 종이꽃이 피고」 전문

　신흥도시에서 인공적인 도시생태는 단적으로 드러난다. 역사의 흔적도 자연의 숨결도 찾아보기 힘든 이 인공적인 도시는 '가건물', '가짜 깡통', '조화', '종이꽃', '가짜 눈알' 등 '가짜'로 가득하다. 가짜로 뒤덮인 인공의 도시에서 시인은 공허한 욕망의 본질을 통찰한다. 쾌적한 환경을 위한 인위적인 조작의 흔적은 생활의 곳곳에 침투해있다. "하나의 桶 속에서/죽어가는 작은 게들/양파의 웅크림/멸치떼의 침묵/다듬어진 파와 쑥갓/냉각된 기류는 소리없이 흘러다니고/나의 의식은 냉장고 속 죽은 물고기의/차가운 뼈에 닿고 있다"(「냉각된 도시에서」)에서 묘사되는 풍경은 익숙한 도시생활의 단면이다. 도시생활에서는 일용할 양식들조차 자연의 상태에서 멀어진 채 가공되어 있다. 잘 다듬어져 가지런히 정돈된 식품들은 죽음의 이미지를 풍긴다. 시인은 인공물로 넘쳐나는 도시의 생태를 병이나 죽음에 가까운 것으로 파악한다.

오염된 도시생태의 심각성을 포착하는 시인의 시선은 지극히 냉철하고 예리하다. 그의 시는 사실에 대한 치밀한 관찰을 바탕으로 할 뿐 아니라 그것의 근본적인 원인에 대한 통찰을 내포하고 있다. 인간의 헛된 욕망이야 말로 도시의 삶을 죽음으로 이끄는 문제의 핵심이다. 욕망은 무한증식하며 가속화되는 속성이 있다. 최승호의 시에서 질주하는 '바퀴'는 욕망의 질주와 파멸의 궤적을 상징한다. "소음이 땡삐처럼 들끓는 거리가 붕붕거린다/붕붕 거리는 소리를 쫓아 뒤질세라 떼지어 붕붕거리며/중고차 시장으로 폐차장으 로/고철을 향하여 질주하는 욕망의 바퀴들이다"(「붕붕거리는 풍경」)에서처 럼 자동차의 소음으로 가득한 도시의 거리는 욕망의 도가니를 연상시킨다. 시인은 죽음조차 불사하는 욕망의 질주를 간명하게 포착해낸다.

도시생태를 담고 있는 최승호의 시들은 파멸을 향한 무한 욕망의 현상에 집중한다. 그 욕망은 너무 압도적이어서 대안을 찾기 어렵다. 작은 생명들이 열어 보이는 초록의 길을 발견한 이하석과 달리 최승호의 시에서 도심의 작은 생명들은 인간 욕망의 희생물일 뿐이다. 「질주」에서 비둘기는 질주하 는 자동차들에 무참하게 희생된다. 죽어가는 비둘기를 발견했는데도 속도를 줄일 수 없는 상황이 더 심각하다. "자동차를 타고 있었고 뒤에서 자동차들이 무서운 속도로 쫓아오고 있었으므로 브레이크를 밟을 수가 없었다. 감전된 듯 푸득푸득거리면서 비둘기를 점점 등뒤로 멀어져 갔다. 사실은 우리가 빠르게 도망자들처럼 멀어져가고 있었다. 에어컨을 틀고 있었고 차 유리문을 다 닫고 있었기 때문에 비둘기의 절규도 그 어떤 울부짖음도 들려오지 않았 다."는 고백처럼 현대적 도시의 생태 자체가 작은 생명들에 위협적이다.

모두가 질주하는 상황에서 작고 연약한 존재들을 돌아볼 여유는 없다. 그리고 자동차가 그러하듯이 외계와 차단된 밀폐된 환경으로 인해 서로 고립된 채 저마다의 길을 달려갈 뿐이다. 인공에 밀려 자연은 버려지고 파괴되어 간다.

최승호의 시에서 도심 속의 자연은 인공에 압도되어 미약하기 그지없거나 기형적인 것으로 그려진다. 「잠원역의 누엣늙은이」에서 지하철역 입구의 기둥 밑에 돋아난 생명은, "사막식물처럼/오지 않는 희귀한 나비를 기다리는 /민들레"에서처럼 사막 같은 환경에서 나비를 기다리는 듯 부정적인 상황에 놓인 것으로 표현된다. 도심의 생태는 자연의 생명이 유지되기 힘든 열악한 환경인 것이다. 뽕나무밭이 가득했던 잠원역에는 "8미터짜리 누에"가 타일벽에 자리 잡고 있다. 옛 지명의 상징만 남고 자연은 사라진 상태이다.

> 왕숙천에 사는 꼽추물고기들을 보았다면 당신도 莊子의 道를 의심하게 되었을 것이다. 꼽추물고기가 아가미를 벌름거리는 것도, 머리 없는 개구리 가 아무데로나 뛰는 것도 道의 묘한 작용이다. 무뇌아들은 그걸 긍정했을 것이다. 그걸 긍정할 수가 없다. 그걸 긍정해야 한다. 이 대목에서 글이 뒤틀 린다. 이 대목에선 道가 독약 먹은 듯 자빠진다.

> — 「잠원역의 누엣늙은이」 부분

시인은 도심의 생태가 얼마나 병들었는지를 특유의 냉소와 반어로 이야기 한다. 도시의 하천에 사는 '꼽추물고기'와 '머리 없는 개구리'는 심각한 수질 오염 상태를 보여준다. 시인은 뒤틀리는 언어로 그 충격을 표현한다. 도시의 병적인 상태에 있어서는 자연을 이끄는 도의 작용조차 무력해지는 듯하다. 최승호의 시에서 도시문명과 대비되며 비판적 대안으로 제시되는 무위자연 의 도가 이 시에서는 "독약 먹은 듯 자빠진다." 최승호의 시에서 도의 작용이 가장 잘 그려지는 경우는 자족적인 생명으로서의 공간을 그릴 때이다.[12]

도심 속에서 기형이 되어가는 생명체는 자연이 제어하지 못하는 도시생태의 심각한 오염상태를 드러낸다.

최승호 시에 나타나는 도시생태에서 '나무'가 차지하는 의미는 독특하다. 그의 시에서 나무나 식물의 이미지는 그리 자주 등장하지는 않는다. 오히려 인조꽃이나 인조나무, 혹은 죽은 나무들이 가끔씩 등장하여 도시의 인공적이고 삭막한 풍경을 드러낸다. 번다하고 인위적인 도시 환경에서 식물처럼 고요한 존재는 쉽게 소외된다. 「화분」이라는 시에서는 시인 자신이 옥상에 올려놓고 잊고 있던 화분에 대해 "소외의 군락에서도/또 소외가 일어난다"는 성찰을 보인다. "어두운 하늘 밑 쥐회색 지붕들" 사이에서 우두커니 비를 맞고 있는 화분은 도시의 중심에서 밀려나 있는 자연의 위상과도 같다. 도시의 환경은 나무의 생장에 적합하지 않다. 오염된 공기와 물, 협소한 토양 등은 나무의 생존에 위협적이다.

> 나무를 죽이는 비가 온다. 대머리들이 두려워하는 식초 같은 비, 黑林을 古鐵의 숲처럼 찌그러뜨린, 산성비가 온다. 그래도 나무를 심어야 한다. 우리가 스피노자는 아니지만 나무를 심어야 한다. 오색딱따구리, 소쩍새, 자라나는 후손들을 위해서가 아니라, 나무를 위해 나무를 심어야한다. 우리가 내보낸 오줌 같은 비가 하늘에서 땅으로 되돌아온다 해도, 땅이 없고 흙이 없어도 나무를 위해 나무를 심어야 한다.

>   - 「나무를 심는 사람」 부분

나무에 대한 시인의 생각이 전면에 등장하는 이 시에서는 나무를 심어야 한다는 직접적인 발언을 행한다. 흔히 하는 말처럼 자연과 인류의 미래를 보호하기 위해서가 아니라 "나무를 위해 나무를 심어야 한다"고 한다. 늘

---

12) 이혜원, 「욕망의 원리와 무위자연의 도」, 『생명의 거미줄』(소명출판, 2007), 198면.

다른 무언가를 위한 도구로 삼는 나무를 중심에 놓음으로써 모든 존재의 존귀함을 각성시킨다. 나무 그 자체를 인식하고 그것을 보존하려는 노력은 만물의 평등한 생명권에 대한 자각에 기반하며 생태계의 존속을 위한 근본적인 자세라 할 수 있다.

시인은 소멸을 향해 질주하는 '휘발성의 거리'에서도 굳건하게 버티며 의연하게 우람해지는 나무의 강한 생명력에 주목한다. "플라타너스에 박힌 굵은 못을/해마다 나이테가 천천히 삼키는 중이다"에서 나무는 고난을 감내하며 단련되는 성자의 이미지를 연상시킨다. "대지 위의 농부는/한 그루 농부라고!"(「타일 위의 잠」)하는 것으로 알 수 있듯 나무에 대한 시인의 애착은 두드러진다. 나무와 농부는 다 같이 대지에 굳건히 뿌리를 내리고 오랜 시간을 견뎌온 존재들이다. 인공의 구조물과 병든 자연으로 가득한 도시에 대지의 강인한 생명력을 증명하는 나무는 도시생태와 무위자연의 도를 접합하는 매개가 될 수 있다. 저 자신은 움직이지 않으며 생명을 피올리는 나무는 "언제나 아무 활동도 하는 바가 없지만 또한 안 하는 바가 없다"[13]는 도의 실천과 유사한 생태를 보인다. 시인은 나무 자신을 위해 나무를 심어야 한다고 하지만 그것은 곧 도시와 자연이 공존하는 길이기도 하다.

4. 도시 산책자의 시선과 '개인'의 각성 - 이문재

이하석이나 최승호가 시인 자신을 잘 드러내지 않은 채로 도시생태에 대한 집중적인 관찰이나 통찰을 행하는 것에 비해 이문재의 시에서는 시인의 존재가 뚜렷이 드러난다. 그는 시에서 직접 움직이고 사유한다. 시에서 그는

---

13) 『老子』, 道常無爲章 第三十七, "道常無爲, 而無不爲".

천천히 걸으며 자신의 눈에 들어온 풍경을 관조하고 끊임없는 사색을 행한
다. '산책'은 이문재 시의 태도나 방법론에 해당한다. 그의 산책이 특징적인
것은 대도시의 중심에서 이루어진다는 것이다. 도시 환경은 산책하기에 그리
적합하지 않다. "도시는 단 한 사람의 산책자도 인정하지 않으려 합니다
느림보는/가장 큰 죄인으로 몰립니다/게으름을 피우거나 혼자 있으려 하다
간/도시에게 당하고 말지요/이 도시는 산책의 거대한 묘지입니다"(「마지막
느림보 - 산책시 3」)에서 말하듯 도시생활은 게으르게 돌아다니는 산책자를
허락하지 않는다. 그런데도 시인이 산책을 지속하는 것은 도시의 지배에
대한 저항의 의미가 크다. "산책만이 두 눈과 귀를 열어준다는 비밀"을 아는
시인에게 산책은 의식화된 행위이다. 이는 도시의 거리를 근대적 삶의 상징
으로 간주한 벤야민을 연상시킨다. 벤야민은 산업화 시대의 부산물인 대도시
의 군중이라는 '현상'과 거리의 다양한 자극을 자신의 것으로 수용하는 산책
자의 양가적 '시선'에 주목한다. 산책자는 군중에게 매혹당한 집단의 일원인
동시에 그들로부터 거리를 두고 냉정하게 관찰하는 양면적 존재이다.[14] 산
책을 통해 시인은 도시의 다양한 생태를 주의 깊게 살펴보고 대도시의 구성
원이자 산책자로서의 자기 자신을 각성한다.

  산책자로서의 시인은 눈앞에 펼쳐지는 도시생태에 매혹되면서도 비판적
이다. "나의 눈이 가는 길, 서울에선 없다, 서울이 수시로 내 눈을 끌어당길
뿐이다, 광고의 아우성과 매체의 잡음 속에서 광고의 잡음과 매체의 아우성
으로 나온다"(「타워 크레인 - 고독한 산책자의 몽상」)에서는 각종 광고의
시각적 자극에 이끌리면서도 그것의 문제점을 직시한다. 도시의 자극에 수동
적으로 반응하는 것은 주체적으로 바라볼 수 있는 시선을 잃는 것과 마찬가
지이다. 시인은 자신의 시선을 압도하는 도시의 풍경을 위험한 것으로 간주

---

14) 반성완 편역, 『발터 벤야민의 문예이론』(민음사, 1983), 164면.

한다. 특히 깜박이는 빛에 대한 경계가 두드러진다. 깜빡거리는 것들은 쉴 새 없이 주의를 끌며 시선을 조종하기 때문이다. 깜빡이는 것들을 극복하는 방법을 시인은 다음과 같이 제안한다. "깜빡거리는 저것들을 응시하라/그러면, 깜빡, 거리며/서서히 죽어갈 것이다".(「저 깜빡이는 것들 - 산책시 5」) '응시'는 주체가 대상을 능동적으로 의식하는 방법이다. 대상을 주체적으로 끊임없이 의식한다면 그 허상을 깨닫고 넘어설 수 있는 것이다. 이처럼 시인은 도시를 관조하면서도 비판하는 산책자의 시선을 유지하려 한다.

　도시생활자로서 시인은 도시생활에 익숙하면서도 그에 대한 비판 의식과 각성이 뚜렷하다. 그에게 도시의 생활환경은 아무래도 기이하고 어색한 것으로 인식된다. "29층 화장실/멀리 한강은 아주 느린 하류/변기에서 움찔 놀란다/바다의 한 입이 여기까지 올라와 있다"(「천지간」)는 순간적 인식은 인공적인 도시적 생태의 기묘함을 각성시킨다. "표고 45미터에서 잠자고, 지하철을 한 시간 타고 도심으로 나와서 지상 21층에서 일하다가, 점심 때는 대개 29층 구내식당에서 밥 먹고, 저녁에는 간혹 지하 생맥주집에 들렀다가 곧장 지하철을 타고 집으로 간다"(「그날이 어느 날 - 고독한 산책자의 몽상」)고 따져보면 땅에 발 딛을 틈 없이 사는 고층생활의 기이함이 선명하게 드러난다. 그는 자신의 삶 자체에서 도시생태의 부자연스러움을 간파한다.

　시인은 첨단의 도시생태에 거부감을 일으키는 것에 비해 과거의 자취에는 강한 애착을 보인다. 그가 도시의 한복판에서 발견한 농업박물관은 시간의 개념에 대한 일대 충격으로 다가온다. "불과 30년 사이에 농업은 박물관으로 들어가게 되었"(「농업박물관 소식 - 목화 피다」)다는 사실은 놀랄 만큼 빠른 시대의 변화를 깨닫게 한다. 농업이 벌써 박물관에 들어가 있는 실정이라면 "내 손자가 이 할애비를 도시박물관에서 찾게 되는 날이 올지도 모"르겠다는 상상도 불가능한 것은 아니다. 자신의 속도에 잡아먹힐지도 모를 도시가 농업을 박물관에 넣고 농사를 분재로 만드는 광경에 시인은 격분한다. "세종

문화회관 앞의 곡식이나/지하철 승강장의 새소리/광고 옆에 붙어 있는 한국 명시를 볼 때마다/나는 욕지기가 납니다/농업에게 미안합니다"(「농업박물관 소식 - 도시는 말이 없고」)는 직설적인 감정의 토로는 농업이 대변하는 과거의 시간을 박제화하는 도시의 생태에 대한 강한 부정에 기인한다. 그는 현재에 대한 부정과 과거에 대한 선호를 뚜렷하게 표명한다. 가령 종로 뒷골목의 피맛골에서는 "나름대로의 격조"를 발견하고 "詩人不大路行"(「피맛골 안내문 - 고독한 산책자의 몽상」)이라며 동질감을 내비치기도 한다.

　산책자로서의 시인은 대도시의 구석구석을 거닐며 과거와 현재의 삶을 대조하고 응시한다. 그는 현재에 대한 비판을 통해 그 대안으로서 농업에 바탕을 둔 '오래된 미래'를 제안한다. "요즘 내가 쓰고 있는 '농업박물관 소식'은 결핍의 미학, 견딤의 미학에 근거하고자 한다. 그 시들은 우선 농업의 시대, 저 농경공동체 문화에 대한 유전자적인 그리움을 짙게 풍기면서 문명을 야유하지만, 궁극적으로는 새로운 문명을 위한 단초를 찾으려 한다. 나는 사상가나 이론가가 아니므로, 나는 당초에, 그리고 앞으로도 시인일 것이므로 어떤 징후나 직감, 혹은 꿈과 예감의 한 가닥을 겨우 붙잡고 그것을 말하려 할 뿐이다."[15]라는 말처럼 시인으로서의 그는 과거의 문명인 농업에서 근대문명을 극복할 수 있는 예지를 찾으려한다. 농업은 자연과 인간이 조화를 이루며 공존하던 시대의 생활방식이다. 자연은 결핍과 견딤의 시간을 겸허하게 지나온 인간에게 수확의 기쁨을 주고 생명을 유지시킨다. 그에 비해 효율성이 증대된 근대에 이르러 인간은 오만하게 자연 위에 군림해왔다. 시인에게 농업은 '은유'이며 자연 파괴를 감행해온 근대문명에 대한 비판으로서의 의미가 강하다.

---

15) 이문재, 「미래와의 불화」, 『마음의 오지』(문학동네, 1999), 101면.

> 엽록소를 버린 겨울나무들
> 한밤중에 이상한 광합성을 하고 있다
> 광화문은 광화문(光化門)
> 뿌리로 내려가 있던 겨울나무들이
> 저녁마다 황급히 올라오고
> 겨울이 교란당하고 있는 것이다
> 밤에도 잠들지 못하는 사람들
> 광화문 겨울나무 불꽃나무들
>
> ―「광화문, 겨울, 불꽃, 나무」 부분

 겨울에 도시의 가로수에서 흔히 볼 수 있는 '불꽃나무'도 자연에 가하는 문명의 폭력을 보여주는 예라 할 수 있다. 온몸을 전선으로 감고 밤에도 겨울에도 쉬지 못하고 시달리는 나무는 자연을 지배하려는 근대문명의 희생물이다. '겨울나무'를 휘감고 있는 전원은 자연의 생태를 인위적으로 조정하여 '이상한 광합성'을 일으킨다.

 이처럼 '전원'은 인간과 자연을 포함하여 근대문명 지배하는 시스템의 중핵이다. "제국발전소에 연결되어 있지 않은/시민은 시민이, 아니 생명체가 아니다"(「제국호텔 ― 더이상 빌어올 미래가 없다」)에서 말하듯이 첨단의 문명에 의해 유지되는 현대도시의 생태는 그 주민들에게 강력한 통제력을 발휘한다. '깜빡이는 것들'처럼 '전원'은 시선과 의식을 마비시켜 자율적인 판단을 제거한다. 모두가 똑같은 성공을 향해 달려가는 사람들은 자신의 존재에 대한 자의식이 없다. 개인은 사라지고 동일한 욕망의 궤적만이 남는다. 시인은 개인이 상실된 허황한 욕망의 관제탑을 '제국호텔'이라고 부른다. '제국호텔'의 반대편에는 '오래된 미래'인 '농업'이 있다. '제국호텔'의 유혹을 극복하고 '농업'을 선택하기 위해서는 산책자로서의 각성과 개인으로서의 자유가 있어야 한다.

나 도망가는 법 터득했다
집 떠날 필요 없다
파워 오프 ―
가만히 앉아서 모든 전원을 끌 것

고개 들어 먼산 바라보니
만산홍엽
빨갛게 불을 켠 나뭇잎들이
전원을 내리고 있다

내 안에 조금씩 전기가 고이고
밤이 오고 아침이 온다
그러고 들여다보니
나 아주 오래 된 수력발전소

― 「만산홍엽 ― 고독한 산책자의 몽상」 부분

시인은 '제국호텔'의 통제에서 도망하는 법으로 "가만히 앉아서 모든 전원을 끌 것"을 주문한다. 전원을 끄는 순간 문명은 멀어지고 자연은 가까워진다. 가을이 되면 전원을 내리고 숙면을 준비하는 나무들처럼, 전원을 내린 시인은 "밤이 오고 아침이 오는" 자연스러운 시간의 리듬을 회복한다. 외부의 전원을 끈 후 그는 자신에게 자가발전이 가능한 수력발전소가 내재해 있었음을 발견한다. 개인의 발견은 현재의 삶에 대한 대안으로서 어떻게 작용할 수 있을까? "나는 '개인'이기 위하여, 개인을 옹호하기 위하여 시를 쓴다. 개인은 그냥 주어지지 않는다. 선천이나 선험이 아니다. 끊임없는 자의식, 즉 깨어 있음만이 개인을 가능케 한다. 나에게 시쓰기는 개인으로 존재하기와 같은 말이다."[16]라고 하듯, 시인이 추구하는 '개인'은 자의식을 가지고

---

16) 위의 글, 101-102면.

깨어있는 자이다.[17] 그러니까 그에게 '개인'은 '시인'과 동의어라고도 할 수 있다. 시인은 근대의 획일화된 욕망에 갇히지 않고 첨단의 도시 속을 느리게 산책하며 자신의 시선으로 현재와 미래를 간파하는 자이다. 그의 시에 유난히 많이 등장하는 '나'는 '개인'으로서의 자유와 비판의식을 잃지 않으려하는 시인의 부단한 자의식의 증거라고 할 수 있다.

5. 결론

최근의 생태문학에서는 도시생태에 대한 관심이 증가하고 있다. 대다수 인구가 도시에 집중되어 살아가는 현실적 상황과의 긴밀한 호응이 요청되기 때문이다. 도시생태에 대한 문학적 접근은 인간과 자연이 맺는 관계의 현실적 양상을 살피면서 생태문제에 대한 근본적 비판을 가능케 하는 심층생태학의 관점을 필요로 한다. 본고에서는 이하석, 최승호, 이문재의 시를 중심으로 한국 현대시에 나타나는 도시생태의 수용양상을 살펴보았다. '도시'와 관련된 시들을 모더니즘적인 경향으로 파악하거나 비판적 사회시로 언급하던 기존의 관점과 달리, 인간중심적 관점에서 벗어나 도시의 환경과 인간의

---

17) 각성된 개인의 중요성에 대한 시인의 인식은 들뢰즈의 '소수자 되기' 개념과 상통하는 바가 있다. 들뢰즈는 백인, 남성, 어른, '이성적임' 등의 중심점에 의해 유지되는 고정된 구조의 지배구조에 반하는, 다수성의 탈영토화된 변수로서 존재하는 소수성을 중시한다. 소수자 되기는 자신의 요소들인 탈영토화된 매체와 주체를 통해서만 존재하는데, 이런 예상할 수 없지만 능동적인 작은 디테일이 없이는 다수성에서 이탈하지 못한다.(질 들뢰즈·펠릭스 가타리, 『천개의 고원』, 김재인 역(새물결, 2001), 552-553면 참조.) 소수자인 개인으로서 끊임없이 깨어 있는 자의식을 촉구하는 이문재 시인의 방식은 욕망의 제국에 저항하는 '소수자 되기'의 미시정치학이라고도 할 수 있다.

상호작용에 주목하여 도시 속의 자연을 새롭게 보고 도시생태 문제의 극복과
대안을 찾아보고자 하였다.

이하석은 도시 변두리의 생태에 대한 치밀한 관찰과 구체적인 묘사를
행한다. 그는 도시 변두리에 버려진 폐기물들을 정밀하게 관찰하여 도시생태
의 심각한 오염 양상을 드러낸다. 그의 치밀한 관찰력은 도시생태의 파괴적
국면뿐 아니라 자연의 치유력을 발견한다. 이하석 시에 두드러진 구체적
사물에 대한 관심은 인간 중심적 시선에 대한 대안으로서의 의미가 크다.
시인은 도시생태의 부정적인 측면에 대한 비판에서 나아가 도시와 자연의
접점에서 초록 생명의 길을 찾아낸다. 작은 생명체의 눈을 따라가는 방법으
로 자연과 도시의 공존 가능성을 제시한다.

최승호는 도시 중심의 생태를 날카롭게 관찰하고 비판적으로 통찰한다.
그는 인공적 도시의 병적이고 파괴적인 양상을 간파한다. 그의 시에서 도시
는 심각하게 오염되어 돌이킬 수 없는 파멸을 향하고 있는 것으로 드러난다.
시인은 도시가 보이는 파멸적 징후의 근본적 원인으로 욕망의 문제를 포착한
다. 욕망의 무한증대는 너무 압도적이어서 대안을 찾기 힘들다. 도심의 생태
는 작은 생명들을 일방적으로 희생시키는 폭력성을 드러낸다. 병적 상태가
심각한 도심에서는 자연을 이끄는 도의 신묘한 작용을 찾기 힘들다. 도시의
자연 중에서는 '나무'가 대지의 강인한 생명력을 대변하며 무위자연의 도를
도시생태 속에 접합시킬 가능성을 보여준다.

이문재는 산책자의 시선을 유지하며 도시에 대한 비판적 사유를 보여준
다. 그는 도시의 구성원으로 생활하면서도 도시생태의 문제점을 분명하게
각성한다. 그는 첨단의 도시생태에 대해 거부감을 드러내며 비판적 대안으로
서 '오래된 미래'를 제안한다. 전시대의 문명인 농업에 바탕을 둔 오래된
미래는 자연과 인간이 조화를 이루며 공존하는 방법이 될 수 있다. 시인은
도시자연의 생태를 교란하고 도시의 주민들을 일방적으로 몰아가는 문명의

이기인 '전원'을 끄는 데서, 근대적 통제에서 벗어나는 법을 터득한다. '개인'으로서의 자유를 누리며 끊임없이 각성된 의식을 추구함으로써 도시의 병리에서 벗어날 수 있는 예지를 발현한다.

우리시에서 도시생태의 시적 수용을 대표하는 세 시인을 통해 인간 중심적 관점을 극복하고 자연과 도시가 공존할 수 있는 방법을 모색해보았다. 치밀한 관찰과 비판적 통찰, 자유롭고 깨어 있는 산책자의 시선이 도시의 문제를 바로 볼 수 있게 한다. 지금까지의 성과를 바탕으로 도시생태에 대한 지속적 관심을 기울이며 독자적인 미학을 형성하여 폭넓은 공감을 얻는 생태문학이 활성화되어야 할 것이다.

2

세계의 생태시론

『문학과환경』 10년,
영·미시 분야를 중심으로

영·미시 분야를 중심으로

세계생태시론에 대한 성찰

● 최동오 (충남대학교)

1. 들어가며

영·미시를 환경문제와 연관을 지어 읽으려는 시도는 1972년 출판된 월리스 카우프만(Wallace Kaufman)의 워즈워스 읽기에서 시작되었다고 해도 과언이 아니다. 카우프만은 「혁명, 환경, 시」라는 글에서 워즈워스의 「마이클」이 지리적 환경이 어떻게 인간에게 영향을 미치는지를 극화하는지를 보여주는 시라고 평가한다. 그에 따르면, 마이클은 "단순히 농촌을 대변하는 인물이 아니고 『사람의』 성격이 지형이나 생물적 환경 그리고 특별한 장소에 의해 형성된 가정사(family history)에 의해 만들어진다는 것을 보여주는 인물"이다(143). 즉 이 시는 한 가족과 환경의 일체성을 보여준다는 것이다. 카우프만이 암시하고자 하는 것은 인간과 자연 환경이 분리될 수 없다는 사실이다. 한 사람에 대한 어떠한 평가도 반드시 그를 둘러싼 자연 환경에 대한 고려를 수반해야 한다는 것이다.

카우프만의 글에 이어서 출판된 칼 크로버(Karl Koeber)의 논문도 워즈워스를 평가하는 글이었다. 크로버는 워즈워스의 「그래즈미어의 집」("Home at Grasmere")이 자연을 바라보는 현대의 급변하는 태도를 예견하는 시라고 평가하며 이 시를 쓴 워즈워스의 목적이 전일성에 대한 현대의 생각과 유사한 "다양성 속의 통일성"(139)을 구현하는 것이라고 지적한다. 크로버에 따르면, 전일성에 대한 이와 같은 믿음은 자신의 자아가 정의되는 한 장소나 지역을 워즈워스가 잘 알고 있다는 점에서 연유한다. 즉 워즈워스는 자신의 자아를 그가 처한 환경의 부분으로 이해했다는 것이다. 자아와 그래즈미어의 상호의존적 총체성을 논의한다는 점에서 크로버의 논문은 생태비평적 연구의 효시와도 같다고 볼 수 있다.

70년대를 지나면서 영·미시 읽기는 80년대의 역사주의 비평에 자리를 내주는 듯 했으나 1985년에 나온 존 엘더(John Elder)의 『지구를 생각하기』(*Imaging the Earth*)는 미국시가 자연으로부터 유리된 문화의 열병에서 시작되지만 세계의 전체성에서 그 치유의 토대를 발견한다고 지적함으로써 시를 생태비비평적 차원에서 접근할 수 있는 가능성을 열어 놓았다. 이후 90년대에는 낭만주의 생태비평 분야에서 고전이 된 조나단 베이트(Jonathan Bate)의 『낭만주의 생태학』(*Romantic Ecology*)이, 영국 현대시의 자연에 대한 관심사가 사실은 생태적인 사상에 근거하고 있다는 주장을 펼치는 테리 기포드(Terry Gifford)의 『녹색의 목소리들』(*Green Voices*)이 각각 간행되면서 영·미시를 생태비평적으로 읽기 위한 부흥의 시기를 맞이한다.

2002년에 『생태시』(*Ecopoetry*)라고 이름을 붙인 시비평 선집을 출간하면서 스캇 브라이슨(Scott Bryson)은 생태시의 특징을 세 가지로 요약한다 (5-7). 생태시가 강조하는 첫 번째 특징은 공동체에 대한 인식에서 나온다. 인간과 비인간 자연이 한 공동체의 평등한 구성원이라면 각각의 구성원을 향한 겸손의 태도가 생겨나야만 하는 것이다. 이 겸손은 타자로 인식되어 온 자연을 향한 윤리적 책무이자 낭만주의 시기 이래 모든 가치 판단의 준거로 작용해온 개별 자아에 대한 인간 스스로의 반성이라 할 수 있다.

생태시의 두 번째 특징은 이 공동체의 구성원들 사이의 상호 관계에 대한 인식에서 나온다. 이는 세계가 만물의 상호의존성에 의해 구성되어 유지되고 있다는 것을 깨닫는 것으로 생태주의적 시각이라고 불릴 수 있다. 이 시각은 생태적 세계관의 다른 이름이며 세계의 모든 구성 요소가 상호 연결되어 있다는 믿음이다. 이는 또한 구체적인 장소와 그 장소를 공유하며 헌신하는 생명체들이 상호의존에 의해 존재의 모습을 영유한다는 믿음이며 이 세계의 모든 개별 존재가 사실은 맥락적인 상황 하에서 상호 연결되어 있다는 것을 가르친다.

세 번째 특징은 기술화 되고 과학화 된 현대 사회를 과도하게 신뢰하는 태도에 대하여 회의적인 시선을 보낸다는 것이다. 이 시선은 생태적 재난을 낳을 수 있는 기술과 과학 만능의 초합리적 세계관을 지향하는 자들에게는 경고의 시선일 수밖에 없다. 인간이 이룩해온 기술 과학은 아침에 핀 민들레 꽃 한 송이의 생명의 신비를 여전히 설명하여 주지 못하고 있다.

자연을 향한 겸손, 생태중심주의, 그리고 초합리성에 대한 회의로 요약되는 생태시의 특징이 현재의 생태시 비평에서 얼마나 큰 영향력을 발휘하고 있는지 알 수 없다. 그럼에도 불구하고, 지난 40년간 영미권에서 이루어진 생태시 비평분야를 개관한 이유는 지난 10년간 우리 영문학계의 일각에서 이루어진 생태시 비평의 윤곽을 가늠해보고자 하기 때문이다. 김원중이 1995년에 「자연에의 애무: 게리 스나이더의 생태학적 이상」이라는 매우 매혹적인 제목의 논문을 통해 스나이더의 생태시를 소개한 이래 많은 학자들이 지난 10년간 다양한 작가의 여러 시에 생태비평적 접근을 시도해왔다. 이 글은 이러한 지난 10여년의 작업을 영국시와 미국시로 나누어 살펴 각각의 분야에서 생태비평과 관련하여 어떠한 작업이 진행되었는지 알아보는 데에 그 목적이 있다.

2. 영국시 분야

영국의 시문학을 논의하는 일은 두 가지 면에서 쉽지 않다. 첫째는 영국의 긴 문학사가 보여주듯이 이 나라의 시문학을 하나의 경향으로 묶어 소개하는 일이 간단하지 않기 때문이다. 기원전부터 혼종문화의 전범을 보여 온 나라이고, 여러 민족이 바라보는 사회문화적 시각이 다양하여 그것을 갈래지어 생태주의라고 하는 하나의 관점으로 엮어내기가 쉽지 않다. 둘째, 영국은 자국의 시문학이 자연의 전통에 근거하고 있다고 믿고 있다. 이러한 믿음은 영국의 생태시를 논의하는 데에 있어 걸림돌로 작용할 수 있다. 실제적으로는 두 문학의 경향이 다름에도 불구하고 많은 사람들은 이 두 문학이 같다고 여기고 있고 영국의 생태시 개념이 자연의 전통이라고 하는 틀 안에서 작용하고 있다고 믿기 때문이다. 바로 이러한 어려움이 역설적으로 영국의 생태시를 논의하는 일을 가능하게 만든다. 즉, 긴 역사 속에서 자연에 관한 다양한 관점이 어떻게 만들어져 전통이란 이름으로 구축되었는지를 묻는 과정에서 우리는 영국의 생태문학의 흔적을 찾아볼 수 있기 때문이다. 이런 까닭에 영국의 생태시를 논의하는 일은 자연문학의 전통, 영국문학이 자랑하는 자연시의 전통에서 출발할 수 있다.

생태시를 자연시의 전통과 반발이라는 차원에서 보면, 영국에서 본격적으로 생태시라고 불릴 수 있는 작품이 등장한 시기는 18세기 후반과 19세기 전반에 융성한 낭만주의 기간이다. 제임스 맥큐식(James C. McKusick)은 낭만주의를 논의하는 한 글에서 워즈워스(William Wordsworth)와 코울리지(Samuel Taylor Coleridge)가 『서정담시집』(Lyrical Ballads)을 쓸 당시에 "자연세계를 역동적인 생태계로 인식하고 야생동물과 자연 풍경을 보존하는 열정을 공유했"고 주장한다(202).

우리 학계에서도 낭만주의 전후 기간에 대한 생태비평적 관심이 높다.

전세재는 18세기 농경시에 대한 생태비평의 가능성을 타진하면서 18세기가 생태학적인 관점에서 양가적인 의미를 지닌 시기라고 설명하고 이 시대의 농경시는 낭만주의 생태학과는 다르게 "어떻게 생태학적으로 자연을 '향상' 시킬 것인가의 보다 절박한 문제를 다루고 있다"고 주장한다('18세기' 118). 그는 설명을 위해 제임스 톰슨과 윌리엄 메이슨의 농경시를 예로 드는데, 그들의 시가 인간중심적인 성향을 농후하게 보여주면서 동시에 인간의 간섭을 통해 자연의 아름다움이 향상될 수 있다는 것을 보여준다고 설명한다. 또한 전세재는 기존의 낭만주의 생태비평이 갖는 한계를 읽어내는 한 논문에서 기존의 비평이 심미적 차원의 읽기에 그치고 있다고 지적하며 구체적인 자연대상과 관찰자의 관계를 면밀히 살펴봄으로써 그 한계를 극복할 수 있다고 제안한다. 그는 코울리지나 키츠가 그리는 나이팅게일이 생태학적 오류를 범하고 있는 반면, 클레어가 재현하는 나이팅게일은 자연에 대한 선명한 관찰을 기반으로 하고 있다고 주장한다. 이에 근거하여 그는 "자연과의 심미적인 일체감이 구현된 시를 발굴하고 중요한 생태시로 평가하고자 한다면, 분명 시적 허용과 생태학적 오류의 차이는 분명히 지적되어야 할 것"이라고 충고한다('낭만주의' 340).

낭만주의 정전 시인이라고 할 수 있는 워즈워스와 셸리(Percy B. Shelley)에 대한 연구도 일정 정도 진척되어 왔다. 워즈워스에 대한 생태비평적 읽기는 『낭만주의 생태학』의 출판에서 알 수 있듯이 낭만주의 생태비평의 근간을 이루고 있다. 이 비평은 인간중심주의라고 하는 사고로부터 벗어나려는, 일종의 탈신비화의 노력이다. 인간중심주의는 근대적 세계관에 기초해 모든 가치의 준거를 인간에게 두고자 하는 사유와 태도를 의미하는 바, 합리적 이성의 절대성을 강조할 때 그것은 자유의 이념이라 불릴 수 있고 이 이성이 자연을 도구화해 인간을 위한 대상으로 만든 담론이 자연의 이념이 된다. 이러한 인간중심주의는 그 뿌리가 계몽의 시대정신에 있으며, 계몽의 시대정신은 이성과 합리성에 근거해 인간의 진보를 확신했으며 이 진보에 대한 확신이 강할수록, 즉 인간의 합리적 이성에 대한 믿음이 강할수록, 자연은 진보를 위한 수단이 되었던 것이다. 낭만주의 생태비평은 계몽의 이성을 비판한다. 하지만 그 이성의 힘을 간과하지는 않는다. 즉 계몽의 이성을 구성하는 두 축인 경제적 합리성 개념과 물심이원론을 해체해 새로운 패러다임을 구축하려고 노력하는 것이다. 특히 워즈워스의 시에서 보이는 계몽에 대한 비판들 속에서 이 노력의 가능성을 찾아 볼 수 있다. 워즈워스의 시를 생태비평적 차원에서 선구적으로 읽어온 최동오에 따르면, 워즈워스는 경제적 합리성 대신 생태적 합리성을 제시한 시인이다. 이윤을 위한 합리성이 아니라 자연과 인간의 공생을 위한 합리성을 제시했다고 보는 것이다. 예를 들어, 워즈워스의 시에서 노동은 이윤의 축적을 위한 노동으로 그려지지 않는다. 오히려 그의 묘사는 공존을 위한 노력으로서의 노동에 초점을 맞춘다. 즉 그는 인간과 자연이 조화롭게 순환되고 유지되는 범위 내에서의 노동을 그린다. 그의 시 '그래스미어의 집'과 '마이클'은 좋은 예가 될 수 있다. 최동오는 또한 워즈워스가 물심이원론을 비판하고 전일적(holistic) 세계관을 제시했다고 본다. 정신적인 것과 물질적인 것이 함께 녹아드는 유기적 전체로서 모든 존재물을 파악했다는 것이다. 인간과 자연 사물이 매듭의 형태로 존재하고 상호소통한다는 믿음이 워즈워스의 생각이라는 것이다. 바로 이 생각은 인간과 자연이 중첩된 형태로 상호연관성을 지닌다는 생태학의 그것과 일치한다.

워즈워스를 심층생태학적 차원에서 읽으려는 노력만큼이나 셸리의 생태학적 이상을 읽으려는 글도 찾아볼 수 있다. 최동오는 셸리의 「몽블랑」을 읽는 한 글에서 셸리의 생태학적 이상이 억압적 세계관에서 벗어나고자 노력한 그의 채식주의에서 시작되고 있으며 그러한 그의 이상이 「몽블랑」에서 타자 자연을 향한 사랑의 정신으로 구현되고 있다고 진단한다. 양승갑은 워즈워스처럼 셸리가 인간중심적인 자연관의 전통에서 벗어나 있다고 보는 것에서 논의를 진행한다. 그는 셸리의 시에서 "자연은 주체적인 생명력을 소유하고 있으며, 그러한 생명력은 인간의 물리적정신적 세계와 유기적인 관계를 맺고 있다"고 설명한다(75). 그는 셸리의 여러 시에서 자연이 파괴하거나 압도하는 게 인간이 문명이라는 이름하에 구축해온 것들이라고 주장하면서, 셸리의 시는 "인간의 인식과 언어가 자연 속에서 성장한다고 명시하면서 인간의 주관적이고 능동적인 행동력을 근원적으로 배제하고 있는 것"(97)이 셸리가 추구하는 생태학적 이상이라고 암시한다.

　낭만주의 기간 이후인 빅토리아조의 문학 전체를 특징짓는 한 단어를 찾으라면 그것은 분명 도덕성일 것이다. 혼란스러울 정도로 급격한 사회변화를 겪으면서 영국인들은 자신들을 규제할 기준이 필요했는데 도덕성이 바로 그 기준이었다. 이러한 경건한 시대를 대변하는 작가들 가운데 많은 비평가들은 G. M. 홉킨스(Hopkins)를 생태시의 계보를 잇는 작가라고 평가한다. 그의 시들은 근본적으로 신의 현존을 담아내는 것들이며 이는 자연의 관찰이나 명상에서 시작되어 신에 대한 숙고로 이어지는 과정이다. 이 과정에서 그의 시는 자연시에서 생태시로 변모의 모습을 보인다. 홉킨스는 시에서 야생 자연을 찬미하거나, 야생과 습지의 보존을 주장했고, 벌목에 대해 거친 항변의 목소리를 내놓는데 주저하지 않았다. 이러한 직접적인 언급 외에 홉킨스를 생태적인 시인으로 규정할 수 있는 근거는 그가 자연을 세밀하게 관찰하여 자연의 생명력을 노래했으며 나아가 자연의 개체적 자아를 주장했다는 데에 있다.

　빅토리아조가 지나고 고도로 문명화된 세계로 진입하면서 전원의 삶으로 돌아가고자 하는 욕망이 강해졌다. 영국에서 이 욕망은 일차세계대전 이후 사회적이고 역사적인 긴장을 도외시한 전형적인 전원시를 낳는다. 이와 같은 정치적 퇴행성에도 불구하고 이 시기의 자연시들은 인간이 자연과 땅 그리고

공동체와 맺는 관계가 인간의 근본적인 욕구를 충족시키는 현상이라는 것을
보여준다. 웨일즈의 R. S. 토마스(Thomas), 호반 지역의 노만 니콜슨(Nor-
man Nicholson), 아일랜드의 존 몬타규(John Montague), 스코트랜드의
조지 맥케이 브라운(George Mackay Brown) 등이 이러한 시를 쓴 대표적
시인이라고 할 수 있다.

기계문명을 비판한다고 해서 곧바로 생태시라는 이름을 얻는 것은 아니
다. 오히려 생명력의 예찬을 통해 생태시의 이름을 얻는 시인도 있다. 소설에
서만큼이나 시에서도 생태중심의 가치를 말하는 시인이 D. H. 로렌스
(Lawrence)이다. 그는 자연으로부터 인간이 어떻게 소외되어 있는지를 매우
강건한 자세로 말한다. 20세기를 대표하는 자연시이자 생태시인 「뱀」
("Snake")에서 시인은 홉킨스가 귀족의 언어로 황조롱이를 통해 구현하고자
했던 그 생명력의 에너지를 노래한다. 컴컴한 흙담 틈바구니에서 나온 뱀을
발견하고 시의 화자가 듣는 소리는 그가 받아온 교육의 목소리이다. 그가
받은 교육에서 뱀은 위험한 동물이고 두렵지만 않다면 기꺼이 죽일수 있는
동물인 것이다. 이러한 교육 내용에 서구 문명의 핵심인 기독교 사상이 깔려
있음은 물론이다. 하지만 화자는 뱀을 죽이지 않는다. 단지 통나무를 던져서
내쫓을 뿐이다. 바로 이러한 성찰의 순간에 초점을 맞추어 류점석은 이 시의
특징이 "생명과 죽음의 세계를 넘나들며 서로를 화해시키며 영원한 재생을
가능케 하는 생명의 왕으로서의 뱀의 지위를 깨닫는다는 점"이라고 주장한다
(97). 이어 그는 뱀을 통한 이러한 휴머니즘적 사유가 "생명에서 관계적
삶으로, 다시 서로 관계를 맺는 장으로서의 생명공동체로 확장"(107)되는
생태주의적 사상의 근간이라고 암시한다.

로렌스가 동물을 통해 생명을 예찬한 것처럼 테드 휴즈(Ted Hughes)도
동물들의 원시적 에너지를 표현함으로써 생태적 세계관의 기초를 다진다.
휴즈의 자연에서 목가적 달콤함은 존재하지 않는다. 그것은 폭력과 야수의

포식성이 어우러진 세계다. 휴즈의 동물시들은 이 에너지의 세계를 잘 보여 준다. 그의 동물시는 시인의 시선, 즉 인간 자아의 주체적 관점에서 벗어나 동물 자체의 시각으로 세계를 조망하려 한다. 「횃대에 앉은 매」에서 묘사되 는 매는 그 자체가 세계의 중심이다. 매는 나뭇가지 위에 앉아서 아래 사물들 을 무심히 바라본다. 대지 위의 모든 사물이 자신의 잠재적인 먹이다. 구부러 진 머리와 날카롭게 구부러진 발톱 사이에는 허황된 꿈이 들어설 자리가 없다. 인간의 눈에 매는 허황된 꿈을 꾸는 유아론자처럼 보이겠지만 매의 입장에서 세계의 중심은 자신인 것이다. 휴즈의 동물시가 일구어낸 생태문학 적 성취는 바로 이처럼 에고(ego) 중심의 세계로부터 에코(eco) 중심의 세계 로 그 시각을 변화시켰다는 데에 있다.

현대 영국의 생태시인들의 목소리는 다양하다. 토니 해리슨(Tony Harrison)처럼 반전(反戰)의 목소리를 통해 환경 문제에 대한 책임 의식을 일깨 우는 시도도 존재하고, 길리언 클라크(Gillian Clarke)나 피터 레드그로브 (Peter Redgrove)처럼 녹색 언어의 탐색을 자연의 영성과 물질성 사이의 무의식적 교접에서 찾는 시인들도 있다. 또한 킴 마틴데일(Kym Martindale) 처럼 등산의 경험을 통해 일상의 글쓰기를 실천하여 자연시의 외연을 확장하 는 시인도 있다. 하지만 대체적으로 영국의 생태시는 자연 파괴나 생태계의 위기와 같은 현실의 문제를 논의하는 지점에서는 멀어져 있는 경향이 있다.

3. 미국시 분야

미국 현대시에서 생태비평적으로 가장 많이 다루어진 시인은 단연 게리 스나이더(Gary Snyder)이다. 미국 생태문학의 시성으로 불리는 이름값에 준하는 이목을 받아온 것이다. 김원중은 1995년에 위에서 언급한 논문에서 스나이더가 고도로 산업화된 서양 문명이 인류에게 멸망을 가져올 정도로 가장 큰 위협이 되었다고 진단하는 것을 시작(詩作)의 원천으로 삼는다고 지적한다. 스나이더는 이 위협의 근원을 파헤치고 위기를 진단하면서 어떻게 해야 인류가 생존을 넘어 자연과 상생의 길을 도모할 수 있는지 모색한다. 그에게 서구 문명은 기계 이데올로기에 의해 중독된 상태다. 그것은 땅을 황폐하게 만들고 그 땅 위에 거주하는 사람들을 병들게 한 무서운 적이다. 이 병을 치유하기 위해 스나이더가 제시하는 시공간적인 근원은 구석기 시대 이고, 치유의 방식은 자연과의 상생을 도모했던 북미 인디언의 생활이거나 동양적 비전이다. 김원중은 스나이더의 생태사상의 핵심이 "모든 만물의 상호의존성과 상호침투 그리고 무애(無碍)를 강조하는" 것이며 자연이 "타 자가 아니라 연인으로 보여 우리가 그것과 사랑을 나누게" 되는 것이라고 요약한다(669).

많은 학자들이 스나이더의 생태사상을 다양한 각도에서 접근해왔는데, 김은성은 스나이더의 초, 중기 작품을 바흐친에 기대어 읽으면서 스나이더의 "대화론적인 방랑과 명상"이 "자아와 타자, 인간과 자연세계, 그리고 다른 문화들 사이의 균형된 통합"을 추구하게 한다고 설명한다(443). 그에 따르면 스나이더의 생태의식은 각 객체가 상호 연관성의 구현체이며 공동체 형성의 중요한 요소이고 이 공동체가 순환적 주기로 연속되는 세계라는 것을 인식하 는 데에 있다(444). 신원철은『끝없는 산하』(*Mountains and Rivers without End*)를 구법의 서사시로 읽으면서 이 시집이 "방랑(구법)"을 축으로 연결되어 있으며 거기에 그의 생태사상을 비롯한 세계관과 우주관이 함께 어울려 있 다"고 평가한다(160). 또한 지난 수년 간 스나이더 분석에 치중해온 구자광 은 2010년의 논문에서 스나이더를 생물지역주의를 적용하여 읽는다. 구자광 에 따르면 스나이더는 생물지역주의가 가질 수 있는 위험, 즉 "생물지역 중심적, 생물지역 구성원 중심주의로 귀결"될 수 있는 위험을 알고 "생물지역

주의와 코스모폴리터니즘이 동시에 균형을 이루는 방식을 제시"한다(2). 구
자광은 스나이더가 시에서 자연에게 지구에 대한 공동 사용권을 부여했다고
주장한다.

　미국의 생태주의 시를 언급할 때 스나이더와 함께 항상 거론되는 시인이
로빈슨 제퍼스(Robinson Jeffers)이다. 김은성은 제퍼스에 대해 관심을 보이
고 있는 여러 학자 가운데 한 명인데, 지난 10여년 간 계속해서 제퍼스에
대한 분석을 해오고 있다. 또한 미국의 여러 현대 시인들에게서 생태적 특징
을 읽어내는 작업을 해온 김원중 또한 제퍼스를 도가적인 관점에서 분석하고
있다. 이 둘은 제퍼스의 비인간주의/반인본주의(inhumanism)를 자신들의
방식대로 해석하면서 시인의 생태주의를 이끌어낸다.

　비인간주의라는 용어를 쓰고 있는 김은성은 "인간혐오성이 (제퍼스의)
비인간주의 철학의 중심에 있고, 비인간주의는 이 인간 혐오적 관점으로
시작해서 끝난다"고 못 박는다(42). 그에 따르면 제퍼스의 시의 대부분은
이러한 인간혐오를 내보이는 상징적이며 의식적인 분위기가 지배적이다.
인간성에 대한 미련을 버리고 인간을 위한 그 어떤 대안도 마련하지 않은
채 인간의 자기파괴성을 탐색하는 일이 제퍼스 시의 특징이라는 것이다.
김은성에 따르면 이러한 제퍼스가 궁극적으로 바라는 것은 "인간이 자신의
자아 중심적 내면세계에서 외부세계로 향함으로써 우주 안에서 그들의 위치
를 정확히 인식하는 것이다"(49). 김은성이 파악하는 제퍼스의 생태주의의
핵심은 내면 지향성이 지닌 자기 폭력성에서 외면 지향의 우주의 진리를
향한 방향의 전환이다. 이 진리는 두 가지 축에 의해 지탱되는데 그것은
자연이 스스로 질서를 지키기 위해 폭력을 행사한다는 점이며 평형상태를
유지하기 위해 스스로를 주재하는 주체로서 기능한다는 점이다(57-58).

　비인간주의라는 말 대신에 반인본주의라는 용어를 선호하는 김원중은 제
퍼스가 말하는 반인본주의란 "인간으로부터 인간이 아닌 것들로, 즉 사물들

로 주안점을 옮기는 것이고 이를 위해서는 유아론적 관점에서 벗어나 탈인간
적인 관점을 지녀야 한다는 것"(6)이라고 정의한다. 내면으로부터 외면을
지향하는 태도로 반인본주의를 규정한다는 점에서 김원중과 김은성은 제퍼
스를 이해하는 폭을 같이한다. 외면 객관 세계를 향한 우주적 의식을 추구한
다는 점에서 인간중심성의 탈피를 읽으려 하고 있고 이를 통해 도가 사상과
의 연계 지점을 김원중은 찾으려 한다. 『도덕경』 5장의 불인(不仁)이라는
용어와 제퍼스의 시에서 그려지는 자연 존재의 내재적 가치에서 탈인간주의
적 관점을 읽어냄으로써 도가사상과 제퍼스의 연결점을 인식하고 나아가
이 둘이 지향하는 무위 사상이 근본적으로 같은 것이라 암시한다. 외부 세계
의 객관적 실체에 존재하는 궁극적인 진리를 인정함으로써 탈인간중심성을
벗어나고 이를 통해 도가사상이나 제퍼스가 인간과 모든 생명체가 "거대한
하나의 생명체"라는 사실을 받아들이고 있다고 결론을 맺는다(13).

　미국시를 생태비평적인 시각으로 분석하려는 국내 연구에 새로운 바람이
불고 있다. 한국에서 연구되지 않고 있는 작가들을 새롭게 읽으려는 노력이
있기 때문이다. 애먼즈, 머윈, 올리버가 그들인데, 이들은 영미권에서는 생태비평
적인 조망을 받았지만 한국에서는 최근에 와서야 주목을 받기 시작했다.

　애먼즈의 『쓰레기』(Garbage)에 대해 김원중은 "20세기 말, 서구문명, 나
아가 인류의 미래에 대한 진단인 동시에 주도적인 삶의 양식 변화 없이는
지구 생태계와 인류가 동시에 파멸에 이르고 말 것을 경고하는 생태 묵시론"
이라고 규정한다(251). 그의 논문은 이 시집이 어떻게 묵시론을 보여주는지
를 자세히 부연 설명한다. 시집을 관류하는 정신이 "가시적인 쓰레기는 비가
시적인 정신적 쓰레기와 등가물"(258)이라는 것을 읽어 이 정신적 오염의
근저에 인간중심적인 언어에 대한 신뢰가 있다는 것을 애먼즈가 말하고 있다
고 주장한다. 김원중에 따르면 애먼즈에게 자연은 인간의 가치가 적용되는
준거의 대상이 아니라 "독자적이고 동등한 타자로서 인간과 자연의 상호

관계에 직접적으로 관계하여 인간 의식의 왜곡과 편협함을 교정하고 바로 잡는 적극적인 역할을 감당하는 주체"로 인식된다(264). 이 주체에 대한 겸손을 인정하는 게 생태적인 언어이고 시인은 자연의 순환과 재순환의 과정에서 일탈한 쓰레기를 태우듯이 "인간의 의식과 공허한 언어를 태우는 정화의 불길이 되기를 염원하는"(267) 자라고 암시한다.

W. S. 머윈(Merwin)에 대한 비평 작업도 최근에 이루어지고 있다. 머윈의 글을 분석하는 글은 대개의 경우 신화적 맥락이나 그의 언어관이 지닌 의미를 해석해내는 일이 많다. 그런데 원영미는 초점을 조금 달리하여 머윈의 시에 나타난 침묵이 생태적으로 어떤 의미를 지니는지 탐구한다. 그에 따르면 머윈은 "인간 이외의 생명체가 생태계 내에서 제 위치를 차지하지 못하는 이유가 관계성"의 왜곡에 있다고 진단한다. 이렇게 왜곡된 관계를 회복시킬수 있는 언어이자 방법이 "침묵이라는 언어"라는 것이며 이를 통해 "인간은 자연과의 화해와 상생의 길"을 찾을 수 있다는 것이다(100).

원영미의 주장에 따르면, 머윈은 침묵을 "절망의 다른 이름"(104)으로 인식하면서 동시에 "새로운 선생"(106)으로 제안한다. 이 두 가지 인식이 어떤 연관성에 의해 연결되는지 그 설명이 모호하지만 인간 이외의 생명체를 말없는 화자 주체로 인정하려는 의미에서 침묵을 언어의 한계이자 언어의 비언어적 연장으로 읽으려는 듯이 보인다.

머윈의 대표 시집 『이』(The Lice)를 생태적 관점에서 해석하려는 시도가 최근인 2011년에 있었다. 김양순은 머윈이 출판한 20여권의 시집이 "인간 삶의 정황과 물리적 현실 세계에 대한 깊은 성찰을 담고 있으며, 문학을 통해 현실의 난제에 어떻게 대응하고, 어떠한 해결책을 모색해야 할지를 보여준다"(108)고 전제한 후 시집 『이』가 "문명과 자연 간의 상호연관성을 탐색"하고 있다(109)고 암시한다. 머윈의 시 「다가오는 멸종을 두고」를 분석하면서 인간과 자연 간의 올바른 상호연관을 헤치는 것으로 인간의 오만을 거명하면서 "항상 말의 가치를 지나치게 신뢰했던 나"로 대변된 인간중심적 언어관이 "인간의 비정함과 권력의 횡포"(110)를 나타낸다고 주장한다.

머윈이 시집 『이』를 집필하는 동안 당대의 환경위기에 민감했다는 것을 김양순은 머윈이 행한 대담에 대한 분석을 통해 보여준다. 머윈이 마이클 클리프튼과의 대담에서 60년대와 70년대의 환경 파괴와 쿠바 위기에 대해 예민하게 반응했으며 "자연 세계의 파괴" "공해" "전쟁과 탐욕에 근거한 경제" 같은 용어에서 드러나듯이 "역사적 비관주의"를 깊이 느꼈다고 주장한다 (114). 김양순은 이런 비관주의에서 시집 『이』의 종말론적 분위기를 감지해 낸다. 즉 자신의 논문 제목에서 말하고 있듯이 심미적 구성체인 시가 암울한 현실에 대응하는 언어적 상응체가 되는 것이다.

"주류 생태비평의 관심에서 비켜있었던 메리 올리버"에 대한 평가가 드디어 한국에서 첫선을 보였다. 정은귀는 메리 올리버(Mary Oliver)의 시를 "꼼꼼히 읽으면서 생태시학의 새로운 가능성을 윤리에 대한 질문과 함께 탐구"한다고 밝힌다(27). 다른 존재와의 만남, 다른 몸되기의 방식이 어떻게 윤리적인 질문으로 시의 형태를 띠게 되는지를 묻고자 하는데, 정은귀가 포착하고자 하는 것은 "자연적 대상을 인간 주체의 관찰 대상이 아니라 시적 주체로 끌어올리는 과정이다"(30). 여러 시를 분석하면서 정은귀는 올리버가 자연과 인간의 관계 맺음에서 회의를 보았고 낭만적 합일을 거부하는 그 지점에서 홀로이면서 늘 함께 있음을 강조하는 "관계적 자아"(39)를 발견했 다고 주장한다.

위에서 설명한 미국 생태시에 근원적인 자연관을 제공한 작가를 찾는다면 여럿 있겠지만 우리는 그 가운데서 뉴잉글랜드의 청교도 여류 시인인 앤 브래드스트리트(Anne Bradstreet)를 빼 놓을 수 없다. 자연의 아름다움과 그 안에 내재한 신을 찬양하는 태도는 에밀리 디킨슨(Emily Dickson)과 월트 휘트만(Walt Whitman)에게 이어지면서 미국의 주류 자연관으로 자리를 잡게 된다. 디킨슨과 휘트만은 자연을 이미저리의 근원으로 생각했으며 모든 삶의 신비와 미를 내재하고 있는 장소로 인식했다. 자연이 우리 일상의 경험에 무엇을 의미하는지를 묻는 과정과 그것이 신에 관해 무엇을 제공하는지에 대한 두 의식의 교차는 로버트 프로스트(Robert Frost)에게도 이어진다. 프로스트를 생태시인으로 쉽게 규정할 수 없지만 그는 분명 자연과의 대면을 통해 자연이 인간에게 말하려는 바를 쉽지 않은 방식으로 전달하려 했다고 평가할 수 있다. 자연과 자연 너머를 보려는 미국 작가들의 태도는 위에서 언급한 메리 올리버나 웬델 베리(Wendell Berry)의 시로 이어지면서 자연에 대한 우리의 여러 태도를 함축적으로 요약하고 있다.

4. 나가며

우리가 살펴보았듯이 영국의 생태시는 이성주의가 가져온 폐해를 지적하고 물질문명이 불러온 위협에 대처하는 지점에서 발생했다. 산업혁명이 시작된 지 250여년이 지난 지금 영국의 생태시는 자연문학의 전통을 기반으로 성장해온 것처럼 보인다. 영국문학에서 자연문학은 중세에서부터, 그리고 르네상스시기에 그리스와 로마의 문학에서 변용된 목가에서부터 테드 휴즈에 이르기까지 다양한 시에서 발견된다. 이러한 영국 생태시의 업적은 사실 영국의 수필문학의 찬란한 업적에 빚지고 있다. 윌리엄 길핀(William Gilpin)으로 대표된 픽처레스크 식의 글쓰기는 비록 정통의 생태문학은 아닐지라도 당대의 여행문학을 주도한 안내서 식의 글쓰기를 통해 환경의식을 고취하는 데에 일정한 역할을 한 게 사실이다. 그리고 낭만주의 기간부터 빅토리아조까지 수없이 출판된 박물학적 수필과 기행문들은 길버트 화이트(Gilbert White)의 『셀본의 박물학』(*The Natural History of Selborne*)에서 보듯이 현대 생태학적 연구의 근저를 이루고 있다. 또한 도로씨 워즈워스 (Dorothy Wordsworth)로 대변된 여성작가들의 생태적 글쓰기는 놀랍기 그지없다. 예를 들어, 도로씨의 『일기』(Journal)는 자연의 다양성에 주목하고 있을 뿐만 아니라 관찰자와 대상 사이의 유기적 통일성을 나타내고 있다. 이러한 산문의 전통은 20세기 들어 레이먼드 윌리엄스(Raymond Williams)의 기념비적 저작인 『시골과 도시』(The Country and the City)에서 절정에 달한다고 할 수 있을 것이다. 영국시가 보여주는 생태사상은 한편으로는 자연문학의 전통에 의지하면서, 다른 한편으로는 장대한 수필문학에 빚지고 있는 것이다.

영국의 생태시는 지금 새로운 격변기를 맞고 있다. 왜냐하면 영국의 문학과환경학회에서 활동하는 비평가들이 자신들의 기관지인 『녹색문학』 (Green Letters)에서 여러 차례 밝혔듯이 정전의 재해석과 정전의 재발굴 단계를 거쳐 영국의 생태문학은 제2의 단계에 들어섰기 때문이다(Westling 1). 정전에 대한 읽기도 시기별로 세분화 되어 중세와 16세기 근대 시기부터 현대에 이르기까지 다양한 시기에서 생태문학의 전범을 찾고 있으며, 자국 내 소수 인종의 문학으로까지 관심의 범위를 넓혀가고 있는 실정이다. 지금 영국의 생태문학자들 앞에 놓여 있는 과제는 수없이 많겠지만 새로운 글쓰기의 형식을 개발하여 전통적인 문학 해석에 새바람을 불어 넣는 과정이 필요하며 이 전체를 아우르는 이론의 재정립과 그 이론의 확산 과정을 통해 생태문학을 부흥시키는 일이 절실하다.

영국의 생태시가 주제 면에서 자국의 자연수필과 동질의 가치를 추구하고 있는 것처럼, 미국시도 자국의 자연수필에 영향을 받아왔다. 미국의 자연수필이 박물학적 기록과 윤리의식의 교차에 의해 구성되는 것처럼, 미국의 생태시도 이 두 경향이 강하게 드러난다. 다시 말해 자연을 보는 우리의 시각은 자연을 그 자체로 보려는 탈인간본위적인 모습과 자연에서 우리가

사는 삶의 지형과 더불어 그 너머를 보려는 인간본위적인 모습 두 가지로
교직되어 있다. 아마도 이것은 인간이 자연 세계를 떠나 살 수 없는 한
계속될 인간의 한계이자 본질로 인식될 것이다. 우리가 살펴본 미국의 생태
문학은 이것을 말하고 있다.

  지금도 그러하지만, 앞으로도 미국시는 다양한 인종의 다양한 주제와 장
르로 확대될 것이다. 그리고 그 중심에는 기존의 문학이론이 주창한 시간성
에 대한 옹호보다는 장소성에 대한 강조가 있을 것이다. 왜냐하면 장소에
대한 정신이 대지의 윤리를 기본으로 한 생태문학의 본질을 구성하기 때문이
다. 또한 미국시는 이 다양성과 장소에 대한 정신을 기반으로 탈/민족화,
탈/지구화, 탈/생태지역주의화를 이루면서 동시에 초지역성을 띠게 될 것이
다. 국가적이면서 민족적인 틀을 유지하면서 그 경계를 뛰어넘는 노력이
지금 미국의 생태비평에서 일고 있기 때문이다.

[표 1] 『문학과환경』에 실린 세계 생태시론

권호	번호	제목	저자
2002년 창간호	1	생태적 관점에서 본 자연시인 워즈워드	정정호
2003년 통권 2호	2	위즈위스의 환경윤리와 「개암따기」	최동오
	3	김지하와 개리 스나이더의 토착문화 그리고 자연	강용기
2004년 통권 3호	4	자연/물에 대한 휴머니즘적 시각의 생태주의 고찰 – D. H. Lawrence 의 「뱀」(Snake)이 모색한 문학생태학의 전망	류점석
	5	나무의 생태시문학적 함의 – 헤르만 헤세와 안도현의 경우자연/ 문화 이원론과 생태중심적 윤리	윤창식
2005년 통권 4호	6	환경운동가, 땅을 사랑하는 사람 – 게리 스나이더 지음/이상화 옮김, 『지구 우주의 한 마을』, 창비(2005)	김명복
	7	생태시란 무엇인가? – J. Scott Bryson ed, Ecopoetry: A Critical Introduction, The U of Utah P(2002)	신양숙
2007년 제6권 1호	8	W. S. 머윈의 동물시 연구	원영미
2008년 제7권 1호	9	생태학적 텍스트로서의 룃키의 시	양승갑
2008년 제7권 2호	10	린다 호간의 『주술서』에 나타난 역사관과 치유제식	김영희
2009년 제8권 1호	11	W. S. 머윈의 생태시에 나타난 '침묵'의 의미	원영미
2009년 제8권 2호	12	미국 원주민 여성 시인의 생태주의	최동오
2010년 제9권 1호	13	캐런 헤세의 『모래 폭풍을 지나서』를 통해 본 생명의 공존성 행복의 비전	박소진
2011년 제10권 1호	14	조이 하조의 『그녀에게는 말 몇 필이 있었다』	최동오
2011년 제10권 2호	15	생태학적 텍스트로써의 모던 포크송	양승갑
2013년 제12권 2호	16	존 클레어의 '푸른 언어'와 그 한계	장성현

영미생태시 해석

● 김원중 (성균관대학교)

한국에서 영국과 미국의 생태시에 관한 연구는 크게 두 경향으로 구분해 생각해 볼 수 있다. 환경위기라는 의식을 그 바탕에 담고서 시를 쓴 소위 생태시인들의 작품을 연구하는 것이 그 하나요, 생태적 사유와 비평을 통해 이전의 작품을 새롭게 해석해 내는 작업이 다른 하나이다. 전자를 대표하는 작가로는 학계와 일반 독자들에게도 널리 알려진 게리 스나이더, 웬델 베리, 로빈슨 제퍼스, A.R. 애몬즈, W.S. 머윈, 메리 올리버 등을 들 수 있다. 기존 작가들의 생태학적 연구는 연구자들의 전공에 따라 다양한 모습을 보이는데 낭만주의 시인들에 관한 연구, 특히 워즈워스와 셸리, 그리고 블레이크에 관한 연구가 두드러지며, T.S. 엘리엇, 딜란 토마스, 월트 휘트먼, 에밀리 디킨슨, 로버트 프로스트, 윌리엄 카를로스 윌리엄즈, 월러스 스티븐스 등에 관한 연구도 찾아볼 수 있다. 최근에는 다문화주의 영향 아래 북미 인디언 시인들에 관한 연구가 활발하여 조이 하조, 린다 호건, 크리스토스를 다룬 다수의 논문이 출간되었다. 아울러 한국의 생태시인, 특히 김지하, 정현종, 최승호 등의 작품을 영미시인들과 비교분석하는 연구가 행해졌다.

한국에서 생태시 연구는 1995년 김원중이 『영어영문학』에 발표한 「자연에의 애무: 게리 스나이더의 생태학적 이상」이라는 논문 이후 본격적으로 시작되었다는 것이 일반적인 견해이다. 스나이더는 그의 독특한 배경, 즉 그가 대학에서 동양 사상과 문학을 전공하고 일본에서 10여년간 선불교를 연구한 경력의 소유자라는 사실 때문인지는 모르겠지만 영미 생태시인 가운데 한국에서 가장 많이 사랑받고 연구된 시인이다. 따라서 영미 생태시인 연구를 개관하면서 스나이더 논문을 다루는 것이 마땅하겠으나 아쉽게도 『문학과환경』에 게재된 논문이 없어 다루지 못한다. 대신 미국 내에서도 생태시인으로서의 연구가 깊게 진행되지 않은 시어도르 롯키(Theodore Roethke)에 관한 논문과 W. S. 머윈(Merwin) 논문 2편을 언급하려 한다.

『문학과환경』 7권 1호에 실린 양승갑 교수의 「생태학적 텍스트로서의 롯키의 시―경외로운 작은 것들의 자극」은 한국의 연구자들과 독자들에게는 생소한 미국 현대 시인 시어도르 롯키의 시를 생태학적 관점에서 다룬 글이라는 점에서 독창성을 지닌다. 생태시인으로서 롯키의 면모를 드러내기 위해 양교수는 먼저 지금까지 롯키에 관한 주된 연구가 그가 "인간의 영역"을 다루는 시인이라는 데에 초점을 맞추어 왔다는 점을 지적한다. 그는 롯키에게 이런 점이 있는 것이 사실이지만 그러나 한편 롯키가 진정으로 추구한 것은 "개인적 자아의 소멸"이었다는 점과 "자연은 인간의 영혼을 교육하는 위대한 장소"라는 롯키의 말을 논문의 출발점으로 삼는다.

논문은 결국 이 두 구절의 의미에 관한 심층적 탐구로 이어진다. 저자는 "개인적 자아의 소멸"이라는 명제를 서구 문명의 근간인 인본주의적인 자아 지우기로 해석해낸다. 그리고 이렇게 자아를 지우는 배경에는 인간과 자연에 관한 롯키의 견해가 들어있다고 주장한다. 즉 롯키에게 자연은 "인간의 영혼을 교육하는 위대한 장소"이고 그렇기 때문에 자연은 인간이 자아의 완성을 위해 마음껏 쓸 수 있는 자원이나 수단이 아니라 인간과 "인간이 아닌 것(the unhuman)"들이 함께 하는 곳이다. 따라서 자연과의 유대 내지는 일체감을 회복하기 위해서는 개인적인 자의식을 놓아버려야 한다는 것이 롯키의 견해라고 저자는 주장한다. 그리고 이런 태도는 "자연 속에서 자신의 개별적 자아를 지워내는 것은 자연의 우월성을 인정하는 생태적 인식"에서 기인한다고 말한다. 이런 점에서 이 논문의 저자가 룃키의 사고를 '탈인간중심적 사고'를 정의하는 것은 타당해 보인다. 아울러 이는 룃키의 사고가 그와 동시대 시인으로 반인본주의(Inhumanism)를 주창하는 로빈슨 제퍼스의 사고와도 맞닿아 있음을 보여준다.

동양적인 망아(忘我)를 연상시키는 룃키의 자아 지우기의 가장 중요한 특징으로 이 논문의 저자는 인간의 이성과 이에 기반을 둔 언어의 문제를 심도 있게 살핀다. 그는 룃키가 인간중심적인 언어가 자연을 대상화하여 인간을 인식의 주체로 자연을 객체로 환원하는 특성을 지니고 있기에 인간과 자연의 합일에 걸림돌이 된다고 지적하고, 이에서 벗어나는 방법으로 "관찰자와 관찰 되어지는 대상 사이의 상호작용"에 의해 매개되는 '심미적 경험'을 그 대안으로 제시한다. 자연에 대한 이분법적인 인식이 아니라 이 심미적 경험이 독자들의 생태인식 고양에 기여한다고 저자는 주장한다. 룃키는 이런 이분법적인 인간의 언어가 "인간과 자연이 하나임을 재현하는 도구가 될 수 있는가"라고 하여 이에 의문을 표하며 이성에 바탕을 둔 언어 대신에 인간의 감각이 인간과 자연이 유기적으로 결합되어 있다는 사실에 더 쉽게 다가가게 해 준다고 주장한다.

양승갑 교수의 논문은 한국에 널리 소개되지 않은 룃키에 관한 연구라는 점에서 주목된다. 나아가 룃키가 왜 생태시인인지를 생태시 전반에 대한 저자의 폭넓은 이해를 바탕으로 구체적인 작품을 분석해 밝혀내고 있어 논문이 의도한 대로 룃키를 생태시인의 반열에 확실히 위치시키고 있다. 여러 생태시인들의 특성인 도구론적 이성에 바탕을 둔 인간중심주의와 그런 이성의 하수인인 언어에 대한 비판, 자연과 인간의 동류의식, 자연에 대한 심미적인 인식과 자연 앞에서의 겸손 등을 룃키도 확실히 보여주고 있는 것이다.

원영미의 「W. S. 머윈의 생태시에 나타난 '침묵'의 의미」는 룃키와 마찬가지로 한국에서 연구가 제대로 진행되지 않은 머윈에 관한 연구라는 점에서 그 의의를 지닌다. 머윈은 현재 미국에서 시를 쓰고 있는 시인들 중 가장 빼어난 시인 중 한명으로서 계관시인과 미국예술원 원장을 지내기도 했다. 저자는 머윈이 "인간과 자연의 상호의존성을 인식할 뿐 아니라 현대 문명에 대한 회의와 경고, 그리고 자연 앞에 겸허한 자세" 등 생태시의 주요 특성을 두루 보여주는 생태시인이라는 점을 논의의 근거로 삼는다. 나아가 생태시인으로서의 머윈의 특성을 인간이 아닌 다른 생명체에 대한 지대한 관심으로 규정하고 그가 인간과 인간이 아닌 다른 생명체와의 관계의 문제를 탐구한다고 주장한다. 생태계의 파괴는 이들 간의 잘못된 관계에서 비롯된 것인데 이는 다름 아닌 인간중심적인 사고와 언어가 진정한 소통을 가로막았기 때문이라고 말한다.

원영미의 논문은 언어에 대한 이러한 인식에 근거하여 머윈이 집착한 침묵의 문제를 천착한다. 저자는 머윈에게 있어 침묵이 지닌 의미를 크게 두 가지로 구분하여 탐구하는데, 첫째 침묵은 인간 언어의 한계와 소통부재에서 오는 절망을 가리킨다고 주장한다. 인간의 언어는 인간의 의사만을 대별할 뿐 타자의 의사는 묵살하기 때문에 진정한 소통이 일어나지 않는다는 것이다. 이와는 대조적으로 저자는 머윈의 시에서 침묵이 관계 회복의 열쇠이자 선생이라고 주장한다. 즉 침묵이 인간의 언어로써 읽어내지 못하는 또 다른 세상을 향한 언어라는 것이다. 이 경우 그 언어는 자기를 내세우는 자기주장의 언어가 아니라 타자의 목소리에 귀를 기울이는 겸손의 언어인 것이다. 저자는 이 침묵의 두 측면을 구체적인 작품을 분석해 설득력 있게 제시하고 있다. 이 논문은 그동안 그 중요성은 얘기되었지만 피상적으로만 언급된 생태학적 언어로서의 침묵을 새롭게 조망하고 있다. 그러나 언어의 해체와 침묵의 강조가 포스트모던 생태시인으로서 머윈의 입장과 어떻게 연결되는지에 관한 자세한 언급이 없는 것은 아쉬운 점으로 남는다.

끝으로 한국현대영미시학회가 1년 동안 생태시 독회를 하고 이를 바탕으

로 하여 2008년 편찬한『현대미국 생태시의 이해』는 영미 생태시 연구의
주목할 만한 성과물이다. 이 책에는 로빈슨 제퍼스, A. R. 애먼즈, W.S.
머윈, 게리 스나이더, 웬델 베리, 그리고 메리 올리버에 대한 간단한 소개와
그들의 시에 대한 번역과 해설이 수록되어 있어 영미 생태시를 개략할 수
있는 좋은 입문서라고 할 수 있다.

생태학적 텍스트로서의 경외로운 것들의 자족은 시의

● 양승갑 (전남대학교)

1. 서론

오늘날 범세계적으로 고조되어 가는 환경 위기를 고려해 볼 때, 생태문학의 출현과 활성화는 지극히 자연스러운 당위성을 지니고 있다. 그러나 생태문학을 구성하는 '생태'와 '문학'을 구분지어 엄밀하게 볼 때, 이러한 당위성은 '생태적' 측면에 보다 국한된다고 할 수 있다. '자연 보호'라는 생태적 측면의 뚜렷하고 직접적인 귀결이 문학적 측면에는 오히려 문학 고유의 다양성을 축소시키는 결과를 낳을 수도 있기 때문이다. 이런 점에서 '생태시'(green poetry)에 대한 휴즈(Ted Hughes)의 고민과 제안은 많은 것을 의미한다.

> 하나의 매개체로써 시는 그 힘을 잃고 있다. 특히 어떤 갈등 상황에 서 반대의 입장에 있는 상대를 설득하려 할 때, 시는 그 힘을 잃게 된다... 환경전쟁에서 가해자들을 공략하는 행위는 정의롭고도 무척 손쉬운 것이 다. 하나 정작 중요한 것은 그 쉽고 유쾌한 전투를 피하면서, 가해자뿐 만이 아니라 우리 모두가 직면한 그 어리석은 인간의 행위를 가해자들에게 고통스럽게 인식시킬 수 있는 효과적인 방법을 찾는 것이다. 아마도 어떤 종류의 시들은 그것을 할 수 있을 것이다.
>
> Poetry loses its power, as a medium, maybe, when it takes sides

in any conflict - loses its power, I mean, to persuade any of the opposite side... In the Environmental Wars it is very easy to become righteously embattled against the individuals who seem responsible for the damage. The real problem as I see it, is the difficulty of avoiding that easy but exhilarating battle with them, and of finding effective ways of making them painfully aware of the human folly in which we are all implicated. Maybe some kind of poem could do it. (재인용- Gifford 1995 174)

휴즈는 환경문제에 대한 보다 첨예한 인식을 달성할 수 있는 도구의 필요성과 그에 따른 시의 적합성을 주장하고 있다. 동시에 그의 주장 저변에는 환경을 다루는 문학이 '환경전쟁'에서 환경을 수호해야 한다는 단순한 선동문이나 홍보물로만 활용되는 편협성을 벗어나지 못한다면, 그 영향력은 매우 제한적이 되리라는 우려와 경고가 깔려있다. 결국 그의 경고는 생태문학이 문학 본유의 속성에서 멀어진다면 환경전쟁에서 효과적인 도구로서의 문학의 효능은 그만큼 축소될 수밖에 없다는 의미까지도 포함하고 있다. 베이트(Jonathan Bate)는 "자연의 보편적 권리"란 체계화된 논문이나 계몽주의적 프로젝트가 아닌 자연을 찬양하는 이야기나 낭만주의적 소요(riot)를 통하여 선언될 수 있는 것이라고 주장하고 있다(170). 또한 글랏펠티(Cheryll Glotfelty)는 생태비평학자들이 부심해야 할 핵심적인 문제들 중의 하나로 "환경 위기는 동시대의 문학에 어떤 방식으로 침투되어 왔으며, 어떤 결과를 낳았는가?"를 꼽은 바 있다(xviii). 자연을 재현하고 나아가 환경 위기에 대처하는 효과적인 결과를 문학에서 고대한다는 점에서, 이들의 지적 역시 휴즈의 고민과 그 맥락을 같이 하고 있는 것이다.

현대 작가들 중에서 씨오도르 룃키(Theodore Roethke)만큼 시쓰기 자체에 몰입한 작가도 드물 것이다. 이 점은 무엇보다도 그가 남긴 무수한 시작(詩作) 노트와 "그의 손에는 시작을 위한 메모지가 늘 들려 있었다"는 그의 친구 시거(Allan Seager)의 술회(160)를 통해서 잘 드러난다. 많은 비평가들은 그를 시적 전통과 관습에 정통한 작가로 손꼽기도 한다. 이처럼 룃키는 시의 학습에 충실한 작가였다. 이러한 노력은 결과적으로 그의 시가 "깊고 넓은 인간의 영역(the wide and deep areas of the personal)을 동시대의 미국시인들 중에서 가장 깊고 넓게 아우르고 있다"(Sullivan 195)는 평가를 얻게 만들고 있다. 룃키의 시에서 다루어 진 "인간 영역"은 일반적으로 룃키 '자신'(the self) 혹은 룃키의 '자아'(ego)라는 측면에서 흔히 다루어져 왔다. 이러한 양상은 포스터(Ann T. Foster)이나 바우어(Neal Bowers)같은 학자들의 연구가 대표적인 경우라 할 수 있겠다. 한편 설리반(Rosemary Sullivan), 던너휴(Denis Donoghue)나 로준탈(M. L. Rosenthal)과 같은 학자들은 보다 극단적으로 그가 "개인중심적인"(egocentric) 작가라는데 동의하고 있다(cf. Sullivan 192). 그러나 이러한 일반적인 평가에도 불구하고, 룃키 스스로 는 자신이 시에서 추구해 온 것은 "개인적 자아의 소멸"(a loss of the "I," the purely human ego)이라고 주장하고 있다(2001 41). 특히 룃키는 자신의 시작법을 다룬 『시와 기교에 대하여』(On Poetry & Craft)에서 "자연은 인간의 영혼을 교육하는 위대한 장소"라고 분명하게 밝히고 있다(52). 그리하여 룃키는 "나는 자연물에 지대한 영향을 받는다... 인적이 없는 탁 튀인 하늘 밑에 있을 때에야 나는 고무되어 수천 가지 사고와 비전이 나의 인식 속에서 생겨난다"(18)며 시인으로서 자신이 지닌 모든 영감도 바로 자연에서 비롯된 것임을 고백한다. 결국, 룃키와 그의 시를 이해하기 위해서는 인간 영역의 물리적 장소인 자연이 간과되어서는 안 된다는 것을 의미한다.

룃키는 자신의 시를 통하여 독자들에게 끊임없이 질문을 던진다. 그리고 나서 그는 시에서 빈번하게 감상적 오류를 범한다. 그러나 그의 이러한 의도적인 오류는 자연물에 인간적 생기를 불어 넣기 위해서가 아니라, 자신이 밝히고 있는 것처럼 "나무에 대고 말하는 한 인간의 정신적 불편함을 드러내기 위함"(11)이다. 그의 시를 면밀히 고려해 보면 바로 이러한 불편함이 그의 시에서 인간 영역의 탐구로 표출되는 것이다. 그리하여 그는 자신의 시가 추구하는 것은 인간의 가장 근원적인 문제라 할 수 있는 "우리가 실재로 존재 하는가(what one really is)를 발견해 내는 것이다"(36)고 밝히고 있다. 룃키의 시에서 이러한 정체성의 탐구는 형이상학적 사유라는 일반적인 방식이 아닌 "인간이 아닌 것 (unhuman)"을 포함한 모든 생명체들의 "세밀한 관찰"(long looking)을 통한 "우주와의 일체감"으로 연결된다(cf. *On Poetry* 40-1). 그의 시가 비평가들이 지적하고 있는 것처럼 지극히 개인적인 자아의 탐색을 표방하지만, 종국에는 그 개인적인 자의식을 놓아버리는 것은 바로 이러한 만물과의 합일에 기인한다.

이처럼 시 자체에 대한 열정과 주제적 측면에서 볼 때, 룃키의 시는 휴즈가 요구하는 문학 본유의 성격을 온전히 유지하면서 동시에 이른바 환경전쟁에 효과적인 도구임을 보여주는 하나의 적절한 예가 될 수 있다. 특히 이를 규명하는 과정에서 드러나는 '그가 표현하는 대상물'을 고려할 때, 더욱 그러하다. 그의 시에는 "민달팽이"로 대표되는 "원초생물"(minimal life)에 대한 찬사들로 그득하다. 그리고 이것들은 룃키의 면밀한 관찰을 통하여 그의 시에서 "경외로운 작은 것"(fearful small)들로 재현된다. 생태적 관점에서 룃키 시의 핵심은 우리가 이러한 "경외로운 작은 것"들이, 그가 시 속에서 빈번히 사용한 동사를 빌자면, "슬쩍 찌르는"(nudge) 자극이 얼마나 크고 두려운 것인가를 이해하는데 있다. 크루치(Joseph W. Krutch)는 "경외심이나 사랑이 없는 생태학은 무의미한 것"이라 믿고 있었으며(335), 지포드는 "오늘날의 목가적 텍스트"(post-pastoral texts)가 지녀야할 첫 번째 명제를 "경외감이 자연에 대한 인간의 오만함을 억제하는 겸손함을 이끌어 낼 수 있는가?"(1999 1)로 꼽고 있다. 한편 뷰얼(Lawrence Buell)은 하나의 문학작품이 생태학적 텍스트로 작용하기 위해서 지녀야할 핵심적인 전제로 "인간과 자연의 유기적 연관성, 자연을 통한 인간의 이해, 환경에 대한 인간 윤리" 등을 꼽고 있지만, 이러한 기준에 맞는 작품은 대개 "논픽션 작품"(non-fictional works)이라고 지적하고 있다(6-8). 이렇게 보았을 때, 뢰키의 시는 휴즈가 고대하는 생태학적 텍스트의 요건을 두루 갖추고 동시에 선동문이나 홍보물의 차원을 벗어나 문학 본유의 성격을 유지하는 하나의 좋은 예로 작용할 수 있을 것이다.

2. 뢰키 시에서의 인간과 자연

뢰키의 시를 생태적 관점에서 접근할 수 있는 가장 주요한 근거는 자연을 보는 그의 방식이다. 그는 쿠퍼(James Fenimore Cooper)의 자연에 대한 애정이 '가식적'인 것이었기에 그를 혐오했으며, 뮤어(John Muir)나 소로우(Henry David Thoreau)야 말로 자연이 지닌 숭고함을 "진정한 감각"(true sense)으로 보여준 작가들이 라고 찬사한 바 있다(17-18). 뢰키 스스로가 자연에 대한 진정한 감각을 지니기 위하여 보여준 노력은 무엇보다도 자신을 나아가 인간을 자연 속에서 지워내는 것이다. 「창꼬치」("The Pike")에서 그는 "강의 정경"을 "자아가 스스로를 포기해야 할 정경!"(225)이라고 묘사한다. 자연에 대한 진정한 감각을 지니기 위하여 인간적 자아를 포기하는 뢰키의 시도는 「도마뱀」("The Lizard")에서 인간의 대표 적인 욕구중의 하나인 소유욕까지도 포기하는 행위로 이어진다.

　　이 테라스는 누구의 것인가?
　　．．．．．．．．．．．．．．．．．．．

내 것은 아닌게야, 이 도마뱀의 것,
나보다 늙은, 혹은 바퀴벌레의 것

To whom does this terrace belong?

....

Not to me, but this lizard,
Older than I, or the cockroach.[1]

이러한 '버리기' 혹은 '비워내기'는 룃키의 시에서 빈번하게 등장한다. 「열린 집」("Open House")에서 룃키는 "나는 뼈 속까지 가린 것이 없다, / 벌거벗은 것이 나의 방패 / 내 자신이 나의 옷. 나는 정신을 놀린다(I keep the spirit spare)"(3)라며 정신을 놀리는, 즉 자아를 소멸한 벌거벗은, 자신을 자랑스럽게 드러낸다. 그리하여 「나 이곳에 존재한다」("I'm Here")에서는 "저 바람이 나를 의미한다면, / 나는 이곳에 존재한다"는 것처럼 자신의 정체성을 내면적 성찰이 아닌 외부적 대상물을 통해 인식하기도 한다. 이렇게 볼 때, 룃키가 자신의 전 생애를 통하여 궁극적으로 원한 "순수한 상태로의 복귀"를 위한 가장 전초적인 단계로 "자아인 나(I)의 상실"(41)을 꼽는 것도 같은 맥락에서 이해될 수 있다.

많은 비평가들은 개인적 자아를 소멸하려는 룃키의 노력을 평생 그를 괴롭혀온 광기에서 벗어나기 위한 의도적인 회피로 보고 있다. 설리반은 룃키의 "심리적 분열"이 그에게 자신의 자아와는 다른 초월적 자아를 찾게 만들었으며, 이것은 그의 시에서 강박적인 선입견으로 까지 작용하고 있다고 주장한다(12). 한편 시거는 룃키가 말 년의 후기시에 이르러서야 자신의

---

1) Theodore Roethke, *The Collected Poems of Theodore Roethke*, New York: Anchor Press, p. 218. 이후 모든 작품 인용은 이 책에 의거 내각주로 쪽수만 밝히기로 함.

광기를 인정하고 자신의 삶과 시 속에서 그것과의 균형을 이루려고 애썼다고 주장한다(225). 포스터는 롯키 시의 "명상체계"를 "심리적 발달과정"으로 접근하면서, 롯키가 자신의 정신분열을 신비주의로 극복하고 있음을 밝히고 있다(vii). 나아가 바우어는 『씨오도르 롯키: 나에게서 다른 것으로의 여정』(*Theodore Roethke; The Journey from I to Otherwise.* 1982)에서 자신의 연구는 롯키를 평생 동안 괴롭혀온 조울증(manic-depressiveness)이 그에게 신비적 통찰력을 부여한다는 전제에서 출발한다고 주장한다(vii). 자아를 중심으로 롯키의 시에 접근하는 학자들은 공통적으로 '자연'을 하나의 도구로 간주한다. 설리반은 롯키의 시에서 자연은 "개별적인 자아를 포기하고 다른 중심을 획득하는 전 단계로써 주체와 객체를 동일시하기 위하여 요구되는 합일체"의 역할을 담당한다고 보고 있다(12). 포스터 역시 롯키 시에서의 자연을 인간의 내면적 갈등을 해소하는 하나의 촉매제로 보고 있다(65).

자연이 인간의 문제를 해소하는 촉매제로 작용한다는 것은 일견 생태중심적 인식에 근거하는 것으로 볼 수 있다. 그러나 롯키의 시를 보는 기존의 학자들의 관점은 자연으로 향하던 시선이 종국에 는 다시 인간으로 돌아오고 있다는 점에서 생태적 인식과 커다란 차이를 낳고 있다. "롯키는 자연을 자신의 내면적 억압을 표현하는 기호로 사용하지만, 종국에는 그 자연을 무시한다"는 시거의 주장(222)은 롯키 시에서의 자연을 보는 기존의 학자들의 입장을 잘 보여주고 있다. 기존의 학자들의 주장을 개략하면 롯키는 자연 위에서 혹은 자연을 통하여 자신을 완성하지만, 자연 그 자체는 목적이 아닌 개별적 자아의 완성을 위한 수단에 불과하다는 것이다.

롯키가 자신의 시에서 개인적 자아를 지워내고 그것이 무엇이든 또 다른 자아를 획득하고 있는 것만은 사실이다. 그러나 롯키가 자신을 지워내려는 그 시도가 자연의 우월성을 인정하는 '탈인간중심적' 사고에서 비롯된다는 사실을 인지하는 것은 매우 중요하다. 이는 롯키가 최종적으로 획득하고 있는 또 다른 자아의 성격과 그것이 자연 속에서 점유하는 위치를 결정짓기 때문이다. 이런 점에서 그의 시 「장미」("The Rose")는 좋은 예로써 작용한 다. 기존의 비평가들은 이 시를 아버지의 영향력에서 벗어나려는 룃키의 노력이 반영된 작품으로 보면서, "도피주의자의 실패작"이라고 혹평한 바 있다(Sullivan 164). 시 자체의 완성도는 별개로 하고, 이 시에 대한 생태 적 관점의 접근은 기존의 접근법이 놓친 많은 부분을 이끌어 낼 수 있다. 이 시는 자연이라는 '장소'(place)와 그 속에서의 시인 자신 나아가 인간의 위치와 그 장소에 대한 인간의 태도를 분명하게 보여주고 있는 작품이다. 시는 "장소가 중요하지 않은 사람들이 있다 / 그러나 해수와 담수가 만나는 / 이 장소는 중요하다"는 믿음으로 시작 한다.

> 이 장미 근처에서. 햇살에 바싹 마르고 바람에 휘어진 사철나무 숲에서, 반은 죽은 나무에서, 나는 나 자신의 진정한 편안함과 만났다. 마치 내 심연의 존재에서 다른 사람이 나온 것처럼, 나는 내 자신의 밖에 섰다.
>
> Near this rose, in this grove of sun-parched, wind-warped madronas, Among the half-dead trees, I came upon the true ease of myself, As if another man appeared out of depths of my being, And I stood outside myself. (196)

그가 자신의 내면 깊은 곳에 침잠하여 있던 자아를 외부의 물리적 장소에 굳건히 위치시키는 것은, 2부(part 2)에서 "이 장미가... 머무는 진실한 장소 (its true place)"(197)라는 언급에서 다시 한번 확인되고 있듯이, 바로 이런 장소가 지니는 중요성과 진실성에 대한 확신인 것이다. 이러한 확신은 인간 중심적 가치관의 소멸을 통하여 획득될 수 있는 것 이다. 인간중심적 가치기 준에서 보자면 "바싹 마르고," "뒤틀리고," "반은 죽은" 것들은 그다지 볼품없 는 것들이지만, 시인에게는 자신의 내면 깊이 뿌리내린 자아를 외부로 "진정

편안하게" 끌어내어 주는 중요한 것들이다. 그리하여 시인은 "심연의 존재"
만을 중시하던 이전의 자신과는 다른 자신이 되어 "중요하고," "진실한" "장
소"에서 그것들과 함께 있는 것이다. 드벌(Bill Devall)과 세션스(George
Sessions)는 심층생태학적 견지에서 자연을 경험하는 첫 번째 전제를 "장소
(place)에 대한 인식 개발"을 꼽고 있다. 이를 위해서는 "자연을 경험하는
인간을 대지의 정복자에서 자연의 대지를 철저히 체험하는 인간으로 재정의
내리는 것"과 "자연에 대한 겸손과 자신을 낮추는 미덕의 개발"이 필연적이
라고 주장한 바 있다(110). 이렇게 볼 때, 「장미」는 심층생태적 요소를 두루
갖추고 있는 시다.

결과적으로, 뢧키가 자연 속에서 자신의 개별적 자아를 지워내는 것은
자연의 우월함을 인정하는 생태적 인식의 주요한 전제로 작용한다. 이 점은
뢧키의 시작법을 통해서도 잘 드러난다. 그는 "시인은 암시에 의존하거나,
판단조의 언급을 하거나, 두서없이 얘기하거나, 지나치게 명상해서도 안된
다… 시인은 직관적으로 작업해야 하며, 그 결과물인 시는 상상력적으로
옳은 것이어야 한다"(53)고 주장한다. 또한 "숲이 무엇을 말하는 가를 보라,
신경(the nerves)이 노래 하도록 하고, 당분간이라도 영혼을 침묵케 하
라"(94)고 주장한다. 그가 자연 속에서 자신의 인간중심적 자아를 지워내려
노력하고 있다는 동일한 맥락에서, 그는 자신의 글쓰기에서 인간중심적 사유
로 가득한 "이성"(영혼)을 침묵시키려 애쓴다. 대신에 자연과의 보다 직접적
인 교류가 이루어지는 감각(신경)을 보다 중시한다. 이 점은 그가 글을 쓰기
위하여 오두막집에서 벌거벗기를 반복했다(Seager 144)는 전기적 사실에서
도 어느 정도 유추해 낼 수 있다. 한편, 「암시가 있는 시」("Verse with
Allusion")에서는 보다 직접적으로 드러난다.

자신의 세상이 손 뼘으로 재어지는 사람은 몇 곱절이나 행복한 사람,

손가락으로 닿는 너머 이상은 원치 않고, 관념적 실체를 경멸하는 사람들.
....
그들에게 유일한 선(善)은 일용할 하루의 양식이다.

그들은 감각을 살찌우고, 영혼을 부정하지만, 사물은 찬찬히 끈기 있게
전체로 본다.

수척한 갈망자인 나는 그들의 식욕에서 더 큰 논리를 찾아낸다.

Thrice happy they whose world is spanned By the circumference
of Hand,

Who want no more than Fingers size, And scorn the Abstract Entities.
....
Their only notion of the Good Is Human Nature's Daily Food.

They feed the Sense, deny the Soul, But view things steadily and
whole.

I, starveling yearner, seem to see Much logic in their Gluttony. (24)

시인이 알기를 갈망하는 것은 자연 원리에 순응하며 살아가는 사람들의
손가락의 길이나 하루를 살아가는 사사로운 생각들 그리고 일용할 양식 등과
같은 인간의 몸과 섭생(攝生)에 관련된 것들이다. 그는 그들의 시선이 '이
성'(Soul)이 아닌 '감각'(Sense)과 연결되어 있음을 안다. 그리하여 그가 발견
한 "논리"는 추상적 사유가 아닌 자연 속에서의 개체의 삶의 방식인 것이다.
이렇게 볼 때, 「내가 나의 뼈들에게 무엇을 말할 수 있는가?」("What Can
I Tell My Bones?")에서 "나는 아무것도 아니다고 말하는 영혼(soul)"(166)
은 추상적 사유에 물든 인간중심적 영혼이며, 「한번 더, 윤무(輪舞)」("Once
More, The Round")에서 "이제 나는 새와 더불은, 잎새와 더불은 / 내 인생을

숭배한다"(243)는 자각은 감각을 회복한 삶에 대한 찬가인 셈이다. 한편 「신호들」("The Signals")에서는 "때때로 피는 눈과 손이 포착하지 못하는 것을 / 추측하기도 한다"(8)며 사물을 보는 감각의 범위가 보다 확장되기도 한다. 이러한 확장의 결과는 "위대한 망자의 무덤 주변에서는 / 바위마저도 말한다"(164)는 구절에서 또한 "나는 사물에게 안부를 물을 수 있다. / 나는 달팽이와 대 화할 수 있다, / 나는 노래하는 것들을 본다!"(79-80)라는 구절들을 통해 분명하게 드러나듯이 자연물의 활기를 부여하는 새로운 언어로 탄생하게 된다. 슬로빅(Scott Slovic)은 "자연을 보는데 필수적인 면밀한 관찰(watchfulness)은 글을 쓰는 과정을 통해서 강화된다"(13) 고 주장한 바 있는데, 뢰트키의 글쓰기가 좋은 예라 할 수 있겠다. 이처럼 뢰트키는 인간적 관념이나 사유가 아닌 면밀한 감각적 응시를 선호한다. 인간이 지배하는 자연이 아닌 인간이 존재하는 자연의 모습을 있는 그대로 그려내기 위한 장치인 것이다.

워스터(Donald Worster)는 자연을 대하는 인간의 태도를, 다른 유기체와의 조화로운 공존을 위한 단순하고 소박한 삶을 강조하는 "목가적 태도"(arcadian stance toward nature)와 이성을 통하여 자연을 지배하기 시작한 "오만한 전통"(imperial tradition)으로 구분 짓고 있다(2). 이렇게 볼 때, 이성보다는 감각 혹은 사유보다는 느낌을 선호하는 뢰트키의 글쓰기는 자연을 보는 그의 태도가 다분히 목가 적이며 자신을 낮추는 겸손한 위치에서 비롯된 것임을 알 수 있다.

이 점은 그의 글쓰기와 유기적으로 연관되어 있는 그의 시에서 다루어지는 대상물들을 통해서도 잘 드러난다. 그는 「작은 것들」("The Small")에서 "나는 산다 / 무서운 작은 것들에 구애하기 위하여"(142)라며 작은 것들에 대한 강한 애정을 보여주고 있다. 그의 시에서 "달팽이," "배추벌레," "거미," "이끼" 등등으로 드러나는 이러한 작은 것들의 공통점은 "낮고"(low), "작고"(small), "길고"(long), "아래의"(down)의 것들로써 흔히 인간의 시선에서 벗어나 있는 것들이다. 그러나 흔히 외면 받아온 소위 미물(微物)들은 「늦여름의 산책」("A Walk in Late Summer")에서 "영혼이 이해해야 할 유일한 것"으로 드러난다. 바로 이러한 시각이 「박쥐」("The Bat")에서 기존의 인간중심적 자연관에 근거한 시들에서는 찾아보기 어려운 통렬한 반전이 일어나는 이유이기도 하다.

> 박쥐가 창문에 매달려 날개짓 하면 우리는 두려워한다;
>
> 뭔가 잘못되었는가 하여
> 날개달린 쥐가 인간의 얼굴을 하고 있다는 사실에.
>
> But when he brushes up against a screen, We are afraid of what our eyes have seen:
>
> For something is amiss or out of place
> When mice with wings can wear a human face. (15)

이 시가 우리에게 주는 불쾌감은 박쥐에 대한 인간의 우월감에서 비롯된 것이다. 반면에 시인의 찬찬한 시선은 우리가 미처 알지 못한 면들 즉, 박쥐나 쥐와 같은 흔히 도외시 되던 것들이 우리와 얼마나 가까운 가를 보여주며 또한 아무런 잘못이 아닌 자연스러운 현상을 두려워하는 우리가 얼마나 어리석은가를 통렬하게 꼬집고 있다.

롯키가 자신을 낮추고 획득한 시선은 「풀들에 대한 찬가」("Long Live the Weeds")에서 "나의 채소밭을 뒤덮은 / 풀들이여, 만수무강하기를!"이라는 기원으로도 드러난다. 그는 이 시에서 풀들에 대한 자신의 기원은 "앉거나 서고, 희망하고, 사랑하고, 만들고 / 혹은 마시고 죽을 수 있는 권리를 얻어왔다, / 풀들이야말로 나라는 피조물을 가꾸어 왔다"(17)는 체득에서 비롯된 것임을 밝히고 있다. 이러한 체득은 「오토」("Otto")에서 "작은 것을 사랑하는 사람은 성자와 촌놈이 다 될 수 있다"(217)는 확신으로 이어진다. 설리반은 이 체득을 "조용한 것의 지혜"(the wisdom of silent thing)로 부르며 그 지혜는 인간이 자신을 초월(self-transcendence)하는 매우 드문 경우에만 알 수 있는 작은 것의 조용하고, 지속적이고, 주제넘지 않은 강렬함이라고 주장한 바 있다(35).

룃키가 자신을 낮춘다는 것은 우월한 자신의 위치를 유지한 채로 보이는 양보의 개념은 결코 아니다. 룃키 스스로가 "자연을 대하는 인간에게 가능한 유일한 태도는 온순함 즉, 겸손함(meekness, the condition of "humility")이다"(재인용 Foster 78)고 언급하고 있듯이 그의 태도는 자연의 우위를 인정하는 철저한 생태적 인식에 근거하고 있다. 지포드는 "인간이 하나의 종으로서의 겸손함을 인식한다면 우리는 자연세계의 한 일원으로서의 위치를 재확보할 수 있을 것이다"(1999 156)고 언급한 바 있다. 룃키 역시 자연 앞에서의 겸손함을 통하여 자연 속에서의 정확한 자신의 위치를 간파한다. 룃키는 「나의 뼈들에게 무엇을 말해 줄 수 있을까?」에서 "우리는 저 슬픈 동물들과 얼마나 가까운가?"(165)라고 고백한다. 결국 인간에게 존재 그 자체로 인식되지 못한 슬픈 동물들에 대한 룃키의 시선과 애정은 뿌리 깊은 동류 의식에서 비롯된 것임을 보여 준다. 「노래」("Song")에서 룃키는 "노래는 어디서 오는 것일까? / 짖는 개로부터, / 채석장의 낮은 고함으로부터"(204)라고 믿고 있으며, 한편 「빛이 점점 밝아지네」("The Light Comes Brighter")에서는 "푸른 새싹들이 우리의 내면세계 속에 퍼진다"(10)고 노래한다. 이처럼 인간의 인식을 형성하는 것이 자연이라는 믿음에서 잘 드러나는 것처럼, 작은 것들과 인간의 동류 의식은 룃키의 시에서 자연 속에서 하나의 종으로 존재하는 인간은 "내재적"으로 자연과 긴밀히 연결되어 있다는 인식으로 전개되고 있다.

3. 인간과 자연의 내재적 통일

생태학적 텍스트로써 룃키의 시가 지니고 있는 또 다른 주요한 특성은 그의 탈인간중심적 자연관이 그 자체로써 머무는 것이 아니라 자연 속에서의 인간과 자연의 유기적인 결합으로 전개되고 있다는 점이다. 탈인간중심적 사고가 전통적인 자연관에서 벗어나 자연 속에서의 인간의 제자리잡기를 위한 노력이라면, 이후 그 위치에서의 인간과 자연이 어떤 관계를 맺고 있는 가에 대한 응시와 탐구는 자연스러운 단계일 것이다. 많은 생태학자들은 이러한 과정에서 가장 문제가 되는 것은 인간과 자연의 관계에 대한 진술이 인간의 언어로 재현된다는 사실이라고 지적하고 있다. 지포드는 현대의 녹색 작가들이 추구하려는 인간과 자연의 "내재적 조화"(intrinsic harmony)는 인간적인 언어로 표현되는 "내재적 통일"(intrinsic unity)을 전달할 수 있는 언어를 발견할 수 있는가에 달려있다고 주장한 바 있다(1999 8). 메인즈 (Christopher Manes) 역시 인간이 자연의 활력을 인지하는 심층생태적 인식 을 지니기 위해서는 새로운 언어에 대한 학습이 요구된다고 주장한다(24). 한편 슬로빅은 "딜라드(Dillard)가 단조로운 것(quotidian)을 격변하는 것 (cataclysmic)으로 변화시키기 위하여 예기치 않은 언어를 사용하였으며.... 그녀를 보다 의식적이고 신중한 관찰자, 세상의 낯설음을 인식하여 인정할 수 있는 그런 관찰자로 만들어주는 것은 바로 이러한 언어화의 과정(ver-balizing process)인 것이다"(358)고 주장한 바 있다. 슬로빅과 메인즈의 견해가 서로 상반되는 것으로 보이지만, 결과적으로 인간이 자연을 올바르게 인지하기 위해서는 인간의 전통적인 언어를 대체하는 것이 요구된다는 점 에서는 일치하고 있다. 그리하여 메인즈는 그 의미가 소박하면서도 거칠 었던 중세의 언어에서 그 모델을 찾고 있다(25).

룃키의 시에서 인간과 자연의 내재적 통일을 인지하기 위하여 요구되는 언어의 문제는 「네번째 명상」("Fourth Meditation")을 통하여 살펴 볼 수 있다. 이 시에서 룃키는 "입의 모호한 삶(the vague life of the mouth)이 더 이상 충분치 않은 때가 온다"(162)고 단언하면서 인간 언어에 대한 집착을 거부한다. 나아가 룃키가 "위대한 망자의 무덤 주변에서는 / 바위마저도 말한다"(164)고 주장하는 것은 인간 언어를 자연 언어의 하위개념에 두기 때문이다. 이 시에서 중요한 것은 이 두 언어 사이의 차이를 어떻게 극복하고 있느냐는 점이다. 이는 인간을 보는 룃키의 시선을 통하여 잘 드러난다.

> 변화의 느린 확장을 견디고, 최초에는 식역하(識閾下) 심연의 거친 속기로 말하던, 공포와 당혹감으로 진지한 철학적 언어를 만들었던, 작은 시작의 왕자

> A prince of small beginnings, enduring the slow stretches of change,
> Who spoke first in the coarse short-hand of the subliminal depths, Made
> from his terror and dismay a grave philosophical language (164)

설리반은 룃키 시에서의 영적 탐색을 두꺼비나 개구리로 대변되는 "식역하 세계"로의 "퇴행"(regression)으로 보며, 이러한 퇴행의 결과로 드러나는 "식역하 심연의 거친 속기"와 전통적인 "진지한 철학적 언어" 사이의 중대한 차이란 없다고 주장한다(137). 그러나 룃키가 "시인의 성숙이란 개인적인 도덕률에 구애받지 않거나 언어가 죽을 때 가능하다"(127)고 보고 있다. 결국 룃키가 지향하는 것은 진지한 철학적 언어가 아닌 식역하 심연의 거친 속기, 다시 말하자면 언어와 대상물과의 구분이 없던 언어의 원초적 상태를 지향하고 있다고 할 수 있다. 이 점은 그가 「열린 집」에서 "내겐 혀가 필요 없다... 거짓 없는 순수한 말로. / 나는 거짓말 하는 입을 틀어막는다"며 입으로 회자되는 진지한 철학적 언어를 거부하고 있다는 사실에서도 잘 드러난다. 한편 「풀들에 대한 찬가」에서 풀들을 "영혼을 순수하게 지녀온 거친

것들"(17)이라고 지칭하는 것으로 보아도, 그가 원하는 "거짓 없는 순수한 말"은 식역하 심연의 거친 속기와 동일한 의미를 지니는 자연 언어를 지칭하는 것으로 볼 수 있다.

인간의 언어가 아닌 자연 언어에 대한 뢰트키의 탐색은 그 역시 언어의 문제가 인간과 자연의 내재적 통일을 규명하는데 주요한 과제로 인식하고 있다는 사실을 보여주는 동시에, 그의 시에서 "퇴행"과 "물활론"이 어째서 중요한 의미를 지니고 있는가를 설명해 준다. 뢰트키는 "모 든 생명체가 정체성의 탐구에 도움을 줄 수 있다. 이것은 투박한 사고가 아니라 물활론적이라 할 수 있는 근원적 태도(primitive attitude)인 것이다. 따라서 살아있는 모든 것은 신성하다"(40)고 언급한 바 있다. 이를 근거로 할 때, 뢰트키 시에서의 퇴행은 인간 언어와 자연 언어의 의미가 중첩되는 시점으로의 퇴행이며 그 시점은 인간이 자연 언어를 있는 그대로 받아들일 수 있는 내재적 통일을 이루고 있던 시점이라는 사실을 유추해 낼 수 있다. 그의 시에서 언어를 매개로 인간과 자연의 구분이 없는 일반적인 관점으로는 다소 모호한 시점의 묘사가 등장하는 것은 바로 이 때문이다.

> 나의 단어들은 너와 함께하지 않는다: 나는 그저 바위 위에서 죽어가는 오래된 어울림일 뿐.
> ....
> 그리고 나는, 아마 구절 속에서 살아, 그럭저럭 웃을 게다
> 내 수염과 풍화되어가는 바위의 무게 밑에서.
>
> My words are not with you: I'm only an old tune
> Dying on a stone.
> ....
> And I, perhaps alive in a phrase, Will manage, I think, a laugh
> From under the weight of my beard and the moldering stones. (On

Poetry 128-9)

설리반은 "룃키의 시에서 바위는 묵시의 전초적 순간을 상징한다"(82)고 지적하면서 인간과 바위가 언어를 통하여 하나가 되는 모호함을 극복하려 하고 있다. 그러나 이 시에서 나의 단어와 너의 차이는 내 바위와 어울려 하나 됨에서 생겨나는 것이며, 룃키가 그러한 삶을 "구절 속에서" 사는 것으로 지칭하는 것으로 보아 그가 추구하고자 하는 퇴행의 끝자락으로 보아도 무방할 것이다. 결국 룃키에게 있어 언어의 문제는 인간과 자연이 하나임을 재현하는 적절한 도구가 될 수 있는 가에 대한 문제이며, 그가 더 큰 관심을 기울이고 있는 것은 인간이 자연 속에 혼재되어 있다는 사실이다. 그가 "집에는 지혜가 있고, 들판에는 묵시가 있다. 돌들에게 말을 하라, 별들이 답하리라"(86)는 다소 선문답과 같은 모호한 확신은 이러한 자연이라는 거대한 망(網) 속에 모든 만물이 하나로 혼재되어 있다는 전제 없이는 이해하기 어려울 것이다.

룃키의 시에서 언어와 연관된 인간과 자연의 내재적 통일을 보여 주는 또 다른 시로는 「나는 외친다, 사랑! 사랑!」("I Cry, Love! Love!")를 들 수 있다. 이 시에서도 룃키는 인간의 이성과 그 이성을 표현하는 인간의 언어를 거부하고 과거로의 퇴행을 시도한다.

이성? 저 따분한 헛간, 천박한 학동들을 위한 곳간! 굴뚝새의 노래가 다른 더 좋은 것을 말한다.
나는 고양이의 고함과 포옹을 좋아하고, 물처럼 산다.
나는 퇴화한 꼬리로 모래 속에서 이런 단어들을 추적했다.
....
누가 나무를 하나로 묶었는가? 이제 나는 기억하네. 우리는 한 둥지에서 만났네. 내가 살기도 전에. 어두운 머리카락이 한숨 쉬었다.

우리는 결코 들어갈 수 없다, 혼자서는.

Reason? That dreary shed, that hutch for grubby schoolboys! The
hedgewren's song says something else.
　I care for a cat's cry and the hugs, live as water. I've traced these
words in sand with a vestigial tail;

　　　...................................
　Who united the tree? I remember now. We met in a nest. Before
I lived.
　The dark hair sighed. We never enter Alone. (88-9)

　설리반은 이 시를 블레이크의 전통에 입각한 "출생 이전의 이미지를 통하여 영혼과 육체의 선험적 불가분성"(A priori indivisibility of body and soul in a image from prenativity)을 노래한 시라고 언급한 바 있다(76). 그러나 인간의 육신이 자연이라는 거대한 망 속에 혼재되어 있는 이 시에서 영혼은 육신의 하위개념에 있으며, 인간의 육신은 이미 출생 전부터 자연이라는 거대한 망 속에 존재하고 있다. 시인은 이성의 노래보다는 "다른 더 좋은 것"을 굴뚝새의 노래와 고양이의 고함 속에서 찾아낸다. 인간의 꼬리가 퇴화되기 전에는 인간 역시 동일한 노래를 부르고 고함을 쳤다는 것을 시인은 안다. "물처럼 살고" 인간의 머리와 나무의 뿌리가 하나가 되는 순간 시인은 그 어느 것도 "혼자"이지 않다는 사실을 깨닫게 되고, 사랑을 외치는 것이다. 결국 룃키는 이러한 거대한 망의 긴밀한 연결 즉, 내재적 통일을 통하여 사랑을 외치고 있는 것이다.

　룃키의 시에서 인간과 자연의 내재적 통일을 보다 직접적으로 보여주는 것은 인간과 자연의 직접적이고 면밀한 교류를 통하여 드러난다. 계산서를 걱정하던 현대의 「삼류시인」("Poetaster")이 원하던 "모든 만물과 영혼의 하나됨"(singleness of spirit above all else)(23)은 「창세기」("Genesis")로의 기나긴 퇴행을 통하여 이루어진다.

이 근원의 힘은
태양을 쥐어짜 생긴 것이다; 강의 도약하는 힘은
폭 좁은 뼈 속에 얽혀 들었다.

이 지혜는 마음속에 넘쳐흐르고, 조용한 피를 향하여 밀어 닥친다; 껍질을
부풀리는 씨앗은
선한 과실로 터져 나온다.

뇌 속의 진주, 감각의 분비물;
중추적 곡물 주변에서
새로운 의미가 거대하게 자란다.

This elemental force
Was wrested from the sun;
A river's leaping source
is locked in narrow bone.

This wisdom floods the mind, Invades quiescent blood;
A seed that swells the rind To burst the fruit of good.

A pearl within the brain, Secretion of the sense; Around a central
grain
New meaning grows immense. (17)

뢰키 스스로가 "이 시의 장점을 자발적으로 말한다는 점이다"(48) 라고
밝히고 있듯이, 이 시는 논리적인 접근이 어렵다. 설리반은 이 시에서 뢰키는
"교감적 이해"(sympathetic apprehension)의 힘을 빌어 자연이라는 숭고한
비이성의 세계로 직관적으로 파고들고 있다고 지적하고 있다(15). 뢰키 시에
서의 직관을 설리반(12)과 바우어스(vii)는 조울증에서 한편 포스터는 신비

주의에서 그 출발점을 찾고 있다(ix). 그러나 이 시에서의 직관을 인간과 자연의 내재적 통일로 접근할 때, 좀 더 많은 부분이 설명된다. 1연에서 시인은 인간을 햇빛과 물로 광합성 작용을 하는 초목으로 인식하고 있으며, 2연에서는 인간이 초목이라는 지혜는 인간의 생장 자체가 선(善)이라는 베르그송의 "생의 약동"(elan vital)이라는 개념으로까지 확장되고 있다. 3연에서는 뇌의 이성과 감각의 관계를 곡물의 생장으로 파악한다. 이러한 인간과 자연의 내재적 통일은 「강에서 생긴 일」("River Incident")에서는 보다 직접적으로 드러난다. "바닷물은 나의 혈관 속에서 있고, / 내가 따뜻하게 간수해 온 원소들은 / 부서지고 흘러갔다, / 나는 내가 전에도 그곳에 있었음을 안다. / 저 차고 거대한 석회 속에서, / 어둠 속에서, 구르는 물속에서"(47)라며 룃키는 자연이 인간의 근원적 뿌리임을 명시하고 있다. 한편 「깸」("The Waking")에서는 "위대한 자연은 해야 할 다른 일이 있다, / 너와 나에게, 허니 생기 활발한 대기를 취하라, / 그리고 사랑스럽게, 가야할 곳을 가면서 배우라"(104)며 자연이 인간 삶의 터전이요 삶의 양식을 결정하고 있음을 보여준다.

룃키의 시에서 인간과 자연의 교류가 내재적 통일성으로 연결되는 양상에서 주목해야 할 점은 이 교류의 주체가 인간이 아닌 자연이며, 인간은 자연의 수혜자에 불과하다는 생태적 견해에 근거하고 있다는 점이다. 그의 시에는 주체적인 행위자가 아닌 수동적 관찰자로서의 시인과 인간의 모습이 드러난다. 「풀들에 대한 찬가」에서 시인은 "이것들에서 앉거나 서고, 희망하고, 사랑하고, 만들고 / 혹은 마시고 죽을 수 있는 권리를 얻어 왔다, / 이것들이야말로 나라는 피조물을 가꾸어 왔다"(17)며 자신의 모든 것을 가꾸어 온 것은 자연임을 고백한다. 「방문자」("The Visitant")에서 시인은 "친애하는 나무여 이곳에 머물러도 좋겠는가?"라고 질문을 던지지만, 자연의 질서를 깨뜨리지 않는 겸손함으로 "개처럼, 조용한 호흡자인, 게처럼/ 조심스럽게 기다린다"(96). 「심연」("The Abyss")에서 시인은 "새처럼, 밝은 대기와 하나가 되고, 모든 생각이 보리수 옆 대지로 날아가는" 자연과의 일체됨을 경험하지만, 그의 "첫번째 즐거움은 행동하는 것이 아니라 존재하는 것이다"(214). 물론 이 존재는 자연 속에서의 존재를 의미하지만, 뢰트키는 그 존재를 인간의 자발적 행위로 규정하는 것이 아니라 자연 속에서의 존재 그 자체로 파악하고 있는 것이다. 뢰트키 시에서의 이러한 온순함과 수동성은 생태학자들이 자연을 체험하기 위해 요구된다는 겸손과 자신을 낮추는 미덕의 개발(Devall 110)과도 맥이 닿는다. 이처럼 뢰트키는 인간과 자연과의 필연적인 관계 속에서 자신의 위치를 확보하고 있는 것이다.

인간과 자연의 내재적 통일은 뢰트키의 시에서 인간의 인식 자체가 자연을 통하여 형성된다는 믿음으로까지 전개된다. "모든 것은 하나라는 인식은 인간적인 자아인 나(I)의 상실을 통해 이루어진다. 이 상실은 순수한 상태로의 복귀라는 또 다른 중심으로 이어진다"(41)는 그의 언급은 인간 인식의 뿌리가 "순수한 상태" 즉, 인간과 자연이 하나인 내재적 통일의 상태에 있다는 것을 의미한다. 설리반은 뢰트키 시어의 특징을 "사고 이전(prethought)의 무질서하고 연상적인 과정을 극적으로 재연할 수 있는 순수한 직관의 언어"라고 지적한 바 있다(91). 그러나 뢰트키의 시에서 언어와 인간의 인식과 자연의 관계를 고려해 보면, 뢰트키의 관심은 새로운 언어가 아닌 자연과 연결된 인간이 직관적으로 받아들이는 자연의 언어이다. 그의 시 「굴 강에서의 명상」("Meditation at Oyster River")은 세월을 통하여 인간의 인식에 축적된 유산을 지워내며 그 근원으로의 탐색을 시작한다.

> 이 시간에,
> 이 깨달음의 첫 번째 하늘에서,
> 살은 영혼의 순수한 자세를 걸치고, 잠시, 도요새의 무관심을,
> 벌새의 확실함을, 물총새의 솜씨를 취한다

In this hour,
In this first heaven of knowing,
The flesh takes on the pure poise of the spirit, Acquires, for a time,
the sandpiper's insouciance,
The hummingbird's surety, the kingfisher's cunning (185)

이 시는 '인식-영혼-육체-자연'이라는 퇴행의 과정을 보여주고 있 다. 결국 인간 인식의 뿌리는 자연임을 보여주고 있다. 「존 데이비스 경을 위한 네가지」("Four for Sir John Davies")에서도 룃키는 "사물은 자신의 사고를 지니고 있다, / 그것들은 나의 파편들이다"(103)며 자신의 인식 나아가 인간의 인식 자체가 자연을 통하여 형성된다고 믿고 있다. 이렇게 볼 때, 같은 시에서 "말(word)이 세상을 앞지른다"(103)는 룃키의 단언은 그 언어가 인간의 언어가 아닌 자연에서 형성된 언어인 것이다. 자연에서의 경험이 인간적 사유에 우선한다는 견해는, 「바람을 위한 말들」("Words for the Wind")에서 "모든 만물은 내게 사랑을 가져다 준다... / 그 만물 속에서 춤추다 / 나는 목격하고 감내한다 / 마침내 다른 존재가 된 나를"(121)이라는 구절을 통하여 잘 드러나는 것처럼, 인간 존재의 문제로까지 확대된다.

존 듀이(John Dewey)의 말을 빌자면, 룃키의 시에 드러나는 인간과 자연의 내재적 통일성은 주체와 객체의 관계 대신에 관찰자와 관찰되어지는 대상 사이의 상호작용을 통해 생겨난다는 "심미적 경험"(aesthetic experience)으로 연결된다(재인용 Evernden 97). 이 심미적 경험은 룃키 시가 지니는 가치와 의미를 입증하는 동시에 독자들에게는 생태인식의 고양을 위한 주요한 경험으로 작용하게 된다.

4. 생태인식의 고양

프롬(Harold Fromm)은 오늘날 우리가 이미 기술의 세계에 살고 있다는 사실을 생태문학의 한계로 꼽으며, 따라서 필요한 것은 혁명적인 전환보다는 인식적인 전환이 먼저 요구된다(37)고 주장한 바 있다. 한편 비얼리(Alison Byerly)는 '허구'와는 다른 자연이라는 텍스트를 읽어내는 학습의 첫 번째 단계를 "자연을 생성하고 유지하는 것은 자연 그 자체이지 우리가 아니라는 인식"이라고 지적한 바 있다(64). 이렇게 보았을 때, 생태문학의 궁극적인 목적과 성패는 독자들에게 얼마나 효과적으로 생태인식을 고양시키느냐에 달려 있다고 할 수 있다. 한편, 호와스 (William Howarth)는 생태문학이 기존의 비평가들에게 인정받지 못하는 가장 큰 이유는 그것이 풍광이나 동물 등의 비인간적인 토픽을 주로 다루고 있기 때문이다고 지적한 바 있다. 맥도웰(Michael J. McDowell) 역시 인간과 자연과의 대화를 막는 장애요소로 기존의 자연 묘사(landscape writing)에 인간 사회에 대한 묘사가 거의 없다는 것을 꼽고 있다(373). 또한 생태문학에 대하여 부정적 견해를 지닌 리우 (Alan Liu)의 "자연은 없다"(재인용 Bate 171)는 주장은 워즈워드와 낭만주의자들 그리고 이후의 인물들이 자신들의 목적에 맞추어 만들어진 자연에 불과한 것임을 의미하기 위함이다. 이러한 주장들은 생태문학이 하나의 텍스트로 작용하기 위해서는 인간과 보다 직접적이고 면밀한 관계를 이루는 자연을 다루어야 한다는 필요성을 역설하고 있는 것이다.

뢰트키의 시가 생태적 텍스트로 효과적인 생태적 인식을 고양시키면서 기존의 생태적 텍스트라고 할 수 있는 작품들과 보이는 차이는 그의 시에서 등장하는 자연의 모습과 성격이다. 「매우 작은 것들」("The Minimals")에서 뢰트키는 그가 학습하고자 하는 것들을 나열한다.

나는 잎새 위의 작은 생명체들, 아주 작아서
눈에도 띄지 않는 것들, 냉담한 차원의 무감각한 자극들, 동굴 속의 딱정벌
레, 도룡뇽, 귀머거리 물고기,
이(lice), 길게 나풀거리는 지하 풀에 붙어있는 이 늪지 벌레, 박테리아류의
곤충을 학습한다.

I study the lives on a leaf: the little Sleepers, numb nudges in cold
dimensions, Beetles in caves, newts, stone-deaf fishes,
   Lice tethered to long limp subterranean weeds, Squimers in bogs,
   And bacterial creepers Wriggling through wounds Like elvers in
ponds (48)

이러한 자연의 생명체들은 인간과 가장 가까운 곳에 상존하고 공존해
왔지만 흔히 미물(微物)이라는 이유로 간과되어오던 것들이다. 따라서 미
물에 대한 관심이라는 사실만으로도 독자들에게 자극적으로 다가 온다. 아
울러 이러한 자극은 뢰트키의 시에서 그 작은 자연물들이 현대의 인간중심적
인 문명성과 편의주의에 대한 신랄한 비판으로 다가옴으로써 더욱 효과적
인 도구가 된다. 그리하여 뢰트키의 시에서 이러한 신랄함은 자연이 아닌 현
대의 문명으로 향해 있을 때 더욱 첨예하다. 「미시간 고속도로」("Hi-
ghway: Michigan")에서 "속도의 수감자"(the prisoners of speed)인 인간
은 치명적인 교통사고 후에야 "비로소 그 기계에서 탈출"(31)한다. 그럼에
도 인간이 신봉하는 기계(tool)는 "눈송이 한조각 조차도 쪼갤 수 없다"(9)
고 뢰트키는 푸념한다.

뢰트키의 문명비판은 그가 시선을 인간의 관심 밖의 대상에 둘 때, 그가
의도하였건 그렇지 않았건, 독자들에게 충격적인 가르침으로 다가온다. 인
간이 선호하는 속도나 편의주의와는 전혀 무관한 「나무늘보」("The Sloth")
는 그 좋은 예이다. 문명의 속도에 익숙한 인간이 "천천히 움직이는 데는

따를 자가 없는" 나무늘보에 대한 일차적인 반응은 "분노"이다.

> 가장 분-노-를 자-아-내-는 끌어안음.
> 허나 혹 당신이 그에게 뽐낸다고 한다면,
> 그는 한숨 쉬고는 나뭇가지에 달라붙을 것이다.
> 그리고는 다시 자러갈 것이다, 여전히 발가락을 흔들며,
> 그러면 너는 알게 될게다, 그가 안다는 것을 안다고.
>
> A most Ex-as-per-at-ing Lug.
> But should you call his manner Smug, He'll sigh and give his Branch
> a Hug;
> Then off again to Sleep he goes, Still swaying gently by his Toes,
> And you just know he knows he knows. (112)

　뢰키가 마지막 연에서 "안다"라는 단어를 세 번이나 반복하고 있는 것은 인간이 나무늘보의 느린 동작을 생각하는 것으로, 발가락을 흔드는 것을 아는 것으로 오해하는 것을 경계하기 위함이다. 그가 진정 독자들이 알기를 원하는 것은 나무늘보의 모든 행위가 자연에 순응하는 생활 자체라는 사실이다. 인간이 나무늘보의 느림에 대하여 갖는 "분노"와 아는 것이 없으리라는 판단은 인간중심적인 관심사가 투영된 결과이지 나무늘보와는 무관한 것임을 보여준다. 이처럼 뢰키의 시는 인간의 관심밖에 있던 자연물을 인간의 관심사와 연결지음으로써 독자들에게 이중적인 충격을 준다. 그리하여 그의 시에는 "가장 순수하고 육감적인 형태"를 지닌 뱀이 인간의 "피를 뜨겁게 만들며"(144), 민달팽이는 인간이 "가는 길이 흙이며... (인간의) 코가 달팽이보다 더 축축하며... (인간이) 한때 두꺼비였다"(145)는 사실을 알려주며, 들판에서 인간이 가야할 길을 알려주는 것은 "굴뚝새의 가물거리는 목청"(88)이라는 잔 잔하지만 생소하고도 충격적인 가르침이 존재한다. 「숙녀

와 곰」("The Lady and Bear")에서는 인간과 곰의 낚시 방법을 비교하면서 "곰은 / 감히 / 감히 / 감히 / 낚시 바늘이나 낚시 줄을 사용하지 않는다... 오로지 앞발만 사용 한다"(113)는 사실을 강조 한다. 반복적인 "감히"의 사용에서 드러나는 것처럼, 룃키의 시에서 드러나는 소박한 자연 원리는 인간의 기준으로는 지극히 당연한 사실마저도 다시 곱씹어 보도록 하는 진지함을 부여하고 있다. 슬라빅은 "생태 인식으로 이어지는 강력한 경각심을 일깨울 수 있는 가장 효과적인 자극은 변화나 놀람, 안이한 확실성을 무너뜨리는 것이다"(362)고 주장한 바 있다. 이런 점에서 룃키의 시는 생태적 텍스트로써 효과적인 기반을 다지고 있는 것이다.

쿠프(Laurence Coupe)는 "생태학의 모든 호소는 궁극적으로 윤리학의 문제이다"(4)고 단언한 바 있다. 결국 하나의 작품이 생태적 텍스트로의 효과를 달성하기 위해서는 생태윤리적 각성으로 이어져한다는 것을 의미한다. 레오폴드(Aldo Leopold)의 주장처럼, 생태적 윤리만이 인간의 역할을 "대지의 지배자"에서 "대지의 소박한 구성원과 시민"으로 전환시킬 수 있기 때문이다(287). 「매우 작은 것들」에서 룃키는 자신이 다루는 작은 생명체를 "냉담한 차원의 무감각한 자극제들"(numb nudgers in cold dimensions)라고 부르고 있으며(48), 또한 그의 시에는 유달리 "넌지시 자극하다"(nudge)라는 단어가 빈번하게 등장한다. 그의 시에서 이러한 자극은 미물로 여겨지던 작고 사소한 것들이 독자들에게 제공하는 정신적인 충격과 연결되며, 이는 결과적으로 인간은 대지의 지배자가 아닌 한 마리의 배추벌레와 동일한 대지의 소박한 구성원이라는 생태윤리적 각성으로 연결된다. 이런 점에서 그의 시 「연애중인 숙녀를 위하여」("For an Amorous Lady")는 중요한 의미를 지닌다.

> 허나 독이 있든 없든 뱀들은 사랑할 때, 결코 보상을 원하지 않는다;

비록 축축하지만, 그것들은 민감하다; 그 고상한 본성은 주라고 명한다.

허나, 내 사랑, 그대는 물고기와 인간과 새를 품고 있는 영혼을 지니고 있다. 우리가 연애의 기술을 발휘할 때, 그대는 즐겁게 애무하며 구애할 수 있다. 진실로, 당신은 백만분의 일의 확률로,
    그대는 포유동물이자 파충류이다.

But snakes, both poisonous and garter, In love are never known to barter;
    The worm, though dank, is sensitive: His noble nature bids him give.

But you, my dearest, have a soul Encompassing fish, flesh, and fowl.
When amorous arts we would purse, You can, with pleasure, bill or coo. You are, in truth, one in a million,
    At once mammalian and reptilian. (22)

이 시에서 인간과 인간의 "영혼"은 포유류, 파충류, 어류, 그리고 조류와 "고상한" 속성을 공유하고 있다. 이러한 공유와 관계를 통하여 "축축한" 뱀은 긴 세월을 통해 키워 온 인간의 이기적인 속성 즉, "주는 것"에 익숙하지 못한 영혼을 자극하며 일깨운다. 이 시에서 인간이 동물적 "연애의 기술"을 발휘할 수 있는 "확률"이 희박하다는 것은 인간이 그만큼 자연과 동물적 속성에서 멀어졌다는 것을 의미하지만, 동시에 그 방법이 "사랑"이라는 것은 가능성이 늘 열려있다는 사실을 의미하기도 한다. 그리하여 「노래」("Song")에서는 사랑이 비롯된다는 "거리의 먼지," "홈(groove)에 박힌 조임새," "내 발치에 있는 잡종개"(204) 등을 통하여 사랑의 편재성을 노래하면서 동시에 인간을 자극한다. 한편 「밤 여행」(Night Journey)에서 "나는 밤의 절반을 깨어 있었다. / 내가 사랑하는 대지를 보기 위하여"(32)라고 노래하고 있는 것처럼, 룃키는 많은 그의 시들에서 사랑하기 위해서는 "깨어 있음"을 강조한다. 이 깨어 있음의 열린 인식은 「열린 집」에서는 "내 마음은 열린 집... 아무

기만도 없는 나의 사랑"(3)으로 연결된다. 즉, 인간적 "기만"이 배제 될 때 진정한 사랑이 가능하다는 것이다. 이렇게 볼 때, 룃키가 「꿈」("The Dream")에서 "사랑은 상처받을 때 비로소 사랑이다"(115)는 것은 인간적 사랑이 깨뜨려질 때야 비로소 진정한 사랑이 오는 것임을 의미하는 것으로 유추 해석할 수 도 있다. 크러츠(Krutch)는 "경외심이나 사랑"이 없는 생태학은 무의미한 것이라 믿고 있었으며, 룃키도 그의 시 「마지막 단어들」("Last Words")에서 마지막 단어를 "무서운 사랑"(fearful love)(46)으로 제시하고 있다.

룃키의 시에서 사랑을 통한 생태윤리적 각성은 「이끼 모으기」("Moss Gathering")에서 보다 직접적으로 드러난다.

> 벌목길을 달려 돌아오면서, (이끼를 딴) 후에 나는 늘 편치 못함을 느꼈다,
> 마치 습지의 사물들의 질서를 깨거나 한 것처럼, 오래되고 중요한 어떤 리듬
> 을 방해하거나 한 것처럼,
> 살아있는 대지에서 생살점을 떼어냄으로써,
> 마치 삶의 거대한 체계에 신성모독의 죄를 저지른 것처럼.
>
> And afterwards I always felt mean, jogging back over the logging
> road, As if I had broken the natural order of things in that swampland;
> Disturbed some rhythm, old and of vast importance,
> By pulling off flesh from the living planet;
> As if I had committed, against the whole scheme of life, a desecration.
> (38)

이끼를 딴 자신의 행위를 대지의 생살을 도려내는 아픔으로 인식하는 이러한 강렬하고 충격적인 반성은 「잘린 가지들 ― 후기」("Cuttings - later")에서 "발을 내려놓으려는 잘려진 가지들 / 어떤 성인이 이처럼 노력했을까"(35)라며 이전에 알 수 없었던 흔히 도달하기 어려운 새로운 각성으로

이어진다. 이처럼, 룃키 시에서 이루어지는 모든 반성과 각성은 자연을 보는 애정 어린 세밀한 관찰에서 비롯된다. 독자들은 룃키의 눈을 빈 바로 이 세밀한 관찰을 통하여 대지의 지배자가 아닌 대지의 소박한 구성원과 시민으로서의 자신의 모습을 보게 된다. 그리하여 룃키의 시에 등장하는 인간의 기준이 아닌 자연의 기준을 자연스럽게 받아들이게 된다. 이 점이 룃키의 시가 생태학적 텍스트로써 작용할 수 있는 가장 중요한 소임인 것이다. 비얼리 역시 자연이라는 텍스트를 읽어내는 학습의 가장 중요한 것을 야생성 즉, 자연을 만들어 내는 것은 야생성 그 자체이지 우리가 아니라는 인식을 꼽고 있다(64).

룃키의 시에서 도금양나무는 시를 자신의 "재치기 소리"(173)라고 평가하며, 쥐는 시인에게 "어떻게 행복한 질문자"(85)가 되는 방법을 알려준다. 또한 인간들이 "공간을 두고 벌이는 싸움들은" "거리가 친구처럼 익숙한 평야"에서 끝이 난다(12). 이러한 구절이 일견 어색하고 난해하게 보이는 것은 우리 독자가 인간적 가치 판단의 기준에서 보기 때문이다. 그러나 자연의 기준을 수용한 룃키의 시에서는 이러한 구절이 매우 자연스럽고 수용 또한 쉽다. 자연 속에서는 가능하기 때문이다. 그리하여 룃키의 시 「영원한 찬사」("Praise to the End")에서 그가 보내는 종국적인 찬사는 '자연처럼 되거라'이다.

> 올빼미처럼 크고, 개구리처럼 미끈하거라, 거위처럼 착하고, 개처럼 크거라 어린 암소처럼 매끈하고, 돼지처럼 길거라 시골 촌뜨기의 행위가 최종적인 것이다.

> Be large as an owl, be slick as a frog, Be good as a goose, be big as a dog, Be sleek as a heifer, be long as a hog What footie will do will be final. (82)

이 시에서의 기원은 시골 촌뜨기가 자신과 함께 공존하는 개체들에 대한 기원으로 볼 수 있으며, 시골 촌뜨기 자체는 개별적 개체로서의 모든 종(種) 속에 인간이 자연스럽게 혼재된 결과인 것이다. 결국 생태학적 텍스트로써 룃키의 시는 우리에게 시골뜨기의 삶과 행위야 말로 우리가 최종적으로 지향해야할 가치임을 보여주고 있다.

5. 결론

자연원리에 근거하여 세상을 본다는 것은 인간원리에 익숙한 우리 일반 독자들에게는 다소 생소해 보이는 것이 사실이다. 그만큼 인간과 자연이 멀어져 있다는 것을 의미하며, 이는 동시에 룃키의 시가 독자들에게 일견 다소 낯설어 보이는 이유이기도 하다. 그러나 역설적으로 룃키 시의 가치, 특히 생태학적 텍스트로써의 가치는 이러한 차연의 간극을 극복하려 애쓰지 않는, 달리 말하자면 인위적으로 가공되지 않은 있는 자연을 경험하는, 낯설음에서 생겨난다. 그리하여 그의 시에서는 인간을 압도하는 거대한 혹은 아름다운 자연의 모습이나, 인간의 개발에 신음하는 자연의 모습은 대체로 배제되어 있다.

룃키가 보여주려는 것은 그 스스로가 자연을 보는 섬세한 눈길이다. 그의 섬세한 시선은 우리 주변에 늘 공존하지만 작고, 낮고, 느린 이유로 우리의 시선에서 벗어난 것들에 대한 면밀한 관찰로 드러난다. 이러한 섬세한 관찰을 재현하는 룃키의 어조는 매우 겸손하다. 이 겸손함은 우월한 고등생물로서 미물들을 재현한다는 인간중심적 사고를 거부하고, 우리가 자연이라는 우리 인간을 수용하는 거대한 망의 한 부분이라는 점을 인식하고 있다는 점에서 생겨난다.

룃키의 시에서 인간이 자연의 한 부분이라는 인식은 시인 자신의 인간중심적 자아를 지워내고 물활론의 단계로까지 퇴행하는 것으로 이어진다. 이 퇴행의 끝자락에는 개체로서의 인간이 자연 속에서 조화롭게 공존하는 사회(society)가 존재한다. 룃키의 시어를 자연어를 재현한다고 할 수 있는 것은 바로 이러한 인간과 자연의 긴밀한 유대감, 즉 내재적 통일성에 근거한다. 이 점은 아울러 인간의 언어로 자연을 재현한다는 근본적인 문제를 해소할 수 있는 해결책이기도 하다.

이러한 룃키 시에서의 일련의 과정은 작고 은근하게 제시된다. 그러나 이러한 자극은 우리 독자들에게 강력하고 경우에 따라서는 무섭게 다가온다. 이는 룃키의 자극이 전혀 새로운 것이 아니라 우리가 망각하고, 경시하고, 개의치 않아온 우리의 주변과 내면에 조용히 침잠하여 있던 것들이기 때문이다. 자연을 지키기 위해서는 즉각적이고 혁명적인 변화를 위한 선언문과 교조문이 요구되기도 한다. 아울러 섬세하고 자애로운 눈길을 지닌 시인이 펼치는 작지만 우리의 폐부를 찌르는 생태학적 텍스트가 요구되기도 한다. 룃키의 시가 바로 그 텍스트인 것이다.

● 원영미 (성균관대학교)

I.

W. S. 머윈(1927~)은 최근 환경과 생태에 대한 사회적 관심의 고조와
함께 주목해야 할 시인이다. 머윈은 흔히 '신화창조자'(mythmaker), '신화적
인 의식'(Mythic Consciousness)의 소유자등 주로 신화의 맥락에서 해석되
었다. 머윈의 시를 신화와의 연관관계로 접근하는 연구들은 자연과 인간의
일체성 문제를 해석의 단초로 삼고 있다. 신화세계에 재현된 자연과 인간의
관계성에 주목하는 것이다. 머윈을 신화와의 연관성 속에서 해석할 수 있다
면, 다른 한편으로는 생태시로서의 해석도 가능하다. 생태와 신화의 친연성[1]
을 전제로 할 때, 머윈은 중요한 생태시인 중 한명이라고 할 수 있다.

머윈의 시는 인간과 자연의 상호의존성을 인식할 뿐 아니라, 현대 문명에
대한 회의와 경고, 그리고 자연 앞에 겸허한 자세를 강조하는 등 생태시의

....

1) 생태시를 '신화적인 세계의 재현을 통해 자연과 인간의 일체성을 회복함과 동시
   에 생명의 재발견에 주력하는 시'라 정의한 장정렬(209)의 견해를 참조했다. 게
   리 스나이더(Gary Snyder)도 새로운 신화의 창조를 통해 자연과 인간이 한 공동
   체의 일원임을 깨닫고, 그들과의 조화로운 삶을 추구한 바 있다.

주요 특징들을 두루 보여준다(브라이슨 5-6). 그는 인간 이외의 생명체들에 대한 지대한 관심을 표현했으며 이들의 존재와 인류의 생존을 뚜렷한 의존관계로 파악하고 있다. 또 인간을 생태계의 중심으로 파악한 현대문명을 인간중심적 사유의 산물로 규정하고 생태계의 타자들과 새로운 관계를 만들 수 있는 방법을 찾고자 했다.

머윈은 인간과 생태간의 불화와 균형 상실의 주요 원인으로 관계의 문제를 제기한다. 머윈은 인간 이외의 생명체가 생태계 내에서 제 위치를 차지하지 못하는 이유도 '잘못된 관계'에서 비롯된다고 주장한다. 그는 인간과 인간이외의 생명체와의 관계는 인간의 언어를 중심으로 진행되는데, 인간의 언어는 인간의 의사만을 대변할 뿐 타자의 의사는 묵살한다고 생각한다. 머윈은 인간의 언어가 생태계의 타자들과 소통을 가로막고 있으며, 인간 언어의 한계를 인식하는 것을 출발점으로 하여 관계 회복을 위한 출로를 마련하고자 한다. 인간과 인간 이외의 생명체간 관계가 소통 가능한 언어의 재발견으로 회복될 수 있다고 보는 것이다.

머윈이 제시한 생태적 소통의 언어는 '침묵'이다. 지금까지 침묵은 언어적 한계로서 이해되거나 폭력의 결과로 해석되었다. 그러나 머윈에게 있어 침묵은 인간 이외의 생명체와 관계를 회복할 수 있는 언어이자 방법이다. 침묵이라는 언어를 통해 인간은 자연과의 화해와 상생의 길을 찾을 수 있다는 메시지를 전하는 것이다.

II.

머윈시에서 침묵을 이해한다는 것은 언어를 이해하는 것과 다르지 않다. 침묵을 이해하기 위해서는 언어에 대한 이해가 선행되어야하기 때문이다.

이때 언어는 인간의 언어라기보다 존재하는 사물 개개의 언어이다. 머윈 시의 침묵은 그의 생태적인 관심을 엿볼 수 있는 근거이다. 식물이나 동물 같은 유기체가 물리적 환경과 맺고 있는 총체적 상호관계를 연구하는 학문을 생태학으로 규정 할 때 (김욱동 25), 침묵은 생태적 관심의 중요한 부분인 관계를 이해하는 데 중요한 역할을 담당하기 때문이다. 머윈은 에드폴솜(Ed Folsom)과의 인터뷰에서 관계에 대해 "당신의 내부와 당신이 바라보고 있는 것의 내부가 분리된게 아니다"라고 언급한다(49). 이는 인간과 인간외 생명체와의 관계에 대한 머윈의 시각의 단면을 보는 데 중요한 역할을 한다. 인간이 인간외의 생명체를 대상으로만 파악하여 그것에 대해 폭력과 파괴를 마치 당연한 것으로 받아들이고 있는 것에 대한 경계와 우려를 표현한 것이다. 지금까지 대상으로만 존재해 왔던 것들과 인간이 다르지 않다고 지적함으로써, 기존의 관계에 대한 새로운 시각을 형성해야 한다는 것을 시사한다. 관계에 대한 새로운 인식을 위해 머윈은 인간의 언어에 초점을 맞추고 있다. 머윈은 "언어의 상실을 자연세계의 상실과 직접적인 연관을 가진다"고 주장한다(David Applefield and Jelle Jeensma 76). 머윈에게 언어가 사라진다는 것은 자연이라는 구체적인 존재가 사라지는 문제와 다르지 않다. 머윈이 마이클 페티(Michael Pettit)와의 인터뷰에서 "언어가 우리에게 말하는 것은 우리의 존재의 문제"임을 지적한 것도 같은 맥락이다(재인용 15). 또한 시 「언어를 잃는다는 것Losing a Language」에서도 언어가 사라지는 것과 존재가 없어지는 것을 "언어는 예언하기 위해 만들어 졌다/ 여기에 사라진 깃털들이 있다"(the words were made to/ prophesy// here are the extinct feathers)라는 구절을 통해 이런 관계를 보여주고 있다.

머윈은 이것을 하와이 자연과 언어의 관계라는 구체적인 사례를 통해 제시한다. 하와이의 자연과 언어와 인간사이의 관계를 제대로 파악하고 이해한다면 생태계 전반에 일어나고 있는 문제를 해결할 수 있는 토대를 마련할 수 있다는 것이다. 언어가 자신의 모습을 드러내는 곳이 존재자라고 하면(이수정 50), 언어를 제대로 읽어내려는 시도는 자연이라는 존재 개체들과의 밀접한 관계 속에서 이루어 질 수 밖에 없다. 그런데 머윈은 현대인의 모습은 이런 관계에서 이탈되어 있다고 지적한다. 그의 시 「안경Glasses」에서 보듯, 현대 인간은 오로지 고층빌딩에서 '전기세를 내고'(pay the electric bills), '돈을 생각하며'(thinking of the money) 살고 있다. 머윈에게 이 고층빌딩은 단지 '빈 땅'(empty ground)에 불과하다. 이들 관계는 긴밀한 관계에서 나오는 것이 아니기 때문이다. 이는 인간의 언어가 '언어의 근원'(sources of speech)에서 멀어졌다는 머윈의 지적과도 맥을 같이한다.

머윈은 인간이 사물 개개의 언어를 읽어내는 방법을 침묵에서 찾는다. 침묵은 인간의 귀에 들리지 않는 언어를 읽어내는 방법이자 듣는 방법이다. 인간이 언어를 읽어내려면 그 언어를 먼저 듣는 것이 우선이다. 들어야 비로소 그 말이 무엇인지를 이해할 수 있기 때문이다.

그런데 지금까지 침묵은 언어의 한계, 인간언어의 문제점을 중심으로 연구되어 왔다. 보갤생(John Vogelsang)은 침묵을 인간의 언어로 잘 표현할 수 없는 상태로 보며, 그렇기 때문에 침묵을 정복하려는 의도가 인간의 언어에 있다고 본다(97). 브라이슨(J. Scott Bryson)은 침묵을 인간언어의 희망을 상실한 '절망'의 상태로 규정하고 있으며(100), 그로스(Harvey Gross)는 머윈의 시는 빈곳(void)에 대한 것이라고 규정하며, 시인이 빈곳을 언어로 그려낼 수 없으므로, '침묵'을 얘기하는 것이라고 주장한다(106). 그로스는 '빈곳'을 그려내기에는 이 세상이 너무도 척박한 상황이며 이미 종말(end)이 일어나고 있는 것으로 본다. 또한 그는 머윈이 그리는 새로운 세계에 대한 비전은 반대하지는 않지만 비전의 실현이 어렵다는 시각을 제시한다. 조지 레슬리 하트(George Leslie Hart)는 머윈의 시의 침묵은 소통부재에서 오는 '절망'의 다른 표현이라고 주장한다(22). 이때 침묵은 폭력의 다른 이름이라기보다 소통부재의 결과로 인한 희망이 없는 상태를 말하는 것이다. 토마스 B.바이어스(Thomas B. Byers)도 역시 이런 시각을 가지고 머윈 시의 침묵을 바라본다. 바이어스는 언어의 한계를 인정하고 언어의 한계가 머윈의 시에서 침묵으로 드러난다는 점을 지적한다(87). 바이어스와 하트는 침묵을 절망의 다른 표현으로 읽어내고, 크리스토퍼 메인즈(Christopher Manes)는 자연을 침묵시키는 인간의 폭력성을 지적하면서 자연과의 새로운 관계를 형성하려는 노력을 한다(17). 따라서 이때 침묵은 절망의 다른 이름이다.

실제로 머윈 시에서의 침묵은 절망으로 인식될 수 있는 여지가 충분하다. 예컨대 머윈의 시집 『이*The Lice*』에는 인간이 행하는 인간중심적인 행위로 인해 시집 전반에 침묵이 흐른다. 현재 인간이 행하는 인간 이외의 대상에 대한 폭력적인 행위로 인해 시인은 할 말을 잃어버리고, 침묵함으로써 그런 행위가 부당함을 주장한다. 「강가에서 뉴스 피하기Avoiding the News By the River」라는 시에서는 "내가 인간이 아니라면 아무것도 부끄러울 것이 없을 것이다"(If I were not human I would not be ashamed of anything)라는 시구를 통해 인간이 하는 일이 얼마나 터무니없고, 파괴적인지를 극명히 말한다. 「과부The Widow」에서도 폭력적인 인간의 행위로 인해, "자연도 더 이상 인간을 필요로 하지 않는"(There is no season/that requires us)상태임을 보여준다. 인간이 자연에게 하는 일은 오로지 폭력과 파괴이기 때문에, 자연은 더 이상 인간이 필요하지 않다는 것이다. '과부'로 사는 것이 오히려 인간이라는 폭력적인 남편이 있는 것보다 낫다는 이런 언급에서 인간 행동의 폭력성을 짐작할 수 있다. 머윈은 나아가 '인간을 필요로 하지 않는 것이 참된 것'(Everything that does not need you is real)이라고 설명한다. 자연과 인간과의 관계는 더 이상 유지할 수 도 없고, 오히려 인간이 없다면 자연은 온전히 움직인다는 것이다. 인간이 생태계 내에서 중심이 아니라 오히려 없어져야할 존재라는 것이다. 이는 인간중심적인 사고에 대한 강한

경고이다. 또한 「표지Cover Note」를 보면, 인간의 말이 인간들 사이를 오가
기는 하지만 진정한 의미의 관계라고 보기는 어렵다는 머윈의 시각을 읽어낼
수가 있다.

> 우리들 사이를 오가는 말이
> 우리가 그런 것처럼 가장하고 있어
> 우리는 서로를 알고 있는 것처럼
> 보인다
>
> it seems as though
> we knew each other as
> the words between us keep
> assuming that we do

　머윈은 자신이 하는 이야기를 알아듣지도 못하면서 아는 체하는 독자들에
대한 조소를 통해, 자신이 이야기하고 있는 문제를 사람들이 제대로 인식하
지 못하고 있다고 지적한다. 머윈과 독자도 관계가 차단되어 있는 상태인데,
머윈에게 이런 독자들은 '위선적인 독자'들일 뿐이다. 이 문제는 개인적인
문제이자 이것은 생태계 전반에 걸쳐 일어나는 문제이다. "동물들의 침묵을
먹으며 나의 길을 만든다."(I make my way eating the silence of animals)
(「당신이 가버릴 때When You Go Away」)라는 시구는 이런 현상을 부각시
킨다. 동물이라는 타자를 침묵시키고 그 침묵을 기반으로 인간의 위치가
만들어져 왔다는 것이다.
　머윈은 동물과의 관계를 통해 생태계 전반에 일어나고 있는 관계의 문제를
전면에 부각시키고 이에 대한 새로운 인식을 요구한다. "전 세계적으로 사라
지고 있는 것이 문이다"(What is dying all over the world is a door (「문A
Door」[2])라는 구절에서 보듯, 머윈에게 현대에는 관계를 만들 수 있는 문이

사라지고 있는 것이다. 이미 '죽은 것'(dead thing)일 수도 있다. 왜냐하면 거리가 인간의 귀들(ears) 위로 달리게 될 것이고, 그로 인해 어떤 외침이나 부름도 들을 수 없는 상태가 될 것(the streets will run over the ears/no crying will be heard/ no any calling 「문」)이라고 머윈은 생각하기 때문이다. 거리가 인간의 귀들 위를 달린다는 것은 인간의 귀들을 막아버려 들어야 하는 것을 못듣게 되는 것을 의미한다. 즉 인간이 아닌 인간이외의 생명체들의 고통의 '외침'이나 끊임없이 인간을 부르며 대화를 시도하는 그들의 부름 소리에 인간은 귀를 막고 있다는 것이다. 따라서 현대 문명 속에서는 진정한 관계 회복의 가능성은 점점 더 희박해 진다는 것이 머윈의 생각이다. 나아가 머윈은 이 문제를 지금 인식하고 해결하지 않으면, 이 문제가 지금 이 세대만이 아니라 앞으로도 지속될 것이라고 본다. "오늘은 극소수의 사람들에게만 속해 있고, 내일은 어느 누구에게도 속하지 않을 것"(Today belongs to few and tomorrow to no one(「내가 거기에 갈 때 마다Whenever I Go There」이라는 시구절은 부재가 지속적일 경우, 인간에게 미래는 없을 것임을 시사한다. 이런 면에서 보면 침묵은 '절망'의 다른 이름이다.

그러나 침묵은 다른 한편으로 관계 회복에 대한 희망의 메시지를 담고 있기도 하다. 머윈의 시 「친척Kin」에서 마지막으로 새가 인간에게 전달하는 것이 침묵이라고 한 것(at the end/ birds lead something down to me/it is silence), 또는 「아이The Child」에서 침묵을 "이름의 껍데기를 깨고 나오는 것"(This silence coming at intervals out of shell of names)으로 규정하고, 또한 「토템동물의 말Words From A Totem Animal」에서 "길을 잃었을 때, 자신을 부르고 축복하는 것을 침묵"(silence/blessing/calling me when

---

2) 머윈은 「문」이라는 같은 제목의 시를 4개를 썼다. 그 중에 2개는 소통의 가능성을 보여주는 시고, 나머지 두 개는 소통의 가능성에 대해 회의적인 시각을 제시한다.

I am lost)이라고 규정하는 것을 보아도 침묵을 단순히 절망의 다른 이름이라고 보기는 어렵다.

「선생님 찾기Finding a Teacher」에서도 침묵이 단순한 절망이 아니라는 것을 알 수 있다. 이 시의 화자는 자신이 알고 싶은 것을 질문한다.

> 그 것은 태양과
>
> 두 눈과
> 내 눈과 내 입
> 내 마음과 사계절을 지닌 땅과
> 내 발, 내가 어디에 있었는지
> 내가 가고 있던 곳은 어딘지에 대한 질문이었다
>
> it was a question about the sun
>
> about two eyes
> my ears my mouth
> my heart the earth with its seasons
> my feet where I was standing
> where I was going

화자는 인간이 이성적으로 또는 논리적으로 모든 것을 설명할 수 있을 거라고 여기고 질문을 하지만 이런 근원적인 문제에 대한 선생의 반응은 낚시를 하며 '기다려'(wait)라는 말로 일축되며, 후에는 선생의 낚시에는 낚시바늘도 없음을 알게 된다. 이는 인간의 이성이나 논리로 우주의 원리를 설명하고 이해하기는 어렵다는 것을 암시한다(프레지어 72)(Frazier 72). 인간이 알 수 없는 것을 질문하고 그것에 대한 답을 제대로 하지 못한다는 점에서 보면 낚시를 하는 선생님의 침묵은 절망이다. 그런데 다른 한편으로 보면 대답을 하지 못하는 것을 인정하는 것은 인간이 가진 한계를 인정하고 알지 못하는 세계를 받아들이는 태도이기도 하다. 이 시에서 선생은 화자가 원하는 답을 줄 수가 없다. 인간이 스스로 자신의 문제를 풀어내려는 노력을 하지 않는다면 그 해답은 영원히 얻지 못할 것이기 때문이다. 머윈이 들리지 않는 것을 경험하고, 그것을 듣는 것은 개인적 문제라고 지적한 것도 이와 같은 맥락이라고 할 수 있다(Martz 268-72). 머윈은 다음 시에서 새로운 선생을 제시한다.

> 이제 나의 모든 선생들은 죽었다 침묵만을 제외하고
> 나는 다섯 그루의 포플러 나무가
> 빈 곳에 쓰는 것이 무엇인지를 읽어내려고 할 것이다
>
> Now all my teachers are dead except silence
> I am trying to read what the five poplars are writing
> On the void

머윈이 이처럼 침묵을 새로운 선생으로 제안한 것은 새로운 언어로서 침묵을 인정하려는 의도일 것이다. 머윈에게 침묵은 인간이 언어로써 읽어내지 못하는 또 다른 세상을 향한 언어인 것이다. 칠판에 선생이 무엇을 쓸 때, 그것을 읽어내려고 학생들이 노력하는 것처럼, 머윈이 포플러 나무가 쓰는 것을 읽으려고 한다는 것은 포플러 나무를 새로운 선생으로 자신을 학생으로 여기는 것이라고 할 수 있다. 그런데 포플러 나무가 쓰는 곳은 '빈곳'이다. 인간은 눈에 보이는 것만 믿고 그 배후에 있는 것을 보지 못하기 때문에, 빈곳은 단순히 비어있는 곳이라고 믿게 된다. '빈곳'은 인간의 눈에 보이는 액면이다. 그러나 「시내The Current」에서 머윈은 "우리가 물임을 잊고 더러운 코트처럼 늪에 누워있다"(lie in the marshes like dark coats/ forgetting that we are water)고 설명한다. 또한 우리 몸을 통해 흐르는 "'늘고 차가운 시내는 결코 잠들지 않는다"(through us a thin cold current

/never sleeps)라고 설명한다. 이 구절들을 살펴보면 시내를 단순히 물이라고 보기보다는 인간이나 자연세계를 관통하는 하나의 흐름으로 보는 것이 적절하다. 「시의 주제에 관해서On the Subject of Poetry」에서 "바퀴가 없는데도 바퀴는 돌아간다"(the wheel turns, though there is no wheel)고 한다. 인간의 눈에 세상을 도는 바퀴나 시내는 보이지 않는다. 하지만 세상의 '바퀴'는 눈에 보이는 곳만 돌아가는 것이 아니라고 할 수 있다. 인간이 '빈곳'이라고 여기는 공중에도 수많은 미생물과 공기와 먼지와 인간이 볼 수 없는 것으로 가득 차 있기 때문이다. 세상의 '바퀴' 아래에서는 어느 곳도 비어 있는 곳은 없다. 따라서 '빈곳'의 의미는 인간의 눈에만 빈 곳으로 보이는 것이다. 오히려 포플러 나무의 시각에서 보면 '빈곳'은 모든 것이 살아 움직이는 삶의 장이다. 이처럼 머윈에게 침묵은 새로운 시각을 제공해 줄 수 있는 매개체이다. 새로운 시각을 얻어야만 인간이외의 생명체와 관계회복이 가능해진다.

「문 A Door」에서는 '침묵'의 역할이 보다 잘 드러난다. '침묵'은 이런 '빈곳의 소리'를 듣는 통로의 역할을 한다는 것이다.

> 침묵은
> 통로
> 우리 주변의 무한한 집의 소리를 들을 수 있는
>
> a silence
> an opening
> may hear all around us the endless home

'무한한 집'은 인간을 포함한 생명체에게 포근한 안식처를 제공하는 존재의 집이다. 무한한 집은 인간이 알 수도 없고, 해석할 수도 없는 것인데, 생명체는 그런 무한한 집안에 사는 존재이다. 그런데 인간은 지금까지 눈에 보이는 것만 믿고 보이지 않는 것을 믿지 못했고 들리는 소리만이 전부라고 믿었기 때문에, 무한한 집의 소리를 들을 수가 없었다. 이런 결과로 인간은 인간이외의 생명체들의 말을 인간의 귀로는 들을 수가 없기 때문에, 그들에게 폭력을 행사하고 그들을 변방으로 밀어낸 것이다. 이로써 생태계 내에서 인간의 위치는 지나치게 상승한 것이다. 잘못된 인간의 위치를 올바르게 이해하고, 들을 수 없는 생명의 소리를 들을 수 있게 하는 것이 침묵이라는 문을 통해서 가능하다고 머윈은 본 것이다. 풀이 자라는 소리, 구름이 흐르는 소리들은 인간의 귀로는 들을 수 없는 소리이다. 머윈은 인간의 귀로는 들을 수 없는 소리를 들을 수 있는 새로운 언어로 침묵을 제시한 것이다.

무한한 집의 소리를 듣는다는 것은 대화가 가능하다는 것과 같은 맥락이고, 이런 점에서 침묵을 새로운 언어로 간주할 수 있다. 키츠가 "들리는 소리보다 들리지 않는 소리가 더욱 아름답다"고 했을 때, 이 들리지 않는 소리의 언어를 머윈은 침묵이라고 본 것이다. 브런즈Gerald L. Bruns) 침묵이 인간 이외의 생명체의 언어라면, 그것은 인간이 도달해야 할 목적지이므로, 침묵은 그들과의 관계회복을 위한 새로운 언어이다. 또한 인간적인 의미에서 본다면 침묵은 인간의 언어가 가진 한계를 인정하고 그것을 받아들이는 것으로 이해가 가능하기 때문에 침묵은 새로운 언어이며 동시에 방법이다. 새로운 언어이며 방법인 침묵을 제대로 이해한 경우에 침묵을 통해 인간이 사물의 세상으로 돌아가고, 세상에 있는 존재들 중의 하나임을 인식하게 된다고 주장한다(200-201). 다시 말해 침묵을 통해 인간의 지위에 대한 재인식이 가능하게 된다는 것을 보여준다. 이는 김원중이 지적하는 것처럼, 불교의 핵심인 공의 시학이 인간중심적인 사고에 빠진 자아를 비우고 해체하여 삼라만상과 함께 하는 본연의 자아를 찾고자 하는 것과도 같은 맥락이다 (58-9). 따라서 머윈시의 침묵을 불교적 의미의 공(空)으로 이해할 수 있다. 이런 인식은 인간과 인간이외의 생명체의 소통의 가능성이 열릴 수 있다는 것을 암시한다. 이에 머윈은 새로운 관계을 위한 문을 여는 방법으로서의 침묵을 모색한다.

> 다시 그들의 말을 나에게 전달해주는
> 말없는 것들의 행렬
> 미래는 침묵으로 날 깨웠다
> 나는 그 행렬에 동참한다
> 열린 문이
> 나를 대신하여 말한다
> 다시 한번

> Again this procession of the speechless
> bringing me their words
> The future woke me with its silence
> I join the procession
> An open doorway
> Speaks for me
> Again(「새벽녘Daybreak」)

새벽은 새로운 하루를 여는 시작이다. 또한 가능성을 시사하기도 한다. 그 시작점에서 머윈은 침묵의 행렬에 동참하는 것을 통해 자연의 언어인 침묵을 이해하려고 한다. 침묵을 이해하는 것은 그들을 이해하는 것이다. 인간도 그러한 '행렬'에 동참해야 문이 열릴 수가 있다. 그래야 침묵이 대화를 열수 있는 열쇠로 작용할 수 있게 된다. 「노아의 까마귀Noah's Raven」에서 "까마귀의 목소리의 메아리로 미래가 현재를 쪼갠다"(The future/Splits the present with the echo of the voice)했을 때, 미래는 까마귀의 목소리를 이해한 현재와 그렇지 못한 현재를 서로 나눈다는 것이다. 다시 말해 까마귀의 목소리를 이해하면 현재의 삶이 미래로 연관되어 지속되어질 수 있지만,

그렇지 못하다면 미래는 없으므로 미래 입장에서는 현재를 쪼개어 가를 수밖에 없다. 미래가 보기에 현재 인간들은 "그들의 유일한 미래를 불태우고"(fire their only future)(「죽어가는 아시아인들The Asians Dying」있기 때문에 미래 스스로 살아남는 방법을 강구해 낸 것이다. 이 시에서 미래는 다시 한번 미래가 유지되게 하기 위해 화자를 침묵으로 깨운다. 침묵은 미래를 유지하고 미래를 존재하게 하는 방법인 것이다. 이 시에서 보듯, 침묵은 말없는 인간 이웃의 흐름에 동참하는 것이다. 그런 동참을 통해 문은 열린다. 이로써 말없는 존재들이 인간이라는 화자를 대신할 수도 있는 대화의 주체들로 인식 될 수 있다. 대화의 주체로 인간이외의 생명체를 동참시키는 일이 곧 관계의 통로를 여는 방법이다. 이때가 바로 '새벽녘'이다. 새벽이라는 것은 아직 완전한 밝음의 상태는 아니고 밝음으로 나아가는 단계이므로 '새벽녘'이란 이 시는 관계 회복 단계의 초기임을 알 수 있다. 이러한 방법을 통해 한 단계씩 새로운 관계를 위한 계단을 올라가는 것이다. 「한 토템동물의 말」에서 '침묵'을 '축복'으로 여기고 등고비의 노래를 발견한 것과는 달리, 「안개Mist」에서는, "등고비가 뿔피리를 불지만 그 소리는 힘없는 행렬을 이끌 뿐"(the nuthatch blows his horn/leading a thin procession)이라고 말하는 것으로 보아, 인간이 '침묵'의 '행렬'에 완전히 동참하고 있지 못하다는 것을 보여준다. 머윈은 이러한 행렬에 동참하기 위해서는 다음과 같은 마음 자세를 지녀야한다고 주장한다.

> 오 궁핍이여 모든 얼굴을 가지고 있는
> 그 얼굴
>
> 이 말이 모든 것들의 이면에 적혀 있다
>
> *Oh Necessity you with the face you with*
> *All the faces*

This is written on the back of everything 「강으로 가는 길The Way to the River」

이 시의 화자는 자신이 살고 있는 전선으로 가득한 도시에 '한줌의 물'(a handful of water)을 가지고 가면서 시간을 더 이상 부끄러워하지 않는 상태(I am no longer ashamed of time)에 이른다. 시간은 변화의 장이고, 존재하는 것들의 존재원리이기도하다. 시간을 받아들인다는 것은 현재의 상태를 받아들이고 긍정하는 폭넓은 시각을 의미한다. "사물이 변화한다. 그렇기 때문에 시도 변화해야 한다"는 월러스 스티븐스(Wallace Stevens)의 주장도 이러한 변화를 받아들이는 것이 중요하다는 것을 뒷받침해준다. 궁핍을 폴솜의 말로 이해하자면 이기적 자아의 확장의 상태가 아니라 자아의 축소의 형태이다. 자신이 부족한 존재이며, 그런 부족함은 세상의 모든 원리나 이유를 합리적으로 설명하기 어렵다는 인식에 도달하게끔 해 준다. "빈곤 상태를 유지할 수만 있다면, 세상은 그 모습을 드러낼 것이다."(If I could be consistent even in destitution/ The world would be revealed 「아이 The Child」. 이는 머윈의 용어로 하자면, '자기부정(self-negating)'의 상태를 의미하는 것이다. 궁핍을 제대로 이해한다면, 인간의 이성으로 이해할 수 없는 세상의 모든 원리에 도달할 수 있다는 말이다. 넬슨의 지적처럼, "특정한 얼굴"(specific face)을 버려야 가능한 상태가 된다(171-2). 머윈은 "특정한 얼굴"을 인간이 기존에 믿고 있는 지식으로 설명하면서 그것을 '잊는 상태'(unlearning)가 자기부정을 할 수 있는 방법이라고 본다. 그래야 비로소 모든 것들의 이면에 씌어있는 내용, 즉 머윈이 주장한 포플러 나무가 쓴 내용을 읽어낼 수가 있고, 소통이 가능하게 된다는 것이다. 이때 비로소 진정한 침묵이 나타난다.

이름의 껍데기를 벗고 가끔씩 나오는 침묵
그것은 모두 한사람이다 같은 것을 위해
다른 시간에 나오는
내가 만약 예에 해당하는 말을 배울 수 있다면, 그것을 내게 문제에 대한
답을 해줄지도 모른다 나는 그것이 매순간 그것 자체였음을 알게 될 것이다
그것을 손인양 잡고 가라고 말할 것을 기억하라
그리고 그것과 함께 가라 이것은 마침내
너 자신이다

당신을 이끌어줄 아이

This silence coming at intervals out of shell of names
It must be all one person really coming at
Different hours for the same thing
If I could learn the word for yes it could teach me questions
I could see that it was itself every time
Remember to say take it up like a hand
And go with it this is at last
Yourself

The child that will lead you

머윈이 「강으로 가는 길」에서 한줌의 물로 이름을 가지지 않은 상태를 경험한다고 한 것처럼, 이런 상태를 경험하게 해주는 것이 침묵이다. 침묵의 특성을 '모두 한사람'이라고 설명하고 있는데, 인간은 한명 한명 다른 특성을 가지지만, 한편으로는 존재하는 원리는 같은 것임을 밝히는 것이며, 더 나아 간다면, 인간뿐만 아니라 인간이외의 모든 생명체가 모두 같은 뿌리를 가진 것이라고 이해가 가능하다. 같은 뿌리 '무한한 집'을 인정하는 것이 '예'이며, 이런 긍정의 상태를 통해 새로운 소통의 장으로 나아갈 수 있음을 머윈은 얘기하는 것이다. 다시 말해 생명 하나하나가 안내자가 되며, '예'라는 긍정의

말을 알려주게 된다(the lives one by one/are the guides and know me yes 「더글라스 이후」). 긍정은 존재에 대한 인정이고, 또한 인간의 한계에 대한 인식이기도 하다. 따라서 인간이 가졌던 물음 예를 들어 「몇 가지 마지막 질문들Some Last Questions」)에서 화자가 질문한 내용들에 대한 답을 얻게 될 것이다. 이 시에서 화자는 언어에 대한 문제(What is the tongue), 눈(보는 것)에 관한 문제(what are the eyes), 그리고 인간의 이성에 대해 회의를 품고 문제를 제기(What is the head)하고 있다. 따라서 언어의 한계에 대한 인정, 인간이 보고 듣는 것에 대한 한계를 인정하는 것은 인간이외의 생명체와 관계를 회복할 수 있는 길이 될 수 있다. '마지막'이라는 것은 문제에 대한 답을 찾을 수 없다면 인간뿐만 아니라 인간이외의 생명체 모두의 소멸을 의미한다. 따라서 이런 관계에 대한 재인식만이 '마지막'을 피할 수 있는 방법임을 보여준다.

시의 마지막 부분의 '당신 자신'이라는 구절은 인간이외의 생명체, 또는 자연과의 단절의 문제와 자아의 정체성의 문제가 연관된 것으로 인식한 체리 데이비스(Cheri Davis)의 언급을 통해 이해할 수 있다(112). 그는 인간이외의 생명체와의 단절 때문에 인간이 정체성의 해체를 겪고 있다고 본 것이다. 그런데 만약 인간이 침묵이라는 새로운 언어를 발견해서, 인간이외의 생명체와 소통이 가능하게 된다면, 인간이 자신의 고유한 정체성을 획득하게 된다. 이것을 머윈은 '당신 자신'으로 표현한 것이다. 이처럼 '당신 자신' 또는 자아의 정체성을 획득하는 방법은 침묵이며 그것이 바로 '아이'인 것이다.

'아이'라는 침묵을 손인양 잡고라는 표현은, 아이라는 구체적인 이미지를 통해 침묵의 의미를 전달하려는 머윈의 의도이다. 아이를 데리고 다닐 때 항상 손을 잡고 다니는 것처럼, 침묵을 항상 옆에 두고 함께 해야 비로소 인간이 소통의 장으로 나아 갈 수 있다는 것이다. 이것은 머윈이 「암본의 눈먼 견자The Blind Seer of Ambon」)에서 왜 시각을 제거하고 촉각을 전면에 부각시켰는지를 알 수 있는 단서이기도 하다. 이 시의 화자는 화재로 인해 모든 것을, 딸과 아들과 아내, 자신이 꽃에 대해 공부하고 기록했던 자료까지도 잃어버린다. 화재로 인한 피해 중 가장 큰 것은 장님이 된 것이다. 그 결과 오로지 그가 의존해야하는 것은 촉각이다. 시각이 사물의 움직임을 보는 수단이지만 사물이 인간에게 주는 메시지는 눈으로만 읽을 수 있는 것은 아니다. 청각을 통해 바람의 소리를 듣고, 맛과 냄새를 통해 그들의 존재를 음미하기도 한다. "나뭇잎과 조개들이 말로 다할 수 없는 빛과 깊이를 울려내고 있다는 것을 나의 손가락은 안다"(my fingers finding them(leaves and shells) echo the untold light and depth)(「암본의 눈먼 견자」)에서 보듯, 시각의 상실을 매워줄 수 있는 또 하나의 언어로 촉각이 화자에게는 강하게 다가온다. 머윈에게 촉각은 인간이 보는 것에 대한 절대적인 믿음에 대해 의문을 제기하고, 인간이 눈으로 보는 것을 모두 믿을 수 없고, 보고 싶은 것만 본다는 한계를 벗어나, 눈으로 볼 수 없는 세계를 이해할 수 있는 새로운 언어인 침묵이라는 아이를 데리고 오기 위한 방법이었던 것이다. 「발The Paw」)은 '침묵을 손인양 잡고 소통을 이루어내는 모습을 보여준다.

> 내 손가락 밑에 있는
> 발에 피가 흐른다
> ……
> 오 퍼디타
> ……
> 나는 알고 있다
> 어떻게 엉덩이 살들이 떨어져 나갔는지를
> 그녀의 피가 나의 손가락 사이로 흐른다
> 그녀를 다시 보기 위해 감긴
> 내 눈

There is blood
on the paw under my fingers
......
oh Perdita
......
I know
how the haunches are hollowed
her blood wells through my fingers
my eyes shut to see her
again

늑대인 퍼디타의 엉덩이 살들이 어떻게 떨어졌는지를 이해한다는 것과, 늑대의 피가 화자의 손 위로 흐른다는 표현을 통해 화자와 늑대간의 소통이 이루어졌다는 것을 암시한다. 또한 그녀를 다시 보려고 눈을 감는다는 말은 인간의 눈으로 보는 것의 한계를 인정하는 것이다. 머윈이 이런 합일의 순간을 언어가 아닌 침묵으로 제시한 것은 언어의 한계를 인정하는 동시에 언어의 대안이 침묵이 될 수도 있음을 보여주기 위함이다. 침묵의 일종으로 촉각을 제시하였다고 할 수 있다. 이런 접촉을 통해, 프레지어가 지적한대로, 동물과 인간의 관계가 소유(ownership)가 아니라 혈족관계(kinship)로 형상화되는 것이다(36). 「더글라스 이후After Douglas」)에서 아버지의 장도리 소리에 깨지는 커다란 돌 소리를 듣고 그 소리에 화자도 깨어나고, 그들도 나오는 소리를 유지한 채로 열린 상태, 즉 깨진 상태로 누워있고, 이런 소리가 마치 종소리처럼 들린다고 지적한다. 「문」에서 보았던 "소리가 나지 않는 종"(empty bell)이 아니라, 종의 역할을 충분히 해서 화자를 깨어나게 하는 진정한 종이다. 이런 상태에서는, 화자의 이름이 나무에 대해 이야기 할 때, 그 나무가 그것을 이해하는 경우이다. 그럼으로써, 그 주위에 서있는 것들이 '형제자매'가 된다는 구절(standing together with my brothers and sisters)은 침묵을 통해 획득한 이런 합일의 순간이 인간과 인간이외의 생명체와의 관계를 재정립 하는데, 중요한 역할을 담당한다는 것을 암시한다. 그러므로 「친척」에서 살펴보았듯이, 새들이 인간에게 가져다주는 것은 결국 '침묵'이며, 그 침묵을 통해, 인간들이 인간이외의 생명체와의 조화로운 관계를 향해 나아갈 수 있다는 것이다.

머윈은 이런 관계를 위해 듣는 것을 강조하고 있으며, 들리지 않는 소리를 듣는 방법으로 침묵을 제시하고 있음을 알 수 있다. 이때 듣는 이가 누구이며, 즉 주체가 누구이며, 무엇을 들을 것인가라는 문제가 제기될 수 있다. 인간의 지위가 생명체계 안에서 지나치게 부풀어져 있다고 바이어스가 지적한 것처럼(78-9), 인간의 인간중심적인 사고로 인해 보이는 것에 대한 지나친 믿음을 가지고, 보이는 것 이외의 세상에 대해서는 믿지 않으려 하면서 인간 이외의 생명체를 생태계에서 배제시킨다. 폴섬의 지적처럼, 침묵을 읽어내고 그것에 동참하는 것은 인간의 이기적으로 확장된 자아로는 불가능하다(67). 오히려 자신을 부정하는 '자기부정'을 통해 이기적인 자아의 확장이 아니라 '탈자아'의 상태에서 이런 일은 가능하다. 프레이저는 '탈자아'를 '실체 없는' 혹은 '육체에서 분리된 목소리'(Disembodied Narrator)로 보고, 인간이 인간 이외의 생명체의 목소리를 더 잘 이해하기 위한 방법이라고 주장한다(54). 제임스 아틀라스(James Atlas)도 '탈자아'를 인간 이외의 타자의 목소리를 대변하는 것으로 본다. 머윈의 말에 의한다면, "내가 내 자신을 보았을 때, 아무것도 없었다. 나는 크기도, 형태도 색도 볼 수 없었다"(Once when I looked at myself there was nothing. I could not see any size, any shape, any color)는 말로도 바로 이런 상태를 설명할 수 있다. 이때 아무것도 없었다(무(無)만이 있었다)라는 의미는 머윈이라는 존재가 작고 보잘 것 없다는 말이 아니다. 오히려 크기와 형태와 색도 없다는 것에서 의미를 유추한다면, 자신이 누구인지를 잃어버리는 순간이라고 할 수 있다. 이런

순간은 자신의 존재가 그 한 존재로 존재하는 것이 아니라 '하나이지만 모두'
인 상태를 의미(It must be all one person 「아이」) 하는 것으로 이해할
수 있다. 이런 상태는 색도 형태도 없이 세상의 모든 사물들에 스며든 상태,
즉 탈자아의 상태라고 볼 수 있다. 이것은 폴섬이 휘트먼과 비교할 때 보여준
인간중심적인 사고에 바탕을 둔 자아가 아니라, 이기적 자아를 줄임으로써
오히려 진정한 자아가 확장되는 순간으로 이해할 수 있다. 이런 자아를 지닌
주체만이 침묵을 이해할 수 있다.

　머윈은 데이비드 엘리어트(David L. Elliott)와의 인터뷰에서 "존재에 대한
경외를 배우는 것이 인간이 살아남는데 가장 근본적인 것"(The feeling of
awe-something that we seem to be lossing-is essential for survival.)이라
고 한다. 머윈에게 경외는 '알지 못하는 것에 절하는 상태'(bowing not to
knowing to what, 「나의 죽은 날을 기념하며For the Anniversary Of My
Death」)라 할 수 있는데, 이것은 침묵이라는 새로운 언어를 통해 가능하게
된다. 인간이 모든 것을 알고 있다는 오만과 착각이 침묵을 통해 없어지는
것이다. 경외를 존재에 대한 엄숙한 마음, 또는 그것을 인정하는 마음이라고
여긴다면, 파멸과 상실로만 향하고 있는 인간에게, 경외는 인간뿐만 아니라
인간이외의 생명체가 살아남기 위한 필수조건이 된다. 그러면 인간이 생태계
에서 최상의 위치가 아님을 알게 되어, 인간과 인간이외의 타자와의 관계가
제대로 이루어질 수 있다고 머윈은 믿는 것이다.

　그런 과정을 통해 무엇을 들을 것인가 하는 것은 「녹색의 순간The
Moment of Green」)에 드러나 있다. 그는 "나뭇잎으로부터 소리의 빛을
듣는다"(he heard/from the leaves the shimmer of sound)고 하면서, 그
소리를 인식하거나 묘사하기는 어렵지만 여전히 인간이 들어야할 소리라고
지적한다. 머윈은 「시의 주제에 관하여」에서, "거기에 없는 돌아가는 바퀴소
리를 듣는다"(listening to the turning/Wheel that is not there)고 한다.

이는 인간이 들을 수 없고, 알 수 없기 때문에 거기에 없다고 한다는 것이다. 그런데도 불구하고 인간은 들리지 않는 소리를 끊임없이 들으려고 노력해야 한다는 것이 머윈의 생각이다. 들으려고 하는 노력에서 존재에 대한 경외심이 생겨나며, 경외심은 겸손(I don't understand the world, Father)으로 이어진다. 그로 인해 결국은 '녹색의 순간'을 맞이할 수 있다는 것이다. '녹색'은 존재하는 것들의 바탕이 되는 색이다. 그런 순간은 인간이외의 생명체의 존재원리를 이해하는 순간이며 '탈자아'의 상태로 진정한 자아의 확장을 하는 순간이기도하다.

이런 과정을 통해 우리는 인간이외의 생명체들과의 관계가 새롭게 되며, 동시에 그들과 '상생'할 수 있는 순간을 맞게 될 것이라고 머윈은 주장한다. 따라서 머윈에게 침묵은 절망의 다른 이름이기도 하지만, 동시에 희망을 의미하기도 한다는 것을 알 수 있다.

III.

머윈에게 생태계 붕괴의 문제와 현대문명의 문제는 동일한 지평으로 소급된다. 관계의 단절이 그것인데, 머윈은 침묵을 한 대안으로서 조심스럽게 제안한다. 침묵은 인간중심적인 사고가 불러낸 이런 결과들을 성찰할 수 있는 계기를 마련한다. 침묵의 의미를 단순히 말을 하지 않는 언어적 한계점으로 파악하거나 폭력의 결과로 이해하는 것을 넘어, 인간과 인간 이외의 생명체와의 관계를 복원할 수 있는 매개로서 이해할 수 있다면 머윈의 희망이 요원하지만은 않다.

돈 아이드(Don Ihde)의 말을 빌리면 "침묵은 인간 이외의 생명체의 언어을 읽어내는 방법이며 동시에 그 가능성을 열기 위한 기다림"이다(185).

그 역시 머윈처럼 침묵을 새로운 생태적 언어의 하나로 간주하는 것이다. 기다림이 상대방을 맞이하고 받아들이려는 마음의 준비이다. 머윈은 인간 이외의 기다림은 기다리고 받아들이려는 기다림은 침묵을 통해 가능하다고 본다. 머윈에게 침묵은 생태적 타자들과의 관계 회복을 위한 또 하나의 언어 이며 나아가 현대문명을 치유할 수 있는 유력한 방법이다.

3부 생태소설론

1

한국의 생태소설론

『문학과환경』10년,
한국소설이 경작한
생태문학 10년 농사
-인류학적 탐색부터 삶/생의
정치경제와 생태윤리까지-

● 최영호 (해군사관학교)

1. 문제 제기

2001년에 발족한 문학과환경학회가 올해로 창립 10년을 넘겼다. 창립 당시 『문학과환경』창간호를 내기 위해 동분서주하던 초대학회장과 임원들이 눈에 선하다. 그분들은 보이지 않던 학문의 길을 열고자 몇날 며칠을 뛰어 다녔다. 하지만 이 길에 들어선 다른 회원들은 무슨 생각을 하며 달렸고, 지금은 또 어떤 관점에서 이 길을 이어 달리고 있을까? 그것은 한 사람의 연구로만 단정할 수 없으며, 문학과환경학회가 이룬 성과를 무시하고 전혀 다른 데서 찾을 수도 없다.

예나 지금이나 '문학과환경학회'는 제대로 된 사무실 하나 없다. 학회장과 임원진들이 바뀔 때마다 곳곳에 옮길 수밖에 없다. 적극적 가난과는 다른 차원의 가난이 지배하고 있다. 그런데도 회원들은 갈수록 늘고 있고 논문들도 다양해지고 있다. 뿐만 아니라 연구 내용들도 포괄적이면서도 구체적이어서 고무적인 일이 아닐 수 없다. 이는 학회의 존립 여부를 양적 통계로만 따지고, 학문의 기여도도 거기에 준해 가늠해온 구태의연한 평가 방식에 일침을 가한다.

사실, 어느 학회든 규모나 겉모습만 봐서는 실제 성과를 가늠하기 어렵다. 특히 오늘날의 생태위기가 인간의 사회활동에 따른 생태계의 재생산 위기인 동시에 인간을 포함한 모든 생물의 절멸 위기임을 감안하면 연구의 성과들은 비가시적인 부분도 저버릴 수 없는데, 그 숨겨진 이면을 탐구하는 문학과환경학회의 역할은 커질 수밖에 없다. 생태 위기는 위기 자체에 그치지 않고 사회의 거대한 변화를 촉구한다. 이는 생태계 위기에 대한 우리의 자각 의식을 넘어 보다 합리적인 대응책을 모색하게 만든다. 그런 점에서 문학과환경학회가 이룬 성과들 중 드러난 부분과 드러나지 않은 부분에 대한 냉철한 평가가 요구된다. 무엇보다 우리가 처한 생태 위기의 본질적 원인이 우리의 삶과 동떨어져 어딘가 고정된 형태로 있지도 않고, 우리가 매일같이 영위하는 일상생활 과정과 더불어 줄기차게 야기되며 악순환을 되풀이하고 있기 때문이다. 바로 여기에 문제의 심각성이 있다.

　문학은 인간의 외적 활동을 다루는 정치, 경제, 사회 분야와 달리, 내적 활동과 심연을 탐구한다. 겉으로 드러나지 않은 내밀한 부분에 대해 문학은 고유의 심미적 이성과 감수성을 드리운다. 본고는 이런 인식적 지평에서 『문학과환경』에 발표된 지난 10년간의 성과들 중 한국소설을 다룬 연구들에 주목했다. 어떤 소설들이 어떤 관점에서 연구되었고, 어떤 내용들이 중점 논의되었는지를 살핀 후 앞으로의 연구가 어떤 방향으로 나아가면 좀 더 고무적일 수 있는지를 생각해 보았다.

2. 『문학과환경』과 생태소설 연구 현황

　2002년부터 2011년까지 발간된 『문학과환경』은 총 16권이다. 분량은 많지 않으나 매호 게재된 연구는 다채로웠다. 한국문학의 시, 소설, 평론 분야를 비롯해 외국문학의 연구 동향과 촌평, 심지어 대담까지 수록되었다. 물론, 한국소설에 관한 연구도 발표되었다. 대략 18편이고, 거론된 작가는 15명이다. 그 중 작고 문인은 10명, 생존 문인은 5명이다. 김동인, 김동리, 이효석, 오영수, 황순원, 이문구, 홍성원, 이청준, 박영한, 이윤기는 전자에 속하고, 조세희, 한승원, 서영은, 김영래, 한강은 후자에 속한다.

이 가운데 황순원의 경우는 단편소설과 장편소설이 잇달아 연구되었고, 이문구나 한승원의 경우는 중복 연구되었다. 다만, 다루어지는 작품은 같아도 동일 차원에서 논의되진 않았다. 일정한 공감은 있었으나 접근 시각과 방법이 달랐다. 특히 서영은의 소설을 다룬 연구는 여러 편의 작품을 한꺼번에 거론된 경우였다. 이 연구는 주요 작품을 논의의 중심에 두고 그 외 작품은 그런 중심 내용을 보충하는 방법을 택했다.

각각의 연구들은 뒤에서 살피겠지만, 『문학과환경』을 통해 발표된 한국소설 연구의 전체적인 경향은 자연, 생태, 인간이 문학적으로 재현된 세계를 관계적 이해의 눈으로 천착하려 했다고 할 수 있다. 지난 10년 간 이루어진 연구를 정리하면 [표 1]과 같다.

[표 1]에서 보았듯이, 『문학과환경』에 발표된 한국소설 연구들은 실제 작품의 발표 시기와는 때를 같이 하지 않았다. 가장 최근 발표된 작품이 가장 초창기 연구로 다루어졌다. 오래 전에 발표된 작품들은 오히려 최근에야 연구되었다. 환경과 생태문제를 좀 더 포괄적인 시각으로 다뤄야 한다는 최근의 논의 경향이 초창기부터 논의된 점이 특이하다. 생태소설의 전형으로 평가받는 김영래의 『숲의 왕』을 인류학적 관점에서 분석한 구수경(1)의 창간호 연구와 이문구의 『관촌수필』을 생태학 고유의 포괄적 언어와 복합성의 시선으로 분석한 우찬제(18)의 가장 최근 연구가 이를 뒷받침한다. 이렇게 볼 때 『문학과환경』은 간행 초기부터 환경과 생태문제를 매우 개방적이고

포괄적인 관점으로 주목한 셈이고, 그 후 10년이 지난 지금까지도 같은 연구 흐름을 지속하고 있다고 봐야 할 것이다. 그렇다면 그 중간 과정은 어떠한가?

3. 생태의식의 소설적 재현과 연구 성과 개관

한국소설을 다룬 18편의 연구는 작품 자체에 대한 부분적 해석과 전체적인 내용을 포괄적으로 이해하려는 차원에서 연구가 이루어졌다. 그 가운데는 이미 일정한 문학적 평가가 내려진 작품에 대한 생태의식 차원에서의 다시 보기가 시도되었고, 소설 자체가 생태적 내용으로 가득한 경우에는 그 함의를 다양하게 읽으려는 경향이 지배적이었다.

<u>구수경의 연구(1)</u>는 생태학과 생태주의 문학에 대한 개념 정의부터 거론하고 있다. 연구 대상은 전형적인 생태소설로 거론되는 김영래의 『숲의 왕』이었다. 연구자는 오늘날의 환경문제와 생태계의 위기가 도래하게 된 원인을 인간중심주의 혹은 인간중심적 사고가 지배한 데 있다고 보았고, 이를 극복하는 데는 우주와 지구, 자연과 인간의 관계를 있는 그대로 보는 생명중심주의 시각의 중요성을 거론했다. 이를 위해 철학자 아르네 네스의 인간중심적인 '표층 생태학'과 생명물질 중심적인 '심층 생태학'을 합리적인 생태이론으로 원용했고, '녹색문학'을 문학적 상상력을 통하여 심층 생태학의 기본 이념과 가치를 구현한 것으로 정의한 이남호의 주장을 따랐다. 이를 관점에서 『숲의 왕』의 내적 구조를 분석하면서 김영래의 소설이 어떤 생태미학을 창출하고, 생태 위기를 극복하는 데 있어서 어떤 대안과 생태학적 지혜를 제안하는지를 파악했다.

『문학과환경』창간호에 실린 구수경의 연구는 김영래의 한 작품을 다뤘지

만 매우 구체적이면서도 포괄적인 연구였다. 연구자는 김영래의 작품에 나타난 죽음과 재생의 플롯 구조를 통해 우리 인간의 미래, 숲의 미래에 대한 낙관적인 전망을 읽어냈을 뿐 아니라 이 소설이 다양한 서사적 장치와 스토리 외적 요소들을 활용한 다원적 서술방식을 가졌다고 판단했다. 특히, '숲의 왕'의 내포적 의미를 다채롭게 변주시키는 점에서 작가 김영래가 추구하는 주제 구현의 실체를 간파해냈는데, 바로 여기에 김영래의 소설이 보여주는 신화적 상상력과 소설의 경계를 허무는 비허구적 요소들이 함께 직조된 세계를 찾아낸다. 이런 실험적인 서사기법과 아름다운 문체는 매우 이질적이지만, 연구자는 오히려 이런 이질적인 것들의 조화로 인해『숲의 왕』이 새로운 차원의 생태미학을 재현한 작품으로 평가하고 있다.

　두 편의 이승준의 연구(2, 5)는 황순원의 단편소설과 장편소설을 잇달아 분석한 연구이다. 앞서 구수경의 경우처럼, 연구자는 이남호가 주장하는 '녹색문학'의 이론을 존중한다. 다만, 환경 문제를 적극적으로 피력하거나 표방하지 않은 작품에 대해서도 녹색의 본질과 부합되면 녹색문학으로서의 연구 가치가 있다는 본다. 따라서 이런 경향의 작품들이 과거에 나왔다는 이유만으로 녹색의 가치를 창출하지 않는다고 하는 주장을 부정한다. 이런 시각으로 황순원의 소설을 녹색연구의 중요 과제로 삼는 연구자는 황순원의 소설들 가운데서 '반문명적 세계관'으로서의 '원시적 감성'을 다룬 심리소설이 녹색문학 차원에서의 연구 가치를 갖고 있다고 평가한다.

　이승준은 황순원의 단편소설에서 작고 연약한 것에 대한 연민을 작품의 단초로 삼은 작가가 생명의 소중함을 인식했고, 생명의 소멸과 생성 구조를 심화시키는 것에 주목했다. 그와 동시에 하나의 산이 인간과 자연의 조화일 수도 있지만 대립적일 수도 있다는, 작가의 문명 비판적 삶을 탐구한다. 소설에 나타난 유기체들의 생명권이 심층 생태학의 자연관과 상통하고, 그 바탕에 깃든 인간의 고통에 대한 공감과 동물과 식물, 자연 사물의 고통까지 감내하려 했던 작가 정신에 천착한다. 연구자는 이런 맥락에서 황순원의 단편소설을 녹색문학으로서의 가치를 함의한 것으로 보았으며, 나아가 황순원의 휴머니즘을 인간중심주의에 기초한 서구적 의미의 휴머니즘과는 다르다는 결론을 내린다.

한편, 황순원의 장편소설에서도 같은 류의 생태학적 의미를 찾아냈다. 이승준의 두 번째 연구는 앞서 시도된 단편소설에 대한 연구와 맥락이 같다. 『별과 같이 살다』 『인간 접목』 『카인의 후예』 『신들의 주사위』와 같은 작품에 투영된 황순원의 생명에의 소중함을 탐구했고, 『일월』 『움직이는 성』을 통해 연구자는 자신의 이런 주장을 확장했다. 이를 기반으로 앞서 황순원의 단편소설 논의 시 주장한 서구적 인간중심주의와는 다른 황순원 고유의 휴머니즘을 찾으려 했다. 나아가 모든 생물 혹은 모든 존재를 동등한 생명의 가치 차원에서 주목하려 한 황순원의 문학적 사유를 '열린 인간중심주의'로 특성화하고 있다.

김동인의 소설에 나타난 도시와 자연의 이분법적 구도와 이효석 소설에 나타난 자연적 삶의 현실적 의미를 연이어 탐구한 **홍기정의 연구**(3)는 현대소설로는 시기적으로 가장 오래전에 발표된 소설을 대상으로 한다. 연구자는 녹색문학과는 전혀 무관한 작가로 인식되는 김동인을 재평가했는데, 김동인 문학의 흐름을 되짚으며 작품의 녹색적 성격과 의식이 어떻게 문학의 중요 주제가 되었는지를 통해 이를 입증한다. 그 중 1930년대 발표된 김동인의 소설에 자주 등장한 도시와 자연에 대한 선악 이분법적 의식에 주목했고, 이런 의식이 궁극적으로 어떻게 작품의 근간이 되는지를 탐구했다. 비록 연구 시기가 1930년대 작품으로 제한되었지만, 홍기정의 연구는 생태문학과는 소원한 관계로 있어온 김동인의 소설을 재해석한 것으로서, 공간의 성격과 사람의 성격 사이에는 어떤 상관관계가 있고, 이 둘은 어떻게 새로운 이분법적 인식으로까지 파급될 수 있는지를 연구했다. 그 결과, 자연과 문명과 사람 사이의 관계를 중시한 김동인의 문학적 관심사엔 녹색 작가적 특질도 함축되어 있다는 것을 찾아냈다.

한편, 김동인의 소설 연구 후 잇달아 시도한 홍기정의 <u>이효석 소설 연구</u>(6)도 같은 맥락에서 이해할 수 있다. 이효석의 소설들 중 자연에 대한 관심을 폭넓게 다룬 「산」과 「들」을 주된 논의 대상으로 삼았다. 전자는 '자연예찬', 후자는 '자연적 삶의 예찬'이란 주제로 그려진 작품이다. 하지만 연구자는 이런 유사성 속의 차이를 주인공과 자연 사이의 관계 또는 거리상의 차이로 간주하는 한편, 이를 분리시키는 가장 큰 요인을 '사회현실'에서 읽어냈다. 연구자는 두 작품을 통해 나타난 작가 이효석의 자연에 대한 관심이 현실과 관련해서 어떤 형태의 성격을 지니는지를 일별했다.

그 결과, 「산」과 「들」에 등장한 주인공의 행위는 일과 놀이의 차원에서 나뉜다고 판단했다. 자연을 일의 차원에서 대하는 것과 놀이 차원에서 대하는 것은 단순한 관계 방식의 차이가 아닌 대안적 현실의 창조라는 점에서 많은 차이를 가진다고 분석해냈다. 일의 차원에서 다루어진 「산」의 주인공에 투영된 평면적 성격과 놀이 차원에서 재현된 「들」의 주인공의 입체적 성격을 대비시켜 분석함으로써 연구자는 각각의 주인공들이 현실공간과 내면공간에서 갖는 자연과의 관계를 천착하려 했다.

<u>남송우의 연구</u>(4)는 '생명지역주의(bioregionalism)'가 문학 속에서는 어떻게 나타나는지를 살피는 연구였다. 인류 문명의 발전 속도가 빨라지면 자연환경의 훼손 속도도 덩달아 빨라질 수밖에 없다는 전제에 입각하여 환경에 대한 새로운 인식과 생태의식 확산으로의 연속성에 주목했다. 그 대안을 찾는 데는 지역적 실천이 절실하다고 역설했으며, 이는 소규모의 분권적, 자치적, 자급자족적, 근검 절약하는 생태공동체에서 찾을 수밖에 없다는 차

원에서 연구자는 생명공동체의 삶을 실천하는 데 기반한 생명지역주의를 중요하게 거론한다.

이런 개념을 처음 사용한 앨런 반 뉴커크의 논의를 시작으로 생명지역주의의 역사적 흐름을 간략히 정리한 후 생명지역주의가 생태계와 지역과 인간의 문화를 하나의 고리로 한다는 특성도 읽어낸 연구였다. 연구자는 이를 토대로 구체적인 사례로 우포늪 생태공간의 삶을 소설화한 강인수의 소설집 『맹물선생』을 세밀히 분석한다. 소설에 재현된 우포늪이라는 현실적 공간이 온전한 생태계로 보존되는 데는 개발과 보전이라는 두 극단의 조화가 문제적 상황으로 제기될 수밖에 없다고 상황을 설정한 소설이었다. 심층 생태학적 사유의 실천과 사회 생태학적 사유의 실천의 동시적 실행을 소설화한 강인수의 소설은 연구자로 하여금 생명지역주의의 구체적 현장을 입증시킨 하나의 본보기였다.

<u>이승준의 세 번째 연구</u>(7)는 현대소설에 나타난 '나무' 연구였다. 황순원, 이청준, 이문구, 이윤기의 소설이 논의 대상이었다. 연구자는 작품으로 형상화된 나무를 연구함에 있어 '훌륭한 견인주의자요, 고독의 철인이요, 안분지족의 현인'이라고 한 이양하의 수필적 사고를 따랐고, 이를 인간의 윤리적 인식의 원천으로도 읽으려 했다. 나무를 생명에 대한 표상 혹은 자연에 대한 제유로 인식한 연구자는 전쟁이란 역사적 질곡이 투영된 황순원의 소설에서 자연의 거대한 순환에 대해 자각했고, 고향을 떠나 도시를 떠도는 사내들의 삶을 그린 이청준의 소설에서 고향, 어머니 혹은 자연 자체의 형상을 분석해 낸다. 또한, 농촌사람의 삶이 가득한 이문구의 소설에서는 평범한 주인공들이 처한 처지로 둔갑되고, 이윤기의 소설에서는 상처받은 영혼이 자신의 삶의 중심을 회복하기까지의 평화로 상징화되고 있다고 파악한다.

우정권의 연구(8)와 우찬제의 연구(18)는 모두 이문구의 『관촌수필』에 주목했다. 다만, 논의 작품은 같아도 논점은 같지 않다. 우정권은 70년대 농촌이 처한 풍경의 전형을 이문구의 소설 속 '관촌'에서 찾으려 했다. 인간 정신의 풍요와 상대적 가치의 결핍이 팽배한 이문구의 관촌을 세 가지 의미로 해석했다. 한 개인의 기억으로 인해 새롭게 탄생되는 의미, 토포스라는 인문지리학적 시각으로 본 장소적 의미, 근대화의 담론과 엔트로피 법칙으로 본 개발과 발전의 공간적 의미가 그것이다. 기억의 공간화, 시간 속에 깃든 존재의 공간, 안과 밖의 삶을 한꺼번에 지닌 인간 존재, 자연의 위대함이 아닌 인간이 만든 사회적 담론에 의해 인간 소외가 발생되는 현실, 급기야 그로 인해 공동체까지 파괴된다는 것을 간파했다. 특히, 농촌공동체의 붕괴가 '가난'과 직결된다는 것을 밝혔다. '가난' 극복을 명분으로 내세운 근대화 담론이 어떻게 물질만능의 자본주의, 도시문명의 강제 이입 같은 문화적 충돌을 야기시켜 농촌공동체의 고유성을 왜곡하고 파괴하는지를 가역 에너지의 고갈인 엔트로피의 이론으로 설명하려 했다.

반면, 우찬제의 연구는 이문구의 『관촌수필』을 다루되 작가 직접 착목한 '생태학적 무의식'에 뿌리를 둔 연구였다. 소설의 문체와 담론의 특성을 복합성의 수사학의 측면에서 분석한 후 이를 복합성의 생태윤리의 측면과 연계시켜 해석했다. 기존의 많은 연구들 중 '교감의 문법, 생명의 문법, 생활의 문법'으로 이문구의 소설 문체를 규명한 임우기의 논의와 이문구 소설적 특성을 '인물 위주, 대화 혹은 입씨름 장면 중심, 회귀 구성, 연작 형식 등의 서술에 의해 공간성이 강화된 공간적 소설'로 읽은 최시한의 연구를 비판적으로 수용했다. 연구자는 이문구의 생태학적 무의식을 근대 이후 인공 문명 지향의 의식에 의해 현저히 억압되었다고 평가하는 한편, 생태학적 무의식을 심층 생태학적 심연으로 자연과 인간, 인간과 인간이 교감 가능한 열린 기반으로 고려한 로작의 논의와 생태학적 의식 또는 생태학적 양심에 대한 메츠너의 논의를 종합한 후 이를 이문구의 『관촌수필』 분석에 원용함으로써 생태학적 무의식이 구체적으로 발현되는 과정에서의 생태윤리를 규명하고자 했다.

또한, 우찬제의 연구는 장르, 문체, 세계관 등 여러 면에서 문제적 텍스트로 거론된 『관촌수필』을 유럽에서 수입된 근대적 소설 장르의 특성만으로는 논의하기 어렵고 전통적 판소리 어법만으로도 해명하기 곤란하다는 것을 입증해냈다. 이런 복합성을 해명하기 위해 이문구가 서술하는 소설의 포괄의 언어 양상에 집중하면서 『관촌수필』만의 고유한 스타일을 새롭게 밝혔다. 이 과정에서 복합성의 생태학적 성격도 탐구한 후 그 둘을 하나로 종합했다. 이를 통해 이문구의 가족사에 전해지는 조부의 집념어린 선비 담론, 경전의 언어에 바탕한 지배적인 상고 취향, 기층 민중들의 토속어 혼류 상태를 파악했다. 연구자는 주제적인 측면에서 융섭의 감각과 생태윤리에 주목했는데, 자연과 인간, 생물과 무생물의 융섭, 양반의 살림과 민중의 살림 사이의 융섭, 실향의 파토스와 원초적 고향 지향의 그리움 사이의 융섭 등을 토대로 실현 가능한 복합성의 생태학을 탐구했다.

최영호(9), 정연희(10), 채대일(12)의 연구는 모두 '바다' 소설을 다룬 연구였다. 최영호의 연구는 우리 문단사에서 창작활동이 왕성하고, 폭넓은 문학적 세계를 가진 홍성원의 문학적 특징이 어떻게 '바다'와 직결되었는지 그 이유를 살폈고, 작품마다의 변주 상태를 살폈다. 대상으로 삼은 작품은 단편소설 3편이지만, 이들 작품이 작가의 창작 의지와 결합되고 작품 변주의 요체가 되는 바다의 숨은 얼굴을 찾는 데 요긴하다는 점을 밝혔다. 연구자는 홍성원의 바다가 작가의 이주와 정주 때마다 수반되었을 뿐만 아니라 작품에 반복적으로 등장했고, 심지어 작품의 풍경 너머까지 도달한다는 것을 찾아냈다.

바다는 홍성원의 소설세계에서 중요한 창작 동인이었다. 그 시작은 강원도 금화에서 접한 '물에 대한 특이한 기억'부터였다. 무엇보다 "가장 큰 것이 가장 단순해서 바다는 우리를 감동시킨다"는 작가의 고백 자체가 홍성원의 작품 전체를 관통한다는 것을 밝혀냈다. 이것은 드러난 사실보다 감추어진 진실을 더 중시하고, 인간의 근원적 거부 감정을 탐구하기 위해 작가가 선택한 '그러나'란 화두와 직결되어 있다는 것도 찾아냈다. 바다는 사물의 이면에 존재하는 역학 관계와 내밀한 움직임을 간접적으로 읽기 위한 작가 홍성원의 또 다른 화두였다. 그에게 바다는 도전과 패자의 수용 공간, 존재의 확인과 신뢰 회복의 공간, 편견과 오해의 자각 공간 등으로 재현되었다. 작가는 세상에서 가장 넓고 깊은 바다를 '선 하나, 색상 둘'(수평선, 푸른색과 은색)로 규정했고, 유언으로까지 남길 정도였다.

한편, 정연희와 채대일의 연구는 한승원의 바다소설에 대한 연구였다. **정연희의 연구**는 정신분석학적 생태비평 차원에서 한승원의 『폐촌』을 다뤘다. 한승원의 소설에서도 '바다'는 근원적인 힘으로 존재했다. 이를 '놀라운 동어반복적 특징'으로 정의한 김화영의 주장을 연구자 역시 따랐다. 그러면서도 한승원의 '바다'가 자연의 원초적인 힘이고 생명의 근원으로 등장한다는 사실을 놓치지 않았다. 바다는 빛과 어둠, 긍정과 부정, 생명과 죽음, 에로스와 타나토스 등과 같이 상반된 에너지와 이미지가 뒤얽혀 충돌하는 곳임을 찾아냈다. 연구자는 한승원의 소설에서는 이런 바다가 등장인물과 장소들로 형상화된다는 것을 확인시켰다.

『폐촌』의 '뱀강쇠'와 '미륵례', 소설의 무대가 되는 '하룻머릿골'을 분석한 연구자는 이런 인물들과 공간들이 즐비한 한승원의 소설을 바다와 직접 접하면서 정체성을 쌓고 기억을 축적한 인물들의 이야기 덩어리로 읽었다. 그리고 그런 인물들이 사회역사적인 폭력과 파괴에 휩쓸리지만 바다와 설화의 기억과 논리로 이해하고 이를 극복하는 존재들의 삶에 주목했다. 그들은 바다와는 적대적으로 분리된 정복자가 아닌 바다에 귀속되어 바다의 자연성을 체현하는 존재들로 파악한 연구자는 소설 속 자연친화적 인물들의 '장소 감각'에도 천착했다. 에로스의 원천이 친숙한 장소인 바다로부터 생겨났다는 점을 들어 연구자는 한승원의 소설을 정신분석학적 생태학의 윤리적 전망이 함의된 작품으로 평가했다. 만약 생태학적 위기에 대한 진정한 답이 거대한 규모의 가시적인 세력과 연결되고, 감수성, 지성, 욕망의 분자적 영역과도 관련된다면, 정신적 생태철학의 실행방법은 단지 과학성 차원의 정신분석가들의 방식 못지않게 예술가의 방식에 더 근접해야 한다는 점을 강조한 연구자는 바닷사람들의 일상과 정신생활과 욕망을 하나로 결합한 한승원의 소설에서 정신분석학적 생태비평의 가능성을 찾아냈다.

　채대일의 연구도 한승원의 바다소설에 대한 연구였다. 한국문단에서 텍스트의 자기복제적 성격을 지닌 한승원의 소설 연구는 강한 동어반복적 경향이 있다는 것을 부인하지 않는다. 반면, 한승원의 텍스트가 바다 자체를 닮았고, 그에 대한 연구 역시 바다에 대한 해석임을 인정한다. 다만, 가시적일 뿐아니라 비가시적인 상징적 바다까지 포괄한다는 점에 연구자는 한승원의 바다를 깊이 주목하며, 이로 인해 파생되는 한승원의 문학적 세계가 바다, 혹은 그것을 형성하는 물길이라면, 이런 물길의 상상력을 되짚어 봄으로써 작가가 탐색하는 윤리적 삶의 실체를 엿볼 수 있다고 파악한다.

　연구자는 우리 사회를 지탱하는 말길과 그 말길 안에서의 갈등이 어떻게 자리하는지를 간파했다. 그 중 한승원의 작품에서 일어나는 말길의 소음을 약속의 어긋남에서 비롯된다고 보았고, 이것이 인간적 복수의 서사로까지 번지는 경향도 탐구한다. 또한, 서로의 말의 어긋남 때문에 생의 병목 현상이 생기지만 이를 넘어서려는 인물들도 반대편에 존재한다는 것을 읽어냈다.

다만, 자신의 인간성을 포기하거나 현실적 욕망을 넘어서려는 존재가 한승원의 소설 속 인물이 고통 받는 것처럼, 현실의 지배 질서와 부단히 투쟁할 수밖에 없고, 상징적 질서를 거스르는 일도 타자 속에서 우리 자신을 죽이는 것과 다르지 않다고 분석한다. 연구자는 우리의 정체성과 자위를 담보해준 타자의 정치력을 무화시키는 바다를 불가능한 것을 뛰어넘는 원동력임을 한승원의 바다소설에서 밝혔다.

조윤아의 연구(11)는 서영은의 소설에 나타난 자연 연구였다. 구체적으로는 동물에 주안점을 두었는데, 서영은의 소설에서는 동물이 삶의 본질에 대한 깨달음과 연관된다고 읽었다. 문학 속의 동물은 한 번의 출현만으로도 전환의 계기가 되고 인물의 상태를 표출할 뿐 아니라 지속 반복적 등장으로 작품 전체의 흐름을 지배하는 영향력 있는 상징으로 작용한다는 데 주목했다. 의인화된 동물 이야기를 인간 세태와 현실에 대한 작가의 비판적 의식을 표출한다는 것을 유념했다. 이런 인식적 토대 아래 연구자는 서영은의 소설에 나타난 동물의 상징 의미와 의인화된 동물 이야기를 분석했다. 다루는 작품은 동물우화소설 2편과 중단편 5편이었다. 대표작 〈먼 그대〉에서는 알레고리의 특징을 지닌 낙타의 상징적 의미에 관심을 집중했다.

연구 결과, 양이 출현하는 소설에서는 겉보기엔 양과 인간의 대결이지만 궁극적으로는 그것이 인간과 인간의 대결, 지배집단과 피지배집단의 갈등임을 읽어냈다. 연구자는 바로 이 작품을 1980년을 전후한 한국 정치적 현실을 대하는 작가 서영은의 가치관이 잘 집약된 것으로 인식했다. 서영은의 가치관은 현실에 타협하거나 안주하는 것을 용납하지 않고, 80년대 이념지향적인 소설들처럼 피지배집단을 향해 자유와 생명을 지키기 위해 의식을 각성시켜야 한다는 주장이나 실천적 삶에 동조하지 않았다. 연구자는 이것은 작가가 상식과 관습을 거부하고 세계의 본질, 삶의 본질을 직접 찾아나서야 한다는 가치관으로 해석했다. 그런 작가의 지향적 삶을 〈먼 그대〉에 조형된 낙타의 소설적 상징에서도 찾아냈다. 이 작품에 등장하는 것이 실제적이든 비유적이든 서영은의 작품의 메시지를 강화하고 깊은 인상을 남겼다면 연구자는 이것을 작가의 개성과 사회적 가치관으로 파악 가능하다는 결론을 맺는다. 이를 미루어 연구자는 한국문학에서의 동물우화 연구의 필요성을 역설했다.

오윤호의 연구(13)는 청계천을 작품 소재로 한 소설 11권, 즉 '맑은내 소설선'에 대한 비판적 연구였다. 청계천 복원을 기념하여 서울시와 한국소설가협회가 공동으로 기획한 '맑은내 소설선'은 서울의 문화와 역사를 되살리기 위해 청계천의 여러 다리를 소재로 한 시리즈물이다. 작품을 썼던 소설가와 소재가 된 다리는 다음과 같다. 김별아(영도교), 서하진(오간수교), 김용범(맑은내다리), 이승우(황학교), 이수광(두물다리), 박상우(수표교), 전성태(세운교), 김용운(비우당교), 고은주(광교), 이순원(장통교), 김용우(모전교). 연구자는 특정 지역을 소재로 한 작품의 분량도 분량이지만 하나의 소설이 삶으로부터 유발되어 창작되지 않고 이미 잘 짜여진 기획 속에서 '콘크리트로 개복된 하천 밑바닥을 들어내듯 발굴되었다'는 점을 신랄하게 비판한다. 실제 청계천 복원 사업은 '복원'이라는 말에 걸맞게 역사적이고 생태학적 복원이 아니었다고 보았고, 오히려 생태주의의 탈을 쓰고 정치적 산업적 전략 아래 생태 복원이라는 이야기로 만들어졌다고 냉정하게 단언한다. 이를 위해 '맑은내 소설선'에 나타난 청계천 공간에 대한 상상력을 분석하면서 하나하나의 장소를 소설화하는 작가들의 소설화 전략을 분석하려 했다. 특히 관심을 집중한 소설마다 수록된 '작가의 말'을 소설 속 이야기와 소설 밖 이야기의 다리로 삼았으며, 이를 '맑은내 소설선'의 기획의도와 생태의식을 검토하는 중요한 단서로 삼았다.

오윤호의 연구는 '맑은내 소설선'이 생태소설로서 일정한 한계를 가진 것으로 평가했다. 뿐만 아니라 문학적 상상력이 정부 정책의 방향에 치우치는 과정에서 생태소설적 전망과 비판적 문제의식도 확보하지 못했다고 지적했다. 한국 소설에서 생태학적 시각의 한계는 곧 왜곡된 정치 상황 하에서의 환경 문제에 대한 인식 미흡과 편협할 수밖에 없는 한계임을 밝힌 것이다. 또한, 연구자는 소통적 공존과 장기적 전망의 시선이 필요한 환경문제보다 눈앞의 경제발전과 정치현실이 더 큰 문제라는 것도 동시에 간파해냈다.

그런 가운데서도 '맑은내 소설선'에 대한 오윤호의 연구는 모든 작품들이 표면적으로는 생태문학이나 녹색문학적 시각을 전제로 쓰여진 것은 아니었지만 일단 청계천을 공통 소재로 한 점, '맑은내 소설선'이란 표제 아래 묶인 점은 무척 중시했다. 여기엔 더 나은 환경과 생태 조건에서 살아가려는 우리 시대의 욕망과 서울시의 정책적 의도가 담겼다고 보기 때문이다. 하지만 문학을 통해 거론되는 생태학적 문제 제기는 문제의 심각성과 객관성뿐만 아니라 무엇보다 문학적 형상화가 최우선 되어야 한다는 입장을 중시해야 한다고 거듭 강조했다. 그런 점에서 연구자는 '맑은내 소설선'이 목적의식에 빠져 생태학적 상상력을 충분히 소설적으로 형상화하지 못했다는 엄한 평가를 내렸다.

박상익의 연구(14)는 80년대의 연작 소설들을 생태 비평 시각에서 행한 연구였다. 연구자는 1950년대부터 시작된 도시의 사회적 현상을 개관하는 한편, 생태 비평이란 용어에 대한 이해부터 짚는다. 그런 후 생태 비평 또한 단순한 자연보호 차원을 넘어 다양한 학제와의 연결이 필요하다는 것을 지적했고, 이 용어로 인해 생태에 대한 재발견이 비롯되었다는 것도 언급한다. 이런 전제 하에 연구자는 도시의 지향성과 치명성을 잘 보여주는 도시지리학 위상 공간인 슬럼(slum)을 주목한다.

박상익의 연구는 1980년대를 파악함에 있어 한국소설에 나타난 슬럼을 인간 생태 문제를 고찰할 수 있는 주요 공간으로 거론한다. 박영한의 『왕릉 일가』 연작은 바로 그 대표적인 예였다. 물론, 연구자 박영한의 작품을 논의 대상으로 삼는데는 각별한 이유가 있다. 그것은 소설의 생태적 특성을 주목 하기 위함이기도 하지만, 그간 박영한의 소설 연구가 외형적 특성에만 주목 하여 세태 소설로 파악하거나 풍자와 해학의 양상에만 초점을 맞춘 데 대한 반성이었다. 연구자는 그의 소설에 그려진 시대와 현실은 곧 작가 박영한이 살아가는 현실이었고, 그런 현실의 변화는 사회와 인간에게만 국한되지 않고 우리 인간이 살아가는 생태 환경까지 변화시킨다는 것을 탐구해낸다. 박영한 의 소설에 등장한 '우묵배미'는 도시와 농촌의 접경지역이었고, 이곳이 끝내 슬럼으로 변하고, 그로 인해 인간의 생태학적 조건도 저하되는 현실 자체였 다. 연구자는 바로 이곳을 도시와 농촌의 경계지역으로 읽었고, 박영한의 소설은 이런 경계지역에 사는 다양한 인간 주체의 삶을 그린 풍속화로 파악 한다. 연구자의 성과 중 가장 주목되는 점은 슬럼의 이면적 진실까지 파헤친 점이다. 슬럼에 거주하는 인간들이 얼마나 피폐하고, 이분법적 세계관을 강요당하며, 전 지구적인 사유방식을 혹독하게 방해받는지를 명확히 분석해 냈다. 그리고 이곳이 우리 인간과 자연, 세상의 모든 것들과 끈끈하게 이어진 생명력의 연결 장소임도 읽어냈다. 연구자는 이런 『왕릉의 일가』 연작에 나 타난 생태주의를 통해 뿌리 뽑힌 생명들의 삶을 복원하려는 작가의 건강한 욕망을 간파한다.

김한성의 연구(15)는 환경 비평의 시각에서 김동리의 「무녀도」를 다시 읽었다. 연구자는 먼저 문학 작품 속에서 말해지는 인간과 자연과의 관계가 나눔이 쉽지 않고, '자연'이란 용어도 폭넓은 함의 때문에 정교해질 필요가 있다고 전제한다. 이를 위해 자연을 문화의 대척점으로 설정한 문학이론가 피터 배리의 '에코크리티시즘(Ecocritisism)'을 원용한다. 물론, 자연이란 용어의 정교화 못지않게 '인간'이란 용어의 세밀한 분석의 필요성도 언급한다. 이런 이해의 지평에서 연구자는 인간과 자연과의 관계를 다룬 한국문학 가운데서 자연의 생명력을 형상화하려한 김동리의 작품을 연구한다. 조선의 원시적 자연이 지닌 생명력을 잘 표현한 「무녀도」를 논의 대상으로 삼았다. 그런 후 소설에 등장하는 인간들이 인간의 영역을 넘어 자연과 어떻게 결합하고 교섭하는지를 살폈고, 에코페미니즘 시각에서 볼 때 밀려드는 근대화 및 환경 파괴에 여성은 어떻게 저항하고 남성은 그런 환경 파괴에 어떻게 영합되는지를 분석한다.

　김한성의 연구는 김동리가 그려낸 샤머니즘은 서구의 종교와 대립된 조선의 문화적 독자성을 강조한 것이 아니라 서구 종교와의 대립적 구도를 넘어선 점을 찾아낸 데 일정한 성과를 얻었다. 「무녀도」에 등장하는 인물들이 독립적인 존재가 아니라 그들이 살아가는 자연 공간과 밀접하게 연관되어 있다는 것이 단적인 증거였다. 연구자는 그들의 정체성이 자연으로부터 왔다는 것도 일부 제시했다. 인간과 자연을 이분법적으로 보는 것을 반성시켰고, 소설 속 여성을 수동적 타자로 보지 않았으며 남성 또한 여성화자와 갈등하는 가부장적 타자가 아니라 피지배층으로서 억압과 지배 속에 공존하는 인물로 파악했다. 「무녀도」에 그려진 기독교와 샤머니즘에 대해 작가 김동리는 동서양의 대립과 갈등관계로 보지 않고, 오히려 기독교가 이 땅에서 지닌 한국적인 변형에 주목하여 토착신앙과의 상생을 모색했다고 재평가했다. 「무녀도」를 환경비평의 시각에서 다시 읽기를 해야 하는 이유로는 샤머니즘을 믿는 여성 인물과 기독교를 믿는 남성 인물의 대립과 갈등이 격화되지 못한 채 해소된 점, 기독교의 교리 자체를 논하는 게 아니라 등장인물들의 병을 치유하려는 데 초점을 맞춘 점 등에서 새로운 이해를 요구했다. 그것은 기형적인 근대화를 경험해야 했던 조선의 민중들에게 삶에 대한 긍정과 공동체주의를 갖게 한 의의였다고 판단한다.

우찬제의 연구(16)와 신수정의 연구(17)는 일부이긴 하지만 논의 대상이 겹친다. 우찬제의 연구가 이동하의 『장난감 도시』, 조세희의 『난장이가 쏘아 올린 작은 공』, 한강의 『채식주의자』에 주목했다면, 신수정의 연구는 한강의 『채식주의자』를 연구했다.

우선, 우찬제의 연구는 1953년 한국전쟁 이후 이어지는 시대를 대표할 작품을 골랐다. 산업화 시대를 기준으로 삼았고, 세 시대로 구분했다. 1953년 한국전쟁 직후 산업화 이전시대, 20년이 지난 1975년 산업화 시대, 다시 30년이 지난 2005년 후기산업화 시대가 그것이다. 이동하, 조세희, 한강의 소설들이 이들 시대의 대표작으로 삼았는데, 이동하의 소설은 전후 경제적 질곡이 다 드러난 소설로, 조세희의 소설은 산업화 시대의 문제점을 예리하게 형상화한 소설로, 그리고 한강의 소설은 후기산업 시대의 문화적 징후를 담은 소설로 가려 뽑았다. 이론적 개념은 테오도르 로작과 랄프 메츠너의 개념에서 빌렸다. 생태학과 심리학의 학제적 상호 협력의 필요성을 언급하며 제시한 '생태학적 무의식'이 전자의 개념이라면, 칼 융의 집단무의식의 본래 의미를 되살려 우주적 진화의 살아있는 기록으로서 '생태학적 무의식'을 제안한 것이 후자의 개념이었다. 연구자는 두 이론가의 개념을 이문구의 『관촌수필』론에도 그대로 적용시켜 별도의 논문을 발표한 바 있다.

우찬제의 연구는 이런 개념에 입각하여 먹고 사는 문제의 정치경제적인 측면을 생태윤리의 문제와 연결했다. 이는 기본적으로 문학이 정치경제학과는 다른 연구 영역임을 인식한 것이었고, 더 구체적으로는 먹고 사는 문제에 관한 문학적 성찰은 단지 먹고 사는 문제의 현실적 해결에 그치지 않고, 혹은 현실적 해결을 할 수 없고, 그 문제와 관련된 인류의 오랜 생태학적 무의식이 발현되는 방식의 하나인 생태윤리 문제를 넓고 깊게 환기하기 때문이라 판단했기 때문이다. 이런 전제 하에 연구자는 로작과 메츠너의 논의를 종합했고, 로작이 강조한 생태학적 무의식을 심층 생태학적 심연으로서 자연과 인간, 인간과 인간이 교감할 수 있는 열린 기반으로 고려하고, 메츠너의 생태학적 의식 또는 생태학적 양심을 생태학적 무의식이 구체화되는 과정에서의 생태윤리의 측면으로 고찰했다.

그 결과, 이동하의 『장난감 도시』에서는 절대적인 음식의 결핍 상황에서 사랑의 결핍도 동시에 문제된다는 것을 확인시켰고, 조세희의 『난장이가 쏘아올린 작은 공』을 통해서는 산업화 시대의 한 가운데서 계층 간의 불평등 문제로 인해 섭생의 불평등 양상이 심화되고 나아가 난쟁이 가족에게 육식은 거의 예외적인 식사에 속할 정도로 피폐해지는 상황에서 사랑이 거세된 소유 욕망에 대한 반성적 촉구를 통해 사랑과 나눔의 생태윤리를 깊이 환기시켰다. 한강의 『채식주의자』에서는 절대적인 결핍이나 계급적 질곡에 의해 육식을 할 수 없는 상황과는 전혀 다른 맥락에서 육식과 채식의 문제가 성정치학 및 소통의 윤리학과 직결되는 현실을 읽어냈다. 연구자가 주장하는 정치경제적 측면에서 섭생의 문제는 시대 상황에 따라 변화하는 의미 있는 재현의 기호였지만, 생태윤리의 측면에서는 동일한 감각의 지속 양상을 보였다. 사랑과 배려, 연민과 공감, 베풂과 선물 등의 윤리 감각들은 이런 지속의 요체였다. 이는 심층 생태학과 문학이 오래 공유하면서 공들인 윤리 감각과 동일하다고 진단했다.

한편, 우찬제의 연구에서 다루어진 한강의 『채식주의자』를 연구한 <u>신수정의 연구</u>는 '식물'과 '음식'을 결합한 채식 모티프를 한강의 소설을 규명하는 핵심적인 키워드로 읽었다. 식물을 통해 변주되는 또 다른 삶에 대한 욕망과 음식으로 발화하는 여성적 육체 언어의 폭발은 연구자가 보기에 한강의 소설을 환경생태학의 관점이나 에코페미니즘의 시각에서 주목하게 만드는 주된 원인이라 여겼다. 다만, 보다 세밀한 텍스트 독해를 통해 한강 소설에 나타나는 생태학적 기호를 문학적 언어로 번역할 필요성이 있다고 판단한 신수정은 '채식의 의미'에 주안점을 두고 논지를 펼쳤다.

신수정의 연구는 채식과 관련된 각종 이론적 논의들을 검토한 후 한강의 소설에 나타나는 채식 모티프가 육식 문화로 대변되는 남성적 질서를 넘어서려는 저항적 움직임을 함축하고 있다는 것을 간파했다. 그와 동시에 영적 생명력에 가까운 여성적 에너지의 근원적 힘을 환기시키는 육체 언어의 발화로 인식한다. 이를 통해, 연구자는 채식에서 거식에 이를 수밖에 없는 여성적 육체 언어의 변화가 어떤 의미를 갖는지를 추적했다. 그런 한편, 한강의 『채식주의자』를 생태학적 기호로 발화되는 여성의 욕망이 어떻게 남성 공동체 내에서 규제되고 소멸되는지 그 '규율의 과정'을 보여주는 텍스트로도 파악한다. 이런 과정을 거쳐 분석한 한강의 소설은 여성 채식주의자를 통해 육신문화로 대변되는 남성적 질서를 넘어서고자 하는 저항적 움직임을 보여준 소설이었고, 채식에 대한 완강한 고수를 넘어 거식에 이른 여성의 육체 언어는 남성적 지배 질서를 대변하는 기성 언어를 대체하며, 여성적 욕망의 생태학적 윤리를 실천하는 것으로 연구자는 평가했다. 이런 맥락에서 신수정의 연구는 한강의 소설을 육체 언어를 통해 폭력으로 얼룩진 공동체를 치유하고 새로운 삶의 질서를 희망하는 성공적인 작품이란 긍정적인 평가를 내린다.

4. 결론

문학은 다른 영역과 가장 크게 구별되는 특성이 있다. 그 중 하나는 겉으로 드러나지 않은 내면적 세계에 대한 끊임없는 탐구와 재현이다. 우리를 둘러싼 환경과 생태적 비밀도 다르지 않다. 생태 세계도 보이는 부분보다 보이지 않는 부분이 훨씬 더 많다. 따라서 드러나지 않은 세계를 형상화하고, 보이지 않는 생태를 삶의 건강한 기운으로 회복하는 데는 문학이든 생태계든 적지 않은 노력을 필요로 한다.

그러나 이것이 서로 어떤 만남을 해야 좋은지에 대한 해답은 하나로 단정하기 어렵다. 시대마다 다르고 상황마다 다르며 처한 현실마다 상이한 탓도 있지만, 오히려 고민스러운 것은 다른 것과 우리는 늘 '더불어' 있다는 점이다. 마치 세계금융위기를 초래한 파생상품처럼 좋은 자본과 나쁜 자본이 함께 결합되어 있어서 어디에 어떻게 돕고 손을 데야 할지 난감한 것처럼 한꺼번에 뒤섞여 있다. 모순된 현실과 건강한 현실이 따로 있지 않고, 모순된 기운 속에도 건강한 기운이 포함되고 가려져 있다. 그래서 어디서부터 어떻게 시작해야 좋을지 가늠하기 어렵다.

생태소설은 그렇게 가려져 보이지 않고, 깊이 내면화된 세계에 재현의 촉수를 들이댄다는 데 커다란 장점을 갖고 있다. 우리를 둘러싼 환경을 자연보호 차원에서 가두고 지켜만 보는 게 아니라 구체적인 상황적 이해와 그 속에 전해져 내려오는 생태적 삶을 끄집어내어 우리의 일상적 삶의 조건으로 '살아내게' 한다. 우리의 생활 속으로 파고든 지구온난화, 유전자 조작 농법, 방사능 오염 등과 같은 문제는 생태소설과 별개일 수 없고, 생태소설에 관한 논의는 정의와 경계를 초월한 탈영토적인 문제와 위험공동체에 대한 지구촌의 공통된 분노가 함께 논의되는 자리가 되고 있다.

그런즉 생태소설은 생태 현실에 대한 직접적인 사실을 그대로 적시하는 차원에서 그치기보다 그로 인해 파생되는 문제에 문학적 감수성의 촉수를 들이대야 한다. 거부할 수 없는 것과 거부해야 마땅한 것 때문이 아니라 우리를 자연스럽게 매혹시키고 스스럼없이 좋아하게 만드는 것 때문에 우리가 더 큰 생태위기에 처한다는 사실을 생태소설의 촉수는 놓치지 말아야 한다. 앞서 정리한 18편의 한국소설의 생태문학 연구는 작품의 발표 시기와 때를 같이한 것은 아니지만 일정한 관심과 인식을 피력하고 있었다. 대개는 작품 자체에 대한 해석에 치중된 점이 없지 않으나 전체적으로는 설득력 있는 생태이론을 원용하고 이미 평가된 작품을 다시 이해하고 작품의 형식적 내용 너머에 깔린 이면적 생태성도 감별해낸 연구들이었다. 18편을 하나로 틀지어 간단히 일별하긴 어려웠지만, 적어도 한국소설의 생태문학 연구는 연구의 폭과 깊이가 갈수록 넓어지고 깊어지고 있다는 것은 충분히 확인시켰다.

이에, 앞으로의 생태문학 연구는 다음과 같은 물음의 해답을 찾는 데도 유익할 듯하다. 개인적인 삶에서는 별다른 무리 없고 균형 잡힌 생태적 삶이 다른 영역의 타자의 삶에서는 서로의 이해가 상충된다면, 과연 어떤 균형적인 생태를 선택해야 할 것인가? 이질적인 생태적 요구들을 공평하게 평가하고 보증할 수 있는, 공평성의 생태적 균형을 우리는 어떻게 확보할 수 있는가? 일례로 태안반도의 유조선 기름유출로 과거의 삶까지 기름으로 뒤범벅된 지역인들의 삶은 원형상태로 재구성할 수 있을까? 돈으로 보상 가능한 것은 삶의 처지와 형편에 대한 보상일 뿐 생동적인 삶의 기억에 대한 보상은 요원한 일 아닌가? 산업자본주의가 절대로 돌려주지 않는 것은 파괴된 생태계의 질서와 건강한 복원성인데, 이런 현실에 살며 우리는 어떻게 가역성의 시간과 그 시간 속에 깃든 신화적 삶까지 복원할 수 있는가? 그럴 때, 우선적으로 무엇을 고려할 것인가도 중요하지만 어떤 것, 누구부터 배제할 것인가는 더욱 중요한 일일 것이다. 그런 점에서 생태소설이 좀 더 정치하게 다뤄야 할 부분은 정치경제와 생태 정의, 생태윤리 문제이다. 이런 문제는 삶의 모순까지 포함하지 않을 수 없다. 왜냐하면 문학의 특성상 한편으론 드러나지 않은 부분에 심미적 이성의 촉수를 내밀어 구체적 보편성을 추구하지만, 다른 한편으론 삶의 모순까지 끌어안지 않으면 안 되기 때문이다. 생태소설은 이런 모순들 가운데 잘못 설정된 틀에 대해 반성적 성찰을 형상화할 수 있고, 공론의 장을 만들 수 있는 문학적 특성을 갖고 있다. 이를 토대로 생태소설의 경계를 확장하고 심화시킴으로써 한나 아렌트가 말한 악의 평범성의 의미를 생태 차원에서 구현하는 것도 앞으로의 한 방향이 될 것이다.

앞서 18편의 생태소설 연구를 토대로, 앞으로 이어질 생태소설 연구에 대한 논의도 이런 문제들과 결부되어 진행될 것이라 본다. 가장 바람직하기로는 생태소설 자체가 지구상에서 더 이상 논의되지 않는 현실의 빠른 실현일 텐데, 그렇게 넋 놓고 마냥 기다리기엔 우리가 처한 현실은 갈수록 열악해지고 있다. 생태위기는 이미 전 지구적인 문제로 파급된 지 오래이고, 우리역시 탈영토적 차원에서 생태문제를 고심할 수밖에 없는 상황에 처해있기때문이다. 탄소배출량을 줄이려고 지구촌 정상들이 대거 코펜하겐에 모였지만 강대국들의 거부로 약소국들이 허탈함을 감출 수 없었다. 이것은 문제의심각성이 궁극적으로는 사람의 문제임을 거듭 강조하고 있다. 그에 따라생태위기에 대한 지구촌의 정치경제도 막장으로 달려가고 있다. 생태소설도한층 더 바빠지게 된 셈인데, 우리의 생태소설 논의도 이산화탄소를 발생시키지 않는 차원을 걱정해야 할 때가 아닌지 모르겠다. 하지만 다른 것은몰라도 가장 시급한 문제는 일본 후쿠시마 핵 발전소 사고로 인한 지구촌의문제일 것이다. 방사능 오염문제는 다각적인 논의와 대책 수립이 필요하며,생태소설 역시 가장 시급히 다뤄야 할 문제 중 하나라 생각한다. 그것은개인과 지역, 어느 한 나라의 문제일 뿐 아니라 지구촌 전체의 운명이 걸린문제인 까닭이다.

[표 1] 『문학과환경』에 실린 한국의 생태소설론

권호	번호	제목	저자	지면
2002년 통권 1호 (창간호)	1	낙원의 회복을 위한 인류학적탐색 – 김영래의 숲의 왕론	구수경	105~125
2003년 통권 2호	2	황순원 소설의 생태학적 의미	이승준	65~85
"	3	김동인 소설에 나타나는 도시와 자연의 이분법적 구도에 대한 연구	홍기정	44~64
2004년 통권 3호	4	문학 속에 나타난 생명지역주의의 한 모습	남송우	6~22
"	5	황순원 소설의 생태학적 의미 2-장편소설을 중심으로	이승준	133~154
2005년 통권 4호	6	이효석 소설에 나타난 자연적 삶의 현실적 의미 – 「산」과 「들」을 중심으로	홍기정	133~147
"	7	한국현대소설에 나타나는 '나무'연구 – 황순원, 이청준, 이문구, 이윤기의 소설을 중심으로	이승준	92~113
2006년 제5권 1호	8	1970년대 농촌과 환경의 문제 – 이문구 소설을 중심으로	우정권	59~74
2006년 제5권 2호	9	홍성원의 단편소설에 나타난 바다	최영호	117~142
"	10	한승원의 중편소설 「폐촌」과 정신분석적 생태비평	정연희	99~116
2007년 제6권 1호	11	서영은 소설에서의 동물 우화와 상징	조윤아	119~147
2008년 제7권 1호	12	한승원 소설에 나타난 물길의 상상력과 윤리학	채대일	43~63
"	13	청계천 복원과 이야기 상상력 – '맑은내 소설선'을 중심으로	오윤호	21~42
2010년 제9권 1호	14	80년대 소설에 나타난 슬럼의 생태학 – 왕룽일가 연작을 중심으로	박상익	219~237
2010년 제9권 2호	15	「무녀도」읽기 : 환경 비평의 시각에서	김한성	173~192
"	16	섭생의 정치 경제와 생태윤리	우찬제	53~72
"	17	한강 소설에 나타나는 '채식'의 의미: 채식주의자를 중심으로	신수정	93~211
2011년 제10권 1호	18	포괄의 언어와 복합성의 생태학: 이문구의 관촌수필론	우찬제	83~109

● 이남호 (고려대학교)

 생태소설은 생태적 가치의 소중함을 강조하고 그 가치를 널리 확산시키려는 의도를 갖는 일종의 목적문학이다. 그러나 사회주의 문학이나 민족주의 문학 등과 같은 목적문학은 일정한 정치적 이상에 복무하지만, 이들과는 달리 생태소설은 그 목적성이 보다 광범위하고 근원적이고 또 보편적이다. 그래서 보편적이고 근원적인 가치를 탐구한 훌륭한 문학들은 대개 생태문학적으로도 의의를 지니며 그래서 훌륭한 문학 작품은 그 자체로 훌륭한 생태문학 작품이기도 하다.

 생태에 대한 의식 또는 생태문학에 대한 관심은 생태계의 위기를 인식하는 데에서 비롯된다. 훌륭한 생태적 가치를 구현하고 있는 옛날 문학작품이 많지만, 아직 생태계가 건강했을 때는 그 문학의 생태적 가치에 주목할 필요가 없었다. 우리가 생태문학에 관심을 갖는 이유는 현재 우리의 환경이 훼손되고 생태계가 위기에 처해 있기 때문이다. 그러니까 생태문학은 예전에 없었던 가치를 새로이 강조하는 것이 아니라, 예전부터 있었던 가치를 새로운 관점에서 특별히 강조하는 것이다. 이것은 마치 공기가 오염된 곳에서만 맑은 공기가 갖는 것과 같다. 그러므로 생태문학연구 혹은 생태비평은 생태

의식을 가지고 의도적으로 창작된 최근의 문학 뿐만 아니라 생태의식이 논의
되기 이전에 창작된 많은 문학작품들도 관심을 둔다.

사실 모든 목적문학은 목적성 자체가 자신의 함정이 되기도 한다. 목적을
의도적으로 앞세운 문학에서는 생경한 목적성만 남고 문학성은 빈곤해져버
리는 경향이 강하다. 또 목적문학은 비평 주도의 문학일 수밖에 없기 때문에
문학은 점점 약화되고 비평이 점차 강화되는 필연적 경향도 있다. 문학사에
서는 이러한 목적문학의 경직과 퇴행을 쉽게 만날 수 있다. 이것은 생태문학
의 경우에도 조심해야 할 함정이 된다.

생태적 관점에서 소설을 연구한다고 할 때, 그 연구는 대략 네 가지 범주로
나누어 생각해 볼 수 있다. 우선 문학 외의 생태학 연구와 적극 교섭하며
생태소설비평의 이론적 근거를 마련하고 세련시키는 이론적 연구와 생태적
관점에서 문학작품의 의미와 가치를 분석한 작품 연구가 가능하다. 작품
연구는 다시 생태의식을 명시적으로 강조한 생태소설을 선택해서 거기에
나타난 생태적 가치를 정리하는 연구와 생태의식과 무관하게 창작된 문학작
품 속에서 생태의식을 새롭게 찾아내는 연구로 나뉠 수 있으며, 여기에 주제
적 차원을 넘어서서 다양한 분석틀로 숨은 생태적 가치를 찾아내는 연구가
추가될 수 있을 것이다. 그러니까 생태소설연구는 이론적 연구, 생태소설
연구, 비생태소설의 생태적 가치 연구, 주제연구를 넘어선 생태비평적 연구
등이 있을 수 있다.

첫 번째로 생태소설이론에 대한 연구는 생태소설연구의 바탕이 된다는
점에서 중요하다. 이것은 생태소설의 토대를 굳건하게 하고 나아가 생태소설
의 가치를 높인다. 그러나 모든 문학연구에서 그러하듯이 이론이 지나치게
승하면 그 이론의 근거가 되는 문학으로부터 멀어지게 될 위험이 있다. 두
번째로 생태소설 속의 생태적 가치를 밝혀내는 연구는 가장 일반적인 생태소

설연구가 된다. 그러나 환경생태 문제를 직접적으로 주제화시킨 좋은 문학작품은 흔치 않다는 어려움과 단순한 주제비평에 머물고 말 우려가 항상 존재한다. 이것은 목적문학이 흔히 빠지는 함정이므로 생태소설연구에서 각별히 유의할 필요가 있다. 세 번째로 비생태소설에서 생태적 가치를 발견해내는 연구는 매우 광범위한 작품들을 연구대상으로 삼을 수 있다는 점에서 그 연구 범위가 폭넓다. 앞에 잠깐 언급하였지만 역사적으로 훌륭한 문학작품이라고 평가받은 것들 속에는 거의 언제나 생태적 가치가 내재해 있을 가능성이 높다. 이미 높은 문학적 평가를 받고 있는 작품 속에서 특별히 생태적 가치만을 강조해서 논의할 수도 있을 것이고, 아니면 생태적 관점을 적용했을 때 더 높이 평가될 수 있는 작품에 주목해서 그 작품을 재평가할 수도 있을 것이다. 네 번째는 주제비평이 아닌 방식으로 작품에 숨은 생태적 가치를 밝혀내는 새로운 방법론의 생태소설연구인데, 이것은 생태소설연구의 지평을 넓히는 중요한 작업이긴 하지만 여기에는 객관적 타당성과 설득력을 얻기가 쉽지 않다는 어려움이 있다. 그리고 세 번째 연구는 두 번째 연구 또는 네 번째 연구와 서로 겹치는 경우가 종종 있을 것이다. 본 선집에 실린 두 편의 생태소설연구논문(한국문학) 가운데에 〈낙원의 회복을 위한 인류학적 탐색〉과 〈청계천 복원과 이야기 상상력〉은 두 번째 연구에 속하는 것이다.

　구수경의 논문 〈낙원의 회복을 위한 인류학적 탐색〉은 "본격적인 생태소설이라 할 수 있는 김영래의 장편소설 [숲의 왕]을 대상으로 그 작품에서 보여지는 생태의식, 그리고 그것이 문학적 상상력과 표현 기법을 통해 어떻게 드러나고 있는지를 분석"한 것이다. 그러니까 이 논문은 가장 일반적인 생태문학연구의 한 예가 된다.
　연구 대상인 김영래의 장편소설 [숲의 왕]은 우리 문학에서 다소 예외적인 성격의 작품이다. 환상적인 요소가 강하다는 점도 그러하고, 생태의식을 명시적으로 전면에 내세운 생태소설이라는 점도 그러하고, 서사의 흐름 이상으로 생태에 관한 메시지를 강하게 혹은 아름답게 담고 있는 자유화소들이 중요한 역할을 한다는 점도 그러하다. 이러한 예외적 성격들은 생태소설로서의 장점이 되어 [숲의 왕]의 생태소설적 가치를 높인다. 이 점을 구수경의 논문은 잘 분석하고 설명하고 있다.

논문은 [숲의 왕]에 대해 세 가지 관점에서 논의한다. 죽음과 재생의 플롯, 다원적 서술방식, 숲의 왕의 상징적 의미에 대한 논의가 그것이다. 이러한 구성은 [숲의 왕]의 생태적 의미를 밝히는데 적절해 보인다. 소설 속에서 생태낙원으로 설정된 '에피쿠로스 정원'은 대기업의 리조트 개발로 위기에 처한다. 이 위기는 정원의 창시자인 정지운과 대기업 사장의 죽음을 낳고 나아가 숲의 화재 및 여러 사람의 죽음으로 귀결된다. 그러나 이 죽음과 화재의 소멸을 절망으로 보지 않고 재생을 위한 과정으로 해석한 것은 소설의 의도에 부합하는 것으로 보인다. 이를 통해 숲의 부활 혹은 생태계의 회생을 위해서는 좀더 많은 희생이 필요할 것이라는 비장한 각오의 희망에 연구자도 동의하고 있는 것처럼 보인다. 숲의 왕의 상징적 의미에 대한 분석도 이러한 플롯 논의의 연장선상에서 이해될 수 있다.

다원적인 서술 방식은 소설 [숲의 왕]에서도 가장 돋보이는 부분이고, 논문 [낙원의 회복을 위한 인류학적 탐색]에서도 가장 흥미롭게 분석된 부분이다. [숲의 왕]은 일기, 관찰, 강연, 시나리오 등등 여러 방식으로 생태 담론들이 서술된다. 이것들은 강연처럼 직접적인 생태 담론일 수도 있고 관찰처럼 간접적 생태 담론일 수도 있다. 독자들이 [숲의 왕]을 읽는다는 것은 다양한 방식으로 서술되는 생태 담론을 읽는 것과 크게 다르지 않다. 연구자의 지적처럼 이것은 '문체의 아름다움'에 힘입어 문학으로서의 감동을 약화시키지 않는다.

[낙원의 회복을 위한 인류학적 탐색]이란 논문에서 연구자는 생태소설 [숲의 왕]의 충실한 해설자가 된다. 그 해설은 [숲의 왕] 안에서 [숲의 왕]이 지닌 가치와 의미를 친절하게 잘 보여준다. 그러나 우리의 관점을 [숲의 왕] 밖으로 확대하면, 하나의 물음을 던질 수 있다. 그 물음은 [숲의 왕]이 너무 상식적이고 규격화된 생태문학적 상상력을 보여주는 것이 아닌가 하는 것이다. [숲의 왕]은 매우 아름답고 귀중한 생태 담론들을 풍부하게 내장하고 있는 좋은 소설이다. 그러나 그것들은 일상의 실감으로부터 멀리 떨어진 것이며, 현실의 환경론적 딜레마에 대한 고뇌도 별로 찾을 수가 없다. [숲의 왕]은 생태문제와 관련하여 현실에 의문을 제공하는 것이라기보다 상징을 제공하는 것 같다. [숲의 왕]이 지닌 생태소설적 의의는 물론 중요한 것이지만, 생태소설의 관심이 보다 사소하고 일상적인 차원으로 내려오는 일도 필요할 것이다. 이것을 다르게 말하면, '낙원의 회복을 위한 인류학적 탐색'도 필요하지만 '일상의 생태를 위한 개인적인 고뇌'도 필요하다는 것이다.

오윤호의 논문 〈청계천 복원과 이야기 상상력〉은 청계천 복원과 관련되어 출간된 '맑은내 소설선'들을 대상으로 이 작품들이 생태학적으로 지니는 의의와 한계를 분석하고 있다. 논문은 먼저 청계천 복원 사업에 대한 시각을 밝히고, '작가의 말'에서 근대적 역사성과 반 - 생태성을 점검한다. 이후 청계천 다리를 소재로 한 여러 작품들에서 발견되는 가상의 공간, 근대와 일상적 삶의 공간으로서의 역할을 점검하며 2000년대 생태 소설에 대한 비평과 전망의 의견을 내놓고 있다.

이 연구에서는 청계천 물길을 복원하는 것의 서사상이 소설이라는 장르의 정체성, 역사성과 맞물려 의의를 지닌다고 밝히고 있다. 그러나 '맑은내 소설선'들은 청계천의 많은 다리들을 소재로 하고 있음에도 환경이나 생태에 대한 문제보다는 "청계천 복원과 도시 문화에 대한 전망과 그 역사적 조건"을 서술하고 있어 비판적인 시각이 요구된다고 말한다.

'작가의 말'에서는 작가의 경험과 관련된 청계천, 청계천 복원의 의의와 견해, 소설 내용에 대한 소개, 근대사에 대한 역사의식 등을 드러내고 있다. 연구자는 경험적 차원에서의 청계천을 다룬 소설들(「유리의 노래」, 「청계천 민들레」, 「시간의 다리」)이 주로 "허구적이고 상상된" 공간으로서의 반 - 생태학적 성격을 보여준다고 평하고 있다. 또한 청계천의 달라진 위상에 대한 전망은 「두물머리」, 「청계천 민들레」 등을 비롯한 다른 작품들에서도 막연한 기대감으로 드러나고 있어 환경 소설로서의 문제점은 부족하며 정책의 선전도구라는 비난을 받는 점을 지적하고 있다.

'맑은내 소설선'들은 청계천이라고 하는 생태 환경을 주된 소재로 삼고 있음에도 "생태 소설적 전망과 비판적 문제의식"을 확보하지 못한 한계를 지니고 있다는 것이 연구자의 기본적인 입장이다. 여기서 더 나아가 연구자는 이러한 소설들이 '맑은내'라는 표제 아래에서 더 나은 생태 환경을 꿈꾸는 시대의 욕망과 서울시의 정책적 의도의 접점에서 탄생한 것이라는 점에 주목한다. 이 연구는 '작가의 말'과 작품 내용 분석을 통해, '청계천'이라는 생태를 대상으로 했지만 생태학적인 문제를 제대로 다루지 못한 소설들의 한계를 지적하면서 생태소설의 요건과 전망을 제시했다는 점에 의의가 있다고 말할 수 있다.

마지막으로 앞으로의 생태문학 특히 생태소설의 창작과 논의에서 좀 더 강조되기를 바라는 바를 언급하고자 한다. 그것은 '당위로서의 생태의식'보다는 '딜레마로서의 생태의식'이다. 지금까지의 대부분의 생태소설과 생태소설론은 '당위로서의 생태의식'을 보여주려 했고 또 강조하려 했다. '당위로서의 생태의식'도 물론 소중하다. 그것이 바탕이 되어야 한다. 그러나 우리가 '당위로서의 생태의식'만 강조한다면 우리의 의식과 현실 사이에는 틈이 벌어지기 쉽다. 생태의식은 당연하고 우아하지만, 구체적 현실에서 그 의식이 작용할 여지는 언제나 협소하거나 아예 없다. 추상적이고 상징적인 선택이 아니라 현실적인 선택에 생태의식이 작용하려할 때 어떤 일이 벌어지는가를 정직하게 생각해보는 것은, 창작에서도 연구에서도 나아가서 일상적 삶에서도 중요한 일일 것이다.

　문학은 당위가 아니라 갈등이며, 해답이 아니라 문제의 발견이다. 좋은 문학은 결코 인생에 답을 주지도 않았으며, 선의 승리를 주장하지도 않았다. 좋은 문학은 우리에게 혼란과 고통에 정직하게 맞서라고 했으며, 선택은 쉽지 않고 갈등은 당연하다고 알려주었다. 이것은 생태문학에서도 마찬가지일 것이다. 생태문학론에서는 생태의식이란 용어보다 생태갈등이라는 용어가 더 필요한 것일 수도 있다. 지금까지의 생태문학과 생태문학연구가 이 점을 다소 소홀히 하지 않았는지 반성해 보아야 할 것이다.

.

● 오윤호 (이화여자대학교)

I. 청계천 시뮬라크르

2003년 중순부터 청계천 복원공사가 시작되었다. 서울시가 주동을 한, 청계천을 옛 모습대로 되살리자는 운동이었다. 청계천을 따라 우뚝 솟아 있던 고가도로가 헐리고, 개천을 뒤덮었던 콘크리트 덮개가 뜯기기 시작하면서, 그동안 컴컴한 어둠 속에 갇혀 지내던 개천, 청계천이 서서히 몸을 드러내기 시작했다. 그 위로 다리들도 차례로 놓이기 시작했다. 옛날의 그 자리에, 혹은 자리를 조금 변경하거나, 아예 새로운 다리가 놓이기도 했다.

착공한 지 2년 만에, 청계천 복원공사는 끝났다.

　　　　　　　　　　　　　　- 김용운, 「청계천 민들레」 중에서

청계천 복원 사업은 서울특별시가 2003년 7월 1일부터 2005년 9월 30일까지 청계 고가도로를 철거하고, 복개도로를 걷어내어 약 5.8km에 이르는 산책로, 녹지, 물길 등을 설치했던 사업이다. 이 사업은 이명박 당시 서울시장의 공약 사항으로 추진되었다. 우리나라 최초의 환경 복원 사업이었음에도 불구하고, 개발 계획 발표 이후 지금까지도 정치 사회적 논쟁을 불러일으키고 있다.

먼저 이 사업의 문제점을 지적하는 사람들은 애초의 생태 환경에서 벗어난 복원이라는 점에서 실패한 사업이라고 말한다. 복원의 목적인 '물길'을 되살리지 못했을 뿐 아니라 그것을 유지하기 위해서 막대한 관리 비용이 들어가기 때문이다.[1] 기본적으로 복원된 청계천에 흐르는 물은 잠실대교 부근의 자양취수장에서 취수한 한강물과 도심의 지하철역 부근의 지하수를 정수·소독 처리하여 조달된다. 제대로 된 물길이 복원되었다면, 효자동 쪽에서 흐르는 백운동천과 삼청동 쪽에서 흐르는 중학천이 청계천을 이루어 성북천과 만나 한강으로 흘러갔을 것이다. 그러나 백운동천과 중학천은 수량이 태부족하여 물길을 살리는 것이 불가능했다. 두 번째로 복원·개발 과정에서 보존되어야 할 문화재들이 상당 부분 훼손되었다. 그래서 이 사업을 반대했던 측에서는 정치적 독선과 개발 독재 시대의 관행을 여실히 보여주는 전시 행정이었다고 주장한다. 이에 대해 다양한 반론이 있었고 또 그에 대한 반론 역시 만만치 않게 재기되었다.

　40여 년 전 청개천이 복개되고, 그 위로 고가도로가 생겨날 때도 상황은 마찬가지였다. 한국 전쟁 이후 서울의 도로망 형성과 물류 흐름을 원활하게 도와줬던 청계 복개도로와 고가도로는 당시 고 박정희 대통령의 경기부양책과 산업화의 상징이었다. 그 후 2000년대 청계천 복원 사업은 '600년 서울의 역사성 회복과 문화공간의 창출', '노후 구조물의 위험 요소 제거', '인간 중심의 생태적 환경 도시로의 전환', '지역 간 균형 개발' 등의 목표 아래 "청계천복원사업이 21세기를 시작하는 시점에서 서울을 환경 친화적, 인간 중심적 도시공간으로 재탄생하며, 21세기 도시의 새로운 패러다임을 보여주는 사례"[2]가 될 것이라는 정책 목표를 실행에 옮긴 것이다. 두 사업 다 서로 다른 시기, 다른 목적으로 추진된 사업들이지만 '인간 중심의 근대화 담론'에

---

1) 함성호, 「경부운하보다 시베리아 횡단철도를」, 〈씨네21〉, 2007년 9월 619호, 136쪽.
2) http://www.metro.seoul.kr/kor2000/chungaehome/seoul/main.htm에서 내용 요약.

의해 추진되었다는 공통점이 있다.

문제는 청계천 복원 사업이 '복원'이라는 말에 걸맞게 역사적이고 생태학적인 복원을 하지 못했다는 데 있다. 서울시는 2008년 초에 "다산왕(多産王) 청계천"이라는 보도 자료를 냈다. '청계천의 동식물이 573종으로 조사됐다. 복원 전 98종에 비해 475종, 2006년과 비교해서는 무려 152종이 증가한 수치다.'라는 내용을 담고 있으며, 청계천 생태지도를 만들어 배포했다.[3) 또한 2010년에도 역시 보도자료를 통해 "2003년(복원 전) 4종이던 청계천 서식 어류가 복원 후인 2006년 23종, 2007년 19종, 2008년 25종으로 늘어나 수생태계가 복원되는 증거"라고 제시하며 생태 공간으로 청계천 복원의 유의미성을 찾고 있다. 그러나 이러한 홍보 내용을 〈청계천 생태계 모니터링 학술연구 보고서〉와 〈한강생태계조사〉와 비교하면 인공하천 청계천은 구조적으로 생태하천이 되기 힘들다는 것을 확인할 수 있다.[4) 또한 보도자료가 나올 때마다 다양한 언론매체는 일종의 사기극이라는 입장을 취해왔다.

청계천과 관련된 '개발'과 '복원'은 생태주의자들이 역설하는 '친환경적 변화'와는 다른 경로를 걸어 왔다. 사실 청계천 복원 사업을 찬성하는 측이든 반대하는 측이든 그들의 '의도'대로 이상적인 생태 환경 복원이 성공적으로 이루어졌다 하더라도, 그것은 '인위적인 것'이며 근대 국가의 반 - 생태적, 반 - 자연적 개발 정책과 다르지 않다. 복원된 청계천 생태는 물이 흐르고 사람과 차가 조화롭게 흐르고 소통함으로써 자연스럽게 생겨난 도시적 삶을 지향한다기보다는 생활로 경험하기 이전에 강박적으로 학습한 '근대화·문명화의 전략'에 따라 관광지를 유람하듯 경이에 찬 시선으로 바라보는 공간이 되어 버렸다. '산업화' '근대화'라는 근대 국가의 신화와 '친환경 도시 생태'

---

3) http://www.sisul.or.kr/index.jsp
4) http://blog.joins.com/media/folderlistslide.asp?uid=pin21&folder=6&list_id
=9645757

라는 현대 국가의 신화가 표상화된 공간이 청계천이다. 생태적 환경이 실재하지 않음에도 불구하고 존재하는 것처럼 만들어 놓은 '시뮬라크르'의 공간인 것이다.[5] 그럼에도 불구하고 이 가장(假裝)된 세계 속에서 도시인들이 나름의 '일상'과 '자연'을 경험하고 즐긴다는 사실[6]에도 주목해야 한다.

청계천 복원 사업에는 정책적 목표를 수행하기 위한 '이야기 상상력'이 담겨 있다는 점은 매우 흥미롭다. 원래 청계천이 도성 내의 오수와 뒤엉켜 더러운 하천[7]이었음에도 '맑은내'를 강조하는 상황에서, '물길을 되살린다'는 발상이 위정자의 정치문화적 정책이 되고, 도시 이야기가 되어가는 과정 속에서, 현대 도시를 두고 펼쳐지는 정치적 논리와 문화적 상상력의 위력이 청계천 복원 사업과 관련하여 발현된다. 생태주의가 정치문화적 전략으로써 의미를 갖는 것은 근대 국가의 다양한 모순들을 문제삼고 그것을 극복할 탈근대적 윤리를 구축하는 것에 있다. 청계천 복원 사업의 경우는 교묘하게 생태주의의 탈을 쓰고 여전히 정치적 산업적 전략 및 근대 국가의 스토리텔링을 생태 복원이라는 하나의 이야기로 만들어 놓았다는데 있다.

이에 '청계천'를 소재로 한 소설 11권이 청계천 복원 사업 완공(2005년 10월) 직전에 출간된 사실에 주목할 필요가 있다. 청계천 복원을 기념해 서울시가 (사)한국소설가협회와 공동으로 기획[8]한 '맑은내 소설선'(창해 펴

---

5) 장 보드리야르, 『시뮬라시옹』, 하태환 옮김, 민음사, 2004, 9쪽.
6) 장 보드리야르, 위의 책, 125쪽.
7) "개천은 처음부터 깨끗할 리가 없었다. 도성에 사는 집집의 수챗구멍에서 흘러 나온 허드렛물이며, 재래식 변소들에서 거두어다가 밤에 몰래 쏟아버린 분뇨는 물론, 장례비가 버거운 일부 가난한 서민들은 시체를 거적에 둘둘 말아서 개천 에다 내다버릴 정도였다."
8) 시인 전윤호 씨와 한국소설가협회 김용범 씨가 기획을 맡았고 서울시가 1억 6500만원을 지원했다. 소설 1권 당 1500만원 꼴로 출판사는 한 편 당 1000권씩 서울시에 제공했다.

넴)은 서울의 문화와 역사를 되살리기 위해 청계천 다리를 소재로 쓰인 작품들이다. 김별아의 『영영이별 영이별』(영도교)이 처음 출간됐고, 서하진의 『다시 사랑한다 말할까』(오간수교), 김용범의 『달콤한 죽음』(맑은내다리), 이승우의 『끝없이 두 갈래로 갈라지는 길』(황학교), 이수광의 『두물다리』(두물다리), 박상우의 『칼』(수표교)이 8월 9월에 출간된 데 이어, 세운교를 소재로 한 전성태의 『여자 이발사(서문교)』, 김용운의 『청계천 민들레』(비우당교), 고은주의 『시간의 다리』(광교), 이순원의 『유리의 노래』(장통교), 김용우의 『모전교에는 물총새가 산다』(모전교) 등이 그 해 10월에 발간됐다. 아래의 사진은 청계천을 따라 복원된 다리와 그것을 소설화한 작가들의 이름을 나열한 것이다.

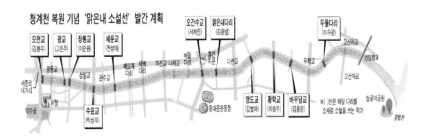

특정 지역을 소재로 한 소설 작품이 이렇게 많다는 것도 놀라운 일이지만, 하나의 소설(이야기)이 삶으로부터 자연스럽게 흘러나와 창작되는 것이 아니라, 이렇게 잘 짜여진 정치적 기획 속에서 콘크리트로 복개된 하천 밑바닥을 들어내듯 '발굴'되었다는 점도 놀랍다. 청계천을 복원함으로써 '서울 600년의 역사를 복원하겠다.'라는 정치인들의 이야기 논리 혹은 상상력이 청계천과 관련된 소설을 만들어내겠다는 기획을 가능하게 만들었다. "관공서가 하는 일에 작가들이 동원된 느낌"이라는 비판의 목소리도 있었지만, 파리

센 강의 미라보 다리와 퐁네프 다리가 시인 아폴리네르와 영화 〈퐁네프의 연인들〉 때문에 유명해진 것처럼, 청계천에서도 본격적으로 '문화'가 생산될 것이라는 기대도 있었다.[9]

사실 청계천의 물길을 복원한다는 사업은 몇 가지 점에서 문학적 상상력을 자극하기도 한다. 먼저 도시의 지하에 감추어져 있다가 복원된다는 점에서 우리가 살고 있는 도시의 지나간 역사와 은폐된 문화적 욕망을 상상하게 만든다. 산업화 발전을 모토로 하는 현대 문화가 간과했던 자연과 생태, 역사에 대한 관심의 회복은 이러한 맥락에서 확인할 수 있다. 또한 끊어진 물길을 복원한다는 점에서 '공간적 지형'인 청계천이 '물길'의 흐름에 따라 변주되면서 펼쳐지는 역사적이고 '서사적'인 이야기를 상상하게 만든다. '많은내 소설선'의 대부분 내용이 역사적 탐색을 지향하는 것도 그 이유이다. 또한 청계천 복원 사업이 도시민들의 취미와 낭만을 책임졌던 길거리 상점을 걷어내고 들어선다는 점에서 기존 도시 생활의 희생과 새로운 도시 생활의 발견이라는 점을 상상하게 만든다.

그런 점에서 서울시가 다른 예술 장르보다도 '소설'을 청계천 복원 사업과 연계시킨 이유를 이해할만하다. 소설이란 시간의 예술이고, 생활의 예술이며, 현상과 갈등에 대해 논리적 이유를 서술하는 예술 장르이기 때문이다. 청계천 이야기를 만들어냄으로써 청계천의 정체성과 역사성은 구체화되고 또 도시민의 삶 속에 내재화되기 때문이다. 삶을 통해 이야기가 만들어지는 것이지만, 이번 경우는 '시뮬라크르'처럼 만들어진(형상화된) 이야기를 통해 삶이 구체화되기도 한다.

청계천 복원 사업의 다양한 문화적 성과와 양상을 이해하기 위해 '맑은내 소설선'에 나타난 청계천 공간에 대한 상상력을 분석하면서, 하나의 장소를

---

9)「청계천 다리 소재 장편 11편, 내달말까지 나와」(조선일보, 2005.7.31.)

소설화하는 작가들의 소설화 전략을 흥미롭게 살펴볼 필요가 있다. 특히 각 소설에 덧붙인 '작가의 말'은 소설 속 이야기와 소설 밖 이야기 사이에 다리를 놓고 있는데, '맑은내 소설선'의 기획의도와 생태의식[10]을 검토하는 중요한 단서로 남을 것이다. 그리고 각각의 다리가 소설화되는 과정에서 인물들과 관계 맺는 방식을 살펴보면서, 이 소설들이 우리 시대가 안고 있는 역사적 강박과 어떻게 소통할 수 있는지, 도시 하천의 생태적 삶을 어떻게 형상화하고 있는지를 확인하면 좋을 것 같다.

'맑은내 소설선'은 환경이나 생태에 대한 문제의식을 전면화하지 않고 있다. 그러나 이 소설들이 청계천 복원과 도시 문화에 대한 전망과 그 역사적 조건을 서술하려고 한다는 점에서 현대소설의 반 - 생태문학적 성격을 지적하는 비평적 시각이 요구된다. 그 어느 때보다도 환경문제와 생태학적 삶에 대한 관심이 증폭되는 지금, 우리 시대의 생태 소설에 대한 생태비평적 시각[11]이 절실히 필요하다.

....

10) 구자회는 생태의식을 환경 파괴로 인한 생태위기의 현실 속에서 궁극적인 해결 방안을 모색하는 의식적인 전환과 새로운 윤리체계 형성을 확립하고자하는 일련의 움직임과 세계관이라고 말한다.
구자희, 『한국 현대 생태담론과 이론 연구』, 새미, 2004, 28-30쪽.
11) 김남석은 생태 비평이 그 유효성을 거두기 위해서는 생태 문학(소설)의 기원과 범주를 명확하게 밝히고 생태 비평의 녹색 자질을 증명하는 것 이외에도 모든 문학에 담겨 있는 반생태학적 입장에 대한 반론의 입법을 세울 수 있어야 한다라고 했다.
김남석, 「그린 러쉬(green rush)가 끝난 다음」, 『문학과환경』, 163쪽.

II. '작가의 말' 속에 담긴 근대 역사와 반 - 생태성

'맑은내 소설선'은 다른 책들과 마찬가지로 소설책의 앞부분에 '작가의 말'을 게재하고 있다. 통상적으로 '작가의 말'이란 책의 내용이나 책이 쓰여진 내력과 책을 내는 마음, 책을 내며 고마운 사람들에게 전하는 내용 등을 담고 있다. '맑은내 소설선'이 기획 소설이라는 점에서 이러한 통상적인 내용을 담기보다는 '작가가 경험한 청계천', '청계천 복원의 의의와 그에 대한 생각', '소설내용에 대한 소개', '근대사에 대한 역사의식' 등을 담고 있다.

그 중에서도 '작가가 경험한 청계천'은 '맑은내 소설선' 창작의 출발점이라는 점에서 무엇보다도 중요하게 언급된다.

> 이상하게도 나에게는 청계천에 대한 '오래된 기억'이 없다. 대관령 아래에서 살다 스무 살이 넘어 서울에 올라온 나는, 처음 청계천이라는 곳에 가봤을 때 그곳에 냇물은 없고, 그냥 시멘트 '공구리'만 있었다. /중략/ 오히려 내가 이상하게 여겼던 건 나보다 나이가 열 살 정도 많은 선배가, 어렸을 때 그곳에서 가재를 잡았다는 것이었다. '공구리'를 덮은 건 그보다 훨씬 나중의 일이라지만 어떻게 그것이 가능했을까. 거기 어느 노점, 카바이드 불빛 아래에서 파는 묘한 내용과 묘한 사진의 '빨간책'은 내 눈에 조금도 이상하지 않았다.(『유리의 노래』의 '작가의 말' 중에서)

이순원이 본 청계천은 '시멘트 공구리'와 좌판에 놓여있던 '빨간책'이다. 시멘트로 복개되어 은폐되어 있는 청계천 위로 번화하게 자리잡은 좌판과 시장은 80-90년대 사람들이 청계천을 경험하는 방식이었다. 이 시기 도시민들의 생활 욕망과 문화적 취향을 해결할 수 있는 공간이었다는 점에서 청계천의 문화생태학적 가치와 기능에 대해서 보다 진전된 논의가 필요했었다.

김용운은 "내 고향 왕십리는 예나 지금이나 청계천을 끼고 자리하고 있다.

하기에 어린 시절부터 청계천을 잘 알고 있다."(『청계천 민들레』의 '작가의 말' 중에서)라고 말하며 청계천과 왕십리를 배경으로 소설을 썼다고 말하는데, '맑은내 소설선' 중에서 작가 체험을 작품화한 소설은 이 소설이 유일하다.

이 두 작가가 과거를 기억함으로써 청계천을 재경험한다면, 고은주는 소설을 쓰기 위해 "복원 공사 중인 청계천의 마른 물길을 따라서 걷다가 궁궐과 종묘, 왕후의 무덤을 찾아 나서고, 서울 성곽의 흔적을 더듬으며 산을 오르내리기도 했다."(『시간의 다리』의 '작가의 말' 중에서). 복원 중인 청계천을 서술함으로써 그 현재적 의미를 확인하며 자신이 쓸 소설의 소재를 찾는다.

이렇듯 '작가가 경험한 청계천'에 대한 서술들은 청계천에서 살았던 유년의 기억, 80-90년대의 낭만적 추억, 복원되는 과정에서의 경험 등 다양하다. 이렇게 기억하거나 새로운 경험을 통해 형상화되는 청계천은 복원된 청계천과 같을 수 없다. 작가들은 서로 다른 시간대와 다른 형국에 놓여있던 청계천을 경험했고, 새롭게 복원될 청계천을 기대하면서, 자신의 이야기 속에 등장할 청계천을 상상하게 된다. '세 개의 청계천'은 작가들이 소설을 쓰는 과정에서는 실재하지 않기 때문에 '허구적이고 상상'된 것 이상이 될 수 없다. 이러한 '상상을 통해 구체화되는 청계천'이야말로 '맑은내 소설선'의 반-생태학적 성격의 특징이다.

이렇듯 경험적 차원에서의 청계천이 언급되는 반면에 한편으로는 청계천 복원과 그에 따른 청계천의 달라진 위상에 대한 전망을 내놓기도 한다.

> 다행히 청계천이 복원되어 맑고 깨끗한 시내라는 이름값을 하게 되었다. 장 지오노의 소설에서 볼 수 있듯이 자연은 사람의 마음을 순화시킨다. 맑은 물이 흐르는 청계천은 서울 시민의 안식처가 될 것이다. 연인들의 데이트 코스가 될 것이다. 대립하고, 갈등하고, 증오하던 사람들의 마음을 넉넉하게 하여 서로를 이해하고 사랑하게 될 것이다.(『두물머리』의 '작가의 말' 중에서)

> 다시 찾은 청계천과 그 다리들에서, 우리는 이 땅의 지나간 역사, 당시
> 선조들의 숨결을 느낄 수 있다. 이 얼마나 다행한 일인가? / 가장 한국적인
> 것이 가장 세계적인 것이다. 세계의 '문화 유산' 속에 다른 나라에는 없는
> 우리만의 고유한 문화들이 이미 선정되어 있잖은가!(『청계천 민들레』의 '작
> 가의 말' 중에서)

장 지오노의 소설 『나무를 심은 사람』을 소개하며 생태 복원에 대해 언급한
이수광은 복원된 청계천이 도시 속의 '새로운 자연'으로 주목받을 것이라고
말하고 있다. 생태학적인 관점에서 청계천 복원을 바라보고 있는 유일한
작가이다. 김용운은 청계천 복원이 갖고 있는 역사적 의미와 문화적 가치를
높이 평가하고 있는데, 격앙된 목소리에서 강한 민족주의적 태도마저 느껴진다.

이에 비한다면 다른 작가들은 막연하게 새롭게 바뀔 청계천의 변화된
모습을 상상하며 긍정적 차원에서 그 복원을 낙관하고 있다. 이들이 생각하
는 환경 복원에 대한 의미화는 환경소설의 특징인 '문제적 시각'이 부족하다
는 점을 단적으로 보여준다. 이것이 '맑은내 소설선'이 정부 정책을 옹호하는
'선전도구'라는 비난을 받는 이유이기도 하다.

'맑은내 소설선'의 '작가의 말'에서 무엇보다도 중요한 것은 다른 책들도
다 갖고 있는 소설 내용을 언급하는 부분이다. 특히 기획 소설선이다 보니,
소설의 내용과 창작 방향이 그 의도에 맞게 설정되었음을 '작가의 말'을 통해
확인할 수 있다. '맑은내 소설선'은 청계천의 다리와 연결된 많은 역사적
사건을 서술해냄으로써, 암묵적으로 청계천 복원이 정당화되어야 하는 이유
를 제공하고 있다.

> 모전교를 무대로 정하고 어느 시대를 배경으로 할까 생각하다, 나는 분
> 연히 1895년을 시점으로 하기로 했다. 그 당시에는 조선이 강대국의 틈바
> 구니에서 몸부림치던 때였고, 그때의 역사 중 가장 잊을 수 없는 사건은

바로 명성황후 시해 사건이다.(『모전교에는 물총새가 산다』의 '작가의 말'
중에서)

김용운은 청계천 다리인 '모전교'를 배경으로 소설을 써야겠다고 생각하
고, 그 지역과 관련된 근대 역사적 사건인 '명성황후 시해 사건'을 소설 내용
으로 다루었다고 말한다. 청계천 수표교 근처의 한 대장간에서 태어난 '칼'의
목소리로 서술되는 『칼』을 쓴 박상우도 '이완용 암살미수사건'을 소설화했
다. 청계천이 조선의 개국과 함께 비극적 근대사의 배경이 되고 있다. '맑은
내 소설선'은 조선시대의 왕의 연애담과 일제 시대의 민족적 사건을 주요하
게 다룬다. 이러한 경향은 청계천이라는 공간이 갖고 있는 지정학적 위치
때문이기도 하지만 소설가들의 근대 문화 혹은 식민지 역사, 현대 사회의
산업화에 대한 강박과 역사 의식도 잘 드러낸다. 즉 우리나라의 근대가 정치
외교적 정체성이 훼손되는 과정에서 시작되었으며, 그것이 복원되어야 한다
는 무의식적 욕망이 '청계천 복원 이야기'와 결부된 것으로 보인다.

소설 중에는 경험적 사물과 역사적 사건, 허구적 재현 사이의 갈등을 소설
기법적으로 문제삼은 진술도 엿보인다.

이제 다시 햇빛을 보게 된 신장석이 들려주는 이야기를 따라서 나는 이
소설을 썼다. 하지만 역사 소설의 함정이 되기 쉬운 감정의 범람과 서사의
장황함은 피하고 싶었다. 옛이야기와 현실을 이어주기 위해서라도 나는 현재
에 발을 딛고 서서 과거를 바라보아야 했다. 그래서 평범한 은행원과 나레이
터 모델을 이 소설의 주인공으로 삼은 것이다. 현실을 위해 오히려 현실성이
떨어지는 '환생'이라는 장치를 택해야 하는 모순이 역설적이긴 했지만.(『시
간의 다리』의 '작가의 말' 중에서)

고은주는 역사적 사건을 재현하는 문제를 정확하게 인식하면서, 소설적
재현이 갖는 유의미성을 고려해서 『시간의 다리』를 썼다고 밝히고 있다.

'청계천 복원과 소설적 재현의 아이러니'를 제대로 간파한 발언이다. 또한 제목이기도 한 '다리'는 600년의 시간을 건너 뛰어 역사와 허구가 소통하는 소설 내용을 함축적으로 내포하고 있다.

『시간의 다리』가 실제 역사적 사건인 태조 이성계와 계비(신덕왕후)의 연애담을 다루고, 영도교를 소재로 한 『영영이별 영이별』이 단종과 그의 부인인 정순왕후의 애달픈 사랑 이야기를 다루고 있다면, 이승우의 『끝없이 두 갈래로 갈라지는 길』은 '왕의 연애담'이라는 유사한 내용을 다루면서도 가상의 인물인 아현세자와 묘선의 사랑 이야기를 다루고 있다.

> 현실에 없음을 의심하지 못하니까 스스로의 몸으로 현실 밖으로 길을 내야 하는 사람들, 그 길만이 길이라고 생각하는 사람들, 다른 길을 찾지 못하는 사람들, 마음을 따라 몸을 옮기지 못하는 사람들 /중략/ 그런 사람들을 위해 나는 땅속으로 나 있는 길을 소개했다.(『끝없이 두 갈래로 갈라지는 길』의 '작가의 말' 중에서)

『끝없이 두 갈래 갈라지는 길』은 다른 소설들과는 달리 청계천 그 자체를 현상적으로 제시했다기보다는 '땅굴' '비록' '취화당일기' 등 가상지형 · 지물을 소설 소재로 사용하고 있다. 숨겨진 '길'과 그 길을 찾아나선 사람들의 '사랑'에 대한 사유가 청계천 물길 복원을 가장 상징적으로 보여주고 있다.

무엇보다 눈에 띄는 것은 '맑은내 소설선'이 청계천에 대해 '근대 역사적' 시각에 치중해서 서술하고 있다는 점이다. 청계천 복원을 바라보는 시선 속에도 생태적 관점을 갖고 "우리의 인식 체계의 근본적인 대전환을 통해 사회 체계까지 완전히 해체시키고 재조정하겠다는 강력한 의지"[12]가 없다. 더구나 청계천 복원 사업을 통해 청계천이나 서울의 도시 환경 문제는 해결

---

12) 정정호, 『문학과환경』, 중앙대학교 출판부, 2003, 18쪽.

되었다는 인식이 전제되어 있다. 그 과정에서 청계천 복원에 대해서는 낙관적이고 미래지향적인 가치를 제시하는 정부의 목소리를 그대로 모방하고 있다. 여기에 민족주의적 의식이 덧붙여지면서, 실제 역사적 사건과 허구적 상상력이 모호하게 타협하게 된다. 특히 민족주의적 시각이나 역사적 조건으로 청계천을 사유하고 상상하는 것은 인간을 중심으로 한 인본주의적 시각을 드러낸다. "인간중심주의에 다름없는 인본주의는 인간이란 동물에 대한 오해에서 비롯된 잘못된 허위지배이념이다."13) 이런 점에서 '맑은내 소설선'은 이러한 인간중심의 역사주의적 시각으로 인해 반 - 생태주의적 경향을 갖게 된다. 그래서 '맑은내 소설선'은 1970년대나 80년대 생태 소설에서 찾을 수 있는 생태의식14) 으로부터도 한참이나 후퇴했다고 평가할 수 있다.

III. 산책과 '이룰 수 없는 사랑'의 가상적 탐색 공간

'맑은내 소설선'은 핵심 소재로 청계천의 다리를 다루고 있다. 청계천 물길을 가로지르는 복원된 청계천 다리는 모전교에서 시작하여 300미터 내외의 간격으로 5.84km에 걸쳐서 총 22개에 이르며, 보도교가 7개 차도교가 15개로, 수평적 도시 교통 흐름을 격자 형태의 도시 교통 흐름으로 바꿔놓음으로써 시민과 차가 청계천을 중심으로 다중적으로 연결될 여지를 만들어 놓았

---

13) 정정호, 위의 책, 32쪽.
14) 전혜자는 1970년대에서 1990년대까지의 소설을 분석하여 "도시화로 인한 인간성 파괴와 후기자본주의의 광고·소비시대에서의 인간의 근원적 결핍관계, 반문명적, 환경오염에 대한 인간의 책임, 군사독재 하의 산업화·근대화의 영향으로 인한 환경오염, 현실비판적 인물(운동권)의 설정"이라는 생태의식을 정리했다. 전혜자, 「한국현대문학과 생태의식」, 『한국현대문학연구』, 2005, 54-60쪽.

다. 따라서 다리가 '맑은내 소설선'의 핵심 소재라는 점은 청계천에서 청계천 다음으로 다리가 가장 중요한 지형지물이라는 점을 보여주면서도 동시에 인간과 가장 밀착된 상징적 공간임을 보여준다.

이 소설들은 50여 년 동안 지하에 묻혀있었기 때문에 사람들에게 간과되었던 역사적 사건을 펼쳐 보여준다는 점에서 청계천과 청계천 다리에 대한 정보 제공의 역할을 하는 역할을 한다. '작가의 말'에서 작가들은 자신들이 선택한 다리에 얽힌 역사적 사건을 수집하고 그것을 허구적으로 재구성했다고 밝히고 있다. 조선 왕조의 이야기, 근대 식민지 시대의 상황들, 현대 도시인들의 생활 등이 중요하게 다루어지고 있으며 그 각각의 소설 속에서 청계천과 그 주변은 다양한 문화적 양상으로 형상화된다. 청계천을 하나의 공간으로 설정하고 그 공간에 대한 인식 과정으로 나누어 보면, '맑은내 소설선'은 이룰 수 없는 사랑을 중심으로 청계천을 다루면서 탐색하는 시선과 청계천과 함께 근대적 삶을 살았던 사람들의 일상을 다루는 시선으로 나눌 수 있다.

먼저 청계천과 청계천 다리는 산책을 할 수 있는 공간이다. 이때의 산책은 자기 자신에 대해서 모색하고, 그 주변 역사에 대해 탐색하기 위한 능동적 행동이다.

> 우리가 가장 많이 한 일은 걷는 것이었다. 고궁과 공원과 강변이 우리의 산책로였다. 새로 조성되고 있는 청계천을 따라 광교에서 황학교까지 천천히 걷기도 했다. 청계천 복원 공사는 거의 90퍼센트쯤 완성된 상태였다. 새로 놓이는 다리 아래에서는 헬멧을 쓴 인부들이 마무리 공사를 하고 있었다. 황학교 근처의 벼룩시장에서 옛날 물건들을 구경하며 오랫동안 시간을 보내기도 했다.(『끝없이 두 갈래로 갈라지는 길』, 68쪽)

프랑스에서 한국으로 돌아오는 비행기에서 보르헤스의 소설이 계기가 되어 만난 시인인 남자와 유부녀인 여자는 데이트 장소로 청계천 주변 지역을 선택했다. "길을 걷는다는 것은 그 길 위에 기억을 쌓는 일이면서 동시에 그 전에 그 길을 걸어간 많은 사람들에 의해 쌓인 기억들을 밟고 가는 일"이 기에 이들의 '느리게 걷는 산책'은 서로 가까워져서는 안되는 관계를 기억하기 위한 방법이며, 유일하게 공유할 수 있는 '일'이기도 하다.

그러나 적나라하게 드러난 청계천의 모습은 역설적이게도 이 두 사람의 산책이 결코 드러나서는 안된다는 점을 환기시킨다. 그들의 사랑은 사회로부터 용납되지 않으며 자신들을 아는 사람들로부터 자신들의 부적절한 사랑을 철저하게 숨겨야 한다. 그래서 이들은 '도리, 관습, 제도, 윤리, 인생관, 외부의 시선 등 여러 가지 관념들'로부터 자유로울 수 있는 공간을 찾게 된다. 첫 번째 그들이 발견한 곳은 '끝없이 두 갈래 갈라지는 길'이라는 은밀함을 갖춘 매혹적인 카페다. 그곳에서 두 사람은 김소령이라는 사람에게서 광화문 한복판에 땅굴이 있다는 이야기를 듣게 되고, 모든 현실의 구속으로부터 자유로운 '취화당'을 발견하게 된다. 취화당은 역사의 시간을 거슬러 올라가 아현세자와 묘선이 누리던 은밀하면서도 간절했던 사랑의 공간이다. 이 두 사람의 사랑 이야기는 가상의 이야기인데, 이 반-역사적 소재가 '불륜의 비도덕성'을 낭만적으로 그릴 수 있게 만들고 있으며, '땅굴'과 '지상으로부터 은폐된 취화당'은 그들의 사랑을 '외부의 시선'으로부터 지켜주는 역할을 한다. "현실의 보이지 않는 뒤쪽. 우리들 사랑의 간절함과 안타까움이 만들어낸 보이지 않는 틈. 일종의 블랙홀. 우리는 현실에는 존재하지 않는 그 틈을 통해 여기로 들어온 걸 거예요."라는 서술에서 확인할 수 있듯, 사랑을 드러내고자 하는 욕망과 감추어야 하는 불륜의 추문 사이에서 '사랑의 진정성'을 찾고 있다. 보르헤스 소설의 기법과 표현을 차용해 온 점도 있지만, 도덕성의 은폐와 폭로의 두려움을 '땅굴'과 '가상의 지고지순한 사랑'으로 전유한 내용은 연애소설의 전형적인 재미를 담고 있다.

『시간의 다리』는 보다 적극적으로 청계천 다리를 찾아다니면서 조선 개국 부터 경험했던 실제 역사적 사건과 의미를 환기해낸다.

> "저기……, 바로 저곳이에요. 육백 년 동안 나의 혼이 깃들어 있던 곳, 도성 제일의 다리 광교랍니다. /중략/ 저 다리는 당신이 도성을 건설할 때 흙과 나무로 만든 거예요. 하지만 태종 십년 여름에 큰비가 내려 다리가 쓸려 가 버리자 돌을 이용해서 새로 지었죠. 그때, 내 무덤 터에 있던 묘석들을 가져다 썼어요. 병풍석이었던 열두 개의 신장석은 다리받침 삼아 축대로 만들었고 난간석과 바닥석은 다리의 난간과 바닥으로 만들었죠. 내 무덤의 돌들은 그렇게 조선 최초의 돌다리가 되었던 것이에요."(『시간의 다리』, 26 쪽)

태조 이성계가 사랑했던 계비(신덕왕후)는 신장석에 갇혀 600년을 살다 가, 청계천 복원을 계기로 지상에 올라와 20살 나레이터 모델의 육신을 빌려 환생하게 된다. 현재를 살고 있는 40살 학원강사인 이름이 이성계인 남자를 운명적으로 만나게 되어, 그의 기억을 되살리기 위해 매주 주말이면 청계천 과 창경궁 등으로 데이트를 다닌다. 이들의 산책은 그동안 현대 도시인들이 망각한 채 살았던 조선 600년의 역사를 탐색하는 과정을 보여준다.

이 작품에서 '환생'이라는 환상적 기법은 애틋한 사랑의 의미와 역사적 복원의 진정성을 반영하고 있다. 600년의 역사를 고스란히 경험한 자와 그렇 지 못한 자 사이의 역사적 시간 단절을 단적으로 보여주는 것이기도 하다. 모든 것을 알고 있는 그녀에 비해 아무것도 모르는 그는 이성계의 애틋한 사랑도 600년을 견디며 만남을 기원하던 계비의 간절한 마음도 기억해내지 못하고(깨닫지 못하고) 만다. "이 공룡 같은 도시에서 기적처럼 되살아나 흐르기 시작한 개천, 그 물길을 거슬러 걸어가면서 나는 천천히 시간을 거슬 러 올라간다. 시간과 시간을 이어줄 다리를 향해 조금씩 다가간다."(『시간의 다리』, 188쪽) 그에게 있어 광교와 광통교는 단순히 물길을 가로지르는 이동수단이 아니라, 역사의 시공간을 뛰어넘고 존재의 근원을 뛰어넘는 초현실적인 사랑의 의미를 갖게 된다.

다른 소설들이 청계천과 그 주변지역에 대해 감정적 동일시를 경험하며 미화하려고 노력한다면, 이 두 소설 속에 나오는 인물들은 청계천에 대해 타자적 시선을 갖고 스스로의 정체성과 사랑의 진정성을 구체화하려고 노력한다. '감추어야 하는 추문'과 '밝혀져야 하는 진실'이라는 팽팽한 긴장감 속에서 전개되는 '산책'은 그래서 비판적 태도의 또 다른 행동이며, 삶의 이방인이 가질 수 있는 존재론적 사유의 가능성을 열어두는 행위이다. 그럼에도 불구하고 산책을 통해 주인공들은 시각적 탐색을 통해 드러나는 역사적 객관성의 한계를 인식한다. 이루어질 수 없는 불륜의 사랑은 역사의 흐름 속에서 반복되었으며, 윤회의 운명성을 망각한 도시인에게 역사란 오래되고 낡은 기억일 뿐이다. 생태학적 목적성을 위해 복원되었다라는 점에서 탈근대적 도시 공간이 되어버린 청계천은 이들의 산책을 통해 보다 역사적이며 근대성의 토대를 의문시해야 하는 주체의 모호성을 모색하는 지점이 된다.

IV. 근대적 삶과 일상의 역사적 동일시 공간

'청계천이 미래에 내포할 수 있는 문화적이고 생태학적인 상상력'을 보여주기 위해서 청계천 그 자체를 구체적으로 형상화하는 방법만큼 유효한 방법도 없을 것이다. 그 성공 여부를 떠나서 '맑은내 소설선'은 그 형상화 과정에서 우리나라의 근대적 삶의 모습이 고스란히 그려진다. 일제 식민지를 거쳐, 한국 전쟁과 근대 산업화 시기를 겪고, 탈근대적 문화 공간으로 변모해가는 청계천은 근대성 그 자체를 공간적으로 표상화하고 있다.

청계천과 그 다리들이 근대 역사의 배경 요소로 표현되는 소설들로는 『칼』, 『달콤한 죽음』, 『유리의 노래』 등이 있다. 『칼』은 이완용을 죽이려고 했던 이명재의 이야기를 다루고 있다. 다른 민족 투사와는 달리 그 생애나 업적이 폭넓게 연구되지 않은 '이명재'를 다루고 있다는 자의식이 작가의 소설쓰기를 독려하고 있다. 등장하는 '칼'이 청계천 수표교 근처의 대장간에서 만들어졌으며, 그 칼을 가지고 이명재가 이완용을 시해하려고 준비하는 과정에서 매일 왕복했던 길이 청계천변이다. 따라서 청계천변은 일제에 대한 저항의식과 반민족 친일귀족에 대한 비판의식을 고스란히 담게 된다.

'맑은내 다리'를 소재로 한 『달콤한 죽음』은 동대문 시장에 있는 가상의 옷가게인 '여우오줌'을 둘러싸고 벌어지는 디자이너와 화가의 일과 사랑 이야기를 다루고 있다.

> 맑은내 다리. 마치 꽃 위에 사뿐히 앉아 꿀샘에 빨대를 꽂은 나비처럼 다소곳이 날개를 접은 다리. 오가는 사람이 부딪치지 않게 두 길로 나눠진 다리 중간에 그녀는 잠시 걸음을 멈추고는 주머니에서 반짝이는 백동전 하나를 꺼내 냇물에 힘차게 던지며 '좋은 아침, 새날의 시작이야. 오늘도 신나게'를 외친 뒤 다리를 건널 것이다.(『달콤한 죽음』, 20쪽)

옷가게를 운영 중인 서안나에게 행운을 가져다주는 '맑은내 다리에서 동전 던지기'는 청계천 다리가 도시인과 소통할 수 있는 하나의 계기를 제공한다. 맑은내 다리의 동전던지기와 뒤이어 제시되는 비둘기들의 모습은 도시 속의 여유와 낭만을 한껏 표현해내고 있다. 마찬가지로 도시민의 낭만적 상상을 소설화한 『유리의 노래』는 청계천변 고층 빌딩에 달라붙어 유리를 닦는 사내와 회사경영권 세습에 얽혀든 엘리베이터 안내원 미은과의 사랑 이야기를 다루고 있다. 민족적 감정을 고양시키는 역할을 하는 『칼』과는 달리, 이 두 작품은 청계천을 배경으로 살아가는 현대 도시인들의 세속적인 꿈과 사랑을 그려낸다.

다음으로 청계천이 역사 흐름 속에서 '생활'의 터전이 되는 경우이다. 『여자이발사』는 청계천 다리 중 수표교를 대상으로 쓰여진 소설인데, 일본인 게이샤 에이코의 생애(일본에서 조선으로, 간척지 염전과 서울 청계천변을 오가며 살아남은)가 부각되어 있다. 그러다 보니, 청계천변에서 이발관을 하며 30년을 살았다고 나오지만 청계천변 자체가 부각되지는 않는다. 이 작품은 제국과 식민지의 정치적 갈등 속에서 소외당하고 고통받아야 했던 소수자(재한 일본인 처)의 삶에 초점을 맞추었다는 점에서 근대 역사 이해라는 방향성을 제시하고 있다.

『청계천 민들레』는 청계천을 터전으로 살아온 한 노인(여섯 살 철이)의 생애를 조명하고 있는 작품이다. 한 개인의 역사를 기술하고 있지만, 청계천을 둘러싸고 벌어지는 근대화의 변화상이 고스란히 재현되어 있다.

> 청계천의 둑길은 길었다. 상류로, 하류로 끝을 모를 만큼 길게 이어져 있었다. 둑길의 개천 쪽 비탈에는 봄이면 쑥이며 냉이, 꽃다지 말고도 이름 모를 잡초들이 돋아나서 여름철까지 항시 초록빛으로 가득했다. 특히 여기저기, 무더기 무더기로 노란 민들레꽃이 흔했다. 그러면 아이들은 그 민들레꽃으로 꽃반지를 만들기도 하고, 볼품은 없어도 목걸이를 만들어서 목에 걸고 다니기도 했다.(『청계천 민들레』, 15쪽)

『청계천 민들레』는 청계천의 역사를 꼼꼼하게 기술하고 있을 뿐만 아니라, 한국전쟁을 전후로 경험했던 청계천과 왕십리에서의 삶을 그려내고 있다. 청계천이 복개되기 이전의 생활상을 보여준다는 점은 여러 소설 중에서 유일하다. 모두가 가난하고 고통받았지만 자연(청계천)의 변화 속에서 성장해나가는 소년 이야기는 청계천 복원의 역설적인 이면을 되돌아보게 한다. 이 소설 속 인물들은 '생태'니 '문화'니 하는 수식어들로 포장된 청계천이 아니라, 삶이고 생활로서의 청계천을 온전히 경험했던 것이다.

청계천과 그 다리가 '물길'의 역사적 상징으로 쓰인 작품도 있다. 두물다리를 소재로 쓰여진 『두물다리』는 숙명적으로 만날 수밖에 없는 남녀 간의 사랑을 70-80년대 학생운동, 노동운동을 배경으로 그려내고 있다.

> "어떻게 여기를……?"
> 나는 놀라서 간신히 입을 열고 일어섰다. 아우라지강에서 정선 아라리를 부르던 여자, 아우라지강에 새벽안개가 자욱하게 내리던 날 내가 도망치듯이 버리고 온 여자가 그곳에 서 있었다.
> "청계천에 예쁜 다리가 생겼다고 해서 구경왔어요."
> 두물다리에서 점등식이 예정되어 있기 대문인지 사람들이 다리로 빽빽하게 몰려들었다.(『두물다리』, 223-224쪽)

아우라지는 골지천과 송천이 여량리에서 합류하여 어루어진 곳으로 두 물이 합쳐진다하여 두물머리라고도 한다. 청계천의 두물다리도 두 물줄기가 만나 한강으로 흘러 들어가는 위치에 있다는 점에서 아우라지와 같은 형국이다. '강가에 나와 남자를 기다리는 여인'은 이 작품에서 세 번 반복되는데, 위에 제시된 내용은 마지막 세 번째이다.[15] 두물다리는 서로 다른 생을 살았지만 끝내는 함께 흘러가야 하는 등장인물들의 숙명을 상징하고 있다. 한국 현대사의 커다란 굴곡(노동운동, 학생운동, IMF 등)이 시간적으로 중첩되고 청계천과 아우라지강의 흐름이 공간적으로 합쳐지는 가운데 역사적 존재의 근원적 슬픔을 경험하게 만든다.

살펴보았듯, 청계천에 대한 상상력은 생활의 배경으로 제시되기도 하고,

---

15) 첫 번째는 '나'가 어렸을 때 청계천변에 살았을 때, '나'를 청계천변에서 기다렸던 경주 누나이다. 그녀는 '나'를 기다리다 동네 깡패들에게 맞아 죽는다.

역사 흐름의 운명적 상징, 근대적 삶의 조건으로 형상화되고 있다. 공존의 조건으로서의 생태 뿐만 아니라, 물길이라는 역사적 흐름이 반영되어 청계천의 현대 역사를 강조하고 있다. 과거에 대한 역사적 해석이 눈에 거슬리긴 하지만, 생활 속에서 추론해내는 청계천의 모습은 정책적 논조보다는 조금 더 민중적 삶에 가까운 것이 사실이다.

V. 결론

'맑은내 소설선'이 표면적으로는 생태문학이나 녹색문학적 시각을 전제로 쓰여지진 않았다. 그러나 청계천을 소재로 쓰여진 소설이라는 공통점 뿐만 아니라, 각각의 소설들이 '맑은내 소설선'이라는 표제 아래 묶여 있다는 점은 중요하다. '맑은내'라는 표상 속에 이미 더 나은 환경과 생태 조건에서 살고자 하는 우리시대의 욕망과 서울시의 정책적 의도가 담겨 있기 때문이다.

'맑은내 소설선'은 앞서 살펴보았듯 생태 소설로서 일정한 한계를 갖고 있다. 문학적 상상력이 도시 정책의 목적에 치우치는 과정에서 생태 소설적 전망과 비판적 문제의식을 확보하지 못했다. 한국 소설에 있어서 생태학적 시각의 한계는 '왜곡된 정치상황'(분단 상황, 개발 독재의 노동 인권 문제 등) 하에서 환경 문제에 대한 인식이 미흡하고 편협해질 수 밖에 없었다.[16] 소통적 공존과 장기적 전망의 시선이 필요한 환경문제보다는 눈앞의 경제 발전과 정치 현실이 더 문제적인 것은 당연하다. 90년대 이후 최대의 환경 파괴와 개발의 문제를 나았던 '새만금 간척 사업'을 소재로 한 조헌용의 『파도는 잠들지 않는다』는 거대한 산업 자본과 정부 권력에 의해 평화롭던

16) 김동환, 「생태학적 위기와 소설의 대응력」, 『실천문학』, 1996년 가을호, 180쪽.

해안마을이 파괴되고 생명력을 잃어가는 과정을 소멸의 미학적 관점으로 그려나가고 있다. 가공할만한 반 - 환경정책을 비판하는 시각[17])은 '맑은내 소설선'에도 시사하는 바가 크다.

문학이라고 하는 것은 역사적 사건을 반영할 수밖에 없으며 그 시대의 정보와 삶의 가치를 형상화할 수밖에 없다. '맑은내 소설선'은 그런 점에서 보다 전략적이면서도 절박한 시선으로 청계천 이야기를 소설적으로 형상화했어야 했다. 김욱동은 『생태학적 상상력』이라는 책에서 다음과 같이 말한다.

> 서정시건 서사시건 한 가지 분명한 것은 시인은 반드시 시를 써야 하지 시가 아닌 시를 써서는 안 된다는 점이다. 환경위기나 생태위기가 아무리 절박하다고는 하지만 그렇다고 하여 시가 시로서의 존재 이유를 잊은 채 한낱 선전도구나 메시지로 전락해서는 안된다. 오히려 사태가 절박하면 절박할수록 독자들을 자연스럽게 작품 속에 끌어들이려고 노력하여야 한다.[18])

문학을 통해 생태학적인 문제를 제기하기 위해서는 그 문제의 심각성과 시각의 객관성뿐만 아니라, 문학적 형상화가 최우선 되어야 한다. 문학적 형상화를 확보하지 못했을 때, 생태문학이란 '선전도구나 메시지'로 전락할 뿐이다. '맑은내 소설선'은 목적의식에 빠져 생태학적 상상력을 충분히 소설적으로 형상화하지 못하고 있다. 생태 환경에 대한 문제적 시선과 미적 형상화 전략이 상호보완적으로 작용할 때 보다 나은 환경과 지속가능한 생태를 사유하고 상상하는 생태 소설이 만들어질 것이다.

청계천은 복원 초기에 경험했던 인위적이고 정책적인 사업들로 인한 파장이 모두 없어진 것은 아니지만 서울의 랜드마크로서, 도시 문화의 건강한

---

17) 임영천, 「한국 생태소설 연구」, 『비평문학』, 2004, 408-409쪽.
18) 김욱동, 『생태학적 상상력』, 나무심는사람, 2003, 28-29쪽.

배경으로 자리잡아 가고 있다. 많은 시민들은 복원된 청계천을 일상의 공간
으로 받아들이고 복원 사업의 긍정성을 인정하기도 한다. 그 영향으로 다른
시·도에서도 청계천 복원 사업을 벤치마킹한 하천 복원사업이 다양하게
추진되고 있으며, 이명박 정부의 '대운하' 사업이 대통령 공약 사업으로 추진
되어 청계천 사업보다도 더한 문제를 발생시키고 있기도 하다. 철학 없는
정책 중심의 복원과 공존의식이 없는 '지속 가능한 생태'란 불가능하다. 화려
한 겉포장에 싸인 단순한 관광지가 아닌, 생활과 일상의 공간으로 거듭나기
위해서는 도시 생태·도시 문화에 대한 보다 근본적인 '생태학적인 문제적
시각과 상상력'이 바로 문학작품 속에서 필요하다. 바로 그러한 점을 '맑은내
소설선'은 사유하게 만든다.

낙원의 회복을 위한 인류학적 탐색

—김영래의 '숲의 왕'론

● 구수경 (건양대학교)

I. 생태학과 생태주의 문학

20세기를 지나 21세기를 살아가고 있는 현대인들은 과학과 기술의 발달이 가져다 준 축복과 재앙을 동시에 경험하고 있다. 즉 그에 따른 문명의 발달과 산업화는 인간에게 물질적 풍요와 생활의 편리를 누리게 하는 한편, 환경 오염과 자연의 파괴를 초래함으로써 지구촌을 생태 위기 속으로 몰아넣고 말았다.

실제로 지나친 자연의 파괴와 환경의 오염은 현재 심각한 결과로 나타나고 있다. 오존층의 파괴와 지구의 온난화 현상, 지하수 및 강물의 오염, 산림의 파괴 및 생물종의 감소, 대기 및 토양의 오염 등 지구의 어느 한 곳도 생태계의 위기에서 제외될 수 없을 정도이다.

환경문제 및 생태계의 위기가 이렇게까지 심해진 혹은 방치된 원인은 무엇일까? 그것은 인간이 지구의 중심에 서서 모든 개체를 지배하고, 정복하고, 착취해 온 역사에서 찾을 수 있다. 지난 2천 년간의 인류의 역사는 인간에 의한 지구의 수탈 과정이자 자연 정복의 역사에 다름 아니었다. 오늘날 지구가 앓고 있는 병은 오직 인간의 행복만을 위하여 자연을 이용하고, 또 훼손시켜 온 인류 역사의 결과인 것이다.

이러한 인류 역사를 지탱해 온 이념 혹은 세계관은 바로 인간중심주의 혹은 인간 중심적 사고이다. 인간중심적 세계관[1]에 따르면, 인간은 자연의 일부가 아니라 자연을 지배하고 소유할 수 있는 상위의 존재이다. 따라서 이렇게 특별한 존재인 인간은 다른 모든 존재를, 자신의 만족스러운 삶을 위한 도구나 수단으로서 지배하거나 소유하고, 조작하거나 이용할 권리를 갖고 있다고 생각한다. 즉 인간중심주의적 관점에서 보면, 인간의 자연 지배는 정당한 것이다. 이러한 세계관에 기대어 문명의 발달과 산업화는 지속되어 왔으며, 그 과정에서 생태계의 파괴는 인간이 누릴 현실적 편리와 우선적인 이득에 가리어 언제나 방치되어 왔다고 할 수 있다.

인간중심주의가 생태계의 파괴를 가속화시키고 합리화하는 주요 이념으로 작용해 왔음을 인정한다면, 심각한 생태 위기를 극복하기 위해서는 지구를 바라보는 새로운 관점과 이념이 요청된다. 그것이 바로 생명중심주의이다. 생명중심주의는 우주와 지구, 자연과 인간의 관계를 있는 그대로 평등하게 바라보는 관점이다. 바로 생명중심적 시각으로 인간과 자연을 이해할 때, 인간은 비로소 인간중심적인 이기주의나 배타성에서 벗어날 수 있다. 그 결과 자연을 훼손한 인간으로서의 자기 반성을 시작하고, 죽어 가는 지구를 살려낼 수 있는 근본적인 대책을 강구하게 된다. 따라서 생태 위기를 극복하기 위해서는 세계관의 근본적인 전환이 선행되어야 함은 물론이다.

노르웨이 철학자 아느 네스(Arne Naess)는 환경문제를 해결하는 태도에 있어서 인간 중심적인 '표층 생태학(the shallow ecology)'과 생물 중심적인 '심층 생태학(the deep ecology)'은 구별되어야 한다고 주장한다. 먼저 표층 생태학은 공해 문제나 자원 고갈 같은 일반적인 환경문제를 그 대상으로 삼을 뿐 근본적인 환경 문제 해결에는 별다른 관심을 두지 않는다.[2] 이들의

---

1) 박이문, "녹색의 윤리", 『녹색평론』, 1994년 7·8월호, p. 47 참조.

주된 목적은 발전된 나라에서 살고 있는 국민들의 건강과 풍요[3])에 있기 때문이다. 따라서 표층 생태학은 경제 발전과 성장의 이데올로기를 여전히 믿고 있으며, 환경 문제는 과학의 힘으로 극복될 수 있다고 생각하는 환경 개량주의적 태도를 보인다.

반면에 심층 생태학은 "환경 문제를 다루되 피상적으로 다루지 않고 표층 아래 숨어 있는 문제를 근원적으로"[4]) 파헤치려 한다. 인간과 환경을 따로 떼어서 생각하는 표층 생태학과는 달리 심층 생태학은 인간을 포함한 모든 "유기체들은 생물권이라는 그물망, 혹은 본질적인 관계망의 매듭"[5])과 같다는 생물평등주의를 주장한다. 그러므로 인간이 자연과 환경을 보존하여야 하는 것은 "인간의 이익을 위해서가 아니라 어디까지나 환경과 자연 그 자체"[6])를 위해서가 된다. 한 마디로 심층 생태학은 인간과 자연 사이의 새로운 균형과 조화를 모색한다. 즉 인간의 근본적 심성과 직관은 자연과 닿아 있으며, 인간은 자연과 동등한 입장에서 일체가 될 때 가장 충만한 생명과 행복을 누릴 수 있다는[7]) 것이다.

이남호는 심층 생태학이 철학이나 다른 학문적 표현보다 문학적 표현에 의존하고 있음을 강조한다. 심층 생태학은 인간이 자연과의 일체의식을 가지고 그에 따르는 감수성과 감각을 지닐 것을 요구하는데, 문학적 표현은 본질적으로 그러한 감성과 감각에 호소하는 언어이기 때문이다.[8]) 아울러 그는

....

2) 김욱동, 『문학생태학을 위하여』, 민음사, 1998, p. 369.
3) 아느 네스, "외피론자 대 근본론자 : 장기적 관점의 생태 운동", 문순홍 편저, 『생태학의 담론』, 솔, 1999, p. 68.
4) 김욱동, 앞의 책, p. 369.
5) 아느 네스, 앞의 글, p. 69.
6) 김욱동, 앞의 책, p. 371.
7) 이남호, 『녹색을 위한 문학』, 민음사, 1998, p. 23.
8) 위의 책, p. 25 참조.

문학적 상상력을 통하여 심층 생태학의 기본 이념과 가치를 구현하고 있는 문학을 '녹색문학'이라 명명하며, 그 특성을 다음과 같이 규정한다.

> 녹색문학은 녹색이념의 지적 논리적 주장이 아니라 녹색이념의 미학적 구현이다. 모든 문학과 이념의 관계가 다 그러하지만, 녹색문학은 녹색미학을 통해서 그 이념에 기여한다. 녹색미학은 자연성의 미학, 즉 자연 속에서 가장 잘 구현되어 있는 미학 또는 자연에 그 원천을 두고 있는 미학이다.[9]

요컨대 녹색문학 곧 생태주의 문학은 생태학적 이념 혹은 비전을 예술의 새로운 미학으로 수용하여 실험하고 창조하는 문학을 말한다. 그것은 문학을 통해 생태계 위기의 심각성을 드러내고, 생태계와 자연 질서의 소중함을 일깨우며, 생명과 조화의 미학을 창출하는 것을 그 목적으로 한다. 따라서 생태주의 문학은 본질적으로 고발문학 혹은 목적문학의 성격을 띤다. 그래서 자칫하면 생태의식을 고취시키는 선전문구나 논설로 전락할 위험을 내포하고 있으므로, 내용이나 주제에 못지 않게 문학적 형식과 기법에 대한 연구와 관심이 필요하다.

본 논문은 본격적인 생태소설이라 할 수 있는 김영래의 장편소설 『숲의 왕』[10]을 대상으로 그 작품에서 보여지는 생태의식, 그리고 그것이 문학적 상상력과 표현 기법을 통해 어떻게 드러나고 있는지를 분석하고자 한다. 자료 수집과 현장 답사를 포함해 약 7년간 공들인 작품이라는 작가의 말에서도 느낄 수 있듯이, 『숲의 왕』은 현대의 생태계 위기와 환경문제의 심각성, 그리고 그 구원의 가능성을 진지하게 천착하고 있는 작품이다.

따라서 작가 김영래가 이 작품을 통해 어떤 생태미학을 창출해 내고 있으

---

9) 위의 책, p. 44.
10) 이 작품은 2000년 제5회 문학동네 소설상 당선작이다.

며, 생태 위기를 극복하기 위해 어떤 구체적인 대안 및 생태학적 지혜를 보여주고 있는지를 작품의 내적 구조 분석을 통해 구명해 보고자 한다.

II. 죽음과 재생의 플롯 구조

김영래의 『숲의 왕』은 'I. 에피쿠로스의 정원 II. 숲의 형제단 III. 숲의 왕 IV. 신성한 숲' 등 크게 네 개의 장으로 이루어져 있다. 이들은 발단, 전개, 위기, 정점, 대단원이라는 전통적인 플롯 구조를 보인다. 그런데 가장 극적인 부분에 해당하는 정점(climax)이 대단원의 장에 삽입되어 배경화되고 있다는 점에서 다른 소설과는 변별되는 특이한 양상을 띠고 있다.

먼저 발단에 해당하는 'I. 에피쿠로스의 정원'에서는 숲 속에서 평화롭고 행복한 공동체 생활을 하고 있는 숲의 형제들의 삶이 그려진다. 그들의 공동체 공간을 지칭하는 '에피쿠로스의 정원'은 그리스의 철학자 에피쿠로스가 아테네 교외에 정원을 사들여 신성한 공동체의 삶을 추구했던 '쾌락의 정원'을 현대 속에 부활한 공간이라 할 수 있다. 에피쿠로스는 그 '쾌락의 정원'에 은둔하며 소박한 생활과 두터운 우정, 그리고 철학적 사유를 통해 마음의 평안(Ataraxia)을 유지하는 삶을 지향했었다고 한다.

이 작품에서 에피쿠로스의 정원을 처음 조성한 인물인 정지운(닥터 그린) 역시 이곳에 거는 꿈을 다음과 같이 표현한다.

> "저는 이 숲 속으로 대지의 신성함을 불러들이고자 했어요. 적어도 자연과의 우정이 축제의 빛을 밝혀주기를. 세계의 책을 읽고 생명의 언어를 터득한 사람들이 도처에서 찾아와 꽃향기 그윽한 이 정원에서 명상하며, 점점 가슴 열림이 넓어지는 자연의 품 안에서 교화되기를."[11]

실제로 이 정원에 살고 있는 숲의 형제단원들은 들판의 꽃들, 새들의 지저 귐, 숲의 향기 등 자연의 아름다움과 대지의 신성함을 누리며 살고 있다. 또한 검은 수퇘지 다루, 당나귀 플라테로 같은 짐승들과도 인간 이상의 우정을 나누는 등 기쁨과 사랑으로 충만한 삶을 보여 준다. 바로 에피쿠로스의 정원이라는 숲 속 공간은 자연과 인간이 공생공존하고 모두를 위한 행복과 평화를 지향하는 작은 에코토피아[12]의 세계를 구현하고 있다.

그러나 전개 부분인 'Ⅱ. 숲의 형제단'의 장에 오면, 이 평화로운 정원에 위기가 닥쳐왔음을 보여 준다. 한 재벌기업의 고도의 계략과 술책에 의해 대규모 리조트 시설이 에피쿠로스 정원의 주변에 들어서게 된 것이다. 그 결과 산 일대의 자연림이 대규모 훼손될 뿐만 아니라 정원의 숲은 섬처럼 고립되어 삼림 생태계의 붕괴를 초래할 위기에 처한 것이다. 하지만 재벌기업의 막강한 힘을 무너뜨릴 구체적인 방법을 찾지 못한 채, 숲의 형제단원들은 각자 안타까움과 답답한 분위기에 휩싸인다. 그런 동안 정원의 열두 번째 생일이 돌아오고, 숲의 형제들은 사흘 동안 나무심기 운동과 나무 묘지 만들기 운동, 신학대학 교수의 강연 등 '숲과 사람들'의 행사에 전념한다.

재생을 위한 희생과 재생 없는 살생을 주제로 한 신학대학 교수의 긴 강연이 계속되면서 시작되는 'Ⅲ. 숲의 왕'의 장—위기 부분에 해당하는—에 오면, 두 건의 죽음이 발생하면서 혼돈의 상황으로 치닫고 있다. 먼저 정지운이 '숲과 사람들'의 행사 이후 실종되었다가 보름 후 시체로 발견되고, 그 사인은 끝내 밝혀지지 않는다. 또 준하가 도지사와 군수를 환경 파괴의 주범

---

11) 김영래, 『숲의 왕』, 문학동네, 2000, p. 156.
   앞으로 텍스트의 인용은 페이지만 표시하기로 한다.
12) 에코토피아는 생태적 유토피아 곧, 인간과 인간, 인간과 자연이 서로 조화롭게 공존하는 사회, 자신의 가치를 인정하듯이 상대방의 가치를 받아들이는 사회를 말한다.(김욱동, 앞의 책, p. 412.)

으로 검찰에 고발하고, 그 사태를 수습하기 위해 내려온 우림개발 사장을 형제 단원들이 납치하는 과정에서, 사장을 태운 자동차가 계곡 아래로 굴러 떨어져 사장이 죽는 사고가 발생한다.

대단원에 해당하는 'Ⅳ. 신성한 숲'은 방화로 추정되는 화재로 숲의 반 이상이 타버린 후의 충격적인 상황을 그리고 있다. 그 과정에서 이 소설의 정점(climax)에 해당되는 사건들이 숲에 남은 산지기 임노인과 바보이자 벙어리인 성치의 단편적인 회상을 통해 간접적으로 요약, 제시된다. 즉 정지운과 우림개발 사장 등 두 건의 의문의 살인 사건으로 인해 리조트 사업이 전면 백지화되었다는 것, 그것을 기념하는 정원의 축제에서 형제단원들이 검은 수퇘지 다루를 잡아먹으며 광란의 밤을 보냈다는 것, 또 성치가 광대버섯을 먹고 환각 상태에서 숲에 불을 질렀다는 사실 등이 암시적으로 언급된다. 결국 그 화재로 인해 숲의 반 이상이 탔고, 형제단원들은 떠나거나 타죽었던 것이다. 하지만 소설의 마지막은 성치마저 나무에 목을 매달고 자살한 뒤, 홀로 남겨진 임노인이 숲의 소생에 대한 확신에 젖는 모습으로 끝을 맺고 있다. 즉 숲의 관리인으로 살아온 임노인은 숲의 지킴이로서의 자신의 숙명을 깨닫고, 신성하고 아름다운 숲을 가꾸는 데 남은 생을 바치기로 결심한다.

앞서 언급했듯이 이 작품은 전통적인 5단계 플롯구조 속에서 사건이 전개된다. 이 때 의문의 죽음과 숲의 화재에 의한 비극이 핵사건을 이룬다. 이를 통해 작가는 광기와 욕망에 결박된 인간의 타락은 결국 아름다운 낙원인 자연으로부터의 추방을 초래한다는 엄숙한 메시지를 전달하고 있다. 즉 겸손함과 깨끗한 영혼을 지닌 인간만이 자연이 주는 혜택과 기쁨을 누릴 자격이 있다는 것이다. 따라서 숲의 화재는 숲의 죽음이라는 자연의 비극보다는 타락한 인간의 추방이라는 단죄의 의미가 보다 강하다. 다른 말로 인간에 의해 오염된 숲을 새롭게 정화하기 위한 자연의 自淨 행위인 것이다.

따라서 화재에 의한 숲의 죽음은 俗의 세계에서 벗어나 聖의 세계로

들어가기 위한 하나의 통과제의(rite of the passage)[13]의 과정이다. 순수와 신비를 간직한 본래의 숲으로 다시 태어나기 위하여 숲은 자기 파괴라는 죽음의 고통을 감수하고 있는 것이다. 이것은 사계절의 순환 속에서 죽음과 재생을 반복하는 식물의 생명력을 통해 그대로 암시된다. 바로 임노인이 불에 탄 숲에서 연둣빛 싹을 밀어 올리고 있는 도토리를 발견한 뒤, 숲의 소생에 대한 확신과 믿음을 보이고 있는 부분이 그것이다. 결국 숲은 죽음이라는 자기 해체의 시간을 지나 아름답고 신성한 숲으로 다시 태어나고 있는 것이다.

또 작가는 이 작품에서 기쁨에서 광란으로 치달았던 축제의 밤과, 숲과 인간을 재앙 속에 던져버린 화재 등 정점(climax)에 해당하는 사건들을 장면 제시의 기법으로 극화하지 않는다. 그것은 한 순간에 순수한 영혼을 잃어버리고 무절제한 욕망의 포로로 함몰하는 인물들의 광기나, 아름다운 낙원에서 재의 사막으로 변해버린 숲의 재난이 단순히 소설적 흥미를 자극하기 위한 허구적 사건으로 간주되는 것을 원치 않기 때문이다. 즉 이 소설은 독자에게 인간으로서의 반성과 회개를 불러일으키고 새로운 세계관으로의 전환을 촉구하는 데 그 지향점을 두고 있다. 더욱이 자극적이고 흥미로운 사건을 간접화의 방식으로 처리하고 있는 것은 소설 전체를 정적인 분위기로 일관되게 유지하는 효과를 낳고 있다. 즉 작가는 각자의 자리에서 각자의 방식으로 자유롭게 생명력을 발산하고 있는 동식물들과, 오랜 관찰 및 사색을 통해 자연의 신비한 아름다움에 눈을 떠가는 인물들을 고요하고 관조적인 분위기 속에서 묘사한다. 다시 말해 작가는 감정적으로 자극하기보다는 정서적으로 순화하는 방법을 통해 독자에게 자연과 공생, 공존하는 삶의 소중함을 깨우치고 있다.

....

13) M. 엘리아데, 『우주의 역사』, 정진홍 역, 현대사상사, 1984, pp. 35~36 참조.

III. 다원적인 서술방식을 통한 메시지의 강화

앞서 살펴본 바와 같이 『숲의 왕』은 에피쿠로스 정원에서 공동체 생활을 하는 숲의 형제단원들이 숲을 파괴하려는 재벌기업의 계획에 맞서 저항하는 모습과 숲의 화재로 인한 비극을 그리고 있다. 그런데 이 소설은 소설적 상상력에 기대어 극적인 사건을 창조하는 데 서술의 초점이 맞추어져 있지 않다. 오히려 허구적 사건 외에 신화나 민속학, 인류학적인 자료들의 나열, 애니메이션 시나리오의 삽입, 자연에 의해 촉발된 풍부한 사유의 전개 등 스토리 외적 요소들이 상당 부분을 차지한다. 그리고 허구적 사건의 서술에 있어서도 다양한 서사적 장치들이 사용되고 있어, 기존의 소설과는 변별되는 독특한 독서체험을 낳고 있다.

첫째, 허구적 사건의 서술의 경우, 에피쿠로스 정원에서의 생활은 두 사람의 시각에 의해 이중적으로 서술된다. 바로 성준하를 중심으로 서술되는 부분(선택적 전지 시점)과, 박성우의 일기를 통한 전달(1인칭 시점)이 그것이다. 이 때 숲 속에서 생활하면서 5년 동안 숲 밖을 한 번도 나간 적 없는 준하의 관찰과 사유를 중심으로 한 서술은 자연에 대한 깊은 이해와 애정, 자연에 동화된 삶의 경지를 전달하는 역할을 하고 있다. 진달래 꽃밭에서 최초로 수음을 경험했고, 자신이 관심을 가지고 있는 유일한 섹스는 꽃들과의 관계라는 성준하는 이미 인간적, 동물적 삶보다는 식물적, 사색적 삶에 더 기울어 있는 인물이다. 그래서 자연의 생명력과 영성(靈性)을 감지하는 듯한 성준하의 묘사는 자연과 정신적으로 합일된 인간의 경지를 보여 준다.

숲은 고요했다. 바람 한 점 일지 않았다. 지난달까지만 해도 번식기를 맞아 밤새 우짖던 소쩍새와 호랑지빠귀의 울음조차 들리지 않았다. 땅의 숨구멍들이 닫히고, 나무와 꽃들마저 향기의 문을 굳게 걸어 잠근 듯했다.
나뭇가지 사이로 먼 별들이 보였다. 별들은 사슴뿔 왕관을 장식한 보석들
같았다. 그 초롱초롱하게 빛을 뿜어내는 힘이 지나쳐 이따금 꺼져버릴 듯
파르르 떨며 다치기 쉬운 속눈썹을 움추리곤 했다. 그때마다 준하는 걸음을
멈추었다. 밤이슬에 젖은 나뭇잎과 풀과 이끼로 덮인 길은 발소리조차 나지
않았다.14)

위 문장은 정지운이 죽은 뒤, 상실감에 젖은 성준하가 산책하면서 숲을
묘사하고 있는 부분이다. 이 때 자연은 관찰의 대상이 아니라 심한 충격과
슬픔에 젖은 성준하에게 각자의 몸짓으로 조응하는 동지이자 영적인 존재로
다가온다.

반면에 형제단에 가입하여 새롭게 숲 속 생활을 시작하게 된 박성우의
일기는 주로 자연친화적인 정원의 삶을 호기심과 경이의 시선으로 묘사하고
있다. 거기에는 목수 가문비와 돼지 다루, 정지운과 당나귀 플라테로, 성치와
그의 곁으로 몰려드는 새들 등 인간과 자연이 나누는 우정, 그리고 자연의
아름다움과 신성함을 처음 발견하는 자의 환희와 감동이 담겨 있다. 특히
박성우의 일기는 'Ⅱ. 숲의 형제단' 부분의 일기가 정원에서의 삶을 관찰자의
시선으로 묘사하는 1인칭 관찰자의 서술에 가까운 반면, 'Ⅲ. 숲의 왕' 부분의
일기는 숲 속의 생활에 적응하면서 의식과 행동의 변화를 경험하는 자신의
이야기가 중심을 이루는 1인칭 주인공 시점으로 서술된다.

둘째, 이 작품에서 'Ⅱ. 숲의 형제단' 말미와 'Ⅲ. 숲의 왕'의 초두로 길게
이어지는 신학대학 교수의 강연은 생태계의 위기와 그 의미에 대한 다양한
인류학적 고찰로 이루어져 있다. 그 강연 내용은 이 작품의 주제 및 분위기를
암묵적으로 드러내거나 지배하는 특성을 보인다. 그래서 마치 작가를 대변하

---

14) p. 152.

는 논평적 화자의 장황한 메시지를 듣고 있는 듯한 느낌을 주기도 한다. 이 강연에서 신학대학 교수는 현대인이 자연에 저지른 엄청난 죄악은 희생을 통한 구원이라는 고대인들의 세계관을 통해서만 속죄될 수 있음을 강하게 암시한다.

> "(생물에 대한 인간의) 그 엄청난 학살을 주춧돌로 하여 존재하고 있는 것이 지금의 우리 문화요 삶인 것입니다. 그것은 원죄보다 더 무섭고 극악한 죄, 추방이 아니라 멸망만이 우리를 기다리고 있는 죄악입니다. 지금까지 우리는 무지와 탐욕으로 인해 그것을 대수롭지 않게 받아들여왔지만 이젠 더 이상 용납해서는 안 됩니다. 우리가 우리 자신을 용납하지 말아야 하는 것입니다. 그 점에서 저는 희생이라는, 우리에겐 다소 소원한 기억을 상기시키고자 합니다. 그를 통해 독소를 뿌리째 제거하긴 힘들지라도 어느 정도의 해독은 기대할 수 있지 않을까 하는 생각에서죠."[15]

그는 환경의 오염과 생명의 파괴를 낳고 있는 현대인의 오염된 정신을 정화하는 길은, 고대인들—가뭄과 홍수 등의 자연재해를 인간의 씻을 수 없는 과오나 죄악으로 인식하고 속죄의식을 거행했던—처럼 누군가 현대인의 죄와 재앙을 껴안고 희생양으로서의 죽음을 감수해야 함을 강조한다. 다시 말해 "어떠한 경우에도 자연은 그 혜택을 공짜로, 무상으로 제공하지 않는다는 것, 대가를 치러야 한다는 것, 그것은 서로의 생명을 담보로 한 공정한 거래"[16]를 통해서만 가능하다는 것이다. 이러한 강연의 내용은 정지운의 죽음이라는 현실적 사건으로 구체화된다.

셋째, 이 작품의 마지막 장 'Ⅳ. 신성한 숲'에는 성준하가 남긴 애니메이션을 위한 미완성 시나리오 「태양으로 가는 길」의 내용이 길게 삽입되고 있다.

---

15) p. 133.
16) p. 135.

그 시나리오는 과학지상주의와 인간중심주의가 낳은 인류의 비극적인 미래
를 그리고 있다. 즉 태양과 구름이 없고 비와 눈이 내리지 않는 나라, 곧
과학의 힘으로 이룩한 인공의 왕국에서 살고 있는 흰 살갗의 사람들과, 평화
롭고 아름다운 삶을 살았으나 흰 살갗 사람들에 의해 정복당해 이미 신화
속의 존재로 사라져간 푸른 살갗 사람들의 이야기를 대비시키고 있다. 이를
통해 인간과 지구를 멸망케 하는 것은 바로 인간의 무지와 욕망이라는 것을
보여주고 있는데, 그것은 사탄(데몬)의 입을 빌어 분명하게 강조된다.

> 데몬 : (⋯) 자신들의 어머니인 지구의 뱃속에서 철이란 철은 모두 꺼내
> 지상에 까발리고, 등골을 파헤쳐 빌딩과 도로를 만들고, 흡혈귀처럼 시추공을
> 뚫어 피와 조직액을 몽땅 빨아내고, 그러곤 그 속에다 온갖 폐기물을 쏟아
> 붓고, 뇌 속의 분비물질인 우라늄을 캐내 핵을 만들고, 그러고도 지구가 살아
> 남을까? 그렇다면 기적이지. 내가 지구의 멸망을 바란다고? 그렇지 않아.
> 난 이 모든 탐욕과 패륜과 악덕의 끝이 궁금할 따름이야.[17]

행복한 결말로 끝나는 애니메이션의 특성상 이 시나리오 역시 지구의
미래를 비극적으로만 전망하고 있지는 않다. 인공 왕국에서의 삶에 회의를
느낀 왕자가 대지에 새로운 꿈과 생명력을 불어 넣어줄 푸른 살갗의 연금술
사를 찾아 왕국을 떠나고 있기 때문이다. 결국 이 시나리오를 통해 작가는
생태계의 위기를 극복하고 인간의 참된 본성을 회복하기 위해서는 인식의
전환과 행동의 실천이 필수적임을 주장한다. 이 시나리오가 미완성으로 남겨
진 것은 지구의 미래가 멸망의 길과 구원의 길 모두에 여전히 가능태로
열려 있음을 암시한다.

넷째, 이 외에도 이 소설에는 제임스 프레이저의 책 『황금 가지』의 첫

----

17) p. 254.

장의 내용이 그대로 삽입되어 있다. 또 정지운과 성준하, 박성우와 황기윤
등 지식인 계층에 속하는 형제단원들의 경우, 그들의 사유와 대화 내용은
신화와 인류학, 신학 등에서 뽑아온 자료의 제시에 상당 부분 할애되고 있다.
따라서 소설 속의 인물들은 개성적이고 고유한 의식세계를 보여주는 변별적
존재들이라기보다는 신화와 인류학에 관한 작가의 방대한 지식을 공유하고
있는 몰개성의 존재들로 다가온다.

　이러한 다원적인 서술방식은 르귄(Ursula K. Le Guin)의 "쇼핑백 소설
이론"을 연상시킨다. 김욱동의 설명[18]에 의하면 르귄은 "그 동안 소설의
서술 방법이 지나치게 일직선적인 사건 전개에만 초점을 맞춘 것을 아주
못마땅하게 생각한다. 시장에서 물건을 살 때 물건을 담아주는 플라스틱이나
종이 쇼핑백처럼 소설도 삶의 경험을 자유롭게 담아둘 수 있는 장르"가 되어
야 한다는 것이다. 왜냐하면 "소설 장르야말로 인간 경험을 폭넓게 그리고
가장 손쉽게 담아들 수 있는 그릇"이기 때문이다. 바로 이 작품에서 스토리
외적 요소들의 다양한 제시는 풍부한 인류학적 지혜와 고대인들의 자연 친화
적인 삶을 통해 현대인이 처한 생태계의 위기를 극복할 수 있는 대안을
제시하려는 작가의 적극적인 의도에서 기인한다. 하지만 이러한 서술방식은
허구적 사건의 흐름을 수시로 끊고 작가의 관념을 지나치게 노출시키고 있다
는 점에서 긍정적인 의미만 지니고 있는 것은 아니다.

　이처럼 생태주의에 대한 소설적 접근이 아니라 인문학적 접근으로 전락할
위험을 안고 있는 이 작품이 그럼에도 문학적 감성을 잃지 않고 있는 것은
문체의 아름다움 때문이다. "생태학적 세계관은 물질적 소유, 쾌락적 경험을
강조하는 현대문명의 가치관에서 관조적 감상, 내면적 체험을 중시하는 가치
관으로의 전환을 의미한다"[19]고 할 때, 『숲의 왕』은 무엇보다도 생태의식을

---

18) 김욱동, 앞의 책, p. 297 참조.

구현하고 있는 문체의 미학을 보여 준다. 이 작품에서 자연을 묘사하고 삶을 관조하는 문장들의 아름다움은 언어예술의 한 정점을 보여 준다.

A) 이제 아궁이 속엔 잉걸불의 등황색 춤과 법열을 다하고, 한 입 가득한 석류 같은 숯불만이 사윈 재 속에서 신음하고 있었다. 준하는 두 팔로 무릎을 쓸어안고서, 보석 세공사의 그 어떤 섬세한 손길로도 다룰 수 없는 붉고 음울하고 무거운 금강석들을 바라보았다. 봄볕에 사각사각 녹는 얼음 결정처럼 그 불씨들에선 쳄발로의 현을 퉁기는 높고 아련한 금속음들이 들리는 듯했다. 망각이나 단념 따위 없이 절정에서 곧바로 죽음 쪽으로 내리막길을 찾는 불의 저 수직성. 때문에 모든 불꽃은 이렇게 소리치는 듯이 여겨졌다. '한 번뿐, 오직 한 번뿐!'이라고. 그런데 왜 그 외침은 우리들의 마음속에서 '다시 한번, 다시 한번!'이라는 메아리로 공명하는 것일까?[20]

B) 집으로 돌아가는 길은 선홍색 놀빛으로 타올랐다.
늦털매미와 귀뚜라미가 함께 우는 마을길에 이르자 노인과 당나귀는 나란히 서서 걷기 시작했다. 이따금 노인은 대견스런 눈빛으로 당나귀를 돌아보았고, 그럴 때면 당나귀 역시 그 검고 갸륵한 눈을 내리깔며 노인의 시선을 맞았다.
당나귀의 발소리는 음악과 같았다.
놀빛이 사라진 하늘은 가뭇없이 높아졌다. 더없이 고요하고 투명한 하늘이었다. 저렇듯 타나 결 하나 없는 빛깔에 이르기 위해 모든 시간들이 피어났고, 상처를 맺었으며, 종기를 터뜨렸으리라.[21]

A)는 준하가 아궁이의 불이 잦아들며 숯불로 변해가는 모습을 고도의 직관과 감각으로 묘사하고 있는 부분이다. 이 때 불은 석류, 금강석, 쳄발로

19) 박이문, 『문명의 미래와 생태학적 상상력』, 당대, 1997, p. 102.
20) p. 160.
21) p. 265.

현을 퉁기는 금속음 등 참신한 시, 청각적 이미지를 통해 그 천연의 아름다움이 극대화되고 있다. 거기에 춤과 법열, 신음, 절정, 죽음 등 관념적 이미지까지 결합됨으로써 황홀한 불의 정신 분석을 보여준다. 결국 준하는 불꽃의 응시와 그 속성의 통찰을 통해 죽음이 곧 재생의 길이라는 메시지를 건져 올리고 있다. B)는 임노인이 늘 정지운의 뒤를 좇던 당나귀 플라테로―숲의 화재 속에서 신기하게 살아남은―와 함께 집으로 돌아가는 모습을 묘사하고 있는 소설의 마지막 부분이다. 여기서 임노인과 당나귀는 인간과 동물, 주체와 객체라는 이분법적 인식을 넘어서서 서로의 마음을 눈빛으로 교환하는 정신적 동반자로서 그려진다. 거기에 오랜 시련과 고통을 이겨내고 마침내 평상심을 회복한 그들에게 선홍색 놀빛과 고요하고 투명한 하늘로써 자연이 조응하고 있다. 모든 존재가 조화롭고 아름답게 교감하는 장면을 감동적으로 창출하고 있는 것이다.

이처럼 『숲의 왕』에서 작가의 문체는 생태문학이 지향하는 문체의 한 전범을 보여 준다. 자연의 외양만이 아니라 자연이 지닌 생명력과 정신성을 풍부한 비유적 이미지를 통하여 드러내고 있기 때문이다. 또한 수평적이고 직관적인 관찰을 통해 자연의 아름다움과 미덕을 전경화하고 있는 작중인물들의 사유 방식은 생물평등주의를 그대로 실현하고 있다. 그리고 무엇보다도 다원적인 서술방식이 주는 산만한 느낌을 감싸 안으면서 소설을 통일된 인상으로 끌어나가는 데 결정적으로 기여하고 있는 것이 문학적 감성과 관조의 미학으로 이루어진 문체라고 할 수 있다.

요컨대 작가는 다양한 서술방식과 아름다운 문체를 통해 독자에게 일관된 메시지를 전달하고 있다. 태양과 구름, 대지와 강물, 꽃과 새, 산과 바위 그리고 인간은 모두 형제이자 동등한 존재라는 것, 자연은 생명력의 원천이며 신성한 존재라는 것, 재생 없는 살생을 자행하는 현대인과는 달리 희생적인 죽음과 재생을 되풀이하는 고대인들의 세계관을 배워야 한다는 것 등이 그것이다. 즉 고대인들이 보여준, 인간과 자연이 조화롭게 상생하는 삶의 태도, 자연 앞에서 몸을 낮추는 겸손의 미덕을 회복할 때에만, 현대인은 생태계의 위기에서 벗어나 삶의 진정성과 참된 윤리의식을 정립할 수 있음을 강조하고 있는 것이다.

IV. '숲의 왕'이 지닌 상징적 의미의 복합성

이 작품에서 제목이기도 한 '숲의 왕'은 소설 전체를 지배하는 상징적 존재로서 그 내포적 의미가 다양하게 변주되는 양상을 보인다.

먼저 제목 '숲의 왕'은 제임스 프레이저의 저서 『황금 가지』의 첫 장[22]에서 따온 것이다. 그 책에서 '숲의 왕'은 자연의 풍요와 평화를 주관하는 신화적 존재이자 희생과 재생의 상징으로 묘사된다. 즉 왕이자 사제이며 주술사이기도 한 '숲의 왕'은 자신의 희생적 죽음을 통하여 자연의 평화와 풍요를 유지하는 역할을 담당하고 있다.

희생양으로서의 '숲의 왕'의 이미지는 이 소설의 신학대학 교수의 강연에서 보다 구체적으로 그려진다. '숲의 왕'은 다산과 풍요를 위한 제물이자 희생양이라는 것, 죽음과 부활을 되풀이하는 식물의 상징이라는 것, 강자와 승리자만이 제물이 될 수 있다는 것, 질병이나 노쇠에 의한 자연사(自然死)가 허용되지 않는다는 것, 그래서 무덤에 생매장되거나 교살 또는 몽둥이로 맞아 죽게 된다는 것 등 희생과 재생의 상징으로서의 특성이 상세하게 설명되고 있다.

숲의 왕에 대한 이러한 신화적 해석은 소설에서 에피쿠로스 정원의 창시자

----

22) 제임스 프레이저, 『황금의 가지』, 김상일 역, 을유문화사, 1980, pp. 29~40 참조.

이자 숲의 형제단의 정신적 지주인 정지운의 의문의 죽음을 해독하는 복선으로 작용한다. 즉 그의 죽음이 대형 리조트 건설로 위기에 직면한 숲을 지키기 위한 희생적 죽음이자 스스로 선택한 죽음이라는 해석을 유도하는 기능을 한다. 특히 신학대학 교수의 마지막 말, "그런데 혹시⋯⋯ 여기 이 에피쿠로스의 정원에는 자연의 풍요와 평화를 주관하는 '숲의 왕'이 존재하지 않는지요?"[23]라는 질문은 정원이 직면한 위기를 벗어나기 위해 속죄양의식이 불가피함을, 따라서 누군가가 자기 희생을 감수해야 함을 부추기는 인상을 준다. 거기에 평소 정지운이 했던 다음의 말은 그의 죽음을 속죄양의 죽음으로 간주할 결정적인 복선이 되고 있다.

> "가끔은 이런 생각을 해봅니다. 우리가 살고 있는 이 불경스런 시대, 이 빌어먹을 세상의 온갖 죄악과 재앙을 거두어 짊어지고서 저 강물 속으로 몸을 던져줄 사람이 우리에겐 없는 것일까, 라고. 세계의 갱신과 인간의 부활을 위해서 말이죠."[24]

결국 그는 숲과 에피쿠로스의 정원을 지키는 방법으로 폭력적인 저항이 아닌 희생적인 죽음을 선택함으로써, 신화적인 차원에서 '숲의 왕' 즉 숲의 지킴이로서의 역할을 다하고 있다. 대형 리조트 건설이 중단된 결정적 계기가 사실상 정지운과 리조트 사장의 의문의 죽음 때문임을 상기할 때, 이러한 해석은 현실적으로도 상당한 효력을 보인다.

둘째, 이 작품에서 '숲의 왕'의 존재는 성준하의 애니메이션 시나리오 「태양으로 가는 길」에도 등장한다. 거기서 숲의 왕은 이제는 사라진, 신성하고 평화로우며 아름다운 낙원의 삶을 살았던 푸른 나라의 마지막 왕으로 등장한

---

23) p. 136.
24) p. 68.

다. 시온 성당의 지하실에 갇혀 있는 그는, 과학으로 이룩한 인공 왕국의 왕자에게, 타락을 거듭하여 온 인류 역사의 비극을 들려주고, 인간의 무지와 욕망이 초래할 지구의 멸망을 예언하고 있다. 그런 점에서 시나리오에 나오는 '숲의 왕'은 신화와 인류학에 담긴 고대인의 메시지의 풍유적 상징이다. 고대인의 세계관은 "자연의 주체성에 열려져 있고 자연의 예지에 순응하며 자연의 존재를 공유"[25]하는 지혜를 담고 있기 때문이다. 즉 인간의 탐욕과 과학만능주의가 결국은 지구의 비극적 종말을 초래할 것임을 자연의 은총과 자연에 대한 외경심 속에 살았던 고대인의 지혜를 통해 경고하고 있는 것이다.

셋째, 이 작품에서 '숲의 왕'의 상징성은 황기윤 기자에 의해 'Ⅳ. 신성한 숲'의 장에서 다시 논의된다. 황기윤 기자는 숲의 형제들이 떠나가나 죽고, 숲은 죽음의 공간재앙의 진원지로 변해 버린 상황에서, 이 재난의 의미를 해독하는 지식인의 역할을 담당하고 있다. 그때 그에게 다가온 것이 편액의 내용과 그것을 쓴 사람인 '렉스 네모렌시스(숲의 왕)'의 존재에 대한 궁금증이다. 오래 전부터 에피쿠로스 정원의 입구에는 다음과 같은 글이 새겨진 편액이 걸려 있었기 때문이다.

> 누구나 들어와도 되나 아무나 들어와선 안 되나니
> 이곳은 침묵과 가난과 겸양과 기도의 자리.
> 한 잔의 물 한 움큼의 낟알로 하루를 나나
> 사랑은 한 두레박 감사는 한 가마니인 곳.
> 모두의 것이자 누구의 것도 아닌 정원.
>
> ─REX NEMORENSIS(숲의 왕)[26]

----

25) 팀 룩, 「근본 생태론의 꿈」, 문순홍 편저, 앞의 책, p. 101.
26) p. 30.

편액의 내용은 이 숲에 들어올 수 있는 인간의 자격을 명시하고 있다. 이 곳은 침묵과 가난과 겸양과 기도의 삶을 사는 자만이 들어올 수 있는 공간이라는 것, 그 외의 사람은 들어와선 안 된다는 것이다. 또한 "모두의 것이자 누구의 것도 아닌"이라는 문구 역시 환영의 표현이면서 추방의 요건도 동시에 언급하는 이중성을 띠고 있다. 이 내용에 주목할 때, 축복의 공간이었던 숲이 저주의 공간으로 화해 버린 것이 그 숲에 들어온 사람들이 이 문구의 내용을 어겼기 때문임을 짐작하게 된다. 사람을 죽이고, 산책의 동반자였던 돼지 다루를 잡아먹고, 환각 상태에서 광란을 벌인 형제단원들의 행동은 이곳에선 용납될 수 없는 정신적인 타락과 무절제한 욕망의 표출이었던 것이다. 따라서 숲이 더 이상 오염되는 것을 막기 위해, 즉 숲을 새롭게 정화하고 본래의 신성성을 회복하기 위해, 숲은 스스로 죽음을 통해 재생을 꿈꾸는 최후의 수단을 택하고 있다. 그래서 바보이며 벙어리이자 "우리가 결코 가 닿을 수 없는 영혼의 소실점까지 마음대로 오갈 수"[27] 있는 순수한 아이 성치를 통해 숲을 불태움으로써, 숲은 스스로 속죄와 구원의 제의를 치르고 있다. 그 결과 숲은 본래의 생명력과 내적 질서, 신성한 영혼을 회복하고 있다. 따라서 현액에 쓰인 문구의 주인 '숲의 왕'은 이 숲을 지키는 신비한 존재 혹은 영적 존재로서의 숲을 상징한다고 할 수 있다.

넷째, 이 작품은 자신을 '숲의 왕'으로 천명하는 임노인의 독백으로 끝을 맺음으로써 다시 한 번 '숲의 왕'의 내포적 의미를 변주한다. 이 부분은 숲 속에서 자연과 더불어 조화롭게 살아갈 수 있는 인간은 어떤 존재인가에 대한 작가의 생각을 보여준다. 바로 임노인과 같은 인물이어야 한다는 것이다. 그는 이 숲의 산지기였던 고조부의 뒤를 이어 서른 살 이후 줄곧 숲의 관리인으로 살아온 인물이다. 오랜 객지 생활을 끝내고 고향 기린으로 돌아

27) p. 175.

온 이후, 숲은 그에게 자신의 생을 뿌리내릴 수 있는 유일한 대지이자 삶의 터전이다. 어떠한 경우에도 이 숲은 떠날 수 있는 대상이 아니라 끝까지 품어야 하는 대상인 것이다. 그래서 숲이 불타버린 지금도, 그는 "모두가 떠나버린 숲 속에 홀로 주인이자 노예가 되어"[28] 황장봉표 주변의 풀을 베고, 화재로 죽은 나무들을 베어내는 작업을 시작하고 있다. 그리고 숲에서의 긴 노동을 끝내고 집으로 돌아가면서, 그는 자신이야말로 이 숲의 지킴이라는 사실을 거역할 수 없는 운명으로 받아들인다.

> 풀의 세상, 물의 세상을 지키고 보살펴라—그는 아직도 그 꿈의 깊은 뜻을 이루 다 헤아릴 수는 없지만, 꿈속에 나타난 그 기묘한 문자를 떠올릴 때면 자기야말로 이 숲의 지킴이로서 점지 받은 게 아닌가 생각하게 되는 것이었다. 그것을 이른바 운명이라고 하는 것일까? 그렇다면, 만약 이것이 사실이라면, 조심스럽게, 그렇지만 조금은 호기롭게 이렇게 천명해도 되는 것이 아닐까?—그렇다. 나, 나는 숲의 왕이다, 라고.[29]

바로 임노인은 서른 살 무렵에 꾼 꿈과 그 직후에 고향으로 내려왔던 일, 그리고 고조부의 뒤를 이어 이 숲의 산지기로 살게 된 것이 자신의 운명이었음을 깨닫고 있다. 또 죽을 때까지 이 숲을 지키는 일이 자신의 남은 운명이라는 것, 곧 자신이 '숲의 왕'과 같은 존재가 되어야 함을 분명한 의지와 신념으로 받아들이고 있다.[30] 숲의 왕의 자리를 임노인에게 부여함으로써 작가는 숲과 자연을 지키는 일이 지적 능력이나 무절제한 열정에 의해

----

28) p. 263.
29) p. 266.
30) 이러한 임노인의 인식의 변화는 아느 네스가 심층생태학의 두 가지 규범으로 제시한 '자아 실현'과 '생물 중심적인 평등' 중 자아 실현에 도달하고 있는 부분이다. 즉 자신에 대한 이해를 통해 영적인 성장과 성숙에, 그리고 인간세계를 넘어서 자연에 대한 포용과 이해에 도달하고 있다.(팀룩, 앞의 글, p. 86 참조.)

이루어지는 것이 아님을 암시한다. 오히려 자연의 혜택에 감사하며 자연과의 조화로운 삶을 가꿀 줄 아는, 겸손하고 소박한 심성을 지닌 인간만이 아름다움과 지혜로 충만한 녹색의 낙원에 들어설 자격이 있음을 강조하고 있는 것이다.

V. 결론

김영래의 『숲의 왕』은 심층 생태학의 기본 이념과 가치를 문학적 상상력을 통하여 구현하고 있는 생태주의 소설이다. 즉 전 지구적으로 초래되고 있는 자연의 착취와 생태계 파괴의 실상을 구체적인 자료에 근거해 드러내면서, 인간과 자연 사이의 새로운 균형과 조화를 모색하고 있는 소설이다. 여기서 작가는 지구의 종말과 인간의 멸망을 향하여 치닫고 있는 현실적 생태 위기를 극복할 수 있는 방법으로, 자연을 신비와 신성함의 존재로 바라보며 자연과 조화로운 삶을 추구했던 고대인들의 삶의 방식과 세계관을 대안으로 제시한다. 그리고 이를 뒷받침하기 위해 작가는 인류학과 민족 신화, 신학 등을 망라한 방대한 자료들에서 자연의 메시지를 담아내고 있다.

아울러 작가는 소설의 내용뿐만 아니라 내적 구조 및 서사기법을 통해서도 생태학적 세계관 및 생태미학을 다음과 같이 구현하고 있다.

첫째, 이 작품은 죽음과 재생의 플롯 구조를 통해 인간의 미래, 숲의 미래에 대한 낙관적인 전망을 보여 준다. 즉 '에피쿠로스의 정원'의 실질적인 지도자였던 정지운의 자살과 숲을 재의 사막으로 만들어버린 화재는 모두 인간에 의해 오염된 숲을 정화하기 위한 속죄의식이자 통과의례임을 작가는 암시하고 있다. 요컨대 인간이 진정으로 참회하고 자기 희생을 감수할 때, 조화로운 삶과 윤리적 가치를 회복할 수 있음을 작가는 강조한다.

둘째, 다양한 서사적 장치와 스토리 외적 요소들을 활용하는 다원적인 서술방식을 보여 준다. 먼저 허구적 사건은 성준하를 중심으로 서술되는 선택적 전지 시점과 박성우의 일기 내용인 1인칭 시점을 통해 이원적으로 서술된다. 그리고 허구적 사건 외에도 신화와 인류학적 자료의 제시, 애니메이션 시나리오의 삽입, 신학대학 교수의 강연내용 등 다양한 스토리 외적 요소들이 삽입되어 있다. 이러한 다원적인 서술방식이 주는 산만함에도 불구하고 소설의 통일성을 유지하는 데 결정적으로 기여하고 있는 것이 문학적 감성과 관조의 미학으로 이루어진 문체이다. 작가가 다양한 서사적 장치와 자료, 문체의 미학을 통해 전달하려는 메시지는 하나로 귀결된다. 인간과 자연이 조화롭게 상생하는 고대인의 삶의 방식, 즉 자연 앞에서 몸을 낮추는 겸손과 경외감을 회복할 때에만 오늘의 생태 위기를 극복하고 건강한 미래를 만들어갈 수 있다는 것이다.

셋째, 이 작품에서 '숲의 왕'은 그 내포적 의미가 다양하게 변주되면서 주제의 구현에 결정적인 역할을 하고 있다. 즉 '숲의 왕'은 다산과 풍요를 위한 제물이자 희생양으로서, 신화와 인류학에 담긴 고대인의 메시지의 의인화로서, 숲의 영혼이자 내적 질서로서, 영원한 숲의 지킴이로서 복합적인 의미로 읽혀진다. 하지만 이들은 한결같이 숲의 생명력과 신성함을 강조하고 있다는 점에서 소설의 주제에 종속적이다.

결론적으로 『숲의 왕』은 신화적 상상력과 소설의 경계를 위협하는 비허구적 요소들, 실험적인 서사기법, 아름다운 문체 등 이질적인 특성들이 교묘하게 어우러지면서 새로운 차원의 생태미학을 창출하고 있을 뿐만 아니라 작가의 생태학적 윤리를 분명하게 드러내고 있는 작품이다. 바로 인간이 이기심과 탐욕을 버리고 순수한 영혼을 유지할 수 있을 때만이 자연의 축복과 혜택을 누릴 수 있다는 것이다. 아울러 소설의 많은 부분이 자연의 아름다움과 신성함을 드러내는 데에, 그리고 자연이 들려주는 지혜의 소리를 해독하는 데에 초점을 맞추고 있다는 점에서, 이 작품은 자연이 대상이 아니라 주체가 되고 있는 소설이자 인간이 아닌 자연의 본성을 전경화하고 있는 소설이라 할 수 있다.

2

세계의 생태소설론

『문학과환경』10년,
영미소설연구의
생태비평적
성과와전망

● 이동환 (경인교육대학교)

I. 생태적 의의를 지닌 소설: 어떻게 규정할 것인가?

소설과 생태문학의 관계를 논하려면 "소설은 생태문학의 핵심주제를 담기에 적절한 그릇일까?"라는 다소 도발적인 질문으로부터 시작해야 될 것 같다. 만일 이 질문에 "그렇다"고 답을 한다면 소설이 생태적으로 어떤 유의미한 요소를 담기 적절한 것인지도 물어봐야 할 것이다. 위와 같은 질문을 던져보는 이유는 통상적으로 소설의 주제가 개인과 사회의 갈등문제를 다루기 때문이다.[1] 흔히 소설은 사건, 갈등 전개, 해소와 같은 인간의 행위를 기준으로 규정된다. 여기에서 하나의 갈등이 생기고 해소된다는 말 속에는 복잡다단한 관계망 중에 극적인 요소 하나만 바라본다는 점이 전제되어 있다. 와트(Ian Watt)가 주장한 근대 소설의 특성인 "형식적 사실주의"(formal realism)는 위와 같은 소설장르의 특성을 잘 설명한다. 여기에서의 형식적 사실주의란

---

1) "생태비평의 정전소설에 대한 무관심은 우선 생태비평이 생태중심적 관점을 비평의 기본틀로 삼으면서 이러한 생태중심적 관점이 가장 잘 반영된 수필형식의 자연문학에 집착을 보여 왔기 때문"(신두호 2008, 91)이라는 지적 또한 소설형식의 특성에 대한 보편적인 인식을 잘 보여준다.

"소설이 삶의 특정 상황과 관련된 관점을 구현하는 서사방식"(Watt 32), 즉 특정한 내용 혹은 사실(reality)보다는 그것을 어떤 형식에 담느냐는 것이야말로 소설의 핵심 속성이라는 의미이다. 위의 모든 논의는 말할 필요도 없이 인간의 행위를 염두에 둔 것이다.

인간에서 자연으로 무게 중심이 이동한 생태문학의 핵심 주제를 염두에 둔다면, 와트가 생각하는 소설이 과연 생태문학에 적절한 정의인지 재고해 볼 필요가 있어 보인다. 다시 말해서, 통상적인 소설 이해가 자연에 대한 성찰을 다루기 적절한 것인지 한 번쯤은 생각해 보아야 한다는 것이다. 왜냐하면 자연물상의 변화란 다층적·다면적인 동시에 매사가 연속적으로 발생소멸하기에 극적인 순간이나 정서를 뛰어넘는 복합적인 시선으로 분석되어야 하기 때문이다. 결국, 소설을 새롭게 바라보려는 시도는 소설 장르만의 문제가 아니라 사물을 바라보는 시선의 문제이기도 한 것이다.

소설의 범주가 산문에 포함된다고 전제한다면, 소설의 특징이 운문과 같이 간결하게 교직된 언어를 통해 특정 정서를 환기시키는 것이라기보다는 맥락에 따라 다양한 언어가 복합적으로 뒤얽혀 매 순간 정서적이고 인지적인 측면 모두에서 다른 울림을 만들어 내는 것이라 볼 수 있다. 생태비평 상으로 유의미하게 소설을 새롭게 규정하는 것 또한 위와 같은 생각에서 출발해야 하지 않을까? 마치 다양한 물건들이 각자의 형상을 유지한 채 자루(sack) 안에 들어있는 것처럼, 소설 또한 영웅의 장대한 일대기를 다루는 선형적 이야기가 아니라 교직된 언어로 사물을 붙들어 두는 힘을 지닌 언어의 자루 속에 다양한 사건, 인물, 배경이 얽혀있는 것이 아니냐는 것이다.

이런 의미에서 "기술과 과학을 무기가 아니라 주로 문화를 운반하는 가방"으로 활용하면서 강력한 영웅이 아닌 다양한 사람들의 이야기를 소설이라 불리는 언어의 자루에 담으려는 르 권(Ursula K. Le Guin)의 언급은 소설과 생태문학의 관계에 시사점을 제시한다(Le Guin 153-54). 언어의 자루는 다양한 사건, 인물, 배경이 얽혀 이야기가 만들어지는 터전이 된다. 이런 점을 감안할 때, 르 귄이 생각하는 이야기란 특정한 갈등을 중심으로 인위적으로 구성된 플롯이 아니라 가공되지 않은 복잡다단한 언어의 덩어리를 지칭한다고 볼 수 있다.

인간과 자연의 복잡다단한 관계망을 화두로 삼는다는 점이 생태문학 연구의 대전제라면, 생태적으로 유의미한 소설의 정의는 특정한 갈등의 고조와 해소가 아니라 사건이나 형상이 또다른 양태로 끊임없이 변주하는 양상의 일부를 붙잡아 언어의 자루에 넣었다는 점에서 출발해야 될 것이다. 일단 소설이라는 언어의 자루에 들어가면 언어끼리 부딪치고 굴절되는 모종의 발효작용을 통해 독특한 풍미 내지는 미적 효과를 창출하게 된다. 여기에서의 미적 효과란 특정 맥락 속의 인간관계에서 생성되는 감흥에 국한되지 않는다. 그것은 자연 물상까지 포함하여 소설에서 사용된 언어로 생겨난 보다 복합적인 정서적 효과를 지칭한다. 생태적인 입장으로 볼 때, 소설 속에서 인간의 이야기는 부분에 불과하다. 분명한 생태적인 의도로 집필된 소설인지의 여부와 상관없이, 소설과 관련된 생태비평의 역할은 자연을 포함한 큰 이야기가 인간의 이야기를 끌어안고 있는 양상을 통해 전반적으로 어떤 미적 효과를 창출하고 있는지 짚어내는 것이다. 이런 의미에서, 생태적으로 유의미한 소설은 인간사에서의 극적인 사건을 중심으로 인물이나 배경을 언어를 도구로 삼아 위계적으로 배치한 것이 아니라, 언어라는 자루 속에서 인간과 자연이 얽히는 양상을 다각도로 들여다볼 수 있는 산문으로 규정될 수 있다.

이 글에서는 위의 논의를 염두에 두면서 아래의 세 가지 논점에 관해 기술하려고 한다. 첫 번째 논점은 2000년대 초반부터 간행된 생태문학 전문 학술지 『문학과환경』을 통해 발표된 영미소설 논문 22편이 생태적으로 다루는 주제와 연구 경향에 대해 기술하는 것이다. 심층생태학(deep ecology)이 자연기(nature writing)와 궁합을 이루어 적지않은 연구성과가 축적된 것처럼, 소설에서도 심층생태학을 포함하여 어떤 주제와 궁합을 이루어 의미있는 연구성과를 산출해왔거나 그렇게 할 수 있는지 논의할 필요가 있어 보인다.

두 번째 논점은 기존 연구동향에 대한 주제 차원의 분석을 뛰어넘어 생태적으로 의미있는 소설의 서사구성에 관해 고민해보는 것이다. 극적인 사건이나 순간이 문학적으로 재현되었을 때 드러나는 생태비평적 함의로부터 익히 알려진 소설의 서사방식을 탈피하여 자연계의 복합성을 담아내는 새로운 접근까지를 두루 고려해 볼 때, 지난 10년간 후자에 관한 연구는 거의 이루어지지 않은 실정이다. 이 부분에서는 소설의 플롯이나 이야기 구성방식과 같은 주제 차원 이외의 속성들이 생태소설 연구의 새로운 지평을 창출하는 일과 어떻게 연결되는지 기술할 것이다.

마지막으로, 심층생태학으로 경도된 기존 생태비평 이론의 한계와 과제를 통해 의미있는 영미소설 연구 방향에 대한 전반적인 전망을 덧붙이며 논의를 갈무리하고자 한다.

II. 『문학과환경』 10년의 연구 성과

본격적인 논의를 진행하기 전에 『문학과환경』의 영미소설 연구성과를 해당 작가, 작품, 핵심주제, 논문 발표 시기(연도: 권호 정보) 순으로 정리하였다. 배열순서는 텍스트 원작자의 생몰연대와 논문의 발표 시기를 기준으로 하였다.

James Fenimore Cooper

◦ *The Pioneers:* 자연과 문명 충돌 속에서 기술지향, 생태관리, 생태지향
  적 관점 발견 (정진농 2002), 자연파괴 및 관리, 자연보호, 자연보전의
  세 관점의 접점에 위치한 작품의 생태비평적 의미 (신두호 2008: 7-1)

Nathaniel Hawthorne

◦ *The Scarlet Letter:* 생태여성주의(ecofeminism)로 숲의 의미를 정리
  (김정애, 민경택 2007: 6-2)
◦ "Young Goodman Brown": 청교도적 세계관과 자연의 주변화 비판
  (양승갑 2002)

Charles Dickens

◦ *Oliver Twist, Dombey and Son, Bleak House:* 산업화, 도시화, 환경파
  괴 고발 (김택중 2011: 10-1)

Herman Melville

◦ *Moby Dick:* 거대한 몸집으로 인한 성스러운 상징이자 생태위기의 희생
  물인 고래에 대한 작품 속 묘사와 서양의 기계론적 자연관에 대한 비판
  적 고찰 (신문수 2008: 7-2)

D. H. Lawrence

◦ *Women in Love:* 토끼 '비스마르크'(Bismarck)에 대한 인간적 관점의

투사 문제 (김한성 2011: 10-2)

William Faulkner

○ "The Bear," from *Go Down, Moses*: 자연과의 조우와 인간중심주의 제고, 미국 남부의 자연파괴 고발, 인디언의 생태예지 (김영미 2009: 8-2)

E. B. White

○ *Charlotte's Web*: 동물의 의인화와 인간적 관점의 투사 양상 (강규한 2011: 10-2)

Ursula K. Le Guin

○ *Always Coming Home*: 친/반 - 생태적인 두 부족을 통해 유토피아적 페미니즘 묘사 (신두호 2003)

Octavia Butler

○ *Xenogenesis Trilogy*: 공상과학 속에서 이종 간 변이에 따른 생태적응 생명체 출현, 가이아, 생태적 책임 문제 (김일구 2006: 5-2)
○ *Parable of the Sower, Parable of the Talent*: 공상과학 속에서 우주중심적 존재로서 인간의 자각과 생태적 의의 탐색 (김일구 2007: 6-2)

Jamaica Kincaid

∘ *Lucy*: 생태여성주의와 여성의 몸, 제 1세계적 사유의 제고와 백인 여성
주의의 한계 (차희정 2008: 7-2)

J. M. Coetzee

∘ *Disgrace*: 탈근대/탈식민지적 사고와 동물되기의 유비관계 (장시기
2004)
∘ *The Lives of Animals*: 채식과 육식의 환경윤리(섭생) 문제 (강용기
2010: 9-2)

Leslie Marmon Silko

∘ *Ceremony*: 들뢰즈(Gilles Deleuze)의 탈영토화(de-territorization) 개
념으로 자아와 타자 경계 넘기의 생태적 함의 (추재욱 2003), 생태여성
주의적 글쓰기 및 여성의 몸 (이승례, 최동오 2008: 7-1), 문화정체성
확립과 인간과 자연의 조화 (이정희 2008: 7-2), 자기중심주의 극복과
생태적 예지 (강용기 2009: 8-2)

Linda Hogan

∘ *Mean Spirit*: 바흐찐(Mikhail Bakhtin)의 대화주의(dialogism) 및 다성
성(polyglossia, diglossia) 논의와 인디언 가치관의 접목을 통한 백인의
환경파괴 비판 (김정애 2009: 8-2)

Karen Hesse

◦ *Out of the Dust*: 자연과 인간이 서로에게 상처를 주고 치유해나가는
과정 (박소진 2010: 9-1)

Margaret Atwood

◦ *The Handmaid Tale*: 반생태적 디스토피아에서는 "추락"이야말로 진정
한 구원이라는 의미를 전달하면서 여성과 몸의 가치를 강조 (이승례
2010: 9-1)

이 글에서는 위의 연구성과를 분류하는 다양한 기준 중에서 기존 문학연구
와의 관계를 최우선적으로 고려하였다. 그럴 때라야 생태문학이 문학연구에
서 어떤 위치를 점하고 있는지 보다 정확하게 알 수 있기 때문이다.

[표 1]은 위의 기준에 입각하여 생태비평이 기존 문학연구와 얼마나 긴밀
히 연관되어 있는지 보여준다. 총 18편을 분석대상으로 하였으며, 여러 가지
주제를 포괄하는 글은 중복으로 계산하였다. 특히 생태문학에 해당되는 글을
분류하는 것인 이상, 모든 논문들에서 최소한 1가지 이상의 생태적 주제를
다루고 있다는 사실에 주목하였다. 이렇게 논문들을 분석하여 18편에서 다
루는 주제를 32회로 정리하였다. 물론, 칸에 특정 문헌을 넣으면 괄호(생태
문학 주제)와 세로(기존 문학이론 주제)에서 한 번씩 똑같이 계산된다는
점에서, 각 논문에서 다루는 주제 중 기존 문학이론과 잘 연결되는 것과
그렇지 않은 것의 총합은 32회로 동일하다.

자연보전과 인간비판 속에 포함된 연구들은 대체로 소설 속의 생태환경
자체에 주목하기보다는 인간적 시각에서 환경이 지니는 의미를 철학적으로

성찰하는 경우가 많았다. 심층생태학의 대명제인 인간중심적 사고로부터 벗어나는 일은 인간 이외의 존재에 관한 성찰을 수반한다. 인간이 인간다움을 뒤집어 성찰할 수 있을 뿐, 이것으로부터 완전히 벗어나는 것은 불가능하기 때문이다. 이런 본질적인 한계로 인해, 동물, 로봇, 식민지 사람들처럼 접근하기 쉬운 타자들을 설정한 소설을 대상으로 인간에 대한 비판이나 인간이 아닌 존재의 양태에 관한 관심을 찾으려 했던 것처럼 보인다. 국내 생태문학 연구의 초창기에서 겪어야 했던 주제의 빈곤 혹은 연구대상인 소설에 담긴 생태적 인식의 한계 등이 위의 원인이라고 추정해볼 수 있다.

생태적 의미를 찾기 위해 기존 이론을 끌어오려는 노력이 없던 것은 아니지만, 기존 이론에 들어맞는 경우는 절반을 약간 웃도는 정도였다. 그 이유로는 두 가지를 생각해 볼 수 있다. 하나는 많은 생태주의 연구들이 자연물상 자체의 의미를 탐색하는 것에 관심을 기울이다보니 자연과학의 논의를 빌리는 경우가 많았기 때문이고, 다른 하나는 이론을 기계적으로 적용하였을 때 생태계의 다양성을 제대로 드러내는 비평을 하기 어려워진다는 염려가 적지 않기 때문이다. 예를 들어, 들뢰즈와 바흐찐의 이론을 작품 해석에 적용한 경우를 생각해 보면, 생태적 의미만 잘라서 논하기 어렵기 때문에 관련 논문들에서 민족적 정체성을 함께 논의할 수밖에 없었던 것으로 추정할 수 있다.

또 다른 생각거리는 그린피스(Green Peace)나 얼스 퍼스트(Earth First!)와 같이 생태운동이나 특정 지역의 환경파괴에 조직적으로 맞서는 인간의 노력을 형상화한 작품들에 대한 연구가 없다는 사실이다. 이런 점은 넓게 보면 환경정의(environmental justice) 담론에 대한 영미소설 연구자들의 관심이 부족했다는 점을 암시한다. 예를 들어, 소위 "생태파업"(ecotage)이라 불리는 애비(Edward Abbey)의 『몽키 렌치 갱』(*The Monkey Wrench Gang*) 등이 환경정의로 분석해 볼 수 있는 대표적인 작품이지만, 이런 주제로 작품을 분석한 사례는 거의 발견되지 않는다. 이런 특징은 국내 생태소설 연구자들이 대체로 환경연합과 같은 생태운동과 학문을 결합시키기보다는 순수한 학문적 관심에 국한되어 생태문제를 다루었기 때문이다.

III. 영미소설의 생태적 분석: 경향과 의미

생태적 주제를 다룬 영미소설을 연구경향에 따라 정리하면 다음과 같다. 다섯 항목 중에서 1~3번은 양적인 정보에 의거한 것이고 4~5번은 질적 분석에 따라 제시된 것이다. 이질적인 기준이 섞여있는 이상, 각 항목에 대한 구체적인 논의를 진행하다보면 내용이 겹치는 경우도 배제할 수 없을 것이다.

1. 정전작품 연구가 양적으로 1/3 가량을 차지 (일부 작가 편중현상)
2. 심층생태학으로 분석이 용이한 작품들에 관심이 집중
3. 남성작가와 여성작가의 양적인 균형 (최근 작가들은 대부분 여성)
4. 미국 원주민의 생태적 예지에 대한 특별한 관심
5. 문명비판 이외의 다양한 생태적 인식을 노정

① 정전작품 연구로 분류할 만한 경우는 8편으로, 모든 논문들이 쿠퍼, 호손, 디킨즈, 멜빌, 로렌스, 포크너의 잘 알려진 작품을 생태적으로 분석하였다. 이중에서 쿠퍼의 『개척자들』을 다룬 두 편의 논문은 원시자연을 바라보는 세 가지 관점인 자연 관리 및 이용, 자연 보전, 자연 보존이 마쉬(George Perkins Marsh)의 『인간과 자연』(*Man and Nature*, 1864) 이전에도 모두 발견된다는 점에 주목한다. 정전작가보다 새로운 작가의 작품을 발굴하려는 최근의 영문학 연구동향을 감안할 때 전체 연구 편수의 1/3 정도라는 사실이

보는 관점에 따라 많을 수도 있고 그렇지 않을 수도 있을 듯하다.

다른 학술지까지 포함하여 논의를 확장한다면, 적어도 정전을 생태적으로 들여다보려는 노력이 미미하다고는 볼 수 없다. 2012년 5월말을 기준으로 『문학과환경』 이외의 학술지에서 영미소설의 생태적 의미를 탐색한 논문이 28편 가량이고, 이 중에서 디킨즈 1편, 로렌스 2편, 하디(Thomas Hardy) 1편, 스타인벡(John Steinbeck) 3편, 트웨인(Mark Twain) 2편, 호손 5편, 캐더(Willa Cather) 2편, 포크너 1편 등 정전 연구가 최소한 17편이다. 이런 통계로부터 정전의 생태적 의미는 『문학과환경』 보다 다른 학술지에서 더 활발하게 논의했다는 잠정적 결론이 도출된다. 뒤집어 말하면, 『문학과환경』 이 정전 이외의 작품을 연구하는 방향으로 특화되었다는 뜻이기도 하다. 이런 현상의 좋고 나쁨을 따지는 것은 별개의 논의가 필요한 사안일 것이다.

주목할 또 한 가지 사실은, 디킨즈와 로렌스의 일부 작품을 제외한 나머지 영국소설에 대한 관심이 크지 않다는 점이다.[2] 그 원인은 두 가지로 추정된다. 하나는 미국문학 전공자들이 영미문학의 생태주의 담론을 주도하기 때문이고, 다른 하나는 영국문학 연구자들의 관심이 대체로 낭만주의 시인들에게 쏠려있기 때문이기도 하다. 영국소설의 생태적 함의를 탐색하는 연구는 생태문학의 연구주제 심화에 도움을 줄 수 있을 듯하다. 예를 들어, 성찰적 근대성 논의를 끌어와 디킨즈의 작품에서 런던의 오염된 환경을 비판하여 작품의 생태적인 함의를 찾는 연구(김택중 2011)는 19세기 소설 속에서 환경정의를 탐색한다는 의의를 지닌다. 또한, 자연 물상으로 작중 인물의 심리를 세밀하게 제시하는 로렌스의 작품 속에 드러난 자연물상의 타자화를 짚어본 사례(김한성 2011)도 생태비평적 의미를 담고 있다. 위와 같은 주제의식은 자연

---

2) 2012년 5월 26일 한국학술정보와 누리미디어 검색상으로, 『문학과환경』 이외의 학술지에서 영국소설을 생태주의로 분석한 사례 중 정전으로 볼 수 있는 경우는 디킨즈 1편, 하디 1편, 로렌스 2편이다.

환경 이용을 작품의 주요 구성요소로 사용한 디포우(Daniel Defoe)의 『로빈
슨 크루소』(*Robinson Crusoe*), 웨섹스(Wessex) 지방을 배경으로 자연묘사
를 다룬 하디, 그리고 제 3세계의 자연환경 속에서 서구의 가치관이 와해되
는 과정을 인상주의적으로 묘사한 콘래드(Joseph Conrad) 등에 확장 적용될
수 있을 것이다. 이 외에도, 여러 시대의 소설들을 통시적으로 조망하면서
영국의 자연풍광을 묘사하는 양상이 변화하는 양상 속에 어떤 생태적 함의가
담겨있는지 정리할 수도 있어 보인다. 가령, 1707년에 잉글랜드와 스코틀랜
드 왕국이 연합하여 영국(British)이 된 이후에 새로운 영국적 정체성
(Britishness)을 회화와 문학 속의 자연묘사에서 어떤 방식으로 묘사하는지
생각해 볼 수 있다.

② 심층생태학으로 분석이 용이한 작품들에 관심이 집중된 것 이면에는
네 가지 "불편한 진실"이 숨어있는 듯하다.

첫째, 생태비평이 이론적으로 심화되지 못한 채 여타 문학이론에 비해
적용 범주가 제한되어 이론으로서의 지위가 상대적으로 공고하지 않다는
사실이다. 이론을 정치(精緻)하게 다듬는 일은 심층생태학의 외연 확장과도
무관하지 않을 것이다. 인간중심적 사고의 탈각 만을 내세우지 않고 심층생
태학의 외연을 인간의 동물되기나 공상과학 소설의 기발한 발상까지 포괄하
는 쿳시, 버틀러, 르 귄 연구를 생각해 볼 수 있다. 이론의 공고화가 중요한
이유는 심층생태학에서 생태여성주의나 동물되기와 같은 다양한 생태비평
논의를 인간중심적 사고의 탈피로 무조건 환원시켜 섬세한 텍스트 읽기를
가로막을 수 있기 때문이다. 이론을 정치하게 다듬지 않으면 폭력적인 텍스
트 재단이 벌어질 수 있을 것이다.

둘째, 상대적으로 미국소설 연구결과가 많이 나왔으며, 연구경향 상으로
는 심층생태학의 원리에 속하는 연구가 압도적으로 많았다. 이런 점은 영국

소설이 수적으로 빈약하더라도 사회생태학(social ecology)으로 분석된 점
과 비교했을 때 더욱 뚜렷하다.

셋째, 인간중심적 태도를 벗어나려는 시도를 만병통치약으로 활용하는
나머지, 작품 속의 자연물상이 항상 인간의 의도와 양립하기 힘든 신호를
보낸다는 의심증에 빠질 수 있다. 인간의 인지능력이 불완전한 이상, 인간이
자연 질서를 제대로 파악하고 있는 것인지, 설령 그렇다 해도 인간이 항상
자연 질서에 맞추어야 하는지, 혹은 인간이 자연 질서에 맞추어 살 수 있는
존재인지 등을 끊임없이 물어야 될 것이다.

넷째, 인간중심적 사고에서 탈피한다는 점이 자칫 인간의 목소리가 없어
서 이야기가 사라진 재미없는 작품이라는 오해를 불러일으킬 수 있다. 묵상
을 강조하는 에세이집이 아닌 이상, 레오폴드(Aldo Leopold)가 말했던 "산
처럼 생각하기"(Think like a Mountain) 위하여 소설을 읽는 경우는 드물다.
이 문제는 첫 번째로 지적한 심층생태학의 외연 확장과 관련되어 있다. 즉,
"자연은 플롯의 구성에 적극적으로 참여하는 목소리를 지닌 당당한 주체"이
기에 이를 "예민하게 감지하는 것은 생태적 시각에서 의미있는 작업"(김정애
61, 62)이라는 점에 주목하면서, "인간 대 자연"은 물론이고 자연이 플롯이나
수사적으로 등장하는 "인간 대 인간"의 관계망까지 생태비평의 연구범주로
포함시킬 필요가 있을 듯하다.

③ 남성작가와 여성작가가 전체적으로는 수적으로 균형을 이루지만, 최근의
생태비평에서 여성작가들에게 주목하는 현상 속에는 "과거, 남성, 지배, 이
성, 반(反)생태, 배제"와 "현재, 여성, 조화, 몸, 생태, 포용" 간의 이항대립
구도가 전제되어 있다. 여기에서 자연을 연구의 대상으로 한다는 소재상의
차이 이외에, 포스트모더니즘, 포스트휴머니즘, 포스트식민주의와 같은 각종
"포스트" 논의들과 생태문학 연구와 주제 측면에서 어떻게 같고 다른지 입장

정리를 해볼 필요가 있다. 또한, 여성작가의 작품이 무조건 포용의 미학만 다루는 것은 아니라는 점에서 여성작가의 작품을 생태여성주의 이외의 다양한 시각으로 바라보아야 할 것이다. 마지막으로, 최근 남성작가의 작품 중에서 생태적으로 유의미한 작품을 발굴하는 작업도 필요하다.

위의 논의에서 제기해야 할 근본적인 물음은 생태적 사유와 남성성의 관계를 어떻게 설정할 것이냐는 점이다. 즉, 남성적인 것이라 통칭할만한 여러 요소들을 조망하면서 그 속에서 생태적으로 어떤 시사점이 도출되는지 따져볼 수 있다는 것이다. 물론, 남성성이란 다양한 방식으로 규정될 수 있을 것이다. 예를 들어, 물질적으로는 자연을 파괴하는 문명의 에너지를 남성성이라 여길 수 있을 듯하고, 문화적으로는 위계적 사고나 이를 반영한 지배체제로 볼 수 있다. 이를 소설 논의에 끌어들인다면, 공상과학 소설에서 다루는 억압의 다양한 표출 양상을 두고 자연계의 특정한 속성을 보여준 것인지, 아니면 자연계에 반(反)하는 점을 상상적으로 형상화한 것인지 생각해 볼 수 있다. 때로는 버틀러(Charles Butler)의 『칼립소 꿈꾸기』(*Calypso Dreaming*)처럼 여성성이 때로는 파괴적인 양상으로 표출되는 경우를 현실을 뒤집어 표현한 것인지, 아니면 여성과 남성의 특정한 성향에 자체에 대한 거부인지 등에 관해 생각해 볼 필요가 있어 보인다.

4 미국 원주민의 생태적 예지에 대한 특별한 관심은 22편 중 8편이 관련 주제를 다루었다는 점에 잘 드러나 있다. 다만 연구 경향이 특정한 방향으로 단순하게 치닫지는 않고 있다. 여러 연구들에서 원주민의 생태지혜를 통해 백인 이주자들이 문명의 횃불로 미국의 야생자연을 탈바꿈시키면서 야기한 각종 환경파괴를 고발하는 것부터 원주민의 생태적 예지를 통해 마음의 상처를 치유하고 종국에는 생태환경의 복원을 기술하는 것까지 다양한 양상으로 분석하는 형국이기 때문이다.

또 한 가지 흥미로운 점은 우리나라 연구자들 사이에서 "실코앓이"(Silko Fever)라 부를 수 있을 정도로 그녀의 작품에 대한 학자들의 관심이 높다는 사실이다. 가령, 『문학과환경』에서만 『의식』(Ceremony)과 관련한 논문이 4편이고 다른 학술지 논문 1편까지 총 5편이 발표되었다. 생태적 관점으로 소설을 연구한 사례 자체가 많지 않다는 사실을 감안한다면 이 작품에 대한 학자들의 관심이 적지 않다고 보아야 할 것이다. 『모래언덕의 정원』(Garden in the Dunes)에 대한 논문까지 감안한다면 실코에 대한 학자들의 관심이 상당하다고 할 수 있다. 미국 원주민 문학에 관심을 가진 일부 학자들의 관심이 유독 실코에게 집중되었다고 치부하는 것 이외의 이유를 찾아보자면 크게 두 가지로 추정할 수 있다. 하나는 『의식』에서 주인공 타요(Tayo)가 겪는 정신적 상흔이 몸의 기능회복과 문화적 유산의 복원과 연결된다는 점에서, 작품의 구성이 몸과 관련된 작금의 담론들과 잘 맞아 떨어지기 때문이다. 다른 하나는 앞서 언급한 요소들이 자기중심적 태도로부터 타요가 벗어나는 점과 연결되어 작금의 심층생태학 논의와 잘 연결되기 때문이다. 자아를 새롭게 발견하는 것은 자신이 속한 집단에 대한 이해와 불가분이며, 이런 점이 인간 공동체를 뛰어넘어 자연으로 확장된다는 것에 생각이 미치면 심층 생태학과 연결된다고 볼 수 있을 듯하다.

⑤ 두 번째 부분에서 논의하였던 것처럼, 문명비판 이외의 다양한 생태적 인식을 노정하였다는 말 속에는 심층생태학의 외연을 확장하려는 생태문학 연구자들의 노력이 담겨있다. 자연과 문명의 충돌 양상부터 동물을 포함한 자연물의 입장에서 생각해보는 타자화 문제, 생태여성주의, 포스트휴머니즘, 유토피아, 바흐찐, 들뢰즈 등 다양한 논의가 적어도 느슨하게나마 심층생태 학과 연결되어 있다.

여기에서는 생각해 볼 문제는 크게 두 가지이다. 하나는 위의 논의들이 심층생태학과의 연결 고리를 보다 명확히 밝히고 정리하는 일이다. 앞서 언급했듯이, 무작정 심층생태학의 외연을 넓힐 수는 없지만, 그렇다고 심층 생태학이 생태비평의 핵심을 차지하는 현실을 무시할 필요도 없을 것이다. 다른 하나는 치유와 회복이라는 당위성 때문에 자연의 복합적 일면을 제대로 보지 못할 수 있다는 염려에 대한 것이다. 인간의 눈으로 바라본 자연의 파괴적 일면이 실제로는 자정작용일지 모른다는 깨달음을 얻었다고 한다면, 소설 속에서 자연을 대하는 인물들에게서 정서적 거부감과 인지적 공감이라 는 (어쩌면 양가적일 수 있는) 복합적 정서를 독특한 수사적 표현으로부터 끄집어 낼 수 있을 것이다.

IV. 소설의 생태비평적 가치: 이야기와 플롯의 극적 속성 제거해 보기

소설이 이야기를 다루는 장르라는 점을 염두에 둘 때, 소설의 생태비평적 가치는 이야기로부터 시작되어야 할 것이다. 이야기 속에 들어온 자연은 의인화된 동물의 목소리 내지는 인간이 감지할 수 있는 특정한 신호를 보낸 다는 점에서 물상의 생경함이 완화된 상태이다. 다시 말하면, 인간이 인지적 으로 자연을 포섭했다는 뜻이기도 하다. 이런 의미에서, 시가 소설보다는 생태비평 상으로 보다 가치있는 장르일지 모른다는 생각을 해볼 수 있다. 왜냐하면 시의 파격적인 언어 사용이 이야기로의 포섭 가능성을 이탈하는 효과를 발휘한다는 점에서 자연 본연의 가치에 더 근접했다고 주장할 수 있기 때문이다. 그러나 이런 주장 역시 하나의 가능성일 뿐, 이야기로부터 벗어난다는 것이 곧장 자연 본연의 모습과 동일하다고 할 수 없다. 오히려 자연물상이 이야기에 포섭되었다는 사실 자체 보다는 사례별로 어떤 방식으로 이야기에 자연이 형상화되었는지 따져 묻는 편이 의미가 있다고 볼 수 있다.

사실 극적인 요소를 찾아내어 분석하는 것 이외의 방식으로 소설의 의미를 탐색한 것은 기존 연구 속에서는 찾아보기 어렵다. 이런 현실은 생태소설의 가치에 대한 철학적 논의가 부재하였던 저간의 사정과 맞닿아있다. 현재 상황에서 의미있는 질문은 인간의 인식 속에서 극적인 것으로 받아들여진 자연의 특정한 양태를 소설의 언어로 형상화할 때 무엇을 놓치게 되는지, 소설의 언어가 담을 수 있는 생태적 의미들이 무엇인지 생각해 보는 것이다. 소설의 극적인 속성이 극적이지 않은 요소를 의도적으로 배재했다는 의미는 아니다. 극적인 것이란 비평가의 의식 속에서 구성된 것이므로, 억눌린 목소리를 찾으려는 신역사주의(New Historicism) 비평에서와 같이 소설을 다른 눈으로 읽을 경우에는 얼마든지 다른 요소를 찾을 수 있다.

우리가 인식한 현상이란 수많은 현상들 중에서 주목할만한 가치를 지니고 있는 극적인 것들이다. 따라서 우리가 이야기와 플롯에 담았다는 사실 자체만으로도 반(反)자연적이라는 근본적인 비판을 피할 수 없다. 소설의 핵심이 내적 침잠보다 이야기와 플롯에 있음을 염두에 둔다면, 인간의 언어가 지닌 위와 같은 속성을 진지하게 의식하는 것이야말로 소설의 생태비평적 가치를 찾기 위한 첫걸음이 될 것이다. 이런 노력과 인간이되 인간 너머의 자연을 지향하는 심층생태학의 강령은 별반 다르지 않다. 인간중심성으로부터 벗어나려 노력하는 일은 주제나 내용 차원에 국한되지 않고 소설 속 언어 구성에 깃든 본질적인 인간중심성에 대한 성찰까지 나가야 할 것이다. 이렇게 하려면, 동물의 입장이 되어 보려 노력하는 글쓰기에서처럼, 이야기와 플롯의 극적인 요소를 식별한 후 최대한 위와 같은 극적인 속성이 제거된 상태를 생각하려는 독자와 작가의 노력이 중요하다. 요컨대, 군대에 가서 사회생활의 버릇을 고통스럽게 잊어버리고자 노력하는 속칭 "사회물빼기

(unlearn)"처럼, 소설의 생태비평적 가치를 건지기 위해 이야기와 플롯의 극적인 속성을 제거해보려는(Undramatizing) 노력이 필요할지 모른다는 것이다.

V. 나가며: 영미 생태소설 연구방향과 전망

위의 논의들을 토대로 소설 연구의 방향에 대해 다음과 같이 정리할 수 있을 것이다.

우선, 심층생태학의 외연을 넓히는 것이 소설을 분석할 다양한 문학적 장치를 더 많이 확보한다는 의미를 지닌다고 할 때, 단지 자연물상만 생각할 것이 아니라 인간이 아닌 존재들로 관심의 폭을 넓힌다면 소설과 관련한 생태담론이 풍성해질 수 있을 것이다. 특히 과학기술의 발달에 따른 다양한 공상과학 소설이 출간될 것이라는 예상을 전제로, 이야기에서 중요한 역할을 수행하는 인간이 아닌 존재들이 어떤 위상으로 작품에 등장하는지 살펴보는 것은 생태적으로도 의미있는 일이다. 이들이 사용하는 수사적 표현 속에서 자연물상이 동원되는 양상부터 자연물상 자체가 목소리를 갖고 말을 하는 것까지 여러 관점으로 분석할 수 있을 것이다.

또한, 미국의 인디언 문학에 대한 연구가 문화적 위상의 복원과 파괴된 자연의 회복이라는 주제 이외의 생태문학의 다른 주제들로 확장될 수 있는지 살펴보아야 할 것이다. 정전 작품인지 여부와는 별개로, 생태적으로 주목을 받을 법하지만 관심권 밖이었던 텍스트를 발굴하여 생태적 의미를 찾아보는 일도 필요하다.

영화와 같은 다른 예술매체와 소설의 접점을 발견하면서 생태적 의미를 고민해 보는 시도 역시 필요해 보인다. 영화 『미래는 고양이처럼』(*The*

Future)의 고양이는 죽기 전에 자기를 입양해 갈 주인이 빨리 오기만 손꼽아 기다리면서 야생의 어둠 속에서 헤매고 다니지 않아도 된다는 사실에 안도한 다. 생태주의자들은 흔히 원시주의라는 당위성에 매몰되어 야생이야말로 생명체 본연의 상태이기 때문에 돌아가야 한다고 생각하는 경향이 있다. 영화에서는 이 대목을 통해 두 가지 메시지를 전달한다. 하나는 고양이의 목소리를 빌려 야생자연을 실제로 살아가는 것이 얼마나 힘든 일인지 이야기 하면서 인간이 문명을 벗어나는 것이 얼마나 고통스러울 수 있는지 암시하는 것이다. 다른 하나는 길들여진다(domesticate)을 무조건 부정적이라 치부하 는 것 속에는 길들여지지 않은 상태가 조화로운 이상이라는 생각에 대한 재고를 요청하는 것이다. 문명에 대한 비판이 야생 자연에 대한 무조건적 상찬이 될 수 없다는 점에 주목하는 작품과 위의 영화 내용을 결합하여 논의한다면 생태문학 연구의 지평을 영상분야로 확장할 수 있을 것이다.

그리고 여성성을 일방적으로 비판 혹은 옹호한다거나 어설프게 알고 있는 자연질서를 당위의 차원으로 접근하는 것은 경계해야 한다. 생태담론을 성 (性)과 연관된 담론으로 몰아간다면 이분법에 매몰되어 줄기차게 강조하는 자연의 다양성이 수사적 강조에 국한될 수 있기 때문이다.

미국소설 연구에서는 미국 원주민문학에 치중하지 않고 서부와 동부처럼 상이한 자연환경에 착근한 생태지역주의적 성향의 소설을 발굴할 필요성이 있어 보인다. 지역생태 논의를 연장하여, 호주와 캐나다 등의 다른 지역의 생태소설에도 관심을 기울여야 할 것이다.

마지막으로, 갈색문학과 같은 도시 생태환경에 대한 최근의 관심을 감안 할 때, 작중 인물이 공간을 인식하는 양상에 대한 연구처럼 도시적 감수성에 맞는 생태문학 주제의 외연 확장을 작품 분석을 통해 시도해 보아야 할 것이다.

[표 1] 『문학과환경』에 실린 세계의 생태소설론

생태문학 비평이론	심층생태학				사회생태학			합계	비고
	자연 보전	인간 비판	동·식물 되기	유토피아 담론	근대성 성찰	환경 정의	문화 정체성		
여성 주의	김정애, 민경택 2007; 이승례, 최동오 2008			신두호 2003; 이승례 2010	차희정 2008		차희정 2008; 이정희 2008	7	몸의 의미
탈식민주의			장시기 2004; 강용기 2010				장시기 2004	3	
들뢰즈			추재욱 2003				추재욱 2003	2	경계 넘기
바흐찐	김정애 2009	김정애 2009					김정애 2009	3	
포스트 휴머니즘	김일구 2006	김일구 2006; 김일구 2007		김일구 2006				4	SF 포함
기타	정진농 2002; 신두호 2008; 김영미 2009	양승갑 2002; 강용기 2009; 김영미 2009; 강용기 2010; 박소진 2010	강규한 2011; 김한성 2011		신문수 2008; 김택중 2011		김영미 2009	13	관련없음 포함
합 계	7	8	5	3	3	1	5	32 32	
비 고	자연의 의미, 서구가치관		윤리 담론	SF 담론	산업화 도시화	생태 운동	인디언 생태관		

● 강규한 (국민대학교)

  루컷(William Rucket)의 논문 「문학과 생태학: 생태비평 실험」("Literature and Ecology: An Experiment in Ecocriticism", 1978)에서 "생태학과 생태학 개념을 문학연구에 적용시키려는 시도"(107)로 처음 소개되었던 생태비평은 그롯펠티와 프롬이 편집한 『생태비평선집: 문학생태학의 이정표』(*The Ecocriticism Reader: Landmarks in Literary Ecology*, 1996)에 이르면 "문학과 물리적 환경 간의 관계에 관한 연구"(xviii)라는 보다 폭넓은 의미로 정의된다. 환경 및 생태학 중심 문학연구 전반의 '이정표'답게 인간과 환경 상의 가능한 모든 관계를 포함하려는 이 기념비적인 선집에서 생태비평의 포괄적 정의는 어쩌면 당연하다고 할 수 있다.

  그러나 『생태비평선집』이 생태비평의 기념비적인 연구서가 될 수 있었던 것은 폭넓은 개념에 입각해 다양한 접근을 포괄하고 있기 때문만이 아니라 그것의 핵심적 비평 원리를 명료하게 제시하고 있기 때문이기도 하다. 이런 점에서, 이 선집에 수록된 러브의 「자연을 재평가하기: 생태적 비평을 향하여」("Revaluing Nature: Toward an Ecological Criticism")는 주목할 만하다. 러브는 자연에는 "인간이 고안해 낼 수 있는 그 어떤 것보다 복잡한 적응기제"(231)가 작용하고 있기 때문에 자연 중심 문학을 대수롭지 않게 여기는 풍토에 전제되어 있는 '인간사회는 복잡하고 자연은 단순하다'(230)

는 명제는 오류라고 주장한다. 또한, 이러한 오류는 자신의 기원이 바로 자연임을 잊은 제한적 인간중심주의의 소산이므로 편협한 '자아'(ego)의 테두리에서 벗어나 '생태'(eco) 중심 의식으로 확장되어야 한다고 역설한다.

이렇듯 제한된 '자아'에서 폭넓은 '생태'로의 확장을 요청하는 러브의 반인간중심주의야말로 『생태비평선집』 전반을 관류하는 핵심적 비평원리의 하나라고 할 수 있다. 이 논문이 "현재의 생태비평적 동향에 가장 큰 영향력을 미치고 있다"(xxx)는 이 선집 서문의 평가는 이러한 사실을 뒷받침해준다. 인간중심 관점의 편협과 생태중심 관점의 필요를 주장하는 반인간중심주의가 생태비평에서 차지하는 "큰 영향력"은 『생태비평선집』뿐 아니라 이후 이어지는 다양한 생태비평 연구에서도 확인될 수 있다.

생태비평은 다양한 영역에서 다양한 방향으로 전개되어 왔지만, 인간중심 관점의 편협과 생태중심 관점의 필요를 주장하는 반인간중심주의 원리야말로 생태비평을 추동시켜 온 가장 강력한 동인이었다. 그롯펠티와 프롬은 성차의식을 토대로 하는 페미니즘비평, 생산양식 및 계급에 대한 의식에 천착하는 맑시즘비평과 대비하며 생태비평을 "대지중심적 접근"으로 제시하면서, 성차의식이나 생산양식 및 계급에 대한 의식 등이 기본적으로 인간과 인간사회의 범위에서 벗어나지 않는 것에 비해, 생태비평은 "인간중심주의 비판"을 중심으로 전개된다고 설명한다(xviii-xxiv). 실제로, 지금까지 진행되어 온 여러 분파의 문학 연구가 그 다양성에도 불구하고 기본적으로 인간사회 내의 현상과 주제들에 초점을 맞추어 왔던 것을 감안한다면, 인간중심의 편협성 그 자체를 문제 삼으며 그것을 벗어날 가능성을 점검하는 반인간중심주의 원리는 문학연구의 새로운 지평이 시사될 수 있는 근간으로 이해될 소지가 적지 않다.

반인간중심주의가 생태비평의 핵심 원리라고 한다면 소설에 대한 생태비평적 접근에서도 반인간중심주의가 주도적 원리로 작동할 것이라고 예측해 볼 수 있다. 그러나 인간과 사회의 갈등을 토대로 하는 소설 장르의 기본적 속성을 감안한다면 이러한 예측이 예상되는 결론으로 손쉽게 이어질 것 같지는 않다. 다양한 형태를 띤다고 해도 기본적으로 개인의 욕망이 사회의 제한성과 충돌하는 과정과 그 결과에 대한 형상화가 소설 장르의 본령에 해당된다고 할 수 있으며, 소설 속에 인간사회를 벗어나는 자연이 등장한다고 해도 그것은 어디까지나 인간 행위의 배경으로 제시될 뿐 그 자체로 플롯의 중심부를 차지하는 경우를 상정하기는 쉽지 않기 때문이다.

이런 점에서, 문학이나 문학 연구 전체에서 각 장르가 차지하는 비율과 상관없이, 생태비평이 소설 대신 시나 자연기 문학 등을 주된 분석 대상으로 삼는 경향은 놀라운 일이 아니다. 확실히, 욕망의 대립에서 연유하는 인간사회 내의 갈등을 중심축으로 전개되는 소설보다 인간과 자연의 관계를 자유롭게 검토할 수 있는 시나 자연기문학 등이 반인간중심주의라는 생태비평의 원리에 더 맞닿아 있다고 할 수 있다.

반면, 르귄(Ursula K. Le Guin)은 인간사회 내의 갈등만이 아니라 그것을 포함하는 전영역이 소설 공간에 포함되어야 한다는 확장된 소설관을 제시한다. 르귄에 따르면, 소설은 욕망이 추동하는 대로 화살과 창을 휘두르는 영웅들의 '사냥 이야기'라기보다 모든 이들의 모든 말들을 자루에 담아내는 '생명의 이야기'이다. 즉, 소설은 특정 인물을 중심으로 갈등의 생성과 해결 과정을 인위적으로 배치한 플롯이 아니라 다양한 사건과 인물이 '있는 그대로' 담겨 있는 언어의 '자루'라는 것이다.

소설은 인간사회 내의 갈등에 토대한다는 기존의 인간중심적인 전제에 도전하며, 인간만이 아니라 전체 생명활동에 참여하는 모든 사건과 인물이 하나의 '자루'에 함께 어우러질 가능성을 타진한다는 점에서 르귄의 자루소설론(carrier bag theory of fiction)은 소설 장르가 반인간중심주의라는 생태비평의 원리에 의해서도 적극 조명될 수 있을 단서를 제공한다. 이러한 가능성은 소설의 생태비평적 접근이 새로운 지평을 열어가는 데 의미 있는 기여를 할 소지가 크며, 따라서 향후 생태비평적 소설 연구 역시 이러한 가능성을 적극적으로 수용하는 방향으로 전개될 여지도 넉넉하다.

  기존의 인간중심에 억눌려온 목소리를 찾아 인간뿐 아니라 동물, 식물, 기계, 자연물 등의 비인간 존재들이 함께 어우러지는 또 다른 세계에 도달할 가능성을 검토하는 작업은 뜻 깊은 생태비평적 시도로 평가될 소지가 충분하다. 그러나 비인간존재를 찾아가는 작업이 아무리 뜻 깊다 하더라도 그것이 인간의 언어에 의지할 수밖에 없다는 점이 주목될 필요가 있다. 탐색이 인간의 언어에 입각할 수밖에 없다는 것은 그것이 인간의 관점에서 온전히 벗어날 수 없다는 점을 의미한다. 이렇듯 인간중심에 입각할 수밖에 없음에도 불구하고 마치 비인간 존재를 객관적으로 만날 수 있다고 전제하는 것은 그것을 '있는 그대로' 파악하는 대신 그것 위에 인간중심적 관점을 덧씌우는 일에 불과할 위험성도 잠복해 있다.

  이런 점에서, 소설 장르의 생태비평적 의미가 꼭 새롭게 세워진 새로운 소설의 정의에 입각할 때에만 가능한 것인지, 기본적으로 인간의 이야기를 인간의 언어에 입각해 풀어나가는 전통적인 소설에서 생태비평적 함의를 찾아내는 일은 애초에 불가능한 것인지 의문이 제기된다. 사실, 기존의 리얼리티와는 다른 새로운 공간에서 인간중심의 틀을 벗어나 새로운 세계를 지난하게 찾아가는 노력도 뜻 깊은 생태비평적 시도이지만, 일반적인 언어로 풀어 간 현실성에 입각한 이야기에서 생태적으로 유의미한 지점을 찾아가는 작업이 오히려 정직하면서도 설득력 있는 방법일 가능성을 배제할 수 없다.

  더욱이, 기존 소설에서 생태비평적 가능성을 아예 배제하는 것은 미리 정해진 이분법의 틀에 고착되는 것이라는 점에서 다양성을 유동적으로 포괄해야할 생태비평의 방향에 위배되는 것이며, 따라서 결국 생태비평을 정해진 틀로 축소하는 결과를 낳게 될 것이라는 우려를 무시하기 힘들다. 확실히,

'반인간중심주의' 대 '인간중심주의'의 이분법에 근거하여 정해진 기준에 맞으면 취하고 맞지 않으면 버리는 식의 정형화된 비평 자세는 '포괄적이고 다양한 관계성'을 의미하는 생태의 본래 의미와는 동떨어져 있다(신두호, 「영미정전 소설에 대한 생태비평적 읽기의 문제점」 516)고 할 수 있다.

　"소설 속 언어 구성에 깃든 본질적인 인간중심성에 대한 성찰"에 입각해, "자연의 특정한 양태들을 소설의 언어로 형상화할 때 무엇을 놓치게 되는지, 소설의 언어가 담을 수 있는 생태적 의미들이 무엇인지"(이동환 126)에 천착하며 기존의 인간중심에 의해 배제된 억눌린 목소리를 찾아가는 작업이 소설에 대한 생태비평적 접근의 지평을 의미 있게 확장해 가는 견인차가 될 것이라는 점에는 의심의 여지가 없다. 그러나 이와 동시에 '인간중심'과 '반인간중심'이라는 고정된 이분법에 근거해 기존의 정전 소설을 애초에 무시하는 대신, 그것의 텍스트에 반영된 다양하고 복합적인 양상으로부터 생태적 함의를 읽어내는 작업 역시 소설에 대한 의미 있는 생태비평적 접근의 하나가 될 소지가 충분하다.

　2002년 창간 이래로『문학과환경』에는 기존 연구에서는 크게 주목되지 않았던 소설을 새로운 관점에서 새롭게 접근하는 생태비평 연구가 다수 포함되어 있다(이동환 115-20면). 이는 앞으로 활발하게 전개될 수 있을 새로운 생태비평적 접근의 토대가 되어 준다는 점에서 그 의의가 적지 않다.『문학과환경』에는 이처럼 기존 소설 연구에서 크게 부각되지 않았던 분야로부터 생태적 의의를 읽어내는 연구뿐 아니라, 기존의 정전 소설로부터 의미 있는 생태적 논의를 이끌어 내는 논문도 적지 않은데, 특히「찰스 디킨스의 도시화에 대한 인식의 변화」(김택중, 10권 1호)와「린다 호건의 작품에 드러난 아메리카 원주민 고래잡이에 대한 환경적 논쟁」(장경순, 12권 1호)은 기존 소설과의 결별이 아니라 오히려 정전 소설 장르에서도 생태비평의 핵심적 의제가 제시될 수 있음을 보여준다는 점에서 주목할 만하다.

「찰스 디킨스의 도시화에 대한 인식의 변화」에서 김택중은 디킨스의 소설을 통해 1800년대 전반 런던의 도시개발과 팽창으로 인해 심각해져가는 환경문제가 선과 악의 설정공간과 어떻게 연결되어 작품에 구현되는지를 분석한다. 작품 분석에 앞서 이 논문은 빅토리아 시대의 특징 중 다양한 사회계층의 사람들이 환경에 대해 다같이 관심을 표명했던 점에 주목하면서, 디킨스는 이러한 '환경주의의 첫 시기'에 "가장 적극적이고 큰 목소리를 낸 작가"로서 "도시 빈민의 생활환경개선을 위한 대변인 격의 역할"을 마다하지 않았다고 단언한다(62). 이러한 도시화에 따른 환경문제에 대한 디킨스의 관심이 어떻게 드러나고 있는지 알아보기 위해 이 논문은 그의 초기작품인 『올리버 트위스트』와 후기 작품인 『황폐한 집』을 분석하면서, 디킨스는 후기 작품으로 갈수록 전기작품에서 드러나던 '오염된 도시' 대 '깨끗한 (전원) 자연'이란 이분법이 흐릿해지고 대신 환경오염 문제가 더 이상 도시만의 문제가 아니라 영국 전역에 걸친 문제로 확대되었다는 입장을 견지한다고 지적한다. 디킨스에 대한 이와 같은 접근은 기존의 자연문학에 집중하던 생태비평적 접근과는 두 가지 점에서 근본적인 차이를 드러낸다. 첫째는, '인간문명' 대 '자연'이라는 이분법적 구분의 극복이다. 심층생태주의에 기반한 기존의 자연문학과 생태비평에서 순수한 자연은 오염된 인간 문명의 도피처로 제시되었지만, 디킨스의 작품에는 자연과 인간문명의 경계가 불분명해진다는 점이다. 둘째는, 이러한 연유로, 순수한 자연세계에만 관심을 갖던 자연문학과 생태비평과는 달리 디킨스는 인간 삶의 현장인 대부분의 미국 도시의 환경문제와 이러한 문제를 안고 살아가는 인간의 삶과 양태에 대해 주된 관심을 갖는다는 점이다. 정전소설은 장르 속성상 자연세계 자체보다는 인간 삶과 인간세계가 주된 관심대상이라는 점에서, 이 논문이 잘 보여주듯이, 정전소설에 드러난 환경문제에 대한 생태비평적 관심은 기존의 생태비평의 관점과 폭을 확장시켜 주는 역할을 하는 것이다.

　장경순의 「린다 호건의 작품에 드러난 아메리카 원주민 고래잡이에 대한 환경적 논쟁」은 미국의 현대 생태문학의 큰 흐름을 형성해온 아메리카 원주민 작가의 정전 소설을 소개한다는 점에서 의미있다. 사실, 아메리카 원주민 작가들은 현대 심층생태론과 환경주의의 모태가 되었던 아메리카 원주민들의 생태주의적 자연관을 작품을 통해 소개하고 구현해내고 있다는 점에서 생태문학적 전통의 중요한 부분을 차지하고 있지만, 한국에서는 이들의 작품이 본격적으로 소개되거나 거의 다루어지지 않았다. 장경순은 아메리카 원주민의 자연친화적 사고와 삶이 인디언 작가의 작품에 어떻게 구현되고 있는지와 같은 기존의 접근법을 취하는 대신, '아메리카 원주민 문화는 항상 친자연적, 친환경적인가?'라는 보다 근본적인 질문에 집중한다. 이를 위해, 이 논문은 당연하게 보존되고 계승되어야 하는 것으로 여겨졌던 아메리카 원주민 문화를 "생태인문학적, 생태사회학적 융합 연구"(133)의 관점에서 재점검하는 것을 목적으로 삼는다. 이러한 연구를 위해 이 논문은 대표적인 아메리카 원주민 작가인 린다 호건(Linda Hogan)의 정전 소설 『고래 사람들』을 분석한다. 이 작품은 아메리카 원주민인 마카 부족의 고래잡이 전통 재건을 둘러싼 '원주민' 대 '환경단체'간의 갈등뿐만 아니라 오히려 이 문제를 둘러싼 원주민들 사이의 자연에 대한 윤리적 믿음과 가치, 갈등에 초점을 맞춘다. 이 논문은 접근 주제와 연구방법론에서 기존의 생태비평과는 차이를 보인다. 이미 언급한 바대로 아메리카 원주민은 친환경적인 사고를 지녀왔으며 자연친화적 삶을 영위해왔다는 기존의 가정을 받아들이는 대신, 이러한 가정 자체에 논의를 집중함으로써 기존의 생태비평의 심층생태론적인 틀을 자성적으로 통찰하고 생태비평적 관점의 지평을 확장시킨다. 이러한 주제 접근을 위해 이 논문은 새로운 연구방법론을 채택하고 있다. 작품 분석에 앞서 이 논문은 오랜 전통이 되어 왔던 마카 부족의 고래잡이 행위와 연관된 사회학적 접근, 즉, 고래잡이에 대한 역사적 배경과 사회학적, 문화적 의미를 분석한다. 즉, 장경순은 이 논문에서 인문학과 사회학의 학제 간 융합 연구를 시도하고 있는 것이다. 환경문제에 대한 (인)문학연구에 사회학과 같은 다른 분야의 접목은 기존의 생태비평이 주로 윤리와 가치관에 호소하던 소아론적 태도를 극복하고 타 분야로 부터도 의미있는 접근으로 존중받는 데 일조하는 방향임에 틀림없다.

지금까지 「찰스 디킨스의 도시화에 대한 인식의 변화」와 「린다 호건의 작품에 드러난 아메리카 원주민 고래잡이에 대한 환경적 논쟁」에서 확인할 수 있었듯이, 『올리버 트위스트』와 『황폐한 집』, 『고래 사람들』과 같은 정전 소설을 통해 기존 인간중심주의가 갖는 한계를 지적하고 반성하는 주류 생태 비평에 함축된 주제 및 영역의 편협성과 협소성에 기초한 생태비평이 보다 더 유연하게 재정의 될 필요성을 제기하는 것은 의미 있는 작업일 수 있다. '순수' 자연이 존재할 것이라는 생태비평적 전제는 지금까지 생태비평을 추진해온 중심 동력일 수는 있지만, 생태비평이 실제적인 의미와 영향력을 지니기 위해서는 '인간' 대 '자연'이란 이분법 대신 양자의 역동적 관련성이 의미있게 제시 될 필요가 있다. 무엇보다, 정전 소설을 통해서도 의미 있는 생태비평적 논의가 가능하다는 점 자체가 기존의 패러다임에 국한되지 않고 보다 더 역동적인 방향으로 나아갈 생태비평의 새로운 가능성을 시사하는 것일 수 있다.

찰
스
디
킨
스
의

대
한

도
시
화
에

인
식
의

변
화

● 김택중 (충남대학교)

1

찰스 디킨스(Charles Dickens)는 인류 역사상 가장 복잡하고 서로 상반되는 관점이 충돌하던 빅토리아 시대의 영국에 살던 작가이다. 당시 영국은 산업혁명의 영향으로 엄청난 경제발전을 이뤘고, 그로 인해 세계 어느 나라와도 비교할 수 없는 부와 번영을 누리던 시절이었다. 1851년 수정궁(The Crystal Palace)이라고 불리는 런던박람회를 절정으로, 영국의 수도인 런던은 단순히 한 나라의 수도가 아닌 전 세계에서 가장 발전하고 인간사회가 이룰 수 있는 가장 번영된 장소를 상징하게 되었다. 그러한 런던을 가장 잘 표현한 작가가 바로 디킨스이다. 피터 에크로이드(Peter Ackroyd)는 "디킨스가 런던을 창조한 것처럼 런던이 디킨스를 창조했다"(*London*, 7)고 언급하며 그를 "산업화된 도시를 쓴 최초의 위대한 작가"(*London*, 11)라고 말한다.

하지만 빅토리아 시대의 영국은 번영이라는 겉모습 뒤에 상상을 초월할 정도로 비참한 삶의 모습이 숨겨져 있다. 18세기 말부터 시작된 과학의 발전은 산업화의 근간을 이루었을 뿐 아니라 농촌의 모습을 바꾸어 놓았다. 농업을 과학적으로 경영하기 위해 도입된 토지종획운동(the enclosure system)으로 인해 많은 농민들은 그 동안 공동으로 경작하던 토지를 상실하고 도시로 몰려들어온다. 끊임없이 흘러들어오는 농민들은 노동자나 범죄자, 부랑자 등의 도시빈민계층을 형성했고 이들에 대한 정확한 인구집계도 불가능할 정도였다. 벤자민 디스라일리(Benjamin Disraeli)가 말한 '부자의 나라'와 '가난한 사람의 나라'는 바로 상류계층의 화려한 삶과 그 바로 옆에서 짐승이나 살 수 있을 것 같은 움막에서 굶어 죽어가는 도시빈민의 삶을 의미한다.[1]

런던은 옛 도시 외곽의 전원적인 지역을 집어삼키며 거대한 공룡도시로 커져갔다. 도시개발, 특히 철도의 도입으로 인해 옛 런던 외곽의 농촌은 커져가는 도시의 경계 안에 속하게 되었고, 사실상 도시와 농촌의 경계가 점점 사라진다. 이로 인해 한 마을의 모든 사람들을 연결시켜주는 농촌의 공동의식과 주변에서 쉽게 볼 수 있었던 전원적인 자연환경은 점점 기억 속에만 존재하는 옛 추억이 되어버렸다. 이프레임 시커(Efraim Sicher)는 "농촌이 사라지는 것, 즉 자연환경에 뿌리를 둔 영국적 특징이 괴물 같은 도시에 의해 파괴되어 다시는 회복할 수 없다는 상실이 도시화와 근대화에 대한 [당시 사람의] 공통된 문화적 인식"(9)이라고 말하고 있다.

런던의 양적인 성장은 도시 외곽에 있던 농촌의 상실과 함께 도시빈민의 삶을 더욱 비참하게 만들었다. 도시가 개발되면서 빈민거주지역은 점점 더 눈에 띄지 않는 구석으로 물러나 허름하게 급조한 건물들로 가득한 범죄지역이 되었다. 밖으로 보이는 도시의 화려한 건물에서 조금만 들어가면 대낮에도 위험을 느낄 정도로 온갖 범죄가 난무하는 빈민지역을 마주하게 된다.

---

1) 빅토리아 시대의 도시빈민의 비참한 삶은 Peter Ackroyd의 *Dickens' London: An Imaginative Vision* (London: Headline, 1987), 7-21에 자세히 소개되어있다.

런던은 산업화나 근대화를 상징하는 동시에 "[사람이] 도저히 지나다닐 수 없는 거리, 폭동이나 다름없는 폭력과 방탕, 범죄와 소란"(Sicher 10) 등으로 악명 높은 곳이 되어버렸다. 이러한 현상은 발전이나 변화를 뒷받침할 수 있는 사회정책을 미처 만들기도 전에 당시의 사람들이 "[스스로] 변화의 속에서 살고 있다는 것을 직접 느낄 정도로"(Altick 107) 너무나 짧은 시간에 엄청난 속도로 변화가 이루어졌기 때문이다. 이로 인해 당시의 사람들은 자신들이 겪는 변화가 인류문화의 발전인지 아니면 퇴보인지를 확신할 수 없는 심각한 정체성 혼동을 체험한다.

디킨스는 빅토리아 시대의 런던을 가장 잘 묘사한 작가이면서 동시에 당시 사람들의 변화에 대한 복잡한 의식을 가장 잘 드러내는 작가이다. 그는 험프리 하우스(Humphry House)가 말한 것처럼 "진보의 시대에 살고 있는 것을 의식한 당당한 빅토리아인"(34)으로서, 자기 시대의 변화를 발전이라는 틀 속에서 받아들이려 했다. 하지만, 그의 작품은 발전에 대한 기대와 함께 사라져버린 옛 추억을 그리워하는 아련한 향수를 드러내기도 한다. 또한 그는 자신의 작품을 통해 도시화에 의해서 야기된 엄청난 사회문제를 가장 비판적으로 거론하고, 이를 해결하기 위해 지배계층의 보다 적극적이고 능동적인 자세를 촉구하기도 했다.

디킨스는 우선 모든 사회문제의 해결을 위한 첫걸음은 도시빈민의 거주시설을 개선하는데 있다고 믿었다. 그는 『올리버 트위스트』(Oliver Twist)의 1850년 보급판의 서문에서 도시빈민의 문제를 단지 눈에 보이지 않도록 감추어놓으면 된다고 생각하는 정치가나 행정가들, 또 단지 눈에 보이지 않는다고 해서 그 문제가 없다고 치부해버리는 사람들은 "더러움, 가난, 무지에 수반된 인간의 고통에 아무런 동정을 던질 수 없는"[2] 사람들이라고 비난

---

2) Charles Dickens, *Oliver Twist* (London: Oxford UP, 1966), 384. 앞으로 이

한다. 또한 "영국의 빈민을 향상시키기 위해서는 그들의 거주지를 제대로 되고 건전하게 만들 때까지 어떠한 것도 효과적이지 않다"(*OT*, 382)고 단언한다. 이때의 '제대로 된'(decent)과 '건전한'(wholesome)이라는 형용사는 모두 도덕적으로 깨끗하다는 의미와 함께 환경적, 더 구체적으로는 위생적으로도 청결한 의미를 담고 있다. 즉, 디킨스는 도시빈민의 삶에서 찾을 수 있는 경제적인 혹은 도덕적인 문제는 모두 환경적인 요인과 얽혀 있다고 생각한다.

디킨스는 자신의 처남인 헨리 오스틴(Henry Austin)이 위생국에서 일을 하고, 그로 인해 1842년 위생보고서를 작성한 에드윈 채드윅(Edwin Chadwick)과 깊이 관계하면서 환경문제에 깊은 관심을 갖고 이를 해결하게 위해 적극적으로 활동한다. 비록 공학적인 마인드를 갖고 있던 채드윅과 환경문제를 도덕적으로 접근하려던 디킨스가 모든 면에서 의견의 일치를 보이지는 않았지만, 적어도 도시 빈민의 생활환경개선을 위한 대변인 격의 역할을 마다하지 않았다.[3] 또한 자신이 발행하는 연재지인 『일년 내내』(*All the Year Round*)에 「위생학」("Sanitary Science")이라는 글을 발표하기도 했는데, 당시 영국의 사회문제를 위생과 얼마나 밀접하게 생각했는지를 명확하게 보여 준다: "영국에는 악명을 물려받아 내려온 집이 많이 있다. '유령의 방'이나 '유령의 복도' 등의 이름이 있다. (…) 하지만 진짜 유령의 길은 지하실에 있다. (…) 여러분의 유일한 퇴마사는 바로 위생공학자(sanitary engineer)이다".[4]

캐런 체이스(Karen Chase)와 마이클 래빈슨(Michael Levenson)이 "디킨스는 대규모의 도시 변화가 일어났던 시기일 뿐 아니라 협력적으로 이루어지

작품에서의 인용은 이 판에 의하며, 본문 인용 후 (*OT*, 쪽수)의 형태로 표기한다.
3) 환경문제에 대한 채드윅과 디킨스의 역할과 차이점은 Sicher 334-38 참조.
4) *All the Year Round*, vol. IV (1860), 31. Karl Smith 135에서 재인용.

는 환경주의의 첫 시기에 살면서 글을 썼다"(131)고 말한 것은 대단히 적절한 표현이다. 빅토리아 시대만큼 대규모의 변화가 한꺼번에 이루어진 적도 드물고, 또한 전문분야에 따라 접근법이나 결론이 다르긴 하지만 다양한 사회계층의 사람들이 환경에 대해 한 목소리를 내며 관심을 표현한 것도 흔치않은 일이기 때문이다. 한마디로 디킨스는 이러한 '환경주의 첫 시기'에서 가장 적극적이고 큰 목소리를 낸 작가임에 틀림없다.

디킨스의 작품 전체에 걸쳐 나타나는 사회문제는 도시개발로 인한 환경문제와 연결된다. 그의 작품에는 보통 어떠한 환경에도 변하지 않는 절대선을 가진 주인공과 사회적으로 지탄을 받는 사람들의 인간관계가 등장한다. 이들의 삶은 서로 복잡하게 얽혀있는데, 흥미로운 점은 그들이 거주하는 공간의 느낌이 시간이 지남에 따라 조금씩 달라진다는 것이다. 1840년대까지 발표된 작품의 주인공이 살아가는 이상적인 삶의 형태는 비위생적이고 비인간적인 도시빈민의 삶과는 달리 매우 전원적이고, 공간적으로도 완전히 분리된 모습을 보여준다. 하지만 1852년부터 연재되기 시작한 『황폐한 집』(Bleak House)부터는 이상적인 삶과 도시빈민의 삶이 서로 복잡하게 얽혀있고 공간적으로도 분리되어지지 않은 특징을 보인다. 이 논문은 이와 같이 1830년대부터 1850년대 초의 작품에서 보이는 선과 악의 공간설정이, 도시개발로 인해 점점 심각해져가는 환경문제와 어떻게 연결되어 작품에 구현되고 있는지를 파악하고자 한다.

2

디킨스의 작품은 선과 악이라는 대립적인 축을 중심으로 다양한 등장인물들의 삶을 보이는데, 이때의 선과 악은 종교적인 개념이라기보다는 대단히 일반적인 개념을 의미한다. 즉, 도시화와 산업화 등의 변화가 일어나는 사회적 배경을 중심으로, 타인에 대한 배려나 사랑이 없이 개인의 이익만을 추구하는 사람들이 악의 그룹을 형성하고, 그들의 영향에서 벗어나거나 심지어 그들을 교화시킬 수 있는 사랑의 힘을 보이는 인물들이 선의 세계를 이룬다. 그런데 디킨스는 이들의 구분을 그들이 살아가는 방법을 통해서 뿐 아니라 그들이 거주하는 공간을 통해서도 느낄 수 있게 한다. 즉, 온갖 오물과 오염물질로 찌든 도시공간은 악이 행해지는 공간으로 그려지는 반면, 그러한 현실과 정반대인 선의 세계는 도시공간과 떨어진 전원적인 분위기를 자아내는 공간이다.

하지만 디킨스의 작품에서 찾을 수 있는 이러한 공간의 차이는 시간이 지나면서 조금씩 다르게 나타난다. 예를 들어, 1837년부터 연재되기 시작한 그의 초기 작품인 『올리버 트위스트』에서는 선과 악의 공간, 즉 도시와 시골의 경계가 뚜렷하게 나타나지만, 1852년부터 연재된 『황폐한 집』에서는 선과 악의 영향이 서로의 세계에 걸쳐 있는 식으로 경계가 모호하게 나타난다. 흥미로운 점은 이러한 작품에서의 변화가 일어나는 시기가, 1800년대 초부터 본격적으로 시작된 도시개발과 철도의 도입 등과 같은 근대화의 영향으로 런던의 주변에서 쉽게 볼 수 있었던 전원적인 농촌이 파괴되어 차츰 도시화되어지는 시기와 일치한다는 것이다.

에크로이드는 런던의 심장을 관통하는 템즈 강의 역사를 쓰면서, 19세기 초까지만 해도 "안개는 하구의 물줄기에서 특히 짙었다"고 말한다. 계속해서 그는 "1807년 에섹스에서 여행하던 사람은 거기에 베여 있는 '짙고 냄새나는 안개'에 대해 불평을 해댔지만 이 안개는 산업물질이나 쓰레기로 된 안개가 아니라 습지와 늪에서 만들어진 자연 그대로의 안개였다"(*Thames*, 222)고 말하고 있다. 템즈 강의 하구가 자연의 습지를 유지하고 있다는 것은 상류의 자연이 1800년대 초까지는 심각하게 파괴되지 않았다는 것을 의미하기도

한다.

1807년에 보았던 에섹스 습지의 자연은 시간이 지나면서 점점 온갖 산업물질이나 쓰레기로 쌓이게 되지만, 1840년대 중반까지만 하더라도 런던은 아직까지 자연을 즐길 수 있는 공간이 남아 있는 것으로 보인다. 이러한 사실은 1844년 7월 윌리엄 새커리(William Thackeray)가 런던의 외곽지역에 위치한 그리니치(Greenwich)의 여유로움에 대해 쓴 글을 통해 알 수 있는데, 그는 이 글에서 도시와 시골의 분위기를 비교하면서 고통스럽게 북적거리는 런던과 평온하고 조화로운 그리니치의 분위기를 대조시키고 있다.

> 그 조그만 물고기를 쫓아가 보세요. 런던의 온갖 걱정거리를 뒤로한 채 말입니다. 소란함이나 고통, 안개로 가득한 어두움, 그리고 모든 사람들이 이마에 쓰여 있는 근심거리에 몰두한 채 자신의 길을 가며 여러분을 밀쳐대는 미끌거리는 길거리와 같은 걱정거리 말입니다. 창밖을 보세요. 하늘은 수천 개의 찬란한 색으로 물들어 있고, 배들은 파랗게 반짝이는 물 위를 조용히 지나갑니다. 눈에 보이는 것 중에서 평온하지 않고 행복하지 않고 아름답지 않은 것은 하나도 없습니다.

> You rush after that little fish, and leave the cares of London behind you--the row and the struggle, the foggy darkness, the slippery pavement where every man jostles you, striding on his way, pre-occupied with care written on his brow. Look out of the window, the sky us tinted with a thousand glorious hues--the ships pass silent over the blue glittering waters--there is no object within sight that is not calm, and happy, and beautiful. (420)

『올리버 트위스트』는 새커리가 런던의 근교에서 도시와 농촌을 대조시킬 수 있을 정도로 도시화가 전원적인 외곽지역을 완전히 파괴하기 전에 발표된 작품이다. 이 작품은 올리버라는 고아가 모든 사회의 악으로부터 벗어나

선한 삶을 살아가게 되는 과정을 담고 있다. 디킨스는 이러한 과정을 보이기 위해 페이진(Fagin)으로 대표되는 악의 세력이 살고 있는 도시빈민의 거주지 역과 착하고 아름다운 로즈 메일리(Rose Maylie)가 살고 있는 전원적인 시골의 풍경을 대조시킨다.

올리버가 런던에 와서 로즈의 집으로 가기 전에 살던 곳은 새프론 - 힐(Saffron-hill)과 같은 빈민가이다. 올리버는 "[그곳보다] 더 더럽고 더 끔찍한 곳을 본 적이 없었다. 거리는 매우 좁고 진흙투성이였으며 공기는 역겨운 냄새로 가득했다"(OT, 49). 후에 그는 사이크스(Sikes)에 이끌려 도둑질을 하러갈 때 스미스필드(Smithfield)를 거치게 되는데, 그 곳은 "오물과 진흙이 발목까지 올라올 정도로 쌓여 있었고, 가축의 몸에서 계속 나는 짙은 연기가 안개와 섞여... 공기 중에 흩어 있었다.... [이렇게 더러운 스미스필드의 환경은] 감각을 마비시킬 정도였다"(OT, 136). 지저분한 런던의 거리 중에서 가장 최악의 상황을 보여주는 곳이 바로 제이콥스 아일랜드(Jacob's island)이다. 그 곳은 "런던에 감춰진 많은 지역 중에서 그렇게 많은 런던시민들에게 이름조차도 알려지지 않은 가장 더럽고 가장 이상하며 가장 특별한 곳이다"(OT, 338). 도시가 개발되면서 점점 구석에 몰린 도시빈민의 거주지는 인간의 삶이라고 할 수 없는 처참한 상태이고, 바로 그곳에서 페이진과 사이크스와 같은 범죄자들이 온갖 악을 행하고 있는 것이다.

반면, 올리버가 나중에 안주하게 되는 로즈의 집은 처참한 도시의 현실과는 다른 너무나 이상적인 모습을 보여준다. 도시빈민지역을 이야기하면서 구체적인 거리의 이름까지도 언급했던 것과는 달리, 디킨스가 단지 "조금 떨어진 시골에 위치한 작은 집"(OT, 210)이라고만 말할 정도로 이곳의 현실성과 구체성은 결여되어 있다. 하지만 여기서 언급하는 전원적인 모습이 디킨스가 생각하고 있던 자연의 모습임을 부인할 수는 없다. 그곳은 금방 숨이 넘어갈 사람이 "마지막으로 잠깐이라도 보고 싶어 할 자연의 얼굴"(OT,

210)을 담고 있는데, 이때의 자연은 워즈워스가 얘기하던 순수한 자연과는 다른 모습이다. 디킨스의 자연은 인간세계와 동떨어진 공간이 아니라 그 속에서 조화롭게 살아가는 사람들이 존재하는 공간을 의미한다. 그렇기 때문에 로즈의 집이 위치한 전원적인 자연에는 올리버가 즐겁게 해주고 싶은 "흰머리의 노신사"가 살고 있고 교회가 있으며, "향내나는 소박한 집"에 거주하는 "깨끗하고 단정한 가난한 사람"(*OT*, 211)들이 있다.

서론에서 언급했듯이 디킨스는 모든 사회문제는 도시빈민의 거주지를 사람이 살 수 있을 만큼 소박하더라도 깨끗하게 만드는 것에서부터 시작해야 한다고 믿었다. 비록 가난하더라도 위생적인 집에서 거주하며 단정한 삶을 살아갈 때 빈민의 삶도 도덕적으로 바뀔 수 있다고 생각했다. 디킨스의 자연은 그러한 삶을 살고 있는 사람들이 평화로운 자연과 어우러져 살아가는 농촌의 모습과 같다. 즉, 그의 자연은 당시 사람들의 기억 속에 남아 있는 1800년대 초의 '좋았던 시절'(good old days)의 시골 모습인 것이다. 올리버가 안주하게 되는 로즈의 집은 바로 그런 농촌의 전원적인 모습임을 말해준다.

디킨스는 이와 같이 도시와 시골로 표현되는 선과 악의 공간을 뚜렷하게 대조시킨다. 각 공간이 차지하는 도덕적 의미는 너무나 두드러져서 마치 작품의 초점이 주인공인 올리버가 상반된 두 세계 중 어디에 위치하는가에 있는 것처럼 느끼게 할 정도이다. 독자는 주인공 올리버를 통해 그가 한 세계에서 다른 세계로 찾아가게 되는 가치관의 성숙보다는, J. 힐리스 밀러(J. Hillis Miller)가 말한 것처럼 범죄자의 세계에 "폐쇄되는 것에 대한 두려움"과 로즈의 세계로부터 "배제되는 것에 대한 두려움"(68)과 같은 긴장된 공포의 연속을 더욱 크게 느끼게 되는 것이다.

이 작품의 가장 큰 공포를 자아내는 장면은 올리버가 로즈의 집에서 졸고 있을 때 페이진과 몽크스(Monks)가 창문을 통해 들여다보는 부분인데, 이 장면은 당시 빈민을 정말로 비참하게 만든 것이 무엇인지에 대한 디킨스의 생각을 상징적으로 보여준다. 페이진과 몽크스가 소매치기 아이들과 올리버를 대하는 태도는 모든 도시빈민의 자식들은 항상 범죄자가 될 수 있다는 당시 사회제도의 근간을 이루던 멜더스와 벤담의 이론을 배경으로 하고 있다 (Sicher 291). 또한 나탈리 슈로이더(Natalie Schroeder)와 새리 홀트(Shari Holt)가 말한 것처럼 "이미 알려진 범죄자인 페이진과 마음은 범죄자이면서 신사연하는 몽크스의 결합은 빈민을 교묘하게 조종했던 빅토리아 시대 중산층의 이데올로기를 가로지르는 진정한 범죄성을 보여 준다"(21). 즉, 선한 세계에 위치한 올리버를 위협하는 것은 페이진으로 대표되는 도시빈민지역의 악의 세력이지만, 이러한 악의 세력은 결국 중산층의 발전논리에 의해 만들어진 것이다. 비유적으로 말해서, 이 장면은 중산층의 발전논리에 의해 파괴된 도심의 환경이 결국 전원적인 시골까지도 위협할 수 있음을 시사한다고 할 수 있다.

『올리버 트위스트』는 올리버라는 매개체를 통해 도시와 시골이라는 공간의 경계가 허물어질 수 있음을 느끼게 한다. 하지만 페이진과 몽크스, 사이크스의 위협에도 불구하고, 올리버가 로즈의 공간에 위치하게 되고 자신의 순수함을 유지한다는 결말은, 아직도 두 공간이 상당히 독립적인 영역을 갖고 있음을 보여준다. 즉 디킨스는 당시의 무분별한 도시개발에도 불구하고 도심과는 별개의 전원적인 공간이 가능한 것으로 믿었음이 분명하다. 비록 도시빈민지역이 주는 현실성에 비해 로즈가 살고 있는 전원적인 시골의 모습은 현실성이 떨어지기는 하지만, 그것은 여전히 각자의 기억에 살아 있는 의식 속에서의 현실인 것이다.

디킨스가 갖고 있던 도시화에 대한 생각은 1846년부터 연재된 『돔비와 아들』(*Dombey and Son*)에서 『올리버 트위스트』와는 조금 변화된 모습으로 투영된다. 이러한 특징은 선과 악의 공간이 깔끔하게 분리된 느낌을 주었던 『올리버 트위스트』와는 달리, 『돔비와 아들』의 이상적인 공간은 다소 어정쩡한 상태로 그려지는 것에서 알 수 있다. 이 작품은 '돔비와 아들'이라는 기업을 경영하는 돔비가 갓 태어난 아들을 바라보며 "마침내 이 집[기업]은 이름만이 아니라 실질적으로도 '돔비와 아들'이 되었다"[5]라고 말하는 것으로 시작한다. 그는 "지구가 '돔비와 아들'이 무역을 하도록 만들어졌고, 해와 달은 그들에게 빛을 주기 위해 있으며, 강과 바다는 그들의 배가 떠다니기 위해 만들어졌다"고 생각한다. 심지어 그는 "서기[AD]란 그리스도 기원과 아무런 관계가 없이 돔비와 아들의 해를 의미한다"(*DS*, 2)고 믿는 사람이다. 그에게 '돔비와 아들'은 단순한 기업이 아니라 모든 세계를 아우르는 소우주나 마찬가지다.

돔비는 할아버지와 아버지를 이어 이 세계의 수장이 되었고 자신의 아들인 폴(Paul)이 아무런 변함없이 그 세계를 물려받는 것을 당연하게 생각한다. 그에게 '돔비와 아들'이라는 세계는 개인의 감정이나 변화와는 절대적으로 무관한 시간의 자연스러운 흐름이나 마찬가지다. 엘리사베스 기터(Elisabeth Gitter)는 이와 같은 돔비의 역할을 "우리로 하여금 문제를 보게 하는 강력한 렌즈"(114)로 간주하고, 토마스 카알라일(Thomas Carlyle)의 말을 인용하여 다음과 같이 해석한다. "디킨스는 개인 혹은 사회적 개혁 프로그램을 시작하기 위해 돔비를 사용한 것이 아니라, 그를 이용해 사람들이 '차디찬 보편적 자유방임주의에 둘러싸여 소외되고 서로 아무런 관계를 갖지 않고' 살아가는 국가의 황량함을 표현해서 밖으로 드러내고자 했다"(113). 즉, 돔비를 설명할 때면 으레 보게 되는 '차디찬'이란 단어는 매우 의도된 말로 하나의 소우주를 나타내는 '돔비와 아들'을 움직이는 시스템이 바로 개인의 감정과 서로에 대한 배려가 완전히 무시된 비인간적인 체제하에 이루어진 것임을 알게 한다

---

5) Charles Dickens, *Dombey and Son* (London: Oxford UP, 1974), 1. 앞으로 이 작품에서의 인용은 이 판에 의하며, 본문 인용 후 (*DS*, 쪽수)의 형태로 표기한다.

는 것이다.

돔비의 얼굴에는 "시간과 그의 형제인 근심"(*DS*, 1)이 자리하고 있지만, 그가 자신의 집을 바라보는 시각에는 적어도 근심이라는 감정이 개입하지 않는다. 그에게 집은 개인의 감정과 무관하게 언제나 물질적인 거래로 만들어질 수 있는 비인간적인 물건일 뿐이다. 디킨스는 모든 사업에 실패한 후의 돔비를 묘사하면서, 다음과 같은 단 한 문장으로 된 짧은 단락을 하나의 장(chapter)에서 두 번이나 반복하고 있다: "그 큰집은 길게 뻗은 밋밋한 거리에서 날씨에 상관없이 서 있었지만 그것은 폐가나 다름없었고 쥐들도 그곳에서 도망가 버렸다"(*DS*, 790), "집은 너무나 폐허가 되어버려서 쥐들도 다 도망가 버렸고 단 한 마리도 남아있지 않았다"(*DS*, 794). 즉, 사랑이 결여된 돔비의 세계는 쥐도 남아 있지 않을 만큼 생명체가 살아갈 수 없는 환경임을 적나라하게 표현하는 것이다.

이 작품은 주인공이 자리하게 되는 공간적인 면에서 『올리버 트위스트』와 비교할 때 매우 큰 특징을 갖고 있다. 작품의 말미에 주인공인 올리버를 전원적인 집에 거주하며 행복한 삶을 살아가게 한 것과는 달리 『돔비와 아들』의 말미에서는 행복한 가정은 볼 수 있지만 그들이 살고 있는 공간적인 집, 즉 실체적인 집은 보이지 않는다. 단지 해변가에서 행복한 마지막 삶을 살아가는 돔비를 볼 뿐이다. 이것은 이 작품에서 집이라는 공간이 차지하는 상징적인 의미를 생각할 때 대단히 특이한 결말이다. 마이클 긴스버그 (Michal Gindburg)는 이것을 가정을 구성하는 물질적인 측면이 가족 간의 감정이 갖는 이상적인 측면과 어울릴 수 없기 때문이라고 설명하며, 디킨스가 "집을 물질적인 공간에서 이상적인 감정의 상태로 변화시키기 위해 집이 갖는 모든 물질성을 없애버렸다"(71)라고 설명한다.

긴스버그의 말이 암시하듯이 『돔비와 아들』에서 보여주는 이상적인 공간은 빅토리아 시대의 물질적인 번영을 가져온 산업화에 대한 디킨스의 갈등적인 시각을 담고 있다. 산업화의 결과라고 할 수 있는 도시화에 대한 자부심을 가지면서도 그로 인한 병폐가 단순히 지엽적인 것이 아닌 총체적인 것이라는 위기감을 동시에 보이고 있는 것이다. 그런 이유로, 다시 태어난 돔비와 플로랜스(Florence)는 『올리버 트위스트』에서처럼 도시와 뚜렷하게 대비되는 전원적인 공간도 아니고 비인간적인 도시의 공간도 아닌 해변가와 같은 어정쩡한 공간에 남아 있게 되는 것이다.

디킨스가 갖고 있던 도시화에 대한 갈등적 시각은 철도의 도입으로 인해 파괴되는 도시빈민의 안식처를 다루는 곳에서도 단적으로 나타난다. 태어나자마자 어머니를 잃은 폴은 폴리(Polly)라는 가난하지만 정이 많은 유모에 의해 길러지는데, 그녀는 스태그스 가든(Stagg's Gardens)이라고 불리는 교외에 위치한 지역에 살고 있다. 스태그스 가든은 "지금은 작고한 스태그스라는 부자의 이름[6]에서 유래했다"는 설과 "사슴 떼가 그 곳의 그늘진 숲으로 찾아와 살았던 옛날의 농촌 시절"(*DS*, 66)에서 유래했다는 설이 있는데, 두 가지 모두 이곳이 원래는 숲이 우거진 전원이었음을 말해준다. 여기에서 살고 있는 사람들에게 이곳은 "철도에 의해 망가져서는 안 되는 신성한 숲"(*DS*, 66)으로 받아들여져 왔다.

한때 "신성한 숲"이었던 이곳은 "문명과 발전의 장대한 길"(*DS*, 65)로 일컬어지는 철로가 세워지면서 온갖 파괴가 이루어진다. 플로렌스 일행이 처음 이곳을 찾았을 때 스태그스 가든은 한마디로 그 중심축까지 뒤흔들려져 있는 혼돈의 상태였다.

> 이쪽에는 뒤집어져 쌓여있는 마차들이 비정상적으로 가파른 언덕의 밑바닥에 뒤죽박죽인 채 놓여 있었고, 저쪽에는 마구잡이식으로 놓인 그 귀한

---

6) Mr. Stagg라는 이름은 수사슴을 의미하는 stag를 연상시킨다.

철이 우연히 웅덩이가 되어버린 무언가에 잠긴 채 녹이 슬어 있었다. *어디로 이어지는 지도 모를 다리*, *결코 지나갈 수 없는 큰 길*, *반쯤 짓다만* 엄청나게 높은 굴뚝들, 전혀 어울리지 않는 나무로 된 가건물과 울타리들, 무너질 것 같은 공동주택의 잔해들, *다 끝내지 못한* 벽과 아치의 조각들이... 모든 곳에 널려 있었다. 그곳에는 무수히 많은 *미완의* 형태와 물질들이 있었다.

> Here, a chaos of carts, overthrown and jumbled together, lay topsy-turvy
> at the bottom of a steep unnatural hill; there, confused treasures of
> iron soaked and rusted in something that had accidentally become a
> pond. Everywhere were bridges that *led nowhere*; thoroughfares that
> *were wholly impassable*; Bebel towers of chimneys, wanting half their
> height; temporary wooden houses and enclosures, in the most unlikely
> situations; carcases of ragged tenements, and fragments of *unfinished*
> walls and arches,... There were a hundred thousand shapes and substances
> of *incompleteness*,... (DS, 65; 강조는 필자의 것임)

위의 예문에서 볼 수 있듯이 전원적인 스태그스 가든에 찾아 온 변화는 한마디로 "참혹한 무질서"(*DS*, 65)이다. 모든 지역과 사람을 연결해 줄 수 있는 다리나 길도 그것이 도대체 어디로 향하는 지도 모를 정도로 불완전한 상태다. 하지만 디킨스는 그런 불안함 속에서도 이러한 변화가 오로지 부정적인 것만은 아니라는 애매한 희망을 보여준다. 즉, '반쯤 짓다만' '다 끝내지 못한' '미완의' 등과 같은 말을 통해 이러한 무질서가 모든 것이 아직 미완의 상태로 인한 것임을 암시하고 있는 것이다.

작품이 더 진행되어 다시 찾은 스태그스 가든은 그러한 변화가 완성된 모습을 보여준다. 오래되어 다 썩어버린 여름별장들이 있었던 곳에는 궁전같은 건물이 들어섰고, 오래된 길과 새로운 길을 중심으로 예전에는 생각지도 못했던 깨끗한 분위기의 마을이 조성되어 있었다. 어디로 이어질 지도 몰랐던 다리도 이제는 다양한 공간으로 연결된 상태다. 이제 "[우리가 알고 있던 스태그스 가든은 지구상에서 사라져버렸고"(*DS*, 217), 철도의 건설로 인해 만들어진 교역과 상업으로 활기 넘치는 새로운 마을로 바뀌어져 있었다. 마치 디킨스는 스태그스 가든을 두 번째로 묘사하는 부분에서만큼은 이러한 변화가 발전적이고 긍정적이라고 인정하는 것처럼 느껴진다.

하지만 이러한 긍정적인 변화를 설명하고 난 바로 다음에 디킨스는 그것으로 인해 잃어버린 것에 대한 애통한 마음을 드러낸다.

> 하지만 스태그스 가든은 완전히 뿌리 채 잘려나갔다. 오, 이 날의 슬픔이여! 스태그스 가든에 놓여 있던 '단 한 뼘의 영국의 땅'마저도 안전하지 않구나!
>
> But Stagg's Gardens had been cut up root and branch. Oh, woe the day! when "not a rood of English ground"--laid out in Stagg's Gardens--is secure! (*DS*, 219)

디킨스가 말하는 '단 한 뼘의 영국의 땅'이란 우선 시커가 말한 "자연환경에 뿌리를 둔 영국적 특징"(9)으로, 도시화에 밀려 사라져 버린 영국의 전원을 의미한다고 할 수 있다. 그것은 또한 그곳에 살고 있던 폴리의 가정과 같은 가난하지만 소박하고 정이 넘치는 삶을 살아가는 사람들의 터전이 사라지는 것을 의미하기도 한다.

이러한 영국적인 특징이 사라진 것에 대한 디킨스의 안타까움은 얼마 후 돔비가 아들을 잃고 여행하는 대목에서 극대화되어 나타난다. 도시화의 상징이나 다름없는 철도는 이 장면에서 더 이상 발전적 변화를 가져온 주체가 아니라, "주변은 온통 시커멓고 그 아래에는 시커먼 물웅덩이와 진흙투성이의 길, 끔찍한 주거지"만을 만들어 놓은 "무자비한 괴물, 죽음" "도저히 이길 수 없는 괴물, 죽음"(*DS*, 276)이라고 불린다. 디킨스는 이제 철도로 인해 생긴 황량한 주변의 모습과 삶의 희망이었던 아들을 잃고 여행하는 "돔비의 불행에는 유사성이 있다"(*DS*, 277)고 언급할 정도로, 철도의 건설이 만들어 준 눈에 보이는 번영의 모습 이외에, 그로 인해 파괴되어진 인간적인 삶의 모습에 주목하고 있는 것이다.

『돔비와 아들』은 철도의 도입과 도시화로 인한 변화를 바라보는 디킨스의 갈등적인 시각을 담고 있다. 우선, 두 번째로 찾은 스태그스 가든을 묘사하는 장면에서 보여주는 것처럼 그것이 분명히 발전을 향하고 있다는 긍정적인 면을 보여준다. 하지만 이러한 긍정적인 시각 이면에는 가장 영국적인 전원의 상실과 그로 인해 여유롭고 정이 넘치는 그곳에서의 삶이 사라진 것에 대한 안타까움이 명확하게 스며있다. 그리고 이러한 상실은 기동성과 영국의 전 지역을 연결해 주는 철도의 특성으로 인해 어느 한 부분에 국한된 것이 아니라 전체적인 것이라는 위기감이 교차하여 나타난다.

디킨스가 갖고 있던 도시화에 대한 갈등적인 시각은 플로랜스가 아버지인 돔비를 바라보는 "희망적인 불신"(*DS*, 277)이라고 할 수 있다. 사랑이 결핍된 돔비의 인생관은 무자비한 기차로 상징되는 도시화의 논리나 마찬가지다. 철도의 도입이 발전적 변화와 함께 스태그스 가든의 인간적인 삶을 파괴한 것처럼 돔비의 철학도 기업의 번영을 가져오지만 결국 자신의 가정을 파괴한다. 하지만 디킨스는 돔비가 작품 말미에 새롭게 태어나는 것처럼 잃어버린 영국적인 삶도 새롭게 되살릴 수 있을 것이라고 믿고 있다. 이 작품의 애매한 공간설정의 결말은 너무나 광범위하고 무자비하게 진행되는 도시화에 대해 디킨스가 불신과 희망을 동시에 갖고 있기 때문이다. 새롭게 태어난 돔비에게는 그의 희망을, 애매한 공간을 할애할 수밖에 없었다는 점에서는 그의 불신과 부정적 시각을 동시에 나타내고 있는 것이다.

『올리버 트위스트』와 『돔비와 아들』의 내러티브 구조를 거칠게 요약하면 현실의 문제를 치유할 수 있는 주인공이 현실과는 일정 거리를 두고 혹은 무관하게 존재하고, 현실 문제를 안고 있거나 그것에 위협을 받는 또 다른 주인공이 여러 사건을 거쳐 치유자 격인 주인공의 공간으로 안주하게 되는 형식이다. 그런데 『돔비와 아들』이 나오고 몇 년 후에 출판된 『황폐한 집』(*Bleak House*)부터는 치유자 격인 주인공이 현실문제에 직접적으로 관계하고 그 영향 하에 놓여 있는 상태로 이야기가 진행된다. 물론 치유자 격인 주인공의 공간은 이전의 작품과 마찬가지로 사랑과 정이 넘치는 전원적인 분위기를 갖고 있지만 그러한 전원적인 분위기도 도시와 완전히 분리된 느낌을 주지 않는다. 그들의 공간은 도시와 직접적으로 관계되거나 그 내부에 존재하는 작은 정원과 같은 곳이다. 이전 작품에서 보였던 독립된 혹은 애매한 공간으로서의 선의 세계는 이제 도시와 떨어져 생각할 수 없는 곳에 위치한 것이다.

　이러한 변화는 디킨스가 갖고 있던 도시화에 대한 시각의 변화와 연관이 있다. 1852년 발표된 『황폐한 집』은 도시화로 인한 사회문제가 더욱 심각하고 런던의 도시문제가 단지 런던에 국한된 것이 아니라 영국전체의 문제라는 뚜렷한 인식을 보여준다. 오염된 도시의 환경은 도시 내부 뿐 아니라 도시와 멀리 떨어진 곳에도 똑 같이 영향을 미치고 사회계층에도 아무 상관없는 전체적인 영향력을 행사한다. 런던의 오염된 환경은 나아가 전 세계가 처한 현실이라는 포괄적인 의미마저도 만들고 있다. 디킨스의 이상적인 주인공도 삭막한 도시의 문제와 독립된 상황에서는 생각할 수 없을 정도로 도시 문제는 심각한 상태임을 보이는 것이다.

　『황폐한 집』의 첫 장은 디킨스의 작품 중 가장 기억에 남는 런던의 묘사로 시작한다. "런던"이라는 한 단어의 문장으로 시작하는 이 작품은 이어서 진흙투성이의 거리에서 짐승과 구분하기도 어려운 사람들의 모습, 안개로 가득한 도시의 모습, 그리고 그 한가운데 자리한 대법관의 모습을 차례로 묘사한다. 그 중 안개로 뒤덮인 도시의 모습을 설명하는 두 번째 단락은 다음과 같이 이어진다.

> 안개 천지다. 푸른 섬과 초원을 흐르는 강 상류도 안개로 덮여있고, 선박들
> 과 큰(더러운) 도시의 강변오염물들 사이를 탁하게 흐르는 강 하류도 안개로
> 덮여있다. 에섹스 지방의 늪지대도, 켄트 지방의 언덕도 마찬가지다.... 자신
> 들이 거주하는 병동의 불가에서 숨을 쌕쌕이며 쉬고 있는 나이 먹은 그리니치
> 연금수령자의 눈과 목에도 안개가 가득했다.

> Fog everywhere. Fog up the river, where it flows among green aits
> and meadows; fog down the river, where it rolls defiled among the
> tiers of shipping, and the waterside pollutions of a great (and dirty)
> city. Fog on the Essex marshes, fog on the Kentish heights.... Fog in
> the eyes and throats of ancient Greenich pensioners, wheezing by the
> firesides of their wards.[7]

　이때의 안개는 에스더(Esther)가 런던에 처음 들어오면서 마치 어딘가에
불이 난 것처럼 느끼게 하는 "짙은 갈색의 연기"(*BH*, 28)다. 즉, 그것은
자연이 만들어낸 생태적인 환경물질이 아니라, 온갖 산업쓰레기와 동물, 인
간의 오물 등으로 인해 만들어진 더럽고 냄새나는 오염된 물질이다. 이러한
안개는 에크로이드가 언급했던 것처럼 1807년 여행했던 사람이 자연을 느낄
수 있었던 강 하류인 에섹스 지방에도, 또한 불과 몇 년 전에 새커리가 그
평화로움을 찬양했던 그리니치에 살고 있는 연금수혜자들도 괴로워할 정도
로 모든 곳을 덮고 있다.
　『황폐한 집』은 안개와 진흙으로 뒤덮인 런던의 모습을 마치 카메라 렌즈
로 잡은 후에 점점 내부가 클로즈 업 되면서 그 한가운데에 위치한 고등법원

---

7) Charles Dickens, *Bleak House* (London: Oxford UP, 1991), 1. 앞으로 이 작
　품에서의 인용은 이 판에 의하며, 본문 인용 후 (*BH*, 쪽수)의 형태로 표기한다.

의 대법관의 모습으로 시작한다. 그리고 대법관의 앞에는 '잔다이스 대 잔다 이스'(Jarndyce and Jarndyce) 소송에 관한 서류가 놓여있다. 이 소송은 아무런 결과 없이 너무나 오랫동안 진행되어 이제는 도대체 무엇 때문에 시작되었는지도 모를 정도로 진부한 농담으로 간주되는데, 이 작품의 모든 사건은 바로 이 소송을 중심으로 얽혀 있다. 데드락 부인(Lady Dedlock)에 관련된 수수께끼와 에스더 써머슨(Esther Summerson)과 아다(Ada)를 존 잔다이스(John Jarndyce)의 '황폐한 집'으로 불러들이는 것도 모두 이 소송 과 관계한다.

작품의 모든 플롯을 엮어 주는 '잔다이스 대 잔다이스' 소송과 그것이 진행되는 고등법원이 있는 곳은 단지 내러티브에서만 중심 역할을 하는 것이 아니다. 그것은 공간적으로도 작품의 중심에 있다. 이미 언급한 것처럼 데드 락 부인과 존 잔다이스의 생활공간도 소송과 관련하여 끊임없이 도시내부와 연관이 된다. 중상층의 거주공간과 함께 이 작품에는 『올리버 트위스트』의 제이콥스 아일랜드와 같은 빈민가인 '톰 올 얼론즈'(Tom-All-Alone's)라는 참혹한 상태의 빈민가가 등장하는데, 이 빈민거리도 바로 고등법원이 있는 지역에 위치해 있다.

모든 사건을 하나로 묶어주는 잔다이스 소송과, 모든 등장인물의 삶을 보여주는 고등법원이 있는 공간의 현실을 적나라하게 표현하는 공통적인 상징이 바로 안개와 진흙이다. 잔다이스 소송은 "시간이 지나면서 너무나 복잡해져서 살아있는 어떤 사람도 그것이 무엇을 의미하는지 모를 정도"로 "영원히 절망적인"(*BH*, 4) 상태이며, 도대체 언제 어떻게 끝날 지도 모를 정도로 관련된 사람들을 마치 진흙의 수렁 속에 빠지게 해 그 속에서 허우적 거리다가 결국은 죽음을 맞이하게 한다. 또한, '톰 올 얼론즈'에 살고 있는 조(Jo)는 자신이 어디로 향하고 있는 지도 모른 채 끊임없이 움직이며 짐승과 다름없이 살아간다. 즉, 『황폐한 집』의 현실은 온갖 사회문제들로 가득한 상태이고, 디킨스는 이러한 현실을 안개와 진흙이 뒤덮고 있는 모습으로 그리고 있다. 여기서 주목할 점은 바로 이때의 안개와 진흙이 자연에서 저절로 만들어진 환경적인 물질이 아니라 악취나 질병을 유발할 수 있는 산업화로 인해 발생한 오염물질이라는 것이다

현실을 짓누르는 오염된 환경은 사회적으로 혹은 공간적으로 구분될 수 있는 계층 간의 차이나 과거와 현재와 같은 시간의 차이마저도 지워버릴 정도로 총체적인 현상이다. 디킨스는 시간의 차이를 지우기 위해 똑 같은 내용을 과거 시제로 얘기하는 에스더와 현재 시제의 전지적 작가의 내러티브를 통해 번갈아 들려준다. 작품의 중심인 잔다이스 소송은 이미 시간의 흐름을 느낄 수 없을 정도로 진부한 농담이 되어버렸고, 데드락 부인의 비밀과 체스니 월드(Chesney Wold)에서 옛날부터 지속적으로 들려온 데드락 가문의 유령 발자국 소리는 과거가 여전히 현재에 존재하고 있음을 보여준다. 또한 도시 빈민의 삶은 상류계층의 삶과 나란히 한 공간에 위치할 뿐 아니라, 더 나아가 그들의 삶과 필연적으로 연계되어있음을 나타낸다. 디킨스는 데드락 부인이 조의 도움을 받아 자신의 옛 애인인 니모(Nemo)의 시체가 놓인 곳을 찾아가는 장면에서, "링컨셔의 저택과 도시에 있는 집, 일하는 집사, 그리고 희미한 아침의 빛을 받으며 빗자루를 쥔 채 교회 마당을 쓸고 있는 무법자 조가 있는 곳이 어떤 관계가 있을 수 있는가?"(*BH*, 219)라는 질문을 던지며 인간의 삶은 계층에 무관하게 엮여있음을 보이고 있다.

이렇게 얽혀 있는 현실의 모든 실타래에 직접적으로 연관이 되고 어느 한 가닥도 버리지 않고 모든 문제를 해결해 나가는 역할을 하는 것이 에스더이다. 그녀는 데드락 부인과 니모의 사생아이고, 잔다이스 소송의 당사자인 존 잔다이스의 '황폐한 집'을 관리하는 인물이며, 다른 사람들과 자신의 어머니로부터도 무시되어 온 젤러비(Jellyby) 가족과 조마저도 돌봐주는 디킨스의 전형적인 천사와 같은 여주인공이다. 하지만 주변의 환경에 위협은 느끼

지만 직접적인 영향을 받지 않는 디킨스의 이전까지의 다른 여주인공들과는 달리, 에스더는 모든 사건의 한복판에 자리하고 심지어 현실 환경의 직접적인 영향을 받는다. 디킨스는 이러한 현실 환경의 영향을 전염병이라는 모티브를 이용해 보여주고 있는데, 이것은 천사 같은 여주인공이 갖고 있었던 독립적인 공간이 더 이상 현실에서 무관하게 존재할 수 없음을 나타낸다. 시공이나 사회계층을 초월하여 현실을 덮고 있는 오염된 환경은 절대선을 갖고 있는 여주인공의 삶에도 직접적인 영향을 미칠 정도로 편재해 있다는 것이다.

에스더가 살고 있는 '황폐한 집'은 런던에서 서쪽으로 떨어져 있고, 그녀의 존재로 인해 어느 정도 정돈된 전원적인 모습을 보임으로써 일견 도시와는 분리된 느낌을 준다. 또한 짐승과 같은 삶을 살아가는 도시의 조마저도 포용할 정도로 정이 넘치는 공간이다. 하지만 그곳은 여전히 도시의 오염된 환경에 노출된 공간이다. 존 잔다이스가 끊임없이 내뱉는 동풍에 대한 두려움은 오염된 환경의 편재성을 우회적으로 표현한 것인데, 사이먼 조이스(Simon Joyce)는 동풍의 의미를 다음과 같이 언급하고 있다. "런던의 건축사와 사회사 뿐 아니라 지리적 배열은 서쪽에서 동쪽으로 불어 산업의 나쁜 물질들을 에섹스 지방의 습지로 실어 나르곤 했던 바람에 의해 결정되었다. 결국『황폐한 집』에서 존 잔다이스가 계속해서 예언하는 동풍은 말 그대로 환경적인 의미로서의, 혹은 동부지구(East End)에서 곪아있던 범죄와 사회적 불안이라는 환유적 의미에서의 나쁜 물질들을 원래 그것이 만들어졌던 곳으로 되돌리는 것이다"(140). 주인공인 에스더가 조를 통해 오염된 환경의 산물인 전염병에 걸리는 것은 존 잔다이스의 예언이 현실에 구현된 결과이다. 서쪽에서 시작된 오염은 동쪽으로 이동하고 다시 원래의 서쪽으로 돌아옴으로써, 그것이 과연 어디에서 시작된 것이었는지를 구분하기 어려울 정도로 만연된 상태임을 보이는 것이다.

디킨스가 이 작품에서 질병 모티프를 사용한 것은 많은 비평가들이 언급한 것처럼 1840년대 말에 발생한 대규모의 콜레라 발병에 기인한다. 하지만 그러한 질병이 사회 계층을 막론하고 모든 사람들에게 발생할 수 있고, 심지어 이전의 작품에서 현실의 문제에 상대적으로 영향을 덜 받았던 여주인공에게까지 발생하고 있다는 점에서 당시 디킨스가 느꼈던 환경문제의 심각성을 알 수 있다. 사랑과 타인, 특히 도시빈민에 대한 애정은 그가 평생 동안 갖고 있던 현실문제의 궁극적인 해결방안이다. 1850년대 초에 발표한 『황폐한 집』은 한 마디로 무분별한 도시화로 인한 사회문제가 어느 한 계층이나 지역에 국한된 것이 아닌 사회 전체의 문제이며, 어느 누구도 그것에 벗어나서 살아갈 수 없음을 역설하는 작품인 것이다. 이제 그의 여주인공도 『올리버 트위스트』에서처럼 뚜렷이 구분되어진 선의 공간이나, 『돔비와 아들』의 애매한 선의 공간처럼 도시의 환경과 무관한 비현실적인 공간이 아니라, 현실 속에서 혹은 현실에 직접적으로 관계되어 있는 공간에서 사랑과 정이 넘치는 가정을 만들 수밖에 없는 것이다.

3

디킨스는 도시의 작가이다. 서론에서도 언급했듯이 그를 "산업화된 도시를 쓴 최초의 위대한 작가"(Ackroyd, *London*, 11)라고 부르는 것에 어느 누구도 부정할 수 없는 것이 사실이다. 하지만 그는 '산업화된 도시'를 썼을 뿐만 아니라 '산업화가 되어 가고 있는 도시'를 기록한 위대한 작가라는 사실을 또한 지적하지 않을 수 없다. 즉, 그는 자신의 작품을 통해 산업화로 인해 변화하고 온갖 문제를 지닌 도시를 그리면서 동시에 그로 인해 잃어버린 소박하면서도 정이 넘치는 가장 영국적인 전원의 삶에 대한 향수를 담아낸 작가라는 것이다. 그의 작품에 사랑과 정이 넘치는 소박한 등장인물과 전원적인 주인공의 삶이 등장하는 것은 위와 같은 향수와 무관하지 않다.

하지만 디킨스가 과연 전원적인 삶을 지향하는 생태적인 작가인가라는 질문에는 선뜻 긍정적인 답을 하기가 어렵다. 왜냐하면 그는 1800년대 초의 전원적이고 여유로운 삶을 그리워하면서도, 발전하는 영국의 모습에 자부심을 갖고 있던 전형적인 빅토리아 시대의 사람이기 때문이다. 또한 그가 생각하는 전원은 워즈워스의 자연 그 자체에 있는 것이 아니라 항상 그 안에서 소박하지만 여유롭게 살고 있는 사람들에게 초점이 맞춰져 있다. 더 정확하게 말한다면 그에게는 자연과 함께 살아가는 사람들의 사랑과 정이 넘치는 삶이 가장 소중했던 것이다. 디킨스의 작품에는 그러한 소박한 삶을 잃어버린 도시빈민의 애환이 담겨 있다. 그는 무분별한 도시개발로 마치 짐승처럼 살아가는 사람들의 모습을 세밀하게 그리며, 지배계층으로 하여금 이들의 삶의 개선을 위해 보다 적극적으로 참여하기를 요구한다. 디킨스는 그들의 삶을 향상시키기 위해서는 우선 그들이 살고 있는 생활공간을 개선하는 것에서 시작해야 한다고 믿었다. 이런 이유로 그의 작품에서는 모든 사회문제가 도시개발로 인한 생활환경문제와 연결된다.

도시화와 환경문제에 대한 디킨스의 인식은 시간에 따라 조금씩 변화된 모습을 보이고 있다. 그가 작가로서의 삶을 시작하는 1830년대와 중기에 해당하는 1840년대까지만 해도 도시화로 인한 환경문제에 대해 부정적으로 인식을 하면서도, 도시화가 만들어낸 번영과 환경문제를 어느 정도 별개의 것으로 생각했던듯하다. 1830년대에 발표된『올리버 트위스트』의 주인공이 현실과는 무관한 전원적인 공간에 안주하는 모습은 도시화와 별개의 전원적인 공간이 아직도 존재할 수 있다는 믿음이 아직도 디킨스의 마음에 있음을 말해준다. 도시화가 더 진행된 1840년대에 발표된『돔비와 아들』은 그러한 믿음이 다소 무뎌졌음을 보이는데, 이러한 사실은 도시화의 상징인 철도에 대한 자부심과 안타까움이 교차하는 시각이나 특히 여주인공이 작품 말미에 도시도 아니고 전원도 아닌 애매한 공간에 위치하게 되는 점 등을 통해 알 수 있다.

하지만 1840년대 말의 콜레라 발병을 계기로 디킨스의 작품에서 환경은 시공이나 사회계층을 초월한 총체적인 사회문제로 그려진다. 『황폐한 집』은 작품세계 전체가 오염된 안개나 진흙으로 덮인 상태이고, 주인공인 에스더마저도 이러한 환경요인에서 자유롭지가 않다. 상류층과 빈민층이 거주하는 공간은 서로 분리된 것이 아니라 한 공간이고, 산업화와 도시화로 인한 환경오염은 인간의 삶 전체를 짓누르는 것으로 표현되고 있다. 그로 인해 사랑과 정이 넘치는 이상적인 공간을 지키는 디킨스의 여주인공도 더 이상은 현실과 분리된 곳이 아니라 현실 안에 위치해야 하는 것이다. 비록 그녀가 보이는 절대선의 가치가 작품 현실과 비교할 때 여전히 이상적이라고 할 수는 있지만, 그녀가 위치한 곳은 분명 현실인 것이다. 이러한 문제가 가득한 현실에서 어느 누구도 벗어날 수 없다는 인식은 디킨스가 1850년대 『황폐한 집』을 시작으로 발표하는 일련의 사회소설에 공통적으로 나타나는 특징이 된다.

린다 호건의 작품에 드러난 아메리카 원주민 고래잡이에 대한 환경적 논쟁

I

나라 안팎에서 친환경적인 행위에 대한 논쟁이 활발한 이때에 대체로 친환경적이라고 알려져 있는 아메리카 원주민 문화를 다시 점검할 필요가 있고 그 작업은 상당히 의미가 있는 것으로 보인다. 아메리카 원주민 문화는 항상 친자연적, 친환경적인가? 아메리카 원주민의 문화는 그 종류에 상관없이 전통의 계승과 보존의 명분으로 당연히 보호받고 지켜져야만 하는가? 환경과 전통문화가 충돌할 때 어떤 선택을 해야 하는가? 이러한 질문들이 이 연구의 출발점이며 진행 동력이다. 따라서 이 연구의 목적은 당연하게 보존되고 계승되어야 하는 것으로 여겨졌던 아메리카 원주민 문화를 점검하고 돌아보아 과거와 현재 미래의 연결 고리 안에서 지속가능한 환경을 유지하면서, 또한 전통 문화를 지키는 가능성을 생태인문학적, 생태사회학적 융합 연구 안에서 타진하는데 있다.

사실 '아메리카 원주민 문화는 항상 친자연적, 친환경적인가'하는 질문이 아메리카 원주민 외부뿐만 아니라 아메리카 원주민 사이에서 나왔다. 따라서 그 질문에서 진정성과 나아가 용기 있는 솔직함마저 찾을 수 있다. 이 질문은 워싱턴 주의 마카(Makah) 부족이 자신들의 오랜 전통인 고래잡이에 대해 스스로에게 던지는 것이고, 그 질문이 바로 논의의 초점이다. 마카 부족은 고래잡이 재개문제를 두고 부족 안에서 서로 의견 충돌을 빚은 바 있다.

이러한 문제에 관심을 두고 아메리카 원주민 작가인 린다 호건(Linda Hogan)은 자연문학 작가인 브렌다 피터슨(Brenda Peterson)과 마카 인디언 보호구역인 니아 베이(Neah Bay)를 여행하며 고래잡이를 다시 재개하는 것에 반대하는 마카부족의 원로들을 만나 인터뷰를 했다. 호건은 마카 부족의 원로들의 고래 사냥에 관한 의견을 듣고 그 인터뷰를 1996년에 시애틀 타임스(The Seattle Times)에 글로 실은 바 있다. 마카 부족의 갈등은 주로 "전통의 가치를 대변하는 얼마간의 전통주의자들과 전국적, 국제적으로 미디어에 자신들의 고래잡이 권리를 홍보하는데 도움을 주는 홍보전문가를 고용하는 능력을 갖추고서 계약의 협상을 하는 선두 사업가들과의" 사이에 일어났다(Peterson; "Who" 9). 또한 전통을 내세운 경험 없는 고래잡이들이 환경주의자들과 부딪히고 고래잡이에 반대하는 부족의 원로여성들은 고래잡이의 목적에 대해 의구심을 품고 원론적인 질문을 하는 것이다.

고래잡이를 찬성하는 입장과 환경보호운동가들 사이에서 보이는 입장의 차이는 크다. 마카 부족의 많은 사람들에게 "고래잡이는 보장된 조약, 근원적인 권리, 문화적 영적 자율성의 중요한 실현을 나타내는 것이다. [그러나] 고래잡이를 반대하는 사람들에게 [고래잡이는] 단지 무자비한 도살 행위일 뿐이다"(Cantzler 486). 마카부족의 고래잡이를 전통과 문화를 보호하고 계승하는 시각에서 보는 것과 환경을 파괴하고 희귀동물을 살육하는 행위로 보는 시각 사이에 그 간극의 차이는 매우 크다.

린다 호건과 브렌다 피터슨이 취재한 마카부족의 이야기는 린다 호건이 2008년에 출판한 소설인 『고래 사람들』의 소재와 얼개가 되어 재탄생 된다. 『고래 사람들』에 등장하는 워싱턴 주에 사는 가상의 아트시카(A'atsika) 부족이 처한 상황은 실제로 마카 부족에게 당면한 현실을 호건이 차용해서 작품으로 구체화시킨 것으로 보인다. 아트시카 부족은 전통의 수호와 환경의 수호라는 이중적 가치 사이에서 갈등을 하고 있다. 그리고 아트시카 부족의 중심인물이며 작품의 프로타고니스트인 토마스 위트카 저스트(Thomas Witka Just)는 부족이 처한 문제와 더불어 자신에게 닥친 여러 가지 개인적인 문제에 부수된 이중적 가치로 인해 갈등을 겪고 있다. 마카 부족의 문제를 『고래 사람들』과 연결하여 분석하면 인문학과 사회학의 학제 간 융합 연구가 될 수 있을 것으로 사료된다.

이 연구의 선행연구는 주로 인문학 보다는 사회학 분야에서 진행되었는데, 마카 부족의 고래잡이에 관해 시각 차이를 사회학에서 연구한 몇몇 논문과 마카 부족의 귀신고래 사냥의 재개와 이를 둘러싼 논란에 대한 것을 언론에서 취재한 기사들만이 다소 있다. 예를 들어 제닌 보우촙(Janine Bowechop)은 귀신고래 사냥의 문화적 전통을 지키려는 마카 부족의 노력에 관해 연구한 바 있고, 줄리아 밀러 캔츨러(Julia Miller Cantzler)는 2000년 동안 이어져오던 전통인 고래 사냥을 둘러싼 이데올로기적인 투쟁에 대한 논의를 하였다.

마카 부족의 고래 사냥에 관한 인문학적 연구는 거의 없는 것으로 보인다. 단지 크리스티나 로버츠(Christina Roberts)는 마카 부족의 고래사냥 재개를 두고 비판하는 입장에 신식민지적인 수사가 사용된 것을 논의한 바 있다. 란다 호건의 『고래 사람들』에 관한 연구는 국내외를 막론하고 몇몇 서평만 나와 있다. 예를 들어 힌 서평에서 드젤라 - 타이드만(DeZelar-Tiedman)은 란다 호건이 "워싱턴 주의 아트시카 부족의 사랑과 상실이라는 주제를 탐색했다고" 간단히 언급한다(61). 다른 서평에서 폴스 - 트레이너(Fauls - Traynor)는 월남전에서 귀향한 주인공인 저스트가 "자신의 부족이 고래 사냥을 하기로 결정하는 사안 때문에 갈등"을 겪는 사실을 알게 되고 "영적으로 경청하는" 경험을 하게 된다고 설명할 뿐이다(39).

　이 연구에서는 첫째로 마카 부족의 고래잡이에 대한 역사적 배경과, 사회학적, 문화적 사실을 바탕으로 고래잡이에 대한 서로 다른 입장을 살펴본다. 둘째로, 마카부족의 고래 사냥을 두고 벌어지는 문제를 보다 심층적으로 연구하기 위하여 호건의 작품인『고래 사람들』을 중심으로 마카 부족이 원형이 된 워싱턴 주에 사는 가상의 아트시카 부족의 친자연적인 고래와의 관계와 전통적인 고래잡이를 분석한다. 셋째로,『고래 사람들』에서 위대한 존재인 바다 속 고래와 친밀한 관계를 맺는 부족의 일원으로서 자연과 가까운 아메리카 원주민 문화와 주인공인 토마스 위트카 저스트가 전쟁에 참여하고 그의 부족이 고래 고기를 거래하는 아시아 문화가 만나는 공간적, 정신적 긴 여정의 길을 떠나서 돌아오기까지의 저스트의 먼 인생 여행길을 추적한다.

　아메리카 원주민인 토마스 위트카 저스트는 전쟁이라는 극적인 상황 속에서 전시 행방불명자가 된다. 그가 "지도를 광적으로 좋아"해서(Hogan 247) 지도를 항상 몸에 지니고 다니며 연구하고 방향을 살펴보고 심지어는 나침반도 가지고 다님에도 불구하고 길을 잃은 여행자가 되는 인생의 아이러니를 드러낸다. 미국 안에서 타자였던 실종자 저스트는 베트남에서조차도 미국인보다는 베트남 사람으로 여겨지기도 하여 정체성의 재현에 반전을 보이는 이중성을 나타낸다. 전쟁의 기억 속에서 어디에도 정착하지 못하는 노마드적 삶의 여행자가 된 저스트는 어느 곳에도 정착하지 못하고 이중적 인생의 길에서 갈등하고 방황한다.

　특히 이 논문은 토마스 위트카 저스트의 이중적 인생과 더불어 그가 속해 있는 아트시카 부족이 고래잡이를 두고 겪는 이중적인 가치와 갈등에 대해서 면밀하게 탐구할 것이다. 전통을 내세워 고래잡이를 하는 일이 환경문제와 부딪쳤을 때 아트시카 부족이 어떻게 대응하는 가를 추적하게 될 것이다. 환경문제를 다루며 "동물을 위해 바른말을 하는"(Allen 168) 주요 아메리카 원주민 작가 중의 한 명인 린다 호건의 작품을 연구하는 일은 환경이 더욱 더 중요한 문제로 대두되고 있는 작금에 시의적절하고 의미 있는 일이다. 또한 『고래 사람들』은 국내외적으로 거의 연구가 되어있지 않아 호건 연구에 작게나마 일조할 수 있을 것이다.

II

워싱턴 주의 마카부족은 거의 2000년 역사를 지닌 고래잡이 전통을 유지해왔다. 그러나 1847년 이후 유럽과 미국의 상업적 고래잡이가 활발해지고 1920년대에 귀신고래가 거의 멸종위기에 놓이게 되자 마카부족은 상업적 고래잡이에 대항하는 뜻으로 스스로 "1920년대에 고래잡이를 중단하였다"(Sepez-Aradanas 149). 1937년에 고래잡이가 금지 되고 1971년 미국은 귀신고래를 멸종위기 목록에 올리지만 이후 고래의 개체수는 꾸준히 늘어 1994년에 귀신고래는 멸종위기 명단에서 빠지게 되었다(Peterson; *Sightings* 16). 따라서 마카부족은 1995년부터 자신들이 고래를 잡을 수 있도록 승인을 받은 미국연방정부와 맺은 1855년 미연방조약에 따라 고래잡이를 재개할 움직임을 보였다.

마카부족은 고래잡이를 중단한지 거의 70년 만인 1999년 5월 17일에 워싱턴 주의 후안 드 푸카(Juan de Fuca) 해협에서 50피트 되는 귀신고래를 작살, 카누, 50구경의 소총과 모터보트를 사용해 전통적인 방식과 현대적 방식을 혼합하여 잡았다(Thompson 21-22). 마카부족이 2000년 동안 내려온 고래잡이 전통을 다시 재개하였으나 이를 둘러싸고 부족의 안팎에서 고래잡이에 대한 찬반양론의 의견이 분분하여 마카고래잡이의 이중성을 드러낸다.

우선 고래잡이 재개에 찬성하는 입장에서는 마카부족에게 고래잡이가 내포하는 문화적, 사회적, 정신적 의미를 강조한다. 특히 고래잡이는 마카부족의 정체성을 재정립하는데 중요한 역할을 한다고 지적한다. "부족의 많은 사람들에게 성공적인 고래사냥은 거의 한 세기 전에 잃어버렸던 부족의 정체성의 중요한 한 면을 다시 찾도록 할 수 있게 한 중요한 첫걸음을 상징하는 것이 된다"(Cantzler 485). 그동안 미국 안에서 입지가 많이 약해지고 마카부족 고유의 전통 문화를 지켜오지 못한 것에 대한 아쉬움을 만회하고 부족의 정체성을 다시 확립하는데 고래잡이 재개가 꼭 필요한 행위라고 여기는 것이다. "마카 부족은 의식을 치르는 고래잡이 재개가 잃어버린 공동체의 자존심에 다시 불을 붙이는데" 도움을 준 것이라고 느낀다는 것이다(Cantzler 485).

조니 아담슨(Joni Adamson)도 고래잡이 재개에 찬성하는 입장으로, "워싱턴 주의 마카부족은 그들의 생존을 위해 고래잡이에 의존을 해왔고 그들 문화의 모든 면은 고래를 중심으로 돌아간다"고 주장한다("Literature-and-Environment" 594). 아담슨은 환경적 정의를 언급하며 마카부족이 고래를 잡을 권리가 있고 고래잡이가 그들에게 필요한 행위임을 강조한다. 즉 소수민족으로서 마카부족도 "건강한 환경이 주는 이익을 모든 사람들이 동등하게 분배받을 권리"를 보장받아야 된다는 것이다("Literature-and-Environment" 595). 이는 부족의 건강과 경제가 고래사냥과 밀접한 관계가 있음을 역설하는 이론이다. 마카부족의 일부는 고래사냥이 "부족의 건강을 증진시키고, 힘겨워하는 부족의 경제를 개선할 수 있을 것"이라고 생각한다는 것이다 (Cantzler 486).

원주민들이 전통적 식습관을 지키지 못해 현재 건강문제를 갖게 되었으므로 고래잡이가 해결책이 될 수 있다는 의견이다. 즉 마카부족과 같은 원주민들이 식습관의 변화로 건강을 유지하지 못하고 기대수명이 낮아지는데 고래사냥의 재개로 이러한 문제를 해결할 수 있다는 것이다. 부족의 전통적 식습관을 되찾음으로써 건강도 회복하고 나아가 전통문화도 복구한다는 입장이다. 안 칼란드(Arne Kalland)에 따르면 "음식은 문화의 핵심에 있다. 그들 자신만의 음식을 생산하고 소비하며 외부인으로부터 무엇을 먹어야할지를 듣지 않는 것은 인간의 권리일 뿐만 아니라 그들의 정체성, 자기존중, 생의 목적과 관련이 있다"(526). 그러므로 고래잡이를 재개하는 것은 문화적, 사회적, 정신적인 차원에서 성찰할 문제라는 것이다.

그러나 이와 상반되게 마카부족 내부와 외부에서 마카부족의 고래잡이 재개에 우려를 나타내는 목소리도 있다. 해양생물학자들의 반대에도 불구하고 귀신고래가 멸종위기 목록에서 제거된 것이다. 사실 "1998년 개체수가 26,000으로 늘어난 것으로 추정되었으나, 2002년 봄에는 귀신고래수가 17,414마리로 감소된" 것으로 드러났다(Peterson; *Sightings* 16). 환경단체에서는 "귀신고래가 더 이상 멸종위기에 놓여있지 않다는 것은 동물권리보호자들에게는 완전히 당치않은" 이야기이며, 고래는 여전히 생존을 위하여 애를 쓰는 "신성하며 영적인" 존재라고 주장한다(Thompson 22). 물론 프리만(Freeman) 교수는 수년간 연구한 결과 고래가 "다른 종 보다 특별히 더 지적이라는 강력한 과학적 증거는 없다"고 했으나 고래를 "인간과 거의 동등하게" 보거나, 무력하고 무고한 동물을 죽이는 것에 반대하며 마카부족을 "작살을 내리꽂는 야만인"이라고 폄하하는 동물보호자도 있다(Thompson 22). 고래잡이 재개는 마카부족을 부정적인 비판에 그대로 노출시키는 원인이 되는 것이다.

실상 경제적인 이유로 고래잡이를 희망하는 마카부족의 일원도 있지만 "국제조약과 미국법률은 고래를 파는 것을 금지하고" 있으므로 실질적으로 고래잡이가 경제적 효과를 낼 수 있을지는 의심이 되는 상황이다(Butler 110). 마카부족의 안녕에 관심을 두는 미국정부는 "고래관찰"과 같이 오늘날에 맞는 상품을 개발해 부족의 경제를 발전시키도록 격려를 하기도 했다(Butler 110).

또한 고래잡이 재개를 반대하는 입장에서는 마카부족의 고래잡이를 허용하게 되면 "그것이 선례를 만들게 되어 세계 곳곳에 더 많은 고래잡이를 부추기게 될 것"이라는 우려의 목소리도 있다(Brunet 39). 마카부족의 고래잡이 재개를 반대하는 사람들 가운데에는 부족의 여성원로들도 포함된다. 마카부족의 원로 여성 중의 한 명인 앨버타 톰슨(Alberta Thompson)은 1995년부터 마카 부족의 고래잡이 재개에 대한 움직임이 있었는데, 고래잡이 재개는 부족 전체의 의견이 수렴된 것이 아니며 그것에 반대하는 입장도 있다고 주장한다. 톰슨 자신도 어렸을 때 "바다표범을 포함해서 전통적인 음식을 먹었지만, 그녀는 자신의 부족이 고래 고기나 지방이 없어도 살아갈 수 있다고" 주장하여 앞서 건강문제를 내세워 고래잡이 재개의 필요성을 강조했던 의견에 반박을 한다(Alten 34).

또 다른 반박은 1999년 재개된 고래잡이가 마카의 문화적 전통을 지켜 수행되지 않았다는 사실이다. 모터보트를 이용해 의식을 치를 카누를 고래가 이동하는 구역으로 견인했고, 소형비행기가 부족민들을 고래가 있는 곳으로 안내했다. 또한 "첫 번째 타격을 하기 위해 의식을 치르는 작살을 이용했지만 대포가 장착된 탱크에 타격을 가할 수 있는 고성능의 소총으로 실제 고래를 죽인"것이다(Berman 8). 이렇게 현대적인 장비와 무기를 사용한 것은 마카부족이 고래잡이를 통해 전통적인 문화를 지킨다는 말을 무색하게 한다.

이와 같이 마카부족의 고래잡이를 두고 지속해서 벌어지는 이중적인 논란들은 환경과 전통이 충돌하는 지점에서 일어나고 있다. 전통적으로 친환경적으로 알려진 미국원주민들은 자신의 문화와 정체성을 지키려는 사회적 움직임과 환경에 해가 되는 행위 사이에서 갈등을 일으키며 부족이 이중성의 논란에 맞닥뜨려있다. 역사적으로 상처를 받는 입장이었던 미국 원주민이 상처를 주는 입장에선 이때에 갈등을 해결해야하는 큰 숙제를 안고 있다. 마카부족이 안고 있는 이중성의 문제를 린다 호건은 그의 작품인 『고래사람들』에서 아트시카 부족이 당면한 문제로 재탄생시켜 제시한다.

III

아트시카 부족에게 자연과 인간의 관계는 상호의존적이었던 것으로 보인다. 특히 고래와 인간의 관계는 이중성을 띠고 있어서 인간이 고래잡이를 할 때에도 인간이 고래를 일방적으로 도살하는 것이 아니다. 사실상 인간이 고래를 잡아 먹을거리로 삼지만, 고래를 잡을 때 의식을 치르며 아트시카 여성들이 고래에게 부르는 노래는 오히려 고래에게 인간을 불쌍하게 여겨 달라는 애원이 담겨있다. "우리가 얼마나 고통을 겪는지 보시게나. 우리를 불쌍히 여겨주시게. 우리네 인간들은 왜소하고, 배가 고프다오"[1]. 인간들이 고래들에게 불쌍한 인간을 위해 자신들의 몸을 보시하라는 애원의 노래 속에는 아트시카 부족들의 자연관과 철학이 분명하게 들어있다. 고래가 일방적으로 인간들에게 죽임을 당하는 것이 아니라 고래가 자발적으로 인간에게 기꺼이 와서 먹이가 되어주는 것이다. 이는 자연이 인간보다 더 큰 사랑의 마음으로 인간에게 아량을 베풀어 희생을 하는 형국이다.

고래와 인간과의 관계는 여기서 그치지 않고 더 나아가 가족이 된다. 인간과 자연의 경계선이 허물어지는 것이다. 아트시카 부족은 "생물 종의 경계선 너머로 이어지는 연대감을 인식"하고 있다(Kelch 234). 이를 아트시카 부족의 지도자인 위대한 고래잡이인 위트카와 그의 아내의 노래 속에서 직접적으로 볼 수 있다.

> "오 형제 자매 고래여," 그가 노래를 한다. "할머니 고래여, 할아버지 고래여. 만약 그대들이 여기 뭍으로 온다면, 우리에겐 아름다운 잎들과 나무들이 있다오. 따뜻한 곳도 있다오. 우리에겐 먹여 살려야 할 아기들이 있고 그대들

---

1) 텍스트는 Linda Hogan, *People of the Whale* (New York: Norton, 2008), p.21. 이하 본문 인용 시 괄호 안에 쪽 수만 기입.

이 그들을 보도록 허락하겠소. 그대들의 영혼이 다시 아이가 되도록 하겠소. 그 영혼이 몸으로 다시 들어오도록 기도하겠소. 그것이 우리들 몸으로 들어올 것이라오. 그대는 일부 사람이 되고 우리는 일부 고래가 될 것이라오. 우리들 몸 안에서, 따뜻한 방에서 그대는 춤을 추고 빛을 만들고 사랑을 나눌 것이라오. 그대를 위해 우리의 생각은 강해질 것이오. 우리는 그대를 환영하지. 우리는 그대를 잘 대접하겠소. 그리고는 언젠가 나도 그대를 따라 가리." 그의 아내가 그와 함께 노래를 했다.

"Oh brother, sister whale," he sang. "Grandmother whale, Grandfather whale. If you come here to land we have beautiful leaves and trees. We have warm places. We have babies to feed and we'll let your eyes gaze upon them. We will let your soul become a child again. We will pray it back into a body. It will enter our bodies. You will be part human. We'll be part whale. Within our bodies, you will dance in warm rooms, create light, make love. We will be strong in thought for you. We well welcome you. We will treat you well. then one day I will join you." His wife sang with him. (22-23)

인간과 고래가 가족과 같고, 나아가 인간과 고래가 정신적으로 육체적으로 하나가 되는 경험을 하는 것이다. 고래가 기꺼이 인간에게 다가와 잡혀주고 인간은 고래와 일체가 되는데 고래는 인간의 몸과 정신 속에서, 그리고 인간은 고래의 몸과 영혼 속에서 서로 영원히 살아남는다. 이러한 고래잡이를 통해 종교적인 차원으로 승화되는 문화와 철학이 담긴 아트시카 부족의 자연관을 볼 수 있다. 고래잡이에 나타난 아트시카 부족의 자연관의 원형은 마카 부족의 자연관에서 온 것으로 생각된다.

이는 브렌다 피터슨이 마카 부족을 인터뷰하며 마카 부족이 인간과 인간이 존재하기 전부터 있어왔던 바다 포유류인 고래가 생물학적으로도 밀접한 연관을 맺고 있는 것으로 보는 것을 지적한 바에서도 드러난다. 인간이 "계속되는 진화의 이야기 속에서 다른 종을 포함시키는 친족체계의 일부라는 것을 깨닫는 일은 많은 현명하고 예지력이 있는 관점들 가운데 하나이다.... 둥글고 크게 뜬 눈을 가진 인간과 고래가 마주보고 있는 마카 부족의 암석 조각들은 그 부족의 생존이 회색 귀신고래의 생존과 뒤얽혀 있다는 것을 보여준다"(Peterson; "Who" B7). 인간보다 오래된 포유류인 고래가 인간의 "선배"이고(Peterson; "Who" B7) 고래의 생존은 인간의 생존에 영향을 미친다는 것이다. 나아가 "고래와 인간의 동질성은 단선적으로 생물학적 차원을 넘어서 삶을 지탱하게 하고, 지속해주며, 자연생태계의 순리를 가장 잘 드러내는 같은 생물"이라는 점이다(남진숙 75).

마카 부족의 전통적 견해를 반영하는 자연과 인간의 이렇듯 긴밀한 관계는 호건의 『고래 사람들』의 주요 인물들에서 보이는 자연과 인간의 경계선이 흐릿한 부분을 통해서도 드러난다. 예를 들어 물속에서 자유로웠던 아키타-시(Akita-si)의 손녀이며 토마스의 부인인 루스 스몰(Ruth Small)은 물에서 생존하는 수중생물의 특징을 타고 태어났다. 루스는 "아가미구멍을 지니고 태어났다. 전에도 아가미를 지니고 태어난 아이들이 있었다.... 의사들은 당황했고 아가미를 꿰매어 루스가 폐로 숨을 쉬게 하는데 여러 주가 걸렸다. 이후에도 그녀는 다른 사람들이 듣지 못하는 것을 들었다. 그녀는 물고기 떼와 고래들이 수면에 드러나기 전에 물을 관통하여 그들의 소리를 들었다"(27). 물과 떼려야 뗄 수 없는 운명을 지니고 태어난 루스는 자연과 일체감이 드는 점이 있다. 또한 루스와 토마스의 아들인 마르코 폴로(Marco Polo)도 물갈퀴 발가락을 달고 태어났다. "물갈퀴가 있는 발은 그 지역에서 발생한 적이 없는 것이 아니었다. 그러나 어느 누구도 그것을 인정하고 싶어 하지는 않았다.... 그들은 땅에 묶여 있는 가족은 아니었고, 그것은 확실했다. 땅에 의지하는 고래들처럼, 많은 방식으로 그들은 두 가지 환경에서 살았다"(34). 이들 가족은 수륙 양면에서 살게 되어 있는 진화의 과정이 몸에 흔적으로 남아 있는 것으로 보인다. 사실 이러한 특징을 지니고 태어난 것을 현재 인간의 입장에서 보자면, 그들이 기형으로 태어난 것이다. 기형의 인간은 아이러니컬하게도 자연과는 공통점을 보이고 자연과 실제로 친족이라는 것을 상징적으로 보여주며, 더불어 자연의 일부로서의 인간 존재를 대변해 주는 듯하다.

베트남에서 미국으로 돌아온 토마스는 동물과 친족으로 지내는 아트시카 부족의 옛 이야기를 기억하려고 한 바 있다. "이제 그토마스는 물개와 결혼했던 한 여자와 아름다운 눈을 가진 남자가 날개와 물갈퀴 발을 지닌 물개였다는 사실을 발견하고서는 그 여자를 받아들이지 않았던 그 여자의 가족에 관한 이야기를 기억해낸다. 물개는 그의 부족 조상들 중의 하나이다.... 이 모든 이야기들이 우리들의 몸 안에 남아 있다"(116). 자연과 인간이 서로 친족이고 서로 밀접하게 연결되어 있는 이야기가 그들 부족의 몸에서 기억되고 이어져 온다고 토마스는 생각하게 된다. 동물과 인간의 경계선이 불분명해진 전설 같은 위트카 부족의 이야기는 그들의 몸에 새겨져 있다.

인간의 몸에 남아있는 자연의 자취 이외에도 인간과 자연이 서로 교류하고 왕래하는 정신이 아트시카 부족의 문화에 그대로 녹아있는 것이 여러 곳에서 드러난다. 1947년생인 토마스가 태어났을 때 여덟 개의 다리를 가진 문어가 동굴 속으로 걸어 들어갔다는 "아트시카 부족의 구전(oral tradition)이" 되는 전설 같은 이야기도 있다(Adamson; "Indigenous" 158). 그 현상의 의미가 무엇인지 두려워서 동굴입구를 막고 불을 지르자는 몇몇 사람들도 있었지만 대체로 아트시카 "사람들은 이를 성스럽다 생각해서 검은 바위 동굴 입구 바깥에 선물을 나두기도 했다"(16). 심지어는 토마스와 루스의 결혼식에 물고기가 "은빛으로 뛰어오르고 물을 튀기며"(27) 참석했었다는 이야기도 있다. 이렇듯 아트시카 부족은 대체로 자연친화적이며 자연과 친밀하고 한 가족 같이 잘 지내왔다는 사실이 보인다. 그러나 무엇보다도 아트시카 부족은 고래와 다각적으로 긴밀한 관계를 유지하고 있다.

> 그들의 모든 이야기는 따개비처럼 위대한 고래에 달라붙어 있다. 지나가
> 는 것을 그들이 지켜보기를 좋아했던 그 고래에. 그들은 고래 사람들이다.
> 그들은 고래를 숭배했다. 고래수염은 한 때 그들 조상들의 집이었는데, 조상
> 들은 가죽으로 거대한 갈비뼈를 가리고 그 안식처에서 잠을 잤다. 고래들은
> 그들의 삶이었고 위안이었다. 그들의 친구인 황새치가 때때로 고래를 다치게
> 하면 다친 고래는 죽으러 해안으로 오거나 이미 죽은 채 도착하기도 했다.
> 그것은 그들의 어머니인 바다와 친구인 황새치가 허기진 사람들에게 주는
> 선물이었다.

> All their stories clung like barnacles to the great whale, the whale
> they loved enough to watch pass by. They were people of the whale.
> They worshiped the whales. Whalebones had once been the homes
> of their ancestors who covered the giant ribs with skins and slept inside
> the shelters. The whales were their lives, their comfort. The swordfish,
> their friends, sometimes wounded a whale and it would come to shore
> to die, or arrive already dead. It was an offering to the hungry people
> by their mother sea and friend, the swordfish. (43)

아트시카 부족은 고래에게 많이 의존하고 있고, 고래는 아트시카 부족이
연명할 수 있도록 도와주는 존재였다.

IV

아트시카 부족의 위대한 고래잡이인 위트카의 손자로 태어난 토마스 위트
카 저스트는 모든 마을 사람들과 협력하여 경건하고 전통적으로 고래를 잡는

문화 속에서 아트시카 부족의 일원으로 성장하지만 미국인으로서의 정체성
도 세우고 싶어 하는 것으로 보인다. 이는 토마스가 갑작스럽게 베트남전에
입대하는 것으로 드러난다. 토마스는 루스 스몰과 결혼 후 얼마 되지 않아
친구들과 어울려 베트남 전쟁에 지원입대를 하게 된다. 루스는 혼인신고도
채 하지 않은 새신랑인 토마스의 군 입대 동기를 이해할 수 없고, 다만 그가
취중 호기로 입대를 결정한 것으로 생각한다. 실상 토마스가 아메리카 원주
민이나, 그가 자신의 미국인으로서의 정체성을 인식하고 거기에 방점을 둔
면이 있다. 이는 토마스의 말에서 드러난다.

> "우리 모두가 그저 그렇게 했었지,"라는 것이 그의 유일한 이유였다. "다함
> 께," 그가 말했다. 그들은 술을 마시고 있었다, "그 사내들 말이야," 그녀가
> 그들을 부르는 것과 같이. 그들은 미국에 대한 신념이 있었다. 그들은 그랬다.
> 그들에겐 애국심이 있었다. "난 그저 인디언일 뿐이지는 않아. 나는 미국인이
> 기도 하지."

> "We just all did it," was his only reason. "Together," he said. They'd
> been drinking, "the boys," as she called them. They believed in America.
> They did. They were patriotic. "I'm not just an Indian. I'm American,
> too." (30)

아이러니컬하게도 취중에 더 발현된 토마스의 정체성의 문제는 자신이
인식한 것 보다 더 많은 갈등의 요소가 되고 자신의 인생을 송두리째 바꾸고
많은 사람들의 삶에 영향을 끼치게 되는 계기가 된다.

베트남 전쟁에 참여한 토마스는 전쟁 중 행방불명된 사망자로 통지가
된다. 종전 후 5년 이상 실종된 것으로 알려졌던 토마스가 미군에 의해
발견되어 전쟁영웅으로 추대되어 미국으로 돌아오게 된다. 토마스가 살아있
다는 연락을 받고 루스는 그가 오기로 된 날 공항에서 그녀의 아들 마르코

폴로와 어머니인 오로라(Aurora)와 함께 종일 기다렸으나 토마스는 연락도 없이 나타나지 않았다. 루스와 오로라는 이유는 알 수 없지만 그가 집으로 돌아오지 않을 것임을 직감하고 있었다. 9년간 베트남에서 지낸 후 그가 곧 집으로 돌아오지 않은 이유는 무엇인가? 그가 왜 집으로 올 수 없었던 것일까?

토마스는 고향인 워싱턴 주로 돌아가지 못하고 샌프란시스코로 가서 방황하며 베트남에서처럼 다시 길을 잃은 것과 같은 상태가 된다. "이제 그는 자기 자신으로 부터도 실종된 것이다"(24). 토마스는 지도를 사랑하는 사람이었으나 베트남에서 길을 잃었고, 결국 발견되어져 미국에 돌아왔지만 미국에서도 여전히 길을 잃고 방황하는 아이러니로 가득 찬 인물이다. "그는 물, 미스터리로 둘러싸이고, 또 그가 더 이상 알지도 못하고 원치도 않는 나라로 되돌려진 그 자체가 섬인 남자였다"(51). 토마스는 자신의 존재에 대한 회의감을 갖고 혼돈 속에서 헤매게 된다. 그러므로 그는 미국에 있는 가족들로부터도 달아난다. 이는 토마스가 자기 인생 전반에 대한 회의감을 느끼게 되고 존재론적인 갈등을 하기 때문인 것으로 생각된다. 토마스는 자신의 존재에 대해 대단히 자의식적이 되어 자신의 존재 자체가 거짓이라고 생각한다.

> 그의 세포가 모두 거짓이고 그의 존재도 거짓으로 이루어져있다. 거짓은 진실이 하는 방식으로 외치지 못한다. 그것들은 발각을 두려워한다. 그것들은 끊임없이 혼란스러워 하고 서로 겹치는 소프트에지가 있다. 토마스는 생각하며 걸었다. 내 몸은 거짓말로 이루어져 있다. 내 혀에도 거짓말이 있다. 그는 더 이상 진실을 알지 못했다.
> 그러나 거짓은 진실에 대한 최초의 인식인 것이다. 그는 이것을 수 년 동안 생각해내지도 알지도 못했다. 대신에 그는 생각했다, 내 조상들은 순수함과 목적이 있었다. 그들에게는 모든 것에 대한 노래가 있었다. 실상 그들이

탄원이라고 불렀던 조약에서조차 그들은 정직했다.

Thomas didn't call. He was a lie. His cells were all lies and his being was made up of lies. Lies couldn't call out the way truth does. They feared discovery. They were constantly confused and had soft edges that overlapped. Thomas was walking, thinking. My body is made of lies. There are lies on my tongue. He no longer knew the truth.

But lies are the first recognition of truth. He wouldn't think this, he wouldn't know it for many years. He would think, instead, My ancestors had purity and purpose. They had songs for everything. They were honest, even in their treaties, which in truth they called entreaties. (45) [sic]

거의 10여년을 베트남에서 보낸 토마스의 과거는 현재 그의 인간으로서의 정체성에 대단히 영향을 미치는 데, 토마스는 자신의 존재를 거짓말이라고 단정함으로써 자신이 베트남에서 보냈던 10여년 세월의 과거를 부정하고 싶어 하는 것으로 보인다. 사실상 전투 중 실종되어 베트남에서 살던 그를 전쟁영웅으로 만든 미국정부도 진실을 두려워하는 것 같다. 거짓으로 꾸며진 자신의 과거를 감당할 자신이 없었던 토마스는 가족들로부터 사라지게 된다. 그러나 정작 토마스가 놓치고 있었던 것은 거짓이라고 믿고 있던 그의 삶에는 진실이 있다는 것이다. 거짓과 진실은 양면의 이중성을 띠고 한 장의 종이처럼 붙어있다. 토마스가 자신의 아트시카 조상들에게서 본 진실과 정직은 그가 거짓된 것이라고 생각하는 자신의 인생과 어떤 관계가 있는가? 자신의 의식 안에서 깨닫지 못한 조상과의 관계는 어떻게 발현이 되는가? 그는 결코 서로 교차할 수 없을 것 같다고 생각한 다른 두 세계에서 두 가지 인생을 살아왔다. "그는 도난당한 사람이었다. 남은 것은 그가 아니었다. 그것은 단지 걸어 다니는 그의 몸이며, 부정직한 몸일 뿐이었다. 그는 빼앗긴 인간이다. 바로 지금 그가 어떤 것에라도 연결되어 있다고 조금이라도 느끼는 유일한 것은 딱딱하고 아픈 그의 새 부츠를 신고 모든 것으로부터 이렇게 걸어서 떠나가 버리는 것이다"(46). 토마스는 자신의 몸을 탈영한 군인이 농부로서 오랫동안 베트남에서 딸까지 낳고 살아온 과거가 그대로 배어 있는 부정직함의 표상으로 여기고 있는 것이다. 그는 그것을 모두 실토할 준비가 되어 있지 않았고 자신의 과거를 어떻게 받아들이고 인정해야 할지도 모르는 상태이다.

미국인으로서 정체성을 확립하고자 전쟁에 참여했지만 오히려 전쟁으로 인해 더욱 더 정체성의 혼란을 경험하게 되는 결과를 낳는 것이다. 미국으로 온 후 받은 질문에 대한 답에서 단적으로 그 사실을 알 수 있다. "그들은 내가 미국인이라고 생각하지 않았습니다. 제 생긴 모습이나, 제가 이렇다 보니까요. 제 말은 제가 이런 사람이어서요. 전 결코 말을 하지 않았어요. 벙어리처럼 묵묵히 있었어요. 그렇지 않았다면 입 속이나 목에 총을 맞았을 겁니다"(49). 그는 이데올로기를 모두 떠나 생존에 온 힘을 다 한 것이다. 그가 베트남에서 두려웠던 것은 아이러니컬하게도 미국인에게 발견되는 일이었다. 그의 존재와 삶 자체가 이중성의 연속으로 이루어진 것이다.

자신이 거짓 덩어리라고 괴로워하는 토마스는 자신이 또한 위대한 고래잡이인 위트카의 손자이며 전통의 일부라는 것을 새삼 생각해낸다. 이는 자신의 고향에서 고래사냥을 재개한다는 신문기사를 읽고 깨닫게 된 사실이다. 이 신문기사로 인해 토마스는 13년 만에 귀향하기로 결심을 굳히게 된다. 토마스는 자부심을 갖고 자신도 고래사냥에 참여하겠다는 생각으로 고향에 가게 되는 것이다. 그는 고래사냥을 자신의 존재감을 확인 시켜주는 행위로 연결한다. 토마스의 귀향은 자신이 사랑하는 가족을 만나기 위한 것이 아니라 고래 사냥 때문이다. "이제 집으로 가야할 때다. 마치 고래를 잡는 일이, 위트카처럼 되는 일이, 그의 거짓과 그가 한 행위를 용서하게 될 것만 같았다. 마치 이 한 가지 행동으로 역사의 한 장에서 자신을 구하고 다른 장의 역사로 돌아가서, 그에게 이제껏 결핍되었던 편안한 마음으로 그 안으로 슬그머니 들어갈 수 있을 것 같았다"(70). 토마스는 고래잡이라는 구원의 끈을 붙잡고 있는 것처럼 보인다.

자신의 고향인 아트시카 부족의 공동체로 돌아온 토마스는 예전의 그가 아니었다. 루스의 눈에 토마스는 이방인처럼 보였고, 비밀이 있고 상처받은 비참한 자로 변해있었다. 세상에서 처음으로 만나는 자신의 아들과 13년 만에 보는 아내에게 별 관심을 보이지 않고 먼저 다가가지도 않아 어떠한 연대감도 그들 사이에 없는 것처럼 보였다. 드와이트(Dwight)의 거짓말로 토마스는 마르코가 자신의 아들이 아닐 수도 있다는 생각에 사로잡혀 있었다. 이는 자신이 사랑한다고 생각하는 루스에 대한 믿음이 흔들리는 것을 반영하는 것으로 귀가 얇은 토마스의 약점을 드러내는 일이기도 하다. 사랑하는 사람을 깊이 믿지 못하는 것은 토마스의 성숙하지 못하고 취약한 면을 노정하는 일이다.

전쟁터로 사랑하는 사람들을 떠나보내고 뒤에 남은 자들도 전쟁의 상처를 겪는다. 전쟁에 나간 남편을 기다리는 여자들의 상처와 슬픔은 깊어서 "전쟁은 기다리는 여자들의 마음과 영혼을 절단한다"(53). 작다는 의미의 루스 스몰이라는 이름과는 달리 "커다란 영혼과 힘센 손과 넓은 마음"을(27) 지닌 루스가 토마스의 전사통보를 받았음에도 불구하고 꿋꿋하게 남편을 기다려왔다. 그러나 베트남에서 돌아온 토마스가 루스를 대하는 태도는 그 동안 그가 참혹한 경험을 했고 현재 자신이 지고 있는 삶의 무게도 감당하지 못하는 것을 단적으로 증명한다. 또한 태생적으로 품위가 있는 마르코는 세상에 태어나서 처음으로 아버지라는 사람을 만난다. 삶에 지쳐 보이는 그 사람이 아버지이고 그가 고래 때문에 돌아왔다는 것을 곧 알아챘지만 "그가 전통으로 돌아가서 자신을 되찾겠다고 생각하고 있을 줄은" 전혀 몰랐다 (77). 이렇듯 가족과 소원해진 토마스는 전통을 잇게 될 고래잡이에 열성을 보인다. 그러나 거짓과 허위로 찬 삶을 영위해왔다고 생각한 토마스의 인생은 전통을 계승한다는 명분을 지니고 있으나 많은 논란을 불러일으키게 될 고래잡이로 자아를 되찾고 구원받을 수 있는 것인가?

Ⅴ

사실 아트시카 부족의 고래잡이 재개는 앞서 언급한 바와 같이 실재하는 마카 부족의 고래잡이 재개에 그 원형을 두고 있다. 피터슨에 따르면 마카 부족은 1800년대 중반부터 20세기 초반 사이에 백인들의 포경선이 귀신고래 개체수를 급격히 감소시킴에 따라 스스로 1920년대에 고래사냥 중지를 선언한 바 있다고 한다. 그러나 1994년 귀신고래는 몇몇 과학자들의 반대에도 불구하고 멸종위기동물의 명단에서 빠졌고 그와 더불어 마카 부족은 고래잡이 재개를 원하게 되었다. 아트시카 부족은 그들이 미국정부와 맺은 고래사냥에 관한 조약이 부여하는 권리를 주장하며 자신들의 전통인 고래사냥 재개를 주장한다. 자연과 어우러져 살고 있는 아메리카 원주민 부족이 전통을 되찾겠다는 명분으로 고래 사냥을 한다고 나섰을 때 친환경적인가?

전통을 찾는데 동조적이며 동정론을 보이는 외부 세력이 있는가하면 고래사냥에 반대하는 동물권 보호 운동가들도 있다. 하지만 부족 안에서 의견이 더 심하게 달라서 분분히 갈라졌다. 마카 부족의 모든 사람들이 고래 사냥에 찬성을 하는 것은 아닌 것처럼, 마찬가지로『고래 사람들』에 등장하는 아트시카 부족도 고래 사냥을 두고 의견이 서로 갈라져서 부족 안에서 분열의 양상을 보이고 있다. 고래사냥에 찬성하는 디미트리(Dimitri)는 진정으로 마음 한 구석에서 고래사냥이 아트시카 부족을 아트시카 부족답게 만들 수 있는 것이라고 믿고 있었고, 그 명분아래 감추어진 현실은 인지하지 못하고 있다. 아트시카 부족의 일부 사람들은 고래사냥의 전통을 잇겠다는 명분을 걸고서 실제로는 고래사냥이 가져다줄 금전적인 이익을 염두에 두고 일을 추진하는데, 이는 숨길 수 없는 사실이다. 특히 드와이트는 앞장서서 이 일을 진행한다. 드와이트는 "재물을 그들이 잃어버렸으나 다시 찾기를 원하는 어떤 것이라고 잘못 믿고 있고, 그런 재물로 그들의 마음과 영혼을 채우기 위해 그들이 고래를 죽이길 원하는 것이라고 대부분의 사람들을 설득하는데 거들었다"(68). 주로 돈에만 관심이 있는 드와이트는 "그건 우리들의 전통음 식입니다. 그게 필요합니다. 우린 그것에 굶주렸어요"라고 주장한다(69).

반면, 토마스의 아내인 루스는 고래사냥 재개에 반대하는 입장을 취하고 있다. 항상 물과 고래에 가까웠던 루스는 고래에 대한 사랑과 경외감을 잃지 않고 지니고 있으며 광활한 바다에서 물을 뿜는 거대한 고래를 통해 신의 존재를 인식하게 되기까지 한다. 루스는 부족의 장로들과 더불어서 고래 사냥에 반대를 하며 고래를 위해 싸우는 일종의 전사가 되지만, 루스가 이미 박해와 상처를 받아온 자신의 부족과 대립하는 것은 힘든 일이다. 그녀는 자신의 부족이 번창하고 잘 되기를 바랐다. 그러나 아트시카 부족이 나아가는 방향이 정신이나 영혼이 살아 있는 쪽을 향하고 있지 않은 것으로 보여 루스는 안타깝게 생각한다.

루스는 고래와 밀접한 관계를 맺고 있고 고래와 노래로 소통하고 있다. 루스는 아트시카 부족의 일부 사람들이 고래 고기를 일본에 판매하기 위해 비밀리에 거래를 하고 있는 것을 알게 된다. 따라서 고래를 보호하려하고, 고래사냥에 더욱 더 비판적 시각으로 보고 있으며 그것을 막으려 한다. 그러므로 고래 사냥에 앞장서는 사람들과 충돌하게 되고 맞서게 된다.

루스의 주장과 드미트리의 주장이 서로 다르다. 루스는 고래사냥에 반대하는 입장이고 고래의 개체수가 얼마 남지 않은 것에 대해 걱정하고 염려한다. 이에 반해 드미트리나 드와이트는 전통의 명맥을 유지한다는 명분을 내세워 고래사냥을 재개할 것을 주장하면서 다른 한편으로는 고래 고기를 일본에 몰래 팔 계획을 갖고 있다. 드와이트 자신도 한편으로는 몹시 예전방식을 믿고 따르고 싶었지만, 그는 이미 사업가가 되어 예전 방식을 지켜낼 수 없었고 자신의 이익을 위해 행동하게 된다. 전통을 찾는다고 말을 하고 전통을 찾아 헤매는 것처럼 보이지만 정작 부족의 장로들에게 상의를 하지도 않았다. 대신에 고래고기와 고래지방을 대가로 돈을 받았다. 전통을 내세우며 돈을 위해 고래잡이를 하는 그들은 이중성을 보이고 있고 루스는 이를 잘못된 것으로 지적한다.

이렇게 고향사람들의 의견이 갈라지고 갈등이 시작된 때에, 토마스는 전쟁에서 얻은 깊은 정신적 상처를 안고 고향으로 돌아온다. 미군들이 베트남에서 어린이를 포함한 무고한 사람들을 살해하고 그들의 가축을 죽이고 부녀자를 강간하는 등 만행을 일삼은 것에 환멸을 느낀 토마스는 자기 자신의 존재조차 혐오하고 부인하고 싶어 한다. 인간의 법칙과 자연의 법칙을 모두 어겨 어디에도 설 수 없는 토마스는 정체성을 잃고 자기 자신도 헤아리지 못하는 자신 속으로 깊이 침잠하는 상태에 오랫동안 빠져 있었다.

그러던 중 자신의 고향에서 고래잡이를 재개한다는 소식을 듣고 돌아온 것이다. 그가 미국으로 돌아온 것은 전쟁에서 얻은 상처를 치유하고 더불어 자신을 찾고자 고래사냥에 참여하기 위해서다. 고향에 두고 온 가족 때문이 아니라, 고래잡이 때문이었다. 이는 자신의 정체성을 찾기 위한 힘겨운 몸짓이고, 그 몸짓 안에 그를 애타게 기다렸던 가족의 자리는 없다. 가족도 멀리한 채 고래잡이에만 집중을 하는 토마스는 부족의 전통을 지키며 또한 자신의 자아도 회복하는가? 토마스가 합류한 고래 사냥단은 아트시카 부족의 전통을 유지하겠다고 고래사냥을 나섰으나 전통적인 방식과는 거리가 멀게 고래를 살상하고 고래에 대한 최소한의 예의도 지키지 않는다.

그들은 고래의 영혼을 달랠 생각도 하지 않고 폭력적으로 고래 사냥에만 힘쓴다. 토마스는 전쟁으로 인해 자신이 죄를 지었고 부정하고 싶은 과거를 청산하고 자신의 참자아를 찾기 위해 고래사냥에 참가했으나 전통을 따르기는커녕 또 다시 후회할 일을 하게 된다. 그는 고래에게 총을 쏘아댔던 것이다. 손에 총이 있으니 전쟁에서 습관처럼 하던 일이 자동적으로 나온 것이다. 전쟁과 고래사냥은 어느덧 폭력을 공통분모 삼아 서로 연결이 되고 마치 자신의 의지와는 상관없이 일어난 일처럼 토마스는 고래에게 총을 쏘았다. 토마스가 아직도 전쟁의 후유증에서 벗어나지 못하고 정신적 외상을 겪고 있는 것이 고래사냥을 통해 드러나고, 이후 고래사냥으로 인해 비롯된 아들의 죽음이라는 더 큰 비극 때문에 그 외상은 더욱 더 강화된다.

토마스는 자신이 살던 공동체에 돌아왔지만 고래사냥 이후에 여전히 유령 같은 존재로 남아 있고 사람들과 소통을 하려하지 않는다. 아들이 살아 있을 때조차 아들과 소통하려들지 않았던 토마스는 마르코의 죽음 이후에 더욱 세상과 단절된 생활을 하려한다. 토마스가 만드는 높은 담장은 그가 세상과 쌓는 단절의 벽이다. 또한 토마스는 자기 자신마저도 몹시 증오한다. "나는 살아있다 그리고 나는 죽었다"(180)라고 자신을 표현하는 토마스는 살아있으나 죽은 것과 같은 인생을 사는 자신의 생 - 중 - 사의 모습을 고백하는 것이다.

> 그는 이 모든 시간을 안개 속에서 살며 보냈다. 이제 그는 빠져 나오고 있다. 자기혐오라는 안개 대신에 자신에게 연민이 있었다는 사실을 보게 된다. 그는 잘못을 해왔기도 했지만, 잘못하지 않기도 했다. 자신이 죽이기도 했지만 구하기도 했다고 그는 생각한다. 그것 때문에 자신을 사랑하기도, 미워하기도 했다. 그것은 이중성의 세계인 것이다. 선과 악 사이에는 명백한 선이 없다. 그는 둘 다이다. 이런 깨달음이 서서히 동터오고 있다.
>
> He'd spent all these years living in a fog. Now it is moving away.

Instead of the fog of self-hatred, he also sees that he had compassion. He had been wrong, and he was not wrong. I killed, he thinks, but I saved. I ended up loving and then hating myself for it. It was a world of doubleness. There are no clear lines between evil and good. He is both. This is slow dawn of his knowing. (136)

자신을 미워하는 안개 속에서 길을 잃고 허우적거리다가 자신에 대한 깊은 성찰과 더불어 자신 안에 있는 선악의 공존을 바라보게 된다.

루스는 토마스가 세상에 존재하는 선악의 공존을 좀 더 잘 이해하고 깨달아 자기 자신을 좀 더 잘 받아들이기를 바란다. "그녀는 회색 지대, 중간 지대, 거짓과 절반의 진실 사이의 경계선에 있는 지대를 모르고 어떻게 그가 전쟁에서 생존 했는지를 의아해 했다"(272). 루스는 토마스가 전쟁에서 아이들 까지 죽이려는 미국 병사들을 살해했지만 무고한 베트남인들을 살려 한 마을을 구했다는 것을 객관적으로 평가하고 있고, 토마스도 그것을 깨닫기 바라는 것이다. 토마스는 사람을 피폐하게 만드는 전쟁의 맹목적인 속성을 이겨내고 자신의 도덕성의 기준을 잃지 않으려고 안간힘을 다했던 자신에게 조금은 관대할 필요가 있다. "토마스는 이제 뭔가 다른 존재로 되어가고 있었다. 더 이상 패배자가 아니었고, 자신 안에 깊이 자리 잡은 그 무엇이 귀중하게 여겨지고 물을 건너 구세계는 여전히 오래된 것이긴 하지만 자신 안에서 새로워졌다"(286). 토마스는 자신을 성찰하고 통찰하는 시간을 갖게 되는 때에, 마르코를 죽인 것이 거의 확실시되는 드와이트가 다시 토마스에게 총을 발사해 죽이려고 시도한다. 이 사건을 계기로 토마스는 다시 태어나는 경험을 한다. 거미줄을 짜는 거미처럼 토마스는 "예전의 자기 자신으로 새로운 사람을 만들어 냈다" (287). 살아서도 죽은 것 같았던 토마스는 죽음으로써 다시 살아나는 생사가 공존하는 이중적 진실을 보여준다.

VI

토마스의 전쟁경험과 더불어 아트시카 부족의 고래사냥을 둘러싼 전통과 선악의 문제는 사실 많은 경우에 이중적이고 다층적이다. 고래를 인간의 조상으로 여기고 고래와 소통하며 고래와 잘 지내왔던 아트시카 부족이 고래 잡이를 두고 겪는 논쟁은 서로 다른 입장과 관점으로 부족을 분열시키고 환경보전과 전통적 가치에 대한 혼란을 불러일으킨다. 아트시카 부족이 전통을 잇겠다고 주장하는 고래잡이에는 현대 문물인 쾌속정과 헬리콥터, 고성능 기관총이 사용되어 사람과 고래가 예전에 나누던 소통을 할 수 없고, 고래의 영혼을 위로하는 여성도 고래잡이에서 제외되어 고래잡이는 균형을 잃고 단지 고래를 죽이는 일만 부각되는 행위로 전락한다. 고래의 언어를 알고 고래와 소통하는 방법을 아는 마르코 폴로는 불행히도 이중적인 인간과 소통하는 방법을 터득하지 못하고 고래잡이에서 자신의 설자리를 지키지 못하고 희생이 된다. 내세우는 전통수호의 가치와 그 가치 뒤에 숨은 경제적 이익에 대한 탐욕은 자연과 조화롭게 지내고 자연에 귀를 기울일 줄 알았던 순수이 상주의자인 마르코 폴로와 같은 전통주의자를 희생시키고 부족을 분열과 대립으로 몬다. 고래잡이를 통해 토마스는 아트시카 부족으로서의 자기 정체성을 찾고자 했지만, 전쟁 때 겪었던 트라우마를 더욱 강화시키는 계기가 되고, 그를 더 혼란에 빠뜨린다. 전통을 내세운 과거로 숨어들어가려 했던 토마스는 아들의 죽음이라는 더 큰 비극을 경험하고, 오히려 현실과 부딪히고 현실을 직시할 때 인생의 이중성에 대한 작은 깨달음을 얻는다.

린다 호건은 아트시카 부족의 전통과 문화, 그리고 개인의 비극적 경험을 통해 윤리적 믿음과 가치에 대한 지속적인 질문을 던지고 있는 것이다. 각자가 서로 다른 입장에서 고래잡이에 대한 의견을 개진하지만, 상대방의 입장에서 사유하는 노력을 해 볼 필요가 있고, 이때에 종의 경계선을 넘어서려는 시도는 의미가 있다. 피터슨이 언급하듯이 "환경적으로 책임을 지는 행위는 21세기에 들어 다른 종에 대한 우리의 역사가 행한 상처를 치유하는데 도울 수도 있다는 첫 번째 신호이다"(*Sightings* 27). 역사적으로 상처와 피해를 많이 입은 마카/아트시카 부족에게 관용을 베풀기를 바라는 것은 또 다른 희생을 강요하는 신식민주의적 발상이라는 의견도 있지만, 고래잡이에 반대하는 아트시카/마카 부족의 원로 여성들의 주장에 귀를 기울이는 일은 부족이 나아갈 방향을 잡을 수 있는 계기가 될 것으로 보인다. 부족의 원로여성들은 고래잡이가 내포하고 있는 전통적 가치를 충분히 인식하지만, 이미 그 의미가 변질된 고래잡이를 무단으로 행하는 것에 반대하고 우려를 나타내며 고래를 지킬 것이라고 단언한다. 종의 경계선을 넘어 자연과 더불어 살아왔던 마카/아트시카 부족이 여성원로들을 중심으로 자신의 전통을 어떤 식으로 계승해가야 할 것인가를 고심한다면, 이러한 갈등을 해소하며 친자연적인 부족의 전통을 다시 잇는 발판을 마련할 수 있다는 것을 린다 호건이 제시하고 있는 것으로 보인다.

4부
생태문화론

『문학과환경』 10년, 환경수필문학의 개관과 비평

● 강용기 (전남대학교)

1. 들어가고

'환경 수필'이라는 언어의 조합이 생경하게 들릴 수 있겠다. 여기에서 굳이 '환경'이라는 수식어를 사용하는 이유는 본 장에서 다루고자 하는 작가나 사상가들이 공통적으로 생태환경의 직접적인 파괴를 문제시하거나 혹은 친환경적 삶의 구체적인 실천을 기록하고 있기 때문이다. 2002년에 『문학과환경』이 그 창간호를 발행한 이래로 환경 수필이나 자연기 산문에 관한 비평은 시나 소설 등, 타 장르에 비하여 활성화되지 못한 느낌이다. 환경 문제를 다룬 한국의 수필 문학이 다소 일천하다는 상황이 환경 수필에 대한 비평의 양적인 빈약함을 설명해준다고 하겠다. 『문학과환경』에 실린 미국의 자연기 산문이나 환경 수필에 관한 글은 7 편임에 비하여 한국의 수필에 대한 비평은 김윤선의 「녹색 성장 시대, 새로운 글쓰기: 최성각의 생태문학을 중심으로」 (2010년 제9권 1호), 한 편 뿐이다. 미국을 포함한 서양어권이 9 편이고 보면, 한국의 환경 수필 문학과 그 비평은 한국 문학계의 사각지대라고 해고 과언이 아니다. 미국의 자연은, 신문수가 언급하듯이, "미국의 국민문화 형성에 각별한 의미소"로 작용하였다는 역사적, 문화적 특수성을 지니고 있기 때문에(8) 특히 19세기 중반 이래로 미국의 자연기 산문과 환경 수필은 이른 바 주류의 문학 장르로 급부상한 측면이 있다. '문학과환경학회'(ASLE)가 미국에서 태동하여 한국은 물론, 일본, 인도, 중국과 대만 등, 세계 각지로 확대되어 가는 추세만을 감안하드라도 생태학적으로 심오한 한국과 동양의 문화전통을 잠시 접어두고 과연 미국의 자연기 문학이나 환경 수필을 타산지 석으로 바라보지 않을 수 없다. 따라서 이 글에서는 주제별로 미국의 환경 수필의 갈래와 그 전개 과정을 우선 점검하고 한국의 상황을 간략하게 정리 한 후에 지난 10년 간『문학과환경』에 게재된, 국내외의 환경 수필에 관한 비평의 성과를 분석하고자 한다.

2. 미국의 환경 수필

주지하다시피, 서구에서 산업화가 급속히 진행된 시기는 19세기 중후반이 다. 미국의 상황도 예외가 아니다. 화석연료와 증기기관을 앞세운 산업화는 필연적으로 대규모의 자연파괴를 초래하고, 이를 목도한 당대의 지성들은 단순한 자연찬미의 단계에 머무르지 않고 무분별한 산업화와 인간중심주의 적 문명 자체에 대한 비판의 목소리를 높이고 있다. 미국의 경우 소로우 (Henry D. Thoreau)와 뮤어(John Muir)가 그러한 비판의 선봉장이라고 할 수 있겠다. 지구촌이 20세기를 통과하면서 근시안적 산업화에 대한 비판 은 더욱 거세어진다. 이제 환경파괴를 우려하는 선각자들은 파괴가 초래하는 폐해의 과학적 증거들을 고발하거나 문명비판의 시각을 견지하면서 대안적 삶의 실천을 제안하고 있다. 전자에 속하는 과학자는 리어포울드(Aldo Leopold)와 카슨(Rachel Carson)이 두드러지고, 스나이더(Gary Snyder)와 베리(Wendell Berry)가 후자의 대표적인 작가들이라고 하겠다. 본고에서는 이들 환경론자들의 비판과 제안을 개괄하고, 그들의 통찰력과 근간에 진화하는 환경론을 유기적으로 통섭함으로써 환경 수필의 길을 나름대로 전망하고자 한다.

(1) 신성한 자연

소로우의 자연관은 에머슨(Ralph W. Emerson)의 관념론과는 유의미한 거리를 유지하고 있다. 소로우 역시 초월주의 자연관의 끈을 결코 놓지 않는다. 그러나 소로우 비평가들이 공감하듯이, 에머슨의 자연관이 관념론에 치우쳐 있다면 소로우의 그것은 자연과의 직접적인 접촉을 통하여 형성된 개념이다. 그것은 '형성된 개념'이라기보다는 '형성되는 과정'이라고 표현해야 적합할 것이다. 소로우에게 관념은 문화적 의미의 투사가 아니라 오히려 경험과 관찰의 결과로 생성되는 문화적 반란이다. 에머슨과 소로우의 불편한 갈등은 바로 그들이 추구하는 인식론이 달랐기 때문이라고 할 수 있다. 두 사상가의 자연을 이해하는 방식의 차이가 그들의 자연관은 물론 삶의 방식의 차이까지 낳았다. 에머슨이 점차 도시지향의 생활로 경도되는 반면에 소로우는 직접적인 자연관찰을 통한 자연사 연구에 더욱 편집광적으로 빠져들었다(Sattelmeyer 33). 자연관과 관련하여서도 역사와 전통을 버리고 미국적 자연환경에서 자립적 자연관을 추구하라고 역설한 에머슨은 정작 과거의 전통에서 자유롭지 못하지만, 그의 관념론을 거부하는 소로우가 진정으로 자연관의 자립을 도모하고 있다는 점은 아이러니가 아닐 수 없다. 소로우는 책 곧, 인간의 방언을 통하여 얻은 자연의 의미는 은유로부터 자유로울 수 없기 때문에 자연을 직접적으로 읽을 수 있는 보편적 언어를 잊지 않도록 주문한다(*Walden* 108). 그 보편적 언어는 곧, 개인의 직접적인 자연관찰과 자연체험이다.

자연을 이해하는 소로우의 방식이 전통을 거부하도록 역설하면서 전통에 집착하는 에머슨의 자연 은유화와 차별화된다는 점은 수많은 독자들이 공감하지만, 소로우 역시 초월주의적 자연관의 끈을 놓지 않는다. 에머슨이 직관에 기대어 자연(Nature)을 신(God)이나 대혼령(Oversoul)으로 치환하고 있다면, 소로우는 에머슨의 직관을 자연의 구체적인 관찰과 체험으로 대체하고 있을 뿐이다. 환언하면, 소로우는 자연체험을 통하여 자연의 신성성을 증명하려는 시도를 한다고 볼 수 있다. 다만 에머슨이 그의 자연관을 궁극적으로 기독교적 도그마와 관련시키고 있다면 소로우는 범신론적 자연관을 지향하고 있는 것이다. "당신이 달에 있는 산의 높이나 우주의 지름이 얼마인지를 알려주면 믿겠지만 전능한 신의 비밀을 알려주려 한다면 당신은 미친 사람이다."(*Walden* 71)라고 다소 과격한 소로우의 일침은 에머슨의 문화적 은유를 염두에 둔 언급이라고 아니할 수 없다. 에머슨과 소로우의 문화적 소원(estrangement)에도 불구하고 이들의 초월주의적 자연관이 이후 미국의 자연기 문학의 진화에 끊임없는 영향을 미쳤을 뿐만 아니라 1970년대에 태동한 이른바 심층 생태학에 이론적 배경을 제공하였음은 주지의 사실이다.

기독신이든 범신론이든 자연에 신성성을 투사하는 환경 수필은 존 뮤어의 자연 읽기와 정치적 홍보 내용에서 그 정점에 이른다. 뮤어는 미국 역사상 가장 큰 영향력을 발휘한 자연보존주의자(preservationist)이다. 뮤어의 글과 연설은 마쉬(George Perkins Marsh)가 표방하는 당대의 자원보호주의(conservationism)에 대한 강력한 저항이었다. 내쉬(Roderick Nash)가 언급하듯이, 미국에서 야생의 옹호자로서 뮤어에 필적할 만한 인물은 없었다(123). 뮤어의 에세이와 연설은 에머슨 - 소로우의 초월주의 자연관에 환경보호주의라는 정치적인 옷을 입혔다고 볼 수 있다. 뮤어는 에세이와 책 그리고 연설의 차원을 넘어 직접적인 정치 행동에 관여하였다. 그는 1890년에 캘리포니아에 적어도 세 곳에 국립공원(Yosemite, Sequoia, General Grant)

의 설치를 합법화하는 정치운동을 성공적으로 수행하였으며, 1892년에는 당시에 수많은 야생지 보전 운동의 중심 역할을 수행하였을 뿐만 아니라 현재에 이르기까지 환경보호운동을 활발하게 전개하면서 뮤어의 메시지를 전파하고 있는 시에라 클럽(Sierra Club)을 창립하였다.

뮤어의 신 개념에 대한 논란이 많으나, 전술한대로 숲은 그에게 '최초의 신의 사원들'(God's first temples)이다. 그는 미국의 의회 의원들과 대중을 설득하고 감화시키기 위하여 야생지를 자주 기독신의 거처로 연상시키는 발언을 서슴지 않는다. 그는 자연과 신을 동일시한다. 인간은 자연을 통하여 신 곧, "세상, 교회 그리고 산의 제단"과 직접적인 소통을 할 수 있다(Muir 147). 뮤어의 삼라만상에는 신성이 깃들어 있다. 이러한 자연관에 몰입된 그가 야생지보존운동을 적극적으로 전개한 것은 당연한 귀결이다.

(2) 생태학적 진실을 찾아서

20세기에 와서도 자연에 초월주의적 의미를 부여하는 독법은 계속되고 있다. 그러나 20세기 환경 수필의 주목할 만한 특징 중 하나는 불편한 과학적 진실의 고발이다. 앨도 리어포올드가 생태학적 진실로 대중을 교화하려 한다면, 레이철 카슨은 인간의 탐욕이 초래한 자연 파괴의 현장을 적나라하게 파헤친다.

리어포올드는 자연현상을 일반화하려는 의도를 가지고 과학적 탐구를 수행한다. 그의 과학적 관찰의 결론은 생태계의 구성원은 다른 구성원들과의 생태적 협력 관계에 의존하여 자신의 생명 활동을 유지하면서 동시에 생태계 전체의 '온전성, 안정성 및 아름다움'을 확보한다는 것이다. 물론 이러한 결론은 인간의 이기적인 자연파괴가 도를 넘어 생태적 균형을 무너뜨리는 수준까지 이르지 않는다는 가정을 전제로 가능하다. 심지어 인간의 무모한 자연파괴에 맞서는 힘도 생태적 협력 관계에서 나온다. 레오폴드는 위스콘신 남부의 초원에 서식하는 가시나무 숲이 개발을 위한 방화를 어떻게 이겨내었는지 그 과정을 예로 들고 있다. 가시나무의 두꺼운 코르크 껍질이 상대적으로 화재에 강한 탓도 있지만, 레오폴드는 토끼와 쥐 혹은 다람쥐와 딱정벌레들까지 가시나무를 구하는 사명에 동참했다는 사실을 관찰한다. 즉, 토끼와 쥐들은 여름에 가시나무 묘목들 주변의 풀들을 뜯어먹음으로써 불이 묘목들에 옮겨 붙지 못하도록 돕고, 다람쥐들은 나무의 열매를 따서 겨울 양식으로 저장하고 왕풍뎅이들은 나뭇잎을 갉아먹어치움으로써 가시나무들의 가소성을 떨어뜨렸다는 것이다(*A Sand County Almanac* 27). 이 야생 동물들은 무심히 자신들의 생리적 활동만을 수행하였을 터이다. 그러나 자신들의 생존을 위한 활동이 가시나무의 생존에 일조하는 결과를 낳았고, 살아남은 가시나무는 역시 자신의 생명활동을 수행하는 과정을 통하여 주변의 동물들에게 무심히 영양과 서식처를 제공한다. 아름답고 온전한 생태계는 그렇게 안정성을 유지한다는 관찰이다.

인간중심주의의 눈으로 보면 쓸모없는 나무라도 생태계 전체의 온전성을 유지하는 차원으로 보아야한다고 주문하는 레오폴드의 충고도 기본적으로 그의 과학적 관찰과 탐구의 소산이다. 오대호 주변의 주들에서 편백나무와 아메리카 낙엽송 혹은 자작나무가 사라진 이유는 이들 나무들의 경제적 효율성이 떨어진다는 이유로 벌목되었기 때문인데, 레오폴드는 그러한 인간의 인위적 통제가 야기할 생태적 균형의 파괴를 우려한다(*SCA* 181-2). 그는 목전의 경제적인 이득을 극대화하기 위하여 미래에 인간이 받을 더 큰 혜택과 이득을 포기하는 우를 범하지 말라고 충고한다, 즉, 생태적 상호 의존성의 시각으로 보면, "생물학적 시계의 경제적인 부분은 비경제적인 부분이 없으면 작동하지 못한다."는 지적이다(229-30). 같은 맥락에서 경제성이 없는 동식물을 이용하여 파괴된 생태계를 복원시킬 수 있는 가능성을 제기한다.

그는 초원의 야생 화초를 활용하여 황무지를 재생시킬 수 있다는 위버(Weaver)교수의 주장에 동조하면서, 같은 목적으로 학, 대머리수리, 수달, 회색 곰 등의 야생 동물들을 활용할 수 있는 가능성을 제기한다(236).

사실 리어포울드의 자연관을 근본주의 생태론으로 볼 것인가 아니면 기껏해야 자원보호주의로 치부할 것인가에 대한 논쟁은 지금도 계속되고 있다. 그만큼 그의 자연관은 복합성을 지닌다고 하겠다. 그가 즐긴 사냥은 그의 자연관의 복합성을 잘 예증하고 있다. 총을 맞고 "죽어가는 어미 늑대의 강렬한 초록 눈빛"(130)을 대면하면서 느낀 그의 죄책감이나 동정심과 함께 일정한 생태계 내에서 약탈 동물의 멸종은 생태적 균형을 파괴함으로써 궁극적으로 그 생태계 전체가 황무지로 변할 수 있다는 생태학적 진실에 대한 새로운 인식이 그의 사냥윤리를 변화시키는 계기가 된다. 이제 그는 총 대신 활을 사용하지만 사냥은 계속한다. 활사냥을 계속하였다는 전기적 사실은 매우 중요한 생태학적 함의를 지닌다. 생태적 균형은 기본적으로 먹고 먹히는 먹이사슬의 원리가 비자연적인 간섭이나 방해가 없이 자연스럽게 작동함으로써 유지되는 것이다. '비자연적인 간섭'은 곧 인간의 문명과 도구의 사용에 관여하는 의미다. 자연 생태계에 서식하는 인간 이외의 생명체들의 먹이 활동은 자연현상의 범주를 넘지 않는다. 문제는 인간의 인위적인 먹이활동이다. 특히 고도로 효율적인 인간의 도구를 이용한 먹이활동 즉, 자연파괴는 지구 생태계의 지속 가능성을 무너뜨리는 주범이다. 삼림학의 전문가이고 생태학자이며 환경운동가인 리어포울드가 예의 늑대의 눈빛과 산의 황폐화를 목격한 후에 자연 생태계는 인간의 총 사냥을 감당할 수 없다는 생태적 진실을 깨닫고 활을 선택한 것은 바로 인간의 도구 사용의 문제점을 심각하게 인식하였기 때문이다. 그는 적어도 활의 사용은 생태적 균형을 파괴하지 않고 오히려 개체수의 자연스러운 조절에 공헌할 수 있다고 믿었음 직하다. 인간도 생태계의 일원으로서 주어진 먹이활동의 역할을 수행해야한다는 관점에서 보면, 활을 사용한 사냥은 예컨대, 지속 가능한 늑대와 사슴의 개체수를 조절하는 역할을 수행할 수 있는 것이다. 언뜻 자연보존주의자로 보이는 리어포울드는 인간의 자연 관리권을 적극적으로 인정하고 있다.

리어포울드가 경이로운 생태학적 공생의 원리를 탐구하는 작업에 연구의 초점을 맞춘다면 레이철 카슨은 그러한 공생과 먹이사슬의 원리를 파괴하는 유일한 동물인 인간의 우매함과 무모함을 고발한다. DDT를 비롯한 살충제의 살포가 생태계에 미치는 영향에 대한 그녀의 과학적 지식은 해양 생물학의 연구로 석사학위를 취득하고 미국 어업국에서 15년 이상 봉직한 이력의 결과이다. 갖은 어려움을 닫고 1962년에 『침묵의 봄』(Silent Spring)을 발표하기 전에 그녀는 이미 해양 생태계에 관한 세 권의 베스트셀러(Under the Sea-Wind 1941, The Sea Around Us 1951, The Edge of the Sea 1955)를 출판하였었다. 그러나 화학적 독극물의 남용으로부터 야생의 생명체를 보호함은 물론 대지 자체의 죽음을 막아야 한다는 사회적인 각성을 가장 강렬하게 환기시킨 책은 『침묵의 봄』이다. 카슨은 화학제 농약의 살포가 야기하는 생태계 파괴의 현장을 직접 탐구함은 물론 미국 전역에서 남용되고 있는 화학제의 폐해에 관한 보고와 연구 결과물을 주장의 근거로 제시하면서 자신의 설득력을 배가한다. 그녀는 농약의 살포가 초래하는 연쇄적인 생태계 파괴 현상을 추적한다. 예컨대, 1930년경에 유럽에서 미국으로 전염된 이른바 '네덜란드 느릅나무 병'을 퇴치하기 위하여 미국의 중서부와 뉴잉글랜드 지방 전역에서 '무지하게'(ignorantly) 살포한 농약의 폐해가 방울새를 비롯한 야생동물들의 죽음과 개체수 격감으로 나타난다는 미시간 대학교의 윌리스(George Wallace) 교수팀의 연구결과를 소개하면서 동시에 다양한 조류의 죽음에 관한 수많은 목격담을 수집하여 제공한다(105-6). 방울새가 격감한 이유에 대하여 그녀가 내린 결론은 과도한 농약의 살포는 지렁이의 중독을 초래하고 지렁이를 먹이로 취하는 방울새는 결국 죽게 된다는 것이다.

물론 그녀는 먹이사슬에 의한 이러한 생태적 연쇄 작용이 방울새의 운명으로 끝나지 않고 물결처럼 주변의 생태계 전체로 퍼진다는 사실을 상기시킨다. 리어포울드가 가시나무의 생존을 위하여 주변의 생태계 구성원들이 협동하는 현상을 관찰한다면, 카슨은 인간의 무모한 간섭이 그러한 생태적 상호의존성을 해치는 원리와 생태학적 메커니즘을 탐구하고 있는 것이다.

카슨은 결코 화학적 살충제를 전혀 사용하지 않아야 한다는 주장을 하는 것이 아님에도 불구하고(12) 화학제 농약 산업계의 반발과 혹독한 비판은 물론 성차별주의적 매도까지도 감내해야 하였다. 그녀의 글과 주장에 대하여 '히스테리컬하다.' '지나치게 감정적이다.' 혹은 '비논리적이다.'라는 등의 비방이 쏟아졌기 때문이다. 그러나 사실 그러한 성차별주의적 언사의 이면에는 거대한 경제적 이해관계를 위협하는 카슨의 주장을 폄하하려는 속셈이 도사리고 있었음은 물론이다. 즉, 그들 악의적 비판자들은 카슨이 여성이기 때문이 아니라 그녀가 환경보호론자이기 때문에 근거 없는 비방을 늘어놓았던 것이다. 거대한 권력에 맞서 외로운 투쟁을 벌여야 했던 카슨은 조용한 환경혁명가의 이름에 값한다고 하겠다.

(3) 대안적 삶의 실천

소로우처럼 자연현상을 묘사하거나 리어포울드나 카슨처럼 생태학적 진실을 파헤치는 작업에 만족하지 못하고 환경파괴를 적극적으로 저지하거나 종종 폭력을 정당화하면서 정치적 행동을 부추기는 작가가 등장한 시기는 1970년대 이후다. 두드러진 인물은 『몽키 렌치 갱』(*The Monkey Wrench Gang*, 1975)과 『헤이듀크는 생존하다!』(*Hayduke Lives!*, 1990)등에서 댐의 폭파와 같은 적극적인 환경파괴저항운동의 윤리를 주제로 다룬 소설가 에드워드 애비(Edward Abbey)이다. 애비의 말 그대로, 자연 세계의 묘사로는 충분하지 못하니, 이제 자연을 적극적으로 방어하자는 발상이다(264).
그러나 환경파괴의 근본적인 원인인 산업제일주의 문화의 변화가 없는 급진
적인 정치적 저항은 그 옹호 세력을 충분히 확보하지 못하는 한계를 지닐
수밖에 없는 한편, 폭력적인 저항은 강렬한 반저항을 초래하기 마련이다.

　최근에 환경보호를 위한 정치적, 문화적 활동을 다양하게 펼치면서 한편
으로는 대안적 삶을 몸소 실천하고 있는 스나이더(Gary Snyder)와 베리
(Wendell Berry)를 마지막으로 언급하지 않을 수 없다. 시인 스나이더는
캘리포니아주의 타호 국유림(Tahoe National Forest)의 변방에 위치하고
있으며, 현재 인구 3,000여명이 거주하는 네바다 시티(Nevada City)의 교외
에 집을 짓고 살면서 나름대로 야생의 삶과 자신이 제창한 생물지역주의
(Bioregionalism)를 실천하는 모습을 보여주는가 하면, 소설가이자 시인이
고 수필가인 베리는 스스로 지속가능한 농업을 실천하면서 문화변용을 도모
한다. 베리에 따르면, 바람직한 삶을 구성하는 요소들은 지속가능한 농업,
적절한 기술, 건강한 시골 공동체, 좋은 노동, 지역에 기반을 둔 경제, 순수,
절제, 삶의 상호 관련성이고, 그렇게 검박한 삶을 위협하는 요소는 삶과
농업의 산업화, 무지, 탐욕, 인간과 자연에 대한 폭력, 그리고 경제학의 국제
화 및 환경파괴이다. 베리는 무엇보다도 전통적 농업의 가치를 중시하고
실천한다는 점에서 대안의 삶을 가장 설득력 있게 제안하고 있다 할 것이다.
스나이더와 베리 이외에도 최근에 매티슨(Peter Matthiessen), 맥피(John
McPhee), 딜라드(Annie Dillard), 로페즈(Berry Ropez), 호그랜드(Edward
Hoagland) 등의 탁월한 작가들이 인간의 생태윤리적 책임을 강조하면서
끊임없이 정치적, 문화적 변화를 주문하고 있다.

3. 한국의 환경 수필 문학

아무래도 시와 소설 등, 주류의 문학 장르와 비교하여 폄하된 에세이의
위상이 현재의 한국 문단에서 환경 수필이 상대적으로 빈약한 이유라는 견해
가 설득력이 있어 보인다. 환경 문제에 관한 작품은 어느 문학 주제보다도
현실성이 두드러진 분야이다. 그렇기 때문에 수사적 우회보다는 자주 생태적
사실에 관한 명쾌한 설명이 절실한 글이다. 환경의식의 실효적 변화는 생태
적 진실에 대한 독자의 명확한 이해에서 출발한다는 점에서 더욱 그렇다.
그럼에도 불구하고 한국에서 환경 수필 쓰기가 인색한 원인은 수필은 "문학
장르의 서자"(김욱동 215)로 취급받아 왔기 때문이며, 김윤선의 표현대로
"장르 계급 의식"의 발로라고 볼 수밖에 없다(97). 1990년대 이래로 급증한
한국의 환경시의 번성을 감안하면 수필 문학의 저조한 실천은 한국 문학계가
심각하게 받아들여야 할 문제라고 본다.

물론 환경 수필이 빈약하다는 인식은 환경 에세이를 쓰는 작가가 드물다는
의미와는 다르다. 타 장르의 글을 쓰는 작가들이 독자에게 자신의 메시지를
보다 명확하게 전달하기 위하여 종종 수필을 보조적인 장르로 채택하고 있기
때문이다. 특히 한국 최초의 환경 시인이라는 이름에 값하는 김지하는 한국
의 전통사상과 접맥된 자신의 생명사상을 『살림』(1987)에서 명쾌하게 풀어
놓는다. 시인 김용택은 『섬진강을 따라가며 보라』(1994)와 『그리운 것은
산 뒤에 있다』(1997) 등의 수필집에서 한국 농촌의 전통적인 삶의 풍경을
친생태적 이상향으로 환치한다. 그는 무엇이든 관념에 찌든 의식을 몰아내고
그 빈자리에 흙과 풀과 나무의 숨결로 채우기를 꿈꾼다. 그것이 바로 인간과
자연이 '함께'하는 길이기 때문이다.

사실, 스스로 생태적 삶을 실천하며 잔잔하게 때로는 치유적 목소리를
높이는 에세이를 종종 만나기도 한다. 법정과 도법은 삶의 실천과 함께 불교

적 연기관에 맥이 닿는 생태의식을 일깨우는가 하면, 한 때 대학에서 철학을 가르쳤던 윤구병은 마치 미국의 웬델 베리처럼 변산반도에서 손수 농사를 지으며 전통적인 농업과 삶의 방식의 활성화를 통한 대안문화의 회복을 열망한다. 윤구병의 수필집『잡초는 없다』(1998)는 그 제목만으로도 인간중심적 세계관과는 큰 거리를 두고 있음이 확인된다.

위에서 언급한 작가들 이외에도 박완서, 한승원, 최성각, 김성동, 윤후명, 김영래 등의 소설가들이 쓴 환경 에세이나 자연기 산문들을 주목할 필요가 있을 것이다. 특히 환경보호운동을 실천하면서 환경 소설과 환경 수필을 치열하게 쓰고 있는 최성각의 작품들이 눈길을 끈다. 철학적 산문까지 한국의 수필 문학의 테두리 안에 포함시키면, 생태비평계에는 동양과 한국의 친생태적 문화 전통을 보다 적극적으로 발굴해내야 할 책무가 있다. 한국인을 포함한 동아시아인의 문학적 유전자는 불교, 유교는 물론 도가사상, 무속사상 등의 종교와 철학사상과 불가분의 관계를 맺고 있다. 더구나 오늘날 서양의 기계론적 세계관에 착근한 생태 파괴적 사유와 삶의 방식으로부터 친생태적 문화로 나아가는 돌파구를 오래 된 동양의 예지로부터 찾으려는 문화적 경향을 감안하면, 한국의 문학과환경 학회가 이 분야의 연구를 도외시하고 있거나 연구가 충분하지 못하다는 인식을 떨쳐버릴 수 없다. 보완할 여지가 있음은 오히려 축복일 수도 있다. 한국의 환경 수필의 빈약함만 탓하지 말고 풍부한 문화 전통으로 보다 강렬한 눈길을 돌릴 필요가 있다.

4.『문학과환경』 10년의 수필 비평

(1) 외국 문학의 경우

지난 10년 간『문학과환경』에 발표된 수필 비평의 대부분은 외국문학에 관한 글들이고 국문학 분야의 글은 단 하나다. 한국의 수필 비평이 그처럼 빈약한 이유는 그만큼 환경 수필의 발표가 적었기 때문이기도 하지만 언급한 대로 학회 회원들의 보다 적극적인 발굴 의지가 결여된 탓도 크다 할 것이다. 미국 수필의 경우에는 그나마 상대적으로 연구가 활성화되고 있는 추세이다.

우선 눈에 띄는 연구는 역시 미국 환경 수필의 대부라고 할 수 있는 소로우에 관한 비평이다. 흥미로운 점은 강규한의 연구가 이전의 연구 결과와 유기적인 관련을 맺으면서 연구의 역동성을 진작한다는 것이다. 강규한은 그의 영어 논문 "The Development of Thoreau Studies in Korea and Rethinking the Deconstructive Reading of *Walden*"(2005년 4호)에서 강용기와 신문수가 타 학회지에 발표한 기존의 소로우 비평을 해체적 글 읽기로 파악하면서 해체비평의 결과에 대한 우려를 표명한다. 즉, 『월든』에 대한 해체적 읽기는 소로우가 제시하려 애쓰는 자연 자체와 인간의 은유 사이의 역동적 긴장감을 폄훼할 염려가 있다고 본다(178). 이전의 연구 결과에 맞대응하여 비평의 진화를 도모하려는 강규한의 시도는 시도 자체만으로도 귀한 평가를 받아 마땅하고, 그러한 연구의 유기성은 향후에 더욱 권장되어야 할 것이다. 반론의 제기와 도전적 글쓰기는 기본적으로 논의에 참여하는 연구자들의 연구의 질을 고양하는 한편, 상호 강압적 담론을 최소화하면서 궁극적으로 관점의 공유를 유도하는 유일한 길이라고 믿기 때문이다. 소로우의 『월든』을 다룬 또 하나의 수확은 장정민과 김원중의 글이다. 이들은 소로우를 생태적 섭생의 창시자로 간주하며 특별히 그의 콩밭 농사의 생태적 의의를 부각시킨다. 소로우를 현대 유기농업의 선구자로 보는 것이다(179).

강규한이 환기시킨 자연 재현의 문제는 사실 자연기 문학과 생태비평계의 가장 큰 고민거리 중 하나다. 인간의 언어로 자연의 의미를 포착한다는 가정은 어쩌면 애초부터 불가능하기 때문이다. 자연 재현의 화두는 앞으로도 생태비평학계와 자연기 문학의 간단없는 논쟁점으로 남을 공산이 크지만 또한 포기할 수 없는 담론이다. 문학과환경 학회를 중심으로 한국의 생태비평학계에서 어쉬우나마 관련 논의가 시작되고 계속 이어진다는 점은 다행스러운 일이다. 같은 맥락에서 이동환이 애니 딜라드(Annie Dillard)의 『팅커크릭의 순례자Pilgrim at Tinker Creek』(1974)를 읽어 낸 것은 또 하나의쾌거이다. 그는 이 책에서 딜라드 혹은 화자가 도모하는, 물리적 자연과그의 의식 혹은 문화 사이의 미끌미끌한 거리두기에 초점을 맞추면서 다시한 번 자연 재현의 어려움을 환기시킨다.

자연기 문학의 중요한 텍스트로 평가받고 있는 오스틴(Mary Austin)의『갈수의 땅The Land of Little Rain』을 소개한 이동환의 글, 「실용적인 수자원 활용과 지역생태의 지속성: 매리 오스틴의 『갈수의 땅』과 물의 순환」은자연기 문학계에서 희귀한 여성 작가의 글을 분석하여 게재하였다는 사실만으로도 문학과환경 학회로서는 다행스러운 성취다. 이동환은 단편과 수필의모음집이라고 볼 수 있는 이 작품 속에서 물의 순환 고리를 파악함으로써자연의 흐름을 읽어내려는 오스틴의 노력을 추적한다(8). 강규한과 이동환의 논문 이외에도 윤창식은 현재 『뉴욕타임스 매거진』의 자유기고가로 활동하고 있는 폴란(Michael Pollan)의 『세컨 내이쳐: 어느 정원사의 가르침Second Nature: A Gardener's Education』(1991)과 『욕망의 식물학 The Botany of Desire: A Plant's Eye View of the World』(2001)을 비판적으로분석한다. 그의 분석은 단순이 글쓴이의 메시지를 충실하게 전달하는데 그치지 않고 자연을 보는 작가의 관점을 비판적으로 이해한 대목이 돋보인다.즉, 윤창식은 폴란의 인간화된 자연의 개념이 함의하는 긍정적인 가치를인정하면서도 작가가 자연과 인간을 이분법적으로 보는 시각을 결코 여의지못한다고 비판한다(119). 그밖에도 일찍이 1682년에 출판된 매리 로우랜슨(Mary Rowlandson)의 『인디언 포로 수기 Indian Captivity Narrative』를백인 문화와 인디언 문화가 하나로 통합되는 단초를 제공한다고 분석하고 있는 임우진의 「17세기 미국의 자연에 대한 종교적 읽기」가 눈에 띤다.

문학과환경 학회가 출범할 당시 연구 영역에 있어서 타 학회와의 차별화를 강조하였다. 주로 국문학자들과 외국문학 전공자들이 함께 모여 환경 문제를 다루는 문학 텍스트를 폭 넓게 연구하자는 취지가 무엇보다 우선이었다. 심지어 문학 텍스트가 아닌 생태학, 산림학, 철학과 심리학은 물론 사회학과 법학 등, 사회과학의 영역까지 통섭적으로 연구의 외연을 넓히자는 꿈을 꾸었다. 그러나 역시 학계의 현실은 녹녹치 않았다. 외국문학의 경우에도 영미문학을 제외한 타 외국문학에 관한 연구 결과물은 일천한 실정이다. 자연기 수필의 경우에는 송태현이 「루소의 자연종교와 그 생태학적 함의」 (2011년, 10권 2호)라는 제하에 자연은 신의 피조물로서 삼라만상에 신의 숨결이 느껴진다고 보는 루소의 범재신론(panenthéisme)을 소개하고 있을 뿐이다. 불문학을 비롯하여 독일문학, 스페인 문학 등, 상대적으로 소외된 서양문학 텍스트를 연구할 필요도 있겠거니와 중국문학, 일본문학, 인도 문학 등, 동양 문화권으로 연구 영역을 넓혀갈 필요가 있다. 그것이 공감의 외연을 확장하는 길이고, 생태적 공감의 확장이 친생태적 삶의 초석이 되기 때문이다.

(2) 한국문학의 경우

전술한 대로 텍스트 자체의 제한 때문이기도 하겠지만 한국의 자연기 산문이나 환경 수필에 관한 비평은 최성각의 『날아라 새들아』(2009)를 중심으로 '녹색 성장'이라는 모순된 혹은 왜곡된 어휘의 조합에 저항하는 작가의 생태사상과 그의 문학의 가치를 점검한 김윤선의 글, 「녹색 성장 시대, 새로운 글쓰기: 최성각의 생태문학을 중심으로」(2010년, 9권 1호)가 유일하다. 그나마 최성각은 사실 소설가라는 점을 상기하면 온전하게 수필에 관한 글은 전무 하다고 보겠다. 문학과환경 학회의 연구자들이 특별히 관심을 더 기울여야 할 분야임에 틀림없다. 그렇다고 순수하게 수필 문학 텍스트만을 고집하여 연구해야 한다는 주장은 아니다. 수많은 시인들과 소설가들이 산문의 형식 안에 생태적 예지와 메시지를 담고 있으니 시와 소설을 연구하면서 해당 작가의 산문 연구를 병행하면 그만이다. 아울러 생태학, 생물학, 농학, 산림학을 비롯하여 자연과학적 지식과 지혜를 명쾌한 산문체로 전달하려는 글쓰기가 이미 성행하고 있는 출판계의 사정에도 생태비평의 촉수를 내미는 데 인색해서는 아니 될 것이다. 생태적 지혜는 예술가의 감성과 자연과학적 진실의 아름다운 혼융이기 때문이다.

5. 나오며

생태학적으로 지속가능한 문화 재건은 근본적으로 환경윤리의식의 확산을 전제로 한다. 친생태적 제도의 마련과 법제화도 공동체 구성원의 의식변화가 없이는 불가능하기 때문이다. 그렇다면 환경윤리의식을 보다 효율적으로 고취하기 위한 자연기 문학의 방향과 내용은 무엇이어야 하는가? 이 물음에 대한 다양한 반응이 가능하겠지만, 우선 가장 아쉽게 여기는 사항을 세 가지만 제시하고 싶다. 그 첫째는 환경수필을 읽기 쉽게 쓸 필요가 있다는 점이다. 환경문제를 다루는 내용이 상아탑 안에 갇혀있거나 소수의 전공자를 위한 지적 유희로 전락한다면 변화는 요원할 것이다. 문화적, 정치적 변화의 열쇠는 소수의 전공자가 아니라 오히려 상아탑 밖의 산업현장과 실제적인 삶의 터전에서 활동하는 다중의 손 안에 있기 때문이다. 둘째, 현실적 변화는 늘 조화와 타협의 산물이다. 환경문제도 예외가 아니다. 개발과 보존의 갈등은 인간들의 이해관계의 갈등에 다름 아니다. 따라서 다양한 이해관계의 유기적인 조정과 통합이 환경문제를 다루는 말과 글의 필수적인 요소이어야 할 것이다. 끝으로 문화적, 종교적 차이가 환경윤리의 차이를 증폭시키기 보다는 오히려 환경윤리의 공유를 통하여 문화가치의 차이와 종교의 차이가 좁혀지고 극복될 수 있는 가능성을 여는 환경 수필과 자연기 문학 그리고 생태비평으로 진화하기를 감히 기대해 본다.

[표 1] 『문학과환경』에 실린 세계 생태에세이 현황

권호	번호	제목	저자	지면
2002년 통권 3	1	자연/문화 이원론과 생태중심적 윤리	정형철	23~37
2005년 통권 4	2	미국의 자연기: 장르의 위상·특징·계보	신문수	7~35
2007년 제6권 1호	3	화자의 의식과 물리적 자연의 거리: 애니 딜라드의 『팅커 크릭의 순례자』와 "세계-내-존재"	이동환	55~76
2009년 제8권 2호	4	자연 체험의 중요성: 갈색 도시 환경과 청소년의 인성 발달	신문수	111~139
2010년 제9권 1호	5	실용적인 수자원 활용과 지역생태의 지속성: 메리 오스틴의 『갈수(渴水)의 땅』과 물의 순환	이동환	7~31
2010년 제9권 2호	6	M. 폴란의 『세컨 내이처』와 『욕망의 식물학』을 통해 본 '사회적 자연'의 실현 가능성	윤창식	93~122
2011년 제10권 2호	7	루소의 자연종교와 그 생태학적 함의	송태현	147~173
2012년 제11권 2호	8	Rachel Carson의 '자연 받아쓰기'와 '환경문해(環境文解)' 교육	윤창식	113~130
2013년 제12권 2호	9	레이첼 카슨의 '소란한' 『침묵의 봄』	연점숙	101~122
"	10	웬델 베리의 『제비어 크로우』에 나타난 생태적 농업과 영농산업의 대비(對比)	이영현	171~194
"	11	실천과 예술사이: 릭 베스의 『야크계곡의 서(書)』와 『야크계곡의 누렁이』를 중심으로	전세재	219~238
2014년 제13권 1호	12	『샌디 카운티 연감』의 생태학적 비전: 앨도 리어폴드의 대지윤리 재조명	강규한	11~31
	13	음식은 세상의 몸: 마이클 폴란의 『잡식동물의 딜레마』에 나타난 생태적 섭생	김원중, 한진경	53~72
2014년 제13권 2호	14	"녹색 넘어서기" — 미국서부사막지대 자연인식과 에드워드 애비의 『사막의 고독』	신두호	113~136
	15	여성, 자연 그리고 치유: 테리 템페스트 윌리엄스의 『안석처』를 중심으로	전세재	221~239

환경 수필 문학 의
연구 성과 와 전망

● 윤창식 (초당대학교)

1. 환경 수필문학의 의의와 연구 성과

선구적인 에세이 형식의 자연 글쓰기(nature writing)는 에머슨의 「자연 Nature」으로부터 시작되었다고 할 수 있으며, 그 뒤를 이은 소로우의 『월든』 이 환경 수필문학의 전범으로 자리매김하기에 이른다. 2차 대전 후 산업화가 본격적으로 진행되기 시작할 무렵 '산처럼 생각하면서(thinking like a mountain) '땅의 윤리(land ethic)'를 찬미하는 레오폴드(A. Leopold)와 "시 의 유리를 통해서 과학의 숨결을 붙잡은(catching the life breath of science on the glass of poetry)" 카슨(Rachel Carson)은 매우 시적인 시선으로 과학에세이를 저술하였는데, 이러한 방식의 환경 수필들은 생태논의의 새로 운 지평을 열게 하기도 했다. 6-70년대에 이르러 머레이 북친(Murray Bookchin)의 '사회 생태 철학론(philosophy of social ecology)'을 필두로 한스 요나스(Hans Jonas)의 '기술 문명의 생태학적 윤리(ökologische Ethik für die technologische Zivilisation)'를 바탕으로 한 환경논의가 사회문화적 철학 담론들과 혼용되면서 문학생태학 대상으로서 환경 수필의 위상이 더 높아지는 계기가 되었다. 최근 미국의 대표적인 환경 에세이스트 마이클 폴란(Michael Pollan)은 자연을 문화적 관점과 접목시켜 문명사회에 있어서

'제 2 자연(second nature)'의 실현 가능성에 관심을 둠으로써 환경 문학 논의의 새로운 방향을 설정하는 데에 상당한 기여를 하고 있다.

창립 10주년을 맞은 문학과환경학회(ASLE KOREA)의 학회지『문학과환경』에 환경 수필을 대상으로 하는 논문이 11편 실려 있지만, 그 대상은 서양어권 수필이 9편(영어권 8편, 불어권 1편)으로 대부분을 차지하고 한국 수필은 단 2편[1])에 불과하다. 따라서 문학과환경학회의 외연을 더욱 넓혀야 한다는 당위성을 충족시키기 위해서도 한국의 환경 수필이 문학생태학 논의에 있어서 보다 많은 주목을 받을 수 있는 여건이 마련되어야 할 것이다.

2002년 창간호부터 2012년 봄호에 이르기까지『문학과환경』에 게재된 환경 수필 관련 논문 중에서 전세재의「실천과 예술사이 : 릭 베스의『야크계곡의 서(書)』와『야크계곡의 누렁이』를 중심으로」, 송태현의「루소의 자연 종교와 그 생태학적 함의」, 그리고 문학과환경학회 창립 10주년 [기획 논문]인 강용기의「환경 수필 문학의 개관과 비평」을 소개함으로써 서양과 한국의 환경 수필문학이 지니고 있는 생태학적 함의를 다시 한 번 음미해 보는 것은 의의가 있을 것이다.

....

1) 김윤선,「녹색 성장 시대, 새로운 글쓰기: 최성각의 생태문학을 중심으로」,『문학과환경』, Vol.9 No.1, 2010
안지영,「최남선의 국토순례기행문에 나타난 자연인식과 생태적 문명관 최남선의 국토순례기행문에 나타난 자연인식과 생태적 문명관」,『문학과환경』, Vol.9 No.2, 2010

2. 환경 수필 논문 소개

(i) 전세재, 「실천과 예술사이 : 릭 베스의 『야크계곡의 서(書)』와 『야크계곡의 누렁이』를 중심으로」

전세재는 활동가와 예술가로서의 릭 베스의 갈등을 조명하는 일련의 선행 연구를 뛰어 넘어 베스 스스로 산문 형식이라고 밝힌 『야크계곡의 서(書)』 와 『야크계곡의 누렁이』에 대한 대안적인 '생태문학적 분석'의 필요성을 제 기한다. 전세재는, 베스가 작가로서의 정체성과 실천가로서의 정체성을 동 시에 지닐 수밖에 없는 이중성과 딜레마의 연원을 천착하는 방법론으로서 '자연기'의 장르적 성격을 제시하여 베스의 생태주의적 실천관과 사회적 책 무로서의 예술관을 대비하고 그 갈등 구조를 다양하게 구명하고 있다.

베스는 자연기의 일반적인 특징들인 혼종성(混種性), 정치성, 대변성, 거주지 중심의 글쓰기 등의 특성을 보이고 있으며, 베스의 예술과 실천에 관한 생각은 현재를 사는 자연기 작가가 직면할 수 있는 여러 가지 도전들에 대한 진솔한 답변이라고 볼 수 있다는 것이다. 전세재는, 베스가 예술과 실천의 긴장관계를 전경화(前景化)하면서 실천이 결여된 예술도, 예술을 포기한 실천도 진정성이 없는 공허한 것일 뿐이라는 인식을 배경으로, 예술 과 실천의 불편한 균형을 이루는 생활을 유지할 수밖에 없는 '야크계곡 시리 즈' 화자들의 이중적 입장이 자연기 작가의 운명이라는 점을 지적한다.

본 논문은 결론적으로 예술의 사회적 책무를 강조한 나머지 지나치게 정치성에 함몰된 예술행위나, 예술의 무위성(無爲性)과 실천성만을 주장하 면서 실천에의 함몰 역시 베스에게는 현명한 선택이 되지 못했음을 지적한 다. 릭 베스가 실행하고 있는 자연생태적 실천과 예술사이의 균형이라는 입장이 지속가능한 실험이 되기 위해서는 심층생태학적 자연 글쓰기의 한계 를 뛰어넘고, 예술의 방향성을 어떻게 설정할 것인가라는 과제를 풀어야 할 것이라고 결론짓고 있다.

(ii) 송태현, 「루소의 자연종교와 그 생태학적 함의」

송태현은, 루소사상을 생태학과 관련하여 진행한 국내 연구는 거의 없다는 점을 지적하며, 루소의 '자연종교'가 생태학과 연관하여 어떤 함의를 지니고 있는가를 고찰하고 있다. 특히 본 논문은, 루소가 생태학의 핵심적 주제인 '인간과 자연의 관계'에 대한 성찰을 상당부분 자신의 자연종교 혹은 자연철학적 사상의 토대로 삼고 있다는 점을 들어 논지를 전개하고 있다.

루소의 자연종교의 출발은 유신론과는 달리 자연의 일부인 인간의 내면세계, 즉 인간의 이성과 영혼에 그 토대를 두었다. 루소는 자연(우주)을 관찰하고 우주의 운행적 질서를 부여하는 의지나 지성은 곧 인간의 냉철한 이성적 판단의 결과물이라는 것이다. 루소 당대에는 '생태학(écologie)'이라는 용어가 아직 탄생하지 않았지만 루소의 문명과 진보에 대한 비판은 20세기에 등장한 녹색사상의 핵심적인 요소가 되었으며, 자연 상태의 삶에 대한 루소의 '고상한 야만'이라는 인식은, 문명화되지 않은 인간의 상태가 '야만'이며 부정적이라는 주류 사상가들의 이념에 반기를 든 것이다.

본 논문은 결론적으로 인류 사회와 지구 생물체 전체의 공존을 추구하는 새로운 모형이 절실히 요청되는 시점에서 초기생태학의 태생적 전범(canon)으로서 가치를 지닌 루소의 자연종교 혹은 자연철학적 담론을 예로 들면서 생태학의 지평을 한층 넓히기 위해서 학문과 실제의 삶을 이어주어 상호연관성에 대한 인식을 공유하는 '탈경계인문학'을 생태학적 통합학문으로 제시하고 있다.

3. 환경 수필문학 연구의 개관과 전망

(i) 강용기, 「환경 수필문학의 개관과 비평」

2001년 문학과환경학회가 창립한 이래 강용기는 학회 창립 멤버로서 활발한 학술활동을 전개해오고 있다. 그는 2012년 [경계를 넘어서: 문학과환경 담론 성찰과 새로운 방향 모색](2012 문학과환경학회 봄학술대회)이라는 주제로 진행된 문학과환경학회 10주년을 결산하는 학술대회에서 「환경 수필문학의 개관과 비평」을 발표하였고 그 발표문은 『문학과환경』(Vol.11 No.1, 2012)에 [기획논문]으로 게재되었다. 영미 문학 특히 미국의 환경 수필은 주류 문학으로서의 위상을 정립해가고 있는 데 비해 한국의 환경 수필에 대한 비평이나 논문은 양적으로 매우 빈약하여 활성화되지 못하고 있다는 것이다. 한국의 환경 수필문학에 대한 비평적 담론을 확장시키기 위해서는 미국의 심층생태주의자들의 자연에 대한 태도를 재조명해볼 필요가 있음을 강조한다. 미국의 에머슨, 소로우, 뮤어(John Muir) 등 1세대 자연주의자들의 자연관을 토대로 하여 후발 생태론을 주도한 스나이더(Gary Snyder)와 베리(Wendell Berry) 등이 주장한 환경파괴에 대한 대안적 삶의 방식과 함의를 주로 논하고 레오폴드와 카슨식 과학적 접근 방식에 대해서도 촘촘히 비교 분석하고 있다.

특히 (1)장 [신성한 자연] 편에서 강용기는 에머슨과 소로우의 자연관에 대한 유의미한 차이점을 매우 유효적절하게 적시하고 있다. 특히 에머슨의 자연관이 동양적 혹은 불교적 명상의 대상으로 상당부분 관념적인 영역에 머물고 있는 반면에 소로우의 그것은 자연과의 직접적인 접촉을 통하여 '형성되는 과정'이라는 개념으로 정리하고 있다. 이와 같이 소로우가 에머슨의 관념론을 거부하면서 인간의 방언을 통하여 얻은 자연의 은유적 프레임에 갇히지 않도록 '자연을 직접적으로 읽을 수 있는 보편적 언어'(135)를 공유하는 것이 중요하다는 지적은 주목할 만하다. 이는 자연생태계를 이해하고 자연보호를 실천하는 덕목으로서의 '환경문해(ecological literacy)' 교육의 효과적인 담론이 될 듯하다. 미국에서 환경담론은 필연적으로 자연에 깃들어 있는 신성성 내지 초월성에 대한 논의를 촉발하였고, 기독교적 도그마로 연계시키는 에머슨의 자연관과 더불어 범신론적 입장을 옹호하는 소로우의 자연관을 아우르는 뮤어의 '자연 읽기'는 한편으로 자연보호주의자(preser-vationist)라는 '정치적 옷'을 물들이기도 했다는 지적은 눈여겨볼만하다.

(2)장 [생태학적 진실을 찾아서]라는 수필 식 소제목을 통하여 알 수 있듯이 강용기는 주로 자연에 대한 과학적 접근법을 시도하는 두 선두주자 레오폴드와 카슨을 다양하게 비교 분석한다. 이들 생태주의자들이 과학적 진실에 입각하여 생태계를 파악하고 기술하고 있다고 하더라도 레오폴드의 "죽어가는 늑대의 강렬한 초록 눈빛"(138) 같은 표현이나 카슨이 학계로부터 지나치게 '감성적이다'라는 비판을 받았던 점에서도 알 수 있듯이 이들은 결국 '자연 에세이스트'로서의 순수한 눈길을 보여주고 있다는 것이다. 이어서 (3)장 [대안적 삶의 실천]에서는 주로 현대적 문명으로부터 벗어난 생태공동체적 삶에 초점을 맞추어 논의를 진행하고 있다. 시인인 스나이더의 생물지역주의 (bioregionalism)와 시인 겸 수필가인 베리의 지속가능한 농업공동체를 통한 문화변용뿐만 아니라, 최근에 이르러 메티슨(Peter Mattisen), 딜라드 (Annie Dillard) 등이 강조하고 있는 생태윤리적 책임에 대한 강용기의 지적은 기술시대의 '생태학적 윤리'를 강조하는 한스 요나스의 입장을 일부 대변하고 있다고 볼 수 있다.

(ii) 환경 수필문학 연구의 방향과 전망

흔히 수필을 '붓 가는대로 쓴 글'이라 정의하면서 다소 문학성이 뒤떨어지는 것으로 평가하려는 일부 비판적 시선이 있는 것이 사실이다. 하지만 우주 삼라만상(all-creatures)이 수필문학의 소재인 만큼('it say' → 'essay') 역설적으로 경계를 갖지 않는 자연의 속성을 가장 잘 대변하는 장르가 수필이 될 수 있다. 생태적 지혜는 무엇보다도 예술가의 감성과 자연과학적 진실이 아름답게 혼융되어야 한다는 점을 유념할 필요가 있다. 문학과환경학회의 기본 취지에 공감하는 각종 학제 사이의 다양한 융합을 통한 생태논의가 바람직한 만큼 환경문학 연구가 소설이나 시 분야에 편중되거나, 환경 수필을 대상으로 하는 경우라 하더라도 서양의 환경 수필에 집중되어 전개되는 것은 지양되어야 할 점이다. 이런 관점에 한국의 시인 김용택과 철학자 윤구병, 그리고 소설가 박완서, 한승원, 최성각, 윤후명 등이 쓴 환경 에세이들에 주목하면서 불교·유고 사상을 뛰어넘어 도가사상이나 무속사상 등 동양 내지 한국의 종교철학적 관점까지 아우르며 환경담론에 접목시키는 작업이 더욱 활발하게 이루어져야 할 것이다.

루소의 자연종교와
그 생태학적 함의

● 송태현 (이화여자대학교)

1. 서론

장 자크 루소(Jean-Jacques Rousseau, 1712-1778)는 전방위적인 학문 및 예술 활동을 수행한 대표적인 인물이다. 그의 학문은 오늘날 철학, 사회학, 인류학, 교육학, 정치학 등에 큰 영향을 끼쳤다. 그는 화학 논문을 쓰기도 했으며 식물학에 매우 깊은 관심을 기울이고 저술을 하기도 하였다. 그뿐 아니라 루소는 시인이며, 희곡 작가이며, 18세기 최고의 베스트셀러 소설이었던 『신엘로이즈』(*Julie ou La nouvelle Héloïse*)의 작가이다. 그리고 그는 『마을의 점쟁이』(*Le Devin du village*)라는 오페라의 작곡가이기도 하다. 루소는 다방면의 학문 예술계에 기여하였고, "자기 시대만이 아니라 근대 세계의 가장 영향력 있는 작가의 한 사람"[1]으로 인정받는다. 그런데 그는 정규 교육을 받지 못했다. 그의 가장 중요한 교육은 유년기에 아버지와 함께 했던 독서였다. 어머니는 장 자크 루소가 태어난 지 열흘 만에 세상을 떠났기

----

1) Leo Damrosch, *Jean-Jacques Rousseau. Restless Genius*(New York: Houghton Mifflin Company, 2005), p. 1.

에 아버지에게서 읽기와 쓰기를 배운 그는 저녁 시간에 어머니와 외할아버지가 남긴 책들을 탐독하면서 학문의 기초를 쌓아 나갔다.[2] 루소의 독창성은 그의 이러한 독학(獨學)과도 무관하지 않다.

그가 비교적 체계적으로 공부한 것은 26세 되던 해(1738년)에 프랑스 알프스 산록 마을인 레샤르메트(les Charmettes)에서였다. 그는 거기서 농사일을 하는 틈틈이 철학, 기하학, 수학, 라틴어, 역사, 지리, 천문학, 식물학, 생리학, 해부학 등을 독학으로 연구해나갔다. 이 시기에 루소는 다양한 학문을 연구하면서 분과학문들 사이의 상호연관성을 깊이 인식하게 된다. "학문에 조금이라도 참다운 흥미를 가진 사람이라면 그것에 전념해서 처음 느끼게 되는 것은 학문 서로가 이끌어주고 도와주고 비춰주며, 하나가 다른 것 없이는 지탱될 수 없는 각 부분의 연관성이다. 물론 인간의 정신은 모든 학문에 능통할 수는 없고 한 분야를 주로 선택해야 하지만 다른 분야에 대한 관념이 얼마간이라도 없으면 자기 분야에 있어서까지 분명치 못하게 되는 경우가 많다."(Les Confessions 234) 그는 각 분과학문을 공부하면서도 그 공부한 내용을 전체와 결부시키며 통합적인 사고를 형성하고자 했다. 루소의 이러한 학문적 태도는 오늘날 학제간(inter-disciplinary) 연구, 다학문적(multi-disciplinary) 연구의 정신과 상통하는 것이다. 이러한 학제간 혹은 다학문적 연구방법과 이를 통한 통합적인 사고는 오늘날 새롭게 부상하는 '탈경계인문학(trans-humanities)'의 주요한 요소이다.

루소의 '탈경계인문학'적 성찰이 가장 두드러지는 저술은 『에밀』(Emile ou de l'éducation)이다. 이 책은 교육학에서 고전으로 인정받아온 중요한 작품으로서, 여기에는 다양한 학문과 예술, 종교와 윤리 문제들이 용해되어

---

2) Jean-Jacques Rousseau, Les Confessions, Œuvres complètes I (Paris: Galli-mard, 1959), pp. 9-11. 이 작품은 이하 Les Confessions으로 약칭하겠음.

있다. 그러면서도 이 작품은 '성장 소설'이라 불릴 만큼 이는 학문적 저술인 동시에 소설적 요소를 아우른 작품이다. 이러한 종합적인 관점은 루소 자신의 폭넓은 학문 훈련과 문학을 비롯해 다양한 예술의 소양이 결부되었기에 가능한 것이었다.

『에밀』 속에 체계적으로 드러나 있는 루소의 종교사상도 다양한 학문을 종합한 결과 형성한 것이며 또한 그의 종교사상은 경계 짓기와 분열의 시대에 루소 나름의 처방을 제시하고자 하는 시도에서 형성된 것이다. 루소의 '자연종교(religion naturelle)'는 프랑스의 지배적인 종교인 가톨릭, 영국에서 도입된 이신론, 당대 프랑스에서 발흥한 무신론적인 유물론 등의 사상들과 씨름하면서 오랫동안 고통스런 성찰을 거듭한 후에 형성한 사상이다. 그는 '자연종교'라는 종교사상을 통해 무신론과 광신(狂信, fanatisme)이 대립하던 시기에 양자의 대립을 극복하고자 노력하였다.

필자는 이 논문에서 우선 루소의 종교관 형성 과정을 개관하고 루소 당대의 프랑스 종교사상의 상황을 기술한 후에, 루소가 제시한 '자연종교'를 구체적으로 살펴보고자 한다. 연후에 루소의 자연종교가 현대 생태학과의 관련 속에서 어떠한 함의를 지니는지 고찰하고자 한다. 루소 사상에 대한 기존의 국내 연구는 문학, 교육학, 정치학 등 개별 학문 분야에서 주로 이루어져왔으며, 루소 사상을 생태학과 관련하여 진행한 국내 연구는 거의 없는 것으로 보인다. 루소 사상은 오늘날 전개되는 생태학 논의에 적잖은 시사점을 던져줄 수 있다. 루소 사상 전반에 담긴 생태학적 인식 및 세계관에 대한 연구는 오랜 성찰과 방대한 지면을 요구하기에 본 연구에서는 연구 주제를 제한하여 '루소의 자연종교와 그 생태학적 함의'에 초점을 맞추고자 한다. 이는 '루소 사상과 생태학'에서 일부이기는 하지만, 루소의 종교 사상이 생태학의 핵심적인 주제인 '인간과 자연의 관계'에 대한 성찰의 토대를 이루는 점에서 매우 중요한 부분을 차지하고 있다.

2. 루소의 종교관 형성 및 당대의 프랑스 종교사상

장 자크 루소는 '칼뱅의 도성(Cité de Calvin)'이라 불린 제네바에서 태어났다. 제네바는 장 칼뱅(Jean Calvin, 1509-1564)이 종교개혁을 주도한 도시국가로서, 루소 당시 이곳에는 칼뱅의 영향력이 여전히 살아있었다.[3] 루소는 어린 시절을 제네바에서 보내면서 자연스럽게 개신교인이 되었다.[4]

고아처럼 자라나 제네바에서 견습공을 하는 등 힘든 청소년기를 보내던 루소는 16세에 제네바를 떠나 오늘날의 이탈리아와 프랑스 땅을 굶주림 속에 방랑하다가 안시에서 바랑스 부인(Madame de Warens)을 만난다. 개신교인을 가톨릭으로 개종시키는 사역을 하고 있던 부인의 권유로 루소는 당시 사부아의 수도였던 토리노로 가서 그 도시의 '개종자 구호소'에 수용된 상태에서 가톨릭으로 개종한다. "아직 어린데다가 나 말고는 의지할 사람 하나 없어 감언이설에 넘어가고 허영심에 유혹당하고 희망에 속아 넘어가 어쩔 수 없이 가톨릭 신자가 되었다."[5]라고 루소는 후일 고백한다.

이로부터 25년이 지난 후 루소는 어린 시절의 종교를 회복한다. 『학문예술론』(*Discours sur les sciences et les arts*)과 『인간 불평등 기원론』(*Discours sur l'origine et les fondements de l'inégalité parmi les hommes*)을 집필한 후 그는 제네바로 돌아가 형식적인 신앙 검증 절차를 밟은 후 개신교로 되돌아간다. 그리고 그는 제네바 시민권을 회복하였는데,

---

3) Daniel Mornet, *Rousseau. L'Homme et l'œuvre*(Paris: Hatier-Boivin, 1950), p. 11.

4) 루소의 조상은 개신교 박해를 피해 프랑스에서 제네바로 망명 온 개신교인이며, 루소의 외할아버지는 개신교 목사였다.

5) Jean-Jacques Rousseau, *Les Rêveries du promeneur solitaire*(Paris: Editions Garnier Frères, 1960), p. 28. 이 작품은 이하 *Les Rêveries*로 약칭하겠음.

루소의 재 개종은 종교적 신념(칼뱅주의)의 회복이라는 측면보다는 제네바 시민권 회복과 사회공동체적 통합 측면이 더 강하다. 루소는 각 개인이 가능하면 자신이 속한 정치 공동체의 종교(시민 종교)를 따르는 편이 좋다고 판단한 것이다.

　루소는 자신의 종교적 정체성을 '기독교'에 두었지만 그는 자신의 종교 사상으로 인해 프랑스에서 뿐 아니라 제네바에서도 배척을 받는다. 그의 신앙관이 요약되어 있는 「사부아 보좌신부의 신앙고백」("La profession de foi du vicaire savoyard")을 담고 있는 『에밀』이 출간된 후 루소는 파리 최고법원과 소르본으로부터 유죄판결을 받았고 그의 책은 분서(焚書)되었다. 당시 파리의 대주교인 크리스토프 드 보몽(Christophe de Beaumont)은 사제들에게 보내는 교서에서 『에밀』이 기독교의 토대를 파괴하고 있으며, 신을 모독하는, 교회와 교회의 심부름꾼들에 대한 거짓되고 불쾌하고 악의에 가득 찬 수많은 구절들을 담고 있다고 공언했다.[6] 자신에게 체포령이 발부된 사실을 미리 안 루소는 프랑스를 떠나 이곳저곳으로 유랑하며 망명생활을 해야 했다. 루소는 제네바에도 정착할 수 없었다. 그는 그곳의 목사들로부터 종교사상 면에서 의심을 받고 있었고 제네바 소의회[7]는 『에밀』에 대한 분서를 결정하였다.[8] 18세기 프랑스에는 가톨릭이 지배적인 종교로서 여전히 정치 사회적 권력을 지니고 있는 가운데, 새로운 종교사상인 이신론(理神論, déisme)이 영국으로부터 도입되어 학자들 간에 확산되고 있었으며, 무신론 철학 사상도 특히 백과전서파 학자들을 중심으로 점차 그 세력을 확대

---

6) Georg Holmsten, 『루소』(서울: 한길사, 1997), 183쪽.
7) 당시 제네바의 중요 의결기구는 소의회(Petit Conseil, Conseil des Vingt-Cinq)와 대의회(Conseil Général)이다. Daniel Mornet, op. cit., p. 10.
8) Henri Gouhier, *Les Méditations métaphysiques de Jean-Jacques Rousseau* (Paris: Librairie philosophique J. Vrin, 1984), p. 228.

하고 있었다. 루소의 종교사상은 전통적인 기독교(가톨릭 및 개신교), 이신론, 무신론이라는 세 사상 사이의 대화 및 내적 투쟁의 소산이다.

철학사가인 코플스턴에 의하면 진정한 의미에서 '이신론 학파'라 불릴 수 있는 것은 존재하지 않으며, 이신론자 상호간에 그 주장들이 서로 일치하는 것도 아니었다.[9] 이신론은 근대 과학의 발전에 힘입어 그동안 기독교가 사실로 믿었던 것들에 대해 의문을 던지면서 과학적인 동시에 기독교적일 수 있는 신앙의 가능성을 모색한 결과 형성된 사상이다. 또한 이신론의 형성에는 베이컨, 갈릴레오, 데카르트에서 출발하여 홉스, 스피노자를 거쳐 로크와 뉴턴에서 그 절정에 이른 근대 철학이 깔려 있는데, 이 사상은 일반적으로 신의 계시에 대한 신앙 대신 인간 이성에 대한 신뢰에 모든 지식의 기초를 두고 있다. 이 과정에서 계시, 기적, 성서 등 정통 기독교를 지탱해온 기본 전제들에 대한 의혹이 제기되었고 이신론은 이러한 의혹의 요소들을 배제한 채 기독교를 유지하고자 했던 종교 사상이었다.[10] 이신론은 주로 로크와 뉴턴의 영향을 받아 출현했기에 영국이 그 중심 무대였으며, 이들의 영향을 받은 프랑스의 볼테르가 영국의 이신론을 프랑스에 전파하였다. 볼테르는 이신론의 입장에서 '정통 기독교' 혹은 당대의 가톨릭을 신랄하게 비판한 작가이다. 일반적으로 이신론자들은 자연, 이성, 도덕의 견지에서 이에 반하는 '정통 기독교'의 가르침을 부인하였다. 이러한 거부를 통해 그들은 '자연종교'와 일치하는 기독교를 구축하고자 하였다.

18세기에 이신론자들이 기독교를 유지하면서 정통 기독교에 도전을 가한

---

9) Frederick Copleston, *A History of Philosophy*, vol. 5(London: Burns and Oates, 1961), pp. 162-163. 이신론자들은 영혼불멸, 신의 섭리, 신의 인격성, 계시 등의 문제에서 일치성을 보이진 않았다.

10) Peter Gay, *Deism: An Anthology*(Princeton: D. Van Nostrand Company, 1968), pp. 19-21.

것과 마찬가지로, 당대의 프랑스에는 무신론 혹은 유물론이라는 급진적인 사상을 견지하는 철학자들도 기독교에 도전을 가했다. 라메트리, 멜리에, 엘베시우스, 돌바크 등 18세기에 등장한 프랑스의 유물론자들은 이신론적 견해를 넘어 명료한 무신론적 입장을 취하였다.[11] 특히 『인간 기계론』 (L'homme-machine)을 쓴 라메트리(La Mettrie)는 정신 현상도 물체의 상태에 의존한다고 보았고 인간을 동물보다 많은 톱니바퀴를 사용한 기계에 비유하는 등 영혼(âme)이라는 전통적인 관념을 축출하고 인간 - 기계 관념을 표방하였다. 그는 영혼이란 공허한 단어로서 사실상 뇌라는 사유를 담당하는 신체 기관에 불과함을 주장하며 물질을 기초로 한 인간관과 자연관의 확립을 시도하였다.[12] 또한 돌바크(d'Holbach)는 물질과 물질의 운동 외에 다른 아무 것도 존재하지 않고, 이 운동은 기계적 법칙에 지배되고 있으며, 인간이 우주의 보편적인 법칙과 독립하여 움직일 수 있는 특권적인 존재로 보는 자유 교리가 사변적인 오류라고 주장한다.[13] 이러한 입장에서 그는 무신론의 기초를 닦고 기독교를 격렬하게 공격하였다. 이들 유물론자들은 종래의 사변적인 형이상학이나 신학을 공격하고 자연을 초월한 신이나 기적을 부정하였다.

---

11) 계몽주의 시대의 무신론 및 유물론 사상가들에 대해서는 다음의 책 참조할 것. Michel Onfray, *Les Ultras des Lumières* (Paris: Grasset & Fasquelle, 2007).

12) François Azouvi, "La Mettrie" in Denis Huisman dir., *Dictionnaires des philosophes*(Paris: PUF, 1993), pp. 1659-1663.

13) Jean Lefranc, "Holbach Paul Henri Thiry, baron d'" in Denis Huisman dir., op. cit., pp. 1379-1381.

3. 루소의 세 가지 신조(信條): 신과 인간

루소는 가톨릭으로 개종하였지만 가톨릭이나 개신교라는 구분을 넘어선 '기독교인'에 자신의 정체성을 두었다. 그러나 당대의 무신론 철학자들과 교분을 가지면서 루소는 그들의 사상으로 인해 자신의 신념이 흔들리는 경험을 하게 된다. 『고독한 산책자의 몽상』(Les Rêveries du promeneur solitaire)에서 그는 무신론 철학자들에 대해 다음과 같이 말한다. "그 때 나는 옛 철학자들과는 거의 닮은 점이 없는 현대의 철학자들과 생활을 같이 하고 있었다. 그들은 나의 의혹을 거두어 주고, 내가 모호하게 생각하는 바를 명쾌하게 해명해주기는커녕 내가 인식할 가치가 있다고 여기는 중요한 문제들에 대해 내가 지니고 있던 확신들을 모조리 흔들어놓았다."(Les Rêveries 31) 무신론 철학자들의 도전에 직면한 루소는 자신의 사상, 자신의 원칙을 분명히 확립하고자 매우 열렬하고 진지한 탐구를 수행하였다. 그리고 그는 그 탐구의 결과를 「사부아 보좌신부의 신앙고백」 속에 담았다.

이 글을 통해 볼 때 루소는 이신론은 어느 정도 수용하였으나, 당대의 무신론 철학자들과는 명확하게 사상적인 거리를 두었음을 알 수 있다. 그는 신의 존재를 믿었다. 루소는 우주에는 어떤 불변의 법칙에 의해 지배되는 운동이 있음을 인정하며, 그 운동의 원인이 되는 외부적인 힘이 있다고 판단한다. 그리고 그 원인이 되는 힘을 거슬러 올라가면 최초의 원인이 존재한다고 생각하였다. 해가 뜨고 지는 것을 바라볼 때 그것을 운행하는 힘을 상상하지 않을 수 없고, 지구가 회전할 때 그것을 회전시키는 손을 느낀다고 루소는 주장한다.14) 그 운동을 일으키는 최초의 원인은 물질 속에 존재하지 않는다.

---

14) Jean-Jacques Rousseau, *Emile ou de l'Education*(Paris: GF, 1966), p. 354. 이하에서 전개되는 내용은 『에밀』의 제4편 「사부아 보좌신부의 신앙고백」에서

왜냐하면 물질은 운동을 받아들여 전달은 하지만 자신이 운동을 만들어내지는 않기 때문이다. 그런데 원인들의 무한 연쇄는 불가능하다. 최초의 운동은 자발적이고 의지적인 행위에서만 나올 수 있다. 따라서 루소는 어떤 의지(volonté)가 우주를 움직이고 자연에 생명을 불어넣는다고 믿는다. 이것이 루소의 제1신조(premier article de foi)다.[15] (*Emile* 355)

물체의 움직임을 통해 루소가 어떤 의지를 발견한 것과 같이, 일정한 법칙에 따라 움직이는 물체를 통해 그는 어떤 지성(intelligence)을 발견한다. 이것이 루소의 제2신조(second article de foi)이다. 행동하고 비교하고 선택하는 것은 '능동적인, 그리고 사유하는 존재'의 작용이므로 루소는 이러한 존재가 실존한다고 판단한다. 그러한 존재는 어디에 있는가? 루소는 그 존재가 "회전하는 천공(天空)이나 인간 세상을 비추는 해 안에, 그리고 나 자신 안에 있을 뿐 아니라 풀을 뜯는 양이나 하늘을 나는 새, 낙하하는 돌이나 바람에 날리는 나뭇잎 속에도 있다"고 주장한다.(*Emile* 357) 루소는 우주가 존재하는 이유나 세계의 목적은 모르지만 이 세계에는 질서가 존재함을 부정할 수 없다고 말한다. 그는 우주를 구성하는 존재들이 서로 돕고 있는 내밀한 상응(l'intime correspondance)이 존재한다고 본다. 만일 우리가 정교한 시

루소가 '사부아 보좌신부'의 입을 빌어 루소가 문학적 형식을 활용하여 자신의 종교관을 피력한 내용이다. 이 신부는 루소가 16세에 토리노에서 만난 갬 신부(Abbé Jean-Claude Gaime)와 가티에 신부(Abbé Gâtier)를 토대로 루소가 창작한 인물이다. 루소의 *Emile ou de l'Education*은 이하에서 *Emile*로 약칭하겠음.

15) 이러한 제1신조는 아리스토텔레스와 그를 계승한 토마스 아퀴나스의 신 존재 증명의 전통을 잇는 것이다. 토마스는 이 세계 내에서 무엇인가가 움직이고 있다는 것은 확실하며, 운동하는 일체의 존재는 어떤 다른 것에 의해 움직여질 수밖에 없는데, 이 운동자는 결국 그 자신은 움직이지 않으면서 다른 것들을 운동시키는 제일의 운동자인 '부동(不動)의 동자(動者)'인 최초의 원동자로부터 움직여진 것인데, 이것이 바로 신이라는 것이다.

계를 본다면 우리는 그 제작자가 존재함을 인정하지 않을 수 없다. 그 시계가 우연히 형성된 것이라 믿을 수 있겠는가? 루소는 인간이 지각할 수 있는 우주의 질서가 지고의 지성(une suprême intelligence)을 나타낸다고 말한다. 아무렇게나 뿌려진 인쇄 활자들이 완벽하게 배열된 『아이네이스』 (Enéide)를 이룰 수 없듯이, 질서 있는 우주가 우연히 형성될 수 없다고 그는 판단한다.(Emile 358) 여기서 루소는 당대의 유물론 및 무신론 철학자들을 비판한다. 그는 존재들의 조화와 각각의 부분들 사이의 협력을 무시하고서 우주가 우연적인 조합에 의해 형성된 것이라 말하는 것은 궤변이라 판단한다. 루소는 우주에 질서를 부여하는 어떤 지성을 생각하지 않고서 변함없는 질서를 유지하는 존재의 체계를 이해하는 것이 불가능하다고 주장한다.(Emile 359) 루소는 우주를 움직이고 만물에 질서를 부여하는 이 존재자를 신(Dieu)이라 부른다.(Emile 360) 루소는 '신'에게 지성, 힘(puissance), 의지 등의 관념을 결부시키고 그 필연적인 귀결인 선성(bonté)을 결부시킨다. 그리고 루소는 다음과 같이 말한다. "나는 신이 만드신 모든 것에서 신을 인지한다. 나는 내 안에서 신을 지각하고 내 주위의 모든 것에서 신을 본다."(Emile 360)

루소의 제1신조와 제2신조가 우주를 움직이고 만물에 질서를 부여하는 존재자인 신과 관련된 것이라면, 제3신조(troisième article de foi)는 인간과 관련된다. 루소에 의하면 모든 행동의 원리는 자유로운 존재의 의지에 있다. 자유가 없다면 진정한 의미의 의지도 없다. 인간은 그 행동에서 자유로우며, 또 자유로운 존재로서 비물질적인 실체에 의해 생명을 받은 존재이다.(Emile 365) 루소의 제3신조는 바로 이 인간의 자유에 관한 것이다. 신은 인간이 신에게서 부여받은 자유를 남용하여 악을 행하는 것을 바라지 않으나, 인간이 악을 행하는 것을 막지는 않는다. 신이 인간을 자유를 지닌 존재로 만든 것은 인간이 스스로의 선택에 의해 악이 아니라 선을 행하도록 하기 위해서

이다. 그런데 인간은 그 자유를 악용하여 실제로 악을 행하기도 한다. 인간이 악을 행하는 것을 신이 막지 않는다고 불평하는 것은 인간에게 뛰어난 본성을 갖도록 하고, 그의 행동에 도덕성을 부여하여 그 행동을 고귀하게 만들고, 그에게 덕성에 대한 권리를 주었다고 불평하는 것이나 마찬가지이다. 이로써 루소는 이 세상에 존재하는 악과 불의(不義)의 책임을 신에게가 아니라 인간에게 돌리며, 인간의 책임 의식을 강조한다.

4. 루소의 자연종교: 광신과 무신론 극복

「사부아 보좌신부의 신앙고백」에서 표명한 신앙관을 루소 자신은 유신론 혹은 자연종교로 규정한다. 하지만 당대의 많은 기독교인들은 루소의 종교관이 무신론이나 무종교라 생각한다. 루소가 신을 인정한 점에서 그의 종교는 유신론이다. 그런데 그의 종교의 출발점은 전통적인 기독교 유신론과는 다르다. 다시 말해 기독교 유신론이 그 출발점을 성경 혹은 계시에 둔다면 루소는 자신의 자연종교 출발점을 자연 혹은 인간의 이성과 마음에 두었다. 루소는 대자연(우주)을 관찰하고, 우주를 운행하고 여기에 질서를 부여하는 의지 및 지성을 발견하는데, 그 발견 주체는 인간의 이성과 마음인 것이다. 이는 마치 데카르트가 신의 존재와 신앙의 출발점을 '회의하는 자아(cogito)'에 두었던 것과 유사한 성격을 지닌다. 그런데 루소는 이성 뿐 아니라 마음 혹은 감정에 큰 위상을 부여한 점에서 데카르트나 일반적인 이신론자들과는 차이점을 지닌다.

루소는 신이 인간 정신에 부여하는 지성의 빛에 따라, 그리고 인간의 마음에 불어넣는 감정에 따라 신을 섬긴다면 죄를 지을 수 없다고 생각한다. 그리고 그는 신성에 대한 가장 위대한 관념들은 오직 이성을 통해 인간에게 생긴다고 믿는다. "자연의 광경을 바라보아라. 그리고 내면의 소리를 들어보아라. 신은 우리의 눈과 우리의 양심과 우리의 판단에 모든 것을 다 말해두지 않았는가?"(*Emile* 385) 그는 신이 인간의 마음에 말하는 것만을 사람들이 들었다면 이 세상에는 오로지 하나의 종교밖에 없었을 것이라고 말한다. 루소는 종교 그 자체(la religion)와 종교 의식(le cérémonial de la religion)을 구분한다. 루소에 의하면, 신이 요구하는 예배는 종교 의식이 아니라 마음의 예배이다.(*Emile* 385) 신은 사제의 의복이나 제단 앞에서 행하는 동작 등과 같은 것에 큰 관심을 가지는 것이 아니라, 사람들이 진심을 다해 숭배하길 원하고 있으며 바로 이것이야말로 모든 나라, 모든 인간, 모든 종교의 의무라고 루소는 주장한다. 이것이 루소의 자연종교로서, 그는 모든 신앙인들의 출발점이자 더 확실한 신앙에 도달하기 위한 공통 지점, 종교의 토대를 바로 이 자연종교에 두었다.(*Emile* 386)

  그런데 이 땅에는 수많은 종파가 존재하고 각 종파는 자신의 종파가 올바른 종교이며, 다른 종파는 거짓된 종교라고 주장한다. 루소 당시에 한 종교를 믿는 것은 일반적으로 자신이 속한 사회 혹은 종족의 전통을 받아들이는 일이다. 가톨릭 국가에 태어나면 가톨릭 신자가 되고, 개신교 국가에 태어나면 개신교 신자가 되고, 이슬람 국가에 태어나면 이슬람 신자가 되며, 유대인으로 태어나면 유대교인 된다. 이렇듯 종교의 선택이 우연적인 것이라면, '진정한 종교'를 선택한 나라에 태어난 사람에게 상을 주고, 이와 반대로 '진정한 종교'를 선택하지 않은 나라에서 태어난 사람에게 벌을 준다고 말하는 것은 신의 정의를 모독하는 일이다.(*Emile* 387) 루소는 자신을 위해 단 하나의 민족만을 선택하고 나머지 인류는 배제하는 그런 신은 모든 인간의 아버지가 아니며, 자신이 만든 피조물 가운데 최대 다수가 영원한 형벌을 받도록 정해놓은 신은 자비롭고 선한 신이 아니라고 주장한다.(*Emile* 391) 루소는 무신론 철학에 반대했을 뿐 아니라, 자신의 종교만이 옳다고 고집하며 나머지 인류를 배제해버리는 종교적인 독선과 오만, 그리고 불관용도 동시에 비판하였다.

루소 자연종교의 출발점은 정통적인 유신론과는 달리 계시가 아니라 우주 및 인간의 내면세계이다. 그렇다면 루소는 '계시'에 대해서는 어떤 입장을 가지고 있는가? 그는 계시에 대해 우호적인 숱한 증거들이 있고, 이와 동시에 계시에 불리한 증거들도 숱하게 존재한다고 보았다. 이러한 이율배반적 상황 속에서 루소는 계시를 인정해야 하는 의무는 부인한다. 계시를 인정하느냐 마느냐의 상황 앞에서 그는 이것이 자신의 판단 범위를 넘어서는 일이라 생각하여 '판단 중지'의 태도를 취한다.

그런데 루소는 일반적으로 계시에 대해서 유보적인 판단을 하지만 기독교의 성서에 대해서는 높이 평가한다. "나는 성서의 장엄함에 감탄하고 복음서의 거룩함은 내 마음에 호소한다"고 루소는 고백한다. 그는 허식(pompe)으로 가득한 철학자들의 책은 성서와 비교하면 매우 초라하다고 말하면서, "그토록 숭고하고 소박한 책이 인간의 책일 수 있을까?"라고 자문하고 있다.(Emile 402) 『학문예술론』이후 이어진 논쟁에서 루소는 덕성(vertu)과 학문을 겸비한 대표적인 인물로 소크라테스를 제시한 바 있다.[16] 그런데 「사부아 보좌신부의 신앙고백」에서 루소는 소크라테스보다 예수를 더욱더 훌륭한 인물로 제시한다. 소크라테스는 윤리를 창시했으나 그 이전에 그러한 윤리를 실천하는 사람들이 있었기에 소크라테스는 그들이 행했던 바를 말로 표현한 데 불과하다고 루소는 지적한다. 소크라테스가 정의, 조국에 대한 사랑, 절제, 덕성을 가르치기 전에 그리스에는 이러한 덕목들을 이미 실천하는 사람들이 많이 있었지만, 예수는 그 혼자서 가르치고 본을 보인 인물이라

....

16) Jean-Jacques Rousseau, *Discours sur les sciences et les arts, Discours sur l'origine et les fondements de l'inégalité parmi les hommes*(Paris: GF, 1971), p. 100.

는 것이다. 루소는 '산상수훈'을 가르친 예수와 율법을 가르친 모세를 대조시키고 있다. 루소는 친구들과 조용히 철학을 논하며 죽어간 소크라테스의 죽음을 가장 온화한 죽음으로 평가한다. 그런데 가장 무서운 죽음을 당한 이로서, 참혹한 처형을 받으면서도 증오에 불타는 처형인들을 위해 기도한 예수를 루소는 더 높이 평가한다. 그는 "소크라테스의 삶과 죽음이 현자의 것이라면, 예수의 삶과 죽음은 신(Dieu)의 삶과 죽음이다."라고 말한다.(*Emile* 403) 이러한 예수의 삶과 죽음을 기록한 복음서는 매우 위대하고 감동적이어서 그 책을 창작한 사람이 있다면 그 책의 주인공인 예수보다 더 놀라운 사람일 것이라고 루소는 말한다.

「사부아 보좌신부의 신앙고백」에서 루소는 복음서를 매우 높이 평가하면서도 정통 기독교와는 다른 입장을 취한다. 복음서와 그 주인공에 대한 찬양에 이어 루소는 다음과 같이 말한다. "바로 이러한 복음서에는 믿을 수 없는 것, 이성에 반하는 것, 그리고 분별 있는 사람이라면 그 누구라도 생각할 수도 받아들일 수도 없는 것들로 가득 차 있다."(*Emile* 403) 이러한 모순 앞에서 루소는 부인할 수도 이해할 수도 없는 것에는 묵묵히 경의를 표하고 홀로 진리를 아는 존재 앞에서 겸손할 것을 요구한다. 루소는 이를 '본의 아닌 회의주의(sceptisme involontaire)'라 규정하며 그러한 회의주의에 괴로워하지는 않는다. 중요한 것은 실천인데 루소는 그러한 회의주의가 실천의 본질에는 영향을 미치지 않으며 그는 자신이 의무라고 생각하는 원칙들에는 매우 확고하기 때문이라고 말한다. 루소는 소박한 마음으로 신을 섬기고 있으며 사람들을 고통스럽게 하는 교리(dogmes)에는 고민하지 않는다고 고백한다.

그리고 루소는 각 종교가 모두 유익한 제도라고 생각한다. 그 종교들은 각기 그 나라에서 공적인 의식을 통해 신을 경배하는 일률적인 방식을 정해 두고 있는데, 이는 그 모든 것들이 그곳의 풍토, 정부 형태, 민족성, 때와

장소 등에 따라 어떤 것을 다른 것보다 선호하게 만드는 근거를 지닌다는
것이다. "나는 사람들이 신에게 적합한 형식으로 신을 받든다면 그 종교들은
모두 좋은 것이라고 믿는다. 본질적인 예배는 마음의 예배이다. 신은 그
예배가 진실하기만 하다면 어떠한 형식으로 경배하든 그것을 물리치지 않는
다."(*Emile* 404) 루소는 '불관용이라는 잔인한 교리'를 경계하였고, 자기 종
교 울타리 바깥에 있는 사람들에게 "너희들은 지옥에 떨어진다.(Vous serez
damnés.)"는 말을 하지 말기를 권고한다. 루소는 가톨릭신자든 개신교신자
든 서로가 형제처럼 차별 없이 사랑하며 모든 종교를 존중하며 각자가 자신
의 종교 안에서 평화롭게 살기를 원한다. "나는 어떤 사람에게 그가 태어나면
서부터 갖고 있는 종교를 버리도록 부추기는 것은 악을 행하라고 권하는
일이며 그렇게 권하는 그 사람 자신도 악을 행하는 것이라 생각한다. 더
큰 깨달음을 얻을 때까지는 공적인 질서를 지키도록 하자."(*Emile* 405) 이러
한 루소의 신앙관은 『사회계약론』(*Le Contrat social*)에서 다룬 '사회 종교
(시민 종교)'로 연결된다.

「사부아 보좌신부의 신앙고백」은 계몽주의 시대의 신앙에 관한 양극단,
다시 말해 무신론과 광신 사이의 화해를 시도한 결과물로 판단할 수 있다.
"맹목적인 신앙이 광신으로 이끄는 것처럼 거만한 철학은 신앙이 없는 자유
사상으로 귀결된다. 이러한 극단은 피해야 한다... 철학자들이 있는 곳에서
는 대담하게 신을 인정하고, 불관용에 사로잡힌 자들에게는 인간애를 설득해
야 한다."(*Emile* 409) 루소는 종교를 둘러싼 당대의 양극단적인 두 진영의
주장 모두를 궤변이라 비판한다. 철학자 진영에서는 '선한 철학자 국민'과
'악한 기독교인 국민'으로 나누고 있다. 루소는 피에르 벨(Pierre Bayle,
1647-1706)이 주장한 바, 광신이 무신론보다 위험하다는 생각에 동의한다.
그런데 루소는 무종교가 위험하다는 생각도 이와 동일하게 진실하다고 보았
다. 루소는 설령 광신이 피비린내 나는 잔혹한 것이긴 하지만 인간의 마음을

고양시키고 죽음을 무릅쓰게 만들고 인간의 마음에 놀라운 충동적인 힘을 주는 위대하고 강력한 정념이어서, 그것을 올바르게 인도하기만 한다면 거기서 더없이 숭고한 미덕을 이끌어낼 수 있다고 보았다. 반면에 무종교 혹은 추론적이고 철학적인 정신은 인간 영혼을 삶에 집착하게 만들고 나약하게 만들고 타락시키고 온갖 정념을 비천한 개인적 이기심, 비열한 인간의 자아에 집중시켜 온갖 사회의 참된 기초를 야금야금 파괴한다고 주장한다.(*Emile* 408-409)

5. 자연: 인간과 신 사이의 매개

루소에게 자연은 신의 피조 세계로서 신을 인간에게 드러내며 또한 인간을 신에게로 인도하는 매개의 역할을 감당하고 있다. 『신엘로이즈』에서 루소는 쥘리(Julie)의 편지를 통해 다음과 같이 말한다. "신은 자신의 작품들 속에 모습을 드러내시고, 우리의 내부에서 자신이 느껴지도록 하십니다."[17] 신은 그의 창조세계인 자연과 인간의 마음을 통하여 말씀하신다는 것이다. 이 소설에서 우리는 쥘리의 다음과 같은 고백을 접한다. "나는 내 능력을 넘어서는 숭고한 관조(觀照, contempler)를 하는 대신, 조잡하나마 내 능력이 미치는 예배를 드립니다. 나는 어쩔 수 없이 신의 존엄을 끌어내립니다. 신의 존엄과 나 사이에 감지될 수 있는 물체를 둡니다. 나는 신을 그 본질 속에서 관조할 수 없기 때문에 최소한 그 작품 안에서 관조하며, 그 선행(bienfaits) 속에서 사랑하려 합니다."(*Julie* 591) 그녀는 "대지가 펼쳐 놓은

---

17) Jean-Jacques Rousseau, *Julie ou La nouvelle Héloïse, œuvres complètes II*(Paris: Gallimard, 1959), p. 699. 이하 이 작품은 *Julie*로 약칭함.

풍부하고 빛나는 장식에서 조물주의 작품과 선물을 찬미"(*Julie* 591)한다. 그리고 "존재들의 거대한 조화 속에서 만물이 이토록 감미로운 목소리로 신에 대해서 이야기한다."(*Julie* 591-592)고 고백한다. 여기서 신과 인간 사이에 존재하는 물체 혹은 신의 작품과 선행이란 바로 자연이다. 쥘리의 이러한 고백은 기실 루소 자신의 고백이다.

루소는 「사부아 보좌신부의 신앙고백」에서 현실 종교의 독선을 물리친 다음에 한 권의 책에 주목한다. "나는 모든 책을 덮어버렸다. 모든 사람의 눈앞에 펼쳐진 책이 딱 한 권 있는데, 그것은 자연이라는 책이다. 바로 이 위대하고 숭고한 책 속에서 나는 그 책을 만든 신성한 저자를 섬기고 숭배하는 법을 배운다. 이 책을 읽지 않는 사람은 그 누구도 용서받을 수 없다. 왜냐하면 그 책은 어떠한 정신도 이해할 수 있는 언어로 모든 이에게 말하기 때문이다."(*Emile* 401) 심지어 무인도에 태어났을지라도, 자기 이외에 어떤 인간과도 만난 적이 없는 사람일지라도 자신의 이성을 훈련하고 연마해서 신이 부여한 직접적인 능력(facultés immédiates)을 잘 사용한다면, 그 사람은 신을 알고, 신을 사랑하고, 신이 원하시는 선을 원하고 이 땅에서 자신이 실행해야 할 의무를 다하는 법을 배우게 되리라는 것이다.(*Emile* 401)

「사부아 보좌신부의 신앙고백」에서 루소는 자연 속의 예배를 본격적으로 논의하진 않았다. 하지만 그는 『신엘로이즈』나 자서전 작품인 『고백록』과 『고독한 산책자의 몽상』에서 자연과 결부된 예배, 혹은 자연 속에서 느끼는 신성 등에 관한 다양한 기록들을 남기고 있다. 루소는 자신이 성당에 있을 때보다 자연 속에 있을 때 신을 진정으로 경배할 마음을 느낀다고 종종 이야기한다. 우리는 『고백록』에서 레샤르메트에서의 삶을 묘사한 다음과 같은 구절을 만날 수 있다. "나는 매일 아침 해뜨기 전에 일어나, 근처 과수원을 지나 매우 아름다운 오르막길로 나선다. 그 길은 포도밭으로 나서 산허리로 샹베리까지 이어져 있다. 그 길을 거닐면서 나는 기도를 드린다. 그것은 입술만 움직이는 기도가 아니라, 눈 아래 아름답게 펼쳐져 있는 사랑스런 자연의 창조주에게로 향하는 진정으로 우러나는 기도이다. 방안에서 기도를 드리고 싶은 적은 한 번도 없었다. 벽과 인간이 만든 자질구레한 것들 전부가 신과 나 사이로 끼어드는 것처럼 느껴졌기 때문이다. 나는 신이 만드신 창조물 속에서 신을 생각하기를 좋아한다. 그 때 내 마음은 신을 향해 높아져 간다."(*Les Confessions* 236) 루소는 말년에 박해를 받아 프랑스를 떠나 망명 생활을 하던 도중에 비엔(Bienne) 호수 가운데에 있는 생 피에르 섬(île de Saint-Pierre)에 머물게 되는데, 이곳에서의 삶을 회상하면서 그는 『고백록』에서 다음과 같이 말한다. "신에 대한 가장 올바른 경의는 신이 만든 것에 대한 관조에 의해 일깨워지는 말없는 찬미, 수다스런 방법으로는 표현할 수 없는 저 조용한 찬미 외에는 있을 수 없다고 나는 생각한다. 벽과 거리와 죄악밖에 보지 못하는 이 도시의 주민들이 왜 신앙을 갖지 않는가를 나는 잘 안다. 그러나 시골 사람들, 특히 고독한 사람들이 어떻게 신앙을 갖지 않고 지낼 수 있는가 하는 점은 납득이 되지 않는다. 황홀한 감동을 주는 위대한 조물주에 대해 어떻게 그들의 혼은 하루에 백 번도 더 흥분을 느끼게 되지 않는 것일까? ... 방안에서는 기도를 드리는 일이 드물고 드린다 해도 메마른 기도가 된다. 그러나 아름다운 풍경을 대하면 까닭 없이 감동을 느끼게 된다. 어느 사려 깊은 주교가 그의 교구를 순회하던 중 기도 대신에 다만 '오!' 라고밖에 말하지 않는 한 노파를 보았다는 이야기를 읽은 적이 있다. 주교는 그 노파에게 말했다. '할머니, 언제나 그 같은 기도를 계속하십시오. 할머니의 기도는 우리가 드리는 기도보다 훌륭한 기도입니다.' 이 훌륭한 기도는 나의 기도이기도 하다."(*Les Confessions* 642)

생애 최후의 작품이자 유고(遺稿)인 『고독한 산책자의 몽상』에서도 우리는 루소의 동일한 관점을 만난다. "은신처에서의 명상, 자연에 대한 연구, 우주에 대한 관조는 고독한 자로 하여금 끊임없이 조물주에게 향하게 만들고, 그가 보는 모든 것의 종국과 느낄 수 있는 모든 것의 원인을 달콤한 불안감을 가지고 추구하게끔 한다."(*Les Rêveries* 28) 그리고 이러한 관조는 황홀감과 아울러 자연과 인간의 합일의 경지에까지 이르게 한다. "관조하는 자가 더욱 감수성 많은 넋을 가지고 있을수록 그 사람은 그런 조화로부터 솟아 나오는 황홀감에 잠긴다. 기분 좋은 깊은 몽상이 그 때 그의 관능을 사로잡고 그는 감미로운 황홀감을 느껴 그 광대하고 아름다운 체계 속에 무르녹아 그것에 동화한 자신을 느낀다. 그 때 개별적인 대상은 모두 그의 시야를 떠나서 모든 것을 오직 전체 안에만 보고 또 느낀다."(*Les Rêveries* 90)

　루소는 한평생 이러한 자연 사랑을 종교적인 감정과 연결시켰다. 이러한 자연과 종교의 결부는 훗날 많은 이들에게 익숙해졌지만 그 당시에는 아직 익숙지 않은 것이었으며, 그는 후대에 등장한 낭만주의 작가와 독자들에게서 볼 수 있었던 이러한 결부의 감정을 고취하는 데 누구보다 큰 기여를 했다.[18]

6. 루소의 자연종교와 생태학의 만남

　루소 당대에는 '생태학(écologie)'이란 용어가 아직 탄생하지 않았으며, 생태와 관련된 심각한 문제의식도 존재하지 않았다. 그러나 루소의 문명과 진보에 대한 비판은 20세기에 등장한 녹색 사회사상 및 정치사상의 핵심적인 요소가 되었다. 자연 상태의 삶에 대한 긍정적 관점이 담겨 있는 루소의 '고상한 야만'이라는 관념은 문명화되지 않은 인간의 상태가 '야만적'이며 부정적이라는 당대 주류 사상가들의 관점에 반기를 든 것이다.[19] 그리고

18) Leo Damrosch, op. cit., p. 67.

'자연적인 것(le naturel)'과 상반되는 '인위적인 것(l'atificiel)'에 대한 비판, 자연에 대한 찬양 및 문명에 대한 비판 등을 담은 루소 사상은 당대의 지배적인 사조인 계몽주의에 대한 강력한 비판인 동시에 오늘날 대두되는 생태학적 관점에 새로운 빛을 던져주는 사상으로 인정되고 있다. 시인이자 '심층 생태학(deep ecology)' 운동의 주된 인물 가운데 한 명인 게리 스나이더(Gary Snyder)는 "서구 사상에서 가장 주목할 만한 직관 가운데 하나는 루소의 '고상한 야만'으로서, 이는 문명이 원시적인 것으로부터 배울 점이 있다는 관점이다."[20]라고 평가한다. 『장 자크 루소와 생태학적 희망』(*Jean-Jacques Rousseau et l'espoir écologique*)이라는 제목의 저서에서 마르셀 슈네데르(Marcel Schneider)는 루소가 자연 속에서 신을 느끼는 법을 가르치는 교리 없는 '새로운 종교'를 창설했음을 지적하고, 루소를 20세기에 와서 전개된 녹색 운동, 녹색 정당 정책의 사상적인 선구자로 규정한다.[21] 질베르 라프르니에르(Gilbert F. LaFreniere)는 루소가 미국 생태학의 정신적 근원의 역할을 감당한 초월주의(transcendentalism) 주창자들에게 영향을 미쳤음을 인정하고 있다.[22]

루소는 자연을 인간의 필요나 실용적 목적에 따라 바라보지 않는다. 그는 자연이 신의 피조 세계로서 신을 인간에게 드러내며 또한 인간을 신에게로

---

19) John Barry, 『녹색 사상사. 루소에서 기든스까지』(서울: 이매진, 2004), 79쪽.

20) Gary Snyder, *Earth House Hold* (New York: New Directions, 1957), p. 120. 머레이 북친은 "자기를 둘러싸고 있는 순결한 세계를 사랑하면서 즐겁고 단순한 동료 의식 속에서 살았다고 추정되는 원시인들의 세계관은 현대의 생태학적 행동관 및 실재관의 모델이 되었다."고 지적한다. Murray Bookchin, 『휴머니즘의 옹호』(서울: 민음사, 2002), 146쪽.

21) Marcel Schneider, *Jean-Jacques Rousseau et l'espoir écologique*(Paris: Editions Pygmalion, 1978), pp. 18-26.

22) Gilbert F. LaFreniere, "Rousseau and the European Roots of Environmentalism, *Environmental History Review*, Vol. 14(Winter, 1990), pp. 60-66

인도하는 매개의 역할을 감당하고 있다는 견해를 제시함으로써 인간 중심주의적인 자연관을 극복했다. 생태적으로 지속 가능한 사회를 이루기 위해 심층 생태학자들은 지금까지 우리가 지녀온 세계관을 바꾸어야 함을 강조한다. 그들은 새로운 세계관을 통해 인간의 의식을 근본적으로 변화시키고 기존의 윤리나 도덕을 근본적으로 변화시켜야만 인간의 자연에 대한 태도, 생활방식, 사회구조가 바뀔 수 있다고 본다.[23] 이와 관련하여 심층 생태학은 유명한 8가지 기본 강령을 제시하는데, 그 제1강령은 다음과 같다. "지구상에 있는 인간 및 인간 이외 생명체의 건강과 번영은 그 자체로 내재적 가치를 지닌다. 이 가치는 인간 이외의 세계가 인간의 목적에 유용한가 아닌가의 문제와는 별개의 것이다."[24] 노르웨이의 철학자 아르네 네스(Arne Naess)는 1972년에 행한 강연에서 단순히 "오염과 자연 고갈에 맞서 싸우고 선진국 주민들의 건강과 풍요를 보존"하는 일에 몰두하는 '피상적인(shallow) 생태운동'과 대비되는 '심층적(deep) 생태운동'을 주창하였다. 이 운동은 인간을 포함한 모든 생명체를 "생명의 그물망 또는 내재적 관계의 장에 속한 매듭들"로 파악한다.[25] 이러한 심층 생태학의 기본 원칙 혹은 이념은 루소의 사상과 맥락을 함께 하는 것이다. 루소는 식물에서 약제나 의료품, 식품, 식물이 주는 효능 등에만 관심을 가지는 인간 중심주의적인 관점을 비판한다. 그에게 자연은 하이데거가 말한 '유용 존재자' 이상의 존재로서, 인간이 본(本)으로 삼아 돌아가야 할 존재이고 어머니의 품과 같이 인간을 보호해주는 존재

23) Arne Naess, *Ecology, Community and Lifestyle. Outline of an Ecosophy*(Cambridge: Cambridge University Press, 1989), p. 67.

24) Bill Devall & George Sessions, *Deep Ecology*(Salt Lake City: Gibbs M. Smith, 1985), p. 70.

25) Arne Naess, "The Shallow and the Deep, Long-Range Ecology Movement," *Inquiry*, vol. 16, 1973, p. 95. Murray Bookchin, op. cit., 142쪽에서 재인용.

이며 인간과 합일(合一)의 대상인 존재이다. 루소는 "만물의 체계 속에 융합되어 자연 전체와 동화될 때 나는 황홀감에 잠겨 형언할 수 없는 감격을 느낀다"(*Les Rêveries* 94)고 고백한다.

네스는 '생물권 평등주의'라는 개념을 "생명의 형태와 이치에 대한 깊은 존경 혹은 숭배"로 규정하고 "생태계의 현장에서 바라볼 때 생명을 잇고 꽃피울 동등한 권리는 직관적으로 명백한 가치 공리"라고 주장한다.[26] 그리고 그는 생명 중심의 윤리를 고안해 냈다. 그 윤리에 따르면 '평등한 생물권' 속에서 인간은 늑대, 곰, 독수리, 하루살이 등과 같은 다른 생명체보다 더 큰 혹은 더 작은 가치를 타고나지 않는다.[27] 루소가 인간 이외의 타 생명체에 대한 가치를 인정했음은 분명하다. 그러나 그는 인간과 타 생명체가 동등한 가치를 지닌다고 말하지는 않았다. 신의 존재를 규명한 후 루소는 신이 다스리는 우주 속에서 인간이 차지하는 위치에 대해 사유한다. 인간이야말로 자신의 의지로 물체에 작용을 가할 수 있으며 또한 지성을 가지고서 모든 것을 조사할 수 있는 유일한 존재라는 점에서 인간은 '지상의 왕(le roi de la terre)'으로서 다른 동물보다 우위의 지위에 있다고 그는 주장한다.(*Emile* 361) 인간은 자신의 지성을 활용하여 자연의 모든 것을 조사할 수 있으며, 자연의 원소를 활용할 줄 알며, 멀리 있는 천체까지도 관조할 수 있는 유일한 존재이기 때문이다.(*Emile* 360-361) 질서와 아름다움, 덕성이 무엇인지 알고 우주를 관조하고 우주를 다스리는 존재에까지 자신을 고양시킬 수 있으며 선을 사랑하고 행할 수 있는 존재인 인간을 동물과 동일하게 여기는 무신론 혹은 유물론 철학자들을 루소는 비판한다. 인간이라는 종(種)이 신 다음의 가장 훌륭한 종임을 인정함으로써 루소는 인간에게 그러한 지위를 부여한

---

26) Arne Naess, op. cit., p. 96. Murray Bookchin, op. cit., 145쪽에서 재인용.
27) Murray Bookchin, op. cit., 146쪽.

창조자에게 감사와 축복의 감정이 생겨나며, 또한 이러한 감정에서 자비로운 신에 대한 존경심이 생겨난다고 말한다.(*Emile* 361)

이러한 루소의 관점은 인간을 기계 장치로 파악하는 유물론 및 무신론 철학자들에 대한 비판을 담고 있다. 루소는 그들과는 달리 인간의 영혼은 비물질적인 것으로서 육체가 죽은 후에도 살아남을 수 있다고 주장한다.(*Emile* 368) 영혼의 존재는 인간을 다른 생명체와의 차별성을 제공하는 근거가 된다. 루소의 이러한 관점은 인간을 타 생명체와 동등하게 여기거나, 한 걸음 더 나아가 인간이야말로 생태계를 해치는 주범이기에 인간에 대한 적대감을 노골적으로 드러내는 극단적인 심층 생태주의 단체인 '어스 퍼스트!'(Earth First!)의 관점과는 상통하지 않는다. 이 단체는 심지어 지구에 부담을 주는 인구를 줄일 수 있다는 점에서 에이즈나 기아(飢餓) 따위를 환영하기도 한다.[28] 자연이 신의 피조 세계로서 신을 인간에게 드러내며 만물 어디에나 지성을 지닌 신이 존재한다는 루소의 견해는 범재신론(만유재신론, panenthéisme)으로 분류될 수 있는 관점으로서, 우주를 하나의 전체로 파악하고 그것을 신으로 보는 교리인 범신론(汎神論, panthéisme)과는 구별된다. 루소는 자연 속에 신성이 드러나긴 하지만 자연 자체가 신인 것은 아니라고 보았으며, 또한 인간이야말로 우주를 관조하고 우주를 다스리는 존재에까지 자신을 고양시킬 수 있으며 선을 사랑하고 행할 수 있는 존재이기에 타 생명체보다 우월하다고 주장한 점에서 극단적인 입장의 생태학과는 차이가 있다.

한편 루소는 생태계의 전망과 관련하여 시대적인 한계를 지닌다고 볼 수 있다. 오늘날 지나친 탄소 배출, 특히 핵무기 혹은 핵발전소가 초래할 수 있는 잠재적인 위협은 지구의 생존 자체를 위협할 정도이다. 그런데 루소

----

28) 이상헌, 『생태주의』(서울: 책세상, 2011), 68쪽.

가 인간 자유의 중요성 및 신 앞에 선 인간의 한계를 강조하면서 한 다음의
말은 오늘날의 생태적 심각성에 비추어 볼 때 적절하지 않은 것으로 판단된
다. "신은 인간의 힘을 매우 제한해 주어 그가 인간에게 맡긴 자유를 남용한
다 하더라도 이로 인해 보편적인 질서를 어지럽힐 수는 없다. 인간이 행하는
악은 자신에게로 되돌아갈 뿐 세계의 체계를 조금도 변화시키지 못하며,
설령 인류가 원하지 않더라도 인류 자체가 존속하는 것을 막지는 못한
다."(*Emile* 365) 오늘날 우리는 현대 산업사회가 초래한 "재앙적인 기후의
변화"[29]와 "가장 대규모이고 가장 빠른 대멸종"[30]을 목도하고 있다. 문명사
회의 '진보'는 공멸을 막기 위해 윤리적인, 그리고 학문적인 책임 의식을
한층 더 요구하고 있다.

    여러 분과 학문의 개별적 성찰과 대안 제시는 생태계의 현 상황을 연구하
는 자연과학적 생태학과 마찬가지로 생태계의 위기를 극복하기 위해 매우
중요하다. 그런데 오늘날의 생태계 문제는 어느 한 부분이 아니라 인류의
문명 전체, 인간과 자연의 관계 전체, 사회 전체와 관련된 종합적인 것이다.
따라서 이에 접근하기 위해서는 개별적인 노력과 더불어 이를 통합하는 종합
학문으로서의 생태학, '탈경계인문학'적인 시각의 생태학이 필요하다. 분과
학문의 경계를 넘어 학문과 학문을 이어주고, 학문과 실제의 삶을 이어주는
상호연관성에 대한 인식 및 통합적 조망을 지닌 '탈경계인문학'적인 생태학
으로써 인류 사회와 지구 생물체 전체의 공존을 추구하는 새로운 문명의
모험이 절실히 요청된다.

---

29) Stephan Harding, 『지구의 노래. 생태주의 세계관이 찾은 새로운 과학 문명 패
    러다임』(서울: 현암사, 2011), 300쪽.
30) Ibid., 336쪽.

실천과 예술 사이
릭 베스의 『야크 계곡의 서(書)』와 『야크 계곡의 누렁이』를 중심으로

● 전세재 (숙명여자대학교)

I

미국 몬테나(Montana)의 야크계곡(Yaak Valley)에 거주하면서 작품 활동을 하는 것으로 알려져 있는 릭 베스(Rick Bass)는 작가로서의 명성뿐만 아니라, 야크계곡을 보호하는데 앞장서고 있는 실천가로도 잘 알려져 있다. 그의 대표작으로는 『9마일 늑대들』(The Ninemile Wolves), 『사라진 회색 곰들』(The Lost Grizzlies), 『야크계곡의 서(書)』(The Book of Yaak), 『화이버』(Fiber), 『야크계곡의 누렁이』(Brown Dog of the Yaak)등이 있으며, 이 작품들을 통해 그는 독자들에게 자연의 신비와 아름다움을 보여줌으로써 자연에 대한 경외감과, 인간중심주의에서 벗어나 생태중심주의적인 심미적, 윤리적 태도에 대한 공감을 상상력을 통해 불러일으켜왔다. 또한 베스는 작가로서의 활동 영역을 넘어서, 자신이 주거하고 있는 야크계곡이 벌목에 의해 생태학적 가치를 상실하는 것을 막기 위해 민간단체를 운영하고, 각종 기관에 탄원서를 보내는 활동을 전개해 왔다.

자연에 관한 글을 써온 작가로서 두드러지는 그의 특징은, 작가로서, 그리고 실천가로서의 첨예한 갈등과 고민에 대해 공개적으로 발표를 하고, 이에 대한 의견을 담은 산문집의 출간을 통해, 이를 공론화시키고 있다는 점이다.[1] 그의 이러한 논의는 『야크계곡의 서(書)』와 『야크계곡의 누렁이』에 주로 드러난다.[2] 1996년 출간된 『야크계곡의 서(書)』는 야크계곡의 생태학적 가치와 아름다움, 생태계에 거주하는 생물들에 대한 글을 모은 산문집으로 "일종의 참고서, 지침서, 심장의 무기"(*BY* XIII)라고 그는 이 책의 서문에서 밝히면서, 직접적으로 독자들에게 야크계곡 보호에 동조하고, 행동하기를 촉구한다 (*BY* XIV). 1999년 출간된 『야크계곡의 누렁이』는 1997년 가을 사라진 사냥개 콜터(Colter)에 대한 애도를 소재로 자연과 인간과의 교감에 대한 에세이, 야크계곡, 실천(activism)과 예술(art)에 관한 에세이로 구성되어있다. 그는 이 책에서 콜터가 갑자기 사라졌던 것처럼, 야크계곡도 갑자기 사라질 수 도 있다는 암울한 암시를 하고 있다. 그는 만일 우리를 둘러싼 자연이 사라진다면, 도대체 어떤 이야기를 쓸 수 있을까? 어떻게 우리의 삶을 영위해 나갈 수 있을까(*BDY* 25)라는 회의적인 질문을 제기하면서, 창작과 현실사이의 갈등을 에세이형식으로 풀어내고 있다.

베스가 본격적으로 작가로서 활동하기 전에는 석유지질(petroleum geologist) 전문가로 활동했다. 작가 생활을 시작한 후, 그는 자연기(自然記 -Nature Writing)의 원조격인 헨리 데이비드 쏘루우(Henry David Thoreau)가 월든(Walden) 호숫가에서 실험적 일시거주를 했던 것과는 달리, 1987년부터 야크계곡에 엘리자베스 휴즈(Elizabeth Hughes)와 함께 거주하기 시작

---

1) 릭 베스는 1997년 ASLE 연찬회 강연에서 『화이버』를 대한 독회를 하면서 예술과 실천사이의 갈등적 상황을 공론화한바 있다.
http://www.asle.org/assets/docs/aslenews.9.2 참조
2) 『야크계곡의 서(書)』(*The Book of Yaak*)는 *BY*로, 『야크계곡의 누렁이』(*Brown Dog of the Yaak*)는 *BDY*로 약기하였고, 텍스트에 대한 모든 인용은 별도의 표기가 없는 한 괄호 안의 쪽수를 표시하는 것으로 대신함. 모든 번역은 필자에 의한 번역임.

하여 현재까지 그곳에서 생활하고 있다. 하지만 그는 야크계곡이 지닌 생태학적 가치에 대해 깨닫게 되고, 이곳이 훼손되는 것을 좌시할 수 없던 나머지 실천가의 길을 병행하게 된다. 그는 벌목에 의해 야크계곡이 훼손되는 것을 막기위해, '야크계곡 숲 위원회'(The Yaak Valley Forest Council)를 설립하여 벌목꾼, 계곡주민 모두가 참여하는 논의의 장을 만들고, 이 지역에 대한 다큐멘터리 제작 및 홈페이지를 운영하여 이 지역의 생태학적 중요성을, 일반대중과 정치인들에게 호소하는 청원서 쓰기 캠페인(BDY 79-80)도 벌인다. 그렇다고 그가 벌목자체를 반대하는 것은 아니며, 벌목꾼을 포함한 야크지역 생태계의 구성원 모두를 위한 "지속가능한 산림관리"를 추구한다(BY XIV, BDY 83). 이곳을 개발하려는 정부의 "목적과 필요"에 맞서, 야크계곡의 황야(wilderness) 자체가 실용적인 가용성이 있다는 사실을 각종 보고서와 신문을 통해서 밝히고(BDY 77, 78, 89), 개인적으로는 일상의 지친 정신을 치유할 수 있는 정적이 감도는 "황야 - 기회"는 보존되어야하며, 또한 황야와 같은 자연에 대한 갈망, 유대가, 인간 내면 깊은 곳에 존재한다는 점을 들어, 이곳의 보존을 주장한다(BDY 66, BY XIV).

당연하겠지만, 그는 작가로서 작품 활동의 과정과 작품 자체가 자신에게 매우 중요하다고 느낀다. 하지만 그는 삶을 영위하며 작품 활동을 하는 야크계곡의 현실과 작품 활동 사이에서 심한 갈등을 경험한다. 그 갈등은 표면적으로는 자신이 작가로서 작품에 몰두하며 창작을 하는데서 오는 만족감이 야크계곡 보호를 위한 다양한 실천으로 훼손당하는데서 발생한다. 그는 소설이나, 산문을 집필하거나, 독서 하는 순간들, 혹은 작품을 퇴고하는 소중한 순간들이 회합, 전화, 편지, 도심으로의 운전으로 인해서 "훼손되고", 진정으로 일하고 싶은 "시간과 장소의 축복과 풍성한 넘침이 훼손되고, 줄어든"다고 느낀다(BDY 81).

현실세계에서 벌어지고 있는 일들은 그로 하여금 창작에만 매진하도록 뇌두지를 않는다. 그렇기 때문에, 그는 현실을 외면한 창작활동이 일종의 책임회피는 아닌지, 그렇다면 그에게 가장 중요한 일은 무엇인지 자문한다.

> 나는 여전히 예술에 대한 믿음을 가지고 있다. 하지만 눈앞에서 벌어지는 일 앞에서 예술은 전적으로 사치스러운 것처럼 보인다. 만일 당신의 집이 불타고 있다면, 불을 끄기 위해 물이 담긴 양동이를 들겠는가 아니면 뒤로 물러서 그것에 대한 시를 쓰겠는가?

> I still believed in art, but art seemed utterly extravagant in the face of what was happening. If your home were burning, for instance, would you grab a bucket of water to pour on it, or would you step back and write a poem about it? (*BY* 10)

역으로 그는 문학을 비롯한 자신의 예술 활동이 현실에서 일어나는 일, 즉 야크계곡의 훼손에 맞서 그 계곡을 살리는 일에 도움을 줄 수 있는지, 작품 활동과 자연보존과는 어떤 관계가 있는 지에 대해서도 진지하게 고민한다.

> 문학이 어떤 지역을 보호하는데 기여할 수 있을까? 야생 지역의 실재라는 고정된 닻과 그 곳으로부터 생성되는 무형의 가치들 - 그들 중에서 가장 주가 되는, 예술 - 사이에 상호성이 존재할까? 예술은 대지가 예술에게 물려준 눈에 보이지 않는 에너지의 일부를 대지에게 돌려 줄 수 있을까? 혹은 그것은 바람, 태양, 소성단을 잡으려는 것처럼 불가능한 행위나 목표는 아닐까?

> Can literature help protect a place? Can some reciprocity exist between the real, fixed anchor of a wild place and the intangible values --chief among them, the art--produced from that source? Can the art give back to the land some of that invisible energy that the land bequeathed to the art, or is that as impossible an act, a goal, as capturing

wind, sun, stardust? (*BDY* 85)

　베스는 예술과 현실의 갈등 속에서, 예술이 현실을 외면하는 행위가 아니라, 현실에 영향을 미치고 변화를 추동할 수 있는 힘이 있는가에 대해서도 자문해본다. 또한 그는 예술 활동과 실천가로서의 실천사이에서 생기는 고민과 갈등에 대해서 자신이 야크계곡의 보호를 진정으로 원하는 것인지, 혹은 자신에게 편리할 때, 그리고 자신이 원할 때만 실천하는 이기적인 행동인지에 대해 고민하기도 한다(*BDY* 60).

　베스가 느끼는 예술가로서 또한 실천가로서 느끼는 갈등과 책무성에 대해, 칼라 암브르스터(Karla Armbruster)는 베스의 실천과 작가활동사이에서의 갈등 속에서, 베스는 부정하겠지만 그의 작품 활동자체가 매우 "효과적인" 실천이라는 점을 짚어내고 있고(220), 마이클 브랜치(Michael Branch)는 자연기의 형식적 특징 중 애가(elegy)와 한탄(Jeremiad)의 형식적 요소의 적극적 충돌이 베스의 작품에서 일어나고 있음을 간파하고 "애탄"(elegiad)이라는 용어로서 베스의 작품을 특징지운다(244).[3] 국내에서 행해진 베스에 대한 연구로는, 본 논문에서 다루는 두 작품을 중점적으로 다루고 있지는 않지만, 베스의 『화이버』를 중점적으로 살펴본 최동오의 선도적인 연구가 있는데, 그는 미국 생태문학의 특징이 그의 작품 속에서 어떻게 녹아들어있는지를 밝히면서, "예술과 실천, 탄원과 저주, 허구와 사실"(106)과 같은 상반된 것들에 대한 베스의 문학적 실험이 생태문학의 장르와 주제, 형식의

---

3) Nature Writing은 국내에서 다양하게 번역되고 있다. 신문수는 Nature Writing을 자연기(「미국의 자연기」『문학과환경』 2005년 4권, 7-35)로, 신두호는 자연문학(「자연문학의 에지효과와 생태비평적 방법론」『문학과환경』 2010년 9권, 145-171)으로 지칭하고 있다. 본 논문에서는 용어의 번역에 있어서 두 저자의 의견에 공감하고, 보다 농밀한 용어에 대한 정의는 추후 과제로 남겨두면서, Nature Writing을 "자연기(自然記)"로 번역하고자 한다.

새로운 가능성을 열어줄 것으로 평가하고 있다.

이와 같은 선행 연구에서 검토된 사항들은 활동가와 예술가로서의 베스의 갈등을 조명하는데 시사하는 바가 크다. 하지만 본격적인 소설로 분류될 수 없는, 자신의 견해를 산문의 형식으로 밝힌『야크계곡의 서(書)』와『야크계곡의 누렁이』에 대한 연구는 아직 미진하며, 특히 자연기 작가들이 직면할 수 있는 현실과 예술사이의 갈등에 대해 작가 자신이 스스로 밝히는 고민과 그 시사점에 대해서 좀 더 구체적으로 검토할 필요가 있을 것이다. 이런 문제의식을 바탕으로 조망해 볼 때, 베스가 느끼는 작가로서의 정체성과 실천가로서의 정체성을 동시에 지닐 수밖에 없는 이중성과 딜레마는 어디서 기인하고 있는 것일까? 자연기의 장르성과 이것은 어떤 관계에 있을까? 자연기 작가라면 반드시 실천가로서의 역할을 수행해야 하는가? 그런 책무성은 자연기 작가로서의 위상과는 무관한 것인가? 두 가지 상반되는 충동과 역할을 어떻게 수렴될 수 있을까와 같은 의문에 봉착하게 된다. 이런 의문에 대한 답변의 탐색으로써, 자연기의 장르적인 성격, 베스의 실천관과 예술관, 둘 사이의 딜레마에 처한 베스의 대안은, 또한 그것의 의의와 한계점은 무엇인지를 본 논문에서 검토해보고자 한다.

II

자연기의 장르적 특성과 베스가 작가로서, 활동가로서 느끼는 갈등과는 어떤 관계가 있을까? 자연기는 단순한 자연예찬이나, 인간중심적인 관점의 투영과는 대별되는 자연의 아름다움과 신비로움에 대한 심미적 반응이면서 동시에 인간중심주의적 시각의 교정을 암시하는 생태학적 상상력으로 작가가 의도하건 의도하지 않던 간에 그 작품을 수용하는 독자들에게 영향을 미치지 않을 수 없다. 또한 자연기로 분류되는 많은 글들은 인간도 자연의 일부분이며, 다른 자연의 구성원보다 특별히 우월하다거나 귀중한 존재라는 사실을 해체시키면서 인간중심주의를 비판하는 정치적 메시지가 강한 경우도 있고, 자연의 아름다움과 경이로 독자들을 인도하여, 자연의 지닌 가치를 재발견하게 하거나, 자연에 대한 윤리적인 태도의 변화를 유도할 수가 있고, 이러한 작가적 의도를 글 속에서 노골적으로 드러내기보다는 심미적, 미학적인 장치를 통해 작품성이 훼손되지 않도록 하는 경우도 있다.

이와같은 내용의 다양성은 자연기의 형식적 혼종성과도 관련이 있다. 피터 프릿젤(Peter Fritzell)에 따르면 자연기에는 자연과의 경험을 다룬 산문, 동식물에 대한 비전문적인 체험담, 오지로의 탐험기, 자연 속에서의 명상, 자연탐방 안내서, 동식물 도감뿐만 아니라 정치적인 메시지를 담고 있는 글들이 포함된다(37). 자연기의 대표적인 작가인 소로우, 에드워드 애비(Edward Abbey), 존 뮤어(John Muir), 레이첼 카슨(Rachel Carson), 테리 템피스트 윌리엄스(Terry Tempest Williams)의 글들은 시, 소설, 산문적 특징뿐만이 아니라, 과학적인 보고서, 정치적인 선언문과 같은 성격을 지닌 글을 모두 포함한다. 스콧 슬로빅(Scott Slovic)은 자연기를 인식론적인 서사시(epistemological rhapsody)와 정치적인 비탄(political jeremiad)의 양극단을 아우르는 범주로 평가하고 있다(108). 특히 자연기에서 작품의 심미적인 측면뿐만이 아니라, 실생활에서 인간과 자연의 관계변화에 대한 정치적인 메시지가 중요한 화두로 등장하게 된 것은, 로렌스 뷰엘(Lawrence Buell)에 따르면, 1962년 레이철 카슨의 『침묵의 봄』(*Silent Spring*) 출간을 계기로 "환경운동이 미국의 대중적 관심사로 부상"(10)하게 된 이후이다(재인용 Armbruster 199). 이런 경향은 자연기의 장르적 특성에 많은 변화를 가져오면서, 생태계의 변화에 대응하기 위한 다양한 독자층의 필요와 요구에 호응하게 되고, 이는 자연기의 대상과 폭을 확장하는 계기가 된다.[4]

자연기 작가들의 또 다른 특징은 그들이 자신의 거주 지역에 대한 생태문제를 작품의 주된 소재와 배경으로 삼고 있다는 점이다. 머윈(W. S. Merwin)은 하와이(Hawaii), 존 뮤어는 캘리포니아, 애드워드 애비는 미국 남서부(the Southwest), 테리 템피스트 윌리엄스는 유타(Utah)지역을 중심으로 활동해왔다. 특히 그들 중 일부는 환경단체를 만들기도 하면서 환경보호를 위한 조직적인 실천을 행하기도 하는데, 뮤어가 1892년 설립한 '시에라 클럽'(Sierra Club), 알도 레오폴드(Aldo Leopold)가 1935년 설립한 '황야협회'(Wilderness Society), 애비가 1980년에 설립한 '지구가 최우선!'(Earth First!)이 대표적이다. 또한 전업 작가로서 활동을 하기도 하지만 웬들 베리(Wendell Berry)와 같은 경우는 켄터키(Kentucky)에 가족과 함께 거주하면서 작가로서 활동하고 동시에 직접 농사를 짓기도 한다. 즉 그들은 자신이 속한 지역의 자연과의 직접적인 접촉이 바탕이 된 작품 활동을 함으로써 그들의 작품과 삶의 밀접도를 높이고 있다.

주로 자신의 거주 지역을 소재로 작품 활동을 함으로써 실생활과 연관성이 강한 자연기에서 드러나는 또 다른 특징은 자연기 작가가 자연에게서 그들을 대변하도록 위임받은 것처럼 이야기 한다는 점이다. 작가가 인간의 언어를 구사할 수 없는 자연의 대변자 역할을 하는 것은 소로우의 글에서 대표적으로 발견된다. 소로우는 "나는 인간을 사회의 구성원이 아니라, 자연의 거주자이며 일부로서 간주하고, 문명화된 자유와 문화와 대조되는, 자연(Nature), 완전한 자유와 야생을 대변하고자 한다"고 밝힌다.[5] 즉 자연의 권리와 목소

---

4) 자연기의 분류와 특성에 대해서는 많은 연구가 진행되어왔다. 위에서 언급된 것 이외에도, 초기 생태문학에 대해서는 데이빗 마젤(David Mazel)의 『초기생태비평의 한세기』(*A Century of Early Ecocriticism*) (Athens: U of Georgia Press, 2001)이, 돈 셰즈(Don Scheese)의 『자연기』(*Nature Writing*)(New York: Twayne, 1996) 참조.

리를 작가가 대변함으로써 인간중심주의의 문제점을 자연이라는 타자의 입장에서 비판한다. 하지만 이러한 특성은 작가가 자연의 목소리, 즉 침묵하는 타자의 목소리를 대변하는 과정에서, 의도하건 안하건 간에, 타자의 확인할 수 없는 의사와는 별개로, 작가 자신을 윤리적 준거로서 설정함으로써 오독과 진정성의 불확실성이 높아질 가능성 역시 크다.

베스의 자연기 역시 위에서 언급된 장르적 혼종성, 정치성, 대변성, 거주지 중심의 글쓰기의 특성을 보이고 있다. 자연의 영적인 아름다움과 경이로움은 주로 『9마일 늑대들』과 『사라진 회색 곰들』에서, 『야크계곡의 서(書)』와 『야크계곡의 누렁이』는 자연에 대한 심미성과 아름다움뿐만 아니라, 베스의 정치적 견해가 직설적으로 담기는 등 혼종적 성격을 강하게 드러낸다.[6) 또한 그는 야크계곡에 거주하면서 주로 야크지역에 대한 소재를 중심으로 한 작품 활동의 목적이 야크계곡이 "나에게 위탁한"(entrusted to me) 계곡의 비밀을 있는 그대로 밝힘을 명백하게 하고 있다(BY XIII).

그렇다면 전업 작가로서의 길을 가기 위해, 직장을 버리고 야크계곡에서 작품 활동을 하던 베스로 하여금 환경운동에 투신하게 만든 결정적인 계기는 무엇일까? 이것은 위에서 언급한 장르적 성격에서도 나타나듯이, 그가 환경 문제를 작품의 소재로만 삼고 작품에 활용하고 있는 것은 아니라, 오히려 선택의 여지가 없는 자신의 내면적 요구에 충실히 응한 결과라고 볼 수 있다(BDY 72). 처음에 그가 이 지역에 거주한 이유는 자연에 침잠하여 작품 활동에 전념하며 지내고자 했던 것이지, 결코 야크계곡에 이러한 문제가 있다는 것을 인지하고, 이 문제에 지금과 같이 깊숙이 관여하고자했던 것은 결코 아니다. 하지만 이곳에서 생활하면서 야크계곡은 베스에게 있어서

5) http://www.gutenberg.org/files/1022/1022-h/1022-h.htm
6) 『9마일 늑대들』 147쪽과 『사라진 회색 곰들』 124-5쪽 참조.

거주지 이상의 의미를 띤다. 야크계곡에서 살면서 그는 야크계곡 생태계의 일부분이 되어간다. 겨울 깊은 밤, 사슴이 산 아래 계곡으로 접근하는 것을 느끼는 등, 장소의 리듬을 느끼고 따르게 된다(*BY* 12). 야크계곡은 "그의 집이며, 그 집에 가해진 상처 - 모욕은 바로 그에게 모욕적"인 것으로 느껴진다(*BY* 6). 따라서 그가 자신의 필요에 응하지 않는 것은 잘못된 것이고, 자연스럽지도 못한 것이라 믿고, 낮게 웅크린 채, 다른 사람이 그를 대신해서 행동해주기를 기대하거나 바라는 것도, 그의 필요와 욕망에 상응하고 비례하는 일에 참여하지 않는 것도 잘못된 것이라고 생각한다(*BDY* 89-90). 이러한 진정성에 기반을 둔 베스의 실천은 에드워드 애비식의 에코사보타지(Eco-sabotage) 혹은 테리 템피스트 윌리엄스처럼 금지된 지역에 불법 침입하는 것과 같은 실천이라기보다는, 주로 야크계곡의 생태학적 가치에 대한 강연, 모임개최, 주지사와 같은 정치인들에게 로비를 하거나, 신문, 잡지에 이곳의 생태학적 보존가치를 설득하는 기고를 의미한다(*BDY* 74).[7]

그는 『야크계곡의 누렁이』의 초반부에서 예술과 실천은 "돌멩이와 양치류, 구름과 땅"처럼 이질적이며, "예술은 제공하지만, 실천은 제공하지 않고 가져간다"고 밝히고 있다(*BDY* 55-56). 즉 예술작품은 이야기를 통해서 이야기뿐만 아니라 감정을 제공하는데, 이야기를 구성하는 등장인물, 플롯 등과 같은 장치들은 작가가 의도한 감정을 독자들에게 성공적으로 전달할 지의 여부를 섣부르게 판단할 수 없음에도 불구하고, 독자에게 제공되지만, 실천

---

7) 에코사보타지란 극단적인 환경보호 활동의 일종으로, 불법적인 수단을 사용하여 환경파괴를 막는 행위를 가르키며, 애드워드 애비의 소설 『멍키 - 랜치 갱』(*The Monkey-Wrenching Gang*)에서 유래했으며, 이 소설의 주인공인 해이듀크(Hayduke)은 바로 이런 에코사보타지를 행한다. 또한 테리 템피스트 윌리엄스는 1988년 네바다 사막 핵실험지역에 불법으로 침범하여 핵실험에 대한 비폭력저항을 감행했다.

은 실행주체로 부터 뭔가를 취해간다고 설명하고 있다. 즉 베스의 관점에서 보면 실천은 그 실천의 주체에게 그 실천이 시작되기 전에 처음부터 무엇을 해야 하는지와 같은 목표가 선(先)제시되며, 바로 이러한 특성으로 인해 창작이 제공하던 "자연스러운 흐름"(the natural lines of movement), 유기적인 상상과 사유의 틀로 구속받게 되는데, 이점은 그에게는 매우 치명적인 것이다(BDY 56).

또한 실천은 내면의 평화를 파괴한다. 그는 토마스 머튼(Thomas Merton)의 말을 인용하면서 어떤 이상과 목표를 성취하기 위해 수반되는 실천과 지나친 노동이 그 일을 성취하는 과정과 그 일 자체의 의미를 파괴한다는 점을 지적한다(BDY 58). 특히 "폭력, 헤아릴 수 없음이…. 우리를 소진"(BDY 68-69) 시킬 것이라는 우려를 표명한다. 또한 지나친 실천은 "예술 창작이나, 삶을 풍요롭게 만들 수도 있는 내면의 평화를 파괴하고 영혼에 대한 폭력"까지도 초래할 수 있다고 경고한다(BDY 81).

이러한 실천의 특성은 베스의 예술관과 대척점에서 이해될 수 있다. 그는 예술에 있어서 창작 그 자체의 진정성을 강조한다. 그는 문학작품이 바로 욕망의 움직임에서 비롯된다고 설명하고 있는데, 욕망의 움직임이란 타의에 의한 것이 아니라 내면에서 자생적으로 발현되는 목소리에 충실한 행위인 것이다(BDY 96). 그는 제니세 레이(Janisse Ray), 빌 키트레지(Bill Kittredg)와 같은 예술가들의 말을 인용하면서, 그들처럼 예술 작품을 창조하는 행위가 자신에게도 생명과도 같은 것이라고 밝힌다.

또한 그에게 있어서 예술은 실천과는 달리 유기적이다. "개 혹은 표범처럼, 남자 혹은 여자 혹은 새처럼, 살아있으며 유연하며 움직이는 - 유기적"이기 때문에(BDY 111), 예술 활동은 고정된 특정 목적이나 목표를 이루기 위한 실천과 다르며, 시시각각으로 변화하는 환경에 생명체처럼 유연하게 역동적으로 대응하는 특징이 있다. 그래서 예술은 그 대상이 어떠한지를 설명해주는 것이 아니라, 보여주는 것이라는 점을 강조하고 있다. 예술은 "아름답다고 말해주기보다는 숲을 지나, 아름다운 노두(露頭)로 나를 인도하여, 어떤 느낌인지를 나에게 이야기해 주기보다는 내 스스로 만져"보도록 해준다(*BDY* 95).

그는 예술가의 사회로부터의 혹은 외부로부터의 "소외"가 예술 활동에 있어서 중요하다고 믿고 있으며, 그런 소외가 만들어내는 공간 속에서 예술이 조탁된다고 생각한다(*BDY* 106). 역설적이게도 예술가는 사회 속에 존재하면서, 사회에서 소외된 존재이어야 하는 것이다. 따라서 예술은 내면의 통제를 통한 초연성 속에서 달성된다. 그는 예술가의 자질을 사냥개 콜터에게 발견하게 되는 특성과 비유해서 설명하고 있다. 예술가는 사냥개가 사냥감을 향해 본능적으로 집중하는 것처럼, 예술가가 예술작품에 집중하기 위해서는 외부에서 벌어지는 일에 심리적 동요를 일으키지 않고, 외부의 잡념을 완벽하게 통제하는 능력을 소유해야한다고 믿고 있다(*BDY* 97, 114). 이런 초연성과 내면의 완벽한 통제는 베스가 생각했던 예술의 기본적인 전제조건이기 때문에, 실천이 요구되는 상황에 처한 그는 외부의 상황을 통제하거나 초연할 수 없기 때문에 예술과 실천사이에서 고민에 빠지게 된다.

III

실천과 예술에 대한 그의 갈등은 위에서 언급된 것처럼, 자신의 내외적 욕구에 대한 충실에 가치를 두는 베스의 예술관과 현재 그가 처한 상황에서 비롯된다고 볼 수 있다. 특히 이런 특성이 좀 더 심화되는 이유는 야크계곡의 특성에 기인하기도 한다. 웬들 베리에 따르면 에코톤(ecotone)이라고 불리는 지역은 자연과 문화, 생태중심과 인간중심의 이해가 상충되는 지형학적,

그리고 정신적 위치의 접경성으로 인해 인간과 자연 모두에게 매우 강력한 흡입력을 지닌다(13). 이런 특성을 지닌 야크계곡에서 베스는 이 지역 보호를 목적으로 이 지역의 생태학적, 미학적 가치에 대한 홍보를 통해 지역보호에 도움을 얻고자하지만 이로 인해 야크계곡에 대한 관심을 가지게 된 사람들의 증가로 인한 관광객의 증가나 거주민들의 유입을 달갑게 여기지 못하는 역설적인 상황까지도 벌어진다(*BDY* 11-12).

절박함과 갈등의 역설적 상황 속에서 그는 그의 다른 작품 『화이버』의 주인공이 유사한 갈등 속에서 결국은 예술을 포기하고 실천에만 전념하는 것과는 다른 결론을 내린다. 그는 세상에 수천수만의 작가가 존재하지만, 이 야크계곡에는 단지 한명의 작가, 자신밖에 없기 때문에, 절필을 하고 실천가로 변신하게 된다면 누가 이곳을 대상으로 하여 작품을 쓰겠는가라는 불안감을 피력한다(*BDY* 10). 또한 실천이 요구되는 상황에 처한 순수 예술가들이 예술 활동에만 전념하는 것이 바로 진정한 실천이라고 주장하는 것에 대해서도 매우 강한 어조로 비판한다(*BDY* 72). 실천은 도외시한 채 글쓰기 자체가 실천이라는 주장에는, 예술의 소재가 되는 실재 혹은 자연을 예술이 대체할 수 있다는 함의가 내재되어있기 때문이다(*BDY* 13). 또한 자연의 가변성에 대한 대안으로서, 예술의 항구성을 선택하게 된다면, 그것은 현실에 대한 외면이고, 책임회피로 여겨 질 수 있다. 이와는 반대로 자연기와 실천에 크게 방점을 두는 애비는 베스가 고민하는 실천과 예술사이의 갈등의 차원을 넘어, 「작가의 신조」('Writer's Credo')에서 다음과 같이 밝히고 있다.

> 작가는 프리랜서로서 당연히, 그리고 반드시 그가 살고 있는 사회의 비판가가 되어야 한다는 것이 나의 믿음이다. 현재의 질서에 도전하는 바다건너의 적국과 국경너머의 외국의 세력을 비난하는 것은, 손쉽고, 항상 이득을 취할 수 있다. 하지만 자유로운 작가의 도덕적 책무는 고향에서 자신의 일을 하는 것이다; 자신이 속한 지역, 국가, 그리고 문화의 비판자가 되는 것이다.

It is my belief that the writer, the free-lance author, should be and must be a critic of the society in which he lives. It is easy enough, and always profitable, to rail away at national enemies beyond the sea, at foreign powers beyond our borders who question the prevailing order. But the moral duty of the free writer is to begin his work at home; to be a critic of his own community, his own country, his own culture. (161)

순수 예술가들의 주장과는 달리, 베스에게 있어 애비와 같은 선택은 매우 매력적으로 보일 수도 있다. 야크계곡의 보호를 위해 인간중심주의 문화에 대한 비판은 이제까지 행해왔던 베스의 노력과 일맥상통하는 듯하다. 하지만 베스는 이러한 주장 역시 문학이 이제까지 자신에게 허용해주었던 자유로움과 유기성을 억압하는 실천과 어떤 차이가 있는지를 확신하지 못하고 있다. 애비는 문학작품의 내용자체도 실천적 방향으로 지향점이 추구되어야한다고 주장하지만, 베스는 여전히 문학의 자율성과 현실에 얽매이지 않는 창작활동을 갈구한다.

그렇다면 베스의 입장에서 최선의 혹은 어쩔 수 없는 선택은 무엇일까? 예술에 대한 열정과 현실에 대한 책임있는 태도 모두를 불협화음 없이 수렴할 수 있는 방안은 무엇일까? 이 두 가지 모두 그의 현재를 규정하고 구성하는 요소라면 그에게 남은 선택은 매우 자명해진다. 베스는 이 둘 사이의 화해와 타협을 시도한다. 베스는 예술과 실천의 상극적 요소를 부각시키면서 둘 사이의 경계를 분명히 해왔다. 하지만 이 문제에 대한 그의 숙고는 둘 사이의 공통적 요소를 발견하고 이를 통해 둘 사이의 공존을 추구한다. 그에게 있어서, 예술과 실천의 공존적 관계를 형성할 수 있는 근거는 두 가지 모두 열정을 공유하는 동전의 양면이라는 것이다. 비록 이 두 요소가 서로 상극적이기는 하지만, 두 가지 모두 본인의 필요와 욕구에 의해서 비롯된 진정성을 전제로 한다는 점이다.

예술과 실천? 그 둘은 서로에게 그늘을 드리운다; 그 둘은 서로를 파괴한다; 하지만 그 둘은 동일한 피할 수 없는, 더 이상 단순화할 수 없는 공고한 연료인 열정을 공유한다. 사랑 혹은 분노. 그 둘은 예술가의 마음속에서 항상 서로 가까이 존재할 것이다. 혹은 그 둘의 유혹은 예술가의 심장 속에 항상 존재할 것이다; 나에게 있어서 이 둘을 분리시키는데 너무나 많은 힘을 썼던 적이 있었다. 불의와 무례에 항거하는 두 개의 유사한 열정을 지니는 것은 인위적이고, 부자연스럽고, 깨지기 쉬워보였다 -- 나의 인생에서 다른 하나를 위해서 나머지 하나를 배제하거나 제거하는 것이 정당하거나, 건전하다고 느껴지지 않았다. 한쪽을 소홀히 하여, 나머지 하나에 성공하는 것 보다 둘 모두에 실패하고자 할 것이다.

Art, or activism? They shadow one another; they destroy one another; but they share the same inescapable, irreducible bedrock fuel-passion. Love or fury. Love and fury. They will always be near one another, in an artist's heart-or the temptation of both of them will always be present, in an artist's heart; and for me, there just came a point one day where I was spending too much energy trying to keep the two apart. It seemed artificial, unnatural, brittle, to have two similar passions, sharing the same root-stock--a reaction against injustice and disrespect --and yet to exclude or excise one of them from my life, for the sake of another, did not feel true or healthy. I would rather fail at both than be disloyal to one, even if succeeding at the other. (*BDY* 118)

이 두 요소는 서로를 파괴하는 상극적인 요소이기는 하지만, 베스에게 있어서 베스 자신을 구성하는 필수적인 요소다. 두 가지의 상반되는 방향과 성향이 내재적으로 동시에 존재한다면, 하나의 제거는 그에게 있어서 그의 전체성을 훼손하는 결과를 초래할 것이다. 결국 그는 현실과 예술이라는 두 가지 모두를 수렴함으로서 생길 수 있는, 모든 것을 잃을 수도 있는 위험을 짊어지는 선택을 하지 않을 수 없게 된다.

또한 베스는 실천이 반드시 소기의 성과를 거두지는 못한다는 자조적인, 하지만 현실적인 평가를 내리고 있다. 그는 지난 10년간 5백만 명 이상의 독자층을 지닌, 50여 편의 잡지 및 신문에 야크지역 보호를 호소하는 기고문을 쓰고 산문집도 발간했지만, 야크계곡의 돌멩이 하나, 흙 한줌도 보호하지 못했다고 자평한다(*BDY* 77, 87). 하지만 그는 결코 이러한 결과에 낙담하지 않은 채, 자신처럼 이곳을 사랑하는 사람들이 뒤를 잇기를 바랄 뿐이다.

그는 예술행위의 결과가 즉각적으로 확인될 수 없으며, 또한 예술가는 살아서 자신의 예술행위가 이 세상에 어떤 영향을 미치는 지를 보고 확인할 수 없을 가능성이 높으며 단지 지나는 세월만이 그 결과를 목격할 수 있을 것이라고 예측하고 있다(*BDY* 120). 그의 이러한 태도는 생태계의 흐름이 단기간에 바뀌는 것도 아니며, 인간의 간섭 혹은 기여가 미치는 영향이 지속적인 시간의 흐름 속에서 평가받을 수밖에 없다는 사실을 지적하고 있는 것이다. 그렇기 때문에 그는 매일 밤, 자신의 작품 그 자체가 미칠 파급효과가 아닌, 작품자체와 창조행위에 만족하면서 잠이 드는 자신의 행동이 결과에 대해 무책임하다는 비판을 받을 수도 있겠지만, 작품이 세상에 미치는 영향을 자연의 흐름과의 유사성 속에서 파악하면서 진정성을 확보하고 있다는 점은 높이 평가할 만하다.

그렇다면 그는 어떤 방식으로 예술과 실천, 두가지를 병행하는 것일까? 그는 예술가와 실천가로서의 역할을 해야만 하는 두 가지의 욕망과 책무의 균형을 잡으려고 노력한다. 그는 새벽 세시에 일어나 동틀녘까지 작품을 쓰고, 한 시간 정도 잠을 자고 나서 다시 일어나 아침을 먹고 실천가로서의 역할을 수행한다. 그는 겸허하게 고백하기를 이 방법이외에는 "어떤 해결방안도, 어떤 답"도 없으며, 바로 지금 그가 처한 상황에서는 이런 방식밖에는 자신과 그리고 자신이 주거하는 자연 모두에게 충실할 수 있는 방법이 없다고 고백한다(*BDY* 71).

Ⅳ

위에서 살펴본 것처럼, 베스의 예술과 실천에 관한 생각은 현재를 사는 자연기 작가가 직면할 수 있는 여러 가지 도전들에 대한 진솔한 답변이라고 볼 수 있다. 그는 예술과 실천의 긴장관계를 전경(前景)화시키면서, 예술에 대한 창작욕과 실천에 대한 책무와의 갈등사이에서 자연기 작가인 자신은 어떤 선택을 하게 되었으며, 그 이유는 무엇인지를 보여주었다. 그는 창작행위와 그 창작이 허용하는 자유에 대한 욕망을 포기할 수 없으며, 그렇다고 해서 실천이 요구되는 상황을 그대로 좌시할 수도 없고, 실천이 야기하는 파괴적인 영향을 그대로 느끼면서 실천에만 전력할 수도 없는 역설적 상황에 처해있음을 토로한다. 이런 역설적인 상황은 자연기의 장르적 속성이기도 하며, 베스 자신의 지형학적, 인식적 위치에서 겪게 되는 실천에 대한 내외적인 요구로 인해 발생한 것이다.

하지만 베스에게 있어 예술과 실천은 그 뿌리에 있어서 열정을 공유하고 있으며, 두 가지 모두 자신의 일부분이다. 따라서 실천이 결여된 예술도, 예술을 포기한 실천도 자신에게 있어서는 진정성이 없는 공허한 것일 뿐이다. 실천의 사회적인 파장과 변화 역시 바로 그 결과를 드러내지 않듯, 예술 역시 그 구현에 있어서 사회에 미치는 효과를 확인하는데 오랜 시간이 걸리지만, 그렇다고 예술의 사회적 영향력은 전무하다고 볼 수도 없다고 본다. 그렇기 때문에 그는 예술과 실천의 불편한 균형을 이루는 생활을 유지할 수 밖에 없는 운명이 바로 자기와 같은 자연기 작가의 운명이라고 베스는 결론짓는다.

베스는 『야크계곡의 서(書)』와 『야크계곡의 누렁이』를 통해 예술과 실천의 관계를 되물어 보고 예술과 실천의 결합이라는 명제를 환기시키며 독자들의 인식에 실천의 전망을 제공한다. 베스의 고민과 갈등은 사회의 일부분으로서의 자신의 자리매김과 사회에서 문학이 지니는 가치와 성격에 대한 자리매김을 위한 예술적 몸부림이다. 베스에게 있어서 문학은 사회 속에 존재하며 상호간의 영향관계를 회피할 수 없다. 예술을 통해 혹은 예술작품에 작가가 사회현실을 그대로 재현하거나 반영하려해도, 작가의 의도대로 반영되는 것도 아니다. 하지만 사회에서 일어나는 변화와 진정성에 기반을 두고, 자신의 감정적 가치를 예술작품에 담아내는 것은 예술적 성취에 있어서 중요한 부분이다. 베스의 논리대로라면, 자연과의 밀착된 체험을 바탕으로 그 지역에서 벌어지고 있는 환경문제에 대한 직접적인 참여가 그 진정성을 높일 수도 있다. 하지만 베스의 이러한 주장은 자연기의 진정성 혹은 독자성의 관점에서는 매우 적절할 수 도 있겠으나, 창조적 과정으로서의 문학작품의 생산이 경험의 진정성 혹은 작가의 신분으로 환원될 수도 있다는 위험성을 안고 있다.

베스는 예술이 인간중심적인 사고의 전환과 같은 거대한 사회변혁의 주체가 되어야 한다는 것과 같은 거대한 구호를 외치거나, 예술가는 변화를 일으키는 구심점이 되어야 한다고 주장하는 이념적 지향점을 피력하고 있지는 않다. 분명히 베스는 예술과 사회는 동떨어져 생각할 수 없다고 믿는다(*BDY* 120). 앞서 베스의 관점에서 볼 때, 순수 예술가들의 회피주의적 주장과는 달리, 베스는 책과 같은 언어로 된 작품이 예술작품으로만 고립적으로 존재하는 것이 아니라, 세상에 영향력을 행사할 수 있다고 믿고 있다. 앞서 언급된 이에 관한 그의 불확실성과는 달리 「야크계곡의 혈근」("The Blood Root of Yaak")에서 그는 "언어 - 측정할 수 없는, 추적할 수 없는 언어의 힘 - 는 야크계곡의 헤아릴 수 없는 다양성과 매력을 구해 낼 수 있다"(16)고 믿으며, 예술은 장소 보전에 기여할 수 있다고 주장한다. 그의 이런 주장은 예술의 내용이 어떤 성격을 지니는지에 대해서 명확히 규정하고 있지는 않다. 즉 앞서 그가 주장한 예술의 유기성과 자유로움과 함께 통합될 수 있는 실천적 내용으로 작품이 구성되는 것인지, 아니면 그와는 별도로 창작과 자유로움으로 발현된 작품자체가 그런 영향력을 발휘한다는 것인지는 불분명하다. 하지만 그가 추구하는 예술이 고정된 목적 지향적인 실천적 목표로만 수렴되는 문학으로 변형 된다면, 실천과는 대척점에서 이해되는 유기적이며 창조적인 예술의 가치가 훼손될 가능성 역시 상존하고 있다. 이러한 실천 예술이 지향하는 전망은 자칫 자연기의 위기를 초래할 수도 있을 것이다.[8] 만일 예술행위를 실천의 일환으로 여긴다면, 문학행위는 예술적 발현의 모습을 지니면서 동시에 환경운동의 일익을 담당하게 될 수도 있을 것이다. 하지만 그렇게 된다면 지나친 이념과 정치성은 독자들로 하여금 문학적 가치의 보편성보다는 정치적 당파성을 의식하면서 예술을 향유해야하는 역설적 상황에 빠지게 할 것이다. 그의 자리메김에서는 정치성에 함몰된 예술행위나, 예술행위의 무위성과 실천의 우위만을 주장하면서 실천에의 함몰 역시 그에게는 현명한 선택이 되지 못한다. 결과적으로 그가 현재 실행하고 있는 실천과 예술사이의 균형이라는 실험은 그가 과감히 짊어진, 어쩌면 어쩔 수 없는 선택이지만, 지속가능한 실험이 되기 위해서는 예술의 방향성이라는 또 다른 과제를 풀어야 할 것이다.

---

8) 베스의 초기작품을 호평했던 한 독자가, 실천가로서 활동하게 된 이후에 발표작 베스의 작품들에 대해서 언짢다는(annoying) 평가를 내린 것은 일반 독자 개인의 평가이기는 하지만 주의깊게 새겨들을 필요가 있다 (Duncan 175).

● 신문수 ●

김남석, 「그린 러쉬(green rush)가 끝난 다음: 1990년대 생태소설(론)의 기원과 변모 과정」, 『문학과환경』 통권 4호(2005 하반기):148-65.

김종철, 『땅의 옹호: 공생공락의 삶을 위하여』, 대구: 녹색평론사, 2008.

김형영, 『나무 안에서』, 서울: 문학과지성사, 2009.

박환일, 『불편한 진실 Revisited』, 서울: 삼성경제연구소, 2010.

울리히 벡, 『위험사회: 새로운 근대(성)을 향하여』, 홍성태 역, 새물결, 1997 [Urlich Beck. *Risikogesellschaft: Auf dem Weg in eine andere Moderne*. Frankfurt: Suhrkamp, 1986].

유성호. 「생태 시학의 형상과 논리」, 『문학과환경』 제6권 1호(2007): 101-17.

Buell, Lawrence, *The Future of Environmental Criticism: Environmental Crisis and Literary Imagination*, Oxford: Blackwell, 2005.

Cronon, William ed, *Uncommon Ground; Rethinking the Human Place in Nature*, New York: Norton, 1996.

Estok, Simon C, "Theorizing in a Space of Ambivalent Openness: Ecocriticism and Ecophobia," *ISLE* 16.2 (Spring 2009): 203-225.

Leopold, Aldo, *A Sand County Almanac and Sketches Here and There*, New York: Oxford UP, 1949.

Lomborg, Bjørn, *The Skeptical Environmentalist: Measuring the Real State of the World*, Cambridge: Cambridge UP, 2001.

Love, Glen A, "Revaluating Nature: Toward an Ecological Criticism," *The Ecocriticism Reader*, Ed. Cheryll Glotfelty & Harold Fromm, Athens: U of Georgia P, 1996. 225-240.

Morton, Timothy, *Ecology Without Nature: Rethinking Environmental Aesthetics*. Cambridge: Harvard UP, 2007.

Oppermann, Serpil. "Ecocriticsim's Phobic Relations with Theory," ISLE 17.4 (Autumn 2010): 768-70.

Orr, David W, *Ecological Literacy: Education and the Transition to a Postmodern World*, Albany: State University of New York Press, 1992.

Wess, Robert, "The Theory Ecocriticism Needs," *ISLE* 17.4 (Autumn 2010): 762-64.

● 안건훈 ●

김형식, 『멧돼지 · 여우』, 서울: 내외출판사, 1984.

동아일보, "어떤 동식물이 사라지고 있을까?", 2002년 9월 17일자.

동아일보, "멸종위기동물 복원 길 열어"(1면), "얼어붙은 국내 복제연구에 봄바람"(A3면), 2007년 3월 27일자.

동아일보, "반달가슴곰 - 두루미는 '다산의 여왕'", 2010년 1월 5일자 A12면.

동아출판사 백과전서부, 동아원색세계대백과사전, 8권과 20권, 서울: 동아출판사, 1988.

안건훈, 「자연권, 자연의 권리, 생태민주주의」, 『생태문화와 철학』(pp.13-33), 부산: 도서출판 금정, 2007.

이솝지음 · 한국어린이문화연구소 엮음, 『이솝우화 123가지』, 서울: 영림카디널, 2006.

이형식 편역, 『여우이야기』, 서울: 궁리, 2001.(원서인 Le roman de Renart는 작자 및 연대 미상임), 한글학회, 『우리말큰사전』, 서울: 어문각, 1997.

Brown, Tom & Brown, Judy A., 『여우처럼 걸어라: 산과 들에서 배우는 감각교육 길잡이. 부록: 우리나라 야생동물의 발자국과 똥』(김병순 옮김). 파주: 보리, 2006. (원서인 *Tom Brown's field guide to nature and survival for children*은 1989년에 Clausen, May & Tahan Literary Agency에서 출판되었음).

Callicott, J. Baird, *In defense of The Land Ethic: Essays in environmental philosophy*, New York: State University of New York Press, 1989.

KBS 생태환경 다큐멘터리, "늑대는 사라졌는가?", 『환경스페셜 1-15편』, KBS 미디어 (KNUL), 2000.

Lange, Karen E., Wolf to wolf: The evolution of dogs, *National Geographic*, January 2002.

Leopold, A., The land ethic, *A sand county almanac*, New York: Oxford University Press, 1968.

Light, A. & Rolston III, H. (Eds.), *Environmental ethics-An anthology,* Malden: Blackwell Publishers, 2003.

Nash, R. F., *The right of nature: A history of environmental ethics,* Madison: The University of Wisconsin Press, 1989.

National Geographic Channel, "헐리우드의 여우남매", 2007년 4월 20일자.

Regan, T., Animal rights: What's in a name?, In Light & Rolston III(Eds.), *Environmental ethics-An anthology*(pp.65-73), Malden: Blackwell Publishers, 2003.

Singer, P., 『실천윤리학』(황경식·김성동 옮김), 서울: 철학과 현실사, 1997. (원서인 Practical ethics는 1993년에 Cambridge University Press에서 출판되었음).

Singer, P., 『동물해방』(김성한 옮김), 고양: 인간사랑, 2002. (원서인 *Animal liberation*은 1975년에 New York Review of Books Press에서 출판되었음).

Singer, P., Not for humans only: The place of nonhumans in environmental issues, In Light & Rolston III(Eds.), *Environmental ethics-An anthology*(pp.55-64), Malden: Blackwell Publishers, 2003.

● 양승갑 ●

Bowers, Neal. *Theodore Roethke: The Journey From I to Otherwise.* Columbia and London: Missouri UP, 1982.

Buell, Lawrence. *The Environmental Imagination; Thoreau, Nature Writing and the Formation of American Culture.* Cambridge: Harvard UP, 1995.

Byerly, Elison. "The Uses of Landscape." *The Ecocriticism Reader: Landmarks in Literary Ecology.* Eds. Cheryll Glotfelty & Harold Fromm. Athens: Georgia UP, 1996, 52-68.

Coupe, Laurence. ed. *The Green Studies Reader: From Romanticism to Ecocriticism,* London and New York: Routledge, 2000.

Devall, Bill & Sessions, George. *Deep Ecology.* Salt Lake City: Gibbs Smith, Publisher, 1985.

Evernden, Neil. "Beyond Ecology: Self, Place, and the Pathetic Fallacy." *The Ecocriticism Reader,* 92-104.

Foster, Ann T. *Theodore Roethke's Meditative Sequences: Contemplation And the Creative Process.* Edwin Mellen Pr., 1987.

Gifford, Terrry. *Green Voices; Understanding Contemporary Nature Poetry.* Manchester and New York: Manchester UP, 1995.

_____. *Pastrol.* London & NY: Routledge, 1999.

Glotfelty, Cheryll & Fromm, Harold, eds. *The Ecocriticism Reader: Landmarks in Literary Ecology.* Athens: Georgia UP, 1996.

Malkoff, Karl. *Theodore Roethke.* NY: Columbia UP, 1971.

Manes, Christopher. "Nature and Silence." *The Ecocriticism Reader,* 15-29. Roethke, Theodore, *On Poetry & Craft: Selected Prose of Theodore Roethke.* Washington: Copper Canyon Press, 2001.

_____, *The Collected Poems of Theodore Roethke.* NY: Anchor Books, 1975.

Seager, Allan. *The Glass House: The Life of Theodore Roethke.* NY: McGraw-Hill, 1968.

Slovic, Scott. "Nature Writing and Environmental Psychology: The Interiority of Outdoor Experience." *The Ecocriticism Reader.* 351-70.

Sullivan, Rosemary. *Theodore Roethke: the Garden Master.* Washington UP, 1975.

● 원영미 ●

김욱동, 『문학 생태학을 위하여』, 서울: 민음사, 1998.

김원중, 「생태문학과 동양사상: 또 다른 "오리엔탈리즘"인가?」, 『미국학논집』, 36 · 3(겨울 2004): 54-82.

이수정, 「하이데거의 언어관」, 『하이데거의 언어사상』, 서울: 철학과 현실사, 1998, 28-43.

Applefield, David, and Jella Jeensma. "A Dialogue With W.S. Merwin," *Frank 13*(Winter/Spring 1991):72-77.

Bruns, Gerald, L. *Modern Poetry and the Idea of Language*, New Haven: Yale UP, 1974.

Bryson, J. Scott, *Ecopoetry: A Critical Introduction*, Utah: Utah UP, 2002.

Byers, Thomas B. "W. S. Merwin: A Description of Darkness" *What I cannot say: Self, Word, and World in Whitman, Stevens, and Merwin*, Urbana and Chicago: Illinois UP, 1989.

_____, "Believing Too Much In Words: W. S. Merwin and the Whitman Heritage", *The Missouri Review* 3:2(Winter 1980):75-89.

Christhilf, Mark, *W. S. Merwin the Mythmaker*, Columbia: Missouri UP, 1986.

Davis, Cheri, *W. S. Merwin*. Leicester: Twayne Publishers, 1981.

Elliot, David L, "An Interview with W. S. Merwin," *Contemporary Literature*, 39(Spring 1998):1-25.

Folsom, L. Edwin, "Approaches and Removals: W. S. Merwin's Encounter with Whitman's America," *Shenandoah* 29:3 (1978): 57-73.

Gilcrest, David W. *Greening The Lyre*, Rene: University of Nevada Press, 2002.

Gross, Harvey, "W. S. Merwin: Writing On the Void," *The Iowa Review* 1:3(Summer 1970): 92-106.

Ihde, Don. *Listening and Voice: Phenomenongies of Sound*. Albany: Suny, 2007.

Manes, Christopher, "Nature and Silence," *Environmental Ethics* 14(1992): 339-350.

Martz, William, J. *The Distinctive Voice*, Glenview: Scott, Foresman and Company, 1966.

Vogelsang, John, "Toward the Great Language: W. S. Merwin," *Modern Poetry Studies* 3:3 (1972): 97-118.

● 오윤호 ●

'맑은내 소설선 11권'

김별아, 『영영이별 영이별』, 창해, 2005.

서하진, 『다시 사랑한다 말할까』, 창해, 2005.

김용범, 『달콤한 죽음』, 창해, 2005.

이승우, 『끝없이 두 갈래로 갈라지는 길』, 창해, 2005.

이수광, 『두물다리』, 창해, 2005.

박상우, 『칼』, 창해, 2005.

전성태, 『여자 이발사』, 창해, 2005.

김용운, 『청계천 민들레』, 창해, 2005.

고은주, 『시간의 다리』, 창해, 2005.

이순원, 『유리의 노래』, 창해, 2005.

김용우, 『모전교에는 물총새가 산다』, 창해, 2005.

구자희, 『한국 현대 생태담론과 이론 연구』, 새미, 2004, 28-30쪽.

김남석, 「그린 러쉬(green rush)가 끝난 다음」, 『문학과환경』, 163쪽.

정정호, 『문학과환경』, 중앙대학교 출판부, 2003, 18쪽.

전혜자, 「한국현대문학과 생태의식」, 『한국현대문학연구』, 2005, 54-60쪽.

김동환, 「생태학적 위기와 소설의 대응력」, 『실천문학』, 1996년 가을호, 180쪽.

임영천, 「한국 생태소설 연구」, 『비평문학』, 2004, 408-409쪽.

김욱동, 『생태학적 상상력』, 나무심는사람, 2003, 28-29쪽.

장 보드리야르, 『시뮬라시옹』, 하태환 옮김, 민음사, 2004, 9쪽.

함성호, 「경부운하보다 시베리아 횡단철도를」, 〈씨네21〉, 2007년 9월 619호, 136쪽.

http://www.metro.seoul.kr/kor2000/chungaehome/seoul/main.htm에서 내용 요약.

http://www.sisul.or.kr/index.jsp

http://blog.joins.com/media/folderlistslide.asp?uid=pin21&folder=6&list_id=964
    5757

「청계천 다리 소재 장편 11편, 내달 말까지 나와」, 조선일보, 2005.7.31.

● 이동환 ●

강규한. 「『샬롯의 거미줄』에 형상화된 어린이와 동물의 세계」. 『문학과환경』 10.2
    (2011): 99-118.

강용기. 「자기중심주의 극복과 생태적 예지의 진화: 실코의 『의식』 다시 읽기」. 『문학과 환경』 8.2 (2009): 7-26.

──────. 「Toward a Pragmatist Environmental Ethics: A Re-reading of J. M. Coetzee's The Lives of Animals」. 『문학과환경』 9.2 (2010): 213-32.

김영미. 「포크너의 「곰」에 나타나는 생태주의적 비전」. 『문학과환경』 8.2 (2009): 27-54.

김일구. 「생존을 위한 환경수립: 옥타비어 버틀러의 『완전변이세대』 삼부작」. 『문학과 환경』 5.2 (2006): 7-24.

──────. 「Octavia Butler's Science Fiction and Cosmocentric Mythology」. 『문학과 환경』 6.2 (2007): 203-30.

김정애. 「『비천한 영혼』에서 타자의 목소리 찾기」. 『문학과환경』 8.2 (2009): 55-71.

김정애, 민경택. 「『주홍글자』에 나타난 생태여성주의」. 『문학과환경』 6.2 (2007): 139-64.

김택중. 「찰스 디킨스의 도시화에 대한 인식의 변화」. 『문학과환경』 10.1 (2011): 59-82.

김한성. 「타자로서의 동물: D. H. 로렌스의 『사랑하는 여인들』(1920)에 묘사된 토끼와 이효석의 『벽공무한』(1941)에 묘사된 말의 비교연구」. 『문학과환경』 10.2 (2011): 119-45.

박소진. 「캐런 헤세의 『모래 폭풍을 지나서』를 통해 본 생명의 공존성 회복의 비전」. 『문학과환경』 9.1 (2010): 33-56.

신두호. 「어슐라 르 귄의 생태학적 상상력과 『언제나 집으로 돌아오기』」. 『문학과환경』 2 (2003): 118-39.

──────. 「"이용하되 낭비는 말라": 환경생태사상 개척자로서의 쿠퍼의 『개척자들』」. 『문학과환경』 7.1 (2008): 65-96.

신문수. 「고래 · 『모비딕』 · 생태주의적 비전」. 『문학과환경』 7.2 (2008): 23-52.

양승갑. 「호손의 「젊은 굿맨 브라운」 다시 읽기: 생태적 인식을 위한 통과의례」. 『문학과환경』 1 (2002): 166-81.

이승례. 「마가렛 앳우드의 『시녀이야기』에 나타난 생태적 상상력」. 『문학과환경』 9.1 (2010): 57-77.

이승례, 최동오. 「레슬리 마몬 실코의 『의식』에 나타난 생태여성주의적 글쓰기」.

『문학과환경』 7.1 (2008): 97-113.

이정희. 「창조적인 전달자로서의 문화정체성 전망: 레슬리 마몬 실코의 『의식』」. 『문학과환경』 7.2 (2008): 83-113.

장시기. 「다가온 미래와 미래의 인간: 존 쿳지(J. M. Coetzee)의 『추락』(*Disgrace*)」. 『문학과환경』 3 (2004): 66-86.

정진농. 「쿠퍼의 『개척자들』: 생태학적으로 다시 읽기」. 『문학과환경』 1 (2002): 144-65.

차희정. 「Lucy as an Ecofemist in Jamaica Kincaid's *Lucy*」. 『문학과환경』 7.2 (2008): 179-202.

추재욱. 「실코의 『의식』에 나타난 풍경과 생태학적 내재성」. 『문학과환경』 2 (2003): 140-54.

Le Guin, Ursula K. "The Carrier Bag Theory of the Novel." *The Ecocriticism Reader*. Ed. Cheryll Glotfelty and Harold Fromm. Athens: The U of Georgia P, 1996. 149-54.

Watt, Ian. *The Rise of the Novel: Studies in Defoe, Richardson and Fielding*. Berkeley: U of California P, 1957.

● 강규한 ●

김택중. 「찰스 디킨스의 도시화에 대한 인식의 변화.」 『문학과환경』 10.1 (2011): 59-82.

신두호. 「영미정전 소설에 대한 생태비평적 읽기의 문제점」. 『영어영문학』 51.3 (2005): 509-531.

장경순. 「」린다 호건 작품에 드러난 아메리카 원주민 고래잡이에 대한 환경적 논쟁」. 『문학과환경 12.1(2013): 133-57.

이동환. 「영미소설 연구의 생태비평적 성과와 전망」. 『문학과환경』 11.1 (2012): 113-31.

Glotfelty, Cheryll and Harold Fromm, eds. *The Ecocriticism Reader: Landmarks in LiteraryEcology*. Athens: The U of Georgia P, 1996.

Le Guin, Ursula. "The Carrier Bag Theory of Fiction." *The Ecocriticism Reader: Landmarks in Literary Ecology.* Eds. Cheryll Glotfelty and Harold Fromm. Athens: The U of Georgia P, 1996. 149-154.

_____. *Buffalo Gals and Other Animal Presences.* New York: Roc, 1990.

Love, Glen A. "Revaluing Nature: Toward an Ecological Criticism." *The Ecocriticism Reader: Landmarks in Literary Ecology.* Eds. Cheryll Glotfelty and Harold Fromm. Athens: The U of Georgia P, 1996. 225-240.

Rueckert, William. "Literature and Ecology: An Experimental in Ecocriticism." *The Ecocriticism Reader: Landmarks in Literary Ecology.* Eds. Cheryll Glotfelty and Harold Fromm. Athens: U of Georgia P, 1996. 105-123.

Tichi, Cecelia. *New World, New Earth: Environmental Reform in American Literature from Puritans through Whitman.* New Haven: Yale UP, 1979.

● 김택중 ●

Ackroyd, Peter. *Dickens's London: An Imaginative Vision.* London: Headline, 1987.

_____, *Thames: The Biography.* New York: Doubleday, 2007.

Altick, Richard D. *Victorian People and Ideas.* New York: Norton, 1973.

Chase, Karen, and Levensen, Michael. "Green Dickens." In *Contemporary Dickens.* Eds. Eileen Gillory and Deirdre David. Columbus: Ohio UP, 2009. 131-51.

Dickens, Charles. *Bleak House.* London: Oxford UP, 1991.

_____, *Dombey and Son.* London: Oxford UP, 1974.

_____, *Oliver Twist.* London: Oxford UP, 1966.

Ginsburg, Michal Peled. "House and Home in *Dombey and Son.*" *Dickens Studies Annual* 36 (2005): 57-73.

Gitter, Elisabeth. "*Dickens's Dombey and Son* and the Anatomy of Coldness." *Dickens Studies Annual* 34 (2004): 99-116.

House, Humphry. *The Dickens World.* London: Oxford UP, 1960.

Joyce, Simon. "Inspector Bucket versus Tom-all-Alone's: Bleak House, Literary
    Theory, and the Condition-of-England in the 1850s." *Dickens Studies
    Annual* 32 (2002): 129-49.

Miller, J. Hillis. *Charles Dickens: The World of His Novels.* Cambridge, MA:
    Harvard UP, 1958.

Schroeder, Natalie, and Holt, Shari Hodges. "The Gin Epidemic: Gin Distribution
    as a Means of Control and Profit in Dickens's Early Nonfiction and *Oliver
    Twist.*" *Dickens Studies Annual* 36 (2005): 1-32.

Sicher, Efraim. *Rereading the City Rereading Dickens: Representation, the Novel,
    and Urban Realism.* New York: AMS, 2003.

Smith, Karl. "Little Dorrit's 'speck' and Florence's 'daily blight': Urban Contamination
    and the Dickensian Heroine." *Dickens Studies Annual* 34 (2004): 117-54.

Thackeray, William M. "Greenwich--Whitebait." *New Monthly Magazine* 71 (July
    1844): 416-21.

● 장경순 ●

남진숙. 「한국 해양생태시에 나타난 고래의 표상과 그 상징성」. 『문학과환경』 11
    (2012): 51-79.

Adamson, Joni. "Indigenous Literatures, Multinalturalism, Avatar: The Emergence
    of Indigenous Cosmopolitics." *American Literary History* 24 (2012): 143-162.

_____. "Literature-and-Environment Studies and the Influence of the Envi-
    ronmental Justice Movement." *Companion to American Literature and
    Culture.* Ed. Paul Lauter. Wiley-Blackwell: Oxford. 2010. 593-607.

Allen, Paula Gunn. *The Sacred Hoop: Recovering the Feminine in American
    Indian Traditions.* Beacon: Boston, 1992.

Alten, Michelle. "The Elder and the Whale." *Animals* 132 (1999): 34-35.

Bent, Nancy. "Sightings." *Booklist* 98 (2002): 1902.

Bowechop, Janine. "Contemporary Makah Whaling." *Columbia: The Magazine of Northwest History* 24 (2010): 6-13.

Brunet, Robin. "The Tradition Is Welfare." *Alberta Report* 25 (10/05/1998): 39.

Butler, Stan. "Pandora's Whale." *Christian Science Monitor* 90 (10/15/1998): 110.

Cantzler, Julia Miller. "Environmental Justice and Social Power Rhetoric in the Moral Battle over Whaling." *Sociological Inquiry* 77 (2007): 483-512.

DeZelar-Tiedman, Christine. "People of the Whale." *Library Journal* 133 (2008): 61-63.

Fauls-Traynor, Karen. "People of the Whale." *Library Journal* 133 (2008): 39.

Gaard, Greta. "Strategies for a Cross-Cultural Ecofeminist Ethics: Interrogating Tradition, Preserving Nature." *Bucknell Review* 44 (2000): 82-101.

_____. "Tools for a Cross-Cultural Feminist Ethics: Exploring Ethical Contexts and Contents in the Makah Whale Hunt." *Hypatia* 16 (2001): 1-26.

Hogan, Linda. *People of the Whale*. Norton: New York, 2008.

_____. "Silencing Tribal Grandmothers—Traditions, Old Values at Heart of Makah's Clash over Whaling." *The Seattle Times* (Dec. 15, 1996): B 9-10.

Kalland, Arne. "Review on *Spirits of Our Whaling Ancestors: Revitalizing Makah and Nuuchah-nulth Traditions.*" *Journal for the Study of Religion, Nature & Culture* 6 (2012): 525-26.

Kelch, Thomas G. "Toward a Non-Property Status for Animals." *The Feminist Care Tradition in Animal Ethics*. Ed. Josephine Donovan and Carol J Adams. Columbia UP: New York, 2007. 229-249.

Peterson, Brenda. "Who Will Speak For The Whales? — Elders Call For A Spiritual Dialogue On Makah Tribe's Whaling Proposal." *The Seattle Times* (Dec. 22, 1996): B 7-8.

_____ and Linda Hogan. *Sightings: The Gray Whales' Mysterious Journey*. Washington D. C.: National Geographic, 2003.

Roberts, Christina. "Treaty Rights Ignored: Neocolonialism and the Makah Whale Hunt." *Kenyon Review* 32 (2010): 78-90.

Sepez-Aradanas. "Treaty Rights and the Right to Culture: Native American Subsistence Issues in US Law." *Cultural Dynamics* 14 (2002): 143-159.

Thompson, Wendy-Anne. "This Was One Expensive Meal." *Alberta Report* 26 (06/14/1999): 21-22.

● 송태현 ●

이상헌, 『생태주의』, 서울: 책세상, 2011.

Azouvi, François. "La Mettrie," Denis Huisman dir., *Dictionnaires des philosophes*, Paris: PUF, 1993.

Barry, John. 허남혁, 추소영 옮김, 『녹색 사상사. 루소에서 기든스까지』, 서울: 이매진, 2004.

Bookchin, Murray. 구승회 옮김, 『휴머니즘의 옹호』, 서울: 민음사, 2002.

Copleston, Frederick. *A History of Philosophy, vol. 5*, London: Burns and Oates, 1961.

Damrosch, Leo. *Jean-Jacques Rousseau. Restless Genius*, New York: Houghton Mifflin Company, 2005.

Devall, Bill & Sessions, George. *Deep Ecology*, Salt Lake City: Gibbs M. Smith, 1985.

Gay, Peter. *Deism: An Anthology*, Princeton: D. Van Nostrand Company, 1968.

Gouhier, Henri. *Les Méditations métaphysiques de Jean-Jacques Rousseau*, Paris: Librairie philosophique J. Vrin, 1984.

Harding, Stephan. 박혜숙 옮김, 『지구의 노래. 생태주의 세계관이 찾은 새로운 과학 문명 패러다임』, 서울: 현암사, 2011.

Holmsten Georg. 한미희 옮김, 『루소』, 서울: 한길사, 1997.

LaFreniere, Gilbert F. "Rousseau and the European Roots of Environmentalism," *Environmental History Review*, Vol. 14(Winter, 1990).

Lefranc, Jean. "Holbach Paul Henri Thiry, baron d'," Denis Huisman dir., *Dictionnaires des philosophes,* Paris: PUF, 1993.

Mornet, Daniel. *Rousseau. L'Homme et l'œuvre*, Paris: Hatier-Boivin, 1950.

Onfray, Michel. *Les Ultras des Lumières*, Paris: Grasset & Fasquelle, 2007.

Rousseau, Jean-Jacques. *Discours sur les sciences et les arts. Discours sur l'origine et les fondements de l'inégalité parmi les hommes,* Paris: Editions Garnier Frères, 1971.

Rousseau, Jean-Jacques. *Emile ou de l'Education,* Paris: Editions Garnier Frères, 1966.

Rousseau, Jean-Jacques. *Julie ou La nouvelle Héloïse,* in *Œuvres complètes II,* Paris: Gallimard, 1959.

Rousseau, Jean-Jacques. *Les Confessions,* in *Œuvres complètes I,* Paris: Gallimard, 1959.

Rousseau, Jean-Jacques. *Les Rêveries du promeneur solitaire,* Paris: Editions Garnier Frères, 1960.

Schneider, Marcel. *Jean-Jacques Rousseau et l'espoir écologique,* Paris: Editions Pygmalion, 1978.

Snyder, Gary. *Earth House Hold,* New York: New Directions, 1957.

● 전세재 ●

최동오. 「미국의 생태문학연구: 릭 베스의 『화이버』를 중심으로」 『인문학연구』 37권 1호 (2010): 89-112.

Abbey, Edward. "A Writer's Credo." *One Life at a Time, Please.* Henry Holt; New York, 1988.

Armbruster, Karla. "Can a Book Protect a Valley?" *The Literary Art and Activism of Rick Bass.* Ed. O. Alan Weltzien. Salt Lake City: The University of Utah Press, 2001, 197-222.

Bass, Rick. "The Blood Root of Yaak" *Orion Afield,* 1.1 (1997):12-17

Bass, Rick. *The Book of Yaak.* Houghton Mifflin Company: New York, 1996.

Bass, Rick. *Brown Dog of the Yaak: Essay on Art and Activism.* St. Paul: Milkweed Press, 1999.

Berry, Wendell. *Home Economics.* San Francisco: North Point Press, 1987.

Branch, Michael. "Jeremiad, Elegy, and the Yaak" *The Literary Art and Activism of Rick Bass*. Ed. O. Alan Weltzien. Salt Lake City: The University of Utah Press, 2001, 223-247.

Buell, Lawrence. *The Environmental Imagination*. Cambridge: Harvard University Press, 1995.

Duncan, David James. *My Story as told by Water*. Sanfrancisco: Sierra Club Boos, 2001.

Fritzell, Peter A. *Nature Writing and America: Essays upon a Cultural Type*. Ames: Iowa State University Press, 1990.

Mazel, David. *A Century of Early Ecocriticism*. Athens: University of Georgia Press, 2001

Scheese, Don. *Nature Writing*. New York: Twayne, 1996.

Slovic, Scott. "Politics in American Nature Writing" *Green Culture*. Ed Carl G. Herndl and Stuart C. Brown. Madison: University of Wisconsin Press, 1996. 82-110.

Thoreau, Henry David. "Walking." http://www.gutenberg.org/files/1022/1022-h/1022-h.htm

‖『문학과환경』 각호별 게재 논문리스트 ‖

창간호	2002.12(14편)

Si-Ki Chang	Territories of The Ecological Thought in Deleuzogu-attarian Philosophy 외
Christopher Merrill	신선함의 약속 - 시, 정치와 장소에 관한 사유
Patrick D. Murphy	자연은 어디에나 있습니다.
사지원	생태페미니즘적 관점에서 본 볼프의 『카산드라』
김용민	생태사회를 위한 문학 - 크리스타 볼프의 『원전사고』
양승갑	호손의 『젊은 굿맨 브라운』 다시 읽기 - 생태적 인식을 위한 통과의례
정진농	쿠퍼의 『개척자들』 - 생태학적으로 다시 일기
신양숙	생태적 관점에서 본 자연시인 워즈워드
구수경	낙원의 회복을 위한 인류학적 탐색 - 김영래의 「숲의 왕」론
이혜원	최승호 시의 노장적 사유와 생태학적 의미
하재연	개인의 언어와 공동체의 언어 - 서정주 「질마재 신화」론
김명복	환경과 인문과학
정정호	문학교육의 녹화사업모색
장시기	들뢰즈 - 가타리의 생태학적 사유의 영토들

통권2호	2003. 6(11편)

웨스 베리, 권대환, 김유곤	최근 미국작품에서의 음식 독성(food toxicity) - 소고
황선애	무질의 「세 여인」에 나타난 자연의 문제 - 생태비평적 글읽기
김연만	미래의 환경과 자연(성)의 부재 - 윌리엄 깁슨의 사이버펑크를 중심으로
추재욱	실코의 『의식』에 나타난 풍경과 생태학적 내재성

통권 3   2004.10(17편)

제6권2호	2007.12(13편)
송희복	불교적 생태 감성과 에코카르마의 시학
이승하	한국 생태시의 현주소
이숭원	박재삼 시의 자연과 생의 예지
홍용희	김지하의 시세계와 생태적 상상력
윤창식	최승호의 '고비(Gobi)'를 통해본 자연의 고비
허혜정	박영희의 초기시에 나타난 여성유령의 의미
김정애, 민경택	『주홍글자』에 나타난 생태여성주의
장정민, 김원중	생태적 섭생과 소로우의 콩밭
Sung-Gap Yang	Yun Don Ju's Poems: Humility and Modesty Before Nature
IL-Gu Kim	Octavia Butler's Science Fiction and Cosmocentric Mythology
Simon C. Estok	Review of Nature in Literary and Cultural Studies : Transatlantic Conversations on Ecocriticism
이만식	문학과환경학회 한일 공동 심포지엄 참관기
편집부	문학과환경학회 연구윤리 규정 외

제7권1호	2008. 6(12편)
Simon C. Estok	Water Real, Water Imagined : Activist Ecocriticism, Watered-Down Theory
오윤호	청계천 복원과 이야기 상상력
채대일	한승원 소설에 나타난 물길의 상상력과 윤리학
신두호	"이용하되 낭비는 말라" - 환경생태사상 개척자로서의 쿠퍼의 『개척자들』
이승례, 최동오	레슬리 마몬 실코의 『의식』에 나타난 생태여성주의적 글쓰기
양승갑	생태학적 텍스트로서의 룃키의 시
유성호	종교적 상상력의 시적 승화
문흥술	나르시스적 사랑에 의한 비극적 현실의 정화
신문수	죽음의 생태적 의미, 차윤정, 『나무의 죽음』(웅진 지식하우스, 2007)

오은영	로렌스의 생명사상과 생태학의 만남: 류점석 저, 『생명공동체를 향한 문학적 모색』 (아우라, 2008)
최동오	박물학적 관찰과 윤리적 각성의 메아리 - 존 뮤어 지음, 김원중, 이영현 옮김, 『나의 첫 여름』, (사이언스북스, 2008)
편집부	문학과환경학회 연구윤리 규정 외

제7권2호   2008.12(14편)

김영희	린다 호간의 『주술서』에 나타난 역사관과 치유제식
신문수	고래, 『모비딕』, 생태주의적 비전
이소연	공생의 법, 사랑의 생태학
이정희	창조적인 전달자로서 문화정체성 전망
이혜원	도시생태의 시적 수용과 전망
임도한	생태동시의 의의와 가능서
전세재	포스트휴먼: 의인화와 동물 - 되기의 기법
Hee-Jung Cha	Lucy as an Ecofemiinist in Jamaica Kincaid's Lucy
최성민	디지털 게임 서사와 생태주의
양승갑	보기 위해 산다 : 애니 딜라드, 『자연의 지혜』(Pilgrim at Tinker Creek)(김영미 옮김, 민음사, 2007)
이영현, John Parham	실재로서의 자연과 실천으로서의 환경운동
신두호	환경 빠진 '문학과환경' 논의
편집부	문학과환경학회 연구윤리 규정 외

제8권1호   2009. 6(12편)

신두호	생태학적 사유 : (인)문학과 자연과학의 대화
안건훈	희귀성 멸종위기동물 복원의 필요성과 그 대책(1)
이동환	화자의 의식과 물리적 자연의 거리
우찬제	총알과 '머루'의 상호텍스트성
원영미	W. S. 머윈의 생태시에 나타난 '침묵'의 의미
유성호	생태적 사유와 서정시의 지향
이민호	한국 현대시에 나타난 서학적 자연과

| 신두호 | 아시아적 생태비평의 과제와 영역작업 |
| 편집부 | 문학과환경학회 임원진 및 편집위원외 |

제9권2호   2010.12(10편)

임도한	섭취 생명체에 대한 태도를 통해 본 생태시의 생태윤리적 의의
문태준	서정주 시의 자연의 재발견과 연생성
우찬제	섭생의 정치경제와 생태윤리
Soh-yon Yi	The Narrative of Post-Childhood and Memories of Food
윤창식	M. 폴란의 『세컨 네이처』와 『욕망의 식물학』을 통해 본 '사회적 자연'의 실현 가능성
안지영	최남선의 국토순례기행문에 나타난 자연인식과 생태적 문명관
신두호	자연문학의 에지효과와 생태비평적 방법론
김한성	「무녀도」 읽기: 환경 비평의 시각에서
신수정	한강 소설에 나타나는 '새식'의 의미
Yong-Ki Kang	Toward a Pragmatist Environmental Ethics

제10권1호   2011. 6(10편)

김영주	생태담론에서 노자사상에 대한 새로운 접근
김옥석	김소월 시의 샤머니즘 생태학적 상상력
김택중	찰스 디킨스의 도시화에 대한 인식의 변화
우찬제	포괄의 언어와 복합성의 생태학
이동환	심미적 거리와 추상화된 자연
정연정	김지하의 '애린'과 '모심'의 시학
최동오	조이 하조의 『그녀에게는 말 몇 필이 있었다』
Doo-ho Shin	Strata of Speciesism and the Cultural Practice of Food Choice
Yong-Ki Kang	Toward Noncoercive Environmentalism
오윤호	탈복 디아스포라의 타자정체성과 자본주의적 생태의 비극성

노대원	유가의 자연관으로 본 이청준 소설
윤창식	Rachel Carson의 '자연 받아쓰기'와 '환경문해'교육
정선영	생태적 사상가로서의 시인의 책무
한미야	『대주교에게 죽음이 오다』- 생명과 다문화 존중의 공동체
Joon-Hwan Shin	Resilience Thinking in Traditional Culture with the Panarchy of Landscape Configuration in Korea

제12권1호	2013. 6(9편)
강규한	동물 생명 박탈의 생태비평적 조망: 미국의 전원에서 낚는 자연합일의 가능성과 자연 파괴의 위험성
강용기	생태철학의 폐기와 재건
남진숙	현대시에 나타난 갯벌의 상상력과 그 시적 특징
신두호	환경위기 담론으로서의 종말론적 수사학 재고
이동환	생명과 무생명의 경계
장경순	린다 호건 작품에 드러난 아메리카 원주민 고래잡이에 대한 환경적 논쟁
정연정	만해 한용운 시에 나타난 '바다'의식 연구
진은경	로드무비에 나타난 바다의 의미와 모성성의 회복
홍기정	김기택 시에 나타난 육식의 윤리와 아이러니

제12권2호	2013.12(13편)
김정애	올랜도: 자연을 통한 『Orlando』의 자아성장
김춘규	한승원 소설에 나타난 생태학적 양상 고찰
김희진	최명희 『혼불』에 나타난 생태적 상상력
손민달	한국 대중가요의 자연표상 방법과 의미
연점숙	레이첼 카슨의 '소란한' 『침묵의 봄』
윤창식	제이 그리피스의 '자연의 시간'과 '생태언어'
정해옥, 윤창식	친환경 슬로푸드를 통한 한식 세계화와 글로벌 생태주의 모형
이영현	웬델 베리의 『제이버 크로우』에 나타난 생태적 농업과 영농산업의 대비
장성현	존 클레어의 '푸른 언어'와 그 한계

집필자 약력(논문 게재 순)

신문수   서울대학교 영어교육과 교수
손민달   조선대학교 자유전공학부 교수
우찬제   서강대학교 국어국문학과 교수
남송우   부경대학교 국어국문학과 교수
송희복   진주교육대학교 국어교육과 교수
신두호   강원대학교 영어과 교수
강용기   전남대학교 국제학부 교수
안건훈   강원대학교 철학과 교수
임도한   공군사관학교 인문학과 교수
이숭원   서울여자대학교 국어국문학과 교수
유성호   한양대학교 국어국문학과 교수
이혜원   고려대학교세종캠퍼스 미디어문예창작학과 교수
최동오   충남대학교 영어영문학과 교수
김원중   성균관대학교 영어영문학과 교수
양승갑   전남대학교 국제학부 교수
원영미   성균대학교 영어영문학부 강사
최영호   해군사관학교 인문학과군 교수
이남호   고려대학교 국어교육과 교수
오윤호   이화여자대학교 이화인문과학원 교수
구수경   건양대학교 디지털콘텐츠학과 교수
이동환   경인교육대학교 영어교육과 교수
강규한   국민대학교 영어영문학부 교수
김택중   충남대학교 영어교육과 교수
장경순   신라대학교 영어영문학과 교수
윤창식   초당대학교 영어학과 교수
송태현   이화여자대학교 이화인문과학원 교수
전세재   숙명여자대학교 영어영문학부 교수

문학과환경 학술총서 ①
환경위기와 문학

초판 인쇄 2015년 5월 1일
초판 발행 2015년 5월 6일

엮   음 | 문학과환경 학술총서편집위원
             (신두호, 김원중, 우찬제, 임도한, 정연정, 최동오)
펴 낸 이 | 하운근
펴 낸 곳 | 學古房

주   소 | 서울시 은평구 대조동 213-5 우편번호 122-843
전   화 | (02)353-9907 편집부(02)353-9908
팩   스 | (02)386-8308
홈페이지 | http://hakgobang.co.kr/
전자우편 | hakgobang@naver.com, hakgobang@chol.com
등록번호 | 제311-1994-000001호

ISBN   978-89-6071-512-7   94810
             978-89-6071-511-0   (세트)

값 : 35,000원

■ 파본은 교환해 드립니다.